BASTEI
LÜBBE

ANNE McCAFFREY IM TASCHENBUCH-PROGRAMM:

DIE EISPLANETEN-TRILOGIE

24 190 Band 1 Die Gesänge des Eisplaneten
24 203 Band 2 Das Herz des Eisplaneten
24 215 Band 3 Die Macht des Eisplaneten

DER RAUMSCHIFF-ZYKLUS

24 198 Band 1 Helva –
Das Raumschiff, das sang
24 173 Band 2 Nancia –
Das Raumschiff, das ein Mensch war
24 175 Band 3 Tia –
Das Raumschiff, das sich verliebte
24 182 Band 4 Channa –
Die Frau, die ein Computerwesen schützte
24 196 Band 5 Carialle –
Das Raumschiff, das siegte

Anne McCaffrey

Die Kolonie der Catteni

Science Fiction Roman

Ins Deutsche übertragen
von Michael Kubiak

BASTEI
LÜBBE

BASTEI-LÜBBE-TASCHENBUCH
Band 24226

Erste Auflage: Juli 1997
Zweite Auflage: März. 1998

Deutsche Lizenzausgabe 1997 by
Bastei-Verlag Gustav H. Lübbe GmbH & Co.,
Bergisch Gladbach
Originaltitel: Freedom's Landing
Lektorat: Dr Lutz Steinhoff/Stefan Bauer
Titelbild: Mark Harrison
Umschlaggestaltung: Quadro Grafik, Bensberg
Satz: Fotosatz Schell, Hagen a.T.W.
Druck und Verarbeitung:
Brodard & Taupin, La Flèche, Frankreich
Printed in France
ISBN 3-404-24226-2

Der Preis dieses Bandes versteht sich einschließlich
der gesetzlichen Mehrwertsteuer.

Dieses Buch ist dem Andenken
an eine ganz besondere Verehrerin/Freundin,
Judith Voros, gewidmet.
Hoffentlich gibt's im Himmel Schokolade
(muß es doch!).

Kapitel
Eins

Kristin Bjornsen fragte sich, ob der Sommer auf dem Planeten Barevi möglicherweise die *einzige* Jahreszeit war. In den neun Monaten seit ihrer Ankunft hatte es erstaunlich geringe Temperaturschwankungen gegeben. Sie hatte während ihrer Versklavung vier Monate in der anscheinend einzigen größeren Stadt des Planeten verbracht und nunmehr fünf Monate relativer Freiheit – wenngleich in einen ständigen Überlebenskampf verstrickt – in diesem Dschungel hinter sich, nachdem sie mit einem gestohlenen Flitzer aus der Stadt geflohen war.

Ihr ärmelloses einteiliges Gewand war aus einem unzerstörbaren Material gefertigt, aber es eignete sich nicht für kalte Witterung. Der Ausschnitt war unanständig tief angesetzt, und der Rock bedeckte nur halb ihre langen Oberschenkel. Es war in seinem sehr schmalen Schnitt dem Minikleidchen nachempfunden, das sie an jenem Frühlingsmorgen während der Vorlesung getragen hatte, als die Schiffe der Catteni in Denver landeten, in einer der fünfzig Städte, die die Eroberer als Anschauungsobjekt ausgewählt hatten. Gerade war Kris noch unterwegs zu Uni gewesen, da gehörte sie schon zu den Tausenden verblüffter und entsetzter Bürger Denvers, die mit Energiepeitschen über die Rampe eines Raumschiffs getrieben wurden, neben dem die *Queen Elizabeth* ausgesehen hätte wie eine Badeente. Sobald sie in dem schwarzen Maul des Schiffs verschwunden waren, wurde Kris mit all den anderen sofort ein Opfer des geruchlosen Gases. Als sie und ihre Mitgefangenen wieder erwachten, befanden sie sich in den Sklavenställen von Barevi und warteten darauf, verkauft zu werden.

Kris zielte mit dem avocadogroßen Kern der Gorubirne, die sie soeben verzehrt hatte, auf den Zentralstengel eines vor ihr wuchernden Dickichts aus purpurroten Dornbüschen. Das Gestrüpp schoß sofort eine Salve winziger Pfeile in alle Richtungen ab. Kris lachte. Sie hatte gewettet, daß es weniger als fünf Minuten dauerte, bis der junge Busch seine Waffen ersetzt hätte. Und er hatte es geschafft. Die größeren brauchten länger, um neue Raketen in Stellung zu bringen. Sie hatte einen triftigen Grund gehabt, um das herauszufinden.

Geistesabwesend griff sie über ihrem Kopf nach einer weiteren Gorubirne. Nichts auf der guten alten Erde schmeckte auch nur annähernd so gut wie sie. Sie biß genußvoll in das feste rötliche Fruchtfleisch, und sein süßer Saft rann an ihrem Kinn herab und tropfte auf ihre sonnengebräunten Brüste. Sie zupfte an einem Träger ihres hautengen Kleides und wischte den Saft ab. Die Kleidung war ideal für Sonnenbäder, aber was war im Winter? Und sollte sie nicht lieber als Vorbereitung auf die kalte Jahreszeit Nüsse sammeln und auf den Felsen am Fluß Gorubirnen trocknen? Sie betrachtete naserümpfend ihre zur Hälfte verzehrte Gorubirne. Sie schmeckten wundervoll, aber wenn man sich nur davon ernährte, hatte man irgendwann einen bohrenden Hunger nach anderen Grundnahrungsmitteln. Indem sie die Lebewesen des Dschungels beobachtet hatte, konnte sie in etwa in Erfahrung bringen, welche anderen Pflanzen für sie genießbar waren. Durch ihr Überlebenstraining wußte sie, daß sie oberflächliche Verträglichkeitstests mittels ihrer Haut machen konnte. Zweimal hatten Substanzen, die von den Bodentieren in großen Mengen vertilgt wurden, heftige Hautreaktionen bei ihr ausgelöst, aber die Vögel hatten sie auf andere Speisen aufmerksam gemacht. Ihre Tätigkeit in der Nahrungsmittelzubereitungs-Einheit ihres »Meisters« hatte ihr Hinweise auf andere Stoffe geliefert, nach denen sie Ausschau halten konnte – allerdings gediehen nur wenige davon wild im Dschungel. Aber es gab kleine Fische mit gelblichen

Schuppen im Fluß, die sie mit Eiweiß versorgten und ihr zu ausgiebiger körperlicher Betätigung verhalfen.

Ein leises Summen fesselte ihre Aufmerksamkeit. Sie stand auf, balancierte elegant auf einem hohen Baumast. Indem sie die Zweige auseinanderschob, schaute sie hinauf zum wolkenlosen Himmel. Zwei der zahlreichen Monde, die Barevi umkreisten, waren im Westen zu sehen. Darunter reflektierten winzige Punkte, die am Himmelszelt umhersegelten, funkelnd den Sonnenschein.

Die Jungs haben schon wieder eine Jagd ausgerufen, dachte sie und lehnte sich, immer noch lächelnd, an den Baumstamm, um es sich auf ihrem Tribünenplatz gemütlich zu machen. Im Dschungel gab es eine ganze Menge ausgesprochen großer, wilder Bestien, denen sie bisher stets hatte aus dem Weg gehen können, indem sie es machte wie eine Dschungelgöttin und sich ausschließlich den Bäumen und Lianen anvertraute. Mittels schweißtreibender harter Arbeit und des Einsatzes der nützlichen Werkzeuge aus dem Flitzer hatte sie Lianen an Bäumen befestigt, die die Wege zu ihren bevorzugten Nahrungssammelplätzen und zum Fluß säumten. Ihre Fluchtwege führten ausnahmslos durch die Luft.

Ehe sie sich unangemeldet aus ihrer ›Situation‹ entfernt hatte, hatte Kris sich eingehend über mehr als nur das, was auf Barevi genießbar war, informiert. Sie hatte einiges an Lingua barevi aufgeschnappt, eine polyglotte Sprache, die aus den Vokabeln von sechs oder sieben der Sprachen bestand, die von den Sklaven gesprochen und von den ›Meistern‹ benutzt wurden, um ihren Dienern Befehle zu erteilen. Sie hatte sich Informationen über die verschafft, die die Erde überfallen hatten, nämlich die Catteni. Sie stammten überhaupt nicht von dieser Welt, sondern sie kamen von einem weitaus schwereren Planeten in der Nähe des Galaktischen Zentrums. Sie waren eine jener Handel treibenden Forscherrassen, die zu einer umfangreichen Föderation gehörten. Barevi hatten sie erst in jüngster Zeit kolonisiert. Sie benutzten den Planeten als Umschlagstelle für die Beute, die sie bei ihren Raubzügen auf ahnungslosen, nicht der Föderation angeschlossenen Planeten gemacht hatten, und als Erholungs- und Vergnügungszentrum für die Mannschaften ihrer großen Raumschiffe. Nach Jahren im schwerelosen Weltraum und auf Planeten mit geringerer Gravitation kehrten Catteni nur sehr ungern auf ihre schwere, deprimierende Heimatwelt zurück. Während ihrer kurzen Zeit als Sklavin hatte Kris gehört, wie die Catteni sich damit brüsteten, überall in der Galaxis zu sterben außer auf Catten. Die Spiele, die sie bevorzugten, dachte Kris bei sich, waren rauh genug, um zu gewährleisten, daß sie sowohl jung als auch fern von Catten starben.

Große Raubtiere streiften durch die unberührten Steppen und Dschungel von Barevi, und die Catteni hielten es für ungemein sportlich, einem nashornähnlichen Monstrum nur mit einem Speer in der Faust gegenüberzutreten. Das heißt, erinnerte Kris sich mit einem freudlosen Lächeln, wenn sie nicht gerade wegen irgendwelcher eingebildeter Verleumdungen oder Beleidigungen untereinander stritten. Zwei Sklaven, Freunde von ihr, waren während eines Alles-ist-Erlaubt unter den massigen Leibern von Catteni zerquetscht worden.

Seit sie ins Tal gekommen war, hatte sie einige Begegnungen zwischen den Rhinos und den Catteni verfolgen können. An eine weitaus größere Schwerkraft gewöhnt, als sie auf Barevi herrschte, konnten die Catteni unglaubliche Manöver ausführen, während sie ihre Beute für den Todesstoß ermüdeten. Die bemitleidenswerten Kreaturen hatten noch geringere Chancen als spanische Kampfstiere, und bei allen Jagden, die Kris miterlebt hatte, war nur ein einzige Mal jemand verletzt worden, und das war lediglich ein kleiner Kratzer gewesen.

Während sich die Flitzer näherten, erkannte sie, daß sie sich überhaupt nicht wie bei einer Jagdpartie verhielten. Erstens befand sich ein Punkt weit vor den anderen. Und dann, bei Gott, erkannte sie die Lichtblitze der Frontkanonen der verfolgenden Flitzer, als sie auf den »Anführer« feuerten.

Gejagter und Jäger befanden sich jetzt tief unten im Tal. Plötzlich wallte schwarzer Qualm aus dem Heck des gejagten Flitzers. Er bäumte sich auf, verharrte zögernd in der Luft, dann tauchte er in einem weiten Bogen weg, um nicht weit von ihrem Versteck auf die aufgetürmten Felsbrocken am Flußufer zu stürzen.

Kris hielt unwillkürlich den Atem an, als sie eine Gestalt aus dem stark demolierten Flitzer herauskriechen und humpelnd davonrennen sah. Sie konnte kaum fassen, daß selbst ein Catteni einen solchen Absturz lebendig überstehen konnte. Mit großen Augen verfolgte sie, wie er sich aufraffte und dann von Felsklotz zu Felsklotz sprang, um sich von seinem qualmenden Fluggerät zu entfernen.

Mit einer grellen Stichflamme explodierte der Flitzer. Trümmerteile flogen pfeifend durch die Luft und krachten nicht weit von ihr ins Unterholz, woraufhin die dämlichen Dornenbüsche, die sie gerade erst ausgelöst hatte, ihre winzigen Giftpfeile abschossen.

Der Qualm des brennenden Flitzers versperrte ihr die Sicht, und Kris verlor den Mann aus den Augen. Die anderen Flitzer hatten das Wrack erreicht und verharrten darüber wie ein Schwarm wütender Monsterbienen, die wild umhersummten und versuchten, in die Qualmwolke einzudringen.

Ein Windhauch wirbelte die Rauchschwaden hoch, und Kris entdeckte den Mann, der sich humpelnd immer weiter von der Absturzstelle entfernte. Sie sah ihn stolpern und stürzen, schließlich unternahm er nicht mehr den Versuch aufzustehen. Über ihm summten wütend die Bienen, umkreisten die Rauchsäule und überlegten offenbar, ob ihre Beute nicht ein Opfer der Explosion geworden war.

Normalerweise machten Catteni niemals Jagd aufeinander, sagte sie sich, wobei sie zu ihrer Überraschung feststellte, daß sie von ihrem erhöhten Aussichtspunkt ein Stück hinuntergeklettert war. *Schön, sie sind streitlustig wie die Iren, aber so weit von der Stadt entfernt einen Mann zu verfolgen? Was könnte er verbrochen haben?*

Der Absturz war zu weit entfernt gewesen, als daß Kris die Gesichtszüge oder die Gestalt des Gejagten genauer hätte erkennen können. Er könnte genausogut ein geflohener Sklave sein wie sie selbst. Wenn er kein Terraner war, könnte er dem halben Dutzend unterdrückter Rassen angehören, die auf Barevi lebten. Jemand, der den Mumm hatte, einen Flitzer zu stehlen, verdiente es nicht, unter den cattenischen Energiepeitschen zu sterben.

Kris arbeitete sich den Berghang hinunter, wobei sie sorgfältig darauf achtete, den zahlreichen Dornbüschen auszuweichen, die diesen Teil der Wälder beherrschten. Sie hatte einmal die spaßige Theorie entwickelt, daß die Dornbüsche die Gorubirnen beschützten, denn beide Pflanzen waren stets dicht nebeneinander anzutreffen.

Am oberen Rand der steilen Klippe über den Wasserfällen packte sie die Liane, die sie dort befestigt hatte, um schneller absteigen zu können. Am Flußufer hielt sie sich an die trockenen flachen Felsen, bis sie zu den Trittsteinen unterhalb des breiten, von den Wasserfällen geschaffenen Tümpels gelangte, auf denen sie den Fluß überqueren konnte. Durch einen Graben, über eine weitere mit Dornbüschen zugewucherte Lichtung, und dann befand sie sich genau über der Stelle, wo sie den Mann das letzte Mal gesehen hatte.

Indem sie sich dicht an die braunen Felsen drückte, die fast den gleichen Farbton aufwiesen wie ihre gebräunte Haut, überwand sie die restliche Distanz. Beinahe wäre sie über ihn gestolpert, als der Wind schwarzen Qualm zwischen die Felsen drückte.

»Catteni!« rief sie wütend, als sie sich bückte, um den bewußtlosen Mann zu untersuchen und dabei die graugelbe Uniform, auch wenn sie zerfetzt und dreckverschmiert war, erkannte.

Sie schob verächtlich einen Fuß unter seine Schulter und versuchte ihn umzudrehen. Sie schaffte es nicht. Der Mann hätte ebensogut ein Felsklotz sein können. Sie kniete sich hin und zog seinen Kopf an seinem dicken schiefergrauen Haar herum. Alle Catteni hatten die gleiche Haarfarbe. War er vielleicht tot?

Das Glück war ihr nicht beschieden. Er atmete noch. Ein Bluterguß an seiner Schläfe lieferte einen Grund für seine Bewußtlosigkeit. Für einen Catteni sah er beinahe gut aus. Die meisten hatten brutale, grobschlächtige Gesichtszüge, aber dieser hatte eine gerade, beinahe schon patrizierhafte Nase, obgleich davon mehr vorhanden war, als ein Elefant sich wünschen würde, und er hatte einen breiten, wohlgeformten Mund. Der Catteni, an den sie verkauft worden war, hatte dicke, aufgeworfene Lippen, und sie wußte schon lange, daß die Catteni allmählich einen sexuellen Appetit auf terranische Frauen entwickelten.

Ein Krachen mit anschließendem Knistern ließ sie zu dem Wrack herumfahren. Die verdammten Narren schossen jetzt auf den brennenden Flieger. Kris blickte auf den bewußtlosen Mann hinab und fragte sich, was um alles in der Welt er sich hatte zu Schulden kommen lassen, daß man seine Vernichtung derart gründlich betrieb. Sie wollten eindeutig seinen Tod.

Der Verfolgertrupp zerstörte endgültig, was von dem Flitzer noch übrig war, und raubte dem Feuer jegliche Nahrung. Der mit grobem Staub angereicherte Wind wehte vom Wrack einen beißenden Gestank herüber. Der Mann rührte sich und versuchte vergeblich, sich zu erheben, nur um stöhnend wieder auf den Boden zurückzusinken. Kris sah, wie die Flitzer kreisten, um auf dem Plateau unterhalb des Wracks zu landen.

»Sie wollen wohl den Schauplatz ihres Verbrechens absuchen, hm?«

Es war völlig unlogisch, sagte Kris sich, einem Catteni nur deshalb zu helfen, weil andere Angehörige dieser Rasse seiner habhaft werden wollten. Aber ... sie verfolgte seinen Weg zurück für den Fall, daß er irgendwelche Spuren hinterlassen hatte, die sie verfolgen könnten. Sie ging auf dem nackten Fels so weit zurück wie möglich. Dort, wo der weiche erdige Untergrund begann, hatte sich eine dicke Ascheschicht abgesetzt und deckte Spuren, die er möglicherweise hinterlassen hatte, zu. Trotz allem könnten die Catteni durchaus auf sie stoßen, wenn sie sich umschauten, um nachzuprüfen, ob das Opfer den Absturz überlebt hatte und geflüchtet war.

Er hatte sich auf die Füße hochgekämpft, als Kris zu ihm zurückkehrte. Er war noch benommen, und seine kräftigen Arme hingen schlaff an den Seiten herab, während er versuchte, irgend etwas zu erkennen. Sie wollte ihn führen, aber es war genauso, als wollte sie einen Berg verschieben. »Na komm schon, Mahomet«, drängte sie leise. »Geh wie ein braver kleiner Junge runter zum Fluß, und ich tauch' dich unter. Kaltes Wasser sollte dich eigentlich hellwach machen.«

Die scharfen Laute eines heftigen Disputs ließen sie nervös zusammenzucken. Mein Gott, diese Catteni hatten den Steilhang aber schnell überwunden. Sie hatte ganz vergessen, daß sie auf diesem Planeten mit leichter Anziehungskraft erhebliche Sprünge machen konnten.

»Sie kommen. Folgen Sie mir«, sagte sie in Lingua barevi.

Er stöhnte wieder, schüttelte den Kopf, um einen klaren Gedanken zu fassen. Er drehte sich zu ihr um, die großen gelben Augen immer noch trübe vom Schock des Absturzes. Kris würde sich niemals an diese butterfarbenen Pupillen mit ihrer schwarzen Iris gewöhnen.

»Hier entlang! Schnell!« Sie zerrte an ihm. Wenn er seine baumstammgleichen Beine nicht endlich schneller bewegte, würde sie ihn zurücklassen. Gute Samariter auf

Barevi sollten sich lieber nicht von Catteni schnappen lassen.

Sie zog wieder an seinem Arm, und er schien einen Entschluß zu fassen. Er machte einen Schritt vorwärts, wobei eine Hand sich wie ein Schraubstock um ihre Schulter krampfte. Sie erreichten das Flußufer und hatten immer noch einen Vorsprung vor dem Suchtrupp. Aber Kris stöhnte verzweifelt auf, als ihr klar wurde, daß dieser nur halbwache Mann niemals seinen Weg über die Trittsteine finden würde.

Die Rufe hinter ihnen verrieten, daß die anderen ausschwärmten, um die Felsen abzusuchen. Sie umklammerte mehrere Finger seiner großen Hand und führte ihn zum Fuß der Wasserfälle.

»Wenn Sie nicht schwimmen können, dann haben Sie Pech gehabt«, sagte sie grimmig. Sie ließ seine Hand los, trat zurück, sprang dann wieder nach vorn und rammte ihn mit der Schulter ins Wasser.

Sie tauchte neben ihm ein, und als er weiter hinabsank, streckte sie die Hand aus und erwischte ihn an seinem dicken grauen Haar. Glücklicherweise bewirkte der Auftrieb im Wasser, daß man sogar einen riesigen Catteni herumbugsieren konnte. Mit aller Kraft und unter Aufbietung aller Schwimmkünste hielt sie seinen Kopf über Wasser und bewahrte ihn in dieser Position, indem sie eine Hand unter sein Kinn schob.

Dank eines ungewöhnlichen Glücksfalls waren sie zwischen dem herabstürzenden Wasser und dem Felsen aufgetaucht, so daß der Wasservorhang sie weitgehend vor jeglicher Sicht verbarg. Während der Catteni sich gegen ihren Griff zu wehren begann, tauchten die fünf Jäger auf der Lichtung neben dem Tümpel auf. Ihr »Mahomet« wurde sofort wachsam, spannte sich und begann neben ihr Wasser zu treten, anstatt sich gegen sie zu wehren.

Die Catteni diskutierten jetzt untereinander, und jeder

schien den anderen widersprüchliche Anweisungen zu erteilen.

Mahomet richtete sich auf, schob ihre Hand weg, die seinen Kopf hielt, und behielt die Gruppe am Flußufer im Auge. Sie beobachteten sie. Dabei machten ihre Hände so sparsame Bewegungen wie möglich, obgleich der Wasserfall jede Unruhe der Wasseroberfläche perfekt tarnte.

Nach einer hitzigen Debatte überquerte ein Catteni den Tümpel mit einem – für Kris – fantastischen Sprung aus dem Stand. Er und ein anderer machten sich flußabwärts auf den Weg, untersuchten sorgfältig beide Ufer und räumten lässig und ohne sichtbare Mühe riesengroße Felsbrocken beiseite, um darunter nachzuschauen. Die anderen drei kehrten, immer noch in eine heftige Diskussion verstrickt, auf dem Weg zurück, den sie gekommen waren.

Nach einer längeren Wartezeit, in der das eiskalte Wasser Kris bis auf die Knochen durchkühlte, berührte der Flüchtling ihre Schulter und deutete mit einem Kopfnikken auf das Ufer. Aber als ihr klar wurde, daß er auf dem Weg zurückkehren wollte, auf dem sie hergekommen waren, schüttelte sie heftig den Kopf und deutete zur anderen Seite.

»Sicher! Dorthin!« rief sie, um den Lärm der herabstürzenden Wassermassen zu übertönen. Er runzelte die Stirn. »Ich habe einen Flitzer, in dem man sich verstecken kann.« Sie deutete mit ausgestrecktem Zeigefinger in die Richtung ihres versteckten Fahrzeugs. Wie vom Donner gerührt, als sie plötzlich begriff, was sie soeben ausgesprochen hatte, starrte sie ihn an. »Oh, mein Gott!«

Er hob überrascht eine Augenbraue, und sie hoffte für einen einzigen langen Moment, daß er nicht verstanden hatte, was sie gesagt hatte. Aber er hatte es verstanden, und nun funkelten seine Augen sie im Halbdämmer des Waldes mit weitaus wacherem Interesse an.

Er ist wie ein großer Löwe, dachte Kris und würgte beinahe vor Angst.

»Sie haben einem Catteni geholfen«, stellte er mit einer tiefen, dröhnenden Stimme in Lingua barevi fest. »Dafür soll Ihnen kein Leid geschehen.«

Kris war sich dessen nicht so sicher, als sie aus dem Fluß zu klettern versuchte und feststellte, daß sie vor Kälte taub und kraftlos war. Er hingegen stieg lässig aus dem Wasser. Er schaute auf ihre erfolglosen Bemühungen hinunter und runzelte ungehalten die Stirn. Dann, ohne sichtbare Anstrengung, schlang er die langen Finger einer Hand um ihren Oberarm, zog sie einfach aus den Fluten und stützte sie, bis sie ihr Gleichgewicht wiedergefunden hatte.

Fröstelnd blickte sie zu ihm hoch. Mein Gott, war er groß. Er war sicherlich der größte Catteni, dem sie je begegnet war. Sie hatte ihre Körpergröße von ihrem schwedischen Vater geerbt und maß barfuß immerhin einsfünfundsiebzig. Sie hatte die meisten Catteni, die sie kennengelernt hatte, stets um mehrere Zentimeter überragt, aber in diesem Falle mußte ihr Gegenüber seinen Blick nach unten richten, um sie zu betrachten. Und seine Schultern waren so breit wie die Schaufel einer Planierraupe.

»Wo ist der Flitzer?« fragte er knapp.

Sie deutete in die entsprechende Richtung, ärgerte sich dabei, daß sie ihm so prompt gehorchte und daß sie ihr Zähneklappern und das Zittern ihres Körpers nicht unterdrücken konnte. Er faßte nach ihrer Hand und entspannte seinen Griff ein wenig, als er ihren unwillkürlichen Schmerzenslaut hörte.

Man muß ›Dreckspfoten‹ durch ›Schwerstkraftpranken‹ ersetzen, sagte sie sich in dem Bemühen, ihre Zuversicht zu wahren, als sie vor ihn trat.

»Ich muß durch die Dornen vorausgehen«, sagte sie. »Oder machen Dornen der Haut eines Catteni nichts aus?« fügte sie spitz hinzu.

Zu ihrer Überraschung grinste er.

Während sie sich abwandte, wurde ihr bewußt, daß sie noch nie einen Catteni lächeln gesehen hatte. Sie registrierte außerdem, daß er sorgfältig in ihre Fußstapfen trat. Es war gut zu wissen, daß er genauso wie sie darauf bedacht war, die Dornenbüsche mit ihren gemeinen kleinen Pfeilen nicht zu wecken.

Sie hatten die Hälfte des Weges zu dem versteckten Flitzer bewältigt, als sie rechts von sich im Tal laute Cattenistimmen vernahmen.

Mahomet hielt inne, ging leicht in die Hocke und verrenkte instinktiv seinen Körper, um die in nächster Nähe wuchernden Pflanzen nicht zu berühren. Er lauschte, und während die Wörter für Kris viel zu verzerrt waren, als daß sie sie hätte verstehen können, hatte er damit offensichtlich keine Schwierigkeiten. Ein freudloses Lächeln spielte um seine Lippen, und in seine Augen trat ein Funkeln, das Kris Angst machte.

»Sie haben hier eine Bewegung wahrgenommen. Schnell weg!« flüsterte er.

Kris fiel in einen leichten Trab. Ein höheres Tempo einzuschlagen, war auf dem gewundenen Pfad nicht ungefährlich. Als sie vor dem ausgedehnten Dickicht auf eine Lichtung gelangten, blieb sie stehen.

»Wohin? Haben Sie sich verlaufen?« fragte er.

»Durch diese Büsche. Nehmen Sie sich in acht. Und wenn ich das Zeichen gebe, dann rennen Sie los!«

Er runzelte skeptisch die Stirn, als sie eine Handvoll kleiner Steine sammelte. Mit geübter Geste und genau zielend schleuderte sie sie in einem weiten Bogen nach links und rechts, schaute sich wachsam um und zählte die Pfeile, um sicherzugehen, daß sie jeden Busch ausgelöst hatte. Vorsichtshalber sammelte sie eine zweite Handvoll Steine auf und warf diese in einem weiteren Bogen. Aber kein Pfeil wurde abgeschossen.

»Los jetzt!« Seine Reaktionszeit war viel kürzer als ihre, so daß er die Lichtung schon halb überquert hatte, ehe der letzte Laut ihre Lippen verlassen hatte. Sie überholte ihn. »Wir haben fünf Minuten Zeit, bis sie wieder abwehrbereit sind.«

Ein Ausdruck, der an Respekt grenzte, glitt über sein Gesicht. Ungeduldig stieß sie ihn an, schlängelte sich dann durch die Büsche und folgte ihrem Geheimweg durch dieses Hindernis. Als sie die letzte Wegbiegung umrundete und er den Flitzer vor sich sah, dessen Nase in einem dichten Dornendickicht steckte, gab er einen Laut von sich, der für Kris wie ein verhaltenes Kichern klang.

Sie winkte die Flitzertür auf und bedeutete ihrem Begleiter mit einer einladenden Handbewegung einzusteigen. Er begab sich sofort zur Instrumententafel und stieß ein Knurren aus, als er den Hauptschalter umlegte.

»Der Tank ist noch halbvoll«, murmelte er und überprüfte flüchtig die anderen Anzeigeinstrumente. Er schaute zur transparenten Kuppel hoch, die mit dicht belaubtem Astwerk bedeckt war. Dann wanderte sein Blick weiter zu dem Lager, das sie auf dem Boden aufgeschlagen hatte, und zu den Utensilien, die aus zweckentfremdeten Ersatzteilen aus den verschiedenen Schließfächern und Spinden des Flitzers bestanden.

»Sie waren es, die den privaten Flieger des Kommandanten gestohlen haben«, stellte er fest und musterte sie eindringlich.

Kris schob trotzig das Kinn vor.

»Zumindest habe ich ihn heil runtergebracht«, sagte sie.

Daraufhin brach er in schallendes Gelächter aus.

»Indem Sie ihn in ein solches Dickicht steuerten?«

»Das geschah mit Absicht.«

»Gehören Sie zu dieser neuen Rasse?«

»Ich bin Terranerin«, erklärte sie mit betont überheblichem Stolz. Aber sie wirkte nicht sehr überzeugend, weil sie plötzlich vor Kälte zu zittern begann.

»Ziemlich dünnhäutige Rasse«, bemerkte er. Er

schaute auf ihren Oberkörper, bemerkte die heftigen Atembewegungen und sah, wie ihre Brüste sich durch den dünnen Stoff ihrer unzureichenden Bekleidung abzeichneten, und strich mit einem Finger über ihre Schulter. Seine Berührung war unerwartet sanft – und mehr. »Ganz weich«, stellte er versonnen fest. »Habe noch nie Terranerin ausprobiert ...«

»Und Sie fangen ganz bestimmt nicht mit mir an«, sagte sie und entfernte sich mit einem Sprung so weit von ihm, wie die Enge der Kabine es zuließ.

Sein Ausdruck veränderte sich von Amüsement zu Verärgerung.

»Das tue ich, wenn ich es will.«

»Ich habe Ihnen das Leben gerettet!«

»Deshalb möchte ich mich ja in angemessener Weise erkenntlich zeigen ...«, meinte er mit einem Anflug von Galanterie.

»Indem Sie mich vergewaltigen?« Sie tastete nach einem schweren Metallwerkzeug. Nicht daß sie mit einem »Zahnstocher« einem Catteni großen Schaden zufügen könnte, aber sie war entschlossen, es immerhin zu versuchen. Ein Catteni entsprach nicht gerade ihrer Idealvorstellung von einem Liebhaber.

»Sie vergewaltigen?« Seine Verblüffung war geradezu lächerlich.

»Glauben Sie denn, daß terranische Frauen vor Freude ohnmächtig werden, wenn sie von Ihresgleichen vernascht werden?« fragte sie, verlieh ihrer leisen Stimme einen drohenden Klang und packte das Werkzeug fester.

»Bisher hat sich noch keine beklagt ...« Er verstummte und kauerte sich schlagartig zusammen, als sie beide einen lauten Fluch hörten.

In nächsten Moment hatte er schon eine große Hand auf ihren Mund gelegt und preßte ihren Körper an sich, so daß sie sich vorkam wie ein Insekt auf einem Streifen Fliegenpapier. Das Werkzeug lag nutzlos in ihrer Hand. Sie hatten die Flitzertür nicht geschlossen und konnten deutlich das sirrende Geräusch hören, als die Büsche ihre Pfeile abschossen. Laute Flüche erklangen. Indem sie den Kopf drehte, konnte Kris das schadenfrohe Grinsen auf der Miene des Catteni erkennen.

Eine herrische Stimme bellte einen rauhen Befehl, und sogar Kris konnte sich denken, daß er soviel bedeutete wie »Los, verschwinden wir. Hier ist sicherlich niemand gewesen.«

Mahomet drückte sie leicht zur Seite und schaute ihr ins Gesicht, während er die Hand von ihrem Mund löste. Sein Blick warnte sie gleichzeitig, auf keinen Fall zu schreien. Sie erwiderte wütend seinen Blick. Er wußte genau, daß es ihr wahrscheinlich noch schlechter als ihm ergehen würde, wenn sie tatsächlich die Stimme erhob.

Sie verharrten in dieser Haltung, bis sie in der Umgebung des Flitzers nur noch die Geräusche des Waldes hören konnten. Dann stellte er sie wieder auf die Füße und deutete mit einer umfassenden Geste auf den Flitzer.

»Dieses Ding schon seit fünf Monaten verschwunden. Weshalb sind Sie immer noch alleine? Sind noch andere hier?« Er blickte durch einen Teil des umlaufenden Fensters auf das Gewirr aus Ästen und Zweigen.

»Nein – nur ich.« Sie hielt immer noch das Werkzeug in der Hand und überlegte, ob sie ihn wohl hart genug treffen könnte, daß er das Bewußtsein verlor. »Weshalb waren die anderen Catteni so erpicht darauf, Sie zu erwischen?«

»Ach«, erwiderte er und zuckte geringschätzig die Achseln, »ein taktischer Fehler. Ich mußte ihren Patrouillenführer töten. Er hatte einen verbündeten Emassi beleidigt.« Endlich verstand sie das seltsame Wort. »Da ich keine Helfer, ich mußte verschwinden.«

»Wer kämpft und flüchtet, kann weiterkämpfen?«

»Nur am nächsten Tag«, korrigierte er sie geistesabwesend.

»Am nächsten Tag?«

»Natürlich. Es ist Gesetz der Catteni, daß Streit nur bis

zur gleichen Stunde des nächsten Tages ausgefochten werden darf.« Er grinste. »Ich muß mich nur verstecken, bis morgen die Sonne wieder im Zenith steht, dann kann ich zurück.«

»Und die warten nicht auf Sie?«

Er schüttelte den Kopf. »Das wäre gegen das Gesetz. Sonst würden wir Catteni uns nämlich sehr schnell gegenseitig umbringen.«

»Wollen Sie mir tatsächlich weismachen, daß sie die Suche abblasen müssen, wenn sie Sie nicht bis morgen mittag aufstöbern?«

Er nickte.

»Auch wenn Sie ihren Anführer getötet haben?«

Seine Augen weiteten sich überrascht. »Es war ein fairer Kampf.«

»Ich wußte gar nicht, daß Ihr Catteni so etwas wie Fairneß kennt.«

»Und wie wir das tun«, sagte er, entrüstet über ihre Anschuldigung, dann entspannte sich sein Gesicht, und er grinste. »Ach so, Sie finden, daß es von uns nicht fair ist, euren Planeten zu besetzen?«

»Genau.«

Er setzte sich rittlings auf den Pilotensessel, stützte die muskulösen Unterarme auf die Rückenlehne und schien sich über ihren Zorn köstlich zu amüsieren.

»Euer Planet hatte keine Verteidigungseinrichtungen. Er war geradezu lächerlich einfach zu unterwerfen.«

»Machen Sie so etwas oft?«

»Es ist ein sehr gewinnträchtiges Geschäft, kann ich Ihnen versichern. Wie haben Sie sich ernährt?« fragte er, und sie hörte ein absolut unglaubliches Geräusch, das eindeutig von ihm erzeugt wurde. Ihr kam der Gedanke, daß der Magen eines Catteni genauso hungrig knurren konnte wie der eines Menschen. Seltsamerweise erschien er nun weitaus weniger bedrohlich.

»In diesem Wald gibt es sehr viel Eßbares, und außerdem angle ich im Fluß.«

»Tatsächlich?«

»Ich gehöre zu einer intelligenten und erfinderischen Rasse«, sagte sie. »Ich hatte keine Probleme, immer satt zu werden.«

Er nickte anerkennend. »Haben Sie irgendwelche Vorräte in greifbarer Nähe?«

Da sie es nicht wagte, sich ihm bis auf Reichweite zu nähern, deutete sie mit einem Kopfnicken auf den Korb auf der Kontrolltafel hinter ihm. »Gorubirnen und die Wurzeln einer weißen Pflanze, die offensichtlich durchaus eßbar ist.« Während er sich umwandte, bemerkte sie, wie er die Nase rümpfte, dann seufzte er. »Nicht gerade die ideale Kost für Catteni, denke ich, da Sie ja an die besten Fleischsorten der Galaxis gewöhnt sind, aber immerhin bringt die einfache Kost auch Ihren Magen zum Schweigen. Dieses Knurren könnte uns am Ende noch verraten.«

Er stopfte sich nicht die ganze Birne in den Mund, wie sie es bei einigen Catteni beobachtet hatte. Er nahm sich auch eine der Wurzeln, die süßlich schmeckten und eine große Ähnlichkeit mit Möhren hatten. Dann biß er abwechselnd von der Birne und der Wurzel ab. Nachdem er die Birne verzehrt hatte, wandte er sich um und hob fragend die Augenbrauen.

»Vielen Dank, nein. Ich war gerade beim Essen, als ich das Luftduell sah.«

»Luftduell?«

»Ein terranischer Ausdruck, er bezeichnet die Auseinandersetzung von Kampfflugzeugen.«

»Kampfflugzeuge?«

»Auch wir haben den Raumflug beherrscht«, fügte sie hinzu und fragte sich, als der Stolz sie zu dieser Bemerkung animiert hatte, ob überhaupt eine der SAC-Einheiten gestartet war, als die Catteni in den terranischen Raum eindrangen.

»Ach ja, das habt ihr. Primitive Abwehreinrichtungen, aber mit tapferen Kämpfern besetzt.«

Ihr wurde das Herz schwer. Seit kurzem geschah es immer öfter, daß sie Dinge erfuhr, die ihr überhaupt nicht gefielen. Einer der Sklaven im Lager, der aus der Chicagoer Gegend kam, hatte erzählt, daß Boden-Luft-Raketen auf die Schiffe der Catteni abgefeuert worden waren. Die Führer der terranischen Nationen hatten sich mit Verteidigungsmaßnahmen Zeit gelassen, da sie anfangs nicht wußten, wer eigentlich in die Atmosphäre des Planeten eingedrungen war. Sie hatten zu lange gezögert, um noch etwas ausrichten zu können. Bill hatte seinen Walkman getragen und die Nachrichten abgehört, bis er in ein Schiff der Catteni getrieben wurde. Bei ihren Unterhaltungen hatten die Gefangenen in Erfahrung bringen können, daß nicht alle großen Städte angegriffen und geplündert worden waren. Nur so viele Städte waren überfallen worden, daß die ganze Welt die uneingeschränkte Überlegenheit der Invasoren anerkennen mußte. Das war kaum ein Trost für die, welche entführt worden waren, aber es reichte aus, um ihren Stolz wiederaufzurichten.

»Die meisten haben wir entwaffnet«, fuhr Mahomet mit leidenschaftsloser Stimme fort, »und mitsamt ihren Luftvehikeln abgeschossen. Die Maschinen waren ziemlich schwerfällig, zeigten jedoch erste Ansätze einer erfolgversprechenden Weiterentwicklung.«

»Vielen Dank.«

Er hob irritiert eine Augenbraue. »Wofür?«

»Zuviel des Lobes für die primitiven Wilden!«

Nun legte er den Kopf in den Nacken und setzte zu einem brüllenden Gelächter an.

»Pssst, sie können Sie hören. Sie brüllen ja wie ein Stier.«

»Und Sie reden wie eine Cattenifrau!«

»Soll ich das als Kompliment verstehen?«

»Wie Sie wollen.« Dabei deutete er vor ihr eine Verbeugung an, wobei seine gelben Augen auf eine Art und

Weise belustigt zwinkerten, wie sie es noch nie bei einem Catteni gesehen hatte.

»Sie sind überhaupt nicht wie die anderen.«

»Welche anderen?«

»Alle anderen Catteni, die ich kennengelernt und beobachtet habe.«

»Natürlich bin ich das nicht. Ich bin Emassi«, erklärte er mit verhaltenem Stolz und schlug sich mit seiner großen Hand voller Selbstbewußtsein auf die Brust.

»Was immer das ist.«

»Ein hoher Rang«, sagte er. Mit einem wegwerfenden Schnippen seiner vom Gorubirnensaft klebrigen Finger in Richtung der Stadt, aus der sie geflohen war, wies er den örtlichen Catteni einen untergeordneten Rang zu. »Ich befehle. Sie gehorchen«, fügte er hinzu und sorgte dafür, daß sie den wesentlichen Unterschied begriff.

»Und die, die Sie töten wollten? Haben sie gehorcht?«

»Das haben sie, und zwar ihrem sterbenden Patrouillenführer«, sagte er mit einem Achselzucken und einem herablassenden Grinsen. »Er meinte, sie sollten dafür sorgen, daß ich für seinen Tod bezahle.« Dann blickte er stirnrunzelnd zu Boden, als würde ihm erst jetzt die Tragweite dieses Befehls bewußt. »Aber was soll's. Morgen mittag ist sowieso alles vorbei. Und nun ...« Als er Anstalten machte, sich von seinem Platz zu erheben, und seine Miene an seinen Absichten keinen Zweifel ließ, zögerte Kris nicht länger.

Mit einem karategleichen Sprung warf sie sich auf ihn, hatte das Werkzeug mit beiden Händen gepackt und schmetterte es ihm mit aller Kraft seitlich gegen den Kopf. Mit einem Röcheln sackte er zu Boden.

Hatte sie ihn etwa getötet? Voller Angst, ein Leben vernichtet zu haben, auch wenn es einem arroganten Catteni gehört hatte, kniete sie sich neben ihn, bemerkte, daß rotes Blut aus einer Schädelverletzung sickerte, und legte eine Hand auf seinen Hals. Wenn er Blut hatte, dann hatte er auch Adern. Und da er aussah wie die meisten Humanoiden, müßte in seinem Hals auch ein Pulsschlag zu fühlen sein. Er hatte einen! Und er war noch nicht einmal schwach, sondern sie spürte ihn als deutliches Pochen an ihren Fingern. Die schon bald mit dem Blut benetzt waren, das aus seiner Kopfwunde quoll.

Oh, das war gar nicht gut, dachte sie. Die häßlichen kleinen Stechdinger würden das Blut riechen und seine Quelle suchen. Dadurch würde der Flitzer unbewohnbar. Zuerst verband sie die Wunde mit dem absorbierenden Material, das sie in den Schließfächern gefunden hatte. Dann wusch sie das restliche Blut von seinem Gesicht ab und verteilte Gorubirnensaft auf der gräulichen Haut. Diese Maßnahme hatte ihr schon früher geholfen, die Stechtiere fernzuhalten. Es war ein praktischer Überlebenstip, den sie durch Zufall selbst herausgefunden hatte.

Eines seiner kräftigen Beine war am Sessel hängengeblieben, als er gestürzt war. Es sah ziemlich unbequem aus, und der Stoff seiner Hose spannte sich über seinen Genitalien, so daß sie sich auf eine Weise abzeichneten, die ihr peinlich war. Und sie gleichzeitig auf höchst seltsame Art und Weise ansprach. Nun, sagte sie sich, sie hatte wirklich keinen Grund, die Würde eines anderen Lebewesens zu verletzen, wenn sie sich selbst heftigst gegen solche Übergriffe wehrte. Kris hatte ein ausgeprägtes Gefühl für Fairneß. Sie mochte ihn zwar niedergeschlagen haben, um ihre Tugend zu bewahren, aber darüber hinaus fühlte sie sich verpflichtet, ihm seine Lage so angenehm wie möglich zu machen. Wie lange würde er wohl bewußtlos bleiben? Und wenn er erst einmal das Bewußtsein wiedererlangte – was würde er mit ihr tun? Nun, sie konnte dann immer noch auf die gesetzliche Revanche-Regelung der Catteni verweisen! Allerdings war es durchaus wahrscheinlich, daß diese Regel nicht für Sklaven oder Nicht-Catteni galt. Sie durchsuchte die Spinde nach etwas, womit sie ihn fesseln könnte. Es gab zwar ein kräftiges Seil, jedoch keine

Kette, und diese wäre die einzige Art von Fessel gewesen, die der Kraft eines Catteni hätte standhalten können.

Sie ließ sich in den Pilotensessel sinken und rekapitulierte noch einmal ihre Erlebnisse. Es war ein anstrengender Tag gewesen. Und er war fast zu Ende. Und wenn sie ihn dorthin zurückbrachte, woher er gekommen war? Da die Dunkelheit bereits hereinbrach, wäre mit lebhaftem Rückreiseverkehr in die Stadt zu rechnen, so daß dieser gestohlene Flitzer nicht auffallen würde, jedenfalls nicht nach fünf Monaten. Wie lange hielten Catteni ein öffentliches Fahndungsersuchen aufrecht? Vierundzwanzig Stunden? Vielleicht für cattenische Emassis, aber nicht für entflohene Sklaven – das hieß, falls überhaupt jemand ihr Verschwinden bemerken sollte. Sie schaltete die Kontrollen ein und vertraute auf seine Aussage, daß der Tank noch halbvoll wäre. Sie konnte sich nicht mehr daran erinnern, was die Tankanzeige angegeben hatte, als sie floh, aber der kleine Flieger sollte eigentlich sehr wirtschaftlich sein, was auch der Grund dafür war, daß so viele in Gebrauch waren.

Sie kannte die Koordinaten der Stadt, die etwa zwei Flugstunden entfernt war, und sie hatte sicherlich genügend Treibstoff, um wieder zurückzufliegen. Kein Thema. Sie mußte Mahomet abladen. Am besten irgendwo in den Außenbezirken, wo der Anblick eines reglosen Körpers in irgendeiner Häusernische nichts Ungewöhnliches war. Nun, vielleicht nicht in den Außenbezirken, wo die Sklaven und Herumtreiber in ihrem Schmutz lebten. Aber es gab ja noch all die Versammlungsplätze, wo die Catteni ihre militärischen Schulungen und öffentlichen Kundgebungen abhielten. Sie hatte zusammen mit der Köchin ihres »Meisters« ein oder zwei dieser Veranstaltungen besucht, denn ihre Chefin fand, daß solche Darbietungen dazu beitrugen, die Disziplin aufrechtzuerhalten. Der Anblick eines Übeltäters, der mit Energiepeitschen vom Leben zum

Tode befördert worden war, reichte ihr voll und ganz. Er weckte in ihr lediglich den sehnlichen Wunsch, eine derartige Darbietung nicht noch einmal zu sehen.

Vorsichtig lenkte sie den Flitzer rückwärts aus dem Dickicht heraus. Sie hatte bei der Landung wirklich großes Glück gehabt, denn keinesfalls war sie so geplant verlaufen, wie sie es Mahomet gegenüber behauptet hatte. Sie hatte in der Nacht ihrer Flucht nicht auf den Höhenmesser geachtet oder bemerkt, daß die Ebene rund um die Stadt in eine bergige Landschaft übergegangen war. Sie hatte gespürt, wie irgend etwas am Rumpf ihres Flitzers kratzte, und war dadurch in Panik geraten. Dann war die Nase des Flitzers weggesackt. Sie steckte mitten in dem Dickicht und wurde von den Büschen mit unzähligen Pfeilen bepflastert, ehe sie ihren Fehler korrigieren konnte. Es hatte geklappt. Kris hatte den tiefen und zwingenden Glauben, daß am Ende alles gut ausging – falls man das Ende heil erlebte.

Sie lenkte den Flitzer nach Südosten, aber nicht ohne vorher erneut die Koordinaten ihres Verstecks überprüft und gespeichert zu haben. Sie würde wohl bei Tageslicht zurückkehren müssen, wenn sie das Dickicht nicht verfehlen wollte. Die Äste und Zweige schlossen sich sofort, nachdem der Flitzer sich aus ihrer Umarmung befreit hatte.

Die Lichter der Stadt leiteten sie viel zuverlässiger als ihr Kurs-Leitsystem. Lediglich die Bewegung der Nadel auf einem der Anzeigeinstrumente verriet ihr, daß es sich um einen Kompaß handelte. Sie nahm an, daß es so etwas wie einen Autopiloten gab, aber bisher hatte sie noch nicht den dazugehörigen Schalter gefunden. Ihre Flugkenntnisse verdankte sie den täglichen Trips mit der Köchin zu den verschiedenen Märkten, um frische Lebensmittel einzukaufen. Dabei hatte sie aufmerksam zugeschaut und sich die Grundkenntnisse eingeprägt. Wenig später, als sie vor dem Flitzer des Kommandanten stand, hatte sie der Versuchung nicht widerstehen können. Sie hatte es auch gar nicht versucht. Genauso wie Oscar Wilde konnte sie allem widerstehen außer der Versuchung. Ihr Wissen über Englische Literatur nutzte ihr jetzt wenig. Es waren die außerschulischen Themen wie Orientierung oder Überlebenstraining, über das ihre Mutter sich immer lustig gemacht hatte, und ihr Karatekurs, die ihr jetzt unschätzbare Dienste leisteten. Zum Beispiel beim Ausschalten von Bewohnern von Hochschwerkraftplaneten. Sie blickte auf Mahomet hinunter, der bisher auch nicht einen Muskel gerührt hatte. Die Blutung hatte offenbar aufgehört.

Sie dachte, daß die Stadt mit ihren hell beleuchteten architektonischen Prunkstücken recht hübsch aussah. Nicht, daß das riesige Hauptquartier der Catteni, welches den Mittelpunkt des Speichenradgrundrisses von Barevi City bildete, irgendwelche Schönheitspreise hätte erringen können. In der Stadt schienen eine Menge Lichter zu brennen, aber vielleicht entstand dieser Eindruck auch nur dadurch, daß sie alles aus großer Höhe überblicken konnte und nicht mittendrin stand. Hingegen gab es in den Außenbezirken, denen sie sich näherte, nicht genug Licht, um einen günstigen Landeplatz zu finden. Nun, sie würde nach einem der Versammlungsplätze Ausschau halten. Sie wurden gewöhnlich von den Bäumen gesäumt, die man angepflanzt hatte, damit die Zuschauer bei den Zeremonien der Catteni ein wenig Schatten fanden. Dort gab es genügend Platz, um mit einem Flitzer sicher zu landen. Seltsamerweise sah sie nicht viele Flitzer, die sich aus der gleichen Richtung wie sie der Stadt näherten. Nun, sie kam direkt aus dem Dschungel. Aber eine größere Anzahl schwerer Militärmaschinen kam offensichtlich vom Catteni-Hauptquartier.

Als sie die Tür des Flitzers öffnete, erkannte sie, daß irgend etwas im Gange war. Es herrschte ein erheblicher Lärm, und er klang irgendwie bedrohlich. Natürlich erschienen derartige Geräusche aus der Ferne immer gefährlicher, als sie es in Wirklichkeit waren. Sie würde sich beeilen und wäre in Nullkommanichts wieder gestartet und auf dem Rückweg zu ihrem Versteck.

Sie griff nach dem Strick, den sie in einem der Schließfächer gefunden hatte, und schlang ihn um Mahomets Füße. Dann band sie ihn an einem Baumstamm fest. Sie wuchtete seine Füße und seine Beine nach draußen, aber sein Gesäß blieb an der Unterkante des Türrahmens hängen. Sie war so eifrig damit beschäftigt, seinen Hintern über das Hindernis zu ziehen und zu zerren, daß sie nicht bemerkte, wie nahe der Lärm mittlerweile gerückt war. Desgleichen die Lichter. Sogar der ansonsten dunkle Versammlungsplatz hatte sich erhellt. Sie schaute auf die Straßen hinunter, die zu dem Platz führten, und sah zahlreiche Lichter. Fackeln? Und das Dröhnen war beängstigend. Was war los in Barevi City?

Der Lärm trieb sie an, ihre Bemühungen, Mahomet aus dem Flitzer zu ziehen, zu verdoppeln. Sein Körper mußte eine halbe Tonne wiegen, denn sie konnte ihn keinen Millimeter bewegen. Der Lärm kam offensichtlich auf diesen Platz zu, desgleichen der gesamte Luftverkehr. Sie stieg über seinen reglosen Körper und versuchte, seinen Rumpf anzuheben und aus der Tür zu wuchten. Er würde nur einen halben Meter tief fallen und würde sich dank seines harten Schädels nicht verletzen. Keuchend stemmte sie die Füße gegen den Pilotensessel und versuchte alles mögliche, um Mahomet hinauszuschieben.

Lärm und Licht konzentrierten sich am anderen Ende des Versammlungsplatzes. Sie sollte ihn lieber wieder hereinholen und verschwinden! Sie beugte sich über seinen Körper, löste den Strick von seinen Füßen und wollte die Beine in den Flitzer zurückzerren, als sie das Dröhnen eines großen Fliegers über sich hörte und den Luftdruck spürte. Sie war vor Anstrengung außer Atem und hatte keine Zeit mehr, Mund und Nase zu bedecken, bevor die ersten süßlich und nur zu vertraut riechenden

Schwaden sich in der Luft ringsum verteilten. Sie brach über den Beinen ihres Opfers zusammen und fragte sich in ihrem letzten wachen Moment, weshalb sie so dumm gewesen war, ihre Freiheit für einen hochrangigen Catteni aufs Spiel zu setzen!

Kapitel
Zwei

Der unbeschreibliche Gestank von vielen verängstigten Leibern in größter Enge und das unverkennbare Zischen einer Energiepeitsche und ein Schrei rissen Kris aus ihrem sich ständig wiederholenden Alptraum. Zwischen zwei warmen und schwitzenden Körpern eingezwängt, die Wange auf eine kalte Fläche gepreßt und die Knie bis ans Kinn hochgezogen, nahm sie eine insgesamt höchst beschämende und ungemütliche Position ein. Sie wunderte sich, daß sie so lange bewußtlos gewesen war. Vielleicht hatte sie einfach nicht begreifen wollen, daß sie sich in einer cattenischen Arrestzelle befand. In der sich zur Zeit viel zu viele Personen aufhielten. Es war dunkel, wenn auch nicht so finster wie im Laderaum des Transportschiffs. Sie konnte nicht entscheiden, ob das ein Segen war oder nicht.

Sie bewegte sich vorsichtig, weil ihr ganzer Körper zu schmerzen schien. Sie spürte Prellungen und Kratzer an ihren nackten Beinen, Armen und im Gesicht. Die Kälte der Wand tat ihrer aufgeschürften Wange gut.

Aber nun, als ihre Augen offen waren und sich an den Halbdämmer gewöhnt hatten, konnte sie ringsum Bewegung wahrnehmen. Sie sah einen niedrigen Raum mit saalartiger Grundfläche. Sie konnte kaum die Wände erkennen. Es wimmelte von Leibern, aber dann bemerkte sie zwei Öffnungen, durch die Körper in einen helleren Raum dahinter geschoben wurden.

Die Energiepeitschen der Catteni zuckten herab, und die Leute in ihrer Nähe sprangen schnell auf die Füße und folgten dem Beispiel ihrer Leidensgenossen aus den äußeren Reihen.

Kris atmete so flach wie möglich, damit die stinkende Luft ihre Nase nicht zu sehr in Mitleidenschaft zog. Sie kam auf die Füße, indem sie sich an der Wand abstützte.

Die Person zu ihrer Rechten stöhnte vor Schmerzen. Instinktiv versuchte Kris der Frau zu helfen – sie war eine Deski und so zierlich und zart gebaut, daß Kris Angst hatte, ihr einen Knochen zu brechen, wenn sie ein wenig fester zupackte. Sie müssen viel zäher sein, als sie aussehen, dachte sie, sonst würden sie die grobe Behandlung, die die Catteni allen Rassen zuteil werden ließen, niemals heil überstehen.

Die Peitsche schlug gefährlich nahe bei ihr ein, und sie duckte sich. Das war einer der Nachteile, wenn man überdurchschnittlich groß war, aber sie zog die Deski hoch in den Stand und hielt ihren schwankenden Körper fest. Die automatischen Reflexe des guten Samariters waren ebenfalls ein Nachteil, dachte sie. Ich kann nicht jedem helfen. Also helfe ich denen, denen ich helfen kann. Sie schob der Deski beide Hände unter die dünnen Arme, um sie aufrecht zu halten, während sie sich von der Wand entfernten und in die Richtung bewegten, die die Catteni ihnen vorschrieben – nämlich zu den Türen hin.

Demnach waren sie – und Mahomet – von der cattenischen Bevölkerungskontrolle geschnappt worden. Nun, wahrscheinlich war er schon längst wieder draußen, da sie wohl kaum annehmen konnten, daß er zu dem Mob gehörte, den sie mit ihren Gasschwaden betäubt hatten. Wie immer war ihr Timing absolut perfekt. Sie war wieder genau dort, wo sie angefangen hatte. Nun, nicht ganz, aber immerhin nahe genug, um sich in ihr Schicksal zu ergeben. Trotzdem, wenn sie einmal hatte fliehen können, dann würde sie es auch ein zweites Mal schaffen. Sie mußte sich selbst aufmuntern.

Sie hatten sich mittlerweile der Tür so weit genähert, um erkennen zu können, daß im nächsten Raum unzählige Wasserdüsen in Betrieb waren. Es war eine jener Massenduschen, in denen die Catteni ihre Gefangenen säuberten. Es kam gelegentlich zu kurzen Staus, wenn der wachhabende Catteni an der Tür jemandem gewaltsam die Kleidung vom Leib riß. Sie biß die Zähne zusammen. Diese ganze Prozedur gefiel ihr überhaupt nicht, aber sie hatte ähnliches bereits in den Sklavenställen über sich ergehen lassen müssen und war am Ende heil herausgekommen – und hatte wieder frische Luft atmen können. Alles war besser als der Gestank hinter ihr.

Sie zu entkleiden war einfach. Der Catteni fuhr mit seinem Schneider über die Vorderseite ihres Kleides, zog es nach hinten ab und stieß sie nackt vorwärts ins heiße Duschwasser. Es fühlte sich gut an, als es von unten, oben und von allen Seiten auf sie einprasselte. Es roch nur unwesentlich besser als in dem Raum, den sie soeben verlassen hatte, doch das Desinfektionsmittel war sicherlich ein weiser und notwendiger Zusatz. Sie ging schnell weiter, blickte unverwandt nach vorne auf einen imaginären Punkt, damit sie nichts richtig sah. Das Wasser war heiß genug, um Dampfschwaden zu erzeugen, daher gab es sowieso nicht viel mehr zu sehen als Leiber – in Grau, Grün und allen möglichen Weißschattierungen –, die umherirrten. Dann befanden sie sich im Trokkenraum und wurden von Düsen angeblasen, deren Luft für die vom Desinfektionsmittel gereizte Haut fast zu heiß war, aber als sie den Saal durchquert hatte, war sie trocken. Am Ausgang kam es erneut zu einer kurzen Verzögerung, und sie erhielt ein Kleiderbündel und wurde aufgefordert, zügig weiterzugehen. Sie fand in der Garderobe einen freien Platz und schlüpfte in den Overall. Wie man ihre Größe so genau hatte bestimmen können, entzog sich ihrer Kenntnis, aber das Kleidungsstück paßte perfekt. Die Klumpen, welche die cattenische Fußbekleidung darstellten, schmiegten sich um ihre Füße und nahmen bei den ersten Bewegungen nach und nach deren Größe und Form an. Sehr praktisch, wenn es darum ging, massenweise unterschiedlich große und geformte Füße mit Schuhwerk auszustatten. Sie hatte auch eine dieser dünnen Thermodecken, die sie zusammenrollte und mit der daran befestigten Schnur an ihrer linken Schulter festband.

Als sie angezogen war, schloß sie sich der langen Schlange an, die sich durch den nächsten Eingang schob, wo ihr eine Tasse und ein handspannenlanges und etwa acht Zentimeter dickes Päckchen ausgehändigt wurde. Ebenso wie die anderen verstaute sie das Päckchen hinter der Decke. Sie wurde weitergedrängt bis zu einer Stelle, wo behaarte gestreifte Rugarianer eine dampfende Flüssigkeit in die Tassen füllten, und dann durfte sie, Gott sei Dank, hinaus in die frische Luft und auf eine von einem Kraftfeld begrenzte Versammlungsfläche. Catteni marschierten auf einem Wehrgang darüber auf und ab und ließen wahllos ihre Peitschen niedersausen, um die Gefangenen daran zu erinnern, daß sie alles genau beobachteten. Nachdem sie festgestellt hatte, daß sich an den Außenwänden bereits die früher Eingetroffenen drängten, arbeitete sie sich weiter in die Mitte vor, die einzige Zone, wo man gewöhnlich vor Energiepeitschen sicher war. Dort begann sie, die Suppe zu trinken. Sie war heiß, was ihr Bauch dankbar aufnahm, aber es war jene fade Art, wie sie in Massenproduktion für Gefangene hergestellt wurde. Sie bemerkte, daß einige Leute ihre Pakete geöffnet hatten, welche jene typischen Proviantriegel enthielten, wie sie auch in den Sklavenställen verteilt worden waren. Aus der Gier, mit der diese Rationen teilweise hinuntergeschlungen wurden, war ersichtlich, daß einige Leute nicht an regelmäßige Mahlzeiten gewöhnt waren. Und wenn die Catteni schon im voraus Verpflegung verteilten, hielt sie es für geraten, ihre eigene vorerst aufzusparen. Sie taten nichts aus Mildtätigkeit, sondern stets aus Eigennutz.

Ein metallisches Klirren hallte über die Köpfe der schweigsamen Gefangenen hinweg, als die Türen, durch die die Leute geschleust worden waren, geschlossen wurden. Sie fragte sich, was wohl als nächstes geschehen würde, aber gesäubert und gefüttert zu werden war irgendwie vielversprechend. Gewöhnlich wurde man bei solchen Versammlungen niemals zu irgendwelchen

Gesprächen ermutigt, und obwohl Kris bemerkt hatte, daß alle Rassen vertreten waren, denen sie bisher in Barevi City begegnet war, und sie offensichtlich zu einer größeren Gruppe Terraner gehörte, hatte bisher niemand sie angesprochen. Und alle vermieden es, einander direkt anzusehen.

Erneut erklang ein metallisches Klirren, und die Energiepeitschen pfiffen über die Köpfe der Versammelten hinweg. Diesmal wurden sie zu acht Öffnungen gescheucht, die, wie sie erkennen konnte, als sie zu einer Öffnung in ihrer Nähe gelangte, Zugang zu einer Rampe boten. Sie hatte eine solche Rampe schon früher gesehen und begann innerlich vor Spannung und Ungewißheit zu vibrieren. Wohin trieb man sie jetzt?

Ein leises, furchtsames Murmeln wurde unter denen laut, die bereits die Rampe hinaufschlurften, aber niemand konnte stehenbleiben oder gar umkehren. Die Rampe war zu schmal und an den Seiten mit stabilen Barrieren versehen. Catteni erschienen und fuchtelten mit ihren kurzen Energieknüppeln herum und sorgten dafür, daß die Gefangenen in Bewegung blieben. Die Knüppel waren schmerzhafter als die Energiepeitschen, und beide konnten durchaus tödliche Wirkung entfalten.

Während sie von den anderen Leibern hinter ihr zur Rampe gedrängt wurde, hatte sie dank ihrer Körpergröße die Möglichkeit, über die Köpfe der anderen hinweg in einen dunklen Raum zu blicken. Indem sie sich ihm näherte, konnte sie den säuerlichen Geruch von Metall und Treibstoff wahrnehmen und erkannte, daß sie in irgendein Transportvehikel gepfercht wurden, das direkt neben den Vorbereitungsanlagen stand. Sie mußte den Catteni widerwillig das Kompliment machen, daß sie sehr wohl wußten, wie sie die störrischen Massen dazu brachten, zu tun, was sie von ihnen verlangten, und dorthin zu gehen, wo sie sie haben wollten. Sie waren nicht in Disney World!

Sie wurde von einem cattenischen Energieknüppel gestoppt, der ihr den Weg versperrte. Sie hielt die Luft an und zog den Bauch ein, damit er sie nicht berührte. Eine Luke schloß sich vor ihr. Die Rampe, die zu einer tiefer gelegenen Ebene hinuntergeführt hatte, summte leise und stieg bis zu dem Laufgang hoch, auf dem sie stand. Eine zweite Luke glitt auf, der Energieknüppel wurde angehoben, und sie duckte sich und kletterte ins Schiff. Sie und die anderen, die durch die sieben weiteren Öffnungen gingen, eilten schnell durch den niedrigen Raum zur gegenüberliegenden Wand. Während sie sich niederließ und für sich genügend Raum schuf, hatte sie Gelegenheit, sich die anderen anzuschauen, die hereindrängten. Sie atmete zischend aus, als sie die nicht zu verwechselnde Gestalt Mahomets durch die kleine Öffnung hereinschlüpfen sah. Sie hatte kaum Zeit, überrascht zu sein, und noch weniger, um es sich bequem zu machen und das Verpflegungspaket in ihrem Overall zu verstauen. Plötzlich fiel es ihr unendlich schwer, die Augen offen zu halten, und eine seltsame Trägheit nistete sich in ihren Armen und Beinen ein. Sie schaute sich um und mußte feststellen, daß es den anderen offensichtlich genauso erging wie ihr. Demnach war die Suppe präpariert gewesen. Weshalb überraschte sie das nicht? Einige sanken sofort zu Boden, als sie hereinkamen, und mußten beseitegeschoben werden, um Platz zu schaffen. Einige krochen auf allen vieren noch ein Stück weiter, um sich auf einem freien Fleck endgültig auszustrecken. *Und los geht's,* war ihr letzter bewußter Gedanke.

Als Kris erwachte, hatte sie das Gefühl, als wäre jeder Muskel ihres Körpers total überdehnt und jede weiche Stelle ihres Körpers brutal zusammengepreßt worden. Sie hatte Kopfschmerzen, einen pergamenttrockenen Mund, und in ihrem Magen herrschte eine derartige

Leere, daß ihr speiübel war. Und erneut spürte sie die drangvolle Nähe fremder warmer Körper. Aber die Luft war einigermaßen frisch und frei von jeglichem Gestank, und ihre Lungen hießen sie freudig willkommen. Ihre Augen fühlten sich an wie zugeklebt, und sie hatte Mühe, ihre Wimpern voneinander zu lösen. Was sie sah, ließ sie die Augen schnell wieder zukneifen und sich energisch den Befehl geben, sich schnellstens von dem Schock zu erholen. Sie lag inmitten eines Meers von Leibern, Leiber vor, hinter, rechts und links von ihr. Und sie befand sich ganz gewiß nicht mehr auf Barevi. Jedenfalls gab es dort nicht diesen lavendelfarbenen Himmel.

Irgendwo rechts von ihr war ein heftiger Disput im Gange. Laute männliche Stimmen sowie einige seltsame Grunz- und Knurrlaute konnte sie hören. Gleichzeitig herrschte ein allgemeines unterschwelliges Stöhnen und Seufzen. Sie war nicht die einzige, die nach dem Genuß dieser verdammten Suppe allmählich wieder zu sich kam.

Indem sie sich selbst einen Ruck gab, schaffte sie es, sich auf einen Ellbogen aufzurichten und dabei die Schmerzen in ihrem mißhandelten Körper und den steifen Muskeln zu ignorieren. Während sie heftig blinzelte, um die Augen vom Schlaf zu befreien, drehte sie den Kopf in die Richtung des Stimmengewirrs. Mehrere Männer stritten offenbar um eine Reihe Kisten. Mehrere waren hinaufgeklettert und standen drohend da. Das Sonnenlicht brach sich auf den funkelnden Klingen ihrer Messer. Die Personen, die sich neben und vor den Kisten befanden, waren vorwiegend Aliens: koboldhafte untersetzte Turs, mit denen niemals gut Kirschenessen war und die sich eher mit Grunzlauten als mit Worten verständigten, sowie ein paar dicht behaarte Rugarianer und grünhäutige Ilginish.

Nun, vor dieser Reise waren ganz gewiß keine Messer verteilt worden. Weshalb gab es sie dann hier? Damit die Gefangenen genügend Gegner töten konnten und mehr für die Sieger übrig blieb? Das war nicht sehr wahrscheinlich. Noch nicht einmal für die Catteni. Es sei denn, es gab überhaupt keine Catteni an diesem Ort.

Sie richtete sich auf und bemerkte dabei, daß die anderen zwar bei Bewußtsein, aber ansonsten ziemlich unsicher waren, was sie tun sollten. Catteni waren nirgendwo zu sehen. Noch nicht einmal Mahomet, obgleich auch er eigentlich hier sein mußte, dachte sie, da er ebenfalls an Bord des Transporters gewesen war.

»Ihr habt doch nur zwei Hände«, hallten die Worte zu ihr herüber und wurden in Lingua barevi wiederholt. Unmißverständliche Gesten unterstrichen die Worte. »Und ihr habt jetzt schon drei Messer. Geht weiter. Haut ab. Verschwindet. Verpißt euch. Weg!« Das letzte wurde auf Englisch gerufen.

Amerikaner! Sie grinste und empfand einen albernen Stolz auf ihre Landsleute. Sie verfolgte das Geschehen, bis der Trupp Aliens sich endlich entfernte, den Berg hinaufkraxelte und außer Sicht geriet. Das brachte sie zu einer weiteren Feststellung. Nicht nur hatte der Himmel die falsche Farbe, sondern auch die Bäume, die dieses Feld säumten, zeigten eine fremdartige Form. Sie hatten kein Laub, jedenfalls soweit sie es erkennen konnte, sondern eine Art grünliche Haarbüschel, die aussahen wie Flaschenbürsten.

Der ausgetrocknete Zustand ihres Mundes und ihrer Kehle ließ sich kaum mehr ertragen, vor allem als sie nach einem flüchtigen Rundblick feststellte, daß ein halbes Dutzend Leute offensichtlich an einem Bach knieten und ihre Tassen eintauchten, um daraus zu trinken. In diesem Moment wurde ihr auch bewußt, daß die Finger ihrer linken Hand heftig schmerzten, weil sie die ganze Zeit die Tasse umklammert hatten, in der sich noch Reste der mit einer Droge versetzten Suppe befanden.

Sie müßte sie gründlich ausspülen, ehe sie daraus trank. Und sie würde anfangs nicht zuviel trinken, sagte sie sich, als ihr wieder ihr Überlebenstraining einfiel. Keiner der Trinkenden schien unter irgendwelchen unangenehmen Begleiterscheinungen zu leiden. Ihnen zuzuschauen, wurde immer unerträglicher. Sie mußte unbedingt ihren Mund, ihre Kehle und ihren Magen anfeuchten.

Sie kämpfte sich hoch auf die Füße, hielt immer noch krampfhaft die Tasse fest und taumelte gegen die Person, die neben ihr lag. Um nicht aufs Gesicht zu stürzen, stützte er sich mit der freien Hand auf einer angewinkelten knochigen Hüfte ab.

»Pardon«, sagte sie automatisch, aber der fremde Körper zuckte noch nicht einmal zusammen.

Er fühlte sich durch den Overallstoff kalt und steif an. Erschrocken schaute sie in das hagere, seltsam geformte Gesicht – ein Deski, und dem aufgerissenen Mund und den starren Augen nach zu urteilen ein weiteres Opfer cattenischer Massenproduktion.

»Du armer Teufel«, murmelte Kris und fröstelte. Sie stand so schnell wie möglich auf, und zwar sowohl, um von der Leiche wegzukommen, als auch, um zum Wasser zu eilen. Das war eigentlich ihr hauptsächliches Bestreben.

Sie hielt geradewegs auf den Bach zu, als sie erkannte, was einige Leute in und am Wasser taten, und wandte sich bergauf. Während sie sich dem Bach näherte, sah sie, daß er an diesem Feld entlangfloß. Er kam zwischen der seltsam geformten hohen Vegetation hervor und stürzte über mehrere Stufen hinter dem Feld in die Tiefe und verschwand zwischen den Bäumen am fernen Rand. Das Geräusch des plätschernden Wassers verwandelte ihr unsicheres Stolpern in einen zielsicheren Trab. Nur ihre ungewöhnliche Selbstkontrolle hielt sie davon ab, sich auf den Bauch fallen zu lassen und das Gesicht in den Bach zu tauchen. Das Wasser war glasklar und strömte über felsigen Untergrund. Ein solches steiniges Bett filterte die meisten Verunreinigungen aus. Außerdem hatten die Catteni sie sicherlich bewußt so nahe am

Wasser abgeladen. Demnach mußten sie es sorgfältig geprüft haben. Sie ging in die Hocke und spülte die Tasse aus, womit auch sie ihr Scherflein zu der Verunreinigung beitrug, als der Suppenrest aus der Tasse als dünner Film davontrieb. Zuerst zwang sie sich, nur so viel Wasser zu schöpfen, daß es gerade den Boden der Tasse bedeckte. Sie trank einen Schluck, um ihre trockenen Lippen anzufeuchten, dann trank sie einen zweiten Schluck, spülte damit ihren Mund aus und wartete, bis die trockene Schleimhaut die Feuchtigkeit aufgesogen hatte. Auch ihre Kehle verlangte danach. Sie schluckte langsam und versuchte, das Wasser tropfenweise in ihren Magen rinnen zu lassen. Ein Gefühl der Kälte machte sich in ihr breit, und ihr Organismus verlangte nach mehr. Mittlerweile hatten ihre Geschmacksknospen sich so weit erholt, daß sie den Geschmack des Wasser würdigen konnten, das bei weitem besser war als jedes Designer-Wasser, das sie jemals zu Hause in Philadelphia oder in Colorado getrunken hatte. Gutes, echtes Quellwasser.

Ein lauter Tumult brach unter den Leuten bachabwärts aus. Nun, es war offenbar kein ernsthafter Streit, denn es schien heftig mit Wasser gespritzt zu werden. Ein paar Leute brachten sich in Sicherheit und begnügten sich damit zuzuschauen, während sie aus ihren Tassen tranken. Kris schaute ebenfalls zu und trank. Sie hatte nicht die Absicht, sich irgendeiner Gruppe anzuschließen, ehe sie nicht ein paar wichtige Dinge geklärt hatte, wie zum Beispiel, wo sie sich überhaupt befanden. Was hatten sie hier zu suchen? Gab es irgendwelche Catteni, die sie heimlich bewachten? Was außer Messern befand sich in diesen Kisten, und wer hatte die Kontrolle darüber? Sie faßte den Entschluß, sich mindestens ein Messer zu besorgen. Besser noch zwei – eins, um es in ihrem Stiefel zu verstecken. Der einst verspottete Überlebenskursus hatte Instruktionen enthalten, wie ein Messer geschärft, benutzt und geworfen werden mußte. Und die Kerle auf den Kisten waren eindeutig Menschen.

Nachdem ihr erster quälender Durst ein wenig gestillt war, begann ihr Magen zu rumoren. Sie griff in ihren Overall, holte das Verpflegungspaket hervor und öffnete es vorsichtig. Deshalb also hatte man ihnen schon im voraus ihre Rationen gegeben. Damit sie an ihrem Bestimmungsort etwas zu essen hatten. Wasser war ja genug vorhanden. Da sie keine Ahnung hatte, wie lange sie nichts mehr gegessen und getrunken hatte, brach sie ein Drittel von dem Riegel ab und knabberte genußvoll daran. Dazu trank sie mehr von dem köstlichen Wasser. Als sie schließlich ihre Mahlzeit beendet hatte, fühlte sie sich beträchtlich besser.

Sie stand auf und schaute sich nun mit wacherem Interesse um. Weitere Körper bewegten zwischen denen, die, wie Katastrophenopfer, Reihe für Reihe abgelegt worden waren. Das Feld mußte mindestens zwei Acres groß sein, und es war dicht bedeckt. Hier und da gab es freie Stellen, wo jemand aufgestanden war. Nach einer flüchtigen Zählung stellte sie fest, daß mehr Stellen frei waren, als sie umherlaufende Leute sehen konnte. Wie viele waren von den Leuten auf den Kisten verscheucht worden?

Sie füllte ein letztes Mal ihre Tasse mit dem kalten, klaren Wasser und trank, während sie langsam um die Körper herumwanderte und auf die Kisten zusteuerte. Als sie auch einen Blick hinter die Kisten werfen konnte, erkannte sie, daß dort bereits zahlreiche Leute saßen, vorwiegend Terraner, und einige sogar weiblichen Geschlechts. Das war ein Lichtblick.

»Was bewacht ihr denn, Leute?« fragte sie, als sie nahe genug heran war und den Angesprochenen freundlich zuwinkte.

Kris war an Reaktionen auf ihre große, schlanke Erscheinung gewöhnt. Es schadete eigentlich nie, blond und einigermaßen attraktiv zu sein. Bis die Männer ihre wie üblich abgedroschenen Bemerkungen und Anspielungen losgeworden waren, behielt sie ihr Lächeln bei und trank in sicherer Entfernung ihr Wasser.

»Hat jemand schon eine Vorstellung, wo wir sind oder was sie mit uns getan haben?« Sie richtete diese Frage an die Männer auf den Kisten. Sie sah mittlerweile, daß die meisten Behälter aufgebrochen worden waren, damit man sich über ihren Inhalt informieren konnte. Neben Messerklingen, die besonders zahlreich vorhanden waren, entdeckte Kris auch noch andere Gegenstände.

»Messer, Hackbeile«, sagte der Mann. Er war stämmig, Mitte bis Ende Dreißig und hatte etwas unverkennbar Militärisches an sich. Zwei Messer hatte er in seinen Gürtel gesteckt und – der Art und Weise nach zu urteilen, wie seine Hosenbeine sich bauschten – eins in jeden Stiefel. Seine Thermodecke war mit anderen Dingen vollgestopft, da sie sich vor seiner Brust wölbte. »Medizinisches Gerät und Verbandszeug sowie diese orangefarbene Lösung, die die Catts auf alles kippen, was blutet.«

»Führen Sie hier den Befehl?«

Er machte eine Handbewegung, und ein zweiter Terraner sprang herab. In der Hand hielt er ein Messer, dessen Griff ihr zugewandt war. Er war genauso reichlich ausgerüstet wie der erste Sprecher.

»Darf ich Ihnen mal zeigen, wie man damit umgeht, schönes Kind?« fragte der Mann und grinste sie lüstern an.

»Meinen Sie – vielleicht so?« sagte sie, nahm ihm das Messer aus der Hand, wog es kurz, um seinen Schwerpunkt zu bestimmen, ehe sie es auf die nächststehende Kiste schleuderte, wo es tief genug eindrang, um federnd steckenzubleiben.

»Booaah! Eeyy!« Der Mann sprang zurück und hob abwehrend die Hände. Über sich sah sie eine Messerklinge in der Faust des militärisch wirkenden Mannes blinken. »Ich hab's nicht böse gemeint, Schwester.«

»Ich hab's auch nicht so aufgefaßt«, sagte sie lässig, zog das Messer aus der Kiste und vergewisserte sich, daß die Spitze sich nicht verbogen hatte. »Guter Stahl.«

»Das ist kein Stahl«, sagte der militärische Mann und

hockte sich hin, damit er sich halbwegs auf einer Höhe mit ihr befand. Er streckte ihr eine waffenlose Hand entgegen. »Es freut einen, eine Frau zu sehen, die den Wert eines guten Messers zu schätzen weiß. Ich bin Chuck Mitford.«

»Armee?« fragte sie.

»Marine«, erwiderte er knapp und selbstbewußt, wie Marineinfanteristen es gewöhnlich auf solche Fragen tun.

»Kris Bjornsen. Wo hat man Sie erwischt?«

»Jetzt gerade?« Bitterkeit schwang unüberhörbar in seiner Stimme mit. »Oder auf der guten alten Erde?«

»Sowohl als auch«, sagte sie und trank einen weiteren Schluck von ihrem Wasser, von dem sie nicht einmal etwas verschüttet hatte, als sie ihr Können mit dem Messer demonstrierte.

»Ein paar verdammte Idioten haben bei einer dieser öffentlichen Strafaktionen Terror gemacht«, sagte er düster und in jenem gedehnten Südstaatenslang, der sich im Laufe der Jahre bei den amerikanischen Streitkräften eingebürgert hatte. Der andere Mann schien dicht vor einem Wutausbruch zu stehen. »Okay, okay, ein paar von den Trotteln waren Terraner, und es ist schon verdammt dämlich, Catteni anzugreifen, auch wenn wir in der Überzahl waren.« Er gab einen kehligen Laut des Unmuts von sich.

»Aber wir haben genug von ihnen allegemacht, Sarge«, sagte der andere Mann, der nicht mehr an sich halten konnte.

Mitford benahm sich auch wie ein Sergeant, dachte Kris und entschied, daß er sicherlich ein guter Verbündeter wäre.

»Und sehen Sie sich an, wohin uns das gebracht hat«, erwiderte er ungehalten. »Unser Arnie hat noch nie einer überlegenen Streitmacht gegenübergestanden. Er glaubt, daß man nur ausreichend tapfer zu sein braucht, um Diktatoren zu überwältigen.« Danach achtete er nicht mehr auf Arnie. »Ich war in Lubbock, Texas, stationiert, und ich hatte gerade Heimaturlaub, als wir wie damals in Pearl Harbor überfallen wurden. Von meiner Familie habe ich niemanden mehr gefunden.« Er biß die Zähne zusammen.

»Ich komme aus Denver«, sagte Kris. Sie wandte sich an Arnie. »Und Sie?«

»DC.«

Sie hatte noch niemanden aus der Gegend um Philadelphia getroffen, daher saß der Rest ihrer Familie vielleicht immer noch sicher zu Hause. Falls das überhaupt ein sicherer Ort bei den Catteni-Herren war.

»Könnte ich vielleicht ein paar von den medizinischen Sachen kriegen, wenn Sie sonst keine Verwendung dafür haben?«

»Klar«, meinte Mitford und schlenderte über die Kisten, während sie ihm unten folgte. Arnie blieb hinter ihr, hielt aber diskret Abstand. »Ich denke, jemand sollte lieber auf derartigen Nachschub aufpassen.« Dabei deutete er auf eine weitere Kiste voller Messer. Auf der nächsten bückte er sich und richtete sich mit einem Beil in der Hand wieder auf, das er ihr reichte. »Da. Sie können ruhig eins davon haben. Es gibt keine Proviantriegel mehr, deshalb sollten Sie die, die Sie noch haben, so lange wie möglich strecken, bis wir uns darüber informiert haben, was auf diesem verdammten Planeten eßbar ist und was nicht.«

»Das hatte ich sowieso vorgehabt«, erwiderte sie und schob sich die Axt auf dem Rücken in den Gürtel. Sie würde ein Stück von der Thermodecke abschneiden und Futterale für Messer und Beil anfertigen. Mitford reichte ihr eine kompakte Erste-Hilfe-Ausrüstung mitsamt Schultergurt.

»Viel Medizin ist nicht dabei. Die Catts brauchen sie nicht, wie es scheint. Es sind harte Burschen!«

»Hey, Sarge«, brüllte ein Mann, rannte auf sie zu und deutete über die Schulter nach hinten. »Da ist ein Catteni! Er wacht gerade auf. Töten wir lieber diesen Bastard, ehe er uns umbringt.«

Während er den anderen befahl, ihn zu begleiten, sprang Mitford von der Kiste hinab. Dabei hatte er sein Messer bereits gezückt.

»Einen Moment«, sagte Kris und hob die Hände. »Wenn ein Catteni hier bei uns ist, dürfte er genauso ein Gefangener sein wie wir.«

»Wen interessiert das? Er ist ein Catt, und Catts müssen sterben«, sagte Arnie und ging um sie herum.

Kris folgte ihnen und rannte dann, um Mitford einzuholen, der den Trupp anführte.

»Sarge, ich habe in dem Raum, in den ich eingesperrt war, einen Catteni gesehen. Und der ist ganz in Ordnung.«

»Es gibt keine guten Catts!« schnaubte Mitford und schlug mit der Handkante in die Luft.

»Doch, die gibt es«, widersprach sie mindestens genauso heftig. »Und wenn es der ist, den ich meine, dann bringen Sie ihn nicht um.«

»Sie verlangen ein wenig zuviel, Kindchen.«

»Ich glaube nicht. Benutzen Sie doch Ihren Verstand, den Gott Ihnen geschenkt hat, Mitford«, sagte sie. »Wenn es der Catteni ist, den ich meine, dann weiß er eine Menge über diesen Ort, was wir erst noch in Erfahrung bringen müssen. Es sei denn, in den Kisten gibt es irgendwelche Führer.«

Mitford blieb so abrupt stehen, daß die drei Männer hinter ihm gegen ihn prallten. Er verengte die Augen und musterte die Frau mißtrauisch.

»Und woher kennen Sie ihn, Kindchen?«

»Weil ich gesehen habe, wie er von anderen Catteni gejagt wurde. Sie schossen ihn vom Himmel, dann vernichteten sie seinen Flieger und suchten die gesamte Gegend ab, bis sie sicher waren, daß er mit verbrannt war.«

»Wie kommt es dann, daß er noch lebt und hier ist?« wollte Arnie wissen.

»Weil ich dachte, daß er ebenso ein geflüchteter Sklave ist wie ich und ich ihn daher unter den Wasserfällen versteckt habe, bis die Jäger sich verzogen. Erst dann wurden wir gemeinsam geschnappt«, erzählte Kris wahrheitsgemäß. »Als ich ins Gefängnis kam, dachte ich, daß er längst wieder freigelassen worden war. Feindseligkeiten unter Catteni halten nur vierundzwanzig Stunden an, müssen Sie wissen.« Mitford nickte zum Zeichen, daß er diese seltsame Regel kannte. »Sie müssen ganz schön wütend auf ihn gewesen sein, daß sie ihn zu uns gesperrt und hierher verfrachtet haben. Außerdem würden Sie den Catts nur ein wenig schmutzige Arbeit abnehmen.« Mitford machte ein finsteres Gesicht, und sie erkannte, daß es von ihr klug gewesen war, diesen Aspekt zu erwähnen. »Zum Teufel, Mann, sie erwarten bestimmt, daß wir ihn fertigmachen, oder etwa nicht? Darum sollten wir erst einmal feststellen, was er alles weiß. Dann können Sie ihn immer noch töten.« Sie sagte das ganz beiläufig und hoffte im stillen, daß Mahomet sich als ausreichend nützlich erweisen würde, so daß sie gar nicht auf die Idee kämen, ihn zu töten. Sie fand es schon ein wenig seltsam, daß sie zu dem Catteni eine solche Einstellung hatte, aber er war nun mal nicht so wie die anderen …

»Wir könnten ein paar Informationen über diesen Ort wirklich gut gebrauchen«, gab Mitford widerstrebend zu und sah sich um. Er hob ein wenig ratlos die Schultern. »Die Umgebung sieht einfach zu ordentlich aus für eine unbesiedelte Welt, und ich würde lieber jetzt erfahren, womit wir rechnen müssen, ehe wir nur mit Beilen und Messern bewaffnet in wer weiß was hineinstolpern.«

Danach ging er zu dem Mann, der den Catteni entdeckt hatte. Kris folgte ihm. Es war tatsächlich Mahomet, und sie beugte sich zu ihm hinab und drehte seinen Kopf, um die Stelle zu begutachten, wo sie ihn mit dem

Werkzeug getroffen hatte. Dort befand sich eine Narbe, aber sie war bestens verheilt.

»Oh ho«, sagte sie.

»Oh ho was?« fragte Mitford, während die anderen Männer sich um Mahomet drängten. Sie schauten sehr unfreundlich drein, und die meisten hatten Messer in den Fäusten.

Sie deutete auf die Narbe. »Dort habe ich ihn erwischt. Und es ist schon verheilt. Wir müssen ziemlich lange gebraucht haben, um hierher zu kommen.«

»Töten wir ihn lieber, ehe er aufwacht«, knurrte Arnie drohend und machte einen Schritt vorwärts. Dabei hob er das Messer, um damit zuzustoßen.

»Nein!« Mitfords Ruf ließ Arnie zusammenzucken. »Die Kleine hat offenbar ihre Gründe, wenn sie ihn am Leben ließ, so daß man mit ihm reden kann. Jetzt erzählen Sie mir nur nicht, daß er auch noch Englisch spricht?« In Mitfords Augen war nun ein wenig mehr Respekt zu erkennen, und Kris kombinierte, daß er wohl annahm, sie sei Mahomets Spielzeug gewesen.

»Zumindest genug Lingua barevi, damit wir ihn verstehen können.«

Sie spritzte dem Catteni das restliche Wasser aus ihrer Tasse ins Gesicht, und er reagierte, indem er sich ans Gesicht faßte und den Kopf schwerfällig hin und her bewegte. Als sein Fuß gegen ein Bein eines der Umstehenden stieß, konnte Kris erkennen, wie er sich versteifte. Er zog den Fuß zurück und kam in einer einzigen fließenden Bewegung auf die Beine. Er hatte die Arme angewinkelt und war trotz der bewaffneten Überzahl seiner Gegner bereit, sich zu verteidigen.

»Ganz ruhig«, sagte Kris und baute sich vor ihm auf. »Erinnern Sie sich noch an mich?«

Er warf ihr einen kurzen Blick zu, konzentrierte sich aber sofort wieder auf Mitford. Obgleich der Sergeant keinerlei Waffe in der Hand hatte, wußte Mahomet instinktiv, daß er in ihm den Anführer vor sich hatte. Kris zollte ihm im stillen Anerkennung.

»Ja. Sie haben den Flitzer des Kommandanten gestohlen«, sagte er in Lingua barevi.

»Tatsächlich?« rief Arnie. »Dieses Biest!« Und er war mit einem Satz bei ihr. Sein stinkender Atem verursachte ihr Übelkeit, aber sie wich keinen Deut zurück, schaute auf ihn hinab und war auch diesmal froh über ihre zusätzlichen Zentimeter Körpergröße, die ihr eine nicht unbedingt angenehme Jugend beschert hatten. »Wegen Ihnen wurde ich mit der Energiepeitsche verprügelt!« Er riß sich seinen Overall von der Schulter, damit sie die immer noch rötlich leuchtenden Striemen auf seiner Haut sehen konnte. »Genauso erging es fünfzig anderen, die ebenfalls wegen Ihnen an dieser Strafaktion teilnehmen mußten! Sie ist genauso verkommen wie er. Kein Wunder, daß sie ihn nicht töten will.« Arnie funkelte die anderen auffordernd an, daß sie sich seinem Vorschlag anschlossen.

»Vergiß es, Arnie«, sagte Mitford und hob den rechten Arm zu einem Karateschlag. »*Sie* können wir uns später immer noch vornehmen, aber zuerst wollen wir mal hören, was dieser Bursche weiß.«

Kris' Mund war plötzlich wieder ausgetrocknet, und ihr brach der kalte Angstschweiß aus. Aber sie hatte nicht zulassen können, daß sie Mahomet so mir nichts, dir nichts umbrachten. Sie war ihm einiges schuldig, und wenn auch nur deshalb, weil sie ihn vor Ablauf der Vierundzwanzig-Stunden-Frist in Schwierigkeiten gebracht hatte. Sie war überzeugt, daß er deshalb mit den anderen auf diesem Planeten gelandet war. Sie hatte unabsichtlich die Wahrheit gesagt. Die Catteni haßten ihn so sehr, daß sie dafür sorgten, daß er ganz sicher den Tod finden würde.

»Hey, Sarge!« brüllte jemand quer über das Feld, und sie drehten sich um. In der Zwischenzeit waren mehrere

Leute aufgewacht und strebten zu den Kisten hinüber. Dort wurde Verstärkung gebraucht.

»Sie kommen mit«, sagte Mitford zu Mahomet und bedeutete dem Catteni mit einem Kopfnicken, daß er ihnen folgen sollte. »Und Sie auch«, meinte er kühl zu Kris.

Kris zog einen Moment lang eine verspätete Bitte um Entschuldigung bei Arnie in Erwägung und entschied dann, darauf zu verzichten. Arnie schien nicht der Typ zu sein, der schnell verzieh, und vielleicht würde sie durch eine solche Geste alles nur noch verschlimmern. Mahomet hatte sich nicht vom Fleck gerührt, und als zwei Männer Anstalten machten, ihn mit ihren Messern zu attackieren, beachtete er sie gar nicht und winkte Kris zu, sie solle vor ihm hergehen. Als sie sich schnell hinter Mitford einreihte, hörte sie die überraschten Ausrufe der Männer.

»Seht doch nur, wie gut er sie kennt«, meinte einer von ihnen mit hohntriefender Stimme.

»Sie hat ihm eins über den Schädel gegeben, oder?«

»Ja, aber vorher oder nachher, Murph?«

»Vorher, Murph«, antwortete sie selbst und verlieh ihrer Stimme soviel Festigkeit wie möglich. Das war nicht allzu schwierig, wenn man bedachte, wie sehr sie sich fürchtete. Die Situation hatte sich erheblich verschlechtert. »Und das blüht jedem, der auf die gleichen dummen Gedanken kommt.« Indem sie starr geradeaus blickte, marschierte sie so selbstsicher wie möglich zu den Kisten zurück.

Dort gab Mitford zwei Männern den Befehl, sie und Mahomet hinter die Kistenreihe zu führen und dort zu warten, bis er die Neuankömmlinge abgefertigt hatte. Er kletterte auf seinen Aussichtspunkt, verschränkte die Arme vor der Brust und zog seine Nummer ab. »Ich bin hier, um dafür zu sorgen, daß diese Vorräte gerecht verteilt werden. Immer schön einer nach dem anderen.« Er wiederholte seine Ansprache in Lingua barevi, die er zu Kris' Erstaunen bemerkenswert flüssig beherrschte.

Arnie war Mitford auf den Kisten behilflich, aber einige von denen, die hinter den Kisten auf dem Boden gesessen hatten, wurden neugierig und kamen zu Kris und Mahomet herüber.

»Was ist mit dem Catt?«

»Mitford will ihm ein paar Fragen stellen«, sagte der schlankere der beiden Wächter. Er war gut einen Kopf größer als Kris und fast so groß wie Mahomet.

»Okay, Murph, helfen Sie Arnie jetzt bei den Vorräten«, bestimmte Mitford und sprang herab. »Und jetzt, Catt, verraten Sie mir doch mal, weshalb wir Sie am Leben lassen sollen.«

»Was wollen Sie wissen?« fragte Mahomet in Barevi. Seine Stimme klang zurückhaltend, und er legte ein diplomatisches Benehmen an den Tag.

Kris atmete erleichtert auf. Gott sei Dank besaß er genügend Vernunft – jedenfalls für einen Catteni –, um zu begreifen, wie gefährlich seine Lage war.

»Wo wir sind. Wer hier lebt. Irgendwelche gefährlichen Tiere? Was wir gefahrlos essen können, das uns nichts anhaben kann.« Mitford klopfte auf die Thermodecke, in die er seinen Proviant eingewickelt hatte. »Das reicht nicht sehr lange.«

Mahomet hustete trocken und räusperte sich mehrmals, um seine Kehle freizubekommen. Kris wußte, daß er sicherlich genauso viel Durst hatte wie alle anderen, aber sie wagte es nicht, für ihn um Wasser zu bitten. Sie durfte auf keinen Fall den Eindruck erwecken, daß sie ihm freundlich gesonnen war, geschweige denn, ihm helfen wollte.

»Los, geben Sie mir mal Ihre Tasse, Bass«, sagte Mitford und winkte einem der Schaulustigen, der eine Tasse in der Hand hatte.

»Häh? Ich soll einem Catt was zu trinken geben?«

»Wenn es ihm hilft zu erzählen, was wir wissen wollen. Geben Sie schon her. Sie haben doch in der letzten Stunde genug geschluckt.«

»Das find' ich aber gar nicht so toll!« Trotzdem gab Bass seine Tasse her. »Ich krieg' sie aber zurück!«

Mahomet hielt seine eigene Tasse hoch und nahm mit einem Kopfnicken in Bass' Richtung dankbar das Wasser an, das Mitford ihm einschenkte. Er nahm einen kleinen Schluck, spülte damit seinen Mund aus, dann einen größeren.

»Ich erinnere mich an einige Details. Aus der Beschreibung dieses Planeten. Ganz habe ich sie nicht gelesen.«

»Und was haben Sie mitbekommen?« wollte Mitford wissen.

»Längere Tage, mildes Klima, ein paar ...« Er runzelte die Stirn, als er nach den richtigen Worten suchte, »Rassen, die nirgendwo sonst gefunden wurden. Drei Arten sind tödlich.« Er hielt inne, um einen weiteren Schluck zu trinken, dann deutete er mit einem Kopfnicken auf die Umgebung. »Lieber schnell weg von hier. Freies Feld ist gefährlich.«

»Weshalb wurden wir dann ausgerechnet hier abgesetzt?« rief Arnie von seinem erhöhten Standort auf den Kisten herunter. »Damit wir alle umgebracht werden?«

»Nein.« Mahomet schüttelte den Kopf. Ein reumütiges Lächeln umspielte seine Lippen. »Um zu leben, um gegen das zu kämpfen, was hier existiert. Das ist die Art und Weise, in der Catteni fremde Planeten besiedeln – jedenfalls die, die nicht so einladend sind.« Er leerte nun die Tasse, kippte den Inhalt in einem Zug hinunter und klopfte mit der Tasse gegen seine Zähne, um sicherzugehen, daß er auch den letzten Tropfen mitbekommen hatte. Dann stand er da, wobei sein Blick langsam von einem Gesicht zum anderen wanderte und schließlich wieder zu Mitford zurückkehrte.

»Wie kommt es, daß Sie mit uns weggeschickt wurden?« fragte der Sergeant.

Mahomet sah ihn lange an, wobei ein fragender Ausdruck auf seinem Gesicht lag. »Noch einmal sagen?« Er überraschte sie mit seinem nicht ganz fehlerfreien Englisch.

»Sie sind ebenfalls hier.« Kris formulierte die Frage neu. »Warum?«

Er blickte nicht in ihre Richtung, sondern zuckte lediglich die Achseln. »Ich töte. Ich fliehe. Ich werde … geschnappt. Tag noch nicht zu Ende.« Er zuckte erneut die Achseln.

»Sie haben einen anderen Catteni getötet?« fragte Mitford und hakte nach, als Mahomet nickte. »Und sie haben Sie deswegen deportiert?«

»Tag noch nicht zu Ende.«

»Es geht um diese Regel, von der Sie gesprochen haben«, sagte Mitford zu Kris, und sie nickte. »Weshalb haben Sie einen Catteni getötet?«

Mahomet gab einen heiseren Laut von sich, und sein Gesichtsausdruck deutete an, daß sie ihm wahrscheinlich nicht glauben würden. »Er hat Emassi beleidigt und vier starke Sklaven getötet – ohne Grund.«

»Sklaven? Solche wie wir?« Mitford richtete den Daumen auf seine eigene Brust.

Mahomet nickte.

»Der Knabe ist clever«, sagte Arnie in drohendem Ton. »Clever genug, um sich herauszulügen.«

»Ich glaube nicht, daß er lügt«, sagte Mitford langsam. »Ich hab am Tag der Unruhen so etwas gehört. Daß irgendwelche Catts einen Catt-Hauptmann jagen, der ihren Patrouillenführer getötet hat.«

»Patrouillenführer«, wiederholte Mahomet, als er die Worte erkannte, und nickte bestätigend. »Ich töte. Nicht klug …« Seine Lippen zuckten, dann fügte er hinzu: »Catt.«

Plötzlich hörten alle ein unheimliches Geräusch.

»Runter. Alle runter, und ganz still!« befahl Mahomet, während er sich einfach fallen ließ und auf den Boden preßte. Seine Eindringlichkeit und sein Befehlston duldeten keinen Widerspruch.

»Ihr habt ihn gehört«, sagte Mitford und winkte seinen Leuten auf der Kiste aufgeregt zu. »Runter da, ihr Narren. Und bleibt ganz still liegen!«

Das Geräusch wurde lauter und lauter und attackierte die Trommelfelle. Einige von denen, die gerade im Begriff waren, sich zu erheben, sanken wieder zurück und preßten die Hände auf die Ohren. Die beiden Deski, denen Messer ausgehändigt worden waren, stöhnten und drückten sich an die Kisten.

Ein Schatten näherte sich von Westen und bildete die Vorhut des Gebildes, das über das Feld hinwegflog, während das unheimliche Geräusch sich zu einem infernalischen schrillen Pfeifen steigerte. Was es auch war, es war auf jeden Fall riesengroß und stieß plötzlich herab. Irgendein Unglücklicher stieß einen entsetzten Schrei aus, der schnell verhallte, als das fliegende Monster mit seiner Beute abzog. Kris bemerkte noch ein kurzes Zukken von Armen und Beinen, und dann erstarrte jede Bewegung. Das unheimliche Geräusch verstummte wie abgeschnitten.

»Was zum ... war das?« jammerte Arnie.

»Tödlich«, sagte Mahomet. Dann deutete er auf die Baumsilhouetten am oberen Feldrain. »Wächter?« fragte er Mitford. Es sollte gleichzeitig ein Tip sein. »Warnung rufen?«

»Gibt es hier viele von diesen Dingern?« erkundigte Mitford sich.

»Nicht weiß. Eins nicht genug?« fragte Mahomet mit leisem Spott in der Stimme.

»Doch, ja, eins ist genug. Murph, Sie haben eine laute Stimme, Sie und Taglione gehen rauf und halten Wache. Hat jemand gesehen, wen es erwischt hat?« rief er denen am Ende der Kistenreihe zu, die eine bessere Sicht gehabt haben mußten.

»Keine Ahnung. Er sah aber aus wie einer von uns.«

»So war es wohl. Wir haben nun mal mehr Fleisch an den Knochen als die Deski.« Mitford warf einen Blick auf die spindeldürren Wesen, die sich immer noch in den Schutz der Kisten drückten und leise stöhnten. »Wißt ihr Deski, was das war?« Er stellte seine Frage in der Lingua barevi. Sie schüttelten beide den Kopf, ließen aber die Hände von den Ohren herabsinken.

»Geräusch schmerzt in Deski-Ohren«, sagte Mahomet, stand auf und klopfte den Staub ab. »Sie hören schneller. Schickt sie auf Wache.«

»Gute Idee, Catt«, sagte Mitford und gab die entsprechenden Befehle. Die Deski versuchten sich davonzuschleichen, bis Mitford nach Murph und Taglione rief, damit sie sie begleiteten.

Mahomet rief ihnen ein paar heftige Worte zu, und sie gehorchten sofort.

»Sprechen Sie Deski?« wollte Mitford von dem Catteni wissen.

»Deski, Ilginish, Turski, Rugash«, sagte Mahomet. »Englisch nicht viele Worte«, fügte er auf Englisch hinzu. »Verstehe besser, wenn langsam sprechen.«

»Schön, jetzt kommen wir uns schon näher«, sagte Mitford. Er sah seine Gefährten an und nickte vor allem dem aufsässigen und unzufriedenen Arnie zu. »Ich glaube nicht, daß ich mit meiner Botschaft alle Aliens erreicht habe.«

Mahomet nickte. »Leicht zu sagen nicht verstehen ... sie mögen keine Befehle.«

Mitford lachte bellend. »Verdammt gut ausgedrückt, Catt. Ich denke, wir lassen Sie noch ein wenig leben.«

»Vielen Dank.« Und Mahomet verneigte sich vor Mitford.

»Name? Dienstrang?« fragte der Sergeant den Catteni und ignorierte Mißfallensäußerungen der anderen. Als das Murmeln lauter wurde, drehte er sich abrupt um. »Hört mal, ihr armen Teufel habt mich gebeten, das Kommando zu übernehmen. Jetzt drängt mich nicht, wenn ich über wichtige Entscheidungen nachdenke. Jemand muß das tun. Ich sage, daß dieser Bursche für uns lebendig weitaus mehr wert ist – bis wir es uns anders überlegen. Einen von uns hat er bereits vor diesem fliegenden Ding gerettet. Wenn es euch nicht paßt, dann schlagt euch selbst damit herum. Klar?«

Der Protest verstummte, und Kris spürte, wie ihre Beine vor Erleichterung zitterten. Auch war ihr Mund nach diesem Streß wieder völlig ausgetrocknet.

»Also.« Mitford konzentrierte sich wieder auf Mahomet. »Name. Dienstrang.«

»Zainal, Emassi«, sagte er, aber Kris wußte, daß dies nicht das cattenische Wort für Hauptmann war.

»Mitford, Sergeant. Ich habe einen höheren Rang«, fügte er hinzu. Es war eine derart dreiste Lüge, daß Kris einen Hustenanfall vortäuschte, um ihr Lachen zu kaschieren.

»Ich gehe noch etwas Wasser holen«, teilte sie Mitford mit und marschierte los, ohne um seine ausdrückliche Erlaubnis gebeten zu haben.

»Wasser gut«, sagte Mahomet Zainal mit ruhiger Stimme.

»In Ordnung, aber ich habe einige weitere Fragen an Sie, Emassi Zainal.

»Jetzt Zainal.«

Kris grinste, als sie hörte, wie er korrigiert wurde, aber Zainal setzte den Weg zum Bach fort.

»Sie dürfen ihn nicht so einfach davonkommen lassen«, protestierte Arnie.

»Was heißt hier davonkommen? Er geht lediglich etwas trinken. Wohin sollte er sonst gehen? Und jetzt zurück zum Job. Sei froh, daß ich *dich* nicht gebeten hatte, Wasser für ihn zu holen.« Er achtete nicht auf Arnies Flüche und fuhr fort: »Da kommen noch mehr Kunden. Erledigen wir alles Notwendige, ehe diese fliegenden Dinger uns erneut angreifen.«

»Ich weiß nicht, weshalb Sie alles glauben, was dieser

Catt von sich gibt ...«, sagte Arnie zu Mitford. »Und Sie haben zugelassen, daß dieses Biest verschwinden konnte ...«

»Es reicht jetzt, Arnie.«

Kris füllte ihre Tasse zweimal mit Wasser und leerte sie. Zainal – ein interessanter Name, dachte sie – befand sich vor ihr, aber er ging sofort zu Mitford zurück, der auf das Feld mit den immer noch reglosen Körpern hinausblickte. Er hatte eine ziemlich schwierige Situation geschickt gemeistert und sie gleichzeitig vom Haken losgeschnitten. Sie spitzte dreist die Ohren, um zu hören, was er Mitford in seinem weittragenden Baß mitteilte.

»Da sind Tote.«

»Erwarten Catteni Verluste?«

»Er-luus-tee?«

»Tote.«

»Langer Flug hierher.« Zainals Hand tastete nach der Narbe an seinem Kopf. »Einige zu schwach. Sie fühlen nichts.«

»Das hatte ich schon vermutet.«

»Unklug, in der Nähe der Toten zu bleiben«, fügte Zainal hinzu. »Nicht nur fliegende Gefahr.«

»Wieviel genau wissen Sie denn über diesen Ort?« fragte Mitford mit leichtem Mißtrauen.

Zainal stieß einen langen Seufzer aus. Kris konnte den Ausdruck des Bedauerns auf seiner Miene erkennen. Zumindest ließ er zu, daß dieser Ausdruck zu sehen war – das taten nicht viele der Catteni, die sie bisher kennengelernt hatte. Natürlich war das ein Weg, um zu kommunizieren, wenn die Sprache versagte.

»Nicht genug«, sagte er traurig. »Ich bin jetzt auch hier.«

Mitford lachte trocken und heiser und winkte ab. »Demnach sollten wir also die Toten lieber hier liegenlassen ... ich zähle mal lieber durch, nur für alle Fälle. Die meisten Kobolde sind verschwunden, und ich kann nicht behaupten, daß mir das leid tut. Diese Typen waren an sich schon gefährlich! Wenn die Deski ein gutes Gehör haben, dann, so finde ich, sollte man sie dazunehmen. Für was sind sie denn sonst noch gut?«

Kris bemerkte, daß Zainal Mitfords Worten sehr eindringlich gelauscht hatte. Er nickte einmal, als hätte er den Sinn verstanden.

»Deski gut für vieles. Sie nennen Turs Kobolde? Ah! Gut für härteste Arbeit. Hasse alle außer Turs.«

»Das ist wahr«, gab Mitford mürrisch zu. »Die Rugs versuchen wenigstens, zurechtzukommen.« Er deutete auf die Rugarianer, die sich zu einer Gruppe zusammengefunden hatten, Wasser tranken und an ihren Proviantriegeln knabberten. »Ich habe nichts gegen die Ilginish, aber sie stinken.«

»Stinken?«

Mitford hielt sich demonstrativ die Nase zu. »Wir sind ein ziemlich gemischter Haufen. Und es sind Kinder dabei.« Er deutete auf ein halbes Dutzend Jugendlicher, die hinter den Kisten beieinander hockten. Da sie sich ausschließlich auf Zainal konzentriert hatte, bemerkte Kris sie erst jetzt. »Daß wir uns organisieren und losziehen müssen, ist eigentlich selbstverständlich. Aber wohin sollen wir gehen? Wissen Sie das?«

»In den Bergen sicherer.« Zainal deutete in eine Richtung, die man durchaus als nördlich ansehen konnte. Die Sonne dieses Systems hatte noch nicht den höchsten Stand erreicht.

»Tatsächlich? Dieses fliegende Ding kam aber von dort.«

»Zwischen den Felsen bester Platz. Tiere in ...« Er bückte sich und klopfte auf den Untergrund, »kommen in der Dunkelheit. Sehr schlecht.« Er schüttelte heftig den Kopf, um die Notwendigkeit, vorsichtig zu sein, zu unterstreichen. »Nicht zu sehen.«

»Das Zeug kommt bei Nacht aus der Erde?«

»Ja.« Er machte mit einer Hand eine Schlängelbewegung nach oben, dann kniff er die Finger zusammen, um ein Zubeißen anzudeuten. »Tag lang genug für Weg. Müssen Platz in Felsen suchen.«

»Wissen Sie, ob es auf diesem Planeten Höhlen – sichere Orte in den Felsen – gibt?«

»Richtige Gesteinsart«, sagte Zainal und trat mit dem Fuß gegen einen Brocken, bei dem Kris auf Kalkstein tippte. »Werde mich immer besser erinnern.« Er schüttelte den Kopf, als müßte er ihn für weitere Informationen frei machen.

»Ich würde mich lieber in eine Verteidigungsstellung zurückziehen«, sagte Mitford und sprang auf die höchste Kiste. »Hört mal, ihr haariger Haufen«, brüllte er mit seiner Kasernenhofstimme, so daß die Deski die Hände auf die Ohren preßten und zu Boden sanken. »Diese Stelle ist bei Nacht nicht sicher. Wir müssen in die Berge ziehen und uns dort Höhlen suchen, in denen wir Unterschlupf finden können.«

»Glauben Sie ihm etwa?« wollte Arnie wissen, kam zu Mitford herüber gerannt und zupfte an seinem Hosenbein. »Werden Sie auf einen Catt hören?«

»Ich höre auf jeden, der etwas Vernünftiges zu verkünden hat, und da der Catt der einzige ist, der etwas über diesen Planeten weiß, werde ich ganz bestimmt keine Information, die ich bekommen kann, ignorieren, Arnie. Niemand wird dich zwingen etwas zu tun, was du nicht tun willst. Hast du gehört?« Er erhob seine Stimme erneut. »Zuerst solltet ihr«, und dabei deutete er mit einem dicken Finger auf Bass, Murph und einige andere, die hinter den Kisten herumlungerten, »eine Zählung der Leichen vornehmen. Bildet Gruppen und karrt jeden, der atmet – und ich meine wirklich jeden – hierher, und wir versuchen, alle auf die Beine zu bekommen. Ich würde noch nicht einmal meine Schwiegermutter irgendwelchen nachts umherstreifenden Wesen überlassen. Und jetzt los. Sie auch, Kris, und nehmen Sie den Catt mit.«

»Wenn wir eine Feldflasche oder so etwas ähnliches

hätten, könnten wir Wasser darin transportieren«, sagte Kris.

Zainal schlug gegen eine der leeren Kisten. Sie waren aus irgendeinem Kunststoffmaterial und groß genug. Er kippte sie um und schüttete Verpackungsmaterial heraus.

»Ich trage sie«, sagte er, gab Kris mit einem Kopfnicken zu verstehen, daß sie ihm folgen sollte, und machte sich flußabwärts auf den Weg.

»Gute Idee«, sagte Mitford und wies die beiden Deski in ihrer Nähe an, eine halbvolle Instrumentenkiste zu leeren. »Sehr nützlich.«

»Sarge, was tun wir mit Tassen und Decken? Sollen wir sie bei den Toten lassen?« rief Bass.

»Nehmt ihnen alles ab!« erwiderte Mitford. »Sie brauchen beides nicht. Wir vielleicht schon.«

Erstaunlicherweise stürzte jeder, auch die Deski, sich in die Arbeit, und als Zainal endlich die gefüllte Kiste zurückbrachte – ohne von dem Marsch bergauf außer Atem zu sein –, war die Zählung abgeschlossen, und nur die Toten blieben auf dem Feld liegen.

Als die Sonne schließlich im Zenith stand, war jeder der Lebenden geweckt und von der augenblicklich herrschenden Situation informiert worden. Es gab noch einen weiteren Angriff aus der Luft, aber der Deski hatte das Herannahen der drei Lebewesen bemerkt, lange bevor sie zu sehen waren, und so konnte sich jeder rechtzeitig tot stellen. Die Bestien, die immer noch ihren unerträglichen pfeifenden Lärm veranstalteten, fingen bei diesem Versuch nichts.

Indem Reservedecken in Streifen gerissen wurden, entstanden Tragegurte, mit denen die Kisten einfacher zu transportieren waren, denn Mitford hatte die Absicht, nichts zurückzulassen, das sich später vielleicht als nützlich erweisen könnte. Er befahl sogar, den Toten die Fußbekleidung und die Overalls auszuziehen. Zuerst traf er mit dieser Entscheidung auf einigen Widerstand, aber am Ende war die unangenehme Aufgabe erledigt, und die Kleidungsstücke waren eingesammelt.

Als sie aufbruchbereit waren, hatte Kris beträchtlichen Respekt vor Mitford gewonnen. Ebenso froh war sie über ihre Bemühungen, Zainal zu schützen, denn er verwendete mehr als nur seine Worte, um Abtrünnige zu beruhigen. Der zusätzliche Vorteil seiner Demonstration von Kraft war, daß nur wenige versuchten, es mit ihm aufzunehmen, auch wenn sie ihn haßten, weil er nur ein Catteni war, wie Arnie zum Beispiel. Einige der soeben erst Wiederbelebten waren schwach, daher teilte Mitford jedem einen Partner zu und verkündete, daß er jedem die Haut in Streifen abziehen würde, der seinen oder ihren Partner beim Aufbruch »verlor«.

»Wie viele hat's erwischt?« wollte Mitford von Bass wissen, der die Zählung durchgeführt hatte.

»Neunundachtzig haben es nicht geschafft«, sagte der schlanke Mann. »Vorwiegend Deski und ein paar ältere Terraner sowie zwei Kinder. Damit hätten wir einen Verlust von zehn Prozent, wenn man davon ausgeht, daß in jeder der acht Reihen hundert Individuen lagen. Am Leben sind insgesamt fünfhundertzweiundachtzig Leute. Wir haben sie allerdings noch nicht nach Rassen aufgeteilt.«

»Vergessen Sie die Rasse«, sagte Mitford schnaubend. »In dieser Sache stecken wir alle drin. Es ist die Operation Neuanfang.«

Bass schüttelte grinsend den Kopf. »Ihr Militärheinis mit Euren Operationen und Einsätzen.«

Mitford hob überrascht die Augenbrauen. »Das ist gut für die Moral.«

»Dann ist es also ein Neuanfang. Und man hat die Freiheit zurück«, fügte Bass mit einem Seitenblick auf Zainal hinzu.

Mitford ging in die Mitte des Feldes und stemmte die Hände in die Hüften.

»Alle mal zuhören!« brüllte er. »Wir rücken aus. Ihr«,

und er deutete auf eine Gruppe Terraner, »bildet eine Kolonne, jeweils vier nebeneinander. Wir haben neun Wasserträger. Verteilt euch selbst entlang der Marschgruppe. Diejenigen, die Partner zugewiesen bekommen haben, sollen sich melden, wenn sie Schwierigkeiten haben, aber versucht auf jeden Fall, das Tempo beizubehalten. Seid nicht zu schüchtern und bittet um Hilfe, wenn ihr sie nötig habt. Bass, Sie gehen am Ende. Nehmen Sie Cumber, Dowdall, Esker, Movi, Tesco und die drei da vorne mit.« Er hielt drei Finger hoch und machte Bass mit einem Handzeichen auf eine Gruppe Rugarianer aufmerksam. »Wir stecken alle gemeinsam in dieser Sache drin, klar?«

»Ja, Sarge, Operation Neuanfang.« Bass betrachtete offenbar die Bezeichnung als durchaus passend. »Okay, und los geht's.«

Mitford gab Zainal ein Zeichen, und sie gingen dorthin, wo zahlreiche Leute angefangen hatten, eine Marschsäule zu bilden. Vorne vollführte er mit dem Arm eine weite, ausladende Geste, die das Zeichen zum Aufbruch darstellte.

»AUSRÜCKEN! OPERATION NEUANFANG!« Seine Exerzierplatzstimme erreichte jeden der Versammelten.

Kapitel
Drei

Kris wurde einem zerbrechlich aussehenden rothaarigen Mädchen mit jener Art von hellem Teint zugeteilt, der oft mit rotem Haar einhergeht. Patti Sue war als eine der letzten aufgewacht. Sie hustete heftig, aber sie fühlte sich nicht an, als hätte sie Fieber, daher entschied Kris, daß sie irgendeine allergische Reaktion auf die Droge zeigte, die man ihnen mit der Suppe verabreicht hatte. Patti Sue verbrachte ihre meiste Zeit damit, sich zu entschuldigen, weil sie so eine Last wäre. Diese Art extremer Bescheidenheit ärgerte Kris, die normalerweise selbstsicher und stets positiv eingestellt war, maßlos. Sie bemühte sich, auf Patti Sue nicht zu schroff zu reagieren. Die einzige andere Information, die das Mädchen von sich gegeben hatte, war, daß sie in Detroit aufgegriffen worden war. Jedesmal, wenn Kris ein Gespräch anzufangen versuchte oder eine Frage stellte, hatte Patti Sue einen Hustenanfall. Sie fragte sich, ob Patti die Zeitspanne überlebte, die sie brauchten, um zu ihrem Unterschlupf zu gelangen.

Sie reihte sich und Patti in der Marschsäule direkt hinter den Wasserbehältern ein, die von zwei Rugarianern getragen wurden. Sie und Patti waren von Rugarianern umgeben, und anfangs hielt Patti sich so dicht bei Kris, daß sie ihr ein paarmal beinahe auf die Füße getreten hätte. Rugarianer waren stämmig und kräftig, vermutete Kris, wenn sie also mit Patti Probleme bekäme und Hilfe brauchte, wäre diese gleich in Reichweite. Sie hatte außerdem bemerkt, wie einige von den terranischen Männern die Rothaarige angesehen hatten. Der Mensch hofft, solange er lebt, dachte sie amüsiert, aber sie war sich einigermaßen sicher, daß Patti jegliche Angebote männlicher Hilfe zurückgewiesen hätte.

Sie spürte den Anstieg in ihren Unter- und Oberschenkeln, aber als sie die Bäume erreichten, sah sie, daß das nächste Teilstück ihres Marsches bergab und an einem anderen Feld entlang führte. Die Aussicht wollte ihr gar nicht gefallen, aber erst als sie die Hälfte des Weges zurückgelegt hatte, erkannte sie genau weshalb. Dieses neue Feld war genauso groß wie das, auf dem sie abgesetzt worden waren. Bäume säumten den Rand dieses und weiterer angrenzender Felder von gleicher Größe. Es war zu gleichmäßig. Alles wirkte so geplant, so ordentlich, viel zu ordentlich für einen angeblich unbewohnten Planeten. Nur, hatte Zainal nicht behauptet, der Planet wäre unbewohnt? Er hatte ganz eindeutig erklärt, es gebe einheimische Gefahren, an die er sich zwar nicht mehr genau erinnern könne, nur daß es sich um »tödliche« Tiere handele. Am tiefsten Punkt dieses Feldes floß ein weiterer Bach. Etwa ein künstlicher Wasserlauf? Auf einem anderen Feld auf der anderen Seite sah es genauso aus wie auf allen anderen in dieser Gegend. Oder auf dem gesamten Planeten? Wo waren die Weidetiere? Die Wiederkäuer, für die diese Felder angelegt worden waren? Waren sie vielleicht einige von diesen »tödlichen« Bestien?

Sie ließ den Blick umherschweifen und sah in der Ferne eine ansteigende Hügellandschaft. Mein Gott, wie weit war es noch bis dorthin? Sie blickte über die Schulter auf die breite Menschenschlange, die sich hinter ihr herwand. Es sprach für Mitfords Führerqualitäten, daß er es schaffte, eine derart vielschichtige Gruppe so eng zusammenzuhalten. Nun ja, Gehorsam hatten sie sicherlich schon durch die Energiepeitschen der Catteni gelernt. Sehr viele hatten wahrscheinlich keine Zeit gehabt, sich von ihrem Sklavendasein zu erholen und die Fähigkeit zu entwickeln, wieder für sich selbst zu denken und zu entscheiden. Offenbar rechnete Mitford damit. Hauptsache, damit ließen sich so viele Seelen wie möglich retten, dachte sie.

Während des langen Marsches ertappte sie sich dabei, wie sie sich zunehmend über Patti Sues Schwächlichkeit ärgerte. Viel lieber wäre sie vorne bei Mitford und Zainal gewesen, wo sie genau hätte sehen können, wohin der Weg führte. Vielleicht hätte sie sich sogar als Kundschafterin nützlich machen können. Sie gehört stets gerne zu den ersten, hatte wenig Lust, anderen hinterherzulaufen. Aber sie hatte die Verantwortung auf sich genommen, mit Patti Sue ein Team zu bilden, und sie würde diese Pflicht erfüllen.

Als die Sonne sich dem Horizont entgegenneigte, mußte sie Patti Sue während der Aufstiege verstärkt behilflich sein. Bergab ging es einfacher, außer daß Patti des öfteren ins Straucheln geriet, sich ständig bei Kris für die Mühe entschuldigte, die sie ihr bereitete, und ihr versicherte, wie nett sie es fand, daß sie sich um sie kümmerte. Kris mußte die Zähne zusammenbeißen und an sich halten, um nicht zu erwidern, daß Patti Sue endlich die Klappe halten und sich gefälligst ein wenig anstrengen sollte.

Jede Stunde durften sie fünf Minuten Pause machen, um auszuruhen oder um zu trinken, aber woher Mitford wußte, wann wieder eine Stunde verstrichen war, blieb ihr ein Rätsel. Vielleicht verfügte er dank seiner militärischen Ausbildung über eine eingebaute Uhr oder so etwas ähnliches. Auf jeden Fall begrüßte sie jedesmal die kurze Rast, die ihnen gestattet wurde.

Mit diesen formlosen Schlupfhüllen hatten die Catteni eine hervorragende Fußbekleidung zur Verfügung gestellt. Die Körperwärme hatte ihr Paar derart perfekt ihren langen schmalen Füßen angepaßt, daß sie, obgleich ihre Füße rechtschaffen müde waren, keine einzige Blase oder wundgescheuerte Stelle beklagen mußte. Ihre Beinmuskeln beschwerten sich über fortgesetzten Mißbrauch, aber nachdem sie sich wahrscheinlich für längere Zeit überhaupt nicht körperlich betätigt hatte, konnte sie eigentlich nichts anderes erwarten, oder? Die Schritte aller waren ziemlich müde geworden, vor allem das Tempo der Wasserträger, obgleich Mitford darauf geachtet hatte, daß sie regelmäßig abgelöst wurden.

Dann wurde die Meldung durchgegeben, daß sie eine Stunde Rast machten, um zu essen. Und falls jemand schon seinen gesamten Proviant verzehrt hätte, dann wäre das sein Pech. Es würden an diesem Tag keine neuen Rationen verteilt.

Kris hatte von dem angefangenen Riegel ein weiteres Drittel vor Marschbeginn verzehrt, daher vertilgte sie nun das restliche Drittel und einen halben weiteren Riegel. Sie zwang Patti Sue, einen ganzen Riegel zu essen, indem sie ihn zerbrach und die junge Frau fütterte. Die Erschöpfung des Mädchens war keine Schauspielerei. Ihre Wangen waren eingefallen, und sie atmete nur noch ganz flach. Kris glaubte, ein Rasseln in ihren Lungen zu hören, aber das konnte durchaus die Folge zu großer Anstrengung nach langer Untätigkeit sein. Viel weiter würde Patti sich nicht mehr schleppen können.

Als wieder zum Aufbruch gerufen wurde, befanden sie sich am Rand einer nicht allzu dichten Plantage. Und Plantage war durchaus die treffende Bezeichnung, denn die Vegetation – Bäume oder was auch immer es sein mochte – war in langen Reihen angepflanzt worden. Es gab verschiedene Arten, den Gebilden nach zu urteilen, die auf dieser Welt als Laub angesehen werden konnten. Sie waren außerdem unterschiedlich hoch, und ein weicher Mulch, der den Untergrund bildete, war eine willkommene Abwechslung nach den Feldern, die trotz ihres Grasbewuchses doch sehr hart gewesen waren. Während Kris einerseits die Aufforstung durchaus erfreut zur Kenntnis nahm, war es doch andererseits sehr seltsam, derartige Pflanzungsmaßnahmen auf einem Planeten anzutreffen, der angeblich unbewohnt war. Obgleich Zainal nicht ausdrücklich erklärt hatte, daß er *un*bewohnt war, sagte sie sich erneut.

Kris zog Patti Sue hoch. Das Mädchen war so schwach, daß es noch nicht einmal die Kraft hatte, sich zu entschuldigen. Kris legte sich einen schlaffen, dünnen Arm um die Taille, hielt ihn mit der rechten Hand fest, während sie die Linke als Stütze unter das Mädchen schob. Kris winkelte ihre Hüfte an und trug das Mädchen einige Schritte weit.

Bei der nächsten Pause keuchte und schwitzte Kris ebenfalls. Sie hatte Pattis Decke, Tasse und Proviantsack auf ihre eigenen Sachen gepackt, um das Mädchen von jeder Last zu befreien. Nun verteilte sie ihre Last ein wenig anders, und als der Befehl zum Aufbruch erfolgte, lud sie sich Patti auf den Rücken, da sie so einfacher zu schleppen war. Kris hatte kräftige Schultern und einen ebenso kräftigen Rücken, und es war mit der Zeit viel einfacher, das Mädchen zu tragen, als sie auf den Füßen zu halten.

Sie kam jetzt etwas schneller voran – sie waren schon vor einiger Zeit hinter den Wasserträgern zurückgeblieben. Sie spürte, wie jemand ihre Schulter berührte, und blickte einem Terraner direkt in die blauen Augen. Er hatte glattes blondes Haar.

»Hallo, Ma'am, ich nehme sie Ihnen mal ab. Sie können sie doch nicht die ganze Zeit tragen.«

»Warum nicht? ›She ain't heavy but she's my brother‹«, zitierte Kris aus einem Song, der lange vor ihrer Zeit auf der Erde ein großer Hit gewesen war, marschierte weiter, quittierte das Angebot jedoch mit einem Lächeln.

»Nee«, entgegnete der Mann, streckte die Hände aus, um Patti zu übernehmen. »Nehmen Sie mein Gepäck, und ich lade sie mir auf.«

Patti spürte seine Hände und wimmerte ängstlich. Dabei klammerte sie sich mit all ihr noch verbliebener Kraft an Kris. Diese trat aus der Marschformation.

»Hören Sie, nehmen Sie mein Gepäck, dann ist es für mich schon viel leichter. Ich glaube nämlich kaum, daß Patti Sue einen Mann in ihrer Nähe haben will. Sie wissen schon, was ich meine.«

Der Mann verzog für einen Moment geschockt das

Gesicht, als er begriff, welche geheime Absicht seinem Angebot unterstellt wurde.

»Sie verrät nicht einmal mir mehr als ihren Namen und woher sie kommt«, sagte Kris, »und außerdem haben Sie sicherlich schon gehört, wie beliebt wir terranischen Frauen bei den Catts sind.«

»O, Gott. Daran habe ich gar nicht gedacht.« Er errötete vor Verlegenheit. »Jay Greene«, stellte er sich vor. »Aus Denver.«

»Ich bin Kris Bjornsen, und ich wurde ebenfalls in Denver geschnappt.« Sie hatte Patti vorsichtig auf den Boden abgesetzt. Patti klammerte sich an ihre Beine und wimmerte noch immer und murmelte irgendwelche unverständlichen Bitten. »Es ist alles in Ordnung, Schätzchen, es ist okay. Ich trage dich. Du bist doch meine Freundin, oder?« Sie befreite sich von den Deckenrollen und ihren Proviantriegeln, behielt jedoch die Tassen und Pattis Verpflegung bei sich.

»Hallo, Patti Sue«, sagte der Mann und bückte sich zu ihr hinab. »Ich bin Jay Greene, und ich hebe Sie gleich auf Kris' Rücken. Damit sie es ein wenig leichter hat. Ist das okay?«

»Nun machen Sie schon, Jay«, trieb Kris ihn zur Eile und wurde fast von Patti erwürgt, als sie aus Jays Händen regelrecht auf Kris Rücken sprang.

»Donnerwetter!« sagte Greene leise. »Schlimm.«

Kris schob das Mädchen in eine bequemere Position und spürte, wie sich die Knochen ihrer Schutzbefohlenen in ihren Körper bohrten. »Sehen wir zu, daß wir wieder in die Kolonne zurückkehren. Sonst sind wir am Ende tatsächlich die Nachhut.«

»Keine Sorge, Ma'am. Ich lasse Sie nicht aus den Augen.«

»Solange Sie meinen Proviant schleppen, würde ich Ihnen das auch nicht raten.«

Das letzte Teilstück dieses heldenhaften Marsches führte bergauf über einen mit Steinen übersäten Abhang, wo Greene des öfteren zupacken mußte, damit Kris nicht das Gleichgewicht verlor. Sie konzentrierte sich derart intensiv darauf, nicht zu stürzen, daß sie überhaupt nicht sah, wohin sie ging, bis sie dort ankam. Es war ein breiter Berggrat mit – wenn sie sich einen Moment gestattete, um sich umzuschauen – einem phantastischen Blick auf ein Mosaik von Feldern und Begrenzungshecken, das sich meilenweit im sinkenden Tageslicht vor ihr erstreckte. Die Marschkolonne dehnte sich ebenfalls vor ihr aus. Hinter ihnen kamen nicht mehr viele, da sie tatsächlich sehr weit zurückgefallen waren. Überall ließen Wanderer sich fallen, wo sie gerade standen. Sie waren offenbar zu müde, um noch viel weiter zu gehen oder um sich den Kopf über ihr Nachtlager zu zerbrechen.

»Ich finde, das hier ist kein besonders guter Lagerplatz«, sagte Greene und schaute sich skeptisch um. Er räumte ein paar größere Steine beiseite und deutete auf die freie Stelle. »Aber der Fleck ist so gut wie jeder andere«, sagte er zu Kris.

Diesmal war Patti zu erschöpft, um auch nur zu wimmern, als Greene sie sehr sanft von Kris' Rücken herunterhob. Kris gab einen lauten Seufzer der Erleichterung von sich. Sie räumte ein weiteres Stück Untergrund von Steinen frei und setzte sich, wobei sie zischend ausatmete. Greene gab ihr die Decken und den Proviant zurück, als er auch für sich einen Rastplatz schuf.

»Geben Sie mir die Tassen, damit ich uns Wasser holen kann«, sagte er, und sie reichte ihm die Gefäße und stellte dabei fest, daß sie völlig ausgepumpt war. Sie hatte noch nicht einmal genügend Energie, um sich selbst etwas zu trinken zu besorgen.

Als er zurückkam, schafften sie es, Patti Sue in eine sitzende Position aufzurichten, während Kris sie wieder fütterte und ein wenig von dem Trinkwasser benutzte, um erst ihr und danach sich selbst das Gesicht abzuwaschen.

»Hey, wir haben sogar einen Prometheus in unserem abgerissenen Haufen«, stellte Greene fest und deutete zur Spitze der Kolonne.

Kris stieß einen Ruf der Überraschung und Erleichterung aus. Irgendwie beruhigten sie die Fackeln, die sich ihnen auf dem Berggrat tanzend näherten. Tränen traten ihr in die Augen, und sie biß sich auf die Lippe und wandte das Gesicht von Greene ab. Sie wollte auf jeden Fall den Eindruck erwecken, daß sie ein Kämpfertyp war, der auch mit den widrigsten Umständen fertig wurde.

Es dauerte lange, und die Dunkelheit war schon hereingebrochen, ehe die Fackelträger bis ans Ende der Kolonne gelangt waren, wo Kris sich aufhielt. Patti schlief mit dem Kopf auf Kris' Oberschenkeln. Ein paar Leute hatten noch genügend Energie, um sich zu unterhalten oder sich zu beklagen; die Deski schickten von der kleinen Gruppe, die sie bildeten, ihre seltsamen Zischlaute in die Nacht. Die Rugarianer hatten sich zu behaarten Kugeln zusammengerollt und die Decken über ihre Gesichter gebreitet. Kris war zu müde, um zu schlafen. Ihre Rückenmuskeln schmerzten von den Anstrengungen des Tages, und ihre Halsmuskeln waren verhärtet. Sie rollte mit den Schultern, ließ ihre Schulterblätter rotieren und versuchte sich auf diese Weise ein wenig Erleichterung zu verschaffen. Dann spürte sie, wie Greenes Hände mit einer Massage begannen, für die sie ungemein dankbar war.

Sie war halb eingedöst, als ein Lichtschein sie hellwach werden ließ. Mitford, Zainal, Taglione und zwei andere, die sie nicht kannte, inspizierten die Marschkolonne.

»Sind Sie okay, Bjornsen?« fragte Mitford und legte eine Hand auf ihre Schulter.

»Sie hat den halben Nachmittag ihre Partnerin getragen«, ergriff Greene das Wort.

»Seien Sie still«, protestierte Kris. »Sie wiegt doch kaum etwas.«

»Und Sie ist Ihre Partnerin«, meinte Mitford und

nickte zustimmend. »Ich weiß, daß dies ein schlechter Lagerplatz ist ...« Ein Stück weiter stand Zainal und unterhielt sich mit dem Desko, der durch den Fackelschein geweckt worden war. Es war ein Mann, dessen Augen ängstlich geweitet waren und sich beruhigten, nachdem Zainal verstummt war. »Das war das beste, was wir finden konnten. Zainal und zwei andere werden als Kundschafter vorgehen und sich umschauen, ob es in der Nähe irgendwelche Höhlen gibt, die geräumig genug sind. Sind Sie Jay Greene?«

»Ja, das bin ich.«

»Können Sie für einige Zeit Wache halten?«

»Klar.« Greene erhob sich schwerfällig.

»Okay, halten Sie die Augen offen. Sie wecken Bass ... Sie kennen ihn doch, nicht wahr? Gut, beim zweiten Monduntergang.« Mitford deutete auf die Monde, die soeben aufgingen. Einer war viel größer und eilte seinem kleineren Gefährten voraus. »Dieser Planet hat fünf von der Sorte. Das ist ganz nützlich, weil es sonst keine Besonderheiten gibt.« Er wandte den Kopf und nickte Bass' schlaksiger Gestalt zu, die nun in den Lichtkreis der Fackeln trat. Die Nachhut drängte sich hinter ihm. »Haben Sie gehört? Greene löst Sie nachher ab. Cumber, Bass wird Sie wecken, und Sie halten dann Wache bis zum Untergang des vierten Mondes, danach bezieht Movi Ihren Posten. Jetzt bringen Sie nicht die Monduntergänge durcheinander und schummeln Sie nicht mit Ihren Schichten, klar?«

»Wir hören und gehorchen«, sagte Bass und verneigte sich unterwürfig vor Mitford.

»Ich überlasse Ihnen die Fackel«, sagte Mitford und gab seine an Jay Greene weiter. »Sie reicht zwar nicht für die ganze Nacht, weil die Nächte hier sehr lang sind, aber sie dürfte doch eine gewisse Hilfe sein.«

»Schon verstanden.«

Mitford lenkte seine Schritte zur Spitze der Kolonne zurück. Zainal bedachte Kris mit einem langen Blick und machte dann kehrt, um dem Sergeant und den anderen zu folgen.

Kris wickelte sich in die Decke, rückte Patti hin und her, bis sie so bequem wie möglich lag – was ihr erst gelang, nachdem sie einige Steine ausgegraben und entfernt hatte. Der Catteni machte es ihr nach und verkroch sich ebenfalls unter seiner wärmenden Decke. Schließlich entspannte Kris sich und schlief ein.

Während Mitford, Zainal, Taglione und die anderen müde zur Spitze der Marschsäule zurückkehrten, beglückwünschte der Sergeant sich im Stillen dafür, daß er den Catt am Leben gelassen hatte. Zum einen gefiel ihm die Haltung des Burschen, als er sich zwischen Leuten behaupten mußte, die keinerlei Grund hatten, seiner Rasse besondere Sympathien entgegenzubringen. Natürlich wußte Mitford, daß der psychologisch richtige Moment, um Zainal aus dem Weg zu schaffen, damals auf dem Feld in dem Augenblick verstrichen war, als der Catt auf die Füße kam. Er war eine imposante Erscheinung, und niemand, nicht einmal Mitford, hätte es im Zweikampf mit ihm aufgenommen. Typen wie Arnie, die lange die Peitschen der Catteni hatten ertragen müssen, könnten allerdings in einem unbewachten Moment eine Lynchparty organisieren. Aber es gab bestimmte Methoden, einen Mord zu verhindern, wenn man wußte, wer das Opfer und wer die Mörder wären. Mitford hatte schon einige ähnliche Situationen entschärft. Außerdem lieferte der athletische Bursche einige verdammt nützliche Informationen: wie zum Beispiel die von den fünf Monden. Machte er es ganz bewußt, daß er diese Hinweise wohldosiert von sich gab, oder fielen sie ihm erst nach und nach ein? Seine Jahre in der Armee hatten Mitford gelehrt, Lügner und Drückeberger sehr schnell zu identifizieren. Zainal war nichts von beidem, aber Mitford wußte genau, was für ein Typ Arnie war. Und Zainal hatte auch damit keine Ähnlichkeit.

Mitfords Leben, vor allem seit er als begeisterter Sechzehnjähriger mit falscher Altersangabe in die Armee eingetreten war, wurde von der Sonne regiert: vom Ausbildungslager über seinen einzigen Einsatz in Vietnam und seine beiden Gastspiele in Kuwait bis zu dem Augenblick, als er von Aliens auf der Veranda seines Elternhauses aus einer Hängematte entführt worden war.

Manchmal fragte er sich, ob seine alte Einheit auf der Erde irgendwelche Kampfeinsätze gegen die Catteni erlebt hatte, aber Berichte aus der alten Welt trafen nur sehr selten und mit großen zeitlichen Abständen ein. Um so wichtiger war es, die Welt, auf der sie nun gestrandet waren, zu einem besseren Lebensraum zu machen. Und wenn sie dazu den Catteni, der sich in ihrer Gewalt befand, am Leben lassen mußten, dann würde Chuck Mitford dafür sorgen, daß er am Leben blieb. Ihn interessierte, wie diese große Blondine Bjornsen den Catteni kennengelernt hatte. Sie hatte nicht gelogen, aber sie hatte auch nicht alles erzählt, was passiert war. Wie auch immer! Sie hatte die Situation sehr clever gemeistert und den Catt gerettet. Diese Frau hatte Klasse. Und sie war offensichtlich auch noch ein guter Mensch, wenn man betrachtete, wie sie das arme verängstigte Mädchen den ganzen Tag geschleppt hatte.

Taglione strauchelte erneut, und diesmal schüttelte er die Hand des Catteni nicht ab, als sie ihn auffing und stützte. Vielleicht könnten sie ihn in ihre Gemeinschaft integrieren, obgleich Mitford es bezweifelte. Es gab im Augenblick noch zu große Ressentiments gegen die Catteni. Er müßte sich überlegen, wie er den Catt benutzen könnte, ohne ihn ständig in der Nähe zu haben. Das war einfach: er würde Zainal als Kundschafter losschicken. Er sollte sich das Gelände ansehen, wo sie sich am Ende vorübergehend niederlassen würden. Wenn er die Bjornsen mit ihm schickte, hätte er sich gleich zwei potentielle Probleme vom Hals geschafft. Davon hatte er nämlich genug. Nicht daß er einen guten Start vorgelegt hatte, aber, lieber Himmel, wie war er eigentlich in diese traurige Situation geraten? Mitford, sagte er sich, kennst du denn nicht die erste Überlebensregel? Melde dich *niemals* freiwillig!

»Sie haben mir erklärt, Sie würden für die Eosi arbeiten. Sind denn nicht die Catteni die Herren?« fragte er Zainal auf Lingua barevi.

»Nein, die Eosi. Die Emassi führen Befehle aus. Die Eosi beherrschen die Galaxis.«

Diese Befehls- und Gehorsamsverhältnisse schienen aber dem Catt nicht sehr gut zu gefallen, dachte Mitford, als er sah, wie der Bursche das Kinn vorschob. Das grenzte schon fast an Rebellion.

»›Emassi‹ ist aber nicht das Wort, das ich für ›Hauptmann‹ gehört habe«, fuhr Mitford in beiläufigem Ton fort.

Er bemerkte das Funkeln von Zainals Augen im Mondlicht, als der hochgewachsene Catt auf ihn herabschaute.

»›Emassi‹ ist ein Wort für einen Hauptmann.« Zainal schürzte die Lippen. »Ein ganz spezieller Hauptmann. Öfter hört man ›Tudo‹. Und ›Drassi‹.«

»Ja, ›Tudo‹ für Boden und ›Drassi‹ für den Raum? Richtig?« Demnach stand dieser Catteni, so wie Mitford angenommen hatte, ein paar Stufen über den normalen Rassevertretern, die der Sergeant bisher kennengelernt hatte. »Wer genau hat uns denn nun hier abgesetzt? Tudo, Drassi oder Emassi?«

»Die Drassi auf Befehl der Eosi.« Das schien dem Catteni auch nicht zu gefallen.

»Sie haben einen Tudo getötet, und dann …«

»Genauso wie ich es Ihnen erzählt habe«, sagte Zainal ruhig, aber mit einem scharfen Unterton.

»Ich wollte nur mal nachfragen.«

Zainal lachte verhalten. »Sie sollten daran denken, daß die Emassi keinen Grund zum Lügen haben.«

Der erste Mond stand nun über den Bergen und leuchtete ihnen ins Gesicht. Er erhellte ihren felsigen Weg, so daß sie nicht auf schlafende Körper traten. Für seine Körpergröße war Zainal äußerst gewandt. Natürlich war er an weitaus höhere Gravitation gewöhnt, aber das hielt die Catteni nicht davon ab, gelegentlich verdammt tollpatschig zu sein und Schaulustige bei ihren Auseinandersetzungen zu zerquetschen.

»Läßt man uns denn nun in Ruhe, damit wir uns hier einrichten können?«

»Ich denke schon.«

»Und wann ist damit zu rechnen, daß jemand herkommt und nachschaut?«

Zainal schwieg, ging weiter, dann hielt er zwei Finger hoch. »Das kommt darauf an. Wenn wir am Leben bleiben, kommen weitere Gefangene. Nach einem halben, nach einem Jahr sehen sie, wie es uns geht.«

»Meinen Sie mit ›wir‹ auch sich selbst?« Mitford war sich nicht ganz sicher, ob er wirklich soviel Wert auf eine derartige Solidarität legen sollte. Der Catt saß ganz sicher nicht mit den Menschen in einem Boot. Oder vielleicht doch?

Zainal schnaubte. »Ich lande. Ich bleibe. Ich bin nicht gegen Sie. Ich gehöre zu Ihnen.«

»Soll mir recht sein«, sagte Mitford und hielt kurz inne, »aber Sie werden feststellen, daß Sie nicht jedem willkommen sind.«

Zainal lachte kehlig. »Die Emassi sind auch nicht überall willkommen. Ich werde leben.«

Aus irgendeinem Grund hatte Mitford daran nicht den geringsten Zweifel. Und er hatte die Absicht, diesen Catteni am Leben zu erhalten. Mitford konnte sich sehr gut vorstellen, daß Zainal ihm in vielfacher Hinsicht nützlich war, vor allem angesichts der Tatsache, daß der Catt mit diesen Eosi, die alles beherrschten, ebenfalls unzufrieden war. »Wenn wir also am Leben bleiben, laden sie hier weitere Rebellen ab?«

»Rebellen?«

»Ja, Rebellen«, sagte Mitford, »Leute wie wir, die sich gegen die Herrschaft der Catteni auflehnen.«

Zainal grinste. »Rebellen gutes Wort. Gefällt mir.«

»Ist es möglich, daß Sie auch so etwas wie ein Rebell sind?«

»Vielleicht.«

Mitford hörte sehr wohl den scharfen Unterton aus dieser Erwiderung heraus und war leicht irritiert.

»Wir sollten uns zu einem späteren Zeitpunkt weiter darüber unterhalten«, sagte Zainal. »Sie beherrschen die Lingua barevi sehr gut«, fügte er mit lauterer Stimme hinzu.

»Ich versuche stets zu überleben, Emassi. Und das Erlernen der örtlichen Sprache ist die Grundvoraussetzung dafür. Ich kenne mich hinreichend in fünf oder sechs Sprachen der Erde aus, um überall einigermaßen zurechtzukommen. Barevi zu erlernen war nicht allzu schwierig.«

»Nein, das ist es nicht.«

»Eine einfache Sprache für einfache Leute?«

Nun lachte Zainal wieder verhalten. Es war das letzte, was sie sprachen, denn nun, als sie das vordere Ende der schlaffenden Rebellenkolonne erreichten, machte sich die Erschöpfung auch bei ihnen bemerkbar. Ja, dachte Mitford wieder, dieser Rebellenaspekt gefällt mir ganz gut.

Nachdem er sich davon überzeugt hatte, daß die Wachtposten, die er aufgestellt hatte, tatsächlich noch wach waren, breitete Mitford seine Decke auf dem Boden aus.

»Wenn Ihnen noch irgend etwas einfallen sollte, Zainal, dann sagen Sie es mir«, meinte Chuck, während er sich ausstreckte.

»Das tue ich bestimmt.«

Kapitel
Vier

Der Morgen war nicht sehr erfreulich. Immer noch tat Kris alles mögliche weh, und sie wußte, daß einige Steine ihr im Laufe der Nacht zu besonders empfindlichen Druckstellen verholfen hatten, die sie wahrlich nicht brauchte. Patti war noch immer weggetreten, als Kris ihre Lage veränderte, damit sie selbst aufstehen konnte. Greene wartete bereits mit zwei Tassen Wasser.

»Mein Gott, was würde ich jetzt für Kaffee geben«, sagte er und grinste sie über den Rand seiner Tasse an.

»Da sagen Sie was.« Kris gefiel sein Grinsen. Wie kam es, daß sie erst auf diesem gottverlassenen Planeten abgesetzt werden mußte, um endlich mal einen gestandenen Mann kennenzulernen? Sie entdeckte an ihm noch weitere interessante Details. Er sah schrecklich dünn aus, und seine Hände waren voller verheilter Schnitte und Kratzer, und seine Handflächen, die sie betrachten konnte, wenn er seine Worte mit Gesten unterstrich, waren mit dicken Schwielen bedeckt.

»Haben Sie wirklich den Flitzer des Kommandanten gestohlen?«

Kris nickte seufzend. »Das habe ich, aber ich hätte es ganz bestimmt nicht getan, wenn ich gewußt hätte, welche Vergeltungsmaßnahmen die Catteni ergreifen würden.«

»Machen Sie sich deswegen keine Vorwürfe, Ma'am«, sagte er und grinste noch breiter. »Alleine die Vorstellung, daß einer von uns so etwas plant und tatsächlich vollbringt, hat uns glücklich gemacht.«

»Bis auf die, welche ausgiebig Bekanntschaft mit den Energiepeitschen machen mußten.« Sie erschauerte, und allein der Gedanke an die Qualen, die manche ausgestanden hatten, ließ ihre Rückenmuskeln verkrampfen. Die beiden Male, die sie diesen die Nerven lähmenden Schmerz hatte ertragen müssen, reichten ihr vollauf.

»Die Catts benutzen jeden Vorwand, um uns Terraner einzuschüchtern«, erklärte Greene. »Wurden Sie wieder eingefangen?«

»Nein«, sagte Kris und dehnte ihre Antwort, um ihre Wut zu unterstreichen. »Mein Timing war schlecht. Ich hatte einen Ausflug in die Stadt ausgerechnet in dem Moment riskiert, als die Kreuzer Gas versprühten, um die Unruhen niederzuschlagen. Und worum ging es überhaupt?«

»Ach, wir haben nur versucht, eine ihrer netten Straf-Demos zu stören. Eins führte zum anderen, und am Ende herrschte ein allgemeines Chaos, und das Volk geriet in Aufruhr. Völlig sinn- und ziellos. Es ging nur noch darum, möglichst viel möglichst schnell und gründlich zu zerstören.«

Sie nickte, verzehrte das letzte Stück ihres Proviantriegels und leckte sich die Finger ab.

Dann wurde der Befehl zum Aufbruch durch die Kolonne weitergegeben.

Patti Sue schaffte den Vormittag auf eigenen Füßen, und dann machte sie wieder schlapp. Sie bat derart penetrant um Verzeihung, daß Kris die Zähne zusammenbeißen mußte, um ihr keine Unfreundlichkeiten an den Kopf zu werfen. Es war schwierig, den Entschuldigungen und dem Selbstmitleid zu entgehen, wenn die Lippen des Mädchens nur ein paar Zentimeter von Kris' Ohr entfernt waren. Greene tat, was er konnte, schwatzte über alles mögliche, weil sein Reden Patti zum Schweigen brachte. Sein Partner war ein Rugarianer, der überhaupt nichts sagte, zusammen mit Greene stehenblieb oder weitermarschierte und ansonsten für jeden anderen Reiz von außen unempfänglich zu sein schien.

»Was waren Sie denn auf der guten alten Erde?« fragte Kris, um das Gespräch in Gang zu halten.

»Naja, Computertechniker. Deshalb haben sie mich auf Barevi graben, schaufeln und putzen lassen. Wenigstens hatten sie keine Vorurteile. Jeder, der groß war, bekam diese Aufgaben zugewiesen.« Er spannte seinen Bizeps an und zog den Stoff seines Overalls darüber straff, damit sie das Ergebnis bewundern konnte. »Tatsächlich ist es um Längen besser, als sein Leben sitzend vor einem Bildschirm zu verbringen. Ich war körperlich noch nie so fit.« Damit warf er einen kritischen Seitenblick auf Pattis schwächlichen Körper. »Sind Sie ganz sicher ...« fing er zum drittenmal seit dem Mittagessen an.

»Ich bin ganz sicher.«

Patti Sue war entweder eingeschlafen oder in einen komaähnlichen Zustand gesunken. Das einzige, was Kris einigermaßen beruhigte, war, daß ihre Haut kühl und nicht heiß und fiebrig war. Sie kämpfte weiter. Sie nahm sich jedoch fest vor, daß sie das nächste Mal, wenn Partner verteilt werden sollten, selbst ihre Auswahl treffen würde.

Der Nachmittag entwickelte sich zu einem einzigen langen Kampf darum, sich aufrecht zu halten und einen Fuß vor den anderen zu setzen. Sie mußten insgesamt drei steile Felswände erklettern ... Kris hoffte inständig, daß Mitford genaue Berichte von seinen vorauseilenden Kundschaftern erhalten hatte, denn sie hatte keine Lust, über die letzte Felswand absteigen zu müssen. Sie hatten sogar eine Decke zu einer Art Hängematte umfunktionieren müssen, um die völlig kraftlose Patti Sue hinaufzuhieven. Am Ende hatte Kris sich die Schienbeine aufgeschürft und die Haut an einigen Fingerspitzen eingebüßt. Die Gegenstände, die in den Kisten der Catteni gefehlt hatten, waren kaum aufzuzählen. Feste Handschuhe, Felshaken, Kletterseile, Felshämmer, Rucksäcke und ein Schokoladenriegel waren ein paar von den Dingen, von denen sie träumte. Nähzeug! Wundpflaster!

Es gab drei Stürze und ein gebrochenes Bein. Trotz ihrer zerbrechlich wirkenden Körper waren die Deski die Felswände regelrecht hinaufgetänzelt. Das könnte eine durchaus nützliche Fähigkeit sein, dachte sie und staunte gleichzeitig darüber, daß sie noch an etwas anderes denken konnte als daran, wie sie es schaffen sollte, weiterzuwandern.

Als ihr Mut zu sinken und in totale Verzweiflung umzuschlagen drohte, kam aus dem vorderen Teil der Marschkolonne die Meldung, daß die ersten Gruppen am Zielort eingetroffen wären.

Demnach hatten sie tatsächlich ein festes Ziel gehabt! Das freute Kris und munterte sie auf.

Als sie es ebenfalls erreichte, bemerkte sie es nicht einmal. Sie war gestolpert und mußte sich gegen die Felswand lehnen, um das Gleichgewicht wiederzugewinnen. Sie hatte einen entsetzten, wenn auch nur kurzen Blick in den Abgrund geworfen, in den sie beinahe gestürzt wäre. Auch war sie zu erschöpft, um sich überhaupt darüber zu freuen, daß sie vorerst nicht mehr weitergehen mußte.

»Ich nehme sie schon«, sagte eine männliche Stimme, und Patti Sue wurde behutsam von ihrem Rücken heruntergehoben.

Jemand legte eine Hand auf ihren Arm und führte sie von der Felswand weg. Dabei drückte der Betreffende ihren Kopf leicht nach unten, damit sie sich nicht an einem niedrigen Durchgang stieß. Die Dunkelheit dahinter wurde nach ein paar Metern – man glaubte es kaum! – von Feuern erhellt. Sie *rochen* nicht so, wie Feuer eigentlich riechen sollte, aber sie sahen echt aus. Später erfuhr Kris, daß Zainal aufgrund ungenauer Beschreibungen der Rohstoffe, die die Vegetation ringsum lieferte, mit einigen Holzarten herumexperimentiert hatte, bis er eine brennbare Substanz fand. Er stöberte auch noch anderes auf, darunter getrockneten Dung. Der roch zwar unangenehm, aber er spendete Wärme und Licht, und beides war in ihrer Situation lebenswichtig.

Jemand nahm ihr die Tasse ab. Sie protestierte, aber ehe sie handgreiflich werden konnte, erhielt sie die Tasse zurück – mit Wasser gefüllt.

»Gehen Sie weiter«, wurde sie aufgefordert, und eine Hand schob sie sanft in die Richtung, die sie einschlagen sollte ... Es war ein schmaler Pfad zwischen ausgestreckten Beinen und Schuhen hindurch. Sie ging nach links, dann nach rechts, dann wieder nach links, bis schließlich ihr Kopf wieder nach unten gedrückt wurde, damit sie eine kleinere Höhle betreten konnte. In einem Kreis aus glitzernden Steinen brannte ein kleines Feuer, das nicht unbedingt schlecht roch. Der Rauch stieg kerzengerade nach oben, und sie legte den Kopf in den Nacken. Dabei wäre sie beinahe nach hinten gestürzt, da ihr Gleichgewichtssinn ebenso erschöpft war wie ihre anderen Sinne. Die Decke konnte sie jedoch nicht erkennen.

»Dort hinüber.« Sie wurde zu einer Seite des Feuers dirigiert, wo keine Beine oder Schuhe zu sehen waren. »Hinsetzen.« Eine Hand legte sich auf ihre Schulter, und sie ließ sich gehorsam nieder.

Als sie spürte, wie jemand an ihrer Decke herumnestelte, versuchte sie die Hände wegzustoßen.

»In der Decke schlafen.«

Der seltsame Satzbau weckte ihr Interesse, und sie blinzelte, um das Gesicht, das vor ihr aufgetaucht war, genauer zu betrachten. Es gehörte Zainal, der ihre Decke aufband. Niemand anderer war so groß. Das war durchaus in Ordnung. Sie war ihm *einiges* schuldig. Oder schuldete er ihr etwas?

»Hinlegen«, sagte er, ein Befehl, den sie nur zu gerne befolgte.

Sie suchte sich eine möglichst bequeme Lage und spürte, wie die Decke um ihren Körper gewickelt wurde. Ein seltsames Verhalten für einen Catt ... nein, sie durfte den Namen nicht verkürzen. Catteni. »Teni« klänge vielleicht weniger diskriminierend als »Catt«.

Das war für längere Zeit das letzte, was sie dachte.

Mitford erwachte abrupt, als seine gut entwickelte innere Uhr seinen Schlaf nach den gewohnten sechs Stunden beendete. Es war stockdunkel, und er brauchte einige Sekunden, um zu begreifen, wo er sich befand. Er richtete sich vorsichtig auf einem Ellbogen auf und identifizierte die schlafenden Gestalten ringsum: Taglione, Murphy, Dowdall, ach ja, und die dunkle Masse des breitschultrigen Catteni.

So fit Mitford sich auch zu halten versuchte – abgesehen von der erzwungenen Schlafpause im Gefangenenschiff – , so spürte er doch schmerzhafte Nachwirkungen der Strapazen vom Vortag. Nun, heute würde es wieder ziemlich hart, und er sollte sich lieber gleich ins Vergnügen stürzen, da er eine Menge zu tun hatte.

Erneut wallte in ihm der Zorn auf sich selbst hoch, weil er das Kommando über diesen jämmerlichen Haufen übernommen hatte, aber wer zum Teufel hätte in dieser reichlich bunten Herde von Menschen und Aliens überhaupt irgend etwas organisieren und auf die Beine stellen sollen? Es brachte sein Blut zum Kochen, mitansehen zu müssen, wie sie darüber stritten, wie viele Messer sie erhalten sollten und wer die Aufsicht über die Ausgabe der Decken führte. Es war reiner Zufall, daß er ein paar Plünderer kannte, weil er mit ihnen die gleiche Unterkunft auf Barevi bewohnt hatte, so daß er sich ihre Unterstützung mit einigen Anspielungen und ein wenig verbalem Druck sichern konnte. Es gab keinen Grund, sich raffgierig auf die Versorgungskisten zu stürzen. Es schien von allem mehr als genug vorhanden zu sein. Er konnte Raffgier nicht ertragen, und er haßte Streit. Einige mochten das nicht glauben, aber es entsprach der Wahrheit. Daher war er eingeschritten und hatte die Ausgabe der Güter nach seinen Vorstellungen organisiert und die Ausrüstungsgegenstände gesittet und ohne Streitigkeiten verteilt. Er hätte wissen müssen, daß eins zum anderen führte. Aber niemand hatte seine Autorität angezweifelt. Oder diejenigen, die es getan hatten, hatten sich davon gemacht oder den Schwanz eingezogen.

Und zum Teufel noch mal, nach siebenundzwanzig Jahren bei der Marine-Infanterie wußte er, wie man einen bunten Haufen zu einer funktionsfähigen Einheit zusammenschmiedete. Er hatte mehr als genug unerfahrene Rekruten zu guten Soldaten ausgebildet. Sogar Frauen waren darunter gewesen. Er hatte sich allerdings auch einige Vorteile zunutze machen können. Zum Beispiel hatte jeder Befehle ausführen müssen, gegen die er sich nicht hatte sträuben können, daher würde er einfach in dieser Richtung weitermachen und sie erst wieder an eine etwas demokratischere Obrigkeit gewöhnen, sobald er alles in angemessener Form etabliert hatte und eine gewisse Unabhängigkeit durchaus realistisch erschien. Im Augenblick sollten sie lieber zusammenhalten und sich der nützlichen Aliens bedienen. Er war froh, die Turs, mürrische Unruhestifter, los zu sein. Was die Ilginish betraf, so war der Umgang mit ihnen schon in den Baracken auf Barevi nicht leicht gewesen. Die meisten hatten sich aus dem Staub gemacht, und das war ihm durchaus angenehm. Mit Terranern kam er weitaus besser zurecht.

Sie mußten sich also verteidigen, auch wenn er nicht die geringste Ahnung hatte, gegen was sie sich vielleicht verteidigen mußten. In diesem unterirdischen Höhlensee hatten sie eine ideale Grundwasserquelle. Der Catt – Mitford verbesserte sich – wie er Zainal, den Catteni, behandelte, würde Einfluß darauf haben, wie die meisten anderen den Alien betrachteten. Und falls er später mit den Catteni Kontakt aufnehmen sollte, brauchte er jemanden in seiner Mannschaft, der den Gegner aus dem Effeff kannte. Im Augenblick war Zainal der einzige, der ihm all das würde bieten können. Auf jeden Fall hatte Zainal während seiner Kundschaftertätigkeit mit Tag und Murph noch Zeit zur Jagd gefunden und einige Exemplare der einheimischen Fauna erlegt. Er bewies die Eßbarkeit, indem er ein Stück davon roh verzehrte. Mitford bevorzugte sein Fleisch gekocht oder gebraten, auf jeden Fall durchgegart, aber für ihn hatte das Stück, das er gekaut und geschluckt hatte, genauso geschmeckt, wie rohes Fleisch gewöhnlich zu schmecken pflegt. Die Tiere hockten auf den Felsen in hellen Scharen und Herden zusammen und rührten sich nicht, wenn Menschen sich ihnen näherten. Für Mitford war dies ein Hinweis darauf, daß sie noch nie Menschen zu Gesicht bekommen hatten, um vor ihnen Angst zu haben – daher waren sie kinderleicht zu erlegen.

So gab es denn zusätzlich zu den Proviantriegeln reichlich Eiweiß, Wasser, Obdach, Nahrung. Nicht schlecht für gerade zwei Tage auf einer neuen Welt. Mitford war optimistisch, obgleich er sich diese Gefühlsregung nur sehr selten gestattete.

Er hatte am Vortag während des Marsches Gelegenheit gehabt, sich mit mehr als hundert Männern und Frauen zu unterhalten, und fand die Tatsache sehr ermutigend, daß eine ganze Reihe von ihnen über spezielle Fähigkeiten verfügte, die sich als verdammt nützlich erweisen könnten. Automatisch griffen seine Hände nach den Taschen, in denen er gewöhnlich Bleistift und Notizbuch aufbewahrte. Erneut stieß er einen halblauten Fluch aus. Eine Tasse, eine Decke, ein Messer und ein Beil waren nicht gerade die Welt an Hilfsmitteln. Er hatte zwar schon weniger zur Verfügung gehabt, wenn er sich auf eine Überlebensmission begeben hatte, aber er war an Entbehrung *gewöhnt*. Diese Truppe jedoch nicht. Er vermißte Papier und Bleistift. Er war ein visueller Typ und nahm irgendwelche Informationen nur dann in sein Gedächtnis auf, wenn er sie vorher hatte aufschreiben können. Gerry Capstan war Aufseher beim Colorado Park Service gewesen. Er war überzeugt, daß sie irgend etwas finden würden, womit sich schreiben ließ, und er hatte bereits während ihrer Wanderung erste Schieferformationen am Wege gesehen. Eine verdammt seltsame Art und Weise, um Tagesbefehle aufzuschreiben, dachte Mitford, aber was soll's? Der alte Erntemeister in Lubbock benutzte noch immer Kreide und eine Schiefertafel als Anschlagbrett für seine Leute.

Murphy war Maschinist gewesen, konnte schweißen und hatte Mitford versichert, daß er nur ein hinreichend heißes Feuer brauchte, um einige der Reservemesser zu einer ganzen Kollektion nützlicher Werkzeuge umzuarbeiten.

Eine Frau in Murphys Nähe meldete sich zu Wort, als sie die beiden Männer reden hörte.

»Ich bin Töpferin ... Sandy Areson. Ja, ich weiß, was Sie jetzt denken«, und sie grinste bei dem zweifelnden Ausdruck in Mitfords Miene, »Kunstkitsch würden Sie wahrscheinlich nennen, was ich damals hergestellt habe. Aber ich weiß auch, wie man Krüge, Becher, Teller und andere nützliche Dinge anfertigt. Das heißt, falls es auf diesem Planeten irgendwelche Tonvorkommen gibt.«

»Wir behalten das im Gedächtnis«, sagte Mitford und wußte, daß so etwas Simples wie Krüge und Teller durchaus als moralische Unterstützung wirken konnte.

Nun, in der Kühle des Morgens, begann Mitford die Aktivitäten des Tages zu planen. Eine anständige warme Mahlzeit würde sie erheblich optimistischer stimmen. Daher war die Jagd das erste Unternehmen des Tages. Als nächstes folgte eine eingehende Inspektion der nächsten Umgebung und des Höhlensystems. Danach müßten Fackeln angefertigt werden, um die bereits erforschten Gänge zu beleuchten.

Dieser Kräuter- und Pflanzenkenner könnte sich auf die Suche nach genießbaren Salat- und Gemüsearten machen. Vielleicht gab es sogar irgendwelche Beeren.

Zu der Truppe gehörten zwei Bergleute, die nach Erzlagern Ausschau halten könnten.

Er würde Patrouillen losschicken, jeden beschäftigen, und Arnie könnte sich um die Latrinen kümmern. Darüber mußte er grinsen. Und jeder, der sich über irgend etwas beschwerte, würde Arnie bei seiner Arbeit helfen. Bei so vielen Leuten wäre eine sorgfältige Hygiene von höchster Wichtigkeit.

Einer der wenigen Lichtblicke war, daß sie alle sich einer robusten Gesundheit erfreuten. Alle Kranken und Schwachen waren auf dem Feld zurückgelassen worden.

Er begann Männer zu wecken, die er am Vortag beobachtet hatte und von denen er glaubte, daß sie schon auf der Erde einige Jagderfahrung gesammelt hatten. Er wies sie an, Äste und Zweige zu suchen, aus denen sich Bögen, Pfeile und Speere herstellen ließen. Und Schleudern. Mitford grinste, während er sich die Stiefel anzog. Er war schon als Junge ein Meisterschütze gewesen. Er hatte damals ein Kaninchen auf vierzig Meter treffen und betäuben können.

Und wie war noch der Name dieses Sanitäters? Ah, ja, Matt Dargle. Verdammt, er wäre wirklich froh, wenn er sein Schreibzeug zur Verfügung hätte.

Mitford schüttelte Taglione, Murphy und Zainal wach und begann, die Befehle für den Tag zu verteilen.

Es war der Gestank, der sie weckte. Sie begann zu husten und konnte nicht mehr aufhören. Sie war allerdings nicht die einzige, die hustete. Allen anderen ringsum ging es genauso. Dann wehte ein Hauch kühler, reiner Luft über ihr Gesicht, und sie versuchte wieder einzuschlafen. Zum Aufwachen war es viel zu früh. Draußen war es noch dunkel.

Wo draußen? Diese Frage war der Auslöser. Sie richtete sich auf, um herauszufinden, *wo* sie überhaupt war.

In einer Höhle. Das Feuer in der Mitte war bis auf einen Rest Glut heruntergebrannt. Jedoch versuchte jemand es wieder anzufachen, indem er irgendwelche Brocken – sehr übelriechende Brocken – hineinwarf.

»Ich glaube, die Dunkelheit ist mir lieber als der Gestank«, murmelte sie und bemerkte dabei, daß um sie herum immer noch Leute schliefen. Direkt neben sich nahm sie Patti Sues zerbrechlichen Körper wahr. Kris reagierte leicht verärgert. Sie hatte sich noch nicht einmal vergewissert, ob sie immer noch ihre Wanderfreundin hatte, als sie sich schlafen gelegt hatte. Zainal? Zainal. Hmm. Sie sah sich um, konnte seine Gestalt jedoch nicht unter ihren Schlafgenossen entdecken. Sie überlegte, ob sie noch einmal einschlafen sollte, mußte aber dann feststellen, daß sie unbedingt die Toilette benutzen mußte.

»Wo ist die Latrine?« fragte sie die Gestalt, die das Feuer schürte.

»Von hier aus?« Der Mann hielt kurz inne. »Hmm. Gehen Sie nach links und nehmen Sie die dritte Öffnung auf der rechten Seite.«

»Kann ich denn erkennen, wo ich hingehe?«

»O ja.«

Obgleich in regelmäßigen Abständen Fackeln an den Wänden angebracht worden waren, fand sie die richtige Höhle genauso sicher durch den Geruch wie durch die Wegbeschreibung. Sie staunte, was mittlerweile alles geschaffen worden war. Oder wie lange hatte sie geschlafen? Eine Zahnbürste! Als sie an die praktischen kleinen Päckchen dachte, die von den Fluggesellschaften an die Passagiere der Business Class verteilt wurden, wünschte sie sich, sie hätte in diesem Moment ein solches: Zahnbürste, Kamm und Nagelfeile, ganz zu schweigen von Zahncreme. Atemauffrischer und Waschlappen wären jetzt ein unbezahlbarer Luxus. Und etwas zu essen. Sie war auf dem Rückweg an ›ihrer‹ Höhle vorbeigegangen, weil sie etwas Leckeres gerochen hatte – lecker im Vergleich zu dem, was sie kürzlich zu essen bekommen hatte.

Sie folgte dem Geruch, kam an anderen Abzweigungen vorbei und blickte ihn Höhlen, die ebenfalls mit schlafenden Gestalten gefüllt waren. Sie nahm eine falsche Biegung und landete in einer Sackgasse, die ganz und gar nicht appetitanregend roch, sondern abstoßend, moderig, tot.

Ihre Nase führte sie schließlich zur Quelle des aromatischen Duftes, die sich in der größten Höhle befand. Dort herrschte ein reges Kommen und Gehen von Männern, Frauen und Aliens – Kris stellte erfreut fest, daß ihr Humor zurückzukehren schien. Wohin sie gingen und woher sie kamen, konnte sie jedoch nicht erkennen, bis sie eine Gruppe Männer entdeckte, die triumphierend ihre Beute schwenkte. Sie waren auf der Jagd gewesen, und obgleich die Tiere überdimensionalen Ratten ähnelten, vergaß sie diese Ähnlichkeit sehr schnell, als sie über den Feuern gegrillt wurden.

Sie näherte sich dem nächsten Koch und blieb neben einem Felsklotz stehen, auf dem zwei fertige Stücke Grillgut abgelegt worden waren.

»Wo muß ich mich anstellen?« fragte sie den dunkelhäutigen Grillmeister.

»An Ihrer Stelle würde ich nicht so lange fragen und auf irgendwelche Etikette achten«, sagte er grinsend. »Stören Sie sich nicht an ihrem Aussehen. Sie schmecken sehr gut, und dieser Catt hat gemeint, sie würden uns nicht schaden.«

»Hat er das?« Kris versuchte sich so lässig wie möglich zu geben, als sie nach dem Fleisch griff. War es eßbar? Es war nicht mehr allzu heiß. Sie führte es an die Lippen und kostete mit der Zunge, um sich einen Eindruck von dem Geschmack zu verschaffen. Der Geschmack bestätigte ihre Vermutung, daß ihr Magen genau dies nötig hatte, egal was geschehen würde. Sie nahm einen Bissen, zog kalte Luft ein, weil das Stück doch ein wenig heiß war und schmerzhaft ihre Zähne berührte. Aber sie kaute ausgiebig – sie mußte es auch, denn das Fleisch war zäh. Es ließ sich leicht zerkleinern und schmeckte prima und landete in einem dankbaren Magen.

»Nur ein Stück pro Kunde«, sagte der dunkelhäutige Mann und benutzte die Spitze seines Messers, um festzustellen, welches der Stücke auf dem Grillrost bereits gar war.

»Das ist verständlich. Ich habe noch Proviantriegel, um den ärgsten Hunger zu stillen, aber eine Portion warmes …« Sie hielt nicht nur inne, um abzubeißen, sondern auch um dem, was sie verzehrte, eine passende Bezeichnung zu geben.

»Wir nennen es Fleisch«, schlug der Mann grinsend vor.

»Nun ja, egal, wie es genannt wird, es kommt gerade richtig. Danke …« Und sie hob ihre Stimme am Ende als Aufforderung an ihn, seinen Namen zu nennen.

»Bart«, sagte er. »Und Sie sind Kris.«

»Woher wissen Sie das?«

»Weil Sie zwei Tage lang dieses Mädchen geschleppt haben und weil Sie den Catt kennen.«

»Oh!« Mit einem solchen Ruhm hatte sie nicht gerechnet. Sie schaute sich verlegen um. Sie entdeckte weder Zainal noch Mitford. »Wo sind der Sarge und der Catt?«

»Weg. Auf der Jagd, glaube ich, und dann wollten sie nachschauen, ob es noch weitere Höhlen gibt.« Er rümpfte die Nase. »Diese Behausung ist für uns alle nicht groß genug. Es ist eine gute Idee, sich auszubreiten, wenn Sie mich fragen. Nur hat es bisher niemand getan.« Er sagte es in einem Ton freundlichen Bedauerns.

»Es wäre besser, wenn wir fließendes Wasser in der Nähe hätten.«

»Oh, das haben wir, aber der Weg dort hinunter ist kein Zuckerschlecken.«

»Hmm?«

»Ein unterirdischer See und ein ebensolcher Fluß. Wahrscheinlich speisen sie einige der Bäche, an denen wir vorbeikamen.«

Kris leckte den dicken Knochen ab, der mit Fleisch umhüllt gewesen war.

»Zerbrechen Sie ihn. Das Mark kann man mitessen. Es schmeckt sehr gut.«

Kris betrachtete eingehend den Knochen und hatte offenbar gewisse Vorbehalte gegen seinen Vorschlag.

»Knochenmark ist etwas sehr Gutes, Kris«, erklärte Bart ernst. »Treten Sie mit dem Fuß drauf und brechen

Sie ihn auf, und dann saugen und lutschen sie ihn aus.«

Eher um nicht zu zimperlich zu erscheinen, befolgte sie seine Ratschläge und mußte feststellen, daß das Knochenmark überhaupt nicht unangenehm war. Sie vergewisserte sich, daß sie beide Knochenstücke geleert hatte, und sah sich dann um.

»Ins Feuer«, sagte Bart. »Wir verbrennen alles, was wir finden.«

»Das habe ich ... schon bemerkt«, meinte sie grinsend.

»Ja, es riecht etwas streng, nicht wahr?«

Als sie die Knochen ins Feuer warf und hörte, wie sie knackten, als die Flammen sie umzüngelten, stieg ihr gleichzeitig der typische Brandgeruch in die Nase. Sie leckte sich die Finger ab, damit sie sich an den Geschmack des Fleisches erinnerte. Danach löste sie die Tasse von ihrem Gürtel. »Wo gibt es Trinkwasser?«

»Da drüben.« Bart deutete mit einem Kopfnicken zur Seite, wo sie die regelmäßigen Umrisse von Kisten mit Wasserbehältern erkennen konnte, die an der Höhlenwand aufgestapelt waren.

Sie hatte kaum den ersten Schluck getrunken, als eine Frau, die ihr dunkles Haar ziemlich roh gestutzt hatte, ihr auf den Arm tippte. »Sie wissen nicht zufälligerweise, wie man einem toten Tier das Fell abzieht und es ausnimmt, oder doch?«

»Doch«, erwiderte sie in einem Ton, der weitaus mehr Bereitschaft signalisierte, als sie tatsächlich empfand. Aber sie hatte Eichhörnchen und Kaninchen während ihres Überlebenstrainings gehäutet und mußte zugeben, daß dieser Moment weitaus angemessener war, um ihre Fähigkeiten unter Beweis zu stellen.

»Ich bin Sandy und wurde mit dieser Aufgabe betraut, ohne die geringste Ahnung davon zu haben. Ich war mal« – und sie grinste ein wenig hilflos – »Töpferin.«

»Ich bin Kris ...«

»Ja, ich weiß.« Die Frau lächelte sie an. »Sie kennen

den Catt und haben Ihre Partnerin zwei Tage lang getragen.«

Wußte denn schon jeder so gut über sie Bescheid, fragte Kris sich, während sie Sandy aus der Höhle folgte. Sie hatte nicht bemerkt, daß die Jäger ihre Beute schon wieder nach draußen gebracht hatten. Ein halbes Dutzend Leute war damit beschäftigt, zu häuten und auszunehmen, wobei sie große Steine als Arbeitstische benutzten. Zwei Männer und zwei Frauen schienen an einem anderen Tisch die Innereien auseinanderzunehmen und unterhielten sich angeregt über die Anatomie der Tiere.

»Därme sind Därme, und ich sehe keinen Grund, weshalb wir sie nicht benutzen sollen«, sagte die Frau und hielt einen langen, sehnigen, grauen Strick hoch. »Der hier dürfte doch mindestens genauso zäh sein wie der von einer Katze.«

»Daraus haben Indianer doch Bogensehnen hergestellt, nicht wahr?«

»Ich denke, sie hatten ganz bestimmt kein Nylon zur Verfügung.«

Kris war nicht gerade überempfindlich, aber sie wollte sich nicht von ihrem Frühstück verabschieden. Es hatte auf dem Hinweg recht gut geschmeckt, aber wenn es nun wieder hochkäme? Sie verzichtete gerne darauf, das festzustellen.

Nachdem sie sich einen Arbeitsplatz gesucht hatte, fing sie das Tierchen auf, das Sandy ihr zuwarf. Schlaff, weich, aber fleischig. Das Fell fühlte sich überaus angenehm an, obgleich sein grau-brauner Farbton absolut fremdartig war. Es war auch eigentlich kein richtiger Pelz, sondern eher eine Art Wildlederhaut. Als sie es auf ihrem ›Tisch‹ hin und her drehte, um es eingehender zu untersuchen, konnte sie nicht erkennen, wodurch es getötet worden war, bis sie bemerkte, daß eine Hälfte des »Kopfes« zerschmettert war. Die Wunde war zu klein, um von einem Knüppel zu stammen, und ganz sicher war sie auch nicht das Werk der breitschneidigen Äxte, die ausgeteilt worden waren. Das Tier hatte vier Beine, einen drallen runden Körper und kaum Hals vor dem stumpfen Ende, das den ›Kopf‹ darstellte. Sie seufzte, informierte sich mit einem verstohlenen Blick in die Runde, wie die anderen mit ihrer Arbeit fertig wurden, dann drehte sie das Tier auf den Rücken, hielt den Kopf etwas höher und begann es zu häuten.

Es war fleischiger als ein Kaninchen oder ein Eichhörnchen. Es hatte kräftige Beine und gut entwickelte Schultern. Ihr Messer, ziemlich groß und damit ein wenig unhandlich, war scharf. An den Läufen arbeitete sie ein wenig flüchtig, aber, mein Gott, unterhalb des »Knies« war nicht viel zu verlieren. Sie war gerade fertig, als Sandy schon das nächste Exemplar brachte, und so ging der Vormittag herum. Es schien unerschöpfliche Vorräte von dieser und einer anderen Art zu geben, die ebenfalls eine wildlederähnliche Haut besaß und dazu dünne Flügel, die sich klebrig anfühlten. An den Flügeln befand sich kein Fleisch, aber ihr wurde erklärt, sie solle auch diese aufbewahren.

»Hatten Sie etwas zu essen?« fragte Sandy sie irgendwann.

»Ja, ein Stück von diesen kleinen dicken Dingern, glaube ich.«

»Wenn wir einen Kochtopf hätten, könnten wir für etwas mehr Abwechslung sorgen«, sagte Sandy mit einem traurigen Lächeln. »Bob, der Kräutermann«, fügte sie grinsend hinzu, als sie Kris' erschreckten Ausdruck sah, »nun, er wußte über terranische Kräuter Bescheid und hat ein paar Wurzeln und so weiter gefunden, die für uns nicht giftig sein dürften, auch einige durchaus köstliche scharfschmeckende Beeren. Zumindest hielt der Catt sie für genießbar. Er aß sie und bekam keinen Durchfall, aber Catts können Sachen vertragen, von denen wir wer weiß was bekommen können.«

Kris hielt inne, als ihr ein anderer Trick in den Sinn kam. Sie hockte sich auf die Fersen. »Haben wir hier irgendwelche natürlichen Löcher in der Erde? Ich meine Löcher mit dichtem Boden, so daß nichts rauslaufen kann.«

»Weshalb?«

»Nun, man könnte sie zu einem in sich geschlossenen Kochtopf umfunktionieren. Dazu füllt man sie mit Wasser und wirft saubere, im Feuer erhitzte Steine hinein. Die bringen das Wasser und seinen jeweiligen Inhalt nach einiger Zeit zum Kochen.«

»Tatsächlich?«

»Ich habe es selbst noch nicht versucht, aber die Theorie ist einleuchtend. Ein Topf ist lediglich etwas, das man herumtragen kann.«

»Aus welchem Heidenland haben Sie das denn mitgebracht?«

Kris lachte. »Die alten Iren haben es immer getan. Ich hab diese Stellen in Südirland gesehen. Eine Attraktion für die Touristen, aber der Führer hat geschworen, daß diese Einrichtungen von Feldarbeitern benutzt wurden, wenn sie nicht den weiten Weg bis zu ihrem jeweiligen Zuhause zurücklegen wollten.«

»Nun, ich hab das niemals getan«, sagte Sandy und entfernte sich kopfschüttelnd.

»Hey, Mädchen, das haben Sie sich bestimmt gerade ausgedacht«, sagte eine fröhliche Stimme, und Kris schaute von dem Tier hoch, das sie gerade ausgeweidet hatte, und sah Jay Greene, der auf sie zukam. Er trug in jeder Hand ein Paar Vögel. Ihrer Kopfhaltung nach zu urteilen, waren ihre Hälse gebrochen.

»Hi, Jay. Sagen Sie mal, wie werden diese Dinger gefangen oder getötet?«

»Schlingen funktionieren auf diesem Planeten genauso wie anderswo«, sagte er mit zufriedener Miene. »Wahrscheinlich sogar besser. Zu meinem Glück sind diese Vögel noch dümmer als Truthähne und stürzen sich auf alles Eßbare, vor allem auf die Krümel von Proviantriegeln.«

»Sie kennen sich mit Fallen aus?«

»›Semper Paratus‹, wie es früher bei den Pfadfindern hieß – allzeit bereit«, sagte er bescheiden. »Ich hab mir eine ausgedacht, und Mitford zeigte uns, wie man eine Steinschleuder benutzt. Er ist außerdem auch noch ein Meisterschütze.« Er klang respektvoll. »Es gibt zwar keine elastischen Bänder, aber mit ein wenig Übung und dem richtigen Schwung aus dem Handgelenk kann man ziemlich genau zielen. Die Felsläufer sind einfach zu ahnungslos, um Angst zu haben, deshalb sitzen sie da und sterben jung! Hey, Sie können aber mit dem Messer ganz gut umgehen!«

»Ja, das tue ich«, sagte sie fröhlich. »Soll ich mir jetzt Ihre Tiere vornehmen?« Sie griff nach seiner Last, während sie ihr Messer an der Kante ihres Tischsteins wetzte.

»Ja, Ma'am«, sagte er und legte die Vögel auf die andere Seite des Tisches, wobei er wachsam ihr Messer im Auge behielt.

Die Sonnenhitze forderte ihren Tribut. Als Kris sich den Schweiß von der Stirn wischte, spürte sie, daß sie lange genug gearbeitet hatte, um einen Krampf im Nakken und mehr Blut auf ihrem Overall zu haben, als ihr lieb war. Blut lockte stets Insekten an. Zumindest traf das auf die Erde und auf Barevi zu.«

Sie wurde mit dem Felshocker, den sie gerade säuberte, fertig und stand auf, um ihr Endprodukt zur nächsten Station der Zubereitung zu tragen.

»Ich möchte mich waschen, etwas trinken und mich ein wenig ausruhen«, sagte sie zu Sandy.

Sandy beschrieb ihr den Weg zum unterirdischen See. Weitere Fackeln waren angebracht worden, daher war der Weg ausreichend beleuchtet, so daß Kris nicht über die Bodenunebenheiten des Tunnels stolperte. Als sie ans Ende gelangte, entdeckte sie ein lianenähnliches Seil, in dem sich mehrere Knoten befanden, die das Hinaufklettern erleichterten. Indem sie über die Felskante blickte, sah sie, daß sich dahinter ein Sandbett befand, das den Sprung aus gut zwei Meter Höhe abpolstern sollte. Im Licht der Fackel war die Bewegung des Wassers auszumachen, das vorüberströmte. Aber sie erinnerte sich daran, daß stille Wasser manchmal sehr tief sein könnten. Sie bückte sich zum Wasser hinab und trank einen Schluck. Es hatte einen leicht kohlensäureartigen Nachgeschmack, aber es war insgesamt nicht übel. Sie tauchte ihr Gesicht ins Wasser und trank dann gleich mehrere Schlucke hintereinander. In diesem Moment wurde das Bedürfnis, sich vom Schweiß und Schmutz der vergangenen Tage reinzuwaschen, unwiderstehlich.

Kris war vernünftig genug, um sich davon zu überzeugen, daß das Seil weit genug ins Wasser hing, so daß sie sich bei ihrem Bad daran festhalten konnte. Die Seillänge reichte aus. Sie streifte die Stiefel und den Overall ab und ließ sich ins Wasser gleiten, wobei sie sich an dem Lianenseil festhielt. Das Wasser war kalt, und wie, aber es tat so gut. Sie schrubbte sich mit einer Hand so gründlich wie möglich ab, verzichtete dabei auf die Benutzung von Seife und nahm auf diese Weise das wahrscheinlich schnellste Bad, das sie je genommen hatte. Indem sie ihre Decke umfunktionierte, trocknete sie sich mit dem nicht absorbierenden Material so gut wie möglich ab. Dann spülte sie die blutbesudelten Ärmel ihres Overalls aus und reinigte die blutbespritzte Frontpartie. Sie war wieder vollständig angezogen, obgleich die Kleider noch ein wenig klamm waren, und schlüpfte gerade in ihre Stiefel, als sie Stimmen hörte, die sich näherten. Sie zog sich hoch und trat, erfrischt von ihrer Pause, den Rückweg an.

Sie drückte sich eng an die Wand zu ihrer Rechten, als ein paar Männer an ihr vorbeigingen.

»Wir müssen uns an dem Seil festhalten«, sagte einer von ihnen, »denn laut Aussage des Catt ist die Strömung ziemlich stark.«

»Mein Gott, was gäbe ich jetzt für einen Rasierapparat!«

»Dann wetz doch dein Messer, Buddy«, sagte jemand anderer lachend. »Genau das haben auch die Pioniere getan.«

Als Kris zu ihrem Schlafplatz zurückgekehrt war, sah sie dort nur noch Patti Sue, die immer noch schlief. Sie hatte eigentlich die Absicht gehabt, Nahrungsmittel mitzubringen und dafür zu sorgen, daß die Kleine anständig aß, aber vielleicht war für sie Schlaf im Augenblick sehr viel wichtiger. Wenn sie sich vorstellte, mit welchem Tempo die Jäger ihre Beute heranschleppten, war sie überzeugt, daß auch für sie noch etwas übrig war, wenn sie wieder aufwachte. Nur wie lange würde das Wild dumm genug sein, weiter dämlich herumzusitzen und zu sterben?

Viele Leute mußten verpflegt werden.

Plötzlich hörte sie ein Gewirr von lauten Rufen und schrillem Geschrei. Sie kehrte in die Haupthöhle zurück und versuchte, sich darüber klarzuwerden, was diese lauten Rufe zu bedeuten hatten. Alle schienen hochzufrieden zu sein. Bart grinste, als hätte er soeben im Lotto das große Los gezogen.

»Was ist los, Bart?«

»Sie haben Nahrung gefunden. Einen ganzen Berg.« Dann erinnerte er sich wieder an seine Pflichten und drehte die Fleischstücke über einem Feuer behutsam auf die andere Seite.

»Wo? Dinge, die man essen kann?« Kris ertappte sich dabei, wie sie hungrig die halbverkohlten Fleischstücke betrachtete.

»Ich denke schon – oder weshalb wird so laut herumgebrüllt?« sagte er achselzuckend.

Kris ging bis zu einer Stelle, wo sie verstehen konnte, was gebrüllt wurde.

»Berge von Nahrung! Es sieht aus wie eine Vorratshöhle. Wie ein Silo. Und weitere Türen, die wir nicht aufbekamen ... noch nicht! Sie müssen seit Jahrhunderten gesammelt haben. Es ist niemand zu sehen, keine Fußabdrücke, sondern nur Risse im Fels, als hätte hier etwas Riesengroßes gestanden.«

Sie drängte sich durch die aufgeregten Leute bis zum Eingang der Höhle und hoffte jemanden zu treffen, den sie nach Details fragen konnte. Diese Meldung von der »Vorratshöhle« machte ihr ein wenig Sorgen. Es deutete darauf hin, daß Zainals Information falsch gewesen war. Man legt keine Vorräte an, vor allem keinen Proviant, wenn niemand da ist, der ihn verzehren kann.

»... Grobe Tests werden euch schon bald Aufschluß geben«, sagte ein Asiate mit fester Stimme. »Sie haben genauso bei dem Wild gewirkt, das ihr herangeschafft habt, wie auch bei den Wurzeln und Beeren.«

»Können wir die gleiche Methode für die Rugarianer und die Deski anwenden, Matt?« hörte sie Mitford fragen.

»Na ja, ich habe keine Ahnung, Sarge. Ich war Sanitäter für eher menschliche Individuen.«

»Zainal, können Sie sie befragen?« Mitford schaltete auf Lingua barevi um.

Kris sah Bewegung zwischen denen, die sich um Mitford drängten, als Zainal sich entfernte, um die versprochenen Nachforschungen anzustellen.

»Okay, alle mal herhören!« Mitfords Stimme nahm Exerzierplatzlautstärke an. »Ich brauche Freiwillige – Sie, Sie und Sie. Krempeln Sie die Ärmel hoch. Wir haben Proben, die getestet werden müssen.«

Plötzlich ließ der Druck der nachdrängenden Körper nach, als viele entschieden, sich von Mitford nicht für irgendwelche tollen Ideen »freiwillig« verpflichten zu lassen.

»Wurde nichts anderes als Nahrung gefunden?« fragte Kris, als sie auf Mitford zuging.

»Reicht das denn nicht?« fragte eine Frau ungehalten.

»Es ist eine Hilfe, sicher, aber wir brauchen noch so viele andere Dinge, um diesen Ort einigermaßen bewohnbar zu machen ...«

»Bewohnbar? Daß ich nicht lache«, sagte die Frau und entfernte sich von Kris.

»Diese Essensvorräte könnten sich genausogut als nutzlos erweisen«, sagte Greene, während er neben sie trat, »wenn wir sie nicht vertragen.«

»Haben Sie irgendeine Idee, weshalb es diese Vorratskammern gibt?« fragte Kris ihn. »Und was passiert, wenn die drei Bären nach Hause kommen und Goldlöckchen antreffen?« Mit einer Geste deutete sie an, daß sie alle mit Goldlöckchen gemeint waren.

»Nein. Zainal hatte auch keine Idee. Er beharrte darauf, daß der Planet in den Berichten der Catteni als unbewohnt galt ...«

»Mit vernunftbegabten Lebensformen?«

»Hmm. Ja, diese Einschränkung hat er gemacht«, erwiderte Greene und grinste dann. »Sogar der Sarge bekam einen heillosen Schrecken, als sie auf die Stahltüren vor den Höhleneingängen stießen.«

»Wie sind sie denn reingekommen?« fragte Kris.

Greene kicherte leise. »Wir haben jemanden in unserer Truppe, der ganz spezielle Fähigkeiten besitzt.«

Kris erwiderte das Grinsen. »Wo sind denn diese Sesamhöhlen?«

»Einen halben Tagesmarsch von hier entfernt, also machen Sie sich mal keine Sorgen. Außerdem führt kein direkter Weg rein oder raus. Wie sie die Vorräte dorthin geschafft haben, ohne irgendwelche Spuren zu hinterlassen, ist mir ein Rätsel.« Auf jeden Fall hat der Sarge ein Kommando losgeschickt, das in Erfahrung bringen soll, wie und von wo die Silos gefüllt werden. Er hat für heute abend eine Versammlung einberufen, um alles zu erklären. Vielleicht haben wir heute abend auch schon mehr zu essen.« Greene leckte sich die Lippen, und Kris ertappte sich bei der gleichen Reaktion, als die verlockenden Düfte zu ihr drangen. »Ich hätte alleine einen ganzen Silo leeren können.«

»Sie haben Ihre Riegel noch nicht aufgegessen, oder?«

»Natürlich nicht, und passen Sie auf Ihre auf. Wie ich schon sagte, bei uns sind ein paar Typen, sowohl weiblich als auch männlich, die ganz spezielle Fähigkeiten haben.«

»O mein Gott – Patti Sue!« rief Kris, drängte sich an Greene vorbei und eilte dorthin, wo das Mädchen immer noch schlief. Sie ließ sich gerade noch so viel Zeit, um Bart zu fragen, ob sie Pattis Ration mitnehmen könne.

»Kann ich mich darauf verlassen, daß sie auch bei der Kleinen ankommt?« fragte Bart und fixierte sie mit strengem Blick.

»Natürlich können Sie das«, erwiderte Kris ernst und suchte sich einen flachen Stein, auf dem sie das heiße Fleisch tragen konnte.

Patti Sue schlief noch. Ihr Verpflegungspaket war verschwunden. Jemand hatte das Mädchen auf die Seite gerollt, um an deren Ration heranzukommen. Kris raste innerlich vor Wut und entschied dann, daß Patti Sue allmählich damit anfangen müsse, auf sich selbst aufzupassen. Sie beugte sich über sie und schüttelte ihre Schulter. Dabei achtete sie sorgfältig darauf, daß das heiße Fleisch nicht von dem Steinteller auf den schmutzigen Höhlenboden rutschte. Die Reaktion des Mädchens – das mit Händen und Füßen um sich schlug und trat – war derart unerwartet, daß Kris am Ende neben ihr hockte und das Fleisch unter Schmerzen in den bloßen Händen balancierte.

»Hey, Patti. Immer mit der Ruhe, Mädchen. Ich laß gleich Ihr Essen fallen. Es ist nämlich verdammt heiß«, schimpfte sie und versuchte, den blinden Schlägen des Mädchens auszuweichen.

»Kris?« Pattis Stimme zitterte, und sie hörte auf, um sich zu schlagen. »Ohhh, Sie haben mich erschreckt.«

»Das wollte ich nicht. Setzen Sie sich lieber. Das ist heiß! Benutzen Sie Ihren Ärmel ...«

Patti zog einen Ärmel lang und benutzte ihn wie einen Topflappen, als sie ihre Mahlzeit von Kris entgegennahm. Diese leckte sich die Finger, während Patti ihre Portion argwöhnisch betrachtete.

»Fragen Sie mich nicht, was es ist, denn niemand hat diesem Ding bisher einen Namen verpaßt, aber es schmeckt wirklich gut, und es ist heiß.«

»Ich glaube nicht, daß ich irgendwas runterbekomme ...« sagte Patti und hielt Kris das Fleisch auffordernd hin.

»Das geht nicht, Mädchen. Sie müssen das essen. Stellen Sie sich einfach vor, es wäre das Grillhähnchen, das Ihre Mutter Ihnen immer zubereitet hat ...«

»Niemals, denn sie hatte keine Ahnung vom Kochen.« Patti äußerte zum erstenmal etwas Persönliches über sich selbst. Sie schloß die Augen und nahm mißtrauisch einen winzigen Bissen. »Oh! Es ist nicht schlecht, oder?« Sie schlug jetzt die Augen auf und aß mit mehr Appetit. »Vielleicht liegt es auch daran, daß ich so ausgehungert bin.«

»Patti, Sie haben nicht etwa daran gedacht, Ihre Proviantriegel zu verstecken, nicht wahr?« fragte Kris behutsam.

Patti blickte zu ihr hoch, und ihr Gesicht spiegelte absolutes Unverständnis wieder. »Nein, weshalb sollte ich? Niemand würde ...« Während sie mit einer Hand neben sich griff und unter der Decke herumtastete, verzog sich ihr Gesicht traurig, als sie begriff, daß ihr Verpflegungspaket verschwunden war. Sie begann leise zu jammern und hätte beinahe ihr Fleisch fallen lassen. Kris schob ihre herabsinkende Hand wieder hoch zum Mund.

»Essen Sie das, es reicht für uns beide. Das ist nicht der Weltuntergang, denn sie haben eine Vorratshöhle mit Nahrung gefunden.«

»Eine Höhle? Nahrung?« Patti schien sich vor Angst in sich selbst verkriechen zu wollen. »Dann gibt es Catteni auch auf dieser Welt?«

»Nein, wenn man unserem lebenden Catteni-Experten vertrauen kann ...«

Pattis Augen weiteten sich vor Angst. »Ein Catteni …«

»Essen Sie!« drängte Kris sie. »Ein Catteni wurde zusammen mit uns hier abgesetzt, und er ist kein übler Bursche. Er wird Sie nicht belästigen …«

»Oh, oh, oh«, jammerte Patti die ganze Zeit, während sie an ihrem Fleisch herumnagte.

Kris hatte schon viel von verwöhnten Essern gehört, aber Patti schoß von allen den Vogel ab.

Kris blieb daraufhin bei Patti Sue. Zum einen hatte die junge Frau eine geradezu abnorme Angst vor jedem Schritt in den Korridor vor der Höhle und jedem Schatten, der durch den Fackelschein vor ihrer kleinen Höhle huschte, zum anderen war Kris selbst auch müde. Ihre Hände und Armmuskeln schmerzten von ihrem Gastspiel als Abdeckerin, und sie hatte ein paar lästige Schnitte von ihrem scharfen Messer davongetragen. Dann fiel ihr die Erste-Hilfe-Ausrüstung ein, und sie behandelte die Verletzungen mit der orangefarbenen Flüssigkeit. Sie verursachte anfangs ein schmerzhaftes Brennen, aber Kris wußte, daß das Desinfektionsmittel der Catts eine Infektion zuverlässig verhinderte.

Sie schlug Patti vor, ebenfalls ein Bad zu nehmen, aber als sie dem Mädchen erklärte, wie sie dorthin gelangte, und ihr die primitiven Umstände schilderte, kauerte Patti sich zusammen, zog die Knie an die Brust und stöhnte.

»Sie müssen endlich aufhören zu jammern, Mädchen«, sagte Kris ein wenig ungehalten. »Mir macht es zwar nichts aus, aber anderen schon. Wir haben alle mit den gleichen Bedingungen zu kämpfen, wir alle riechen schlecht, haben Angst und blicken mit gemischten Gefühlen in die Zukunft. Sie sind also nicht alleine.«

»Aber …« setzte Patti Sue an. In ihren Augen lag ein Ausdruck ängstlicher Hilflosigkeit, als sie erneut anfing, sich wortreich zu entschuldigen oder ihr Verhalten zu erklären. Sie schwieg für einen längeren Augenblick, dann meinte sie: »Sie haben recht. Ich bin ein Feigling. Das war ich schon immer, und ich schätze, das werde ich auch immer sein. Ich entschuldige mich nicht dafür. Ich bin nun mal so, wie ich bin.«

Kris bedauerte ihren Zornesausbruch. »Kleines, das haben wir alle. Angst, meine ich.«

»Sind Sie immer noch meine Freundin?« Der mitleiderweckende Tonfall und der flehende Ausdruck in den Augen rührten Kris in einer Weise an, wie es die ständige Litanei der Entschuldigungen nicht geschafft hatte.

»Wurden Sie mal vergewaltigt, Kindchen?« fragte Kris und hockte sich neben sie.

Ein krampfartiger Schauer durchlief Patti Sues zerbrechliche Gestalt, und sie sah Kris verzweifelt an. »Man bemerkt es sofort, nicht wahr?«

»Nicht so wie ein Muttermal oder einen scharlachroten Buchstaben«, antwortete Kris so behutsam sie konnte. »Sie verraten sich dadurch, daß Sie zusammenzucken, sobald Sie die Stimme eines Mannes hören oder einen Schatten oder wen auch immer sehen, selbst wenn die betreffenden völlig harmlos sind wie zum Beispiel Jay Greene, der Ihnen nur helfen will. Ich will nicht behaupten, daß es in diesem Haufen keine Kerle gibt, die nicht gerne … nun, Sie wissen schon … denn Sie sind eine hübsche und reizende Person. Aber im Augenblick, Schätzchen, gibt es hier wohl niemanden, der zu so etwas die nötige Energie hätte. Sie wollen im Augenblick nichts anderes, als auf dieser verrückten Welt zu überleben. Weshalb geben Sie sich keinen Ruck und stellen sich endlich auf die eigenen Füße? Ich helfe meiner alten Wanderfreundin gerne so gut ich kann, aber ich glaube, daß einige wichtige Jobs auf mich zukommen …« *Hoffentlich, sonst werde ich noch verrückt, wenn ich ständig auf dich aufpassen muß,* fügte Kris in Gedanken hinzu. »… durch die ich nicht die ganze Zeit bei Ihnen sein kann. Wir sollten Sie deshalb mit ein paar anderen Leuten … Frauen …

bekannt machen, die ein Auge auf Sie haben, während ich nicht da bin.«

Patti Sue war immer unruhiger geworden, während Kris die Situation erklärte und erkennen konnte, wie das Mädchen sich innerlich gegen ihre Reaktion auf diese Neuigkeit wehrte und sie tatsächlich unterdrückte.

»Dann kommen Sie mal mit ... und vergessen Sie Ihre Decke nicht. Nicht daß wir nicht noch mehr davon haben, aber es ist klug, seine Siebensachen zusammenzuhalten.«

Mit nervösen Händen schaffte Patti es, ihre Decke zusammenzurollen und sich auf die Schulter zu legen, wie Kris es mit ihrer eigenen Decke gemacht hatte. Immer noch ängstlich und nervös folgte sie Kris aus der Höhle, schaute sich gehetzt nach allen Seiten um, als sie andere Stimmen aus benachbarten Höhlen dringen hörte, und trat Kris beinahe auf die Fersen, weil sie sich so dicht hinter ihr hielt. Sie zögerte, hielt die Luft an, als sie die Haupthöhle betraten und sie so viele Leute geschäftig umherrennen sah. Andere hockten an Feuern und kochten Essen und unterhielten sich dabei mit denen, die auf das heiße Grillfleisch warteten. Andere strebten dem Ausgang entgegen.

Zu ihrer Überraschung sah Kris, daß der Ausgang in eine Dunkelheit hinausführte, die von flackerndem Fackelschein und von einem Feuer erhellt wurde. Sie war ein wenig beruhigt, daß Mitford den Gebrauch von Licht offenbar als unproblematisch betrachtete. »Wir sind hier drinnen sicher, Patti«, sagte sie und deutete auf die Höhlenöffnung. »Draußen herrscht die reinste Weihnachtsbeleuchtung. Kommen Sie, wir schnappen ein wenig frische Luft und suchen uns einen freien Platz zum Essen.«

In der Haupthöhle drangen ihnen nicht nur Kochdüfte in die Nase, sondern auch einige weniger angenehme und appetitanregende Gerüche.

»Oh ...« stöhnte Patti und krümmte sich.

»Lassen Sie sich ruhig gehen, Schätzchen, es sei denn, Sie wollen sich für immer in diesem Gestank aufhalten.«

»Wenn Sie meinen ...« Patti Sue war nicht bereit, irgendeine Entscheidung zu treffen, nicht einmal mit Kris' Unterstützung.

»Kommen Sie mit, ich glaube, ich weiß, wo wir sitzen können.« Dabei hoffte Kris, daß die Dunkelheit so gnädig war zu verhüllen, daß ein Teil der Sitzbank kurz vorher als Schlachtbank gedient hatte.

Als sie zu dem Platz hinaufstiegen, hielt Patti sich dicht hinter Kris, die nur hoffen konnte, daß das Mädchen nicht gegen sie prallte und sie beide von der Felsleiste stieß, auf der sie sich bewegten. Sie gelangten bis zu einer Stelle oberhalb des Feuers, dessen Flammenschein von den Gesichtern derer reflektiert wurde, die sich dort versammelt hatten.

»Hey, wir haben ja einen Balkonplatz, von dem aus wir alles überblicken können«, stellte Kris fest. »Das ist ja richtig komfortabel!« Kris ließ sich nieder, während Patti Sue sich an Kris' rechte Seite schmiegte. Noch saß niemand anderer neben ihr.

Kris versuchte, die Gesichter im Feuerschein zu erkennen. Sie entdeckte Zainal auf Anhieb. Er saß neben Mitford. Dahinter Bass und Murphy, und noch ein Stück weiter ein Rugarianer und zwei Deski. Ansonsten sah sie noch Gesichter, die sie schon in der Marschkolonne gesehen hatte, deren Namen sie jedoch nicht wußte.

Patti Sues ängstlicher Griff machte sie auf einen Neuankömmling aufmerksam. Dabei registrierte sie, daß das Mädchen ungewöhnlich kräftig zupacken konnte.

»Ganz ruhig«, murmelte Kris so leise wie möglich, denn sie erkannte sofort, wer auf sie zukam. »Das ist nur Jay Greene, und er ist anständig. Hi, Jay. Ich glaube, Sie kennen meine Partnerin noch nicht. Patti Sue, das ist Jay Greene, und er ist ein beachtlicher Experte für Pfadfindertugenden wie den Bau von Tierfallen. Kommen Sie, Sie dürfen uns beschützen.«

Kris bedauerte ihre Schnodderigkeit, kaum daß sie ihren Satz beendet hatte, denn Patti Sue drängte sich so nahe an sie heran, als wollte sie sich in ihr verkriechen. Kris sagte sich, daß sie wahrscheinlich genauso nervös reagieren würde, wenn sie vergewaltigt worden wäre. Schließlich hatte diese fatale Aussicht sie letztendlich dazu getrieben, den Flitzer zu stehlen und sich im Wald zu verstecken, oder etwa nicht?

Greene ließ sich in einiger Entfernung von Kris nieder. Sie nutzte diesen kurzen Moment und schüttelte Patti Sue sanft.

»Sie klemmen mir im Arm das Blut ab. Beruhigen Sie sich!« murmelte sie und spürte, wie der Druck der verkrampften Finger nachließ. Sie konnte fast körperlich spüren, welche Überwindung es Patti Sue kostete, ihre Hände von Kris' Arm zu lösen. »Was ist los, Jay? Haben Sie etwas Ungewöhnliches erfahren?«

»Ja.« Dabei wurde der Feuerschein von seinen blitzend weißen Zähnen reflektiert, als er lächelte. »Ich habe gehört, wir sind nicht alleine.« Er dehnte die Worte, so daß sie klangen wie der Kommentar zu einem Videoband.

Patti Sues Hände drohten erneut Kris' Oberarm zu zerquetschen.

»Das wußte ich«, sagte Kris und löste nun selbst die Finger des Mädchens von ihrem Arm, legte ihm die Hände in den Schoß und tätschelte es ein letztes Mal, damit sie dort liegen blieben.

»Nein, ich meine, wir sind nicht das einzige Treibgut, das auf diesem Planeten abgeladen wurde«, sagte Greene.

»Tatsächlich? Das leuchtet mir irgendwie ein«, sagte Kris so nonchalant wie irgend möglich. Weshalb hatte man sie mit einer derartigen Tussi wie Patti Sue zusammengelegt? »Auf unserem Feld lagen höchstens fünf- oder sechshundert Leute. Das würde ich nicht gerade als mustergültige Auswahl an überzähligem Personal bezeichnen. Das Schiff, in das sie uns getrieben haben, hätte Platz für wer weiß wie viele mehr gehabt. Ich weiß, daß es über zwei Ladedecks verfügt, wenn nicht sogar über noch mehr. Vielleicht haben sie auf einen Schlag sämtliche Arrestzellen auf Barevi geleert. Das hätte die Reise hierher zu einem wirtschaftlich einträglichen Unternehmen gemacht. Sind noch weitere Terraner dabei?«

»Ich weiß nicht«, meinte Greene achselzuckend.

Patti Sue wimmerte leise.

»Betrachten Sie es doch mal von der angenehmen Seite, Patti Sue«, sagte Kris. »Sie waren nicht dabei und sind dafür bei uns in Sicherheit. Nicht wahr, Jay?«

»So sicher wie in Abrahams Schoß«, bekräftigte er in einem warmen, beruhigenden Ton, für den Kris ihn anlächelte. Gleichzeitig stieß sie unsichtbar für Patti den Daumen in die Höhe. »Je mehr wir sind, desto besser ist es doch. So lange wir Informationen austauschen und uns zusammentun können, um die Probleme zu lösen, die dieser Ort für uns bereithält.«

»Gibt es noch andere Gerüchte?«

»Was zum Beispiel?«

»Hat der Kundschaftertrupp, den Mitford losgeschickt hat, herausbekommen, wer oder was die Getreideernte eingesammelt hat?«

»Nein.« Greene schüttelte den Kopf. »Sie haben wohl weitere Lagerhöhlen gefunden, die allesamt aus dem soliden Fels herausgehauen wurden. Und weitere Täler mit Feldern und Ausrüstungsdepots. Dort war es auch ...« Kris bedeutete ihm mit einer schnellen Geste, er solle nichts sagen, was Patti Sue wieder aufregen könnte. »... dort sahen sie auch die Spuren großer, schwerer Fahrzeuge«, beendete er seinen Satz.

Sie hörten jetzt ein anschwellendes Stimmengemurmel und beobachteten, daß Leute aus der Höhle strömten und entweder zum Feuer hinunterliefen oder sich Plätze auf der Felsleiste suchten.

»Fangen wir etwa mit dem Singen einer Nationalhymne oder mit einem gemeinsamen Gebet an?« wollte Kris von Jay wissen.

»Ich bezweifle, daß der gute Sergeant religiös eingestellt ist«, bemerkte Greene.

»Wofür ich ihm nur danken kann.« Kris spürte, wie Patti Sues Körper sich auf ihre scherzhafte Bemerkung hin versteifte. »Wir brauchen einen Realisten an der Spitze.«

»Dem kann ich nur beipflichten!«

Chuck Mitford war mittlerweile aufgestanden und bat mit einer Handbewegung um Ruhe.

»Für den Fall, daß irgendwer von Ihnen mich nicht sehen kann – hier spricht Mitford«, sagte er mit seiner rauhen Exerzierplatzstimme, die in der Bergschlucht leicht widerhallte. »Wir haben einige Trupps auf Erkundungsgang geschickt. Dabei fanden wir Vorratshöhlen mit genügend Getreide – das zumindest für uns Menschen genießbar ist –, um uns für mehrere Jahre damit zu versorgen. Wir wissen nicht, wer – oder was – das Zeug eingelagert hat, aber sie werden höchstwahrscheinlich gar nicht bemerken, was wir entnommen haben oder noch entnehmen werden, sobald wir unsere eigene Verpflegungsstelle eingerichtet haben. Zum Glück befinden sich unter uns einige Botaniker, die herausgefunden haben, was von den hier wachsenden Pflanzen, Beeren und Wurzeln wir essen können und was nicht. Wie ihr alle sicherlich längst festgestellt haben dürftet, schmeckt das Wasser ziemlich gut.

Wir halten außerdem Ausschau nach weiteren Quartieren, damit wir nicht zusammengepfercht sind wie Sardinen …«

»Wie in diesen Transportschiffen, vielleicht?« fügte ein Mann in übertrieben leidenden Tonfall hinzu und provozierte lautes Gelächter.

Mitfords Grinsen war im Feuerschein zu sehen, als er die Hand hob. »Wir haben überdies festgestellt, daß auch noch andere Gruppen … hier gelandet sind. Noch haben wir keine Verbindung zu ihnen aufgenommen, aber falls jemand einen von ihnen trifft, sollte er sofort seinen Partner zurückschicken, damit er Hilfe holt. Führt niemals einen Fremden hierher. Noch nicht einmal andere Terraner.« Er hielt inne, damit alle sich seine Warnung einprägten. »Am sichersten ist es für uns, wenn wir nur mit den Leuten zusammen sind, die wir während der Herreise kennengelernt haben. Wir nehmen gerne jeden auf, der zu uns kommen will, aber ich denke, die Betreffenden sollten vorher gründlich überprüft werden.«

Zustimmendes Gemurmel antwortete ihm.

»Keine Aliens mehr ...« sagte eine Stimme.

»So etwas will ich nicht hören«, sagte Mitford ernst und starrte böse in die Richtung, aus der die Bemerkung zu ihm gedrungen war. »Das will ich hier und jetzt ein für allemal klar machen. Ich weiß nicht, wo auf Barevi jeder von euch sich aufgehalten hat, aber ich habe feststellen können, daß eine ganze Reihe Aliens genauso clever sind wie ich.« Er deutete mit dem Daumen auf seine Brust. »Und einige verfügen sogar über Fähigkeiten, von denen ich nur träumen kann. Wir müssen auf diesem Planeten einen ganz neuen Anfang machen, daher sollten wir diesen Blödsinn hinter uns lassen. Klar?« Ein allgemeines Murmeln befürwortete diesen Vorschlag. »Für diejenigen von euch, die es noch nicht gehört haben – es waren die Deski, die diese Höhlen für uns gesucht und gefunden haben. Ich bezweifle, daß wir das alleine hätten schaffen können. Sie klettern genauso gut wie die Spinnen, denen sie ähnlich sind, nur sind sie genauso humanoid wie wir. Ich möchte nicht mehr hören, daß sie Spinnen genannt werden. Habt ihr verstanden? Dann hört ruhig weiter zu. Sie wurden genauso wie wir von ihrem Heimatplaneten entführt. Daher behandeln wir sie wie unseresgleichen – denn im Grunde gehören sie zu uns. Habe ich mich klar genug ausgedrückt?«

Die Reaktion war meist positiv, was Kris aufatmen ließ. Sie versuchte diejenigen herauszusuchen, die sich mit der vorgeschlagenen Taktik nicht abfinden wollten.

»Ein Deski hat Ma Frambles Kind während des Marsches getragen und sich kein einziges Mal beschwert.« Der drohende Ausdruck in Mitfords Gesicht galt all jenen, die sich darüber mokiert hatten. »Also denkt immer daran, sie sind genauso betroffen wie wir und müssen ihre eigene Last tragen ... auch wenn sie um einiges leichter sind als wir. Die Rugarianer gehören ebenfalls zu uns, und zwar aus demselben Grund. Sie haben bisher um einiges mehr Beute gemacht, als die menschlichen Jäger es geschafft haben.« Er grinste. »Sie sind absolute Meister der Steinschleuder.«

Auch etwas anderes sollten wir von Anfang an klarstellen!« Er hob drohend den Finger, um seiner Erklärung Nachdruck zu verleihen. »Jeder, der dabei ertappt wird, daß er den Proviant eines Leidensgenossen stiehlt – oder mehr Proviant hat, als ihm gerechterweise zusteht – muß alles, was ihm gehört, abgeben und einen Monat lang Latrinendienst versehen. Verstanden?« Er ließ seinen Blick rundum und hinauf zu den Felsbalkonen wandern. »Viel zu stehlen gibt es nicht bei uns, aber diese Kolonie wird auch keine geringfügigen Diebereien dulden. Auf keinen Fall!« Er kreuzte die Hände vor seinem Körper, um anzudeuten, daß diese Erklärung endgültig war. »Geht das in eure Köpfe?«

»Wer hat Sie eigentlich zum Chef des Ganzen gemacht, Mitford?« erkundigte sich eine männliche Stimme in ungehaltenem Tonfall.

»Sie waren das!« Mitford reckte sein Kinn vor und starrte mit wutsprühenden Augen in die Richtung des Fragenden.

Kris meinte, daß diese Stimme genauso klang wie jene, die gegen die Beteiligung der Aliens an ihrer Kolonie protestiert hatte. Sie fragte sich, ob es Arnie mit dem Wieselgesicht war, aber wenn sie es sich recht überlegte, hätte Arnie wohl niemals den Mumm, sich offen gegen irgend etwas zu äußern. Er war der Typ, der am liebsten im Verborgenen agierte. Und einem schlafenden Mädchen seinen Proviantvorrat stahl ...

»Wollen Sie den Job? Sie können ihn haben.« Er machte Anstalten, seinen Platz am Lagerfeuer zu verlassen.

Sofort wurde heftiger Protest von menschlichen Stimmen laut und, wie Kris erfreut vernahm, ähnlicher Widerspruch unter den Deski und den Rugarianern.

»Ich habe in all den Jahren sicherlich noch buntere Haufen, als ihr es seid, dazu gebracht, so optimal wie möglich zusammenzuarbeiten, Freundchen ...« Mitfords Stimme troff vor Hohn und Geringschätzung »wenn Sie also nicht mehr vorweisen können als ich mit meinen siebenundzwanzig Jahren Dienst – davon fünfzehn im Range eines Master Sergeant –, dann halten Sie gefälligst die Klappe. Will sich noch jemand anderer darüber beschweren, wie ich diese beschissene Truppe führe? Nein? Nun, das beweist, daß bei euch doch noch einiges an Vernunft vorhanden ist. Mir gefällt diese Mission genausowenig wie euch. Aber ich habe den Auftrag angenommen und werde ihn nach bestem Wissen und Gewissen durchführen, bis wir genau sagen können, wie es auf diesem Planeten zugeht. Also hört lieber gut zu.

Wir haben ein Basislager, aber wir müssen die Umgebung erkunden, damit wir keine unangenehmen Überraschungen erleben. Wir waren nicht die einzigen, die abgesetzt wurden, wißt ihr, und es könnte sein, daß ein paar Fremde sich in unsere kleine Siedlung einschleichen wollen.« Das erzeugte vereinzeltes Gelächter. »Noch ist nicht viel davon zu sehen.« Sein Innehalten ließ darauf schließen, daß er noch viele Verbesserungen im Sinn hatte, daher erklang auch ein gequältes Stöhnen. »Aber wir schaffen es schon – wenn man uns in Ruhe läßt. Daher zwei wichtige Punkte ...« Er reckte zwei Finger in die Höhe. »Erstens, wir stellen Wachtposten auf – die die Augen offenhalten –, und zwar rund um die Uhr, auch wenn wir eine solche noch nicht in den Gerätekisten gefunden haben. Zweitens, wenn ihr mich oder einen Wachtposten *Alarm* geben hört« –, er legte dabei die

Hände zu einem Trichter zusammen, hielt sie an den Mund und brüllte das Wort, so daß es von den Felswänden zurückgeworfen wurde und die Leute, die ihm am nächsten standen, mit einem reichlich dummen Grinsen zurückwichen –, »kommt ihr so schnell ihr könnt mit gezückten Messern angerannt. Ständige Wachsamkeit ist der Preis der Freiheit, Freunde!« Sein Gesichtsausdruck wurde ernst. »Wir haben unsere auf der Erde eingebüßt, aber ihr könnt euch verdammt noch mal darauf verlassen, daß ich nicht vorhabe, auch hier die Freiheit zu verlieren. Als wir auf diesem Acker abgesetzt wurden, wurden wir gleichzeitig befreit, und ich habe die Absicht, frei zu bleiben und einen anständigen Anfang zu machen! Also, wenn ihr ein lautes *Alarm!* hört, was tut ihr dann?« Er legte den Kopf schief und hielt eine Hand hinter ein Ohr.

»Wir kommen angerannt, Daddy!« brüllte der Witzbold aus der Dunkelheit der hinteren Reihen.

»Ihr solltet euch das lieber merken! Wir müssen weiterhin auf unsere Gesundheit achten, daher gibt es Latrinen, und die müssen gegraben werden, wenn wir keine natürlichen tiefen Löcher vorfinden. Und streut eine Handvoll Sand hinein, wenn ihr sie benutzt. Das bindet den Geruch ein wenig. Wir brauchen Leute, die jeden Morgen auf die Jagd gehen, und Freiwillige, um die Nahrung vorzukosten, und andere, um sie zuzubereiten. Ich habe mich auf dem Weg hierher mit vielen von euch unterhalten, aber jetzt muß ich wissen, wer von euch eine besondere Ausbildung zum Beispiel als Arzt oder Chemiker oder als Überlebensspezialist genossen hat. Jeder arbeitet in irgendeinem Bereich mit, damit alles funktioniert. Und ich möchte niemanden meckern hören, wenn er turnusmäßig irgendeine schmutzige Arbeit tun muß. Es wird ständig gewechselt. So – alle Leute mit der soeben angesprochenen Spezialausbildung, mit denen ich noch nicht habe reden können, sollen nach dieser Versammlung hierher ans Feuer kommen. Die Jäger erhalten ihre Anweisungen von diesem Rugarianer hier – er nennt sich Slav –, der den besten Wurfarm seit Lou Gehrig hat.«

»Sarge, Sie waren ja noch gar nicht geboren, als Lou Gehrig spielte«, rief ein Witzbold.

»Nein, das nicht, aber ich habe genug Filme von ihm in seiner besten Zeit gesehen. Also, die Jäger melden sich bei Slav. Ich brauche morgen weitere Erkundungstrupps. Wenn ihr also ein wenig Körperertüchtigung wünscht« – Gelächter brandete auf – »dann ist Zainal dafür zuständig.«

»Sie vertrauen dem Catt?«

»Bis die Hölle einfriert«, gab Mitford in einem Tonfall zurück, der absolut keinen Widerspruch duldete. »Er ist genauso wie wir alle gegen seinen Willen hierher verfrachtet worden, und ich bin nicht in der Position, um ihn zu fragen, weshalb.«

Erneut erklangen überraschte Rufe, aber Mitford redete weiter. »Ich brauche zwanzig Leute, die weiteres Getreide holen müssen ... zeigt lieber auf, ehe ich welche bestimme.« Hände schnellten hoch, und es waren bei weitem mehr als zwanzig. »So, eine letzte Sache noch. Wir sind mehr Männer als Frauen. Einige unserer Frauen wurden von den Catteni vergewaltigt. Wir sind Menschen! Niemand belästigt in diesem Lager eine Frau!«

Als das Wort Vergewaltigung fiel, stöhnte Patti Sue auf und klammerte sich wimmernd an Kris. Sie zitterte am ganzen Körper, während Kris schützend einen Arm um sie legte.

»Und wenn nun ein Mädchen einen von uns vergewaltigt?« fragte derselbe Witzbold und wurde von den Frauen in seiner nächsten Umgebung niedergezischt.

»Wenn diese Art von Vergewaltigung unvermeidbar ist, dann entspann dich und genieße es ... Buddy«, rief eine Frauenstimme mit deutlichem bitterem und drohendem Unterton.

»Ich nehme mir persönlich jeden Mann vor, der gegen eine Frau Gewalt ausübt«, sagte Mitford und reckte seine beachtlichen Fäuste in die Luft. »Das gilt allerdings auch für alle Frauen, die sich einen Spaß daraus machen, Männer anzustacheln.« Er hielt für einen kurzen Moment inne, dann grinste er gequält. »Das heißt, falls jemand nach einem langen Tag überhaupt noch Lust auf irgend etwas anderes als eine Mütze Schlaf hat.«

»Sehen Sie, Patti Sue«, murmelte Kris tröstend und tätschelte die Hände, die auf ihrem Arm lagen und sich zukkend öffneten und schlossen, »er meint es wirklich ernst.«

»Er mag es gerne ernst meinen, aber was ist, wenn ...«

»Kein was wäre wenn, Patti Sue«, sagte Kris so entschieden wie möglich. Doch Mitfords Ruf nach Kundschaftern würde ihr die Möglichkeit verschaffen, schon am nächsten Tag diese lebende Weinranke hinter sich zu lassen und etwas Sinnvolleres zu tun, als irgendwelche Felsläufer auszuweiden. »Sie haben es gehört, und er meint es ernst.«

Patti stöhnte weiter trotz ihres Versprechens, es zu unterlassen.

»Ich höre mir *intelligente* Fragen an – vorzugsweise solche, die ich auch beantworten kann«, sagte Mitford. »Ich bin zwar immer zu sprechen, aber wenn ich mal besetzt sein sollte, dann redet mit Bass. Zainal, Sie haben jetzt erst Ihren fremden Verbindungsmann zugeteilt bekommen, weil Sie besser Barevi sprechen als ich. Dowdell – stehen Sie auf, und auch Sie, Murphy. Diese beiden sind die Polizei. Haben Sie irgendwelche Beschwerden vorzubringen? Ich versichere Ihnen, man wird sich darum kümmern und ihnen nachgehen ... falls es menschenmöglich ist.«

»Sergeant Mitford?« Ein Mann erhob sich, damit man ihn sehen konnte. »Haben Sie eine Ahnung, weshalb wir ausgerechnet hier ausgesetzt wurden?«

»Zainal meinte, die Catteni täten dies, um bestimmte

Planeten zu besiedeln. Nach einiger Zeit kommen sie zurück, um nachzusehen, ob noch jemand am Leben ist.«

»Demnach kommen wir nicht mehr von hier weg?«

»Das habe ich nicht gesagt.« Mitfords Stimme klang gepreßt. »Aber sie müssen landen, um sich einen Überblick zu verschaffen, nicht wahr? In diesem Fall ist es nicht selbstverständlich, daß sie mit ihrem Schiff auch wieder starten, oder?«

Diese Andeutung hatte zahlreiche hoffnungsvolle Bemerkungen zur Folge.

»Und es ist ein guter Grund, weshalb wir uns gegenüber dem einen Catteni, der auf unserer Seite steht, wohlwollend verhalten sollten«, sagte Mitford. »Sonst noch Fragen?«

»Wer betreibt denn auf diesem Planeten Ackerbau?«

»Das ist eine gute Frage, auf die ich keine Antwort weiß.«

»Möglicherweise der Catt?«

»Unser cattenischer Verbündeter«, meinte Mitford und hielt inne, damit jeder genau verstand, wie er sich ausdrückte, »weiß es nicht, da seine Kenntnisse über diesen Planeten genauso bruchstückhaft sind wie unsere ... außer daß er gehört hat, daß einige der eingeborenen Lebewesen gefährlich sind. Wenn ihr das Lager verlaßt, solltet ihr Augen und Ohren offenhalten. Oder zumindest lange genug am Leben bleiben, um zu erzählen, was ihr gehört oder gesehen habt.«

»Hey, vielen Dank, Sarge.« Eine Welle des Gelächters durchlief die Versammlung.

»Die haben aber bemerkenswert gute Laune«, sagte Kris zu Greene.

»Es ist erstaunlich, daß ein voller Bauch einem die Zukunft in rosigem Licht erscheinen läßt.«

»Irgendein Schwein hat Patti Sues Proviant gestohlen«, fügte sie hinzu.

»Das überrascht mich nicht«, erwiderte Greene leise.

»Wir können Nachschub für sie besorgen. Oder soll ich die Rationen für sie aufbewahren?«

»Nach dem, was Mitford über meinen mir zustehenden Anteil gesagt hat? Vielen Dank, aber nein!«

»Nun, ich glaube kaum, daß sie ihre Lebensmittel wieder verlieren wird. Vielleicht sollten Sie mit Sandy tauschen.«

»Das wäre eine Idee«, erwiderte Kris und wußte gleichzeitig, daß sie von ihrem schlechten Gewissen geplagt würde, wenn sie es täte. »Weshalb sollte ich sie mit Patti zusammenbringen?«

»Weil sie eine zähe Lady ist und gut auf das Mädchen aufpassen wird«, sagte Jay. »Und sie braucht jemanden, der ein Auge auf sie hält, denn sie ist ein ganz schönes Nervenbündel.«

Kris seufzte. Entscheidungen, Entscheidungen. Aber sie würde sich nicht von Patti Sue in der Höhle festhalten und daran hindern lassen, sich ein wenig zu »betätigen«. Sie hatte auf Barevi ganz auf sich gestellt überlebt und war überzeugt, daß sie sich hier auf ... nun, wo immer sie sich aufhielten, als Kundschafterin oder Nahrungssucherin nützlich machen könnte.

Sie hielt die Hände als Schalltrichter an den Mund. »Hey, Sarge, hat dieser Planet einen Namen?«

Mitford schaute hoch und strengte seine Augen an, um sie in der Dunkelheit außerhalb des Feuerscheins erkennen zu können.

»Bjornsen? Zainal, geben Ihre Leute den Planeten Namen?«

Zainal trat in den Lichtkreis um das Feuer. »Nur Nummern«, erwiderte er in Barevi und zuckte die Achseln.

»Wie wäre es mit ›Bounty‹? Wie in *Meuterei auf* ...« rief eine Frau.

»Oder Alcatraz?« »Etwas positiver, bitte – El Dorado.«

Der Austausch von Namen und Meinungen wogte einige Zeit hin und her, bis Mitford nach einiger Zeit einhaltgebietend die Hand hob.

»Murphy hat so etwas Ähnliches wie Kreide gefunden. Er legt sie am Höhlenausgang bereit, und diejenigen unter euch, die schreiben können« – er erntete damit einige Lacher – »können ihre Vorschläge aufschreiben. Morgen abend treffen wir dann eine Entscheidung.« Er deutete auf das Feuer. »Dann treffen wir uns wieder hier zu einem Tätigkeitsbericht. Verstanden?«

»Verstanden!« tönte es aus allen Winkeln zu Mitford zurück und hallte als mehrfaches Echo durch die Felsschlucht.

»Okay dann. Wachtposten, geht in Stellung. Ihr werdet beim ersten Mondaufgang abgelöst. Weg-TRETEN!«

Trotz des militärisch gefärbten Befehls grinste Mitford, während er sich vom Feuer entfernte und mit der Dunkelheit verschmolz.

»Kommen Sie, Patti Sue«, sagte Kris und stand auf. »Ich will Sandy suchen und feststellen, wo sie ihren Schlafplatz hat. Dann wissen Sie nämlich, wo Sie morgen hingehen müssen.«

Patti Sue klammerte sich wieder an ihren Arm. »Morgen? Sie gehen weg? Wohin? Sie dürfen mich nicht alleine lassen!«

»Schätzchen, das kann und will ich«, widersprach Kris. »Ihnen passiert schon nichts. Sie haben Mitford gehört. Niemand wird Sie belästigen.«

»Aber angenommen ...«

»Seien Sie still, Patti Sue«, sagte Kris mit Nachdruck und schüttelte das Mädchen. »Ich kann nicht jede Minute des Tages bei Ihnen den Babysitter spielen.«

»Oh ...« Patti schien regelrecht in sich zusammenzufallen.

»Nun, Miss Patti«, sagte Greene mit tröstender Stimme und machte keinerlei Anstalten, dem verängstigten Mädchen näherzukommen, »Ihnen passiert nichts. Sandy und ich sollen eine Inventarliste von allen Vorräten erstellen, die wir haben und die angeliefert werden. Wahrscheinlich müssen wir die Wände als Schreibfläche benutzen, aber ich habe ein Stück von der Kreide besorgt, die Murphy gefunden hat, und Sie können als unsere Sekretärin fungieren. War das nicht Ihre Tätigkeit auf der Erde?«

»Sekretärin?« Pattis Stimme wurde etwas kräftiger. »Ja, das war ich. Und eine gute dazu, aber ...«

»Sie wurden soeben für diesen Job angenommen«, sagte Greene so freundlich, daß Kris ihn dafür hätte küssen können.

»Sie haben Mitford gehört, Patti Sue, wir alle haben irgendwelche nützlichen Fähigkeiten«, sagte sie, legte einen Arm um die Taille des Mädchens und schob es sanft zum Höhleneingang. »Wir gehen Sandy suchen. Wir sollten uns lieber beeilen, sonst verfehlen wir sie noch. Sie ist wirklich nett.«

»Aber Sie sind meine Partnerin«, widersprach Patti Sue mit bebender Stimme.

»Ja, das war ich.« Kris mußte ihrem Gewissen gehorchen und bei der Wahrheit bleiben. »Für die Dauer des Marsches, aber der ist vorbei, und wir sind am Ziel. Außerdem ist Sandy eine gute Köchin, und es ist immer günstig, einen besonders guten Kontakt zum Küchenpersonal zu haben, müssen Sie wissen. Und jetzt sollten wir uns auf die Suche machen.«

Sie fanden sie, als sie gerade damit beschäftigt war, die letzten Reste der Jagdausbeute des Tages auf den Grill zu legen.

»Die Wachtposten kriegen die Reste«, sagte sie, warf einen Blick auf Patti Sues angstverzerrtes Gesicht und lächelte sie aufmunternd an. »Patti Sue, setzen Sie sich dorthin, gleich neben mich.« Damit schob sie Patti Sue auf den für sie vorgesehenen Platz. »Sie können jetzt gehen, Kris, damit Patti Sue und ich uns miteinander bekannt machen können.«

Die Frau war wirklich toll, dachte Kris. Sie stutzte noch nicht einmal bei der Vorstellung, daß Patti Sue ihr nun am Rockzipfel hängen würde. Während Kris sich mit

Greene im Schlepptau hastig entfernte, hörte sie noch, wie Sandy dem Mädchen erzählte, sie hätte eine Tochter in Pattis Alter, und wie sie fragte, woher auf der Erde Patti käme.

»Sie können sich nicht länger mit ihr herumschlagen«, sagte Jay, während sie zum Lagerfeuer hinunterstiegen.

»›Und im Krieg gibt es keine Entlassungen‹«, zitierte Kris murmelnd Rudyard Kipling.

»Häh?«

»Vergessen Sie's. Sehen Sie Sarge oder Zainal irgendwo?«

»Hinter dem Feuer, glaube ich.«

Der Abstieg war einfacher als der Aufstieg, daher nahm sie an, daß während des Tages bessere Stufen in die Felswand geschlagen worden waren.

Sie mußten einige Zeit warten, ehe sie mit Mitford reden konnten, da sich eine ganze Reihe Freiwilliger für die Kundschafter- und Jägertrupps meldeten. Vielleicht würde Kris an einem anderen Tag die Höhlen aufsuchen, um sich die Vorratsräume selbst anzusehen.

»Haben Sie morgen noch Platz für mich in einem Kundschaftertrupp, Sarge?« fragte Kris, als er sich umdrehte und sie ansah. Als er Greene hinter ihr entdeckte, verfinsterte sich seine Miene. »Oh, ich habe Patti Sue zu Sandy gebracht ... Ich kenne mich ganz gut in Überlebenstechniken aus.«

»Ja, und sie haben sich auf Barevi ganz gut gehalten«, sagte Mitford, und sie nahm für einen kurzen Moment an, daß er andere Pläne mit ihr hatte.

»Die Kenntnisse sind überall von Nutzen ... im gesamten Universum ...« Sie grinste. »Außerdem konnte ich mich heute beim Häuten und Ausnehmen der Jagdbeute ausruhen.«

Mitford zögerte, bis er Zainal bemerkte, der ihm einen zustimmenden Blick zuwarf. »Gehen Sie mit unserem Verbündeten. Bei ihm sind Sie sicherer.«

»Bin ich das?«

»Verlassen Sie sich ruhig darauf.« Es klang ein wenig ungehalten. »Wir treffen uns beim letzten Monduntergang. In derselben Höhle? Gut. Zainal findet Sie schon.« Er wollte sich zu den anderen Wartenden umdrehen.

»Sarge, jemand hat Pattis Proviant gestohlen, während sie schlief.«

Mitford nickte Jay Greene zu. »Beschriften Sie ein Paket mit ihrem Namen, Greene, und bewahren Sie es bei sich auf. Sie sollte sich allmählich wieder an den Kontakt mit Männern gewöhnen. Wer ist der nächste?«

Damit entließ er sie und widmete sich den anderen, die darauf warteten, daß er sich um sie kümmerte. Kris und Jay entfernten sich.

»Ich weiß nicht, ob das eine Beleidigung war oder nicht«, murmelte Jay auf spaßige Art irritiert.

»Nun, ich weiß, daß es in Ihrer Obhut sicherer ist und daß sie gefüttert wird.«

»Patti Sue wird immer von jemandem gefüttert«, sagte Jay geheimnisvoll.

Kris holte Patti Sue von Sandy ab und bemühte sich, den Ausdruck in den Augen des Mädchens zu ignorieren, der andeutete, daß sie daran gezweifelt hatte, daß Kris zurückkommen würde. Sandy erkundigte sich, in welcher Höhle sie untergebracht waren, und meinte, sie wolle nur ihre Schlafrolle dorthin schaffen. Kris begleitete Patti zu den Wasserbehältern, damit sie ein wenig trank, dann zur Latrine, wo sie ihr zeigte, wie man dieses Problem meisterte. Dann gingen sie zu Bett. An der Innenwand lag bereits eine Frau und schnarchte laut. Kris wies ihre Partnerin an, sich neben die Frau zu legen, danach streckte auch Kris sich aus, und es blieb noch genügend Platz für Sandy und vielleicht sogar noch für eine weitere Person. Weil der Lärm, den sie verursachte, alle um den Schlaf bringen würde, beugte Kris sich hinüber, schüttelte die Frau und bat sie, sich auf die andere

Seite zu drehen. Schläfrig gehorchte die Frau, und dann seufzte Patti zufrieden, als sie es sich so bequem wie möglich machte.

Nicht daß Kris irgendwelche Hilfe brauchte, um einzuschlafen. Sie drehte sich noch nicht einmal um – daran erinnerte sie sich noch.

Kapitel
Fünf

Der Blick vom oberen Rand der Felswand war atemberaubend – und Kris mußte nach dem Aufstieg, den Zainal mit seiner Gruppe absolviert hatte, erst einmal nach Luft ringen. So weit das Auge reichte, erstreckten sich vor ihnen in westlicher Richtung die großen ordentlichen Felder, die von Bächen durchschnitten wurden, welche im Licht der Morgensonne wie Diamanten glitzerten. Einige der Felder waren mit grasendem Vieh besetzt, dessen Form auf diese Entfernung nur schwer zu erkennen war. Weit im Süden befand sich ein großes Gewässer, aber ob es sich um einen Ozean oder um einen Binnensee handelte, ließ sich nicht eindeutig ausmachen.

Diese Gruppe hatte ebenfalls den Auftrag zu jagen, und Zainal hatte kurz und bündig erklärt, es wäre am besten, weiter entfernt vom Lager auf die Jagd zu gehen. Damit waren alle erfahrenen Jäger einverstanden. Die Terraner übten nur wenig Kritik an dem Catteni – beziehungsweise sagten gar nichts mehr, nachdem sie eine Stunde unterwegs waren, denn er legte ein scharfes Tempo vor und zwang die Terraner mit Slav, dem Rugarianer, und den beiden Deski, Zewe und Kuskus – so etwa klangen ihre Namen –, mitzuhalten.

Mitfords Feststellung, daß die Deski sehr nützlich wären, erwies sich, als die spinnenhaften Lebewesen die steilen Felswände schwerelos hinaufzugleiten schienen, als richtig. Sie hatten zwar keine Saugnäpfe an Händen und Füßen, aber das war der Eindruck, den man gewann, dachte Kris. Sie sicherten zuverlässig die Seile, die sie für die anderen herabließen. Desgleichen Zainal, der ihnen als erster Humanoider folgte. Auf die ein oder andere Art und Weise schien Kris während der fünf Kletterpartien, die sie absolvieren mußten, von Zainal hochgehievt zu werden. Jedesmal, wenn er ihr auf die nächsthöhere Etage half, grinste er sie an. Sie fühlte sich durch seine ständige Aufmerksamkeit seltsam geschmeichelt ... wenn man bedachte, daß es eigentlich nur ihr zu verdanken war, daß er sich jetzt auf diesem Planeten befand.

Ein Tag auf Botany, wie Kris im Stillen den Planeten getauft hatte, war länger als auf der Erde oder auf Barevi, daher waren sie ziemlich lange gelaufen, ehe die Sonne im Zenith stand. Erst dann ließ Zainal zu einer Essenspause auf dem Gipfel Halt machen. Die Proviantriegel hätten sie mit ein wenig Wasser, um sie aufzuweichen, sicherlich etwas leichter herunterbekommen, allerdings hatten sie am letzten Bach, auf den sie gestoßen waren, ausgiebig getrunken. Kris ließ die Beine über die Kante ihres Aussichtsplatzes baumeln, mampfte vor sich hin und genoß die Aussicht. Dabei überlegte sie, welche Früchte angebaut wurden und für wen. Soweit sie erkennen konnte, wurde das Land bebaut oder als Weide genutzt, dennoch hatte Zainal wiederholt erklärt, der Planet wäre nicht bewohnt. Wer also bestellte ihn und warum? Wenn man bedachte, daß die Ernten in Höhlen gelagert wurden, konnten deren Konsumenten vielleicht Höhlenwesen sein, die tief im Innern des Planeten hausten? Das würde auch erklären, weshalb es keine Städte oder sichtbaren Planetenbewohner gab. Nicht daß Kris besonders erpicht darauf war, irgendwelchen Troglodyten zu begegnen.

Das Bergmassiv, in dessen Ausläufern sie sich befanden, ragte um sie herum auf und erstreckte sich weiter nach Osten. Mitford war von dem Feld aus, auf dem sie von den Catteni abgesetzt worden waren, in nördliche Richtung vorgedrungen, war die Täler und Schluchten hinaufmarschiert, bis sie auf die Höhlen gestoßen waren. Aber dort hatte es keine Anzeichen gegeben, daß sie in der Vergangenheit oder der Gegenwart bewohnt worden wären. Noch nicht einmal eingeborenes Wild hatte sich dorthin verirrt, da es offenbar bewaldete und mit Vegetation bedeckte Gebiete vorzog. Das wird ja immer merkwürdiger, dachte Kris.

In diesem Moment stieß der Rugarianer, Slav, einen seltsamen Schrei aus und deutete mit seinem mit ungewöhnlichen Gelenken versehenen pelzigen Arm nach Nordwesten. Kris konnte nichts sehen außer dem sattsam bekannten Patchworkmuster weiterer Felder.

Indem er seine Augen überschattete, hielt Zainal Ausschau und sagte etwas zu dem Rugarianer, der mit einem heftigen Nicken seine Zustimmung ausdrückte.

Zainal wandte sich an die anderen. »Slav hat gesehen, was anders ist ... kein Tier.« Er zeichnete mit schnellen Gesten eine kubische Form in die Luft.

»Irgendwelche Leute?« fragte Kris aus der Überlegung heraus, daß das Vorhandensein geometrischer Objekte auf einen weiteren Landepunkt und noch mehr Ausgestoßene hinwies. Nicht, daß sie sich tatsächlich noch mehr Leute herbeiwünschte, deren Bedürfnisse berücksichtigt werden müßten.

Das Feld war ziemlich weit entfernt. Allerdings mußten sie vorher zwei kleine Wälder durchqueren, und in jedem erlegten die Jäger mit ihren Steinschleudern einige fremdartige, vogelähnliche Tiere und genügend Felsläufer, um am Ende die Jagd erfolgreich nennen zu können. Kris hatte einen der Jäger überredet, sie mit der Steinschleuder üben zu lassen, wenn er sie nicht brauchte. Als sie den zweiten Wald erreichten, beherrschte sie das Schleudern schon recht gut.

»Warten Sie, bis Sie auf eine ganze Herde von diesen Tieren treffen«, empfahl Cumber. »Wenn Sie dann nicht gerade das Tier treffen, auf das Sie gezielt haben, erwischen Sie vielleicht ein anderes.«

»Sie können einem aber Hoffnung machen«, erwiderte Kris.

»Tun *Sie* es denn?« Dabei legte Cumber den Kopf auf die Seite, und in seinen Augen erschien ein vielsagender Ausdruck.

»Nun, wenn Sie das meinen, Freundchen, dann mache ich Ihnen keinerlei Hoffnung«, erteilte sie ihm eine Abfuhr, lächelte jedoch dabei.

Sie wäre am liebsten ganz nach vorne zu Zainal vorgerückt, aber das schien auch keine allzu gute Idee zu sein, daher verlangsamte sie ihren Schritt und ließ sich bis zu den Deski zurückfallen, die gemütlich dahintrotteten. Um die Hälse trugen sie Schnüre, an denen sie die Felsläufer aufgefädelt hatten, die sie dank ihrer unfehlbaren Zielsicherheit niedergestreckt hatten. Sie waren als Jäger mindestens ebenso gut wie als Kletterer.

Die Würfel stammten tatsächlich von den Catteni. Einer war sogar geöffnet und enthielt Decken, die Zainal unter den Angehörigen seiner Gruppe paketweise verteilte, damit sie ins Basislager mitgenommen wurden. Getrocknete braune Pfützen bildeten auf dem Feld ein unregelmäßiges Muster. Kris verspürte tiefes Mitleid mit denen, die hier ihr Leben durch das Einwirken unbekannter Angreifer, wie es in einer Nachrichtenmeldung heißen könnte, verloren hatten.

Während sie ihre Decken zusammenschob, sah Kris, wie die Rugarianer über das Feld streiften, während Zainal mehrere andere aus ihrer Gruppe anwies, sich zu verteilen und die Randbereiche abzusuchen.

»Meinen Sie, diese fliegenden Dinger haben sie erwischt?« fragte Cumber, als er zu ihr zurückkam.

»Schon möglich. Aber gleich alle? Als die Kisten geöffnet wurden?«

»Oder irgend etwas kommt nachts aus der Tiefe hoch und saugt Leichen aus«, fuhr Cumber fort und wartete gespannt ab, wie sie auf seine Worte reagierte.

»Diese Welt hat offenbar ihr eigenes Recyclingsystem«, erwiderte sie. »Keine Abfälle, kein Müll, keine leeren Cola-Flaschen oder Sprühdosen.«

»Hm?« Cumber war ganz eindeutig ein nüchterner Typ, und ihre scherzhafte Bemerkung kam überhaupt nicht bei ihm an.

Dann stieß einer derjenigen, die den Feldrand kontrollierten, einen Schrei aus, und alle mußten natürlich sofort hinrennen, um sich anzusehen, was er gefunden hatte: eine deutliche Spur, daß irgendwelche großen Gebilde oder Wesen durch eine dichte Buschhecke gedrungen waren.

»Das sieht aus, als wäre irgend etwas hier durchgestürmt«, meinte Cumber zu Kris.

Sie konnte die Spur eines Rückzugs oder einer Flucht im knapp einen halben Meter hohen Bewuchs auf der nächsten Parzelle erkennen. In diesem Moment erhob einer der Rugarianer die Stimme.

»Still!« sagte Zainal mit seiner tiefen Stimme in Barevi. Dabei war er gerade laut genug, daß die gesamte Gruppe ihn verstehen konnte.

Slav gestikulierte mit seinem Messer, und dann hörte Kris deutlich das barevische Wort für »heiß«.

»Heißes Metall?« fragte sie mit lauter Stimme, während sie auf die Gruppe zuging, die sich um Slav drängte.

»Heißes Metall?« wurde er gefragt. Andere zückten ihre Messer und taten so, als seien die Klingen heiß geworden.

»Yisss.« Der Rugarianer deutete den Berghang hinunter und atmete tief ein.

»Er riecht heißes Metall«, sagte Kris.

Zainal übernahm das Kommando. Er wies alle an, sich hinter der Hecke zu verstecken, und gab Slav und einem Terraner das Zeichen, sie sollten nachschauen gehen.

»Heißes Metall? Kommen die Leute, die auf diesem Planeten Landwirtschaft betreiben, her, um nachzusehen, wer ihre Felder ruiniert?« fragte Kris.

»Es wird allmählich Zeit, daß irgend jemand erscheint, um nachzusehen, wenn Sie mich fragen«, meinte Cumber in pessimistischem Tonfall.

»Und wir haben nur ein paar Messer!«

Die zurückkehrenden Kundschafter hatten keinen

allzu großen Vorsprung vor dem »Ding«, das sie verfolgte. Nur war es gar nicht hinter ihnen her, sondern es wollte offensichtlich zu den höher gelegenen Feldern. Es glitt auf einem Luftkissen dahin, denn es überwand die Hecken mit einem eleganten Hüpfer, und während Kris und alle anderen das Geschehen wie gebannt verfolgten, erreichte es eins der fruchttragenden Felder und schaltete sofort in einen anderen Modus um: es besprühte sie.

»Sieh sich das mal einer an!« Der Sprecher richtete sich überrascht zu seiner vollen Größe auf. Augenblicklich rissen die, die neben ihm hockten, ihn zurück in den Schutz der Hecke. »Ach, es hat keine Augen. Es ist nur eine landwirtschaftliche Maschine. Und ich glaube, ich habe weiter unten noch eine zweite gesehen, wie sie gerade ein anderes Feld besprühte.«

Er hatte recht, wie jedermann sofort feststellen konnte, indem er einen Blick in die entsprechende Richtung warf.

»Jetzt genau aufpassen«, sagte Zainal in Barevi und gab nicht nur Cumber, sondern auch Kris und Slav ein Zeichen, sie sollten sich jede Einzelheit einprägen. »Bleiben Sie in Deckung, und seien Sie still. Ich weiß nicht, zu was diese Maschinen fähig sind.«

»Ich hab' nichts dagegen, mal meine Knochen auszuruhen«, meinte jemand. »Soll der Catt doch alleine zusehen, mit was wir es hier zu tun haben.«

Kris freute sich, daß sie als jemand angesehen wurde, dessen Meinung über die Maschine von Nutzen sein könnte. Tief geduckt – und Zainal bewegte sich tatsächlich so dicht am Boden vorwärts, wie sie es noch nicht mal in den Rambo-Filmen gesehen hatte – überquerten sie das Feld, wo eine andere Gruppe unfreiwilliger Kolonisten deponiert worden war. Sie konnten das obere Drittel der Maschine sehen, als sie emsig hin und her fuhr und gleichmäßig in alle Richtungen sprühte.

»Deshalb also sind diese Felder so verdammt regelmäßig angelegt«, murmelte Cumber neben ihr. »Damit die

Maschinen nicht in irgendwelche Ecken hineinfahren müssen.«

»Sehr effizient ausgedacht«, erwiderte Kris flüsternd.

Zainals Hand winkte ihnen, und sie sahen, wie er einen Finger auf die Lippen legte, um ihnen zu signalisieren, sie sollten still sein. Kris verzog ungehalten das Gesicht. Für wie dumm hielt er sie eigentlich? Es war doch klar, daß Maschinen, die darauf programmiert waren, gleichförmige methodische Tätigkeiten auszuführen, auch für andere Aktivitäten programmiert sein konnten.

Als sie sich der hinteren Hecke näherten, machte Zainal ihnen per Zeichensprache klar, sie sollten sich noch tiefer ducken. Kris unterdrückte ein Stöhnen, als sie sich auf den Bauch fallen ließ und ebenso wie die anderen weiterkroch.

Im unteren Bereich der Hecke fanden sie Lücken zwischen den dicken Stämmen der einzelnen Büsche und blickten hinüber zu der Maschine, die sich nun auf der anderen Seite des Feldes befand. Sie schwebte immer noch auf ihren Luftkissen, sprühte noch, und die einzige Maschine, die ihr ähnlich sah und die Kris kannte, war ein Dalek aus einem alten *Doctor Who*-Video.

»Vernichten! Vernichten!« hallte der Ruf des Daleks durch ihren Kopf, und sie fragte sich, inwieweit dieser Wachtraum der Wirklichkeit entsprach. Versprühte das Ding Dünger oder einen Insektenvernichter? Auf jeden Fall war es fast damit fertig. Als es die letzte Ecke erreicht hatte, wendete es jedoch und kam auf sie zu.

Zainal bedeutete ihnen, sie sollten sich möglichst unsichtbar machen, indem sie sich am besten unter die Hecke quetschten. Kris hörte das Ding näherkommen, während sie sich selbst beinahe auf einem spitzen Wurzelstrang aufspießte. Mit schmerzverzerrtem Gesicht ertrug sie ihre unbequeme Lage für eine Zeit, die ihr wie eine halbe Ewigkeit vorkam.

Sie hörte ein Klicken, ein Surren und andere Geräusche ähnlicher Art, die so sehr der Geräuschkulisse jener alten *Doctor Who*-Serie ähnelten, daß sie kurz davor war, in schallendes Gelächter auszubrechen. Nur war diese ganze Situation überhaupt nicht lächerlich.

Dann »hüpfte« die Maschine über die Hecke, und sie alle wurden von einem Schwall heißer, stinkender, metallischer Luft getroffen, ehe die Maschine über das Feld glitt und den Müll nicht berührte, sondern ihn, wie Kris sicher zu wissen glaubte, eingehend untersuchte.

Ein weiterer eleganter Sprung, und sie verschwand und wechselte zum Glück nicht in das Feld über, wo sich die anderen Jäger so unsichtbar wie möglich machten.

»Das Ding ist gefährlich«, sagte Cumber zu Zainal, der lediglich nickte.

»Wir holen die anderen und hauen ab«, sagte er und betonte das letzte Wort.

Slav, der dem Catteni aufmerksam zugehört hatte, führte nun die Hände an die Lippen und stieß einen schrillen Laut aus, der weder einen Vogelschrei noch ein Hundebellen oder sonst etwas Bekanntes darstellen sollte.

Er wurde auf ähnliche Weise von Zewe beantwortet.

»Sagt. Gehen.« Dabei deutete Slav den Berg hinauf, dorthin, woher sie gekommen waren.

»Gut!« Also machten sie sich auf den Rückweg und trafen, als sie das nächste Feld erreichten, auf die restlichen Jäger.

Dort gaben die Deski eine ihrer Warnungen ab, eine knappe Geste, die auf Flugobjekte hinwies, und jeder erstarrte dort, wo er sich gerade befand. Eine Formation von fünf Fliegern kam von Osten herangeschwebt, schwenkte auf das Feld herunter und begann es abzusuchen. Da sich nichts rührte, wurden die Raubvögel um ihre Beute betrogen, und nachdem sie sich mit einem mißbilligenden Aufheulen von den atemlos abwartenden Jägern verabschiedet hatten, entfernten sie sich hangabwärts.

»Donnerwetter!« sagte Cumber mit leiser Stimme, in der tiefer Respekt mitschwang. »Diese verdammte Maschine hat Alarm geschlagen!«

»Wir wurden von ihr nicht gesehen«, sagte Kris nachdenklich, »demnach muß sie Sensoren besitzen, denn sie wußte genau, daß wir da waren. Wie ein Dalek.«

»Ein was?« Es war völlig klar, daß Cumber niemals die alten SF-Serien gesehen hatte.

»Ein Roboter mit mörderischen Absichten.«

Einer der anderen Männer grinste und sagte mit nasaler Falsettstimme: »Vernichten! Vernichten!«

»Hey, Kumpel, sei still!« warnte jemand anderer mit einem nervösen Flüstern.

»Was wird geredet?« erkundigte Zainal sich leise auf Englisch.

»Die Maschine hat unsere Anwesenheit gemeldet«, sagte Kris und begleitete ihre Worte mit entsprechenden Gesten. »Es ist möglich, daß sie auf Wärmestrahlung reagiert. Sie wußte dank unserer Körperwärme, daß wir uns in der Hecke aufhielten.«

Zainal nickte. »Seien Sie nur vorsichtig. Wir gehen jetzt zu den Höhlen. Jagen. Aber immer aufpassen.« Er stieß Slav und Zewe an und gab ihnen ein paar knappe Befehle. »Sie hören am besten«, meinte er erklärend zu Kris.

Die beiden Rugarianer nahmen Positionen rechts und links der Hauptgruppe ein, und dann, auf Zainals Zeichen hin, setzten sich alle in Bewegung.

Die Heimkehr war sogar noch anstrengender, da sie während der zahlreichen Anstiege nun die gesamte Ausbeute ihrer erfolgreichen Jagdbemühungen schleppen mußten. Sie begegneten keinerlei unbekannten Gefahren. Zu ihrer Beruhigung strömte aus den sechsbeinigen Weidetieren, die sie auf dem Feld entdeckt hatten, rotes Blut, wenn sie angestochen wurden. Zwei wurden geschlachtet und gleich auf dem Feld ausgeweidet und zerlegt, so daß ihr Fleisch unter den Jägern aufgeteilt werden konnte, um nach Hause transportiert zu werden. Die zusätzlichen Decken konnten sinnvoll eingesetzt werden. Und sie erwiesen sich später als besonders nützlich, als die Insekten nach Sonnenuntergang herumzuschwärmen begannen.

Deski verfügten über einen hervorragenden Orientierungssinn, denn sie fanden den Heimweg sogar bei hereinbrechender Dunkelheit. Kris war noch nie so erleichtert und glücklich gewesen, die heimischen Lagerfeuer wiederzusehen!

Applaus für die Jäger brandete auf, als sie voll beladen zurückkehrten. Sie hatte sich kaum ihrer Last entledigt, als Zainal eine Hand auf ihren Arm legte und ihr bedeutete, sie möge ihn zu Mitford begleiten, um ihm Bericht zu erstatten. Cumber und Slav waren ebenfalls zugegen.

»Cumber meinte, Sie hätten diese Maschinen identifiziert, Kris«, sagte Mitford. Er sah sehr müde aus.

»Ich? Nein, nicht richtig, nur daß es sich dabei um eine Art Roboter handelt.«

»Cumber meinte, sie hätten nicht einmal den Boden berührt.«

»Ein Luftkissenantrieb?«

»Hm. Ein Hightech-Produkt. Und Wärmesensoren?«

»Nun, die Maschine muß diese fliegenden Räuber gerufen haben«, sagte Kris. »Und es waren gleich fünf Stück, daher nehme ich an, daß die Maschine unsere fünf Körper unter der Hecke wahrgenommen hat. Aber jede andere Theorie ist sicherlich genauso gut wie meine«, schloß sie bescheiden.

»Aber Ihre ist ein wenig fundierter, nachdem sie all diese Kindervideos gesehen haben. Ich denke, es trifft alles zu, Bjornsen. Und jetzt gehen Sie, Sie und Cumber. Wir haben für heute abend so etwas wie Brot, Natron-Brot.« Er grinste. »Einer der Chemiker hat eine Ablagerung von Natriumbikarbonat gefunden. Das Brot schmeckt gar nicht so übel – wenn man genug Hunger hat und sich durch ein paar Steinbröckchen nicht stören läßt, die beim Mahlen hineingeraten sind.«

Kaum hatte Kris die Haupthöhle betreten und sich in die Warteschlange eingereiht, um sich ihre Brotration zu holen, da wurde sie von Patti Sue entdeckt. Das Mädchen schlang Kris die Arme um den Hals vergoß heiße Tränen der Erleichterung.

»Hey, ganz ruhig, Patti Sue, mir ist nichts passiert«, versuchte Kris das hysterische Mädchen zu besänftigen.

Sandy kam ihr zu Hilfe. »Sie sehen es ja selbst, Patti, ich habe Ihnen doch gesagt, daß Kris ganz gut selbst auf sich aufpassen kann.«

Patti Sue wurde überredet, Kris aus ihrer Umklammerung freizugeben. Während sie zurücktrat, schaute sie an ihrer Vorderseite hinab, die mit der gleichen Substanz beschmiert war wie Kris' Kleidung.

»Oh, mein Gott, was ist denn das?«

»Wahrscheinlich Blut«, sagte Kris, denn aus dem Fleisch, das sie nach Hause geschleppt hatte, war noch eine Menge Blut geflossen, und das hatte Insekten angelockt.

»Oh, mein Gott!« Patti Sue wich vor Kris zurück, als hätte sie plötzlich Lepra.

»Ich glaube, ich brauche jetzt ein Bad«, sagte Kris fröhlich, holte sich ihre Portion Brot und verzehrte es auf dem Weg hinunter zum unterirdischen See, um sich dort wieder »landfein« zu machen.

Sie war nicht die einzige, die das Bedürfnis nach einer Reinigung hatte. Noch einige andere weiße Leiber plantschten im Wasser. Jemand hatte weitere Halteseile angebracht. Nachdem sie nur kurz angehalten hatte, um ihre Schlupfstiefel, das Verpflegungspaket und die Decke in der Reihe ähnlicher Habseligkeiten abzulegen, die auf die Rückkehr ihrer Eigentümer warteten, ergriff sie einen freien Strick und stürzte sich ins Wasser. Sie wickelte sich das Seil um ein Handgelenk, schlängelte sich aus ihrer Kleidung und spülte sie gründlich aus. Das Wasser war belebend kühl und stellte wenigstens einen Teil ihrer Energie wieder her. Sie stieg aus dem Wasser, trocknete sich mit ihrer Decke ab und wickelte sich dann hinein. Sie wrang ihren Overall aus und verließ danach die Seehöhle. Sie war überzeugt, in dieser Nacht endlich durchschlafen zu können.

Das tat sie auch. Bis Zainal sie weckte. Die lange Botany-Nacht mußte zur Hälfte umsein, denn alle anderen ringsum schliefen fest, vor allem Patti Sue, die sich wahrscheinlich in die Hose gemacht hätte, wenn sie den Catteni so nahe bei sich entdeckt hätte.

Die Fackel im Verbindungsgang spendetete gerade genug Licht, daß sie erkennen konnte, wie Zainal einen Finger auf die Lippen legte. Unwillkürlich aufstöhnend, weil sie von den Strapazen des Vortags noch ganz steif war, hatte Kris Mühe aufzustehen. Zainal reichte ihr hilfsbereit eine Hand, und – zack – schon war sie auf den Füßen. Sie schaute grinsend zu ihm hoch, während sie ihm nach draußen folgte. Er ließ ihre Hand nicht los, und sie hatte nichts dagegen, von seiner starken Pranke geführt zu werden. Sie mußte sich wohl mit dem Gedanken vertraut machen, daß sie sich von dem Catteni angezogen fühlte, und das nicht nur, weil er größer war als sie. Er hatte während der vergangenen Tage soviel Würde und Takt bewiesen, daß sicherlich auch die, welche den Catteni haßten, ihm nichts vorwerfen konnten. Ganz bestimmt hatte Mitford dem zusammengewürfelten Haufen unmißverständlich klargemacht, daß Zainal eine große und wichtige Hilfe in ihrem Überlebenskampf war. Sobald sich jedoch die Euphorie der vergangenen Tage gelegt hätte und zur langweiligen Routine und einer weniger aufregenden Ungewißheit abgesunken wäre, rechnete sie mit Problemen.

»Schwierigkeiten?« fragte sie flüsternd in Lingua barevi, sobald sie den Raum verlassen hatten. »Schlafen Sie denn nie?«

»Nicht in Zeiten der Gefahr«, antwortete er murmelnd und ging voraus.

Es war der dritte Monduntergang, als sie nach draußen kamen. Kris blickte in die Schlucht und sah mehrere

Gesichter im Lichtschein des Lagerfeuers. Mitfords gehörte dazu.

»Tut mir leid, daß Sie geweckt wurden, Bjornsen«, sagte er grinsend und bedeutete ihr mit einer Geste, sie solle ihre Tasse bereithalten. Erst in diesem Moment wurde ihr bewußt, daß sie automatisch ihre Ausrüstung – ihre Decke, die Tasse und ihre Proviantriegel – zusammengerafft hatte. »Wenn ich mich auf meine innere Uhr verlassen kann, haben wir jetzt bereits Morgen.«

»Und Sie wollen ein Gewohnheitstier sein?« Sie grinste ihn an und ließ sich die Tasse mit einer warmen Flüssigkeit füllen. Es war eine Art Kräutertee und um einiges angenehmer als einfaches heißes Wasser.

»Suchen Sie sich einen Stein«, fügte er hinzu, und sie ließ sich auf dem nieder, der direkt neben ihr lag. »Sie sollen mit Zainal und Slav und dem Deski Coo losziehen und nachschauen, welche weiteren Überraschungen dieser Planet für uns noch in petto hat. Ich glaube, es wäre ziemlich dumm, wenn wir uns in dieser Schlucht sicher fühlen würden. Einer unserer Eierköpfe meinte, es gebe Hinweise, daß dies hier« – und er deutete mit einer ausholenden Geste auf die Steilwände der Schlucht – »im Frühling überflutet wird. Es gibt wohl Hochwassermarken und Schleifspuren von Bäumen an den Wänden, die weitaus höher sind, als wir stehen können, und so gut bin ich nicht im Wassertreten.«

Verblüfft fragte Kris sich, ob er eine alte Bill-Cosby-Nummer zitierte.

»Sie sollen die Runde machen ...« Er deutete mit einer Geste an, was er meinte. »... so weit, wie sie an einem Tag kommen, und so etwas wie eine Landkarte anlegen. Zainal meint, er weiß, wie man kartographiert. Er macht mit seinem Englisch erstaunliche Fortschritte. Gutes Offiziersmaterial.« Das letzte sagte Mitford mit leiserer Stimme und mit einem Grinsen, das nur für Kris bestimmt war. »Da Sie ihn kennen und per Zeichensprache mit Slav und Coo kommunizieren können, wären Sie das terranische Mitglied des Trupps. Es sei denn, Sie haben ernsthafte und begründete Einwände gegen Ihre Teilnahme an diesem Unternehmen.«

»Könnte es Probleme für die ... hm ... Aliens geben, Sarge?«

»Kann das nicht immer passieren?« Mitford fragte das mit einem zynischen Unterton. »Ich kann Ihnen vertrauen, Bjornsen«, fügte er leise hinzu. »Sie haben bewiesen, daß Sie auch alleine zurechtkommen.«

»Danke, Sarge.« Kris schien bei diesem unerwarteten Lob sichtlich zu wachsen.

»Außerdem ist der Catteni dabei und sorgt dafür, daß Ihnen nichts passiert.«

»Danke, Sarge«, sagte sie, doch diesmal mit einem schiefen Grinsen. Erst bauen sie einen auf, dann verpassen sie einem einen Dämpfer. Aber sie bemühte sich darum zu zeigen, daß sie es ihm nicht übelnahm. Es reichte ihr schon, daß der Sergeant sich nicht als genauso menschenfeindlich erwies wie zahlreiche Berufssoldaten, von denen sie schon gehört hatte.

»Ihr sollt euch von Greene zusätzliche Rationen besorgen. Es scheint, als vertrügen die Deski kein rohes Fleisch und als bräuchten sie noch etwas anderes als Ernährung, allerdings haben wir noch nicht herausbekommen können, was ihnen genau fehlt.« Er seufzte. »Das ist ein zweiter Grund, weshalb ich einen mit Ihnen losschicke. Und daß Sie anständig essen!« Er richtete seinen dicken Zeigefinger derart unvermittelt und drohend auf sie, daß sie zurückwich. »Wir haben genug, um Patrouillen zu versorgen, die außerhalb des Lagers operieren. Das Zeug ist zwar nicht so wohlschmeckend wie der sonst übliche Proviant, aber es besitzt sämtliche Nährstoffe, die ihr braucht. Holen Sie sich auch noch weitere Decken und einen Reserveoverall. Verstanden?«

»Verstanden, Sarge«, sagte sie. Dabei hatte sie die Hand bereits halb zur Stirn hochgerissen, um zu salutieren, als ihr einfiel, daß diese Geste vielleicht nicht ganz passend war, obgleich sie eine direkte Reaktion auf seinen militärischen Umgangston darstellte.

»Gut«, sagte er und grinste, nachdem er im Feuerschein sehr wohl mitbekommen hatte, wie sie ihre Geste abbrach. »Zainal, holen Sie sich Ihre Rationen und sonstigen Ausrüstungsgegenstände und brechen Sie auf, wann Sie es für richtig halten.«

Das bedeutete im Jargon der Armee so viel wie »sofort«. So kam es, daß sie schon wenig später im ersten Licht des frühen Tages durch die Schlucht zogen und in unerforschtes Terrain vordrangen.

Zainal legte ein scharfes Tempo vor, das sich nicht zu verändern schien, ganz gleich, wie das Gelände beschaffen war, das sie durchqueren mußten. Aber genauso wie Mitford legte er eine Pause ein, als es hell war.

Als erstes schlang Zainal einen Knoten in einen schmalen Deckenstreifen, von denen er mehrere in eine Oberschenkeltasche gestopft hatte. Ein Maßband? Nun, sie hatten kein Schreibmaterial zur Verfügung, und so stark Zainal auch war, so konnte er trotzdem keinen Stein mit sich herumschleppen, um Entfernungen aufzuschreiben. Oder sollte sie lieber die Bezeichnung »Etappen« benutzen, da dies im Grunde ein militärisches Unternehmen war?

»Was zählen Sie, Zainal?« erkundigte sie sich.

»Schritte, damit ich die Entfernung kenne«, sagte er in Lingua barevi.

»Oh ...« Damit bekam die gleichmäßige Marschgeschwindigkeit plötzlich einen Sinn. »Wie lautet der cattenische Ausdruck für Meilen oder Kilometer? Wie messen Sie Entfernungen?«

»Mein ... Gang ...« begann er unsicher auf Englisch.

»›Schritt‹ ist der bessere Ausdruck«, korrigierte sie.

»Schritt ist ein cattenischer *pleg*.«

»*Pleg*», wiederholte sie, um sich den Begriff einzuprägen. »Dann führen Sie doch mal einen solchen Schritt für mich aus, ja?«

»Hmm.« Er tat es.

Indem sie ihre eigenen Beine so weit wie möglich streckte, schaffte sie etwa die gleiche Distanz. »Das ist über einen Meter. Hm. Nun, auf ebenem Grund könnte ich Sie fast ablösen, damit Sie auch mal Pause machen können.«

»Hmm«, machte er und blinzelte heftig, um die Bedeutung ihrer Worte zu ergründen.

Daher ›spielte‹ sie ihm vor, was sie gesagt hatte, und er grinste verstehend.

»Ein *pleg* ist fast genau ein Meter. Ein *pleg*, ein Meter«, sagte sie.

Slav und der Deski schauten ebenfalls zu, und ihre Mienen zeigten deutlich ihr Interesse an dieser Vorführung. Daher deutete sie auf den Rugarianer und gab ihm durch Handzeichen zu verstehen, er solle ebenfalls einen Schritt machen. Seiner war genauso lang wie ihrer, aber der Schritt des Deski fiel erheblich länger aus, da er spinnenhaft lange Beinknochen besaß. Als Kris jedoch versuchte, von Slav zu erfahren, was ein *pleg* in seiner Sprache hieß, und die gleiche Information auch dem Deski entlocken wollte, hatte sie damit keinen Erfolg. Beide wiederholten stur: *»Pleg, pleg, pleg.«*

Dann eben nicht, dachte sie enttäuscht, lächelte aber und klopfte jedem auf die Schulter, ehe sie sich wieder setzte, um noch ein wenig die Ruhe auszukosten. Sie hatte keine Ahnung, ob sie an einem Sprachunterricht nicht interessiert waren oder ob sie irgendeinen Grund hatten, sich ausschließlich der Lingua barevi zu bedienen. Sowohl der Rugarianer wie auch der Deski hatten ziemlich flache, ausdruckslose Stimmen, aber was sie bisher von dem Catteni gehört hatte, war ebenfalls flach und ausdruckslos. Die Lingua barevi besaß mehr Rhythmus und Betonung als die Sprachen, in denen Zainal sich mit Slav und auch Coo unterhalten hatte.

Während ihres Marsches erreichten sie ein weiteres Plateau, wo sie ein zweites Mal rasteten: Der nächste

Knoten wurde in das Maßband geschlungen. Als Zainal ihr erklärte, wieviele *plegs* jeder Knoten darstellte, rechnete sie aus, daß sie mit einer Geschwindigkeit von gut vier Meilen in der Stunde unterwegs waren ... das heißt, wenn Zainal weiterhin jede Stunde eine Pause einlegte. Bei der nächsten Marschetappe zählte sie daher die Minuten, während er sich auf das Zählen der Schritte konzentrierte. Sie nahm an, daß sie dabei ein paar Minuten vergaß, weil sie den Deski dabei beobachtete, wie er auf dem Plateau die Vegetation überprüfte und sie dadurch abgelenkt wurde. Viel Vegetation gab es nicht, da hier keine Felder oder Hecken angelegt waren und auch sonst nicht viel gedieh. Aber gerade als sie nach ihrer Berechnung eine Stunde gewandert waren, ließ Zainal wieder Halt machen.

»Hey, Mann, haben Sie etwa eine Uhr im Kopf?« fragte sie, während er den dritten Knoten band.

Er hob eine Augenbraue und sah sie fragend an. Dadurch sah sein Gesicht viel menschlicher und weitaus weniger cattenisch aus.

»Mein Gott, wie messen die Catteni die Zeit?« murmelte sie halblaut vor sich hin und versuchte sich daran zu erinnern, ob er bei ihrer ersten Begegnung irgendein digitales Hilfsmittel am Handgelenk getragen hatte, so wie gute Raumfahrer es zu tun pflegen.

»Zeit.« Er wiederholte das Wort und klopfte gegen seinen Schädel. »Zeit wird dort festgehalten. Gute Zeit.«

»Jetzt erzählen Sie mir nur nicht, daß Ihre Heimatwelt genauso lange Nächte und Tage hat wie Botany?«

Die beiden verbrachten ihre restliche Pause damit, sich über dieses Zeitkonzept zu unterhalten.

»Eine Umdrehung des Planeten dauert nicht so lange wie hier«, erklärte er in seinem besten englischen Satz, den er bisher gebildet hatte.

»Junge, Junge, Sie lernen aber schnell.«

»Ist ›Junge‹ etwas Gutes über mich?« Erneut dieser fragende Gesichtsausdruck.

»Naja, klar«, erwiderte Kris grinsend. Ihr gefiel dieser Sinn für Humor, den sie dem Catteni bis zu diesem Moment nicht zugetraut hatte. »Aber Sie sind ein Mann, ich bin eine Frau. Eine Junge ist ein junger Mann. Ich benutze dieses Wort als einen Slangausdruck, so daß seine Bedeutung ein wenig anders ist.«

Er grinste derart höflich, daß sie nicht sicher war, ob er ihre Erklärung überhaupt verstanden hatte. Dann gab er das allgemeine Zeichen zum Aufbruch.

Der Tag auf der Hochfläche wurde sehr warm, da die sandige, trockene Oberfläche nirgendwo Schatten bot. Es gab lediglich einige kümmerlich Pflanzen mit seltsam geformten Blättern, wie man sie in keiner der terranischen Wüsten finden konnte – und Kris kannte die Trokkengebiete um Las Vages und Salt Lake City recht gut. Coo kostete weiterhin von Pflanzen und sogar von verschiedenfarbigen Erdarten. Gewöhnlich spuckte er die Proben gleich wieder aus, so daß Kris nicht sicher war, welches Urteil darüber gefällt wurde. Allmählich wurde ihr Durst so stark, daß ihre Zunge sich wie geschwollen anfühlte. Als daher gegen Mittag die nächste Rast eingelegt wurde, hatte sie wenig Lust, mit Zainal zu diskutieren. Die anderen holten ihr »Mittagessen« hervor und bissen große Stücke von ihren Proviantriegeln ab, während sie hingegen darauf verzichtete, weil sie glaubte, nicht genügend Speichel zur Verfügung zu haben, um zu kauen, geschweige denn zu schlucken.

»Sie abbeißen, Sie kauen, dann besser.« Zainal lächelte freundlich und bewegte seinen Bissen im Mund hin und her, um ihr anzudeuten, daß auch er nichts herunterschluckte.

Sie nahm einen kleinen Happen und stellte fest, daß irgendein Bestandteil des Riegels den Speichelfluß anregte. Sie aß zwar nicht so viel wie die anderen drei, fühlte sich jedoch besser, weil ihr Magen nun wieder etwas zu tun hatte.

Danach zogen sie weiter. Das Plateau senkte sich herab

und wies nun einen reichhaltigeren Bewuchs auf. Und sie stießen auf einen Bach. Kris mußte an sich halten, um sich nicht in den Bach hineinzulegen, sondern ihren Mund und ihre Kehle allmählich wieder an Feuchtigkeit zu gewöhnen.

»Mein Gott, was gäbe ich jetzt für eine Feldflasche.«

»Was ist dieses ›Gott‹, den so viele Leute anrufen?« fragte Zainal. »So etwas wie ein ›Junge‹?«

Diese Frage, von Zainal in seiner volltönenden Stimme ausgesprochen, löste bei Kris einen Lachkrampf aus. Man hatte ihr schon oft bescheinigt, daß sie ein anstekkendes Lachen hätte – und von Zeit zu Zeit war es vorgekommen, daß sie ein ganzes Klassenzimmer eingestimmt hatte –, aber es gefiel ihr unendlich, daß diese Wirkung sich auch auf andere Rassen erstreckte. Das Kichern des Catteni klang sehr menschlich. Slav schaute sie mit schiefgelegtem Kopf und einem mißbilligenden Stirnrunzeln an, während Coo sie lediglich kopfschüttelnd betrachtete, als glaubte der Deski, daß Kris einen Anfall hatte oder unter schlimmen Krämpfen litt.

»Ich werde die Frage nicht jetzt beantworten, Zainal«, sagte sie, als das Kichern sich zu einem Grinsen beruhigt hatte. »›Gott‹ war niemals ein Junge! Ich erkläre es Ihnen ein andermal, wenn wir mehrere Jahre Zeit zur Verfügung haben.«

Zainal runzelte die Stirn, da er nicht alles verstanden hatte. Und das war vermutlich auch gut so, dachte sie.

Nachdem sie genügend Wasser getrunken hatte, so daß ihre Lebensgeister wieder geweckt waren, holte Kris den Rest ihres Proviantriegels hervor und verzehrte ihn. Danach war sie aufbruchbereit, aber Zainal machte keine Anstalten, sie von diesem angenehmen Ort zu vertreiben. Er tat es sicherlich auch deshalb nicht, weil mehrere neue Pflanzenarten am Bachufer gediehen, die Coo mit großem Eifer testete. Er kam mit etwas zurück, das er Kris zeigte. Es war das erste Mal, daß er so etwas tat.

»Das sieht für mich aus wie Brunnenkresse«, sagte sie

und betastete einen Stengel mitsamt Blatt. »Kann man das essen?« fragte sie und deutete mit der Probe auf ihren Mund.

Der Deski nickte und steckte sich einen Stengel in den Mund und kaute mit allen Anzeichen des Genusses. Kris knabberte vorsichtig und tauchte, als sie spürte, wie ihre Lippen und ihr Zahnfleisch leicht taub wurden, ihr Gesicht ins Wasser und gurgelte ausgiebig. Sie spürte Zainals Hände auf ihren Schultern, als er sie stützte. Sie spülte und gurgelte, achtete darauf, nicht zu schlucken, und spülte und spülte, bis das Gefühl verflogen war.

»Danke, Zainal«, sagte sie und erkannte in diesem Moment, wie besorgt ihre Gefährten waren. »Oh, mir geht es gut. Ich habe nichts davon heruntergeschluckt. Es gehört alles Ihnen, Coo, wirklich alles.«

Der Deski nickte heftig und umklammerte die Testpflanze und preßte sie theatralisch gegen seine Brust.

»Keinen Versuch mehr«, sagte Zainal ernst zu ihr.

»Darauf können Sie sich verlassen!«

Sein Ausdruck verfinsterte sich. »Noch mehr von diesen ›Jungen‹-Worten?«

»Nun ...« Kris hob die Schultern und wiegte sich hin und her, um ihre Unentschiedenheit zu zeigen. Herr im Himmel, sie hatte sich niemals klar gemacht, wie kompliziert Englisch sein konnte. Oder meinte sie das idiomatische Amerikanisch?

Sie trotteten weiter, und Kris fragte sich, wieviel länger sie das Anschwellen ihrer Füße würde ignorieren können, das die Rundum-Stiefel nicht mehr ausgleichen konnten. Und sie hatte gedacht, sie sei fit! Ha! Sie war hinter den Aliens zurückgeblieben ... hinter zweien ihrer Gefährten, korrigierte sie sich schnell ... und ertappte sich dabei, wie sie das Spiel der Härchen auf den Beinen des Rugarianers betrachtete. Seine Füße sahen in der cattenischen Rundum-Fußbekleidung seltsam aus, und er schien dort keine »Muskeln« zu besitzen, wo Menschen sie hatten. Statt dessen waren oberflächliche Vertiefungen zu sehen und kein An- und Abschwellen, wie es bei Beinmuskeln üblich war. Und Coo vor ihr schien lediglich Beinknochen zu besitzen und überhaupt keine Muskeln. Sehnen – oder zumindest das, was an einem Deski mit Sehnen verglichen werden konnte – auf beiden Seiten des Beinknochens hoben und senkten ihn wie den Ausleger eines Krans. Sie versuchte sich die Anatomie ihrer neuen Gefährten ohne verhüllende Haut vorzustellen und schaffte es nicht. Biologie hatte nicht zu ihren Stärken in der Schule gehört. Jaja, immer diese Lücken in ihrer Schulausbildung. Nun, es geht doch nichts über eine praktische Ausbildung, dachte sie, oder wie immer man ihre derzeitige Tätigkeit bewerten wollte.

Irgendwo und irgendwann durfte sie ihren Beinen Ruhe gönnen und setzte sich auf einen Stein. Ein kleines Feuer brannte in einem aus Steinen zusammengelegten Ring und um einen kleinen Steinhügel herum. Eine seltsame Anordnung, dachte sie verwundert. Dann, als ihre durch die Erschöpfung hervorgerufene Benommenheit ein wenig verflog, konnte Kris das Plätschern eines Baches ganz in der Nähe wahrnehmen. Wasser! Sie wollte aufstehen, wurde aber auf ihren Ruhestein zurückgedrückt, und ihr wurde ein großes Blatt gereicht.

»Trinken!«

Sie griff nach dem Blatt, spürte seine Dicke und fand eine »Tülle«, aus der sie trinken konnte. Das Wasser war kalt und schmeckte wie Ambrosia. Es war echtes Naturbier!

»Mehr?« fragte Zainal und beugte sich über sie.

Sie bemühte sich aufzustehen. »Ich kann selbst mein Wasser holen ... Ohhh, nein.« Ihre Stimme hatte einen jammernden Ton. Zainals große Hand drückte sie zum Glück wieder auf diesen Stein zurück, als sie erkannte, wie schwach sie in Wirklichkeit war.

Diesmal trank sie und konnte mehr von ihrer Umgebung erkennen. Jemand klopfte Steine.

Sie sah sich um und sah Slav und Coo, die ein Loch aus einem Steinklotz nicht weit vom Feuer heraushämmerten. Sie befanden sich auf einem Felsvorsprung, der an eines der anderen Felder grenzte und sich etwa einen Meter über dem Boden erhob. Pflanzen mit großen Blättern bildeten eine Art Dach über diesem Teil des Berges und spendeten ihnen ein wenig Schatten. Hinter diesem kleinen Lagerplatz sah sie die Gischtwolken von einem kleinen Wasserfall, der sich über den Felshang und in einem Tümpel ergoß und dann durch das Feld weiterströmte. Soweit sie es erkennen konnte, war es ein Getreidefeld.

Sie erkannte zu ihrer Verblüffung, daß die Männer einen Kessel aus dem Stein herausschlugen. Auf der anderen Seite des Lagerfeuers lagen die schlaffen Kadaver von Felsläufern und einigen anderen kleinen Tieren, die sie bisher noch nicht gesehen hatte. Sie hatten sechs Beine, wodurch, wie sie unwillkürlich dachte, das Häuten ziemlich mühsam wäre. Dann kniete Zainal sich hin, um diese Arbeit zu erledigen. Ihrer Meinung nach ziemlich sorgfältig entfernte er die Eingeweide und schleuderte sie hinunter auf das tiefer gelegene Feld.

»Zainal«, sagte Slav und deutete nun auf das recht große Loch, das sie in den Stein geschlagen hatten.

»Wasser«, sagte Zainal, und Slav und Coo brachen weitere große Blätter von den schattenspendenden Bäumen ab und gingen mehrmals zwischen Bach und Steintopf hin und her.

Als das Loch bis dicht unter den Rand gefüllt worden war, warf Zainal die abgetrennten Gliedmaße der Tiere hinein, und Coo fügte weitere Wurzeln hinzu, die denen ähnelten, die bereits in der Höhle benutzt wurden. Dann begann Zainal, mit einem gegabelten Stock heiße Steine in diesen improvisierten Kochtopf zu legen.

Kris war erfreut und klatschte begeistert in die Hände, weil jemand ihren Vorschlag in die Tat umgesetzt hatte. Sie sammelte weitere Steine ein und warf sie mitten ins

Feuer. Wahrscheinlich brauchten sie eine beträchtliche Menge davon, um den Eintopf lange genug kochen zu lassen.

Es war längst dunkel, und der erste Mond war aufgegangen, ehe sie endlich essen konnten. Dabei benutzten sie Zweige wie Eßstäbchen, um die Fleischstücke aus dem Topf und auf ein Blatt zu bugsieren. Ein wenig Salz hätte es noch wohlschmeckender gemacht, aber heißes Essen im Magen war an sich schon ein Riesenfortschritt gegenüber trockenem, hartem Proviant, ganz gleich, wie nahrhaft er war.

Als sie sich sattgegessen hatten, deckte Coo den »Topf« mit einem flachen Stein zu und rieb sich dann die Hände wie ein Mensch, nachdem er eine Arbeit zufriedenstellend erledigt hatte.

»Slav, bis zum ersten Monduntergang«, bestimmte Zainal. »Dann Kris bis zum zweiten. Ich bis zum dritten, und Coo bis zum letzten.«

Niemand widersprach, aber Kris war froh, daß sie lange genug schlafen konnte, um wenigstens einen Teil ihrer Energie wiederherzustellen. Sie begab sich zum Wasserfall, trank, öffnete dann die Stiefel und hielt ihre geschwollenen müden Füße in die Kaskade. Sie mußte gegen den Schmerz die Zähne zusammenbeißen, aber es dauerte nicht lange, und das gepeinigte Fleisch war viel zu kalt, um dem Gehirn noch irgendwelche Impulse zu schicken. Sie ertrug die Kälte, so lange es ging, ehe sie zum Feuer zurückhumpelte. Sie nahm an, daß die Schwellung ihrer Füße zurückgegangen war, konnte sich jedoch nicht sicher sein, weil sie im Augenblick nichts spürte. Coo und Slav hatten sich ebenfalls kurz von der Gruppe entfernt, kamen jedoch zusammen mit Kris wieder zurück, um sich auf die Nacht vorzubereiten.

Sie rollte ihre Decken auseinander, breitete sie auf dem nackten Fels aus und machte es sich darauf so bequem wie möglich, wobei ihre gekühlten Füße am Feuer lagen. Brennmaterial war zusammengetragen worden, damit das Feuer die ganze Nacht hindurch in Gang gehalten werden konnte. Welcher urweltliche Instinkt mochte es wohl sein, der dafür sorgte, daß sie sich angesichts des lodernden Feuers viel wohler fühlte?

Es machte ihr auch nichts aus, daß auf dem Felsen weder ihre Hüften noch ihre Schultern abgepolstert wurden. Sie war einfach viel zu müde, um sich daran zu stören. Sie überlegte kurz, wie weit sie an diesem Tag wohl vorgedrungen waren, aber sie hatte nicht genau darauf geachtet, wie viele Knoten sich in Zainals Meßschnur befanden. Nun, ein ausgiebiger Schlaf würde viele Schmerzen lindern.

Slav weckte sie, und das erste, was ihr auffiel, war, daß der erste Mond immer noch am Himmel zu sehen war. Aber er spendete genügend Licht, so daß sie erkennen konnte, daß Slav erregt war ... der Pelz auf seinem Kopf sträubte sich. Er hatte auch Zainal geweckt. Er deutete nach unten auf das Feld und winkte ihnen, sie sollten mitkommen. Was immer es war, es erforderte weder Heimlichkeit noch besondere Stille.

Slav deutete lediglich hinab und wartete gespannt auf ihre Reaktion.

Kris hätte sich am liebsten übergeben. Zainal beobachtete ungerührt die ... Dinger: Gebilde mit langen Tentakeln und zuckenden Haaren. Einen Körper konnte sie nicht sehen, vielleicht befand er sich unter der Planetenoberfläche. Die Gebilde machten sich über die Eingeweide her, die Zainal auf das Feld hinabgeschleudert hatte. Viel war von den Eingeweiden nicht mehr übrig, denn was immer sie verzehrte, absorbierte die Reste sehr schnell, und ehe ein paar Minuten verstrichen waren, blieb nur noch die Grasnarbe ohne sichtbare Spuren oder Überreste zurück. Vielleicht hatte Kris sich die zukkende, wogende runde Erscheinung, die gefressen hatte, auch nur in ihrer Phantasie vorgestellt.

Zainal nickte mit dem Kopf, als wäre dies genau das gewesen, was er erwartet hatte. Kris schluckte krampfhaft. War dies etwa all jenen zugestoßen, die blutend auf dem anderen Feld gelegen hatten? Und den Leichen, die auf dem Feld liegengeblieben waren, auf dem sie selbst erwacht war?

»Sehr ordentlich«, sagte sie leise. »Eine eigene Abfallbeseitigung! Sie hält die Gegend wirklich sauber. Und das sind keine ›Jungen‹-Worte.«

Im Mondlicht war das weiße Blinken seiner Zähne zu erkennen.

»Sie haben es gewußt?« fragte sie.

»Es war ein Denken.«

»Sie haben so etwas gedacht, meinen Sie.«

»Denken, gedacht?«

»Richtig.«

»Schlafen Sie jetzt. Die Show ist vorbei.«

Wo hatte Zainal das wieder aufgeschnappt? fragte Kris sich, während sie sich wieder unter ihre warmen Decken verkroch. Sie seufzte. Vielleicht sollte sie wach bleiben und dafür Slav ausschlafen lassen. Aber sie nickte schnell wieder ein und schlief tief und fest – und völlig traumlos –, bis Slav sie unter einem mondlosen Himmel weckte.

Sie hielt Wache und schritt den Rand ihres Felslagers ab. Hatte Zainal deshalb diesen Ort als Lagerplatz ausgesucht? Oder damit sie einen Kochtopf ins Gestein meißeln konnten? Nicht daß sie es diesem Planeten nicht zutraute, auch noch über Steinbewohner mit furchterregenden Fähigkeiten zu verfügen. Es gab jedoch keinerlei Anzeichen für weitere Bodenaktivitäten. Und sie verspürte kaum den Drang, weitere Abfälle hinunterzuwerfen, um zu sehen, was passierte. Die Abscheu, die man empfand, wenn man sich vergewisserte, ob man richtig gesehen hatte, wäre beim zweiten Mal mindestens genauso groß wie beim ersten Mal.

Nacht und Stille beflügelten die Phantasie, und sie mußte sich zwingen, ihre Gedanken ausschließlich auf etwas Positives zu richten: Sie lebte, ihr Magen war gefüllt, und sie war so sicher wie alle anderen im Lager, auch wenn dieser Planet zu viele Anomalien und Rätsel bereithielt, so daß sie sich nicht unbesorgt auf seiner Oberfläche bewegen konnten. Um zu verhindern, daß ihre Gedanken sich mit unangenehmeren Dingen beschäftigten, rekapitulierte sie sämtliche Campingausflüge, die sie je unternommen hatte – der Steinkochtopf war eine gute Idee gewesen –, auch um festzustellen, ob sie sich noch an andere ›Tricks‹ erinnern konnte. Ein Messer, ein Beil, eine Tasse und eine Decke waren nicht viel, um einen wirkungsvollen Überlebenskampf zu führen. Nicht daß sie es mit dieser Grundausrüstung nicht schon recht weit gebracht hatten. Aber es gab so viele ›Dinge‹, die ihnen fehlten. Ein Eimer, um darin Wasser zu transportieren, eine Bratpfanne für die Zubereitung von Mahlzeiten und auch ein oder zwei Gabeln wären eine recht gute Hilfe gewesen. Wie kam es, daß sie jetzt, wo sie es am dringendsten brauchte, nicht ihr Schweizer Armeemesser bei sich hatte? Junge, Junge, das Werkzeug wäre jetzt nicht nur Gold, sondern Platin wert!

Natürlich gab es in der Haupthöhle Reservemesser. Existierte dort im Lager denn niemand, der fähig war, Messer in andere nützliche Werkzeuge umzufunktionieren? Ihr Magen begann zu knurren. Dieser verdammte Planet! Sogar an Mahlzeiten herrschte Mangel. Sie aß langsam einen halben Proviantriegel. Bei weitem nicht so lecker wie dieser Fleischeintopf.

Trotz solcher positiver Gedanken war sie froh, als sie Coo wecken konnte, damit er die letzte Wache übernahm.

Am nächsten Morgen hatte Zainal bereits die Eintopfreste vom Vorabend für ein deftiges und den Magen angenehm füllendes Frühstück erhitzt. Sie leerten den Topf und tunkten die letzten Tropfen mit ihren Proviantriegeln auf. Kris war pappsatt, aber sie wußte, daß sie diesen Vorrat schon bald wieder abarbeiten würde.

Sie fragte Zainal, wie weit sie am Vortag gekommen wären, und er zeigte ihr sein Maßband. Sie stieß einen anerkennenden Pfiff aus. Sie hatten vierzig Meilen geschafft – keine schlechte Leistung, wenn man bedachte, mit welchen Schwierigkeiten sie konfrontiert worden waren. Ihre Füße, die sie erneut in kaltes Wasser getaucht hatte, wußten sehr wohl, wie weit sie gelaufen waren. Vielleicht hätte sie lieber nicht fragen sollen. Es schien ihre Füße vorzeitig müde zu machen, daß sie an die überwundenen Strapazen erinnert wurden.

Zainal trat die restliche Glut ihres Lagerfeuers mit den Füßen aus und türmte die Steintrümmer des herausgemeißelten Kochtopfs aufeinander, ehe er den anderen das Zeichen zum Aufbruch gab.

»Welches Ziel haben wir heute?«

»Wir beginnen Runde«, antwortete er, beschrieb mit einem Arm einen weiten Bogen und deutete zum Schluß auf die Steinpyramide. »Und sehen, was wir finden.«

»Was wir entdecken, finden, sehen, erfahren.« Kris hatte sich niemals in der Rolle der Lehrerin gesehen, aber sie verspürte den unwiderstehlichen Drang, Zainal zu korrigieren und seine sprachlichen Fähigkeiten zu verbessern. Zum Glück war er durchaus bereit, jederzeit dazuzulernen.

Sie sprangen von dem Felsvorsprung hinab und überquerten das Feld. Zainal schlug diesmal ein etwas gemäßigteres Tempo an als am Vortag. Taten vielleicht auch ihm die Füße weh? Welche Marschleistung wurde normalerweise von einem Raumsoldaten verlangt?

Coo fand in einer der Begrenzungshecken einige grüne Kugeln, die er genußvoll vor sich hinsummend verzehrte, aber Slav verzog angewidert das Gesicht, ein Vorgang, der Kris überaus faszinierte, denn Slav schaffte es tatsächlich, seine Lippe hochzuschieben und über seinen ungleichmäßigen Zähnen zusammenzuschieben. Sie fragte sich erneut, wie die Rugarianer es vermieden, sich bei jedem Kauvorgang in die Innenseite ihrer Lippen zu beißen.

Jeder von ihnen hielt wachsam die Augen offen und beobachtete, vor allem wenn sie sich in freiem Gelände bewegten, die gesamte Umgebung. Ein Rückspiegel wäre in dieser Situation sicher nicht das schlechteste, dachte Kris. Alles, was tot und abgestorben war, wurde nachts in den Boden hineingezogen, und am Tag waren die flugfähigen Tiere unterwegs und hielten Ausschau nach allem, was sich bewegte.

Die Felder erschienen wie ein grenzenloser Ozean. Bäche durchschnitten sie in derart kurzen Abständen, daß Kris' früherer Wunsch nach einer Feldflasche sich erübrigte. Es gab keine befestigten Wege, keine Brücken, keine Überführungen, nicht mehr als scharf abgegrenzte kleine Steinhügel, die aus dem Untergrund hochragten. Ähnliches hatte sie auch schon auf der Erde gesehen, aber es dauerte einige Zeit, bis die Erinnerung an Äthopien geweckt wurde. Die meisten Hügel waren kahl, aber auf einigen schien sich genügend Erdreich angesammelt zu haben, um Büschen Halt zu geben. Auf ein oder zwei Hügeln gediehen sogar die kleinen Bäumchen, zu denen junge Büsche sich entwickeln konnten, wenn sie lange genug lebten.

Dann stießen sie auf eine Reihe Felder, die erst kürzlich abgeerntet worden waren. Es gab keinerlei Spuren, die ihnen verraten hätten, aus welcher Richtung die Erntenden gekommen oder wohin sie verschwunden waren. Obgleich derartige Hinweise sie von ihrer Kreisbahn, die Zainal eingeschlagen hatte, abbrachten, folgten sie den Erntespuren.

Sie hörten es, ehe sie es erblickten, und hatte gerade noch genug Zeit, in Deckung zu gehen, ehe das mechanische Ungetüm über die trennende Hecke auf das nächste Feld hüpfte.

»Bleiben wir stehen oder flüchten wir?« flüsterte Kris heiser. Zainal zuckte die Achseln, aber auch er hatte sich so tief wie möglich in die Hecke hineingewühlt und verhielt sich ruhig. Sie machte es ihm nach und zuckte unwillkürlich zusammen, als Äste sich in ihre weicheren Körperpartien bohrten.

Sie konnten heißes Metall riechen, kombiniert mit anderen Gerüchen, die von Treibstoff herrührten – was wiederum für Kris eine grundlegende Frage aufwarf: *Wer stellte diesen Treibstoff her, geschweige denn die Maschinen, die damit betrieben wurden?* Sie warteten in dieser Position, bis ihre Muskeln sich verkrampften, und Kris versuchte, den Krampf zu lösen, ohne sich allzu heftig zu bewegen.

Wann zieht diese Maschine endlich weiter? Oder – und dieser Gedanke erfüllte sie mit Furcht – *wartet sie auf Verstärkung? Waren die Maschinen auf diesem Planeten* lernfähig? Sie drehte behutsam den Kopf und konnte durch die seltsam geformten Blätter der Hecke erkennen, daß der Dalek sich keinen Deut vom Fleck gerührt hatte. Er verharrte reglos auf der anderen Seite der Hecke.

Sie stieß Zainal an, der ebenfalls darauf wartete, daß irgend etwas geschah. Als er sich ihr langsam zuwandte, hob sie fragend die Augenbrauen. In diesem Moment wurde Coo lebendig, auch wenn er keinen sonderlich angespannten Eindruck gemacht hatte. Er schaute auf das Feld und deutete vorsichtig in eine Richtung. Kam irgend etwas auf sie zu? Die Flieger schienen stets aus der Sonne auf sie herabzustoßen. Was kam da den Berg herauf? Sollten sie lieber verschwinden? Falls sie es angesichts des mechanischen Monsters in ihrer Nähe überhaupt schafften. Und falls sie die Flucht ergriffen, wohin sollten sie sich wenden? Es gab noch nicht einmal einen Hügel in ihrer Nähe, auf den sie sich hätten retten können.

Kris gefiel die Situation ganz und gar nicht.

Und noch weniger gefiel ihr, daß Coo plötzlich einen wimmernden Laut von sich gab und mit allen Zeichen größter Erregung den Berghang hinunter deutete.

Die Dinger bewegten sich so schnell, daß Kris kaum

das Funkeln in der Sonne bemerkte, da waren sie schon über ihnen ... und schossen ihre kleinen Pfeile ab. Sie spürte den Einstich und verlor von einem Augenblick zum nächsten das Bewußtsein.

Kapitel
Sechs

Eine Hand, die ihre Schulter schüttelte, weckte sie aus der durch den vergifteten Pfeil verursachten Betäubung.

»Kris, wachen Sie auf.« Das war Zainals Stimme.

»Ich will schlafen.« Alles an ihrem Körper tat ihr weh, und sie war sooo müde.

»Nein, wir hauen *jetzt* ab oder gar nicht.«

Das brachte ihr die letzten Ereignisse ins Bewußtsein zurück, und sie fuhr so abrupt hoch, daß ihr Kopf beinahe mit Zainals zusammengestoßen wäre, der neben ihr kniete.

Es war ringsum dunkel, aber sie konnte Slav und Coo in ihrer Nähe erkennen, und sie hörte ein gelegentliches Stampfen und schwere Atemzüge. Der Tiergeruch, der ihr in die Nase stieg, lieferte ihr einen anderen Hinweis. Hatte man sie in einen Viehstall verfrachtet? Waren sie von der Maschine vielleicht als Tiere qualifiziert worden? Sie wußte nicht, ob sie darüber belustigt oder beleidigt sein sollte.

»Wasser?« Zainal reichte ihr eine volle Tasse, die sie leerte, um ihren ausgetrockneten Mund und ihre trokkene Kehle zu erfrischen.

»Danke.« Sie stand auf, während sie die letzten Schlucke trank, und wollte ihm die Tasse zurückgeben, doch er deutete auf den freien Haken an ihrem Gürtel. »Ach ja. Noch einmal danke.« Dann tastete sie nach dem wichtigen Paket mit den Proviantriegeln und ihren Dekken. Alles war an Ort und Stelle und offenbar vollständig. Sie atmete erleichtert auf. »Wie kommen wir raus?« fragte sie und hatte eine vage Ahnung von der Größe und Dunkelheit des Gebäudes.

»Dort entlang.« Zainal legte eine Hand unter ihren rechten Ellbogen und drehte sie in die entsprechende Richtung. »Vorsicht …«

Sie konnte es gerade noch vermeiden, auf irgendein schlafendes Tier zu treten. Es war eines der Wesen, die Laute von sich gaben, die dem Geräusch einer Toilettenspülung glichen. Sie blinzelte heftig, um ihre Augen an die Dunkelheit zu gewöhnen, und machte ein paar schnelle, vorsichtige Schritte, um Zainal, Coo und Slav einzuholen.

»Das Haupttor, natürlich«, murmelte sie, als sie erkannte, wohin sie wollten. Ein sehr großes doppelflügeliges Tor. Aber wie sollten sie es öffnen, wenn es keine sichtbare Klinke oder ähnliche Greifvorrichtung gab ...

Sie hörte ein leises Kratzen, ein Klicken und einen zufriedenen Seufzer von Zainal. Dann rumpelte eine Schiebetür auf einer Schiene entlang, und Zainal verstaute das Messer wieder in seinem Stiefel.

»Kommen Sie«, sagte Zainal, und sie und die anderen schlüpften schnellstens hinaus. Zainal schob die Tür behutsam hinter sich zu, und es klickte erneut, als das Schloß zuschnappte.

Sie waren keinesfalls außer Gefahr, denn ihr vorübergehendes Gefängnis schien nur eines von vielen gleichartigen Gebäuden zu sein. Sie standen in einer langen Reihe und waren als dunkle Schatten vor einem nur wenig helleren Himmel zu erkennen, denn sie konnte über sich die Sterne, aber keinen der Monde sehen.

»Festhalten.« Zainal ergriff ihre Hand, dann schlossen Coos trockene Finger sich um ihre Linke.

Slav, der über die bessere Sicht verfügte, fungierte als ihr Führer.

Sie mußten den riesigen Hof fast vollständig umrundet haben, ehe sie erneut anhielten.

»Gibt es Verstecke?« wollte Zainal von Slav wissen. Der Rugarianer schüttelte den Kopf.

Coo machte sich durch ein Räuspern bemerkbar. »Nach oben?« Er deutete in die Richtung eines des Stapels Gerätekisten, auf den sie während ihres prüfenden Rundgangs gestoßen waren.

»Vielleicht können wir mehr erkennen, wenn ein Mond aufgegangen ist«, sagte Kris.

Zainal nickte, und sie kehrten zu den großen, hohen Kisten zurück. Auch diesmal kam es im wesentlichen auf Zainals Größe und Kraft an, als er jedes Mitglied seines Teams in den ersten Stock des Containerstapels hievte. Die drei waren nötig, um ihn zu sich heraufzuziehen. Diese Vorgehensweise wurde wiederholt, bis Zainal entschied, daß sie hoch genug waren, um von unten nicht sofort erkannt zu werden.

Für wen oder was zu sehen, lautete Kris' Frage, aber sie sprach sie nicht aus. Zuletzt hatten sie genügend Platz, so daß alle sich hinlegen konnten, was die beste Idee zu sein schien, obgleich Zainal einfach dasaß, den Rücken an die Kiste gelehnt und offensichtlich mit der Absicht, Wache zu halten.

»Wecken Sie mich, um Sie abzulösen«, sagte Kris zu Zainal und streckte sich auf dem harten Untergrund aus. *Wie seltsam*, dachte sie, *daß eine simple Annehmlichkeit wie eine Matratze nur noch eine vage Erinnerung ist*.

Dann spürte sie Hände, die an ihr zogen, und indem sie ihren sofortigen Widerstand aufgab, da die einzigen Hände, die so stark waren, Zainal gehörten, ließ sie zu, daß sie herumgedreht wurde, bis ihr Kopf auf seinem Oberschenkel ruhte. Es war nicht so hart wie die Kiste, und warm, daher machte sie es sich gemütlich. Er veränderte ihre Lage ein wenig und tätschelte sie beruhigend, ehe er die Arme verschränkte. Sie war seltsamerweise froh, daß nur Slav und Coo Zeugen dieser intimen Geste waren. Nun, verdammt noch mal, es war ihr eigentlich gleichgültig. Sie suchte mit ihrem Kopf auf seinem Oberschenkel eine bequeme Lage und wünschte sich, daß seine Muskeln nicht so hart wären. An Zainal war ziemlich viel, was einem gefallen konnte. *Immer langsam, Mädchen*, warnte sie sich selbst. *Aber weshalb fühle ich mich bei ihm viel wohler als bei jedem anderen, sogar Jay Greene?*

Die Sonne, die ihr plötzlich mitten in die Augen schien, weckte sie schneller als jeder Wecker. Zainals Kopf war auf seine verschränkten Arme herabgesunken, und er atmete so schwer, daß man es durchaus als Schnarchen bezeichnen konnte.

Sie wollte ihn gerade wecken, als plötzlich einsetzende Aktivitäten unter ihr sie aufschrecken ließ. Maschinen summten, surrten, knirschten, heulten auf, und es erklangen alle möglichen Laute. Sie schlich von Zainal weg ... *Hat er sich überhaupt bewegt, seit er sich als mein Kopfkissen angeboten hat?* ... kroch zur Kante und blickte hinab. Sie erschauerte und riß sich dann zusammen. Sie waren am Abend vorher beträchtlich höher geklettert, als ihnen bewußt gewesen war. Über ihnen befand sich nur noch eine einzige Kistenreihe. Und die Kisten sahen ziemlich benutzt aus. Die Seitenwände waren zerkratzt und stellenweise eingedrückt, offensichtlich die Folge besonders nachlässigen Ein- und Auspackens. Nur was packte man aus oder ein? Wo wurden sie geleert? Womit waren sie zur Zeit gefüllt?

Aus einem der Gebäude quollen Rauch und ein unverkennbarer Geruch. Kris war ihm nur ein einziges Mal vorher begegnet, nämlich als sie während eines Umweges durch eine verkommene Gegend Denvers an einer Fleischfabrik vorbeigekommen war. Der Schlachthof? Und er befand sich gegenüber von Gebäuden, die dem Stall ähnelten, in dem sie die Nacht verbracht hatten. Um ihre schreckliche Vermutung zu bestätigen, öffneten sich jetzt die Doppeltüren eines der Ställe, und seine Insassen, die aus sechsbeinigen Weidetieren und einigen anderen kleineren Arten bestanden, wurden von einem seltsamen mechanischen Ding in das Schlachthaus getrieben. Es verfügte über lange ausfahrbare »Arme« und trieb widerspenstige Tiere mit elektrischen Funken. Da sie nichts von ihrem bevorstehenden Tod ahnten, trabten die Tiere in das Gebäude. Kris wappnete sich gegen alles mögliche, aber sie hörte nichts und sah nur, wie die Tiere im Gebäude verschwanden. Die Türen glitten zu, und Geräusche, die sie nicht näher analysieren wollte, ertönten und brachten sie dazu, daß sie die Hände auf die Ohren preßte.

»Sie sammeln auch Fleisch«, sagte Zainal direkt neben ihr. Instinktiv und verzweifelt Trost und Schutz vor dem Entsetzlichen suchend, drängte sie sich an ihn. Er war warm, lebendig und fast menschlich. Zu ihrer Verwunderung umarmte er sie, beruhigte sie mit einem sanften Streicheln und machte ihr Mut. Es erschien ihr doch sehr seltsam, daß ein Catteni auch eine beruhigende Wirkung haben konnte.

Erst als die Türen des nächsten Stalles sich öffneten und seine Insassen hinausgetrieben wurden, änderte sich die Lage grundlegend. Denn dort stolperten eindeutig Menschen ins Licht und schirmten die Augen vor der Sonne ab, die grell auf den Gang zwischen den Gebäuden hinunterschien. Auch sie wurden von der langarmigen, funkensprühenden Maschine vorwärts getrieben. Sie fügten sich dieser Behandlung jedoch nicht so duldsam wie die Tiere.

Noch während Zainal reagierte und Slav und Coo weckte, versuchten einige Menschen, sich den Gliedmaßen der Maschine zu entziehen. Die Maschine war offensichtlich auf Protest nicht vorbereitet. Tatsächlich versuchten alle Menschen zu fliehen, als wüßten sie genauestens über das Schicksal Bescheid, das sie erwartete.

»HIERHER! LOS!« brüllte Zainal und winkte wild.

Ein Mensch entdeckte sie, deutete nach oben und rief seinen Gefährten etwas zu. Obgleich Kris keinerlei Vorstellung hatte, wie sie den anderen bei ihrer Flucht helfen sollten, wo sie doch nicht einmal sich selbst helfen konnten, war im Moment nichts so wichtig wie die Rettung der Menschen aus der Gewalt der seltsamen Maschinen.

Sie kletterten von den großen Kisten hinunter, die sie am Abend vorher so mühsam erklommen hatten. Wenigstens ging es runter leichter als rauf. Aber am Ende müßten sie doch wieder den Aufstieg hinter sich bringen.

Die Terraner stürmten durch den Gang auf Zainal zu, der seine Gefährten mit einer herrischen Handbewegung auf der unteren Kistenreihe hatte anhalten lassen. Er gab Kris den unmißverständlichen Befehl, zu bleiben, wo sie gerade war. Und dann sah sie, wie er die Hände verschränkte, und sie begriff, was er vorhatte: Er wollte die Leute nacheinander auf die erste Kiste hochwuchten. Kris, Coo und Slav stemmten sie dann zur nächsten Etage hinauf und drängten sie, den Aufstieg fortzusetzen, so daß sie außer Reichweite der Maschine gelangten. Auf diese Weise bildeten sie ein lebendiges ›Lift‹-System für die Flüchtlinge, Menschen, Deski und Rugarianer, drei grüne Ilginish und zwei Turs, die mit ihren Koboldgestalten so klein waren, daß Zainal sie regelrecht hinaufschleuderte.

In der Hektik ihrer Bemühungen, jeden Flüchtling vom Boden hochzuholen und den Kistenstapel hinaufzuscheuchen, holte Kris sich einige blaue Flecken und verrenkte sich das rechte Handgelenk so stark, daß sie nur noch die linke Hand einsetzen konnte. Dann war da Zainal, der sich in Sicherheit bringen mußte, da die Mechanos nun bemerkten, daß irgend etwas ganz eindeutig nicht in Ordnung war. Kris fragte sich, ob sie die Anzahl der Körper gezählt hatten, die aus dem Stall herausgekommen waren, und nun festgestellt hatten, daß die entsprechende Anzahl nicht verarbeitet worden war. War es nicht eine Schande, daß sie ihnen die Produktionszahlen durcheinanderbrachten? Aber sie hatten mehr als zwanzig Gefangene vor der Schlachtung gerettet.

Zainal mußte hochspringen, um die helfenden Hände zu erreichen, die ihn hochzogen. Eine merkwürdige kleine klickende Maschine suchte nun den Durchgang ab.

»Weiter rauf!« befahl Zainal denen, die sich auf seiner Etage befanden. »Brauchen Wärme. Werden zu kalt.«

Sie kletterten und kletterten, bis sie mit den anderen

ganz oben ankamen, und dann konnten alle nur noch staunen. So weit sie blicken konnten, waren Kisten bis zur gleichen Höhe aufgestapelt. Sie erstreckten sich bis zum Horizont.

»Das ist ja das reinste Kistengebirge«, murmelte ein Terraner, und in seiner Stimme schwang eine Mischung aus Staunen und verständlichem Entsetzen mit.

»Und wir hätten beinahe dazugehört«, sagte jemand anderer.

»Sind noch mehr da unten?« erkundigte Zainal sich, und Kris stellte zum erstenmal während ihrer Bekanntschaft fest, daß er heftig atmete.

»Zur Hölle, alles, was wir sahen, war dieser eine stinkende Stall, nachdem diese fliegenden Geschütztürme uns mit Pfeilen eingedeckt hatten. Bleiben wir etwa noch hier, um nachzusehen?« Ganz offensichtlich lag das überhaupt nicht in seinem Interesse.

»Hey, Sie sind ja ein Catt!« stellte der erste Sprecher anklagend fest.

»Ob Catt oder kein Catt, er hat uns gerade das Leben gerettet. Danke, Kumpel«, sagte der zweite Mann zu Zainal und streckte ihm die Hand entgegen. Er war verdreckt, und der leichte Wind auf der obersten Ebene des unglaublichen Kistenstapels brachte einen Gestank aus seiner Richtung mit, der Kris beinahe würgen ließ.

Die meisten Flüchtlinge ließen sich jetzt einfach auf ihre vier Buchstaben sinken, um sich nach ihrer überstürzten Flucht ein wenig auszuruhen.

»Ich heiße Zainal. Diese drei und ich erkunden. Und Sie sind?«

»Für einen Catt spricht er ein wirklich gutes Englisch«, sagte der zweite Mann staunend.

»Kris Bjornsen, Slav und Coo – das sind wir«, fuhr Zainal mit der Vorstellung fort. Dann hielt er inne, damit die anderen sich vorstellen konnten.

Ihre Geschichten ähnelten den Erfahrungen von Kris' Gruppe bis auf die Tatsache, daß sie keinen Sergeant

Chuck Mitford hatten, der ihnen einen Weg aus der Gefahr wies. Das Feld, auf dem sie abgesetzt worden waren, war trotz der Versuche der Deski, vor drohender Gefahr zu warnen, von Fliegern angegriffen worden. Sie hatten sich zu zweit und dritt und kleinen Gruppen in Sicherheit gebracht, um gleich wieder zusammengetrieben zu werden, als sie am zweiten Morgen von einer Erntemaschine aufgespürt worden waren. In dem Stall hatten sie sich mehrere Tage lang befunden und nur mit Hilfe ihrer Proviantpakete, die mittlerweile so gut wie aufgezehrt waren, überleben können. Mehrere ihrer Gefährten waren im Stall zu Tode getrampelt worden, als die Tiere am zweiten Tag ihrer Gefangenschaft aus irgendeinem Grund in Panik geraten waren.

»Deshalb riechen wir so streng«, sagte Lenny Doyle, ein schmächtiger, dunkelhaariger Mann mit einem sympathischen, offenen Gesicht und einem freundlichen Lächeln. Der erste Sprecher war Dick Aarens gewesen. Er musterte Zainal noch immer voller Mißtrauen. Er war größer als Kris, aber er hielt sich überaus nachlässig und hatte einen gemeinen Zug um den Mund sowie tiefe Stirnfurchen, die seinen mürrischen Gesichtsausdruck noch verstärkten.

»Zainal wurde mit uns auf diesen Planeten verbannt«, erzählte Kris mit einem gleichgültigen Achselzucken, um die plötzlich einsetzende Anspannung bei den Neuankömmlingen zu lösen, »und ich weiß nicht, weshalb er hier ist, aber er ist nun mal hier, und er war bereit, seinen Hals zu riskieren, um Sie rauszuholen, daher sollten Sie ganz still sein, Freundchen.«

Dick Aarens lenkte widerwillig ein, aber Kris ertappte ihn mehr als einmal dabei, wie er entweder sie oder Zainal wütend musterte.

»Kehren wir zurück und sehen nach, ob sonst noch jemand in diesen Ställen gefangengehalten wird?« wollte Lenny von Zainal wissen.

»Weshalb sollte er für uns Menschen seinen Hals riskieren?« fragte ein stämmiger Mann italienischer Herkunft mit mürrischer Stimme.

Zainal hatte den Kopf gesenkt und nahm seine »Denk«-Haltung ein, wie Kris sie mittlerweile nannte. Dann drehte er den Kopf langsam und sagte dann ein paar knappe Worte zu Slav, welcher nickte.

»Slav führt zum Lager«, sagte Zainal. »Die Maschinen lernen …«

»Ja, aber haben die etwas, das wie eine Spinne auf den Kisten herumklettert?« wollte Aarens wissen.

»Sie haben Verpflegung?« fragte Zainal.

»Was geht Sie das an?« wollte Aarens wissen.

»Ach, beruhigen Sie sich, Aarens«, sagte Lenny. »Die Maschinen haben uns nicht gefilzt. Wir haben Tassen, Messer, Proviantriegel.«

»Kein Wasser.« Zainal blickte in die Sonne.

»Ich habe schon verstanden«, sagte Lenny. »Sehen Sie, ich gehe freiwillig zur Kante zurück und sehe nach, was mit den Maschinen los ist.« Er grinste Kris an, als er die Häscher beschrieb. »Sie müssen gestern eine andere Gruppe … verarbeitet haben. Wir haben einige Schreie gehört.« Er schüttelte sich schaudernd. »Daher kamen wir zu dem Schluß, daß wir zu fliehen versuchen sollten.«

»Da unten gibt es eine Menge Ställe«, sagte Aarens kopfschüttelnd.

»Wir gehen zurück«, sagte Zainal. »Sie werden sehen.«

»Hey, Moment mal …« sagte Aarens und hob protestierend eine Hand.

Er protestierte sowohl gegen die Idee wie auch gegen den Sprecher, dachte Kris, was Aarens eindeutig zum Unruhestifter stempelte.

»Dann gehen Sie mit Slav«, sagte Zainal und hob gleichgültig die Schultern. »Es gibt eine Menge zu sehen und zu lernen.« Diesmal bedeutete seine Geste, daß er so viel wie möglich über die Maschinen und ihre Aufgaben erfahren wollte.

»Kann man die Stalltüren von außen öffnen?« fragte Kris.

Zainal nickte. »Einfach.« Dann grinste er. »Tiere schließen keine Türen auf. Menschen und Catts schon.«

Lenny lachte schallend und gab dem feindseligen Aarens einen Rippenstoß. »Und Humor haben sie auch. Soll ich mal zurückgehen und nachschauen? Ich hatte kurz vorher ausgiebig getrunken, ehe wir aus unserer hübschen Bleibe rausgeholt wurden.«

Zainal nickte, und Lenny trottete auf dem Weg zurück, den er gekommen war.

»Hey, Bruder, ich kommen ebenfalls mit.« Ein zweiter Mann folgte ihm.

»Die Doyle-Brüder halten immer zusammen. Ich bin übrigens Joe Lattore«, sagte der stämmige Italiener grinsend und nickte Kris und Zainal zu. »Also, was tun wir, wenn bei dem Vieh auch noch viele andere Menschen und Aliens sind?«

»Wir holen sie raus«, sagte Zainal. Er hockte sich hin, rollte eine seiner Reservedecken aus, zückte sein Messer und begann, die Decke in Streifen zu schneiden, um daraus Seile anzufertigen, wie Kris sofort erkannte.

»Ja, ein Seil wäre praktisch«, sagte Lattore und nahm eine Decke entgegen, als Zainal sie herumreichte.

Da es sich um ein unzerstörbares Gewebe handelte, war es nicht so einfach. Kris mußte eine Pause einlegen, weil ihr Handgelenk schmerzte. Aber Leute mit Hilfe eines Seils auf den Kistenstapel hinaufzuhieven wäre weitaus leichter. Das heißt, falls die Maschinen nicht längst herausbekommen hatten, wohin die Flüchtlinge verschwunden waren, was durchaus möglich war. Als sie mehrere Längen eines kräftigen Seils zur Verfügung hatten, kehrten die Doyles zurück. Sie hatten lediglich Rauchwolken gesehen, die von der Verarbeitungsfabrik aufgestiegen waren.

»Ja, Maschinen operieren nach Logik, und unsere Flucht – da sie uns als ›Fleischtiere‹ klassifiziert haben –

paßt dort nicht hinein«, sagte Kris, während sie weiterarbeitete. »Aus irgendeinem Grund glaube ich nicht, daß ihre Programmierung sich auch darauf erstreckt, derartige Ungereimtheiten zu verarbeiten. Wir tauchten als Wärmequellen dort auf, wo eigentlich keine Wärmequellen sein durften, und liefen auf ihren Getreidefeldern herum. Das war einfach für sie. Sie steckten uns mit den anderen Tieren zusammen, die sie einsammelten.«

»Ich glaube nicht, daß mir das gefällt«, sagte Joe und schüttelte sich fröstelnd. »Es ist schlimm, wenn man irrtümlich als Nahrung betrachtet wird. Wie kommt es, daß sie keine Leute erkennen?«

»Das ist wohl die entscheidende Frage, nicht wahr?« sagte Lenny. »Ich hab keine Ahnung, wie sie das herausbekommen. Wir waren vier oder fünf Tage dort, ohne daß jemand die geringste Notiz von uns nahm oder daß auch nur das Tor geöffnet wurde. Als sie es taten, kamen wir nicht raus, weil diese sechsbeinigen Dinger reingetrieben wurden. Und plötzlich gab es nur noch Stehplätze. Wenig später – Rrruummmsss! Wir waren an der Reihe, geschlachtet zu werden. Sie müssen mit der ... hm, nun, Verarbeitung ... gestern angefangen haben, falls das, was wir gehört haben, tatsächlich menschliche Schreie waren ...« Lenny erschauerte erneut.

Kris beobachtete, wie Zainal sich diese Information durch den Kopf gehen ließ. Sie fragte sich, wie um alles in der Welt es hatte geschehen können, daß die Kundschafter der Catteni während ihrer Erkundungsunternehmen auf dem Planeten eine solche Einrichtung nicht bemerkt hatten. Bestimmt hätten sie eine derart große Anzahl von Kisten bemerkt. Es sei denn, und sie dachte an Kratzer und andere Spuren nachlässiger Behandlung, diese Kisten wären neu und die letzte Partie war schon vor längerer Zeit abgeholt worden. Aber von was? Und für wen?

»Wir sehen nach, ob noch ... mehr Leute da sind«, gelangte Zainal zu einer Entscheidung. »Sie helfen?« Er schaute die soeben Geretteten an.

Zehn entschieden sich, dazubleiben und zu helfen, darunter die beiden Doyle-Brüder und Aarens, mit dem Kris am wenigsten gerechnet hätte. Die anderen wurden von Slav weggebracht, nachdem er Zainal zum x-ten Mal versichert hatte, daß er zum Basislager zurückfände. Er deutete ständig nach Norden und nach Osten. Die beiden Deski begleiteten ihn, um einen Horchposten für die Flieger und alle umherstreifenden mechanischen Gebilde aufzustellen, die um jeden Preis gemieden werden mußten. Wenn vielleicht auch nichts sonst, so lehrte dieser Erkundungstrip Kris und die anderen die Gefahren, vor denen man sich hüten mußte: schlafen auf nacktem Boden, sich vor den Erntemaschinen in Sicherheit bringen und stocksteif verharren, wenn die Flieger gesichtet wurden. Simple, solide Regeln, sagte Kris belustigt zu sich. Sie war froh, daß sie noch vor ihrem Aufbruch reichlich getrunken hatte. Und trotzdem, vielleicht könnten sie zu den nun verlassenen Ställen zurückschleichen.

Und genau das taten sie, als Zainal und seine Getreuen den Hof erreichten. Die Tatsache, daß niemand durchsucht und schon gar nicht ausgezogen worden war, wurde diskutiert.

»Sie haben die sechsbeinigen Lebewesen nicht durchsucht«, sagte Lenny. »Weshalb sollten sie es bei uns tun?«

»Aber wir sind … Menschen«, sagte Aarens, und Lennys Bruder, Ninety, schnaubte verächtlich.

»Haben Sie sich vorgestellt? Nun, wie sollte die Maschine dann wissen, daß wir anders sind?«

»Sie meinen, sie haben gedacht, wir wären Tiere?« Aarens war außer sich vor Zorn.

»Nicht sehr schmeichelhaft, oder?« sagte Lenny mit einem verschmitzten Grinsen.

»Nur ein weiterer warmer Körper, Bruder«, meinte Ninety. »Irgendein warmer Körper reicht aus. Wenn er aufgespürt wird.«

»So erhält die Maschine ihre Information«, sagte Zainal. »Durch Wärmestrahlung.«

»Das kapiere ich«, sagte Lenny. »Und durch Bewegung.«

»Es gibt keine ... Leute ... auf diesem Planeten«, fügte Zainal hinzu.

»Ja«, sagte Lenny nachdenklich. »Ich glaube, Sie haben recht. Ich dachte immer, Roboter sollen Menschen schützen.« Er blickte Kris vielsagend an.

»Nicht, wenn sie nicht darauf programmiert sind.«

»Wer oder was hat sie dann programmiert?« wollte Lenny wissen. Kris konnte nur die Achseln zucken.

Nachdem sie auf dem Kistenstapel zum nächsten Stall weitergegangen waren, erkletterten sie dessen Dach und blickten nun durch einen der Belüftungsschächte in den benachbarten Stall hinunter. Er war leer. Leer, und er roch nach irgendeinem Desinfektionsmittel, das seinen eigenen unverwechselbaren Gestank verströmte.

»Ekelhaft«, sagte Lenny und rümpfte die Nase.

»Gibt es vielleicht so etwas wie einen total automatisierten Landwirtschaftsplaneten?« Kris dachte laut nach. Dann drehte sie sich zu Zainal um, der neben ihr auf dem Dach lag und immer noch in den leeren Raum unter sich hinabschaute. »Wie viele Kontinente hat diese Welt?«

»Vier. Zwei große, einen nicht ganz so großen und einen kleinen.«

»Auf welchem befinden wir uns?«

Zainal hob die Schultern.

»Woher weiß er so gut Bescheid?« fragte Ninety und deutete mit dem Daumen auf Zainal.

»Er hat mal einen Bericht über diese Welt gesehen. Er hat ihn nur nicht allzu aufmerksam verfolgt, um sich alles zu merken, was wir jetzt gerne wissen würden«, sagte sie mit enttäuschter Miene. »Was ihm bisher eingefallen ist, hat uns schon zweimal das Leben gerettet.«

»Wer ist ›uns‹?«

Kris erklärte es ihm, und Lenny grinste seinen Bruder an, als sie Chuck Mitford beschrieb.

»Sie geben niemals auf, diese alten Kommißköppe, nicht wahr?«

»Mitford ist nicht alt«, protestierte sie, »und wir hatten eigentlich verdammtes Glück, daß er da war, denn nur durch ihn konnten wir uns die Freiheit erkämpfen.«

Lenny sah sie ein wenig seltsam an. »Sind Sie sich dessen ganz sicher?«

»Genauso sicher wie jeder anderen Sache auf diesem Planeten.«

Zainal stand auf. »Wir überprüfen alle.«

Sobald sie sich mit einem schnellen Blick davon überzeugt hatten, daß sich auf dem Hof unter ihnen nichts regte und daß aus dem Schlachthaus kein Rauch mehr drang, kontrollierten sie die anderen Ställe. Es waren insgesamt zwanzig, von denen die Hälfte nach Desinfektionsmittel roch. Drei der anderen zehn enthielten ausschließlich Vieh. Sie riefen etwas durch den Belüftungsschacht – anfangs leise, dann etwas lauter, bis sie sicher sein konnten, daß sich unten niemand aufhielt, der hätte antworten können. Die Weidetiere stießen als Reaktion auf die Rufe lediglich ihre blöden Heullaute aus.

»Trotzdem«, sagte Lenny voller Abscheu, »für Kühe hatte ich noch nie etwas übrig.«

»Das sind keine Kühe«, sagte Aarens. »Sie sind in keiner Weise mit ihnen verwandt.«

»Tatsächlich? Es sind Luh-Kühe anstatt Muh-Kühe«, warf Kris ein und löste damit bei Lenny und Ninety ein herzliches Lachen aus.

»Es sind trotzdem keine Kühe«, sagte Aarens. »Kühe geben Milch. Und die hier haben nichts Besonderes außer zwei zusätzlichen Beinen.«

Im nächsten Stall erklangen erstaunte und erleichterte Rufe. Außerdem hüpften einige Gestalten zwischen den Luh-Kuh-Kreaturen herum.

»Seid leise, verdammt noch mal«, rief Aarens hinunter und sah sich unruhig um.

Lenny Doyle robbte zum Dachrand des Stalles, blickte

in den verlassenen Laufgang hinunter und gab ein »Okay«-Zeichen.

»Was sagen wir ihnen?« fragte Aarens, ohne Zainal anzusehen.

»Wir kommen nachts zu ihnen. Sie sollen jetzt Ruhe halten«, sagte Zainal und ignorierte, daß er nicht beachtet wurde.

»Bis zur Nacht dauerte es noch lange«, wandte Aarens ein.

»Wir passen auf.«

»Wir könnten doch unsere Stricke runterlassen und sie hochziehen«, schlug Aarens vor.

»Es ist viel einfacher, nachts die Tür zu öffnen und sie herauszulassen«, sagte Kris mit Nachdruck, die daran dachte, daß sie keine Lust hatte, wer weiß wie viele schwere Körper hochzuhieven. »So wie wir es schon einmal gemacht haben.«

»Die Nacht ist am besten«, stimmte Zainal ihr mit einem Kopfnicken zu.

»Weshalb? Maschinen machen keinen Unterschied zwischen Tag und Nacht. Maschinen brauchen keinen Schlaf«, beharrte Aarens auf seinem Vorschlag.

Zainal murmelte etwas. »Sie funktionieren nicht bei Nacht. Sie können nicht.«

»Weshalb nicht?« Aarens wurde aufsässig, dachte Kris, und legte es darauf an, sich mit Zainal zu streiten.

»Ich glaube, die Maschinen werden mit Solarenergie angetrieben«, sagte Kris und suchte Zuflucht bei einer Begründung, die einleuchten würde. »Sonnenenergie?« fragte sie Zainal, der nickte und sich offensichtlich darüber freute, daß sie die richtige Erklärung gefunden hatte.

»Ja.« Ninetys Augen weiteten sich. »Ja, sie haben diese merkwürdigen Platten. Zumindest die Erntemaschine hatte sie. Es leuchtet ein. Bisher hat es auch noch nicht geregnet.«

Zainal grinste. »Regen ist hier sehr schlecht. An einigen Stellen. Wir sehen weiter nach.« Damit deutete er auf die anderen Ställe, die darauf warteten, ebenfalls überprüft zu werden.

Vier weitere enthielten Menschen, und das Versprechen unmittelbar bevorstehender Befreiung sowie die Ermahnung zur Vorsicht wurden wiederholt, und den Gefangenen wurde geraten, sich so gründlich wie möglich auszuruhen, da die Flucht ziemlich strapaziös würde. Es gab einigen Protest, aber Kris, die als Zainals Sprecherin auftrat – es schien in dieser Situation das klügste zu sein – machte ihnen überzeugend klar, daß es gewichtige Gründe für die Verzögerung gab.

Sie kehrten auf das Dach eines der leeren Ställe zurück. Nachdem sie einen Belüftungsschacht aufgebrochen hatten, schlängelte sich Lenny Doyle, der von ihnen der schlankste war, hindurch. Er wollte sich vergewissern, daß in den Ställen keine zusätzlichen Sensoren installiert waren. Sie ließen ihn an einem Strick weit genug hinunter, so daß er sich umsehen konnte.

»Es scheint sauber zu sein. Soweit ich weiß, sehen Sensoren überall gleich aus«, flüsterte er den auf dem Dach Lauernden zu. »Laßt mich ganz runter. Ich brauche ein Bad und muß dringend pinkeln. Entschuldigen Sie, Kris.«

Sie kicherte verhalten und verfolgte, wie er auf den Boden hinabgelassen wurde. Sie machte sich als nächste an den Abstieg und hörte dann, wie das Loch vergrößert wurde, damit auch Zainals Gestalt hindurch paßte. Der dünne Strick aus Deckenstreifen schnitt ihr in die Handflächen, und sie rutschte zweimal ab, weil ihr Handgelenk streikte, aber am Ende waren alle sicher unten angelangt.

Es gab ein Dutzend oder mehr Wassertröge für die Tiere, die sonst in dem Stall untergebracht waren, daher wurden einige davon zu Badewannen umfunktioniert. Haufen aus getrocknetem Futter waren in Wandhalterungen gefüllt worden, und Kris freute sich schon darauf, bis zum Mondaufgang um einiges komfortabler in einem Heubett zu schlafen.

Zainal, Aarens und die Doyles machten einen Rundgang durch den Stall und hielten Ausschau nach irgendwelchen Sensoren, die den Maschinen melden könnten, daß einer der Ställe wieder besetzt war.

Während die meisten Männer sich für ein Bad entschieden, war Kris mehr daran interessiert, genug von dem Viehfutter aufzuhäufen und sich ein gemütliches Nachtlager zu bauen. Aarens' grinsender Gesichtsausdruck, als er sie von der Seite gemustert hatte, wollte ihr gar nicht gefallen. Sie hielt ihn für einen hinterhältigen Charakter, der sich keine Gelegenheit entgehen ließ, sie zu belauern. Sie war entschlossen, ihm keine solche Gelegenheit zu geben ...

Nun kam er ausgerechnet auf sie zu, während das Wasser aus seinem langen Haar tropfte. Sie konnte es ihm eigentlich nicht zum Vorwurf machen, aber ihr paßte die besitzergreifende Art nicht, mit der er sich zu ihr auf den Heustapel setzte.

»Bauen Sie sich ihr eigenes Bett, Buddy«, knurrte sie so unfreundlich wie möglich.

»Hey, Lady, ich dachte bloß, Sie suchen ein wenig Gesellschaft. Ich kann nicht gerade behaupten, daß es mir gefällt, wenn ein hübsches Kind wie Sie mit einem Catt zusammen ist. Oder geschieht das etwa freiwillig?«

»Ich habe mich freiwillig zu dieser Patrouille gemeldet, wenn Sie das meinen.« Und ihr Tonfall machte unmißverständlich klar, daß er besser daran täte, sich zurückzuhalten.

»Gibt es in Ihrem Camp noch mehr von Ihrer Sorte?«

»Aarens, verschwinden Sie. Ich bin müde und möchte schlafen ... und zwar alleine!« Ihr Wunsch, in Ruhe gelassen zu werden, war unzweideutig. »Hauen Sie ab!«

»Das frische Zeug ist hier drüben, Aarens«, sagte Lenny und deutete auf einen Futterhaufen. Er lächelte. Aber es war klar zu erkennen, daß er nicht eher Ruhe geben würde, bis Aarens seiner Aufforderung Folge leistete.

Als sie endlich alleine war, ließ sie sich auf ihr Lager sinken. Es war so gemütlich, daß sie trotz der gedämpften Männerstimmen in ihrer Nähe sofort einschlief.

Mitford betrachtete das Camp und nahm die Fortschritte der vergangenen beiden Tage erfreut zur Kenntnis. Sie hatten reichlich Fleisch, und einige der Frauen waren so umsichtig gewesen und hatten einen Teil zum Trocknen in die Sonne gelegt.

»Spare in der Zeit, so hast du in der Not« war das Motto des Tages.

Erkundungstrupps kamen während des ganzen Tages von ihren Ausflügen zurück und brachten kleine Schätze mit: zum Beispiel feinen Sand, den man zur Zeitmessung verwenden konnte.

»Genauso wie man die Zeit beim Eierkochen mißt.«

»Wir haben kein Glas.«

»Nun ja, es gibt diese Nußschalen. In eine schneidet man ein winziges Loch und läßt den Sand hindurchrinnen. Dann dreht man es um. Einfacher geht es wohl kaum.«

»Man verliert zwei Sekunden, indem man das verdammte Ding umdreht.«

»Dieses ständige Gemeckere liebe ich.«

»Hey, wie wäre es mit einer Sonnenuhr? Es gibt da diesen Platz auf dem Felsen, dicht unterhalb des Wachtpostens.«

»Ja, und wie stellen wir sie ein?«

»Verdammt noch mal, Sie sind der Ingenieur. Denken Sie sich etwas aus. Eins einhundert, zwei zweihundert, drei dreihundert ist sogar hier immer noch eine Sekunde.«

Ein Tumult am Nachmittag führte fünfzehn zornige Frauen und einen Arnie mit blutender Nase in Mitfords

Büro. Da alle Frauen nasses Haar hatten, brauchte er kaum mehr als eine Minute, um herauszubekommen, daß Arnie schon wieder als Spanner aufgefallen war.

»Wir haben ihn gewarnt, und er hat nicht hören wollen, Mitford«, erzählte Sandy Areson wütend und gab dem Mann erneut einen heftigen Stoß. »Er ist ein schmieriger, geiler Bock. Und wenn er Latrinendienst hat, erfährt er nur noch eher, wann wir baden. Entweder ketten Sie ihn an einen Felsen, oder, bei Gott, ich wetze mein Messer und ...«

Mitford begann zu grinsen, da kam ihm plötzlich eine Idee. »Ich denke, wir können unseren lieben kleinen Arnold Sherman ein wenig an die Leine legen. Und gleichzeitig allen eine kleine Lektion erteilen. Jack Lemass, sofort antreten«, fügte der Sergeant in scharfem Befehlston hinzu.

»Yo!« Ein Mann, der an verschiedenen Holzsorten herumgeschnitzt hatte, die im nahegelegenen Wald zu finden waren, kam herbeigeschlendert. »Sie haben geklingelt?«

Die meisten Leute waren zuversichtlicher Stimmung und hatten sich als durchaus einfallsreich erwiesen. Sie besaßen keine Nägel, aber Jack Lemass, der den ganzen Vormittag mit einem Jägertrupp draußen gewesen war, war überzeugt, daß sie aus den größeren Bäumen Stühle und Tische und andere nützliche Gegenstände würden herstellen können.

»Ja – meinen Sie, Sie könnten mir ein Paar Stöcke bauen?«

»Stöcke?« Jack schob verblüfft den Kopf vor.

»So etwas wie einen Schandpfahl?« rief Sandy aus und brach dann in schallendes Gelächter aus. »Hey, das wäre doch toll. Wir könnten ihn mit faulen Eiern bewerfen – wenn wir irgendwo faule Eier finden sollten.« Sie gab Arnie, der sich instinktiv duckte, einen weiteren Klaps, aber sie und die andere Frauen begannen selig zu grinsen, als sie sich sein trauriges Schicksal vorstellten.

Jack tat so, als würde er an dem jammernden Arnie, der schon im vorhinein sein bitteres Los beklagte, Maß nehmen.

»Okay, Ladies«, sagte Mitford. »Es tut mir leid, daß Sie belästigt wurden.«

»Danke, Sarge«, sagte Sandy, verstand seinen Wink und scheuchte die Frauen aus dem »Büro«. »Wir haben noch eine Menge zu arbeiten, Ladies.«

»Ich habe einen besseren Vorschlag, Jack«, sagte Mitford, »nehmen Sie ihn mit, um das Holz zuzuschneiden, und sorgen Sie dafür, daß er Ihnen beim Bau hilft. Damit die Dinger ihm auch richtig passen, denn ich glaube, daß er ziemlich oft drinstecken wird. Oder nicht, Arnie?«

»Ich hab' doch nur geguckt«, versuchte Arnie sich jammernd zu verteidigen. »Mehr hab ich nicht getan.«

»Das reicht jetzt. Halten Sie die Klappe und seien Sie froh, daß ich nicht von Jack verlange, Sie an den Pfahl binden und auspeitschen zu lassen.«

»Sie würden mich doch nicht etwa auspeitschen lassen?« Seine Stimme klang brüchig vor Entsetzen, und er zitterte am ganzen Körper. »Sie sind ein Mensch, Amerikaner. Das können Sie nicht tun!« In Arnies Stimme schwang die nackte Panik mit.

»Dann seien Sie dankbar, denn die nächste Stufe sieht für jemanden wie Sie so aus«, sagte Mitford und hob die Stimme, so daß jeder, der in der Nähe arbeitete, ihn verstehen konnte, »daß Sie nach draußen gebracht und den Geiern zum Fraß vorgeworfen werden. Und glauben Sie ja nicht, daß es nicht dazu kommen kann. Es kann!«

Jack stieß einen leisen Pfiff aus.

»Okay, Arnie, wir müssen uns jetzt auf die Socken machen.«

Altmodische Stöcke würden einem Mann oder einer Frau kaum etwas ausmachen, dachte Mitford, während er nach einer weiteren Schiefertafel griff, um darauf ihre Konstruktion als Abschreckungsmittel zu notieren. Aber es würde beweisen, daß er durchgreifen konnte und nicht davor zurückschreckte, es auch zu tun. Bisher interessierte es die Leute viel mehr, wie sie ihre Fähigkeiten dazu einsetzen konnten, ihre Lebensumstände zu verbessern. Und genau darum ging es, wenn man sich irgendwo niederließ und eine Siedlung gründete. Von dem Land zu leben, auf dem man sich befand, und das Beste aus seiner Situation zu machen.

Spät abends, nachdem die zweite Gruppe ihr Abendessen eingenommen hatte, trafen zwei weitere Erkundungstrupps ein: Einer hatte Steinsalz gefunden, womit der Geschmack ihrer Verpflegung erheblich verbessert werden konnte, und die andere Gruppe – die aus Geologen und Bergbaufachleuten bestand – hatte Eisen- und Kupfervorkommen entdeckt und entsprechende Gesteinsproben mitgebracht. Daher versprach Mitford, die notwendigen Leute zusammenzutrommeln, die Murph beim Abbau und der weiteren Erzverarbeitung helfen sollten. Als Murph sich sein Essen holte, plante er bereits in Gedanken alle weiteren Schritte.

»Von Tag zu Tag wird es besser und besser«, murmelte Mitford vor sich hin, zufrieden über diesen weiteren Schritt ihrer Anpassung an ihren neuen Lebensraum. Nur noch wenige Monate, und niemand würde in ihnen die entmutigten und verzweifelten, aus ihrer Heimat verbannten Menschen wiedererkennen, als die sie vor einer Woche aufgewacht waren.

Bei Einbruch der Nacht wurde Kris zusammen mit den anderen, die ebenfalls geschlafen hatten, geweckt. Zainal zeigte den Doyles und Aarens, wie er das Schloß mit seiner Messerklinge geöffnet hatte.

»Der alte Kreditkartentrick, was?« bemerkte Lenny und fügte hinzu, als er den verwirrten Ausdruck in Zainals Gesicht sah: »Ich erkläre das später.«

»Mehr Junge?« wollte Zainal von Kris wissen, wobei seine Zähne in der Dunkelheit weiß blinkten, als er grinste.

»Mehr was?« fragte Lenny.

»*Das* erkläre ich später«, erwiderte Kris kichernd. Sie hätte nur zu gerne gewußt, wie Aarens reagieren würde, wenn er wüßte, daß sie an jedem Tag der Woche den Catteni seiner Gesellschaft vorziehen würde. Oder in jeder Nacht, wenn sie es recht überlegte. *Ganz ruhig, Mädchen*, sagte sie sich, aber nach dieser Ermahnung kehrte dieser Gedanke oft genug zurück und versetzte sie in Unruhe.

Sie schlüpften aus dem Stall hinaus. Zainal schloß vorsichtig die Tür, bis sie hörten, wie das Schloß einrastete. Dann begaben sie sich zum ersten der besetzten Ställe, und Zainal öffnete ihn ebenfalls.

»Oh, mein Gott, ich dachte schon, Sie wären verschwunden und hätten uns im Stich gelassen«, rief der Mann, und seine Stimme hallte laut durch die Nacht. Er gehörte zu der Gruppe, die sofort zur Tür drängte.

»Psst«, zischten die Retter sofort.

»Diese verdammten Maschinen könnten uns hören«, sagte Aarens. »Folgt mir und seid um Gottes willen leise.«

Zwei Männer führten die gerettete Gruppe auf der Landstraße zu den Kisten und halfen den Flüchtlingen, an den bereithängenden Seilen hinaufzuklettern. Zainal und Kris übernahmen die letzte Gruppe, da Zainal der einzige war, der den Trick beherrschte, mit dem sich die Türen öffnen ließen.

In der Gruppe, die sie und Zainal befreiten, befanden sich auch zwei Frauen. Eine war hochschwanger und bewegte sich nur schwerfällig, während die andere um einiges älter war und mühsam humpelte. Die schwangere Frau reagierte außerdem leicht hysterisch auf die Tatsache, daß sie gerettet wurde.

»Es ist schon schlimm genug, daß mein Jack auf Barevi getötet wurde, aber ich dachte, ich hätte wenigstens mein Baby als Trost«, sagte sie unter Tränen. Nicht daß Kris ihr einen Vorwurf machte, aber dies war kaum der Ort und der richtige Zeitpunkt für irgendwelche Familiengeschichten. »Dann kam diese schreckliche Strafaktion, und ich tat nichts anderes, als dort stehenzubleiben, wo man mich hingestellt hatte, und dann wurde ich mit Gas betäubt. Ich betete, daß Gott uns nicht ganz vergessen hätte und daß wir gerettet würden. Und es geschieht tatsächlich, und ich kann es nicht glauben. Oh, Sie sind ja so gut, daß Sie Ihr Leben riskieren, um uns zu retten!«

Kris schaffte es offensichtlich nicht, ihren Redefluß zum Stillstand zu bringen. Patti Sue hielt wenigstens den Mund, wenn man es ihr befahl.

»Wie sollen wir sie auf die Kisten raufbekommen?« wollte sie von Zainal wissen, während sie die Leute über die Straße trieben.

»Ich trage sie. Sie ist nicht schwer. Nur groß.«

»Dann achten Sie bloß darauf, daß sie nicht bemerkt, daß Sie ein Catteni sind«, sagte Kris und war froh, daß in dem dürftigen Licht der verräterische Grauton seiner Haut nicht zu erkennen war.

Die schwangere Frau, Anna Bollinger, machte beim Ersteigen der Kisten weniger Schwierigkeiten als einige andere. Einige waren kaum in der Lage, ihre Füße und Hände zu gebrauchen, und vier von ihnen, darunter auch Anna, mußten regelrecht hochgezogen werden, weil ihre Muskeln schon bei der dritten Stufe streikten.

Am Ende standen alle fünfunddreißig Flüchtlinge auf dem Kistenstapel und schlugen ebenso wie Slav die nördliche Richtung ein. Aber sie kamen nicht allzu schnell vorwärts, als ob die Befreiung und die Kletterpartie sämtliche Kraft und Energie aufgebraucht hätte, über die sie noch verfügten.

Manchmal, dachte Kris, während sie neben Zainal hertrottete, kommt es vor, daß man das Richtige aus einem völlig falschen Grund tut. Ihre Hände brannten, ihre Handgelenke schmerzten trotz des Deckenstreifens, mit dem sie sie als eine Art Schiene bewickelt hatte; ihre Schienbeine waren aufgeschürft und blutig, ihre Füße quälten sie, und sie war überzeugt, daß ihre Arm- und Schultermuskeln sich nie mehr erholen würden. Sie wünschte sich sehnlichst eine Badewanne, in der sie sich hätte ausstrecken können.

Als der erste Mond aufging, hatten sie das Ende des Kistenstapels noch nicht erreicht. Erneut fragte sie sich, was sich in den Kisten befand, wenn es nicht gerade ganze Luh-Kuh-Hälften waren, und für wen oder was die Maschinen diese Vorräte sammelten.

Sie mußten eine Pause einlegen, damit die Schwächeren ihrer Gruppe sich ausruhen konnten. Vor allem Anna und Janet, die ältere Frau, waren dem zügigen Marschtempo überhaupt nicht gewachsen. Als sich herausstellte, daß die meisten von ihnen ihre letzten Proviantriegel in Erwartung der Flucht verzehrt hatten, gab Zainal der Patrouille sofort das Zeichen, die Reserverationen, die sie mitgenommen hatten, zu verteilen. Die trockenen Riegel kauen zu müssen, ohne sie mit Wasser einweichen zu können, machte das Essen zu einer mühsamen Angelegenheit. Einer der Turs verschlang seine Ration, als hätte er seit Tagen nichts mehr zu sich genommen.

»Er hatte keine Ahnung, daß die Catts uns Verpflegung mitgegeben hatten«, erzählte Lenny. »Ninety und ich haben mit ihm geteilt.«

»Das war verdammt anständig von Ihnen«, sagte Kris, wenn man bedenkt, daß Sie ebenfalls keine Ahnung hatten, woher Sie Ihre nächsten Mahlzeiten bekämen.«

»Ach, ich dachte mir, daß sich schon irgend etwas ergeben würde.« Lenny grinste sie verschmitzt an.

»Darf ich erfahren, weshalb Ihr Bruder ›Ninety‹ ist?«

»Nun ja, wir sind Iren, wissen Sie ...«

»Das ist mir schon aufgefallen ...«

Wieder ein Grinsen. »Und wir haben in Irland ein Sprichwort – daß der Witz, der Spaß, neunzig ist.«

»Und wir meinen damit nicht den Preis«, sagte Ninety

leicht ungehalten. »Ich mag den Spaß … Kneipen und so weiter – mein Gott, wie würde mir jetzt ein Guinness schmecken.«

»Ich hab dich doch gebeten, das zu unterlassen, Ninety. Ich kann alles ertragen, nur nicht, wenn du von Guinness redest«, sagte Lenny, und seine ansonsten so fröhliche Stimme hatte zum ersten Mal in dieser anstrengenden Nacht einen scharfen Unterton. »Entschuldigen Sie, Kris.«

»Daher heiße ich Ninety, weil ich immer zu einem Scherz aufgelegt bin.« Ninety beendete seine Mahlzeit und betrachtete den letzten Bissen seines Proviantriegels mit einem wehmütigen Blick.

»Die verdammten Katholiken«, murmelte Aarens. Er hatte sich einen Platz neben Kris gesucht, wie sie bemerkte, und zwar an ihrer anderen Seite, so weit wie möglich von den Doyle-Brüdern entfernt.

»Eines will ich Ihnen sofort klarmachen, Aarens«, sagte Kris. Sie hatte nicht vor, ihm auch nur einen Deut des Ärgers zu ersparen, den sein Verhalten ihm bescheren würde, aber seine Bemerkungen gingen ihr absolut gegen den Strich. »Wir stecken alle bis zum Hals in dieser Sache drin: Terraner, Deski, Rugarianer, Ilginish und Turs. Und vor allem der einzige Vertreter unserer früheren Feinde und Unterdrücker. Er wurde genauso wie wir alle auf diesem gottverlassenen Planeten abgesetzt, und er führt die Patrouille an, die soeben Ihre Haut, Ihre Knochen und den ganzen jämmerlichen Rest gerettet hat. Also vergessen Sie Ihre Gehässigkeiten. Klar?«

»Kennen Sie ihn *gut*?« Der Tonfall des Mannes war lüstern, und der Hintersinn seiner Frage war unverkennbar.

Lenny und Ninety reagierten sofort. Lenny beugte sich vor, bis sein Gesicht das von Aarens beinahe berührte.

»Wenn Kris meint, daß der Catt in Ordnung ist, dann reicht uns das als Urteil aus, Aarens. Und jetzt halten Sie endlich die Klappe. Er hat Sie befreit, und wenn Sie jetzt verschwinden und Ihren Weg alleine gehen wollen, dann vergessen wir gerne, daß es Sie überhaupt je gegeben hat.«

Aarens duckte sich, während Kris die Nähe der Doyle-Brüder suchte.

»Wohin führt dieser Catt ...« begann Ninety und schaute sich suchend um.

»Sein Name lautet Zainal«, sagte Kris, die entschlossen war, wie bei jedem anderen auch bei Ninety auf diesem Punkt zu beharren.

»Okay, wohin führt dieser Zainal uns?«

»Zu dem Camp, das unser umsichtiger und kluger Sergeant Mitford hat anlegen lassen. Es besteht aus einer Reihe geräumiger Höhlen mit einem unterirdischen See. Es ist ein weitgehend sicherer Ort. Außerdem ein gutes Jagdrevier. Wie gut sind Sie mit der Schleuder?«

Lenny kicherte verhalten. »Sie sehen vor sich einen der größten Kaninchenjäger der Blasket Islands.«

Ninety schnaubte. »Du hast immer eine 22er benutzt.« Danach drehte er sich zu Kris um und grinste breit. »Mit Zielfernrohr und Schalldämpfer.«

»Das doch nur, damit ich einen zweiten Schuß anbringen konnte, ohne daß die kleinen Biester mich hörten, falls ich das erste Mal danebenschoß. Wenn ich sie erst mal im Visier hatte, brauchte ich weder Schalldämpfer noch Fernrohr.«

»Wir haben außerdem einen großen Getreidespeicher gefunden«, fuhr Kris fort, »so daß wir bestimmt Brot zu essen haben, wenn wir zurückkommen.«

»Wie weit ist es noch?« Lenny blickte skeptisch zu Anna und Janet hinüber.

»Keine Ahnung ... Moment mal ...« Aus dem Augenwinkel bemerkte sie, wie Zainal sich plötzlich zu seiner vollen Größe erhob und forschend in eine bestimmte Richtung blickte. Als sie seinem Blick folgte, entdeckte sie im Mondschein ein paar Gestalten, die den Berghang oberhalb der Kisten herunterkamen. »Das ist Slav. Entweder ist er sehr schnell gewesen, oder unser Lager ist nicht mehr weit weg.«

In Slavs Begleitung befanden sich zwei andere Rugarianer und vier Terraner. Außerdem brachte er kaltes gebratenes Felsläuferfleisch, ein wenig ungesäuertes Brot und Wasserflaschen aus Ton mit, die zwar ein wenig leckten, aber immer noch genug Wasser enthielten, so daß jeder ausreichend seinen Durst stillen konnte. In ihrem Gepäck befanden sich außerdem Stricke und weitere Decken.

»Sarge befiehlt gehen. Wir kommen«, sagte Slav in Lingua barevi und entblößte seine schartigen Zähne in einem Grinsen, das auch Kris und Coo einschloß.

Sie mußten die Fleischportionen teilen, damit jeder ein Stück abbekam. Lenny und Ninety waren sichtlich beeindruckt.

Anna mußte überredet werden, daß sie aß – hauptsächlich deswegen, weil sie so erschöpft war, entschied Kris, aber Janet meinte, sie würde alles essen, was sechs Beine hätte. Die beiden durften als besonderes Privileg sogar zwei Tassen Wasser trinken.

In diesem Moment entdeckte Zainal den Verband an Kris' Handgelenk.

»Sie verletzt?«

»Nur verstaucht. Nichts Besorgniserregendes«, sagte sie und kam sich ein wenig lächerlich vor, weil sie das Handgelenk umwickelt hatte.

»Sie gehen mit Pess. Führen die Wanderer. Melden sich bei Sarge.«

»Ich wette, er hat einen ganzen Haufen Fragen«, sagte Kris und war froh, daß Slav mit Terranern zurückgekommen war, die Mitford ebenfalls Bericht erstatten konnten. »Aber ich sollte lieber hierbleiben und den Frauen helfen.«

»Nein«, widersprach Zainal mit Nachdruck. »Viel Hilfe. *Sie*», und damit deutete er mit dem Finger auf sie, »besser zum Berichten.«

»Na schön.« Sie gab sich so würdevoll wie möglich geschlagen. Es waren mehr als genug Männer da, um den beiden Frauen zu helfen. Und genügend Deski und Rugarianer, die sich als Träger nützlich machen konnten.

Obgleich Lenny und Ninety protestierten und meinten, sie würden wirklich gerne helfen, verfügte Zainal, daß sie Kris begleiten sollten. Es überraschte sie nicht, daß er auch Aarens und Joe Lattore sowie einige andere Männer mit ihr gehen ließ, die unbedingt dieses tolle Camp sehen wollten, das eingerichtet worden war.

Vom Fleisch und dem Wasser mit frischer Energie versehen, beruhigte Kris die beiden Frauen Anna und Janet und versicherte ihnen, daß sie es bis in den Schutz der Höhlen wirklich nicht mehr weit hätten.

»Wir haben außerdem medizinisches Personal«, tröstete sie Anna.

»Auch Medizin?« fragte Anna hoffnungsvoll.

»Wenn sie Brot gefunden haben, haben sie auch die Grundstoffe für Penizillin, oder nicht?« sagte Kris scherzend, aber sie ahnte, daß Anna auf das Vorhandensein von Betäubungsmitteln hoffte, um ihr die unmittelbar bevorstehende Niederkunft zu erleichtern. Sie verabschiedete sich hastig, um keinen weiteren Fragen ausgesetzt zu werden, die sie nicht beantworten konnte.

Da mit ihren Füßen und Knöcheln alles in Ordnung war, bestimmte Kris, die dicht hinter Pess marschierte, das Tempo. Aarens hielt sich anfangs neben ihr, aber sie war über seine Gesellschaft nicht gerade erfreut und reagierte auf seine Versuche, ein Gespräch in Gang zu bringen, mit knappen geknurrten Erwiderungen, bis er endlich den Wink verstand. Halblaut auf undankbare Schlampen und herrische Weiber schimpfend, ließ er sich bis ans Ende der Marschgruppe zurückfallen.

Kris fragte sich, ob es klug gewesen war, ihn abblitzen zu lassen. Aber er war genau der Typ, den man immer wieder auflaufen lassen mußte, und sein Auftreten regte sie maßlos auf. Da war es schon besser, ihn abzuweisen, als es auf einen Streit, wenn nicht gar auf ein Handgemenge, ankommen zu lassen.

Zwei ziemlich lange Aufstiege wurden beim Licht des zweiten Mondes absolviert. Dabei bezweifelte Aarens mit zornigen Kommentaren die Notwendigkeit derartiger nächtlicher Manöver. Beim dritten Monduntergang wurde sogar Pess langsamer. Aber als der Rugarianer den Eingang zur Schlucht fand, hellte seine und Kris' Miene sich auf. Sie erkannte überrascht das Gelände wieder, das sie zum ersten Mal in einem halbbetäubten Zustand und mit Patti Sue als zusätzlicher Last auf dem Rücken durchquert hatte. Aber eine Landmarke, die einen nach Hause brachte – egal wie dieses Zuhause war –, hob die Stimmung entscheidend.

»Wir sind fast da, Leute. Jetzt kommt der Endspurt«, rief sie nach hinten und streckte und reckte ihre Schultern, die mittlerweile müde nach vorne gesunken waren.

Bei Sonnenaufgang kamen sie in ein Lager zurück, das sich während der vier Tage ihrer Abwesenheit erstaunlich verändert hatte. Als sie um die letzte Kurve bogen, blieb sie abrupt stehen und ließ den Blick über sämtliche Verbesserungen gleiten. Und sie entdeckte auf Anhieb Sergeant Chuck Mitford mehr oder weniger genau dort, wo sie ihn zum letzten Mal gesehen hatte, nämlich in seinem Kommandostand.

Und auch der hatte optisch gewonnen. Der Herd war vergrößert worden, um, wie man sehen konnte, als Grill benutzt zu werden, und in der Mitte loderte fröhlich ein Feuer. Große Steine waren herbeigeschleppt und in einem Halbkreis um Mitfords zentralen »Schreibtisch«, der ebenfalls vergrößert worden war, angeordnet worden. Auf einer Seite lag ein Stapel dünner Schieferplatten, die mit Kreidezeichen beschriftet waren, aber er beschäftigte sich gerade mit etwas Dünnem, wie Papier, und benutzte dazu einen robusten länglichen Gegenstand aus Holz, der tatsächlich so aussah wie ein Bleistift.

Wachtposten besetzten die höhergelegenen Punkte rund um die Lagerschlucht. Die Stufen zur Haupthöhle waren mittlerweile etwas breiter und höher, und sie verfügten über ein Geländer. Auf der anderen Seite der Schlucht fielen ihr mittelalterliche Stöcke ins Auge. Es waren zwei, von denen einer besetzt war, allerdings konnte sie das Gesicht des Sünders nicht erkennen, weil er den Kopf hängen ließ. Die magere Gestalt erinnerte an Arnie. Sie fragte sich, was er wohl verbrochen hatte, um derart bestraft zu werden. Und was für eine neuartige Disziplinierungstechnik!

Kris konnte alle anderen Verbesserungen gar nicht richtig in sich aufnehmen, weil Mitford sie mittlerweile entdeckt hatte. Er grinste, während er sie zu sich heranwinkte.

Als sie der Aufforderung Folge leistete, sah sie, wie er sich zur Seite lehnte und einen ansehnlichen Tonkrug hochhob. Er schien in irgendein seltsames Flechtwerk gehüllt zu sein, und eine kleine Dampfwolke quoll unter seinem Deckel hervor.

»Holen Sie sich einen Stein, Kris, und erzählen Sie mir in aller Ruhe, was die Catteni mit uns vorhaben«, sagte er, deutete ihr an, sie solle ihre Tasse bereithalten, damit er sie füllen konnte. »Wenigstens ist es etwas Heißes, und so schlecht schmeckt es auch nicht. Ich habe schon schlimmeren Kaffee getrunken.«

»Hat die erste Gruppe Ihnen nichts erzählt?« fragte Kris und versuchte, ihr Getränk durch Pusten abzukühlen.

»Ich höre mir jeden an, Bjornsen«, lautete seine Erwiderung, die von einem Stirnrunzeln über ihren Einwand begleitet wurde.

Sie überspielte ihre Verlegenheit darüber, daß sie seine Befragungsmethode in Zweifel gezogen hatte, indem sie einen Schluck aus ihrer Tasse nahm.

Das Getränk hatte einen seltsam minzehaften Geschmack, der die Trockenheit aus ihrem Mund vertrieb. Wenn sie nicht die Tasse in der Hand gehalten hätte, wäre Kris allerdings beinahe dazu verleitet worden, vor Mitford zu salutieren.

Indem sie die Müdigkeit verdrängte, welche ihr erschwerte, die richtigen Worte zu finden, die sie brauchte, lieferte sie einen ihrer Meinung nach detaillierten Bericht über den Verlauf ihrer Mission. Sie beschrieb genau die Gefahren der nächtlichen Müllsammler, die erntereifen Felder, und sie äußerte die Vermutung, daß die Maschinen mit Sonnenenergie betrieben wurden. Mitford quittierte diese Theorie mit einem Kopfnicken und machte sich eine kurze Notiz auf einem der dünnen Blätter.

»Sie haben Papier gefunden, Sarge?« fragte sie verblüfft.

»Baumrinde, ich weiß aber nicht, wie lange die Schrift darauf hält ... ich habe sogar einen Bleistift ...« Grinsend hielt er den dicken Stab hoch. »Einer unserer Geologen hat Graphit gefunden. Die Baumrinde ist viel unempfindlicher als die Schieferplatten. Sie zerbricht und zerbröselt nicht so leicht. Erzählen Sie mal von dieser Idee mit der Sonnenenergie.«

»Sie haben schon davon gehört?«

»Die Gruppen, die sich die Kornkammern angesehen haben, meinten, daß die dort tätigen Maschinen auf diese Weise betrieben würden. Nichts regt sich dort in der Nacht, daher können wir uns ungefährdet bedienen. Aber erzählen Sie weiter. Wie ist die Rettungsaktion gelaufen? Die erste Truppe war derart ausgepumpt, daß die Leute kaum mehr herausbrachten, als daß sie gerettet wurden.« Er schenkte ihr von dem heißen Getränk nach.

»Irgendwann muß ich Ihnen mal sagen, wie froh ich bin, in Ihrer Einheit zu sein«, sagte Kris mit einem dankbaren Lächeln.

»Ach.« Er wischte ihre Bemerkung mit einer Handbewegung weg und senkte für einen Moment bescheiden den Kopf. Dann grinste er sie an. »Warten Sie nur ab, bis

Sie erfahren, was ich mir morgen für Sie ausgedacht habe.«

»Solange ich mich heute ausruhen kann, ist es mir egal, Sarge«, sagte sie und brachte trotz ihrer Müdigkeit ein unternehmungslustiges Lächeln zustande. Das Getränk half ihr dabei, aber dessen Wirkung würde nicht allzu lange anhalten.

»Wir haben fünfunddreißig weitere Flüchtlinge mitgebracht.« Sie schaute sich im Lager um. »Können wir sie überhaupt aufnehmen?«

»Diese und alle, die wir noch finden. Ein paar sind aus dem Süden von einem anderen Landeplatz zu uns gekommen. Entweder haben sie die richtigen Felder gefunden, oder sie haben ganz einfach Glück gehabt. Sie waren froh, unser Lager gefunden zu haben. Wir brauchen jede Verstärkung, damit wir bald unsere Offensive starten können.«

»Unsere was?« Sie starrte Mitford ungläubig an.

»Sie glauben doch nicht etwa, daß ich den Rest meines Lebens auf dieser Dreckkugel verbringen will, oder?« erwiderte Mitford grollend.

Kris schüttelte den Kopf. Mitford machte einen durchaus vernünftigen Eindruck. Und er hatte die Absicht, diese Welt zu verlassen?

»Aber das kommt später. Sind ein paar nützliche Rekruten bei den Neuankömmlingen?« fragte er und kam wieder auf ihren Bericht zurück.

»Nun, ich denke schon, aber ich habe nicht daran gedacht, sie auszufragen. Wir haben eine hochschwangere Frau und eine ältere, die nicht mehr allzu rüstig ist. Zainal hat mich vorausgeschickt.« Mitford nickte. Kris blickte über die Schulter und verfolgte, wie der Rest der Gruppe eintraf.

»Die beiden, die vorne gehen, sind in Ordnung, Iren, die Doyle-Brüder. Dahinter kommt Joe Lattore, und er ist auch okay.« Sie hielt inne, als sie Aarens hinter dem Italiener entdeckte.

»Und der große Bursche?«

Kris zögerte so lange, daß Mitford die Augenbrauen hob. »Er heißt Dick Aarens«, sagte sie so beiläufig wie möglich.

»Ich unterhalte mich selbst mit ihm«, entschied Mitford grinsend, als er ihre Zurückhaltung bemerkte. »Ruhen Sie sich aus, Mädchen. Sie haben achtundzwanzig Stunden dienstfrei.« Er deutete nach oben auf etwas, das aussah wie einen Sonnenuhr. »Sie haben drei Tage dafür gebraucht! Vom Zählen der Sandpartikel pro Sekunde bis hin zur Stundenunterteilung. Immer noch ziemlich grob, meinen sie, und keine Greenwich-Zeit, aber immerhin ein Fortschritt.« Stolz schwang in seiner Stimme mit.

»Jetzt ist es schon fast wie daheim«, lobte sie.

»Der einzige Unterschied sind die achtundzwanzig Stunden, die der Planet für eine Umdrehung benötigt.«

»Und die Stöcke? War das Ihre Idee?«

Mitford lachte verhalten, ohne von seinen Notizen hochzuschauen. »Wir haben zu viele Zeitgenossen«, – er sprach das Wort aus, indem er jede einzelne Silbe besonders betonte – »die uns das Leben nicht dadurch einfacher machen wollen, daß sie verschwinden, wenn ihnen nicht gefällt, wie wir unser Leben gestalten. Ruhen Sie sich aus, Mädchen.« Er klopfte ihr auf die Schulter und deutete mit einer Kopfbewegung auf die Höhle.

Dann rief er die Neuankömmlinge zu sich. Die Doyles reagierten erstaunt, als sie ihre Namen hörten, und Aarens schickte Kris einen wütenden Blick.

Am oberen Ende der Treppe fielen ihr weitere Anzeichen durchorganisierter Arbeit auf – einzelne Arbeitsbereiche auf der Felsleiste und die Kreideinschrift ›Eig'ner Höhlenherd ist Goldes wert‹ über dem Eingang. Auf der Wandfläche, wo die Leute ihre Namensvorschläge für den Planeten eingetragen hatten, war das Wort »Botany« unterstrichen. Alle anderen Namen waren weggewischt worden. Kris grinste. Endlich hatte ihre neue Heimat einen Namen.

Drinnen war die Frühschicht damit beschäftigt, Feuer zu schüren, Tontöpfe an Dreibeinen aufzuhängen und ungleichmäßig geformte Müslischüsseln aus Ton auf Tischen zu verteilen. Neben den Kochherden entdeckte sie Schüsseln mit einem groben Salz. Auf den Wandregalen standen weitere Schüsseln und Töpfe: Sandy Areson war sehr fleißig gewesen.

»Kris!« kreischte eine Stimme, und dann wurde sie von Patti Sues Armen umschlungen, ehe sie die Chance bekam, sich vor dem Mädchen in Sicherheit zu bringen, das sie nun mit ihren Tränen regelrecht überschüttete.

»Ich habe Ihnen doch gesagt, daß sie sicher zurückkommt, Patti«, meinte Sandy, kam herüber und zog das Mädchen von Kris weg. »Sie ist jetzt müde und schmutzig, und Sie sollten ihr nichts vorheulen. Ihr geht es gut, Kris«, fügte Sandy hinzu. »Sie war überzeugt, daß Mitford Sie in Gefahr gebracht hat.«

»Nein, wir haben andere Leute aus großer Gefahr befreit, Patti«, erzählte Kris, »und es ist eine Frau dabei, die vor allem Ihre Hilfe braucht. Sie heißt Anna Bollinger und ist offenbar hochschwanger. Sandy, wer hat ärztlichen Bereitschaftsdienst, um sie sich anzusehen, wenn sie eintrudelt? Die anderen sind höchstens zwei Stunden hinter uns.«

»Ich kümmere mich darum. Haben Sie Hunger, Kris?«

»Ich hab' gerade einen Riegel gegessen, aber ich könnte ein Bad ganz gut gebrauchen.«

»Ich hole einen frischen Overall und wasche Ihren, während Sie schlafen«, sagte Patti voller Eifer, sich nützlich zu machen.

»Also, Patti, Sie haben heute Frühstücksdienst.«

»Ich weiß, ich weiß«, sagte das Mädchen, während es zur anderen Seite der Höhle ging, wo weiteres Eßgeschirr und andere Utensilien aufgebaut waren. »Ich wollte doch nur, daß sie von den neuesten Verbesserungen erfährt.«

Sandy hob beide Hände, lächelte Kris an und kehrte an

ihren Kochtopf zurück. Er war undicht, und sein Inhalt tropfte ins Feuer und verdampfte knisternd, aber selbst diese primitive Version eines Topfes war besser, als überhaupt kein Kochgefäß zur Verfügung zu haben.

»Ist es nicht möglich, für Sie einen Brennofen zu bauen?« erkundigte sich Kris, als sie erkannte, daß die Töpferwaren lediglich in der Sonne getrocknet worden waren.

Sandy grinste selig. »Mitford hat die Prioritäten genau richtig verteilt. Die ›Spezialisten‹« – dabei verdrehte sie vielsagend die Augen – »arbeiten bereits an einem bienenkorbförmigen Modell. Murph hat sowohl für mich als auch für seine eigene Esse Blasebälge gebastelt. Jack, der Nagel, hat besonders hartes Holz gefunden, das beim Verbrennen ziemlich hohe Temperaturen entwickeln dürfte. Wir sind also dabei, das Problem zu lösen. Und bis ich meinen Brennofen habe, mache ich mich hier nützlich, so gut ich kann.« Sie lachte Kris fröhlich an, während sie mit einer Hand eine Rauchschwade vor ihrem Gesicht wegfächelte. »Gehen Sie baden.«

Den ganzen Weg bis zum See hinunter tanzte Patti neben Kris her und erzählte ihr, wie sie den Ton gefunden und selbst auch zwei Tassen geformt hatte, die getrocknet worden waren. Aber sie brauchten wirklich einen Brennofen, um bessere Ergebnisse zu erzielen. Dann hatten sie auf einem Getreidefeld in der Nähe einige sehr schmackhafte Wurzeln ausgegraben, die fast genauso schmeckten wie Kartoffeln, nur daß die Deski sie nicht verzehren konnten, ohne daß ihnen davon furchtbar übel wurde. Kris verzog schmerzhaft das Gesicht, als ihr einfiel, daß sie vergessen hatte, Mitford mitzuteilen, daß Coo eine Pflanze gefunden hatte, die für die Deski durchaus bekömmlich war. Der Tunnel zum See war nun ausreichend beleuchtet. Es gab auch eine Holztreppe, die nach unten führte, einen gut beleuchteten Bereich, einige Haken zum Aufhängen der Kleider und einen grob geflochtenen Weidenkorb, der mit teichkolbenförmigen Schoten gefüllt war.

»Wo habt ihr die Weide gefunden?« fragte Kris, als sie die Konstruktion erkannte.

»Ach, das war Bob, der Kräutermann. Er findet alle möglichen nützlichen Dinge. Zwei Patrouillen stehen unter seinem Kommando.«

»Und was ist das?« fragte Kris und nahm eine der Schoten aus dem Korb.

»Sie werden schon sehen.« Patti Sue kicherte voller Vorfreude auf die Überraschung.

Dann bemerkte Kris, daß ein Floß installiert worden war, damit man sicherer baden konnte, und daß sich sogar im Seeufer Stufen befanden. Kris streifte den stinkenden, schmutzigen Overall ab und ließ sich ins Wasser gleiten.

»Da, nehmen Sie.« Patti reichte ihr eine eiförmige Kapsel. »Es ist zwar keine richtige Seife und es ruiniert einem den Teint, aber es reibt den Schmutz und den ... Gestank ... von der Haut.«

Kris hätte sogar ein Scheuerkissen für Kochtöpfe dankbar angenommen, so fühlte sich die Schote nämlich an. Sie verströmte einen seltsamen – fast stechenden – Kräutergeruch, und das war durchaus willkommen nach dem bisherigen Gestank. Sie spülte sich gründlich ab und stieg aus dem Wasser.

In diesem Moment brach Patti mit einer übertrieben feierlichen Geste einen der Teichkolben auf, dessen Inhalt sich zu einem weißen Gewebekissen aufblähte.

»Ihr Badetuch, Madam!« Sie registrierte Kris' verblüffte Miene mit einem zufriedenen Grinsen. »Es funktioniert sogar und saugt das ganze Wasser auf. Die gebrauchten werfen wir in den anderen Korb. Sobald sie getrocknet sind, kann man sie sehr gut zum Feueranzünden verwenden. Wir sind ganz schön clever, nicht wahr?« Sie kicherte, während sie Kris den frischen Overall reichte.

»Ich glaube, wir brauchen tatsächlich den ganzen Achtundzwanzigstundentag, um alles zu erledigen«, murmelte Kris.

Erfrischt und sauber war Kris endlich bereit, ihrem Körper die Ruhe zu gönnen, die er dringend brauchte. Sie gähnte in einem fort, während sie zur Schlafhöhle schlenderte. Dort hatte sich ebenfalls einiges verändert. Sie fand Betten vor, die aus Zweigen und Teichkolben bestanden.

Sie streckte sich auf einem der Lager aus, drehte sich auf die rechte Seite, seufzte erleichtert auf, als ihre lädierten Hüften ins weiche Polster einsanken, und spürte nicht einmal mehr die Decke, die Patti liebevoll über sie breitete.

Kapitel Sieben

Der aromatische Duft von gebratenem Fleisch weckte Kris, obgleich es wahrscheinlich gewesen wäre, wenn ihr leerer Magen seine Signale gesandt hätte. Sie konnte gedämpfte Stimmen hören – angenehme Stimmen. Interessiert rollte sie sich aus dem plattgelegenen Bett. Ein weiteres Lager in ihrem Höhlenraum war mit einem Schläfer besetzt, und sie schlüpfte so leise wie möglich in ihr Schuhwerk und ging hinaus.

Weder Sandy noch Patti waren in der Haupthöhle zu sehen, aber sie entdeckte Bart und ging zu ihm hinüber, um zu versuchen, sich bei ihm eine Mahlzeit zu organisieren.

»Hey, Kris«, sagte der Mann und lächelte sie freundlich an, »Sie waren ganz toll!« Er häufte eine Portion von dem Essen, das auf dem Herd stand, auf einen fast kreisrunden Tonteller.

»Ich? Wobei?« fragte sie leicht irritiert. Als er ihr auch noch eine hölzerne Gabel reichte, weiteten sich ihre Augen. »Das ist ja ein Luxus wie zu Hause!«

»Wir machen Fortschritte. Und ich meine die Rettung der Leute, die von den Mechanos eingesperrt wurden.«

»Ach das ... Das war Zainal. Er wußte, wie man die Türen aufbekommt.«

»Ja, aber ich frage mich schon die ganze Zeit, *woher* wußte er, wie man sie öffnet?«

»Also, ich bitte Sie ... Bart!« Kris verging blitzartig das freundliche Grinsen. »Er wußte es, na und? Vielleicht hätte ich es auch geschafft, wenn ich eine Haarnadel oder eine Kreditkarte zur Verfügung gehabt hätte, was ich nicht hatte. Türschlösser sind doch überall gleich. So viele verschiedene Konstruktionen gibt es nicht. Er hat sich den Mechanismus angesehen und ihn überwunden. Wichtig ist alleine, daß er das Schloß aufbekommen hat und wir die Leute rausholen konnten, ehe sie getötet wurden.«

»Ich habe gehört ...« setzte Bart unsicher an.

»Was Sie gehört haben und was wirklich passiert ist, können durchaus völlig verschiedene Dinge sein. Von wem haben Sie es denn gehört?«

Bart trat unbehaglich von einem Fuß auf den anderen. »Von einem der Typen, die mit Ihnen zurückkamen.«

»Er hieß doch nicht etwa Aarens, oder?« fragte Kris, und ihre Stimme troff vor Spott. »Als nächstes bekommen Sie wahrscheinlich von ihm zu hören, daß wir nicht auf Mitford hören sollen, weil er ein Sklaventreiber, ein strenger Zuchtmeister ist, der uns alle in Gefahr bringt. Was fällt ihm eigentlich ein, er ist immerhin nur Sergeant, und was weiß er schon?« Kris deutete mit einer ausladenden Geste auf die bestens aufgeräumte Küchenzeile, auf die Töpfe und Schüsseln, auf die Wasserbehälter, auf die Leute, die sorgsam die ihnen übertragenen Arbeiten ausführten. »Nun, Mitford weiß genug, um uns zu organisieren, damit wir unser Schicksal selbst in die Hand nehmen, würde ich meinen. Aarens ist ein Unruhestifter, und er fing an zu meckern, kaum daß wir ihn aus dem Stall rausgeholt hatten.«

Bart sah Kris erstaunt an. Ihr Zornesausbruch gefiel ihm gar nicht. Daher lächelte er sie wieder an.

»Sie sind viel zu klug, um auf solchen Mist hereinzufallen, Bart, und was ich da auf dem Teller habe, riecht einfach viel zu lecker, um es kalt werden zu lassen.« Sie ließ sich auf einem halbwegs bequemen Stein nieder und begann zu essen. »Soll ich Ihnen die Fakten über die große Rettungsaktion erzählen? Ich fände es schade, wenn Sie über mich eine schlechte Meinung hätten, nur weil ich mich für denjenigen einsetze, der für die Rettung von fünfundvierzig Menschen – sechsundvierzig, wenn Anna ihr Baby bekommt – verantwortlich ist.«

Sein Gesichtsausdruck verriet ihr, daß nicht *sie* es war, über die er eine schlechte Meinung hatte, daher mußte sie unbedingt die Tatsachen zurechtrücken.

»Naja, vielleicht habe ich das Ganze auch nicht richtig verstanden ...«

»Es war einer der schlimmsten Momente meines Lebens, als ich in diesem Stall aufwachte«, sagte sie und erschauerte. Als Jay Greene sie entdeckte, beantwortete sie noch immer Barts Fragen.

»Der Sarge braucht Sie, Kris«, sagte er.

»Eine köstliche Mahlzeit, Bart«, schwärmte Kris, stand auf und schaute sich nach einem Platz um, wo sie ihren benutzten Teller mitsamt Gabel deponieren konnte.

Bart deutete grinsend zum Durchgang. »Draußen, links von Ihnen. Aarens hat Küchendienst.«

»Es gibt keinen Besseren dafür«, sagte sie und folgte Jay hinaus.

»Das mache *ich* schon«, sagte Jay und nahm ihr den Teller aus der Hand. »Sie brauchen nicht mit Aarens zusammenzutreffen.«

»Weshalb? Erzählt er schlimme Dinge über mich? Oder über Zainal?«

Jay schnaubte. »Keine Sorge. Mitford hat ihn durchschaut.«

»Gilt das auch für die anderen?« fragte Kris gespannt. »Zur Hölle, es wäre viel besser für ihn – für uns –, wenn er durch den Fleischwolf gedreht worden wäre«, fügte sie wütend hinzu.

»Wenn er so weitermacht, dann verbringt er einige Zeit im Stock.«

»Was ihn am Ende in seiner Meinung über diese jämmerliche Truppe nur bestärken dürfte.«

»Wen interessiert das?«

»Apropos Interesse ...« Sie waren mittlerweile draußen im hellen Sonnenschein. Mitford war immer noch dort, wo sie ihn vor – sie warf einen Blick auf die Sonnenuhr – gut neun Stunden zurückgelassen hatte. »Schläft er denn nie?« Ihre Frage war rein hypothetisch, denn sie redete gleich weiter. »Wie geht es Anna Bollinger, unserer Schwangeren?«

»Der Arzt meint, sie ist völlig okay. Obgleich sie um ihren Mann trauert.« Er schnalzte mit der Zunge. »Janet kümmert sich besonders sorgfältig um sie ... Janet und Patti Sue. Wurde das Mädchen mal vergewaltigt?«

»Ich vermute es.«

»Hat sie nie darüber gesprochen?«

»Es wird wohl noch einige Zeit dauern, bis sie über das reden kann, was mit ihr passiert ist.«

»Tatsächlich?«

»Gefällt sie Ihnen?«

»Sie ist reizend«, sagte Jay und schüttelte traurig den Kopf.

»Lassen Sie ihr ein wenig Zeit.«

»Daran habe ich auch schon gedacht.«

Kris ging die Treppe hinunter, während Jay sich nach links entfernte, wo Aarens unbeholfen Tassen mit Faserkissen der Teichkolben trockenwischte. Sie mußten einen unerschöpflichen Vorrat dieser Dinger gefunden haben, wenn sie auf so vielfältige Weise verbraucht wurden.

Der Mann im Stock war verschwunden, und Kris bedauerte, Jay nicht nach seinem Vergehen gefragt zu haben. War das der Grund, weshalb er sich danach erkundigt hatte, ob Patti Sue vergewaltigt worden war? Mitford hatte tatsächlich ernst gemeint, was er über die Bestrafung von Männern geäußert hatte, die Frauen belästigten.

Kris hörte Schritte auf dem Fels hinter sich und blickte über die Schulter. Sie sah Zainal und hinter ihm Slav und Coo. Ob die drei wohl zusammen in einer Höhle gewesen waren? Jeder sah sauber und ausgeruht aus.

»Was machen Sie denn schon so früh?« wollte sie wissen.

»Ich habe viel geschlafen«, antwortete Zainal lächelnd, wobei seine merkwürdigen gelben Augen vergnügt funkelten. »Slav und Coo ebenfalls ausgeruht. Vieles zu tun.«

»Viel zu tun«, korrigierte sie ihn automatisch und fügte hastig hinzu: »Aber Sie lernen wirklich schnell.«

»Muß auch lernen«, erwiderte er freundlich.

»Wir alle lernen«, sagte Slav mit seiner einschmeichelnden Stimme. »Hi, Krisssss«, fügte er hinzu und betonte dabei den Zischlaut.

In diesem Moment gaben die Deski im hochgelegenen Ausguck mit einem schrillen Pfeifen Alarm und tauchten sofort danach weg.

»Flieger?« rief jemand besorgt.

Sämtliche Aktivitäten im Lager kamen zum Erliegen. Eine knappe Sekunde später suchte jeder, der sich unter freiem Himmel aufhielt, die nächste Deckungsmöglichkeit auf. Kris schaute zum Himmel, drehte sich ebenso wie Zainal, Coo und Slav, um den Horizont abzusuchen. Das gleiche tat auch Mitford in seiner exponierten Position auf dem Grund der Schlucht.

Coo stieß einen seltsamen und durchdringenden Schrei aus, der von oben in gleicher Weise beantwortet wurde.

»Großes Ding«, sagte der Deski, breitete die Arme aus und deutete so die Ausmaße an. Er verdrehte die Augen. »Schleeeeeecht. Schlecht, schlecht, schlecht, schlecht«, wiederholte er, schüttelte den Kopf und hielt sich dann die Ohren zu. Aber das war nur ein Schutz vor dem Lärm, der sehr, sehr laut war – wie ein halbes Dutzend U-Bahnzüge, die quietschend und ratternd auf einen zurasten –, und weniger ein Hinweis auf die drohende Gefahr. Kris verglich die Intensität des Getöses mit der Explosion einer Lärmbombe. Ihre Knochen begannen zu vibrieren. Sogar das Gestein unter ihren Füßen wurde in Schwingungen versetzt.

Sie wollte fragen, woher der Lärm kam und wodurch er erzeugt wurde, aber ihre Stimme war überhaupt nicht zu verstehen.

Zuerst erschien der Schatten ... lang und viel breiter als die Schlucht, sogar breiter noch als der Berg, den die

Schlucht durchschnitt. Der Schatten kam näher und näher, und dann erkannte sie den plumpen Rumpf des Leviathans, der brummte und dröhnte und immer noch die gesamte Umgebung erzittern ließ.

Das Gebilde näherte sich, wobei der Rumpf sich nach unten neigte, als wollte es landen. Kris schätzte, daß es sich noch mehrere tausend Fuß über ihnen befand, als es die Sonne ausblendete wie ein gigantischer Sonnenschirm. Das Vehikel war mit allen möglichen Erhebungen versehen, langen und dünnen, gedrungenen, und runden Scheiben, mit allen möglichen langen Stangen und Stäben, die hier und da eingesetzt waren, sogar auf den massiven Rumpftoren, die unendlich lang und breit waren. Es schien Stunden zu brauchen, um über sie hinwegzufliegen. Mittlerweile waren einige Leute, angelockt durch den Lärm, den es verursachte, wieder nach draußen zurückgekehrt und starrten zu dem Ungetüm hinauf. Ihre Neugier war stärker als ihre anfängliche panische Angst.

Unterdessen war Kris den anderen bis zur nächsten Erhebung gefolgt – Mitford, Zainal, Jay Greene, Slav, Coo und die Doyles gingen voraus. Hinzu kamen noch ein halbes Dutzend andere Männer und Frauen, die sich dieses Vehikel eingehend ansehen wollten.

»Es bewegt sich in Richtung des Schlachthauses«, rief Kris so laut sie konnte.

»Ja«, sagte Mitford nachdenklich und fuhr sich mit der Hand über den Mund. »Erkennen Sie es wieder, Zainal?«

Der Catteni schüttelte langsam den Kopf, ohne zu Mitford zu blicken.

»Catteni haben kein so großes Schiff.« Er schien von seiner Größe ebenso überwältigt zu sein wie alle anderen. »Seltsame ...« Er fuchtelte mit der Hand herum auf der Suche nach dem richtigen Wort.

»Konfiguration?« fragte Jay.

Zainal schüttelte den Kopf und zeichnete mit den Händen Linien in die Luft, die den Vorsprüngen und Erhebungen des Schiffsrumpfes zu folgen schienen.

»Oh, diese meinen Sie. Ja, die Schiffe, mit denen Sie auf der Erde landeten, sahen nicht so aus wie dieses.«

»Nein.« Zainal lächelte auf Jay herab. »Zu groß, nicht gut.«

»Nun, ich denke, daß die Größe ganz entscheidend war«, erwiderte Jay.

Sie schauten dem Gebilde nach, bis es nicht mehr zu sehen, aber immer noch zu hören war. Sie konnten deutlich ausmachen, wie es in einen anderen Gang schaltete … oder was immer mit den Maschinen geschah, so daß deren Klang sich änderte.

»Schwebt es etwa auf der Stelle?« fragte Mitford, der nicht glauben wollte, was seine Ohren ihm mitteilten. Er schüttelte den Kopf. »Ich möchte auf keinen Fall eine derartige Masse vom Boden hochwuchten.« Er seufzte. »Wie schaffen die es?« Er blickte fragend zu Zainal, der nur erneut die Achseln zuckte und den Kopf schüttelte. Zum ersten Mal entdeckte Kris in Zainals Miene so etwas wie Unsicherheit oder gar Furcht.

Kris schluckte. »Wenn wir gestern nicht die Leute rausgeholt hätten …«

Mitford nickte. »Sie haben Ihre Sache gut gemacht, Bjornsen.«

»Zainal hat das meiste getan, Sarge«, sagte sie schnell.

Mitfords verhaltenes Lachen war nicht zu überhören, und er klopfte ihr anerkennend auf die Schulter.

Niemand verließ den ungemütlichen Beobachtungsplatz auf dem Berg, weder Mensch noch Alien. Dann vernahmen sie deutlich eine zweite Veränderung des Maschinenlärms. Sie hörten außerdem das Heulen von Raketen, oder was immer das mächtige Schiff antrieb, als es in den Himmel stieg. Es kam wieder in Sichtweite, diesmal mit aufwärts gerichteter Nase. Kris empfand tiefe Ehrfurcht vor einer Technologie, die eine solche Antriebsenergie erzeugen konnte. Es war kein schönes

Vehikel, so wie es die *Discovery* oder *Challenger* mit ihren Deltaflügeln und Asbestplatten gewesen waren. Es hatte eine Dreiecksform und eine stumpfe Nase, war jedoch nicht weniger eindrucksvoll.

»Haben Sie keine Lust, schnell wieder runterzulaufen und nachzuschauen?« fragte Mitford. Er hatte sich an Zainal, Coo und Slav gewandt.

»Natürlich haben wir Lust«, sagte Kris und schluckte dann verlegen, weil sie sich eigentlich nicht hatte freiwillig melden wollen.

»Nicht Sie, Kris, Sie haben dienstfrei.«

»Wenn ich dienstfrei habe, dann sie aber auch. Ich bin genauso neugierig wie alle anderen. Ich kann einfach nicht glauben, daß das Schiff alles, was da unten war, so mir nichts dir nichts aufgesogen hat und dann verschwunden ist.«

Mitford legte die Hände als Schalltrichter an den Mund und rief etwas zu den Leuten auf dem Grund der Schlucht hinunter. »Dowdall, schicken Sie einen Trupp zum Getreidespeicher. Sie sollen nachsehen, ob er geleert wurde.«

»Oh, mein Gott«, stöhnte Kris. Sie kam sich wieder völlig hilflos und verletzlich vor. Und außerdem hatten sie noch mehr Leute mitgebracht, die satt werden wollten.

»Machen Sie sich keine Sorgen«, beruhigte Mitford sie. »Eigentlich haben wir genügend Vorräte, wenn man es genau betrachtet.«

Also machten die beiden Trupps sich auf den Weg. Kris hatte den Eindruck, als brauchten sie für den Weg zurück zum Schlachthaus nur halb so lange, wie sie von dort zum Camp gebraucht hatten. Als sie am Ziel eintrafen, war das Kistengebirge verschwunden. Dafür trafen sie auf stapelweise zusammengeklappte Behälter. *Das wäre eine mögliche Erklärung für die Dellen und Kratzer,* dachte sie, immer noch unter dem Eindruck der Menge stehend, die das Schiff in sich aufgenommen hatte. Hatten sie so etwas wie Materietransmitter? *Beam mich rauf, Scotty,* war der nicht ganz ernste Gedanke, der durch Kris' Bewußtsein tanzte, bis sie in ein hysterisches Lachen ausbrach, um ihn zum Schweigen zu bringen.

»Es ist schon gut, Kris«, sagte Zainal, dessen Aussprache sich von Mal zu Mal besserte. Er mußte ein ungewöhnliches Sprachgefühl besitzen. Irgendwie beruhigte sie das viel mehr als seine Worte oder der Arm, den er kurz um ihre Schultern legte. »Wir überprüfen die Ställe.«

»Wie?« Dabei deutete Kris auf die freie Fläche, die mit einem Kistengebirge bedeckt gewesen war. Bis zum ersten Stapel zusammengeklappter Kisten ging es sechs oder sieben Meter hinunter. Sie fühlte sich durch diese Veränderung plötzlich total desorientiert.

Zainal deutete auf das steinige Gelände. Erst jetzt erkannte Kris, daß die Maschinen den Kistenlagerplatz und die Stallungen direkt aus der Felswand herausgeschnitten hatten. Soweit sie es verstanden hatte, war das Getreidelager ebenfalls in soliden Fels eingebettet. Kein bebaubares Land wurde durch derart wichtige Einrichtungen besetzt. Wenn es so auf dem gesamten Planeten aussah, dann war es eine erstaunliche Vorgehensweise. *Und dann kommen ein paar Menschen,* dachte sie, *und verderben alles.*

Die Ställe waren leer, desinfiziert und bereit für die nächsten vorübergehenden Bewohner. Waren die Gefangenen auf diesem Planeten während der Ernte- und Schlachtperiode abgesetzt worden? Wie oft erschienen die Monster, um alles einzusammeln? Monatlich, alle zwei Monate? Halbjährlich? Welche Jahreszeit herrschte gerade auf dem Planeten? Es war mild genug für den Frühling, aber die Pflanzen auf den Feldern waren reifer, als man es zur Frühlingszeit erwarten konnte. Und sie hatte gehört, daß Getreide in die Lagerhöhlen gefüllt wurde, was auf eine Herbsternte hinwies.

Die andere ins Auge springende Tatsache war, daß die

Betreiber der Maschinen wahrscheinlich ebenso Allesfresser waren wie die Humanoiden. Und ebenso viel Nahrung brauchten, so daß sie gezwungen gewesen waren, hochspezialisierte Maschinen zur Kultivierung und Bearbeitung der Ackerflächen und des Schlachtviehs zu entwickeln. Und eine ausreichende Anzahl von Planeten zur Verfügung hatten, um den größten Teil dieses – oder gar des ganzen – Planeten für die Nahrungsmittelproduktion zu nutzen. Das Sammelschiff sowie die Mechanos ließen auf einen extrem hohen technologischen Entwicklungsstand schließen. Aber trotz der Tatsache, daß die Catteni weitgereist waren und selbst auch eine umfangreiche Forschung betrieben, kannte Zainal den eingesetzten Schiffstyp nicht, und seine Untersuchungen hatten ergeben, daß der Planet unbewohnt war. Natürlich, wenn auf dem Planeten nichts anderes als Maschinen zu finden waren, traf das im strengen Sinne zu. Nur warum hatten die Catteni die Maschinen nicht während ihrer regelmäßigen Besuche zu sehen bekommen? Die Catteni hatten den Planeten doch nicht etwa nur bei Nacht untersucht? Oder während einer Ruhephase in den ›Winter‹-Monaten? Kris' Kenntnisse von der Landwirtschaft sagten ihr, daß es nur wenige »Ruhephasen« auf einer Farm gab. Im Grunde gab es das ganze Jahr über eine Menge zu tun. Und wie sähe überhaupt der Winter auf Botany aus?

Dann bestand Zainal unbekümmert darauf, daß sie auch einen Blick in die »Garagen« warfen, wo seltsame Fahrzeuge mit einer Menge merkwürdiger Zusatzeinrichtungen darauf warteten, aktiviert zu werden.

»Sie reagieren nicht auf Menschen. Keine Angst!« versicherte er Kris, und sie war so verblüfft über seine Selbstsicherheit, daß er schon in der Garage verschwunden war, ehe sie ihre Bedenken äußern konnte.

Eine Maschine, die sie dort fanden, war an eine Rahmenkonstruktion angeschlossen, die blinkte und piepte. Etwa eine Inspektionsanlage? Kris wünschte sich, sie hätten jemanden mit umfangreichen technischen Kenntnissen mitgenommen. Aber wie hätten sie erwarten können, daß sie Gelegenheit bekämen, sich so ungestört und gründlich informieren zu können? Ein wenig von der Baumrinde und ein Bleistift, um Zeichnungen von den verschiedenen Mechano-Typen anzufertigen, die in den Garagen standen, hätte schon ausgereicht. Die letzte der geräumigen Kammern enthielt unzählige Säcke mit unbekanntem Inhalt. Die Logik sagte ihr, daß es sich um Saatgut oder möglicherweise Dünger handelte. Waren die Säcke von dem Ungetüm abgeladen worden, das Fleisch abgeholt hatte? Mit dem Messer öffnete sie einige Säcke und holte aus allen Proben heraus. Die eine Hälfte der Ladung bestand aus Saatgut und die andere Hälfte, dem Geruch nach zu urteilen, aus Dünger.

Beim ersten Mondaufgang kehrte die Patrouille wieder ins Lager zurück. Kris hatte keinerlei Einwände, als Coo und Slav andeuteten, daß sie sich vorerst nichts anderes als eine ausgiebige Pause wünschten. Doch sie und Zainal mußten vorher noch zu Mitford und ihm ausführlich Bericht erstatten.

»Sie haben also das Getreide nicht abgeholt, Bjornsen«, stellte Mitford fest, aber sie hatte den Eindruck, daß er deprimiert war. »Was haben Sie sonst noch vorgefunden?«

Während Kris es ihm schilderte und dabei auch ihre Vermutungen äußerte, als sie ihm die Proben vorlegte, die sie mitgebracht hatte, holte Zainal mehrere große Stücke Papierrinde hervor und begann auf ihnen zu zeichnen. Zweimal verlor Kris den Faden bei ihrem Bericht, als sie seine detaillierten Darstellungen der verschiedenen Maschinentypen sah, die sie in den Garagen vorgefunden hatten. Mitford schaute gelegentlich hin und beobachtete ansonsten Zainals Gesicht, während der Bleistift des Catteni über die Zeichenfläche huschte. Seine Skizzen kamen Kris bemerkenswert genau vor. Zainal begutachtete sein Werk, nahm notwendige Veränderungen vor und korrigierte die eine oder andere Linie. Sie hatten tatsächlich einen Techniker in der Gruppe gehabt, dachte Kris, oder etwa nicht? Zainal verfügte über erheblich mehr Begabungen, als sie bisher hatten erkennen können.

»Das sind sie«, sagte Zainal und reichte Mitford das Blatt hinüber.

»Hey, Bob der Kräutermann, Mack Su, Capstan, Macy, alle mal herkommen, und bringt die Zeichnungen von den Getreidekammern mit«, brüllte Mitford mit seiner Exerzierplatzstimme, dann lächelte er Zainal und Kris bewundernd an. »Es gibt eine ganze Reihe von diesen Dingern. Wir müssen uns nur etwas einfallen lassen, wie wir sie stillegen.«

»Weshalb?« platzte Kris heraus.

»Genauso wie Sie, Bjornsen, nehme ich an, daß Humanoiden diese Art der Nahrungsmittelproduktion betreiben, da sie offensichtlich die gleichen Nahrungsmittel wie wir benötigen. Allerdings«, fuhr er fort, »haben wir es offenbar mit einer technisch sehr hoch entwickelten Rasse zu tun.« Kris nickte bestätigend. »Das Auftauchen des Schiffes läßt auf eine Art regelmäßiger Überwachung schließen. Deshalb muß eine ständige Beobachtung stattfinden, selbst wenn wir bisher noch keinen zentralen Kontrollpunkt gefunden haben.«

Kris fragte sich unwillkürlich, wieviel von diesen Ausführungen Zainal wohl verstehen mochte, aber er lauschte auf jeden Fall mit jeder Faser seines imposanten Körpers. Sie konnte die Anspannung seiner Oberschenkel durch den Stein spüren, auf dem sie beide saßen. Seltsam, daß sie gegen einen Körperkontakt mit Zainal nichts einzuwenden hatte, aber er war in dieser Hinsicht überaus zurückhaltend und so ganz anders als einige Kerle mit ihren dreisten, ständig umherwandernden Händen, die sie im Laufe der Zeit kennengelernt hatte.

»Wenn wir die Maschinen in irgendeiner Form beschädigen, wird sicherlich jemand nachschauen kommen«, schloß Mitford.

»Und wir sollen sie einfach überwältigen?« fragte Kris. Allein die Vorstellung, in ein Schiff von der Größe des Sammlers einzudringen, machte ihr schon Angst. Vor allem, da sie keine anderen Waffen hatten als Messer, Äxte, Speere und Pfeil und Boden. Sie lachte krampfhaft.

»So lächerlich ist das gar nicht, Bjornsen. Es gibt mehr als nur eine Methode, um in ein Raumschiff einzudringen. Und ich gehe mehr oder weniger davon aus, daß dieses Inspektionsschiff sehr viel kleiner ist und über eine lebendige Mannschaft aus Fleisch und Blut verfügt und nicht nur von Maschinen gesteuert wird. Maschinen sind ideal für Routinejobs, aber um Situationen zu bewerten, ist ein richtiges Gehirn vonnöten.«

»Was dann?«

»Eins nach dem anderen. Erst einmal soll das Inspektionsschiff herkommen.«

Die Leute, die Mitford gerufen hatte, trafen ein, und dann rief er nach einem Koch und verlangte, daß er zwei Portionen Essen brachte. Offenbar hatte er gehört, wie heftig Kris' Magen knurrte.

»Wir haben uns den Kopf zerbrochen, während Sie sich umgesehen haben, daher bringe ich Sie auf den neuesten Stand, Zainal, Bjornsen«, sagte er und nickte den beiden zu, ehe er sich an die anderen Angehörigen der Patrouille wandte. »Coo, Slav, holen Sie sich etwas zu essen.« Er deutete auf die Haupthöhle. »Und vielen Dank. Ach ja, Coo, Bob der Kräutermann hat noch mehr von dem grünen Zeug gefunden, das Sie so sehr mögen.«

Coo nickte dankbar und eilte mit dem Rugarianer auf kürzestem Weg zur Haupthöhle. Mitford schaute ihm nach.

»Die Proviantriegel sind jetzt für Deski, Ilginish und Turs reserviert, Leute. Wir anderen können uns von dem ernähren, was der Planet hervorbringt. Sie aber nicht.«

»Tatsächlich?«

»Nicht bevor wir etwas gefunden haben, das ihre Mägen nicht abstoßen.« Mitford verriet mit seinem tiefen, resignierenden Seufzer, daß ihm das Problem erhebliche Sorgen bereitete. Er war mit Leib und Seele Führer und wollte, daß es all seinen Leuten gutging, vor allem wenn sie über Fähigkeiten verfügten wie die Deski. »Die Köche stellen eine Art Pemmikan für die Patrouillen her, daher solltet ihr nicht Maschinen durcheinander bringen, indem ihr deren Viehherden verkleinert.« Er grinste. »Wie haben Sie diese Tiere genannt, Kris? Luh-Kühe.« Er verschluckte ein Lachen.

»Sarge, ich nahm an, Sie *wollten*, daß wir die Mechanos stören«, sagte Kris, die in diesem Punkt Klarheit haben wollte.

»Wir *planen* eine solche Störung« – er lächelte wieder – »aber ich möchte nicht, daß einer von unseren Leuten draußen auf den Feldern von den Pfeilen erwischt wird. Daher legen wir den Mechanismus lahm. Okay, Leute«, sagte er zu den Neuankömmlingen. Capstan und Macy waren Kris fremd, aber sie schienen zu wissen, wer Kris und Zainal waren. Mitford ließ Zainals Skizzen herumgehen. »Zainal hat den Mechano-Typ gezeichnet, der am Schlachthaus anzutreffen ist. Nach meinem Dafürhalten unterscheidet er sich ein wenig von dem Modell bei den Getreidesilos.«

»Eine hochspezialisierte Technik«, sagte Su, blätterte die Zeichnungen durch, hielt mehrmals inne, um sich eine mit zusammengezogenen Augenbrauen anzusehen, ehe er den ganzen Stapel zu Capstan hinüberschob. Kris erfuhr später, daß der ältere Mann früher als Konstrukteur von hochkomplizierten Maschinen für die Fließbandproduktion gearbeitet hatte.

»Sehen Sie, alle werden mit Sonnenenergie betrieben!« sagte Su und deutete auf mehrere paneelartige Flächen auf den einzelnen Maschinen. »Wie ich schon sagte, mußte es so sein. Es ist ökologisch ratsam, eine sich ständig selbst erneuernde Energieform zu nutzen. Kein Wunder, daß die Kundschafter der Catteni annahmen, daß der Planet nicht bewohnt ist. Wahrscheinlich haben sie nach irgendwelchen Lebensformen Ausschau gehalten, und diese Mechanos sind nun mal nicht lebendig. Sie brauchen Kollektoren und Speicherbatterien und wo konnten sie ... ah, ja, wahrscheinlich diese Einrichtungen. Hmmm.«

»Und wenn keine Sonne scheint? Bleiben sie einfach stehen, wenn es bedeckt ist oder regnet?« fragte Kris und dachte an die Solarzellen auf allen Maschinentypen.

»Noch hat es nicht geregnet, und wir sind schon zehn Tage hier«, stellte Mitford seufzend fest. Dabei ließ er seinen Blick durch die Schlucht wandern, die schon die ein oder andere Überschwemmung erlebt hatte, wie an den Hochwasserspuren an den Felswänden zu erkennen war.

Zainal schaute sich ebenfalls im Lager um und lächelte anerkennend. »In zehn Tagen wurde eine Menge geschafft.«

»Es ist gut für die Moral«, lautete Mitfords knapper Kommentar, aber er bedankte sich mit einem Lächeln für das Kompliment. »Nun, wir haben ein paar Leute bei uns, die wahre Meister mit der Schleuder sind. Sie erwischen einen Felsläufer auf fünfundzwanzig Meter. Mit Steinen lassen sich diese Solarzellen doch ausschalten, oder nicht?«

Su ließ sich das durch den Kopf gehen, aber Capstan schüttelte den Kopf.

»Wir müßten wissen, welches Material sie für die Solarzellen verwenden. Aber es könnte sich ergeben, daß, wenn genug von der Oberfläche beschädigt ist, die gewonnene Energie nicht ausreicht, um die Maschine ihre Arbeit wie vorgesehen leisten zu lassen.«

»Vielleicht«, meinte Kris voller Eifer, »sollten wir uns mal mit Schlammwerfen versuchen. In diesem Schuppen der Daleks habe ich keine Waschanlage bemerkt.«

Zainal warf ihr einen kurzen fragenden Blick zu, denn er verstand ihren Vorschlag nicht, daher machte sie ihm per Zeichensprache klar, was sie meinte, woraufhin er lächelnd nickte. Su schien die Idee zu gefallen, und sogar Capstan grinste lausbubenhaft.

»Es gibt auf jeden Fall genügend Bäche dort, wo wir Schlamm anrühren könnten«, fuhr Su begeistert fort. »Und wenn wir erst einmal genug auf die Zellen geworfen haben, wird die Sonne das Zeug trocknen, so daß es an Ort und Stelle klebenbleibt.«

»Schlamm bei Nacht. Keine Maschine funktioniert bei Tag«, sagte Zainal achselzuckend.

»Gute Idee, Zainal«, zollte Mitford ihm grinsend Lob. »Wir entziehen ihnen die Funktionsgrundlage.«

»Schön, schön, aber Moment mal«, sagte Capstan. »Sicherlich haben sie Reservebatterien, um sie in Gang zu halten und sie morgens zu starten. Ich denke, so etwas müßten wir ebenfalls bei ihnen finden. Was immer es ist, es müßte genauso ausgeschaltet werden.«

»Das werden wir tun«, sagte Mitford zuversichtlich. »Ich bin mal gespannt, wie viele wir stillegen müssen, ehe jemand kommt, um die Lage zu peilen.«

Das Problem wurde von allen Seiten beleuchtet, aber am Ende waren sich alle einig, daß sie noch mehr Anlagen dieser Art suchen mußten, damit der Plan auch Wirkung zeigte. Kris, Zainal und die beiden Aliens waren nicht die einzige Gruppe gewesen, die Mitford losgeschickt hatte, und eine Gruppe, so erzählte Mitford, fehlte noch. Er machte sich wegen ihr keine Sorgen – noch nicht –, denn sie waren nach Norden, weg vom Schlachthaus, gezogen. Er deutete an, daß erheblich mehr dieser Einrichtungen nötig war, um das Land, das sie von ihrem Standort aus sehen konnten, zu bestellen. Von ihrem Ausguck waren genug Berge zu sehen, hinter denen weitere Mechanos ihrer landwirtschaftlichen Tätigkeit nachgehen konnten.

»Zainal«, sagte Kris nach einer kurzen Pause während

ihrer angeregten Diskussion, »wie viele Leute könnte das Gefangenenschiff während einer Reise abgesetzt haben?«

Zainals zuckte bedauernd die Achseln. »Keine Ahnung. Hatte nie den Wunsch, das zu wissen.«

»Nun, sie haben viel mehr als uns und die, die wir gerade befreit haben, abgeladen«, sagte Mitford, und seine Stimme zitterte vor verhaltenem Zorn. Die anderen nickten ernst. Seufzend fuhr der Sergeant fort: »Einer der Erkundungstrupps stieß mit einem Haufen Wilder zusammen, und nur zwei von unseren Leuten konnten sich retten, und einer wurde schwer verletzt. Sie schätzten, daß der Trupp, der sie überfiel, aus circa dreißig Leuten bestanden hatte. Daher ist wichtiger als je zuvor, daß jede Patrouille des Nachts Wachtposten aufstellt. Esher war so schlau, sich und Barett, der verletzt war, so lange zu verstecken, bis sie sicher sein konnten, daß niemand sie bis hierher verfolgte. Und das«, Mitfords dicker Finger deutete auf jeden im Kreis, um seiner Warnung Nachdruck zu verleihen »ist etwas, das niemand tut! Als ich das nächste Mal Alarm schlug, reagierten sie sofort. Und Murph hat uns eine Triangel aus Stahl gebastelt, die Tote aufwecken würde.«

»Aber wir könnten uns hier gegen Hunderte von Gegnern behaupten, Sarge«, sagte Kris erschrocken. Alleine der Gedanke, daß das Camp verletzbar war, und das auch noch für räuberische Terraner, deprimierte sie. Wie es auch Mitford bedrückt haben mußte.

»Sie können mir ruhig glauben«, sagte Mitford so selbstsicher und mit einem wissenden Grinsen, daß Kris sich entspannte. Mitford hatte offensichtlich Wachtposten aufgestellt und Abwehrmaßnahmen vorbereitet. »Informieren sie sich eigentlich jemals über den Ramsch, den sie abwerfen?« wollte er von Zainal wissen, der bejahend nickte.

»Nicht so bald«, sagte er. »In einem halben Jahr«, fügte

er hinzu und bediente sich der Lingua barevi, um die Zeit auszudrücken.

»In einem halben Jahr«, murmelte Kris auf Englisch, und er nickte erneut, als er das neue Wort hörte.

»Bringen sie dann weitere Gefangene hierher?« wollte Mitford von Zainal wissen. Dieser nickte wieder.

»Sie setzen an vielen Stellen Leute ab.« Er spreizte die Hände. »Viele Male, um Planeten zu bevölkern.«

Kris war nicht die einzige, die diese Information mit schwerem Herzen aufnahm. Mit wie vielen Überlebenden rechneten die Catteni? Und falls es keiner schaffte, wurde der Planet dann abgeschrieben? Was für eine Art, eine Welt zu kolonisieren! Sie hatte nicht einmal daran gedacht, zu schätzen, wie viele Gefangene sich am Landepunkt befunden hatten, bevor sie ins Transportschiff getrieben wurden, dabei waren es weit mehr als nur die paar hundert gewesen, die sich in diesem Camp zusammengefunden hatten. Mittlerweile wußten sie von vier weiteren Landevorgängen. Wie viele waren bei der ersten Partie gewesen?

»Nun, wir versuchen so gut wie möglich mit allem zurechtzukommen, das uns begegnet«, sagte Mitford tapfer. »Und wir erkunden alles, so gut es unter den gegebenen Umständen geht. Zainal, haben Sie noch weitere Informationen darüber, wie Ihre Leute den Planeten bevölkern?«

»Ich war die meiste Zeit im Raum unterwegs«, erwiderte er und hob die Hände in einer Geste, die seine totale Unwissenheit ausdrücken sollte.

»Hm, dann geht es bei den Catteni genauso zu wie in jeder anderen Armee, oder?« sagte Mitford mit leisem Spott. »Die linke Hand weiß nicht, was die rechte tut.«

Kris hatte genügend Zeit, um dem verwirrten Zainal diese Bemerkung zu erklären. Er mußte grinsen, als er verstand, was sie meinte.

Als Mitford sie am Ende entließ, begab Kris sich hinunter in die Schlucht und ging zur Treppe. Die Wände der

Küchenhöhle waren mittlerweile mit den Zeichnungen von Gemüsepflanzen verziert worden. Sie waren in mehrere Gruppen unterteilt. Eine war mit der Überschrift »Menschen« versehen und enthielt die Pflanzen, die man meiden, und solche, die man sammeln mußte. Eine andere Gruppe war in sorgfältig ausgeführter gotischer Schrift mit »Deski« bezeichnet und enthielt außerdem die Bemerkung »Kalium? Calcium?«.

»Hallo«, rief eine fröhliche Stimme, und Dick Aarens kam auf sie zu.

»Nicht jetzt, Aarens«, sagte sie und änderte die Richtung, um ihm auszuweichen.

»Hey, Mädchen, ich will nur nett zu Ihnen sein.« Er baute sich vor ihr auf.

»Das ist auch meine Absicht, aber im Augenblick möchte ich nur noch in mein Bett.«

Seine Augen, die in einem hübschen Blau leuchteten, ihr aber den Mann, dem sie gehörten, keinen Deut sympathischer machten, blitzten auf. »Hallo, das möchte ich auch!« Und er versuchte, einen Arm um sie zu legen, als wollte er sie mit sich ziehen.

Sie entwand sich seinem Griff. »Alleine, Aarens.«

»Kris ...«

Sie war erleichtert und besorgt zugleich, als sie Zainals Stimme hinter sich hörte. Sie wandte sich um und machte einen Schritt auf den Catteni zu.

»Ja?« Sie hoffte, daß ihre Frage ihm die Erleichterung signalisierte, die sie über sein rechtzeitiges Erscheinen empfand.

»Können wir uns kurz über unseren morgigen Erkundungsgang unterhalten?« fragte er.

Sie hörte Aarens hinter sich etwas murmeln, das sie nicht verstand, und dann knirschten seine Füße auf dem sandigen Boden, als er sich entfernte.

»Danke, Zainal. Sie haben mir das Leben gerettet.«

Zainal betrachtete sie nachdenklich. »Mögen Sie ihn nicht?«

»Nein«, antwortete sie und schüttelte heftig den Kopf.

»Das habe ich mir gedacht.«

»Nehmen Sie sich trotzdem vor ihm in acht, Zainal. Er ist gefährlich.«

»Wieso?« Zainal schien sich über ihre Warnung zu amüsieren.

»Er kann Sie nicht leiden.«

»Weil Sie es können?«

Sie schüttelte den Kopf. »Erstens, weil Sie ein Catteni sind, und zweitens, weil er sich für besser als Sie hält. Und für unwiderstehlich.«

Zainal schüttelte den Kopf, faßte sacht nach ihrem Arm, eine behutsame Bitte um genauere Erläuterung.

»Ich glaube, die feinen Nuancen kann ich nicht erklären«, sagte sie und schaute lächelnd zu ihm hoch. Gelbe Augen waren viel schöner als langweilige blaue. Und sie mochte Zainals Hände auf ihrem Arm, wohingegen Dick Aarens Berührung ihr Ekel verursachte.

»Nuancen?«

Sie legte eine Hand auf seine Brust, spürte den schwachen Puls seines Herzschlags – Catteni hatten also doch Herzen! »Ich erkläre es später, Zainal. Im Augenblick bin ich so müde, daß ich kein Wort mehr herausbringe.«

»Dann gehen Sie.« Damit drehte er sie um und schob sie in den Korridor. Doch als er ihr einen leichten Schubs gab, ergriff sie seine Hand.

»Kommen Sie auch mit. Ich möchte nicht, daß Aarens mir auflauert.«

»Ich komme gerne«, sagte Zainal, und in seinen Augen erschien ein Glanz, der Kris darüber nachdenken ließ, wie sie diesen Freier am elegantesten loswerden könnte. Und wenn sie nicht so müde gewesen wäre, hätte sie – nur für einen kurzen Moment – durchaus in Erwägung ziehen können ... Sie schüttelte den Kopf. Der Zeitpunkt war falsch. Sie war wirklich zu müde.

So marschierten sie, ihre Hand in seiner großen vergraben, zu ihrer Höhle.

»Schlafen Sie gut, Kris.«

»Das werde ich ganz bestimmt«, erwiderte sie voller Inbrunst.

Zu ihrer totalen Verblüffung legte er eine Hand unter ihr Kinn und strich ihr kurz durchs Haar, ehe er sie wieder losließ. Er hatte sich schon einige Schritte entfernt, ehe sie reagieren konnte.

»Sogar zu verdammt müde für einen Gutenachtkuß«, sagte sie bedauernd und ließ sich dankbar auf ihre weiches Reisigbett sinken.

Am nächsten Tag bestand Kris' Erkundungstrupp aus Zainal, Coo, Slav und den Doyle-Brüdern. Ihre Hauptaufgabe: am Schlachthaus anzufangen und so viele Mechanos wie möglich zu finden und außer Betrieb zu setzen. Am besten wäre es, so Capstan, wenn sie es schafften, die Sonnenzellen abzumontieren. Die Zellen zu zerstören oder mit Schlamm zu beschmieren wäre ebenfalls möglich, so lange danach die Mechanos nicht mehr operieren konnten. Die zweite Aufgabe bestand darin, die einstweilen unterbrochene Erkundung ihrer nächsten Umgebung fortzusetzen. Diesmal waren sie besser ausgerüstet als jemals zuvor. Sie hatten Seile, die aus Schlingpflanzen geflochten waren und die Haut nicht in Mitleidenschaft zogen, wie es das zähe synthetische Material der Thermodecken tat. Jeder hatte eine Schleuder und eine Tasche mit geeigneten kleinen Steinen bei sich – letztere zu suchen war die Aufgabe der wenigen Kinder im Camp – sowie eine mit einer Feuersteinspitze versehene Lanze und Beutel mit neuartigem Reiseproviant. Kris hatte ihn gekostet, als Jay die Rationen verteilt hatte, und es war fraglos eine geschmackliche Verbesserung gegenüber den trockenen, zusammengepreßten Catteni-Riegeln. Coo und Slav erhielten Proviantriegel, die Patti Sue ihnen aushändigte. Das Mädchen hatte offenbar keine Probleme, die männlichen

Aliens zu bedienen, obgleich sie Zainal kein einziges Mal direkt ansah.

»Wir wissen nicht, ob der Pemmikan Ihren täglichen Nährstoffbedarf in jeder Hinsicht abdeckt«, sagte Jay, »aber Sie können sich ja als Jäger versuchen, um sich das notwendige Protein zu beschaffen.«

Die Doyle-Brüder erwiesen sich als angenehme Begleiter, die Kris und Zainal mit unzähligen Fragen eindeckten. Kris fragte sich, ob sie ausgewählt worden waren, weil sie aus Irland stammten und sich mit fast jedem Angehörigen ihrer Gruppe gut verstanden.

Sie kamen zügig vorwärts, als Zainal einen Kurs einschlug, der gegenüber dem früheren Weg der Patrouille – dem Weg, auf dem sie gefangen worden waren – nach Westen führte. Sie stießen auf einen Hügel und schlugen auf dessen Spitze ihr Nachtlager auf ... bis der Regen einsetzte. Es war kein leichter Regen. Kris dachte, daß es genauso war, als stellte man sich unter den Wasserfall ihres barevischen Zufluchtsortes. Sie kauerten sich unter einem improvisierten Zelt aus ihren Decken zusammen, das ihnen ein wenig Schutz vor den himmlischen Wasserfluten gewährte. Kris und die Doyles schätzten, daß es etwa eine Stunde lang heftig regnete, obgleich es allen fast endlos vorkam. Dann hörte es genauso unvermittelt auf, wie es begonnen hatte.

»Als hätte jemand die Dusche zugedreht«, sagte Lenny und lugte aus ihrer nassen Schutzhütte hinaus. »Und hey, es steht keine Wolke am Himmel, obgleich gerade erst Mond Nummer Eins aufgegangen ist. Den erkenne ich jederzeit an seinen typischen Kratern.«

Sie schüttelten die Decken aus. Der synthetische Stoff schien das Wasser abzustoßen – die Außenseite fühlte sich ein wenig feucht an, doch die Unterseite war trokken.

»Ein erstaunliches Gewebe«, sagte Neunzig und

knüllte den Zipfel seiner Decke in einer Hand zusammen. »Das muß man ihnen lassen – die Catteni stellen wirklich hervorragendes Überlebensgerät her.«

»Vor allem dauerhaftes«, gab Kris zu und schaute zu Zainal hinüber, der auf das Gelände unterhalb ihres Unterstands hinabblickte. »Was haben Sie entdeckt?«

»Nichts.«

»Stört Sie das?«

»Ja«, sagte der Catteni und setzte sich dann auf den Boden. »Übernehmen Sie diese Wache, Kris. Wecken Sie Slav. Slav weckt Coo. Coo weckt die Doyles. Und diese wecken mich.« Er suchte sich die trockene Seite der Decke, zog sie sich über und bettete den Kopf auf seinen Arm. »Ich schlafe, dann denke ich besser.«

Was immer es war, wovor er sich fürchtete, es sorgte dafür, daß sie während ihrer Wachperioden nicht einschliefen. Vielleicht, dachte Kris, während sie Slav weckte, damit er sie ablöste, hatte Zainal, dieser raffinierte Kerl, genau das beabsichtigt.

Sie waren alle wach, ehe die Sonne aufging, da sie sich noch nicht an die längeren Tage und Nächte gewöhnt hatten. Sie hatten genügend getrockneten Dung zur Verfügung, um ein Feuer anzufachen. In ihren Tassen erhitzten sie Wasser aus einem Bach in der Nähe, fügten die getrockneten Kräuter hinzu und erhielten auf diese Weise einen würzigen Tee, den sie zu ihrem Pemmikan tranken. Sie hatten schon schlechter gefrühstückt.

Als sie den nächsten Hügelkamm erreichten, kletterte Zainal zum höchsten Punkt und schaute sich lange um, ehe er nach rechts deutete.

»Berge«, verkündete er geheimnisvoll.

»Ist es möglich, daß die Maschinen sich in jeden Berghang hineingewühlt haben?« fragte Kris und mußte fast rennen, um mit ihm Schritt zu halten, während er bergab eilte.

»Wir werden sehen«, sagte Zainal und lächelte sie an, wobei seine gelben Augen funkelten.

Sie erreichten ihr neues Ziel gegen Mittag, gingen über den Kamm dieser Hügelgruppe, bis sie auf nackten Fels und eine weitere stille, aber besetzte Garage stießen.

»Meinen Sie, sie machen Mittagspause und ölen und warten sich selbst?« fragte Lenny, während sie auf die geschlossenen Türen der anonymen Einrichtung hinunterblickten. »Ein weiterer Getreidespeicher?« Er deutete auf die Felder in der Nähe, auf denen noch braun und verdorrt das abgeerntete Stroh stand.

»Wir sehen nach.«

»Und schmieren?« fragte Ninety. Er wischte sich über die verschwitzte Stirn, weil sie eine ziemlich ausgedehnte Kletterpartie hinter sich hatten. »Ich könnte mit dem Schweiß, den ich erzeugt habe, ein oder zwei Berge bewässern.«

Die Lagerräume waren leer, keine Spur von dem Getreide oder was immer in ihnen aufbewahrt worden war.

»Das war wirklich ein fleißiges Schiff«, sagte Lenny, »wenn es auch diese Kammer ausgeräumt hat.«

»Es ist schon längere Zeit her«, sagte Zainal und zeigte den Staub vor, den er mit einer Fingerspitze vom Boden aufgenommen hatte.

»Ach? Werden auch hier die Subventionen für die Bauern gekürzt?« fragte Ninety scherzhaft.

Zainal gab den Angehörigen der Gruppe ein Zeichen, sie sollten sich jedes der fünfzehn Gebäude dieses Komplexes eingehend anschauen. Das letzte war die Garage, wo die Mechanos in reglosen Reihen aufgestellt waren. Sie sahen nicht verstaubt aus, aber als Ninety Anstalten machte, das Gebäude zu betreten, hob Zainal den Arm und deutete auf die rechteckigen Platten auf der östlichen Ausladung der Garage.

»Sonnenenergie.«

»Ja«, pflichtete Ninety ihm bei und schluckte krampfhaft. »Meinen Sie, sie haben uns als Diebe identifiziert?«

»Das bezweifle ich«, sagte Lenny. »Was gibt es schon

auf diesem Planeten, wovor sie sich schützen müssen? Sie wissen noch nicht einmal, daß wir hier sind. Und daß wir gefährlich sind!«

Zainal lachte kehlig. »Wir sind es tatsächlich. Für sie.« Dann winkte er Ninety, bildete mit den Händen eine Leitersprosse und wartete. Ninety, der bei dem Gedanken, daß sein nicht gerade leichter Körper von dem Catteni hochgehievt werden sollte, die Achseln zuckte, setzte einen Fuß in die verschränkten Hände und kletterte auf Zainals Schultern, wo er nun hoch genug stand, um die Platten zu untersuchen.

»Hey«, sagte er nach einer Weile. »ich glaube, sie lassen sich abnehmen.« Er umfaßte die Kante einer Platte, wackelte ein wenig daran, wobei der Catteni seine Bemühungen mit entsprechenden Gegenbewegungen ausglich. Dann löste Ninety die Platte aus einigen Halteklammern. »Einfach zu installieren, einfach auszutauschen, völlig problemlos.«

Er reichte jede der vier Platten nach unten, dann untersuchte er die Leitungen, die dorthin führten, wo die Energie gesammelt wurde. »Ich wünschte, ich hätte mir die einzelnen Teile der Solaranlagen angesehen, die sie in Dublin installierten, kurz bevor wir wegmußten.«

»Sie wurden in Irland geschnappt?« fragte Kris, die sich fast so etwas gedacht hatte.

»Nein, wir arbeiteten auf einer Baustelle in Detroit. Die Bezahlung war nicht gerade sensationell, aber immerhin besser, als sich jede Woche fünfzig Pfund Arbeitslosengeld abzuholen.«

Dann sprang er elegant von Zainals Schultern herunter und ging rüber zu seinem Bruder, der zusammen mit Slav und Coo die Sonnenkollektoren untersuchte. Zainal schien auf ihre Erkenntnisse zu warten, wobei er wachsam die reglosen Maschinen im Auge behielt.

»Wieviel Energie können diese Dinger speichern?« wollte Ninety von ihm wissen. »Müssen wir bis zum Einbruch der Dunkelheit warten? Dann können wir nicht mehr viel erkennen.«

»Vielleicht befinden sie sich in einer Art Bereitschaftszustand«, meinte Lenny. »Sie sind doch nicht bewaffnet, oder?«

»Mit Pfeilen«, sagte Zainal und schaute in die Garage, um sich zu vergewissern, ob er die winzigen fliegenden Quälgeister erkennen konnte.

»Ich finde nichts am Rahmen«, sagte Lenny und strich mit einer Hand über die Umrisse der Öffnung. »Keine Spur von einer Sicherung oder einer Alarmanlage. Nicht daß ich sie sofort erkennen würde, wenn ich sie sehe. Aber es müßte eigentlich so etwas geben ...«

Coo unterbrach die nachdenkliche Stille, indem er die im Halbdunkel liegende Garage betrat und sie durchquerte. Dann wandte er sich um und erhob die langen Hände mit ihren Spinnenfingern zu einer Geste, die soviel wie »Was sagt ihr jetzt?« bedeuten sollte.

»Okay«, sagte Ninety und klatschte in die Hände. »Mal sehen, ob wir diese verdammten Maschinen stilllegen können.«

Er sprang auf das Rad der nächststehenden großen Erntemaschine, fand einige Fußrasten und kletterte hoch genug hinauf, um an die schrägstehenden Sonnenkollektoren heranzureichen. »Sie lassen sich ebenfalls einfach aus ihren Halterungen drehen«, sagte er, nachdem er erst eine, dann eine zweite Platte gelöst hatte. Es waren insgesamt sieben vorhanden. Nachdem er sein Werk vollbracht hatte, schaute er auf Zainal hinunter.

»Okay, Boss, was kommt als nächstes?«

Zainal kletterte auf das Rad und stellte sich auf die Zehenspitzen, um durch die Öffnung zu blicken, die durch das Entfernen der Platten entstanden war. Kris hielt die Luft an und hoffte, daß sich nichts einschaltete und ihn attackierte oder abwarf. Sie konnte sich nicht erinnern, welche Teile der Maschine aufleuchteten, wenn sie in Betrieb waren.

Zainal zog und zerrte an einem Teil, das sich lösen ließ. Er gab einen Knurrlaut von sich und reichte es zu Kris hinunter. Danach montierten er und Ninety die Außenplatten ab. Sogar Slav lächelte zufrieden, während er, Coo und Lenny zügig arbeiteten.

»Das ist einfach«, stellte Zainal nach einem eingehenden Blick auf die Innereien fest. »Dies« – damit berührte er einen Würfel, dessen Kantenlänge etwa eine catttenische Handspanne betrug – »ist der Energiekollektor.« Er löste ihn.

»Hmm, das Ding läßt sich ganz einfach aushaken«, sagte Ninety grinsend. »Überaus bequem zu warten.«

»Nun, wenn andere Maschinen die Inspektion ausführen, dann muß es sich leicht demontieren lassen«, sagte Lenny.

Die Leitungen und Drähte, die an den Energiewürfel angeschlossen waren, ließen sich ebenfalls ohne Probleme lösen, und Zainal hatte schließlich den Würfel in der Hand.

»Haben wir im Lager dafür Verwendung?« wollte Kris wissen.

»Für was?« fragte Ninety. »Wir haben nichts, wofür wir eine solche Energiequelle brauchen.«

»Wir könnten doch etwas haben, wenn wir die notwendige Energie zur Verfügung hätten ... und vielleicht können die Ingenieurstypen diese Bauteile zu etwas anderem zusammenmontieren, das für uns nützlich ist.«

»Für was denn schon?« fragte Ninety abfällig.

»Was ist denn mit dir los? Hältst du nichts von Technologie?« fragte Lenny und registrierte die Haltung seines Bruders mit einem Kopfschütteln.

»Mitford wird wünschen«, sagte Zainal. »Wir bringen später ins Camp.« Er schaute sich erneut um und runzelte die Stirn.

»Stimmt was nicht?«

»Keine Pfeile.«

Coo deutete plötzlich nach oben und lachte schrill

nach Art der Deski. Sie folgten seiner Blickrichtung und entdeckten in der Decke die Flugeinheit mit den Pfeilbatterien.

»Kein Wunder, daß wir in der Garage des Schlachthauses nichts dergleichen gesehen haben. Wir haben einfach nicht hochgeschaut«, sagte Kris. »Jetzt, wo wir wissen, wo sich das Ding befindet, können wir es ebenfalls stilllegen.«

»Die Abschußvorrichtung ist bereits scharfgemacht, nicht wahr?« sagte Lenny. »Sie wird doch sicher von einer Maschine gesteuert, oder? Ich meine, hier drin kann sie doch wohl nicht losgehen.«

»Ich hoffe nicht«, sagte Ninety.

Sie mußten die reinste Zirkusnummer versuchen: Ninety stieg auf Zainals Schultern und Coo wiederum auf Ninetys, damit sie überhaupt an die Decke heranreichten. Bei dem Versuch, die Vorrichtung aus ihren Halterungen zu lösen, schwankte die menschliche Leiter gefährlich hin und her, wobei Lenny und Kris um Zainal herumtanzten, um einen möglichen Absturz eines ihrer Gefährten mit ihren eigenen Körpern abzubremsen.

Am Ende hängte Coo sich mit seinem Gewicht an den Apparat, um ihn aus der Verankerung herauszubrechen. Das geschah, und er stürzte ab. Coo stieß während seines Falles aufgeregte Laute aus und drückte den Flugmechanismus an seine schmale Brust. Lenny und Kris prallten unsanft zusammen, als beide die Arme ausstreckten, um den spinnenhaften Körper aufzufangen. Aber sie bremsten seinen Sturz, auch wenn Kris von einem Ausleger der Flugeinheit an der Nase erwischt wurde. Sie sah Sterne, schaffte es jedoch, den zerbrechlichen Deskikörper festzuhalten, bis sie ihn behutsam auf dem Boden absetzen konnten.

Als sie auseinanderwichen, verschlug es Kris den Atem, denn die Spitzen der Betäubungspfeile waren an den Kanten beider Schwingen deutlich zu erkennen und zielten genau auf sie. Sie hätte sich leicht daran verletzen können. Sie ließ sich auf den Boden sinken und mußte den Kopf in den Nacken legen, um das Nasenbluten zu stoppen.

Die Männer plädierten dafür, die gefährliche Vorrichtung zu zerstören.

»Auf keinen Fall«, widersprach Kris gedämpft, denn sie preßte sich den Ärmel aufs Gesicht, um das Blut wegzuwischen. »Wir sollten erst einmal nachsehen, ob es einen Vorratsbehälter oder eine Zapfstelle für dieses Betäubungsmittel gibt, das sie benutzen«, sagte sie.

»Weshalb?« fragte Lenny. »Ich bin im Grunde nicht rachsüchtig, aber wenn ich mir vorstelle, was mit einigen Körpern geschehen ist, die von den Pfeilen getroffen wurden ...«

»Ich denke an eine medizinische Verwendung des Betäubungsmittels, Lenny. Es hat immerhin dafür gesorgt, daß wir einschliefen. Und das könnte doch durchaus nützlich sein, oder?«

»Na klar.«

Deshalb gingen sie sehr behutsam zu Werke, als sie die Flugeinheit zerlegten.

Dann machten sie alle anderen Maschinen in der Garage betriebsunfähig und bildeten aus den Einzelteilen kleine Häufchen.

»Ich reiß mich nicht gerade darum, den ganzen Kram ins Lager zu schleppen«, sagte Lenny und betrachtete nachdenklich die Kollektion.

»Wir holen uns noch ein paar Leute zum Tragen. Aarens ist doch ziemlich stark«, sagte Zainal und grinste Kris bedeutsam an.

»Er wird Ihnen dafür ewig dankbar sein«, erwiderte sie prustend.

»Lastenträger ist das einzige, wozu dieser Scheißkerl sich eignet«, erklärte Ninety, während er die verschiedenen Ersatzteilhaufen nachdenklich musterte. »Aber Moment mal, ist es wirklich ungefährlich, den ganzen Kram hier liegenzulassen?«

Zainal zuckte die Achseln. »Keine Maschine hat jetzt noch Energie zur Verfügung!«

»Das ist natürlich richtig«, meinte Ninety, war aber immer noch besorgt.

»Und in der Garage ist auch keine Energiequelle mehr vorhanden«, erinnerte Kris ihn.

»Angenommen sie haben eine Art Sicherheitsdienst, der hierher kommt, um sich zu vergewissern, ob alles ordnungsgemäß abläuft, was dann?« wollte Ninety wissen.

Nach einigen Sekunden grinste Zainal. »Genau das wird gewünscht.«

»Ja, ich glaube, Sie haben recht.« Ninety kratzte sich am Kopf. »Sollen wir dann nicht besser alles auseinandernehmen, so daß es nicht mehr wieder zusammengebaut werden kann?«

»Wir verstecken uns«, entschied Zainal, nachdem er ein paar Sekunden lang nachgedacht hatte.

Sie mußten die Sonnenzellen und die Würfel eine ziemlich große Strecke weit bis zu einem Platz schaffen, wo sie sicher waren vor einer Suche aus der Luft und auf der Planetenoberfläche. Diese Arbeit nahm sie für den Rest des Tages in Anspruch. In dieser Nacht campierten sie in der außer Betrieb gesetzten Garage, wo sie vor dem wolkenbruchartigen Regen geschützt waren, der erneut auf den Untergrund prasselte. Die Felsläufer, die sie erlegt hatten – Kris war über sich selbst überrascht, als sie bei ihrem ersten Versuch mit der Steinschleuder gleich ein Tier erwischt und betäubt hatte –, wurden über einem Feuer, das sie entfachten, gebraten. Die Patrouille speiste gemütlich und schaute gleichmütig dem Regen zu, der stetig vom Himmel fiel.

Im Laufe ihrer sieben Tage dauernden Patrouille – soviel Zeit hatte Mitford ihnen für diese Tour eingeräumt – fanden und zerlegten sie vier weitere Einrichtungen, darunter ein weiteres leeres Schlachthaus. Sie campierten dort in dieser Nacht, schliefen auf weitaus komfortableren Viehfutterlagern, während draußen der einstündige Regenguß herabrauschte. Es regnete jeden Abend etwa eine Stunde lang sehr heftig, und sie bemühten sich, während dieser Schauer Zuflucht unter einem festen Dach zu finden.

»Ein solcher Regen kann niemals natürlichen Ursprungs sein«, stellte Kris während ihrer vierten Patrouillennacht fest. »Niemals regnet es immer nur nachts, wenn alle Maschinen sicher und trocken in ihren Garagen stehen.«

»Die Landwirtschaft ist hier derart gut organisiert, daß es mich nicht wundern würde, wenn sie auch das Wetter beeinflussen können«, sagte Ninety. Dann fügte er nachdenklich hinzu: »Es wäre sicherlich nicht übel, wenn es keine verregneten Fußballspiele mehr gäbe.«

»Ausgerechnet jetzt mußt du an deinen Fußball denken«, machte sein Bruder ihm einen nicht ganz ernst gemeinten Vorwurf.

»Dann muß es irgendwo auf diesem Planeten eine zentrale Kontrolleinrichtung geben«, sagte Kris und drehte sich zu Zainal um. Dieser nickte. »Nur wo? Wir werden wohl keine großen Entfernungen zu Fuß zurücklegen können, und außerdem wissen wir noch nicht einmal, auf welchem Kontinent wir uns befinden. Oder etwa doch?« fragte sie Zainal.

Er schüttelte den Kopf, seufzte erneut und machte keinen Hehl aus seiner Unzufriedenheit angesichts der unzureichenden Informationen.

»Nun, wenn wir unseren Weg fortsetzen und Garagen stillegen, treffen wir wahrscheinlich schon bald unseren Gastgeber. Vielleicht sogar eher, als uns lieb ist.« Unbewußt griff ihre Hand nach dem Messer an ihrem Gürtel. »Ein Messer mag einem durchaus so etwas wie Sicherheit vermitteln, aber es reicht bestimmt nicht aus, um sich gegen die Art von Technologie zur Wehr zu setzen, die wir bisher hier gesehen haben.«

»Keine Intelligenz auf diesem Planeten«, meinte Zainal achselzuckend.

»Meinen Sie, daß alles, was uns verfolgen könnte, nur eine Maschine sein kann?« Kris fand die Vorstellung nicht gerade beruhigend. »Oder gar eine dieser fliegenden Pfeilbatterien?«

»Wir saßen an diesem Ort in einer Falle«, sagte Zainal, aber er ging offensichtlich im Kopf alle Möglichkeiten durch und verwarf sie mit einem Achselzucken. »Wir sind vorsichtig. Wir geben acht.« Er wandte sich mit einer Reihe kehliger Laute an den Deski, der von seinem Proviantriegel abgebissen hatte und mit vollen Backen kaute. Coo nickte und deutete auf seine Ohrmuscheln. Dann reckte er zu Kris' Überraschung einen seiner beiden Finger in die Höhe, um damit auszudrücken, daß er verstanden hatte.

»Sie begreifen schnell, nicht wahr?« murmelte Lenny, während er den Deski strahlend anlächelte und seine beiden Daumen in die Höhe stieß. Coo nickte begeistert, kaute jedoch weiter.

Kris, die das Gesicht des Catteni während dieses Gedankenaustausches beobachtete, erkannte, daß auch er die Veränderung bei dem Deski registriert hatte. Obgleich der Alien das Tempo der Patrouille mithielt, kletterte er nicht mehr so mühelos wie vorher, und Kris kam er spinnenhafter und zerbrechlicher denn je vor. Und er probierte ständig neues Grünzeug, neue Wurzeln oder die nußähnlichen Früchte aus, die er in den Waldgebieten fand. Einige Pflanzen auf den Baumstämmen brachten so etwas wie Nüsse oder Pilze hervor. Coo kostete von allem, und als die anderen Felsläuferfleisch verzehrten, aß er bedächtig von seinen Proviantriegeln. Zweimal hatte Zainal ihm offenbar erklärt, er solle die Riegel nicht aufsparen, sie hätten im Lager mehr als genug davon. Zumindest nahm Kris an, daß Zainal ihm etwas Derartiges klargemacht hatte.

Am Morgen des sechsten Tages zeigte Slav in die Richtung, die zum Camp zurückführte. Kris war verblüfft über die Selbstsicherheit, die er an den Tag legte, da sie so viele Berge und Hügel überwunden und so viele unüberwindliche Felsformationen umgangen hatten, so daß sie völlig die Orientierung verloren hatte und nicht mehr entscheiden konnte, wo das Lager sich befand.

Kapitel
Acht

Beim vierten Mondaufgang, drei Tage nachdem Mitford fünf Teams losgeschickt hatte, um weitere Maschinen zu suchen und stillzulegen, ging der Sergeant noch einmal die weitere Planung durch. Im wesentlichen betraf sie Renovierungsarbeiten, die von den drei Architekten unter ihnen für die Schlachtviehställe vorgesehen worden waren. Die Verarbeitungsanlagen im Schlachthaus selbst waren ausnahmslos demontiert worden, und niemand, der darin wohnen müßte, würde herausbekommen, was in der Anlage passiert war. Und es würden bestimmt noch viele zu ihnen stoßen.

Er hörte, wie einer der Wachtposten sich mit einem Zischen bei ihm bemerkbar machte.

»Sarge, irgend etwas nähert sich.«

»Erzählen Sie das nicht mir. Halten Sie es an.« Dabei griff Mitford allerdings mit einer Hand nach seinem Speer und holte das Messer mit der anderen aus der Scheide.

»Wer ist da?« rief der Wachtposten.

Rufe ertönten, aber nicht die Parole. Er duckte sich.

»Scheiße, Sarge, die sind nicht von uns.« Und er richtete sich auf. »ALARM!« Er trommelte wild auf die stählerne Triangel, die neben ihm aufgestellt war.

»WOHER KOMMEN SIE, VERDAMMT NOCH MAL, RAINEY!« brüllte Mitford. »ANGRIFF! ANGRIFF! ALLE AUF IHRE POSITIONEN!«

Auch wenn viele Lagerbewohner auf Erkundungstour waren, gab es immer noch genug Leute, die während des Achtundzwanzigstundentages wach waren.

»SIE KOMMEN DEN HOHLWEG HERUNTER, SARGE! Oh, mein Gott.« Rainey ließ sich einfach fallen, während ein Speer klappernd auf den Fels hinter ihm prallte. »Sie haben es auf mich abgesehen!«

Weitere Speere kamen aus der Dunkelheit herangeflogen. Sie waren auf das ›Büro‹-Feuer gezielt, das die einzige Lichtquelle darstellte. Sich duckend, um ein möglichst kleines Ziel abzugeben, stürmte Mitford los. Aarens, der in den Stock geschlossen war, rief, man solle ihn befreien, als zwei Pfeile und ein Speer in seiner nächsten Nähe einschlugen.

»KOMMT MIT«, brüllte Mitford, als die Männer und Frauen, mit Speeren und Messer bewaffnet, aus den Haupthöhlen hervorstürzten, wie sie es gelernt hatten. Mit grimmiger Genugtuung sagte Mitford sich, daß sich nach diesem Zwischenfall sicherlich niemand mehr beschweren würde, daß sie dieses Manöver bis zur Erschöpfung geübt hatten. Nur, wie viele Gegner standen ihnen gegenüber, fragte er sich, während er durch die Schlucht hinaufrannte und die ersten Angreifer am Rand des beleuchteten Bereichs auftauchen sah. Ein anständiger Kampf, das war es, was er vermißt hatte. Als er ein Ziel entdeckte, hielt er lange genug inne, um den Speer der heranstürmenden Gestalt entgegenzuschleudern. Er durchbohrte die Brust des Anführers, der stürzte und schon tot war, ehe er den Boden berührte. Nun setzten auch die Wachtposten auf den Hügeln ihre Waffen ein, schossen ihre Pfeile ab und schleuderten die Speere ins Heer der Eindringlinge. Dann stieß der nächste Angreifer einen Schrei aus, während er auf Mitford zustürmte.

Der Sergeant erwartete den überhasteten Angriff. Der Mann hatte in jeder Hand ein Messer, wußte jedoch nichts von wirkungsvoller Kampftechnik und hieb mit den Messern durch die Luft, in der Hoffnung, daß eine Klinge irgendwann ihr Ziel finden würde. Mitford duckte sich, wich aus und rammte dann dem Mann sein eigenes Messer zwischen die Rippen. Der Mann schrie auf – es war ein schrecklicher klagender Ruf –, während ihm seine Messer aus den kraftlosen Händen rutschten und er nach hinten kippte. Mitford behielt seine leicht geduckte Haltung bei, zog schnell sein Messer aus der Brust des Feindes und konzentrierte sich auf den nächsten Angreifer. Er bekam am Rande mit, wie seine eigene Streitmacht hinter ihm erschien und entschlossen vorrückte. Dann prallte ein Stein, der von einem der Hügel herabgeschleudert worden war, von seiner Schulter ab, und er sank gegen die Steilwand der Schlucht.

»HEY, PASST AUF, WEN IHR AUFS KORN NEHMT!« brüllte er, als er Bart, Taglione und wahrscheinlich auch Sandy Areson an sich vorbeistürmen sah.

Es war sehr schnell vorbei: Die Angreifer hatten offenbar keinen richtigen Plan. Sie hatten Licht gesehen und Kochdüfte gerochen und dann zu einer Zeit angegriffen, als sie meinten, daß jeder schlief.

Vierzehn Leichen mußten beerdigt werden, und es gab drei Verletzte, deren Wunden versorgt werden mußten. Sie waren völlig ausgehungert, und sogar ihre von den Catteni zur Verfügung gestellte Kleidung war zerschlissen und unglaublich schmutzig. Als die Sonne aufging, kamen drei Frauen angekrochen und flehten um Hilfe. Sie befanden sich in einem furchtbaren Zustand. Sie waren nicht nur halbverhungert, sondern sie waren auch geschlagen und wiederholt vergewaltigt und mißbraucht worden. Mitford beobachtete wohlwollend, wie Patti Sue eine von ihnen, die kaum mehr als ein Kind war, in die Küche brachte, wo sie wahrscheinlich die erste richtige Mahlzeit seit ihrer unfreiwilligen Landung vorgesetzt bekam.

Nur fünf Verteidiger waren verwundet worden, zwei von ihnen von eigenen Leuten, und zwar durch Steine, die in die Schlucht hinuntergerollt worden waren. Mitfords Schulter schmerzte, aber er ließ davon zu Matt Dargle nichts verlauten, der damit beschäftigt war, die Messerwunden zu nähen. Ein anderer Mann war in der Dunkelheit gestolpert und hatte sich das Bein gebrochen. Jetzt saß er da und verfluchte seine eigene Tollpatschigkeit, während die Knochen gerichtet wurden.

»Es tut mir leid, Sarge«, sagte er, als Mitford durch das Lazarett ging, um sich über die Blessuren seiner Leute zu informieren.

»Waren Sie in der Schlucht denn nicht dicht hinter mir, Bart?« fragte Mitford, während er zusah, wie Matt Dargle einen häßlichen Schnitt im Arm des dunkelhäutigen Mannes zunähte. »Das dürfte Ihnen eine Lehre sein, stets die Augen offen zu halten.«

»Nein, sie haben auf Sie gezielt«, sagte Bart grinsend.

»Dann haben Sie mir das Fell gerettet? Guter Mann!« Mitford drückte dankbar dessen Schulter.

Die Schlacht hatte das gesamte Lager aus dem Schlaf gerissen, daher bereiteten die Köche für jeden ein besonders frühzeitiges Frühstück zu. Mitford nutzte die Mahlzeit, zu der alle sich versammelten, um noch einmal mit Nachdruck daran zu erinnern, daß sie in ihrer Wachsamkeit nicht nachlassen dürften.

»Ihr habt schnell reagiert, Leute, und wirkungsvoll zurückgeschlagen, aber sie hätten eigentlich nicht einmal bis in die Schlucht vordringen dürfen. Ich denke, wir verlegen die Wachtposten noch ein Stück weiter nach draußen.«

»Wie wäre es denn mit Fallen, Sarge? Vielleicht können wir ein paar auf den Zugangswegen aufstellen.«

»Zeichnen Sie mir einen entsprechenden Plan auf«, sagte Mitford und nickte zustimmend.

»Wissen Sie, wenn so viele auf Patrouille sind, haben wir dann nicht gefährlich wenige kampffähige Männer hier?« fragte Sandy.

»Ganz bestimmt nicht, wenn Sie sich selbst aktiv an der Verteidigung beteiligen«, sagte Mitford.

»Schließlich ist es auch mein Zuhause«, erwiderte Sandy achselzuckend. »Außerdem haben Sie uns alle ausgebildet.«

»Habe ich das?« entgegnete Mitford grinsend.

»Schon gut, schon gut, wir haben darüber geschimpft«, sagte sie und machte mit ihrer Hand eine wegwerfende Geste. »Sie wußten genau, was Sie taten. Ich glaube, wir sind ein wenig zu selbstsicher geworden.«

»Jetzt haben wir alle aber etwas gelernt, nicht wahr?« sagte Mitford und ließ seinen Blick über die Köpfe der Esser schweifen. »Zum Teufel, sie sind noch nicht mal bis zu meinem Büro vorgedrungen, oder? Ich brauche jetzt ein Beseitigungskommando.«

»Sie meinen einen Beerdigungsdienst?« fragte Dowdall und schaute vom Schärfen seiner Messerklinge hoch.

»Nein, Beseitigung war durchaus richtig. Ich möchte, daß die Leichen mindestens vier Felder weit gebracht und abgelegt werden, Dowdall.«

»Ach, Sarge«, stöhnte Dowdall protestierend, weil ihm diese Aufgabe zwangsweise übertragen wurde.

»Wir wollen doch nicht, daß dieses Aas die Luft in unserem Lager verpestet, oder? Sie, Sie, Sie, Sie und Sie«, suchte er die entsprechende Mannschaft aus. »Erledigt das, ehe die Sonne sie zu sehr aufgewärmt hat.«

Sobald er in sein Büro zurückgekehrt war, um einen Bericht über den Vorfall zu schreiben, setzte Aarens zu seiner Beschwerde an.

»Sie hätten mich hier sterben lassen, weil ich mich nicht hätte verteidigen können! Und Sie bezeichnen sich selbst als zivilisiert! Halten sich für den großen Anführer!«

Mitford ging geradewegs auf Aarens zu, riß ihn an seinen Haaren zu sich heran, so daß Aarens seinem Blick nicht ausweichen konnte.

»Hören Sie, Sie armseliges Stück Scheiße, machen Sie nur so weiter, und ich lasse Sie gleich mit den Toten wegbringen.«

Aarens verschlug es den Atem. »Das würden Sie niemals wagen.«

»Meinen Sie nicht? Liefern Sie mir einen Grund! Nur einen winzigen Grund!«

Mitford wußte, daß seine Wut eher eine Reaktion auf den Überraschungsangriff und den Adrenalinstoß in seinen Adern war. Er sollte eigentlich nicht die Kontrolle über sich verlieren und sich an Aarens abreagieren, aber besser bei ihm als bei irgendeinem anderen.

»Hey, Sarge, beruhigen Sie sich. Kommen Sie auf den Teppich.« Obgleich die Stimme des Mannes zitterte, brachten seine versöhnlichen Worte Mitford dazu, sein Haar loszulassen. »Sie werden mich bestimmt nicht umlegen, Sarge. Nicht jetzt. Nicht wenn Sie mich dringend brauchen.«

»Ich *Sie* brauchen?«

»Ja, mich, Sarge.« Aarens grinste tatsächlich. »Wie ich Ihnen erklärte, als ich herkam – ich bin ein technisches Genie. Ich bringe Maschinen zum Laufen, an denen andere verzweifeln. Ich brauche noch nicht einmal Bedienungsanleitungen, um herauszubekommen, wie sie funktionieren. Das ist meine ganz besondere Begabung. Ich habe in den Staaten dickes Geld verdient, indem ich Managern erklärt habe, wie sie die Leistung ihrer Fertigungsstraßen steigern können. Sehen Sie, ich habe gehört, worüber Sie mit Mack Su, Capstan und den anderen geredet haben. Das sind doch allesamt Schreibtischhengste. Ich bin der Bursche an der Front, der ihre Ideen umsetzt. Und sie realisiert. Sie wollen doch ganz sicher nicht den einzigen echten Fachmann rauswerfen, der Ihnen Licht in Ihre Höhlen zaubern kann. Oder für heißes Wasser sorgt! Oder Frühwarnanlagen baut!«

»Frühwarnanlagen? Wie wollen Sie das denn schaffen?« Mitford war mißtrauisch, aber durchaus bereit, Aarens einzusetzen – falls dieser Nichtsnutz ihm tatsächlich alles lieferte, was er brauchte.

»Man kann rund ums Camp Sonnenzellen – und natürlich auch Kollektoren – aufstellen.« Aarens versuchte mit seinen gefesselten Händen so gut wie möglich anzudeuten, was er meinte. »Dann spannen sie dazwischen einen dünnen Draht. Sobald jemand den Draht berührt oder gar zerreißt, erklingt der Alarm. Ganz simpel.«

»Des Nachts?«

Aarens schüttelte den Kopf. »Kollektoren können genug Spannung aufbauen, um den Betrieb der Anlage auch bei Nacht zu gewährleisten. Oder was meinen Sie denn, wie diese Maschinen morgens in Gang kommen? Ich denke, das ist doch ganz einfach.«

Mitford dachte, es würde sicher nicht schaden, diese Idee Mack und Spiller vorzustellen.

»Ja, ganz einfach. Und jetzt halten Sie erst mal die Klappe.«

»Ja, aber ich soll heute aus diesem Apparat entlassen werden«, beschwerte Aarens sich.

Mitford betrachtete ihn lange und eingehend, dann deutete er auf die Sonnenuhr. »Nicht bevor die Sonne auf dem ersten Teilstrich steht. Damit wäre es genau ein Tag, seitdem sie wegen Belästigung des chinesischen Mädchens verurteilt wurden.« Mitford bedachte den Mann mit einem letzten eindringlichen Blick, ehe er sich abwandte und nach Rindenpapier und Bleistift griff.

Er bedauerte beinahe, daß Mack, Spiller und Jack der Nagel Aarens Idee für gut genug hielten, um aus den Einzelteilen, die aus den Schlachthäusern ins Camp zurückgebracht worden waren, einen Prototyp zu basteln.

Zainals Gruppe schaffte es kurz vor dem Einsetzen des Abendregens, ins Camp zurückzukehren, indem sie sich im Laufschritt fortbewegten, soweit das Gelände diese Gangart erlaubte. Sie wurden von einem Wachtposten aufgehalten, der nach der Parole fragte.

»Parole?« rief Kris entgeistert. »Was für eine Parole? Sie wissen doch genau, wer wir sind – zum Teufel, Kris Bjornsen, Zainal, die Doyle-Brüder, Coo und Slav. Verdammt noch mal, Tesco, stellen Sie sich doch nicht so an!«

»Nun, es ist meine Pflicht, danach zu fragen, Kris. Wir wurden während Ihrer Abwesenheit überfallen.« Sein

Grinsen sagte ihr aber sofort, daß der Überfall fehlgeschlagen und im Lager offenbar niemand getötet oder schwer verwundet worden war.

Sie passierten Tescos Posten und eilten zu den Höhlen hinunter, wo sie hofften, weitere Einzelheiten über den Angriff zu erfahren.

Als Kris sah, daß der Sergeant nicht in seinem Büro saß, hielt sie den ersten an, der ihr begegnete. Es war ein Junge, an dessen Rettung aus den Ställen sie sich erinnern konnte.

»Peter, wo ist Mitford?«

»Drinnen«, antwortete der Junge. »Haben Sie schon von dem Überfall gehört?«

»Ja, aber wir möchten ein paar Einzelheiten wissen.«

»Wer hat euch überfallen?«, fragte Lenny.

»Ach, ein paar halbverhungerte Verirrte. Sarge hat den Gegenangriff geführt – er war einfach toll.« Die Augen des Jungen leuchteten vor Bewunderung. »Bart und Sandy Areson waren dicht hinter ihm. Das meiste habe ich gar nicht mitbekommen.« Petes Gesicht verzog sich enttäuscht. »Die Wachtposten haben sie mit Pfeilen und Steinen eingedeckt und dabei sogar ein paar von unseren eigenen Leuten erwischt.« Pete konnte das Grinsen nicht unterdrücken. »Freundesfeuer hat der Sarge es genannt. Und sie mußten vierzehn Leichen loswerden – irgendwo da drüben.« Pete machte eine Geste, die eine beträchtliche Entfernung ausdrücken sollte. »Sie sollen die Aasfresser bei Laune halten.« Er erschauerte unwillkürlich. »Sie sehen also, daß Sie eine Menge versäumt haben.«

»Wurde einer von unseren Leuten verletzt?« fragte Kris besorgt und schaute zu dem leeren »Büro« hinüber.

»Ach, ein gebrochenes Bein und in paar Schnittwunden, mehr nicht. Und der Sarge hat die Ladies aufgenommen, die von den schlimmen Kerlen ziemlich übel zugerichtet wurden.«

Unwillkürlich glitt Kris' Blick zu den Stöcken hinüber. Sie waren leer. Sollten Aarens und Arnie sich etwa endlich anständig benehmen? Hatte der Überfall dafür gesorgt, daß sie sich auf ihre Manieren besannen?

»Tod allen Feinden unseres Camps Ayres Rock!« Dazu stieß Pete eine geballte Faust in die Luft.

»Camp Ayres Rock?« wiederholte Kris verblüfft.

»Klar, warum nicht? Es ist der Fels, der uns beschützt hat.«

»Aber du heißt doch schon Peter.«

»Häh?« Der Junge verzog fragend das Gesicht.

»Peter bedeutet ›Fels‹, mein Freund.«

»Oh, das wußte ich nicht.«

»Weißt du denn, wo der Sergeant sich in diesem Moment herumtreibt, Peter?« fragte Kris.

»Klar. Folgen Sie mir.« Er winkte ihnen. »Er baut in einiger Entfernung vom Camp Frühwarngeräte auf.«

»Wie bitte?«

»Ja, dieser Aarens hat sie entwickelt. Nicht übel. Und sie funktionieren.«

»Aarens?« Kris fuhr verblüfft zu Zainal herum.

»Wunder geschehen immer wieder«, sagte Lenny grinsend. Er weidete sich an ihrer Überraschung. »Demnach ist er doch nicht völlig nutzlos.«

»Die Welt beherbergt nun mal alle möglichen Typen«, war alles, was Mitford sagte, als sie ihn auf dem Rückweg von der Lagergrenze trafen.

»Aber Aarens?«

»Das hat mich auch überrascht«, sagte Mitford. Er ging voraus zu einer kleinen Höhle, in der er sein »Innenbüro« eingerichtet hatte – seit es abends regnete, meinte er. »Hat Peter Ihnen von dem Überfall erzählt?«

»Können wir Ihren Bericht dazu hören, Sarge« fragte Kris lächelnd.

»Später. Erzählen Sie mir zuerst, was Sie gefunden haben. Ist es Ihnen gut ergangen?« Er ließ seinen Blick auch über die anderen Angehörigen der Gruppe gleiten.

»Prima, Sarge, wir sind wirklich okay«, erwiderte Lenny.

»Coo ist allerdings ziemlich geschwächt«, meinte Kris leise und schaute nicht in die Richtung des Deski. Mitford verzog schmerzlich das Gesicht. »Hat sonst noch jemand etwas gefunden, das uns helfen könnte?«

»Matt Dargle führt es nach ausgiebigen Untersuchungen auf einen Mangel an Vitamin C, Kalium oder Calcium zurück, und wir suchen zur Zeit nach beidem.« Mitford schüttelte mit düsterer Miene den Kopf. »Im Augenblick sind nur drei Deski kräftig genug, um mit den Nahrungssuchern rauszugehen.« Er wandte sich an Zainal. »Haben Sie irgendwelche Ideen?«

»Deski brauchen immer besonderes Essen. Es wird nach Barevi gebracht. Weiß nicht was.« Zainal seufzte. »Prima Kerle, diese Deski!«

»Ich wünschte, ich könnte das von allen sagen«, meinte Mitford mit leiser, ungehaltener Stimme. Dann fuhr er in einem etwas freundlicheren Ton fort. »Ob ihr es glaubt oder nicht, aber Aarens ist tatsächlich das technische Genie, als das er sich mir vorgestellt hat!«

»Das haben wir schon gehört.«

»Nun, er hat ein paar Warngeräte zusammengebaut für den Fall, daß irgendwelche Individuen denken, sie könnten Camp Rock ...« Er mußte grinsen, als er erkannte, daß sie den neuen Namen des Lagers kannten. »Er und Spiller glauben, daß wir die Sonnenzellen sogar dazu benutzen können, um Wasser zu erhitzen und vielleicht sogar für eine ausreichende Beleuchtung zu sorgen. Erinnern Sie sich, in Ihren Berichten etwas über den hiesigen Winter gelesen zu haben, Zainal?« Ein Anflug von tiefer Sorge verdüsterte Mitfords Blick. »Von Schnee oder Hochwassern oder etwas in dieser Richtung?«

Zainal starrte auf seine großen Hände, als ob in ihnen die Antworten enthalten wären. Dann schüttelte er mit einem traurigen Seufzer den Kopf. »Meine Leute haben nicht allzu genau erforscht. Vieles von dem, was wir bis jetzt gesehen haben, kennen sie überhaupt nicht. Aber dieser Planet verfügt über Luft zum Atmen und Nahrung für die meisten von uns.« In seiner Stimme schwang Bedauern über die Unzulänglichkeiten dieses Erkundungstrupps mit. »Die Grundlagen sind da. Luft, Wasser und Nahrung – eben alles, was man zum Überleben braucht. Und wir überleben im Augenblick ganz gut, dank Ihnen.«

Mitford bedankte sich mit einem Kopfnicken für dieses Lob.

»Nun, da die Landmaschinen sich nach der Ernte zur Ruhe zu begeben scheinen und die Bauern unter uns meinen, daß Ihre Luh-Kühe, Kris, nicht in ein Winterquartier gebracht wurden, sieht es so aus, als könnten wir damit rechnen, daß wir uns halten können, ganz gleich, was der Winter bringen mag.«

»Sagen Sie mal, Sarge, wenn die Maschinen allesamt stillgelegt sind, ob nun von uns oder durch ihre Programmierung, könnten wir dann nicht in die Gebäude einziehen? Wir haben doch genug, so daß alle darin Platz finden«, sagte Kris.

»Das wird als Alternative in Erwägung gezogen«, sagte Mitford. »Einige Leute haben Angst vor weiteren Überfällen durch Plünderer und fühlen sich hier im Camp Rock sicherer. Sie wollen nicht weg von hier. Dabei ließen sich diese Scheunen und Ställe genauso gut verteidigen. Aber jetzt will ich erstmal mit den Doyles reden, und Sie beide sehen zu, daß Sie sich gründlich ausruhen.«

Der Regen prasselte noch immer herab, als Kris und Zainal sich in der Haupthöhle eine heiße Suppe und ein Stück von dem wohlschmeckenden Sodabrot holten, das dort angeboten wurde. Es war so köstlich, daß Kris noch nicht einmal die harten Stücke ausspuckte.

Niemand, den sie kannte, hatte Dienst, daher nahm sie ihre Mahlzeit zusammen mit Zainal ein. Sie bemühte sich, nicht darauf zu achten, aber sie konnte nicht anders, als die Seitenblicke zu bemerken, die man ihr zuwarf: einige waren ziemlich zweideutig und unfreundlich. Nun, es überraschte sie nicht, daß gegenüber Zainal noch immer gewisse Animositäten bestanden. Vielleicht schickte Mitford sie deshalb aus dem Lager auf ihre Erkundungstrips. Aus den Augen, aus dem Sinn. Sie seufzte, sehr leise, aber Zainal hörte es und sah sie fragend an. Sie lächelte zerstreut und brach dann ein Stück von ihrem Brot ab, um den letzten Rest der dickflüssigen, aromatischen Suppe aus der ziemlich klobigen Tonschüssel aufzutunken. Zainal folgte ihrem Beispiel und lächelte sie an.

Sie wuschen ihr Eßgeschirr ab und stellten alles zurück in die dafür vorgesehenen Regale.

»Ich sehe mal nach Coo«, sagte Zainal.

»Ich komme …« Aber als Zainal den Kopf schüttelte, entschied sie, daß als nächstes für sie eigentlich nur ein Bad in Frage kam. »Grüßen Sie ihn von mir.«

»Grüßen?«

»Beste Wünsche.«

»Oh! Keins dieser ›Jungen‹-Worte.«

»Nein!« Sie lächelte ihn an.

»Erklären Sie mir diese ›Jungen‹-Sache irgendwann mal?«

»Sehr bald schon, mein Freund«, versprach Kris und lachte. »Ihr Englisch macht Riesenfortschritte.«

»Riesenfortschritte?« Er runzelte die Stirn, als er die Bedeutung dessen zu ergründen versuchte, was sie gerade gesagt hatte.

»Das erkläre ich Ihnen ebenfalls. Ich gehe jetzt erst einmal baden«, verabschiedete sie sich.

Das Wasser im unterirdischen See war kalt genug, um jeden Gedanken an ein ausgedehntes genußvolles Sichaalen zu verscheuchen. Sie stieg schnell wieder heraus und trocknete sich in einer schattigen Nische ab, als sie Stimmen hörte.

»Aarens hatte durchaus recht. Woher wissen wir, daß der Catt kein Spion ist? Wie können wir sicher sein, daß er nicht über irgendeinen Kommunikator verfügt? Wer weiß denn, ob er bei diesen Maschinen in der Garage nicht irgendeine geheime Botschaft hinterlassen hat?«

»Jetzt hören Sie aber auf, Barker.« Kris, die sich hastig ankleidete, erkannte Joe Lattores tiefe Stimme. »Was will denn der Catt um Himmels willen bei uns ausspionieren? Außerdem ist er gar kein gewöhnlicher Catt. Ich hab genug von den Typen aus der Oberklasse gesehen, und er gehört ganz eindeutig dazu.«

»Weshalb ist er dann bei uns?«

»Diese Bjornsen hat mir erzählt, er hätte einen Patrouillenführer getötet, und sie hätten ihn erwischt, ehe der Tag vorbei war.«

»Ja, und wer ist ständig mit diesem Catt zusammen? Hm?«

»Sie haben aber auch genauso wie ich die Doyle-Brüder gehört, und sie meinten, daß zwischen ihnen absolut nichts im Gange ist.«

»Sie nehmen sich eben in acht, mehr nicht.«

»Ach, vergessen Sie's. Der Catt hat seinen Hals riskiert, um uns zu retten, und ich bin ihm so lange dankbar, bis ich einen verdammt guten Grund finde, es nicht zu sein. Und Aarens ist nichts wert. Typen wie ihn kenne ich zur Genüge, und ich kann Ihnen eins flüstern, wenn es nach mir ginge, würde ich mit Aarens nicht das Geringste zu tun haben wollen.«

Kris zog sich, so weit es ging, in die Nische zurück. Angst um Zainal ließ eisige Schauer über ihren Rücken rieseln. Wußte Mitford, daß gegen den Catteni eine derartige Stimmung herrschte? Wahrscheinlich, und das war sicherlich der Hauptgrund, weshalb Zainal ständig Kundschafterdienste versehen mußte – um die Möglichkeit offener Feindseligkeiten weitgehend auszuschließen.

»Wann wird Mitford ihn fallenlassen? Er sagte, er würde es tun, wenn er alles erfahren hätte, was er weiß. Mir scheint, als wäre es bald soweit.«

»Vielleicht schickt er ihn deshalb ständig raus. Damit

jemand anderer ihm die Arbeit abnimmt, ihn aus dem Weg zu schaffen.«

»Das nächste Mal kommt er vielleicht nicht mehr zurück«, sagte eine neue Stimme und kicherte boshaft. »Wir brauchen hier keine Catts.«

»Ach, ihr seid ja widerlich. Er ist ein ganzer Mann, und er ist nützlich. Man braucht nützliche Leute nicht unbedingt zu lieben, aber man kann sie sinnvoll einsetzen. Und genau das tut Mitford mit ihm.«

Das Gesprächsthema wechselte, als der erste Mann ins Wasser stieg.

»Verdammt, ist das kalt! Mir frieren glatt die Eier ab!«

»Hast du denn welche?«

Kris verzog angewidert das Gesicht und hörte nicht mehr zu, als die Bemerkungen immer obszöner wurden. Die Männer waren noch schlimmere Klatschweiber als die Frauen selbst. Kris kauerte sich in den Schatten, lehnte sich mit dem Rücken gegen den kalten Stein und wartete. Glücklicherweise hatte die Gruppe genauso wenig Lust wie sie, sich über Gebühr lange im kalten Wasser aufzuhalten, und sie kamen schnell wieder heraus und zogen sich an. Kris wartete noch einen Moment länger, bis die Männer nach ihrer Einschätzung die oberen Korridore des Höhlensystems erreicht hatten, und verließ dann den See.

Sie schaute in Mitfords ›Büro‹ vorbei, aber er hatte eine Menge Leute zu Besuch, die alle gleichzeitig aufeinander einredeten und sich gegenseitig Zeichnungen und Diagramme vor die Nasen hielten, daher suchte sie ihre eigene Höhle auf. Ihr nächster Tagesordnungspunkt war ein tiefer, ausgiebiger Schlaf.

Während ihrer letzten Tour hatte jemand ihre Abwesenheit benutzt und einige Zweige gestohlen, die ihre Matratze bildeten, daher schlief sie nicht ganz so komfortabel, wie sie gehofft hatte. Trotzdem war sie ausgeruht, als sie noch vor Tagesanbruch erwachte. Als sie die Haupthöhle betrat, holten Jäger sich eine Tasse von dem heißen Kräutertee, ehe sie aufbrachen, um Fallen zu kontrollieren oder auf die Jagd zu gehen. Mit der Tasse in der Hand streifte sie umher auf der Suche nach Jay oder Sandy. Mit ihnen könnte sie offen über Zainal reden. Zu diesem Zeitpunkt konnte Kris sich einfach nicht vorstellen, daß Mitford den Catteni aus irgendeinem Grund hinrichten würde. Und es war einfach unvorstellbar, daß Zainal als Spion zwischen die Gefangenen »geschmuggelt« worden war. Er war hier, weil andere Catteni sich an ihm rächen wollten. Sandy war nirgendwo zu sehen und auch sonst niemand, den sie einigermaßen kannte.

Sie fand einen freien Stein im vorderen Teil der Höhle. Dort ließ sie sich nieder und verfolgte, wer alles zum Frühstück die Höhle betrat, und wartete auf Zainals Erscheinen. Sie fragte sich, wie es Coo mittlerweile ging. Sie hätten nicht zulassen sollen, daß er den Flugapparat abmontierte. Der Sturz war ihm gar nicht gut bekommen, auch wenn Lenny und Kris ihm zu einer halbwegs weichen Landung verholfen hatten.

Sie hörte das Rumpeln und den Warnschrei der Wächter im gleichen Moment. Sie rannte hinaus auf die Felsleiste, um nachzusehen, wer oder was den Lärm erzeugte. Was immer es war, es war noch ziemlich weit entfernt, aber es klang verdächtig nach dem riesigen Ernteschiff. Nur hatte das Schiff alles aufgesammelt und mitgenommen. Oder etwa nicht?

»Wo ist Mitford?« wollte der Rufer wissen, und mehrere Jäger entfernten sich, um ihn zu suchen. Kris dachte nur an Zainal.

Sie traf ihn, prallte gegen ihn, wurde von seinem harten Körper zurückgeworfen und stieß sich dabei den Kopf an der Felswand des Korridors. Seine Hand legte sich um ihren Oberarm, um sie festzuhalten.

»Schon wieder ein großes Schiff, Zainal«, sagte sie und zeigte nach draußen. Der Catteni hielt ihren Arm fest und strebte mit ihr und anderen, die von der allgemeinen Hektik geweckt worden waren, nach draußen.

Und wieder einmal, diesmal in der Dunkelheit, kletterte jeder, der dazu fähig war, so weit wie möglich nach oben und blickte in die Richtung des heranschwebenden Schiffs.

»Meint ihr, sie führen eine Vergeltungsaktion durch?« fragte jemand. »Nachdem wir uns an ihren Maschinen vergriffen haben?«

»Zainal?« rief Mitford fragend.

»Hier.«

»Haben Sie irgendeine Idee?«

Kris konnte erkennen, daß Zainal den Kopf leicht auf die Seite gelegt hatte und aufmerksam lauschte.

»Dem Klang nach eine Maschine der Catteni«, stellte er fest. Dann deutete er zum Himmel, als ein riesiges Gebilde, dessen Umrisse durch blinkende Lichtpunkte bestimmt wurde, sich aus dem Halbdunkel schälte. Selbst Kris konnte die grundlegenden Konstruktionsunterschiede zwischen dem ersten riesigen und diesem Schiff erkennen, das bei weitem nicht so groß war, falls die Lichterketten tatsächlich seine äußeren Begrenzungen darstellten. Zainal betrachtete es noch einen Augenblick länger, dann deutete er in Richtung des Schlachthauses. »Dorthin.«

»Mein Gott ... was tun sie?«

»Ist es möglich, daß sie weitere Gefangene bringen, Zainal?« fragte Mitford.

»Ja. Das ist durchaus möglich.« Er begann hinabzuklettern. »Wer kommt mit mir?«

»Ich habe nicht verlangt, daß Sie gehen sollen, Freund«, erklärte Mitford mit gepreßter Stimme.

»Nur schnelle Läufer«, sagte Zainal und ignorierte Mitfords Einwand. »Sie müssen nämlich ausladen.«

»Ja, aber Sie würden schnell genug dort sein, um mit ihnen zu starten, nicht wahr?« sagte Mitford drohend und trat aus der Dunkelheit, um Zainals Arm zu packen.

Kris hielt den Atem an. Vielleicht hatte Mitford am Ende doch nichts gegen eine Hinrichtung des Catteni, aber Kris wollte nicht, daß Zainal getötet wurde. Dafür mochte sie ihn viel zu sehr!

»Tun Sie nur nichts Dummes, Sarge«, sagte sie. »Ich gehe mit ihm.«

»Natürlich tun Sie das«, sagte Mitford rätselhaft. Sie mußten innehalten, weil der Lärm des sie überfliegenden Vehikels jede Unterhaltung unmöglich machte. Zainal behielt das Schiff im Auge und nickte dann.

»Transport. Mehr Leute. Wir müssen versuchen. Noch ist Nacht«, sagte Zainal, ergriff Kris an der Hand und zog sie hinter sich in die Senke.

»Was versuchen?« rief Mitford, aber Zainal spurtete bereits durch den Hohlweg in die Richtung, in der das große Raumschiff über ihnen unterwegs war, und zog Kris hinter sich her.

Sie hörte widersprüchliche und verwirrende Befehle hinter sich, während Zainal weiterrannte. Zuerst fragte sie sich, weshalb er so sehr darauf erpicht war, sie mitzunehmen, doch dann mußte sie sich darauf konzentrieren, wohin sie trat, um mit ihm mitzuhalten. Daß sie es schaffte, war ein Vorteil. Sie war auf diesem verrückten Planeten körperlich weitaus fitter, als sie es je gewesen war. Sie konnte andere folgen hören, vernahm ihre Flüche über das unwegsame Gelände, aber sie behielt Zainal und den Pfad im Auge, den er für sie bahnte.

Sie hatten vor den Nachfolgenden einen beträchtlichen Vorsprung, als Zainal ihr eine kurze Pause von einigen Sekunden gestattete. Sie befanden sich auf der abfallenden Seite des Kammes, wo die Lichter des Raumschiffs durch die Beschaffenheit des Geländes verdeckt wurden. Kris zwang sich, ruhiger zu atmen, damit sie reden konnte.

»Benutzen sie denselben Platz, an dem sie uns abgesetzt haben?« fragte sie.

»Das wäre gut«, sagte er. »Dort ist nichts.«

Sie verstand es so, daß das Feld leer und daher ein geeigneter Ort wäre, um dort bewußtlose Körper abzuladen. Sie wa gespannt, wie lange es dauerte, oder verfügten die Catteni über eine Vorrichtung, die es ihnen gestattete, die Körper einfach aus dem Laderaum des Schiffs herauszurollen, ohne jeden einzelnen gesondert zu behandeln? Dann erinnerte sie sich allzu lebhaft daran, was lebendigen Wesen drohte, wenn sie auf den Feldern dieser verdammten Welt herumlagen. Kein Wunder, daß Zainal es so eilig hatte. Bis zum Morgengrauen dauerte es noch einige Zeit. Schafften sie es schnell genug zum Landeplatz, um ein Gemetzel zu verhindern?

Er lief wieder los, und sie folgte ihm. Dabei wurde ihr schmerzlich bewußt, daß sie von dem Feld aus zwei Tage gebraucht hatten, um die Höhlen zu erreichen. Auch wenn man bedachte, wie schnell Zainal sich bewegte, würden sie es bis zu dem Feld schaffen, ehe das Schiff wieder startete? Nun, sie mußten es versuchen. Oder hoffte er vielleicht, sich von einem der Punkte, von denen aus man das Feld überschauen konnte, bemerkbar machen zu können? Sie eilten jetzt einen Berghang hinauf, und Zainal blieb so unvermittelt stehen, daß sie gegen ihn prallte.

»Hey, das nächste Mal sagen Sie vorher Bescheid, ehe Sie ...« Ihre Stimme versagte, als sie erkannte, daß die blinkenden Lichter viel höher standen, als sie hätten stehen müssen, wenn ein Schiff landete. Sie hatten sein langsames Absinken nicht verfolgen können. Zainal fluchte, wirbelte herum und schaute auf den Weg zurück, den sie gekommen waren. Dabei zeichnete er mit seinem Arm die Linie nach, die das Schiff verfolgt hatte, als versuche er sich diese Richtung genau einzuprägen. Er nahm erneut den Abhang in Angriff, den sie soeben hinuntergerutscht waren, krallte sich mit den Zehen im Erdreich fest und rutschte aber immer wieder ein Stück ab.

Kris folgte ihm kopfschüttelnd, unterbrach ihren Aufstieg nur kurz, als das Aufheulen der Triebwerke ihr mitteilte, daß das Schiff sich aus dem Schwerkraftbereich des Planeten löste. Die Feuersäule seines Antriebs war genauso hell, wie sie es von Raketenstarts von Cape Kennedy in Erinnerung hatte. Sie hätte sich dieses Schauspiel gerne in Ruhe angesehen, aber sie mußte zusehen, daß sie bei Zainal blieb.

Sie erreichten dank des Tempos, das Zainal vorlegte, die anderen schon nach kurzer Zeit.

»Das Schiff hat seine Ladung bereits gelöscht«, teilte sie ihnen mit, wobei sie einen Angehörigen der Gruppe als Stütze benutzte, während sie ihre Erklärung hervorkeuchte. »Wir müssen auf diesem Weg zurück und versuchen, dort zu sein, ehe die Aasfresser sie alle töten.«

»Hatte der Catt es deswegen so verdammt eilig gehabt?«

»Zum Teufel, er wollte sie einholen, um endlich von diesem verdammten Planeten verschwinden zu können«, rief ein anderer Mann atemlos.

»Denken Sie, was Sie wollen, aber werden Sie mithelfen?« rief Kris über die Schulter, während sie Zainal folgte.

Weitere Helfer gesellten sich zu ihnen, als sie wieder durch die Schlucht – diesmal in entgegengesetzter Richtung – eilten. Die Morgendämmerung hellte bereits den Himmel auf, so daß sie das Gelände besser erkennen konnten. Dort, wo der Pfad sich teilte und in die Schlucht hinabtauchte, hielt Zainal sich weiter auf dem Hügelkamm und bedeutete Kris mit Handzeichen, sie solle Mitford Meldung erstatten, der vor seinem »Büro« stand, die Daumen hinter den Gürtel gehakt.

»Brauche Slav dringend«, fügte Zainal hinzu und stürmte wieder los.

»Was, zum Teufel, ist hier im Gange?«

Kris stoppte, stützte die Hände auf die Knie und kam gerade soweit wieder zu Atem, um antworten zu können. »Wir brauchen Slav. Das Schiff ist gestartet. Es hat seine Fracht bereits gelöscht. Wir müssen schnellstens dorthin, sonst kommen diese Aasfresser.«

»Dann aber schnell!« Mitford reagierte sofort und rief nach Slav, Pess, Tesco, Su und Dowdell, während Kris sich wieder an Zainal hängte.

Sie holte ihn schließlich ein, als er an einem der zahlreichen Bäche Halt machte, um sich den Mund auszuspülen. Die Sonne war noch nicht aufgegangen, und die Luft war kühl, aber sie war von der Anstrengung erhitzt und fragte sich, ob sie wohl bis zum Ziel durchhalten würde.

»Mitford hat weitere Hilfe organsisiert. Ist es noch weit?«

Er schüttelte den Kopf. »Das Schiff steigt auf.« Er blickte zum heller werdenden Himmel hinauf. »Glück.«

Sie hoffte es, aber wie lange versuchten diese Aasfresser, ihren Hunger zu stillen? Reichte dieses Dämmerlicht aus, um sie dorthin zurückzuschicken, wo sie sich vor dem Tageslicht versteckten? Sie konnte wieder etwas besser atmen, warf sich einfach auf den Bauch und tauchte ihr erhitztes Gesicht ins kalte Wasser, nahm einen Mundvoll und ließ davon nur ein paar Tropfen bis in ihren Magen hinabrinnen.

Dann rannten sie weiter.

Eigentlich legten sie ein ansehnliches Tempo vor, dachte sie nun, da sie sich ein wenig erholt hatte. Sie versuchte sich nicht vorzustellen, was Aasfresser auf einem ganzen Feld voller warmer, lebendiger Körper anrichten konnten. Das waren keine besonders produktiven Überlegungen! Wenigstens sollte jetzt jedem im Lager klar geworden sein, daß Zainal die Absicht gehabt hatte, Leute zu »retten« und nicht von diesem Planeten zu verschwinden. Obgleich sie ihm keine Vorwürfe gemacht hätte, wenn dies seine wahre Absicht gewesen wäre. Ob er sie wohl mitgenommen hätte? Auch das war kein produktiver Gedanke, aber sie begann sich darüber klar zu werden, wieviel der große Mann ihr mittlerweile bedeutete. Sie hatte bisher noch niemanden getroffen, der sie als kompetent und gleichrangig behandelte. Und seit dem Moment, als sie ihn im Flitzer niedergeschlagen hatte, war er ihr nicht mehr zu nahe gekommen. Aus Bemerkungen, die sie in den Küchen auf Barevi aufgeschnappt hatte, wußte sie, daß die Catteni, um es dezent auszudrücken, anatomisch genauso ausgestattet waren wie terranische Männer. Allerdings, wie eine Frau es knapp und treffend bemerkte, nur etwas reichlicher. Trotzdem paßten die beiden Rassen, was die Fortpflanzung betraf, nicht zusammen. Eine Verbindung zwischen Catteni und Mensch würde niemals Nachwuchs hervorbringen. Zainal behandelte sie zwar nicht genauso, wie er männliche Angehörige ihrer Erkundungstrupps behandelte, jedoch legte er stets eine Höflichkeit an den Tag, die sie sehr ungewöhnlich fand und manchmal sogar auf sich persönlich bezog. Auch wenn er es ihr verdanken konnte, daß er sich bei diesem Haufen mißtrauischer, undankbarer und manchmal intoleranter Humanoiden befand. Obgleich die Catteni die »unterdrückende« Rasse waren, schienen die Deski und die Rugarianer Zainal nicht feindselig gegenüberzustehen ... ganz bestimmt nicht in dem Maße wie die Terraner.

Kris befand sich nun auf fremdem Terrain und sah zu ihrer Erleichterung die Sonne aufgehen, die die Schatten vertrieb, so daß sich die Gefahr verringerte, auf dem unebenen Untergrund zu stolpern und zu stürzen. Vor einer Sache fürchtete sie sich – einer Verletzung, für deren Behandlung ihr dürftiges Erste-Hilfe-Material nicht ausreichte. Oder vor fremdartigen Infektionen, die sich als lebensbedrohlich erwiesen. Die antiseptische Lösung der Catteni war keine spezielle Substanz für alles, was einem zustoßen konnte. Und das Betäubungsmittel der Pfeile könnte sich als großer Segen erweisen.

Zainal stürmte jetzt den Berg vor ihnen hinauf und entschied sich bei den steileren Abschnitten für einen Serpentinenkurs. Auf der Spitze wartete er auf sie und deutete voraus. Zwei Felder weiter konnte sie die Würfelformen der cattenischen Vorratskisten und dahinter die Flächen erkennen, auf denen reglose Körper lagen. Auf diese Entfernung konnte sie nicht ausmachen, ob sie bereits von den Aasfressern behelligt wurden.

Zainal wölbte eine Hand über den Mund und stieß einen gespenstischen Schrei aus. Sie glaubte zu hören, wie er von einem der Aliens, die ihnen folgten, beantwortet wurde. Er nickte zufrieden und machte sich an den Abstieg. Dieser Berghang war mit einem dornigen Gewächs überwuchert, das sich beharrlich an das Gewebe ihres Overalls klammerte. Zainal, der an einem dicken Ast hängengeblieben war, holte sein Beil hervor und hackte den Ast ab. Obgleich vom Mutterstrauch getrennt, blieb er haften.

»Vorsicht«, sagte Zainal und hob die freie Hand, um sie zurückzuhalten. »Erst zerhacken«, fügte er hinzu und deutete auf die Büsche, die ihr den Weg versperrten.

»Kann ich Ihnen helfen?«

»Laufen Sie runter. Schnell«, sagte er und deutete eindringlich hinunter auf das Feld. »Stampfen, schreien.«

Sie zögerte einen kurzen Moment, aber das Funkeln seiner Augen, als er von dem dornigen Ast hochblickte, den er von seinem Overall zu lösen versuchte, reichte aus, um sie weiterrennen zu lassen. Sie benutzte ihr Beil, um für sich einen Weg zu schlagen und zu schneiden und erreichte schließlich freies Gelände, das nur noch von den Stoppeln des abgeernteten Getreides bedeckt war. Als sie kurz über die Schulter schaute, sah sie, daß Zainal sich endlich von dem Ast befreit hatte. Also rannte sie weiter, überquerte das Feld, sprang über die niedrige Hecke am anderen Ende und hinunter auf das nächste Feld. Sie glaubte Schreie vom Landefeld zu hören. Das beschleunigte ihre Schritte, ließ sie wilde Cowboyschreie ausstoßen, wie sie es früher als Kind beim Spielen häufig getan hatte. Vor der nächsten Begrenzungshecke hielt sie lange genug an, um eine Handvoll Steine vom Boden aufzuheben. Dann setzte sie über diese Hecke und landete beinahe auf dem Gesicht einer Gestalt, die dort lag. Ein Mensch. Tatsächlich waren alle, die in ihrer Nähe lagen, Terraner. Einige waren bereits von den Aasfressern attakkiert worden.

Zuerst warf sie ihre Steine in einem hohen Bogen so weit sie konnte und stieß dabei wilde Schreie aus. Dann eilte sie mit stampfenden Schritten am Feldrand entlang, rannte ein Stück und sprang dann wieder mit beiden Füßen so wuchtig wie möglich auf den Untergrund. Dabei schrie und brüllte sie, bis sie die obere Begrenzung erreichte. In der Mitte des Feldes war noch nichts von Aasfressern zu sehen, daher hielt sie sich weiterhin am Rand, stampfte, kreischte und hielt nur inne, um wieder Atem zu schöpfen und um ihren trockenen Mund anzufeuchten. Sie hatte zwei Seiten des Feldes auf diese Art und Weise abgeschritten, als sie die anderen eintreffen sah und ihnen zurief und mit Gesten bedeutete, sie sollten das Feld in der anderen Richtung umgehen.

Dann bemerkte sie, wie mehrere Leute aus ihrem Betäubungsschlaf erwachten, und eilte hin, um ihnen zu helfen. Auch diesmal hatten die Catteni Leute in Wassernähe abgeladen, und sie holte Tassen von den Gürteln, um den Leuten etwas zu trinken zu holen und ihnen dabei behilflich zu sein, sich von ihrer Tortur zu erholen.

Dowdall öffnete die Kisten, holte zuerst die Erste-Hilfe-Pakete und die Decken heraus, während die anderen so gut wie möglich diejenigen versorgten, die bereits mit den Aasfressern Bekanntschaft gemacht hatten. Kris war derart beschäftigt, daß sie anfangs gar nicht bemerkte, daß Zainal sich nicht unter den Rettern befand.

»Tesco, wo ist Zainal?« fragte sie, als ihr sein Fehlen bewußt wurde.

»Hab ihn zuletzt da hinten gesehen.« Tesco deutete über die Schulter, ehe er sich hinkniete, um einer noch halbbetäubten Frau eine Tasse Wasser zu reichen.

Beruhigt begab Kris sich zur nächsten Gruppe, die zufälligerweise aus Deski bestand. Ein schneller Blick auf das Feld lieferte ihr die ärgerliche Information, daß keiner der Retter auch nur einen Finger rührte, um den Aliens beizustehen, daher konzentrierte sie sich ausschließlich auf sie. Nicht daß sie für die Turs besonders viel übrig gehabt hätte, die das Wasser mit deutlichem Mißtrauen betrachteten, bis sie selbst einen Schluck davon nahm und die Tasse neben sie auf den Boden stellte. Sie konnten auf diese Weise selbst entscheiden, was sie tun wollten. Drei Ilginish waren ziemlich schlimm attackiert worden und begingen Selbstmord, ehe jemand sie daran hindern konnte. Offensichtlich verschluckten sie ihre eigenen Zungen und erstickten. Ihre Gesichtshaut verlor ihre normale grüne Farbe und wurde fast pechschwarz. Andere Ilginish kamen herbei, um die Toten zu betrachten, dann verstauten sie die Leichen auf einer Seite des Feldes unter der Hecke. Die »Gesichter« der Ilginish konnten keine Gefühlsregung ausdrükken, daher wußte Kris nicht, ob sie erschüttert waren oder nicht, aber sie verteilte, so schnell es ging, Decken und Messer auch an sie und erklärte ihnen mit knappen Gesten die Verwendung der Erste-Hilfe-Ausrüstung.

Weitere Leute aus dem Camp trafen ein, unter ihnen auch Mitford. Sie war überrascht, daß er sich aus seinem »Büro« herausgewagt hatte, freute sich jedoch über seine Anwesenheit. In diesem Moment fiel ihr ein, daß sie Zainal noch immer nicht gesehen hatte.

»Sarge, sind Sie Zainal irgendwo begegnet?«

»Nein, bin ich nicht«, entgegnete Mitford und blickte stirnrunzelnd auf das Feld, wo immer mehr von den zuletzt Eingetroffenen das Bewußtsein wiedererlangten.

»Sind Sie über den dornigen Abhang runtergekommen?«

»Nein. Su hat uns davor gewarnt. Weshalb?«

Kris gab keine Antwort, sondern schnappte sich eine Erste-Hilfe-Ausrüstung und eine Handvoll Decken aus den Kisten in der Nähe und marschierte los, wobei sie sich an Gruppen von Helfern und Neuankömmlingen vorbeischlängelte und gelegentlich mit einem Sprung über Schläfer hinwegsetzte. Sie flog regelrecht über das angrenzende Feld, war im Licht des Mondes deutlich zu sehen, übersprang die niedrige Hecke, ohne aus dem Tritt zu geraten, und trabte hinüber zu dem mit Dornbüschen bewachsenen Berg. Sie waren nicht mit den barevischen Dornbüschen zu vergleichen, aber sie bildeten dort, wo sie ganz sicher war, sich einen Weg hindurchgehackt zu haben, eine dichte grüne Wand, als hätte es dort niemals einen Durchgang gegeben. Von Zainal war nichts zu sehen.

Sie machte sich jetzt große Sorgen, denn gerade Zainal hätte fähig sein müssen, sich unversehrt aus seiner mißlichen Lage zu befreien. Nervös schaute sie sich um. Da er nicht auf dem Feld gewesen war, mußte er sich immer noch irgendwo in diesem Dornengestrüpp aufhalten. Und falls die Dornen nicht giftig genug waren, um einen Catteni aufzuhalten, hätte er sicherlich nach Wasser gesucht. Die Dornbüsche waren nicht hoch genug, um seine imposante Gestalt zu verbergen. Überdies wäre er in seinem braun-grauen Overall sogar im dichten Unterholz deutlich zu sehen gewesen. Wasser!

Auf diesen verdammten maschinell bestellten Feldern gab es immer Wasser. Während dieses Feld abgeerntet worden war, mußte es irgendwo in der Nähe Wasser geben. Sie lauschte angestrengt. Und schließlich fingen ihre Ohren das unverwechselbare Geräusch von fließendem Wasser auf. Am Fuß des Hangs befand sich ein kleines Wäldchen jener Büsche mit den rautenförmigen Blättern. Diese gediehen anscheinend vor allem in der Nähe von Bächen und Flüssen.

Sie hörte ein leises Stöhnen, das zwischen fest zusammengepreßten Lippen hervordrang. Mit dem neuen Bewußtsein, daß die Sträucher auf Botany durchaus gefährlich sein konnten, schob sie die Äste des rautenblättrigen Gebüschs auseinander und sah Zainal halb in einem kleinen Bach liegen, der zwischen den Felsen hervorsprudelte, die von den Rautenblättern umwuchert wurden. Ein Stiefel war weggeschleudert worden, und sein rechtes Hosenbein war bis über das Knie hochgekrempelt und gab den Blick auf eine Wunde frei.

»Oh, Gott«, seufzte sie, als sie die heftige Entzündung auf der Außenseite seines muskulösen Beins sah. Die Dornen auf Barevi waren eher auf eine lästige Art und Weise gefährlich gewesen, aber diese Verletzung sah sehr ernst aus. Sie beugte sich über ihn und hielt zuerst Ausschau nach Anzeichen für eine Blutvergiftung. Nicht daß die graue Cattenihaut deutliche Hinweise auf eine solche Schädigung geliefert hätte. Er hatte Blut, das genauso rot war wie Menschenblut, und es war dort, wo es an seinem Bein herabgelaufen war, fast schwarz geronnen. Erst jetzt verriet die Größe der Wunde ihr, daß er sich offensichtlich den Dorn selbst aus dem Fleisch herausgeschnitten hatte.

»Autsch!« murmelte sie unwillkürlich. Sie suchte in ihrer Erste-Hilfe-Ausrüstung nach dem cattenischen Antiseptikum. Es würde wie die Hölle brennen, wenn sie es in die offene Wunde träufelte, aber welche andere Wahl hatte sie? Sie holte tief Luft und schüttete den gesamten Inhalt des Fläschchens in den Krater, den Zainal in sein Bein gegraben hatte.

»Aarrrggghhh!« Zainal schoß in eine sitzende Position hoch, um gegen diese Behandlung zu protestieren. Die rechte Hand hatte er zum Schlag erhoben, während er mit dem linken Arm eine abwehrende Geste ausführte.

Kris wich zurück und ging auf sichere Distanz.

»Ich bin's – Kris. Ich will Ihnen nur helfen, Zainal!«

Seine Augen richteten sich auf ihr Gesicht. Sie flackerten vor Schmerzen und Schreck, aber in diesem kurzen Sekundenbruchteil erkannte er sie.

»Sie sind gekommen«, hauchte er mit kaum hörbarer Stimme, ehe er in sich zusammenzufallen schien und nach hinten auf den Boden sank. Seine Augen verdrehten sich, seine Lider flatterten wie die einer koketten Schönheit unter etwas anderen Umständen, und dann wurde er ohnmächtig.

»Habe ich alles richtig gemacht, Zainal?« Sie schüttelte die massige Schulter – genauer gesagt, sie versuchte es –, um ihn zu wecken. Sie nahm die Erste-Hilfe-Tasche, die von ihrem Schoß gerutscht war, wieder an sich und überlegte, was sie sonst noch tun könnte, um ihm zu helfen. Geschwollenes Gewebe ließ sich gut mit kalten Kompressen behandeln. Bei dieser Menge an Antiseptikum in der Wunde dürfte es im Wasser kaum irgendwelche Bestandteile geben, die der Wunde schaden könnten.

In der Erste-Hilfe-Tasche befand sich eine Art Stoff, den sie mit kaltem Wasser benetzte und dann auf die Wunde legte. Zainal stöhnte ein wenig, aber er krümmte sich nicht vor Schmerzen, daher gewann sie den Eindruck, daß es nicht schaden würde, wenn sie diese Behandlung fortsetzte. Sie bastelte aus einer der Decken, die sie mitgebracht hatte, ein Kissen, klaubte ihm die Blätter und Steinchen aus seinem überraschend feinen, weichen grauen Haar und deckte seine massige Gestalt mit einer zweiten Decke zu.

Es war Mitford selbst, der sie suchte. Sie tauchte aus dem Dickicht auf, als sie ihn rufen hörte. Hinter ihm sah sie, wie die Neuankömmlinge sich formierten, um zum Camp zurückzuwandern. Er hatte nicht lange gezögert mit seiner Entscheidung, sie aufzunehmen, auch wenn es bedeutete, daß für weitere vier- oder fünfhundert Seelen gesorgt werden mußte.

»Was ist los, Kris?« fragte er und stieg scheinbar mühelos auf dem Abhang zu ihr hoch. Wie er sich trotz der umfangreichen Büroarbeit, die nun auf seinen Schultern lastete, so fit halten konnte, wußte sie nicht zu sagen, jedoch stieg er in ihrer Achtung gleich eine Stufe höher.

»Warnen Sie die Leute vor den Dornbüschen«, sagte sie zuerst und deutete auf den Berghang. Aber die Immigranten schienen einen weniger direkten Weg zu nehmen, der sie um die gefährliche Zone herumführte. »Zainal hat sich an den Dornen verwundet. Er hat sich den Dorn selbst aus dem Bein herausgeschnitten, aber er war giftig genug, um ihn völlig auszuschalten. Wir müssen eine Tragbahre basteln, um ihn zurückzuschaffen.«

Mitford erschrak sichtlich und kratzte sich am Kopf. Dabei drehte er sich halb zu seinen neuen Schützlingen um.

»Ich weiß, daß Sie zuerst dafür sorgen müssen, daß sie in Sicherheit gebracht werden, aber wenn man bedenkt, was Zainal alles getan hat ...« Sie war selbst verblüfft über die Bitterkeit in ihrer Stimme.

»Aber, aber, machen Sie mal halblang, Bjornsen. Ich hatte nicht vor, ihn im Stich zu lassen. Er ist tatsächlich viel zu nützlich.« Sie glaubte aus dem Tonfall des Sergeanten herauszuhören, daß Zainal, so nützlich er auch sein mochte, nicht sehr beliebt war, und sie erkannte, daß einiges von dem, was über ihn geredet wurde, der Wahrheit entsprach. »Wir sitzen alle im selben Boot«, meinte Mitford und grinste sie traurig an, »oder auf demselben Planeten, aber diese neue Ladung kommt nicht gerade gelegen!« Er seufzte sorgenvoll.

»Ich wollte Ihnen nicht noch mehr Probleme aufhalsen, Sarge«, entschuldigte sie sich.

»Verdammt noch mal, Bjornsen ...« Er ärgerte sich offensichtlich über ihren Versuch, sich entschuldigen zu wollen. » ... Sie sind kein Problem, und ich lasse nicht zu, daß er eins wird. Können Sie bei ihm bleiben und auf ihn aufpassen, bis ich die neuen Leute einigermaßen untergebracht habe?« Mit einer Hand umfaßte er Kris Arm, verlieh damit seinen Worten Nachdruck, während er eine Decke vom Rücken nahm und neben ihr auf den Boden warf. Dann reichte er ihr den Sack, den er bei sich hatte. »Proviant, Brennmaterial und anderes Zeug. Wo ist er denn?«

Sie führte ihn dorthin, wo Zainal auf dem Boden lag.

Als Mitford den notdürftigen Verband anhob, verzog er den Mund und erschrak sichtlich beim Anblick der Wunde, dann schob er den Verband wieder an Ort und Stelle.

»Das sieht wirklich schlimm aus. Hoffentlich hat er die Dornen auch vollständig herausgeholt, aber ich glaube, er hat es wohl geschafft.« So etwas wie Bewunderung schwang in der Stimme des Sergeant mit. »Zum Teufel, besonders gemütlich dürfte das für ihn aber nicht sein«, stellte Mitford fest, daher zogen sie zu zweit den schweren Körper aus dem Wasser. Dann, nachdem Kris eilig eine Fläche freigemacht und zwei weitere Decken ausgebreitet hatte, schafften sie es, ihn auf einen etwas bequemeren Platz zu rollen.

Danach erhob Mitford sich, schaute sich um und trat gegen die stellenweise freiliegenden Wurzelstränge der Büsche. »Wie schaffen sie es nur, in dieser wenigen Erde zu gedeihen?« murmelte er. »Es ist immerhin steinig genug, so daß diese Aasfresser einen nicht besuchen können.«

»Sie kommen nur nachts heraus«, begann Kris und erkannte, daß es durchaus längst Nacht werden könnte, ehe jemand erschien, um dem Catteni zu helfen.

»Brennmaterial ist genug vorhanden sowie einige Streichhölzer, die Cumber hergestellt hat. Wir haben nämlich Schwefel gefunden, wissen Sie?«

»Nein, das wußte ich nicht.« Dabei fragte sie sich, ob Schwefel irgendeine medizinische Wirkung hatte.

»Passen Sie auf, ich schicke so bald wie möglich eine Tragbahre zu ihnen zurück. Suchen Sie sich noch ein wenig Brennmaterial, solange es noch geht.« Er betrachtete die massige Gestalt des Catteni. »Hoffentlich spielt er nicht verrückt und läuft Amok, wenn er aufwacht.«

»Ich komme schon mit ihm zurecht, Sarge«, sagte sie und biß knirschend die Zähne zusammen.

»Sehen Sie, Bjornsen, Sie sind der Typ, der mit solchen Situationen zurechtkommt.«

Während Kris ihm nachschaute, als er den kleinen Wald verließ, fühlte sie sich durch das Vertrauen, das er in sie setzte, ein wenig ermutigt. Mitford verteilte nicht oft sein Lob, und obgleich es in dieser Situation aus rein taktischen Gründen erfolgt sein mochte, freute es sie doch, daß man sie für kompetent und fähig hielt.

Sie kehrte zu ihrem Patienten zurück und bereitete sich auf eine lange Wartezeit vor, wohl wissend, daß Zainals Wohlergehen auf der Prioritätenliste aller ganz unten stehen würde. Sie benetzte erneut die Kompressen und nahm dabei dankbar zur Kenntnis, daß das Material der Catteni nahezu unzerstörbar war. Schließlich feuchtete sie Zainals Lippen an.

Man mußte die Dehydrierung vermeiden, wenn jemand sich vergiftet hatte, nicht wahr? Seine Lippen öffneten sich leicht, als wäre Wasser das einzige, was er im Augenblick brauchte. Es gelang ihr, ein wenig Wasser durch seine Kehle rinnen zu lassen, und er begann gierig zu schlucken. Ein gutes Zeichen. Seine Stirn und seine Wangen fühlten sich warm, aber nicht glühendheiß an. Trotz früherer physischer Kontakte mit ihm konnte sie sich nicht erinnern, wie die normale Körpertemperatur eines Catteni sich anfühlte. Sie konnte überdies nicht feststellen, ob seine Haut sich durch das Fieber verändert hatte, wie es bei einem Terraner der Fall wäre. Während sie einerseits froh war, daß Catteni nicht per se vor natürlichen Gefahren bewahrt wurden, tat es ihr andererseits verdammt leid, daß Zainal von etwas so Lächerlichem wie einem Dorn ausgeschaltet worden war.

Kapitel Neun

Beim zweiten Mondaufgang kehrten Jay Greene, Slav, die Doyle-Brüder und, zu Kris' Überraschung, auch Coo zurück. Mittlerweile schwitzte Zainal heftig, und sie versuchte ihm mit ständig frischen Kompressen Kühlung zu verschaffen. Aber an ihm war so unendlich viel, was gekühlt werden mußte! Er war unruhig, regte sich aber nicht so heftig, daß sie Schwierigkeiten gehabt hätte, ihn im Bett festzuhalten. Aber sie machte sich immer größere Sorgen. Leise Schleifgeräusche hatten in ihr die Angst geweckt, daß die Aasfresser dreist genug wären, in das Felsental einzudringen. Sie war mehrmals mit wuchtigen Schritten über die Lichtung gestampft und hoffte, sie abgeschreckt zu haben. So feige, wie sie waren, hatten sie es nur auf stille, wehrlose Opfer abgesehen.

Sie weinte trotzdem beinahe vor Erleichterung, als sie hörte, wie ihr Name gerufen wurde. Sie warf weiteres Brennmaterial in das kleine Lagerfeuer, um ihnen den Weg zu weisen.

»Das ist Dr. Dane, Kris«, sagte Jay und schob den Mediziner durch das Dickicht. »Auf der Erde hat er sogar Catteni behandelt.«

»Gott sei Dank«, stieß Kris hervor, zog den Doktor zu seinem Patienten und entfernte die letzte kalte Kompresse, um ihm die häßliche Wunde zu zeigen. Sie sah im flackernden Feuerschein noch schlimmer aus.

»Lieber Himmel«, sagte Dane, und sein australischer Akzent war unverkennbar. Er warf ihr einen forschenden Blick zu, ehe er neben dem Patienten in die Knie ging. »Er hat sich selbst ganz gut versorgt, was?« Mit geschickten Fingern betastete er die Ränder der klaffenden Wunde. »Er hat alles rausgeholt, würde ich sagen. Zähe Burschen, diese Catteni. Sie haben wohl die ganze Flasche reingekippt, nicht wahr?« Nun grinste er sie an. »Gut gemacht.«

»Es war alles, was ich hatte, und es ist eigens für die Catteni vorgesehen«, sagte sie und bemerkte dabei, daß sie die Hände rang.

»Sie haben durchaus das Richtige getan.« Er prüfte Zainals Haut, legte eine Hand auf seine Brust und danach auf die ziemlich dicke Halsschlagader. »Trotz allem nicht allzu schwach. Na schön, schaffen wir ihn schnellstens zurück. Hey, was ist?« Er hatte sich nach der Untersuchung aufgerichtet und sah Coo, der sich am Feuer hinkauerte, um etwas, das er in der Hand hielt, im Licht zu untersuchen.

Die Hand des Deski zitterte – vor Erschöpfung, nahm Kris an, und sie war dem Alien zutiefst dankbar, daß er trotz seines eigenen angegriffenen Zustands einem verletzten Catteni helfen wollte. Coo untersuchte die hellgraue Krone eines Dornbuschs, den neuen Trieb, da die Vegetation auf diesem gottverlassenen Planeten sich nach bestimmten botanischen Gesetzmäßigkeiten richtete. Dann, ehe sie irgend etwas dazu bemerken konnte, hatte Coo sich seinen Fund in den Mund gesteckt und zerkaute ihn mit allen Anzeichen des Genusses und der Erleichterung. Danach sprang der Deski wieder auf und wandte sich, weitaus energischer als an den vorhergehenden Tagen, um und stürmte den Berghang hinunter.

»Was hatte das denn zu bedeuten?« fragte der Arzt überrascht.

»Ich denke, Coo hat etwas gefunden, um seinen ernährungsmäßigen Mangel auszugleichen«, sagte Kris geschraubt.

»Des einen Freud, des anderen Leid«, bemerkte der Mann philosophisch. »Aber jetzt sollten wir diesen vergifteten Zeitgenossen schnellstens zurück in die Zivilisation transportieren. Dieses Lager, das Mitford da organisiert hat, ist schon erstaunlich«, fügte er anerkennend hinzu.

»Was die Yankees anfangen, erledigen sie gründlich«, meinte Jay grinsend.

»Und wie steht es mit dem irischen Improvisationstalent?« fragte Lenny Doyle und spielte den Beleidigten, während er Stoffstreifen an langen Stangen befestigte.

»Meinst du, das ist kräftig genug, um ihn zu tragen?« fragte Ninety und ließ den Blick skeptisch zwischen Zainals massiger Gestalt und der Tragbahrenkonstruktion hin und her gleiten.

»Diese Decken sind praktisch unzerstörbar«, sagte Jay.

Alle mußten anfassen – wobei Kris die schweren Füße des Catteni festhielt –, um den bewußtlosen Zainal auf die Tragbahre zu hieven. Weitere Deckenstreifen sicherten ihn dort für den mühsamen Rückmarsch zum Camp.

Kris trat mit den Füßen das Feuer aus und verstaute das nicht verbrauchte Brennmaterial im Rucksack, den Mitford ihr gegeben hatte, und folgte ihnen. Im hellen Schein des großen aufgehenden Mondes war Coo eifrig damit beschäftigt, die Zweigspitzen der Dornbüsche abzupflücken und sie in den offenen Oberteil seines Overalls zu stopfen.

»Ist es das, was Sie brauchen, Coo?« rief Kris. »Soll ich mitpflücken?«

»Neeeiiin«, erwiderte Coo und schüttelte heftig den Kopf. »Schleeecht füüür Meeenschen.« Mit einer Hand fuchtelte er in der Luft herum, um sie zu warnen, den Büschen fernzubleiben, während er weiterhin die jungen Triebe mit der anderen Hand erntete.

Sie versuchte sich ins Gedächtnis zu rufen, wie viele der jüngsten »Immigranten« Deski waren, aber plötzlich stellte ihr angespannter und müder Geist das Denken ein. Sie reihte sich hinter den Bahrenträgern ein und war froh, daß ihre lange und besorgte Wachperiode zu Ende war.

Als sie ihren Dienst als Bahrenträger begann – worauf sie bestand –, hatte Leon Dane einige interessante und merkwürdig freudige Neuigkeiten für sie: Die Erde wehrte sich gegen die cattenischen Invasoren – eine offenbar noch nie dagewesene Reaktion.

Die Methode der Catteni, einen Planeten zu unterdrücken, indem sie dort landeten und ganze Städte entvölkerten und deren Bewohner einfach mitnahmen, konnte eine Rasse total einschüchtern. Aber nicht die Terraner. Trotz der Invasion flammte der Widerstand in dem Augenblick auf, als die riesigen cattenischen Transportschiffe die ersten Geiseln aufnahmen. Leon Dane war in Sydney geblieben, wo er seine Funktion als Arzt dazu benutzt hatte, wichtige Informationen an eine überaus aktive Widerstandsgruppe in den Blue Mountains weiterzuleiten. Auf deren Veranlassung hin hatte er sich freiwillig gemeldet, um Catteni zu behandeln, denn trotz ihrer dicken Haut gab es bei ihnen Knochenbrüche, und sie waren in »Unfälle« verwickelt, die für einen Menschen mit Sicherheit tödlich verlaufen wären.

»Wenn man die Schwächen des Eindringlings kennt, hat man eine viel bessere Chance, sich gegen ihn zur Wehr zu setzen«, meinte er grinsend zu Kris, während sie über das zweite Feld wanderten. »Das war mein Job. Unglücklicherweise gibt es nicht viel, womit man einen Catteni ausschalten kann, und sie scheinen gegenüber jeglichem terranischem Gift, das ich bei ihnen ausprobiert habe, unempfindlich zu sein. Natürlich nur, um irgendwelche klinischen Reaktionen zu beobachten. Aber bei ihren reizenden Vierundzwanzigstunden-Vendettas können sie einander ganz übel zurichten. Sie sterben nicht so schnell, aber es macht ihnen Spaß, einander zu zerfetzen.«

»Ich bin froh, daß Sie bereit waren, Zainal zu helfen. Er war nämlich ein Opfer dieser Vierundzwanzigstunden-Vendettas.«

»Tatsächlich? Und sie haben ihn in Ihren Transport gesteckt?«

Kris nickte und stellte nebenbei fest, daß es ziemlich ermüdend war, sich zu unterhalten und gleichzeitig die schwere Bahre zu schleppen.

»Wie wurden *Sie* geschnappt?« fragte sie den Arzt.

»Ha! Wir hatten Befehl, zu einer bestimmten Zeit und an einem bestimmten Ort eine Protestversammlung abzuhalten, und ich wurde von meinem Krankenhaus für mögliche Rettungsmaßnahmen hingeschickt. Ich geriet zusammen mit allen anderen in einen Gasangriff. Die Catts stellen niemals Fragen. Auf diese Art und Weise sind sie sehr effektiv. Aber jemanden der ihren mit einer Kolonistentruppe mitzuschicken ...« Er schüttelte ungläubig den Kopf. »Was hat er getan?«

»Er hat einen Patrouillenführer getötet«, erzählte Kris. »Ich habe von meinem Versteck aus beobachtet, wie sie ihn jagten.«

»Sie haben sich versteckt?«

Kris grinste. »Auf Barevi.«

»Barevi?« Er lächelte amüsiert. »Das klingt nach Eingeborenen.«

»Barevi ist einer ihrer Verteilungs- sowie Urlaubs- und Vergnügungsplaneten. Es gibt nur eine große Stadt mit mehreren Raumhäfen. Der Sklavenhandel ist dort die Hauptindustrie. Und die Versorgung der cattenischen Schiffe mit Nachschub. Ich habe, indem ich den Typen beobachtete, dem ich gehörte, herausbekommen, wie man einen ihrer kleinen Flitzer fliegt, und habe ihn eines Abends ausgeliehen.« Sie grinste Leon an. »Ich kam im Dschungel ganz gut zurecht, bis der da ...« Sie deutete mit einer Kopfbewegung auf Zainal. » ... mir praktisch in den Schoß fiel. Ich brachte ihn dorthin zurück, wohin er gehörte, und geriet ebenfalls in eine Demonstration, die von den Catteni mit Gas niedergeschlagen wurde.«

»Hmmm.«

»Er wußte einiges über diesen Planeten, und es reichte

aus, damit wir nicht von diesen Aasfressern verzehrt oder von den Flugtieren geschnappt wurden.«

»Die Catts haben uns nicht allzu viele Hilfsmittel mitgegeben«, sagte er mit düsterer Stimme.

»Zainal erzählt, daß die Catteni auf diese Weise eine ganze Reihe fremder Planeten kolonisiert haben.« Sie musterte ihn prüfend von der Seite und fragte sich, ob sie ihn mit der nächsten Bemerkung wohl beleidigen würde. »Sie sind in etwa so, wie ihr Aussies früher mal gewesen wart. Wir haben uns darauf geeinigt, diesen Planeten Botany zu nennen.«

»Ist das wahr?« Leon Dane sah sie verblüfft an, aber er lächelte. »Nun ja, irgendwie paßt es ganz gut. Australien – nun ja, zumindest Sydney und Umgebung – wurde von Sträflingen besiedelt.«

»Und die haben ihre Sache doch ganz gut gemacht, oder etwa nicht?«

»Ich glaube schon, Kris Bjornsen. Dabei hatten sie genauso wenig wie wir. Vielleicht sogar noch weniger. Wir haben wenigstens eine ganze Reihe Spezialisten.«

»Viele Aliens? Deski, Turs, Rugarianer?«

Leon zuckte die Achseln. »Ich beschäftigte mich zwar hauptsächlich mit menschlichen Verletzungen. Aber ich habe wohl ein paar seltsam aussehende Wesen in der Lazaretthöhle gesehen. Spindeldürr wie der, der uns begleitete, um Sie zu holen.«

»Das ist ein Deski. Ihnen geht es hier nicht so gut. Ihnen fehlen wichtige Teile ihrer Ernährung.«

»Hat dieser Bursche deshalb die Dornbüsche abgepflückt?«

»Ich hoffe es.«

Dann erschienen Lenny und Ninety und verkündeten, daß sie sich genügend ausgeruht hätten und die Bahre nun wieder übernehmen könnten. Kris war gerne bereit, ihr Ende der Tragbahre weiterzugeben, obgleich sie danach während des restlichen Wegs zum Lager ein schlechtes Gewissen hatte.

Im flackernden Schein zahlreicher Fackeln befragten Mitford, Murph, Greene und Dowdall noch immer die Neuankömmlinge, als die Retter zur Zeit des dritten Mondaufgangs eintrafen. Trotz der späten Stunde – oder war es schon früh? – herrschte noch Betriebsamkeit, und es duftete es nach frisch gebratenem Fleisch.

Anstatt jedoch die Haupthöhle aufzusuchen, schwenkten die Träger in eine der kleineren Höhlen ab.

»Das Lazarett«, sagte Lenny, als Kris sich erkundigte. »Eine tolle Einrichtung.« Aber daß er ihr dabei nicht in die Augen sehen wollte, beunruhigte Kris.

»Ich bleibe bei ihm«, erklärte sie mit Nachdruck. »Er braucht ...«

»Sie« – damit stieß Leon Dane einen Finger gegen ihre Brust – »brauchen jetzt Ruhe.« Im Licht der Fackeln erkannte sie, daß er ein gutaussehender Mann Mitte dreißig war, dazu ziemlich mager, wie man es bei vielen Australiern beobachten konnte.

»Ich ruhe mich lieber bei meinem ... Partner aus«, sagte sie und sprach das Wort mit einem Ausdruck trotzigen Stolzes aus.

»So ist es also?«

»NEIN! Nicht so«, sagte sie nun heftig. »Aber ich habe ihn in diese mißliche Lage gebracht, und ich halte zu ihm.«

»Das finde ich gut, Kindchen«, sagte Dane und drückte aufmunternd ihren Arm. »Aber für ihn wird bestens gesorgt, während Sie« – und er stieß erneut mit einem Finger gegen ihre Brust – »schlafen.«

Es war eine kleine Höhle, und jeder, der sie betrat, mußte sich bücken oder das Risiko eingehen, sich den Schädel einzurennen. Im Inneren der Höhle würde die Höhe bei weitem sogar für Zainal ausreichen, wenn er sich erst einmal erholt hätte. Sie sprach dieses »wenn« in Gedanken so zuversichtlich wie möglich aus, obgleich er für ihr Verständnis viel zu still dalag, als seine Bahre auf einen Haufen mit Decken belegter Äste und Zweige gesetzt wurde. Auf der anderen Seite des Raums stand ein zweites Bett, und sie schaute sehnsüchtig hinüber. Dann konzentrierte sie sich wieder auf den Verletzten und bekam mit, wie Dane die Wunde untersuchte und Zainal den Puls fühlte.

»Er wird es wohl schaffen. Ein zäher Bursche«, sagte der Arzt. »Sie«, meinte er, deutete auf Kris und dann auf das Bett, »legen sich jetzt hin. Ich schaue im Laufe der Nacht noch einmal nach.« Er lächelte. »Bisher habe ich noch keinen Catteni verloren, der bei mir in Behandlung war.« Dann, als sie seiner Anweisung nicht sofort Folge leistete, schob er sie in Richtung Bett, gab ihr einen Stoß, so daß sie auf das Lager aus Zweigen sank, und breitete die Decke über sie. »Schlafen.«

Sie ergab sich, schreckte ein- oder zweimal hoch, als sie irgendwelche Geräusche hörte, aber sie wurden jedesmal von Dane verursacht, der nach seinem Patienten schaute.

Als sie schließlich aufwachte, streckte und reckte sie sich genußvoll und spürte, daß sie endlich ausgeschlafen hatte. Aber ein halblautes Stöhnen ließ sie sofort aufspringen und zu Zainal hinübereilen. Sein verletztes Bein, von dem stellenweise die Kompressen heruntergerutscht waren, war bis zum Oberschenkel auf seine doppelte Größe angeschwollen. Als sie das Fleisch vorsichtig berührte, war es fast glühendheiß. Die verbleibende Kompresse war trocken und klebte an dem vereiterten Fleisch fest, als sie die Wunde untersuchen wollte.

»Oh, mein Gott«, murmelte sie und verließ die Höhle. Prompt stieß sie sich den Kopf an. »Autsch!«

»Hat es Sie also auch erwischt, was?« sagte Lenny mitfühlend und stand von einem Hocker neben dem Eingang auf.

»Was tun Sie denn hier?« fragte sie und sog zischend die Luft ein, als der Schmerz ihrer lädierten Stirn ihr die Tränen in die Augen trieb. Ihre Hand war voller Blut, als sie sie sinken ließ.

»Ich achte darauf, daß ich mich nicht stoße, so wie es Ihnen gerade passiert ist«, antwortete er grinsend. Aber auch jetzt wich er ihrem forschenden Blick aus, so daß sie ahnte, daß er aus einem anderen Grund dort saß.

»Sollte ich ihn etwa da draußen liegen und sterben lassen?« fragte sie.

»Machen Sie mir keine Vorwürfe, Kris, ich mag diesen Prachtkerl«, sagte Lenny. »Es ist nur so, daß Mitford keinen Ärger möchte.«

»Eine Meuterei auf Botany, nicht wahr?«

»Häh?« fragte Lenny, der mit dieser rätselhaften Bemerkung überhaupt nichts anfangen konnte. »Sehen Sie«, fügte er hastig hinzu, »Dane kommt in Kürze zurück. Holen Sie sich Ihr Frühstück. Ich bleibe hier, bis Sie wieder herkommen.«

»Nach allem, was Zainal für das Camp getan hat, ist es absolut lächerlich, daß er jetzt einen Wächter braucht.«

»Ach, Kris, ich bin weniger ein Wächter als vielmehr eine Art Krankenpfleger.« Lenny schaute betreten zu Boden. »Es könnte ja sein, daß er Hilfe braucht. Sie wissen schon, was ich meine.«

»Ich glaube, ich reagiere ein wenig paranoid«, sagte sie und entspannte sich ein wenig. »Hat Dane irgend etwas über seine Chance verlauten lassen?«

Lenny zuckte die Achseln. »Ich habe nicht gefragt. Hab mich lediglich freiwillig gemeldet. Ich arbeite auch für sie«, sagte er und deutete auf die Öffnung auf der anderen Seite des Korridors. »Wir haben sehr viele Patienten. Ach ja, und diese Missus Bollinger hat ein Baby bekommen, während wir unterwegs waren. Ein hübscher gesunder Junge.«

Kris lächelte, während sie erleichtert seufzte. »Das sind Nachrichten, die man gerne hört.«

»Keine Angst. Mitford hat alles bestens organisiert.« Lennys Grinsen erinnerte an einen zu allen möglichen Streichen aufgelegten Kobold. Dann gab er ihr einen sanften Schubs und schob sie zum Tunneleingang.

»Gehen Sie schon. Essen Sie was. Da Ihr Partner auf der Krankenliste steht, haben Sie heute sowieso dienstfrei.«

Kris hörte aus der Art und Weise, wie er das Wort »Partner« aussprach, keinen zweideutigen Unterton heraus, daher beruhigte sie sich. Sie konnte Zainal getrost unter Lennys Obhut zurücklassen.

»Gehen Sie schon«, sagte er lächelnd. »Das Brot schmeckt noch besser, seitdem die Chemietypen endlich für anständige Hefe gesorgt haben.«

Sie nahm sich Zeit, warf einen Blick in die verschiedenen Abteilungen dieses »Lazaretts« und entdeckte eine ganze Reihe fremder Gesichter. Dem Ausdruck nach zu urteilen, ging es einigen überhaupt nicht gut.

Sie sah auch Anna Bollinger, die in ihrem »Bett« saß und sich mit ihrem Baby beschäftigte. Sie wäre weitergegangen, aber Anna bemerkte sie und winkte sie herein.

»Wie geht's dem Catteni? Ich habe gehört, er ist schwer verletzt«, sagte sie. Dann verhärtete sich ihre Stimme, und ihre Miene verfinsterte sich. »Wie ist es passiert?«

Kris beantwortete die Frage von der »Tür« aus und wunderte sich über die Veränderung in Annas Stimme. Sie hatte gute Gründe, Zainal dankbar zu sein. Mit neutraler Stimme entgegnete sie: »Als er versucht hat, Leute davor zu bewahren, von Aasfressern angegriffen zu werden, bekam er einen Dorn ins Bein und mußte ihn herausschneiden.«

Anna erschauerte. »Oh, schlimm. Bestellen Sie ihm Grüße von mir.« Sie blickte liebevoll auf das zierliche Bündel in ihrem Arm. »Ich hätte niemals mein Baby bekommen, wenn er mir nicht geholfen hätte, es bis hierher zu schaffen.« Sie seufzte. »Ich bin so froh, daß es … ich meine … Wird er wieder gesund?«

»Ja, Anna, und vielen Dank für Ihre guten Wünsche. Ich bestelle sie ihm. Und noch einmal vielen Dank«, sagte Kris und ging weiter bis zur äußeren Felsleiste. Dabei hatte sie das Gefühl, daß sie sich vielleicht nur etwas eingebildet hatte.

Die Sonnenuhr verkündete, daß es kurz vor Botany-Mittag war, und erstaunlicherweise war Mitford diesmal nicht in seinem »Büro« anzutreffen. Dafür waren andere zugegen, die sich über ihre Steintische beugten und voller Konzentration ihre diversen Arbeiten erledigten. Auch dort traf sie fremde Leute an – wahrscheinlich Neuankömmlinge, da sie ihre Gesichter nicht wiedererkannte, –, die sich offenbar so weit erholt hatten, daß sie sich ebenfalls im Lager nützlich machen konnten. Eine Handvoll saß einfach nur in der Sonne und hatte die Augen geschlossen. Es war ein ziemlich gemischter Verein, denn sie entdeckte unter ihnen sowohl Asiaten als auch die dunklere Haut der Ostinder. Über ihren Köpfen war ein beachtliches Wandbild aus Felsläuferfellen an die Felswand geheftet worden. Es demonstrierte den anhaltenden Erfolg der Jäger des Camps. Wie weit mochte der Weg mittlerweile sein, den die Jäger zurücklegen mußten, um genug zu fangen und zu erlegen, um die Masse der Lagerbewohner ausreichend mit Nahrung zu versorgen?

Sie fröstelte, aber nicht, weil die Luft trotz des Sonnenscheins ziemlich kühl war, sondern weil sie sich Sorgen wegen des weiteren Nachschubs machte. Gäbe es zum Beispiel genügend Tierfelle, damit jeder in diesem Winter einen warmen Mantel erhielt?

Und wenn ein Botany-Tag achtundzwanzig Stunden lang war, wie lang waren dann die Monate? Jahre? Wie lange dauerte es bis zum Frühlingsbeginn? Wie viele Gefangenenladungen würden die Catteni noch auf diesem völlig unvorbereiteten Planeten absetzen? Wie kämen sie mit diesem Zufluß zurecht? Sie hatte Hunger, und das bewirkte bei ihr stets eine negative Grundeinstellung.

Sandy begrüßte sie lautstark, als sie die Kochhöhle betrat.

»Hallo, Kindchen, ich habe gerade etwas aus dem

Ofen geholt, das für jemanden wie Sie wie gerufen kommt.«

»Für jemanden wie mich?« sagte Kris mit leiser Stimme, während sie sich neben Sandy hinhockte. Sie ließ den Blick schnell durch die Höhle schweifen und sah ein freundliches Begrüßungslächeln auf anderen Gesichtern. Es gehörte Leuten, die sie nicht kannte.

»Ja, Sie sind so etwas wie eine Heldin, wußten Sie das nicht?« Sandy zwinkerte ihr zu, während sie eine Kanne vom Tisch nahm, bereithielt und wartete, bis Kris eilig die Tasse von ihrem Gürtel losgehakt hatte. »Stürmt zusammen mit Mitford wie eine Verrückte durch die Felsschlucht.« Sie stellte einen fast makellos kreisrunden Tonteller auf den Stein neben Kris. Darauf lagen ein knusprig gebratenes Stück Felsläufer, eine Scheibe geröstetes Brot und einige gebratene Scheiben. »Das sind zwar keine Kartoffeln, aber sie sind ihnen so ähnlich wie möglich«, erklärte Sandy und reichte ihr eine handgeschnitzte Holzgabel.

Kris betrachtete lächelnd das Besteck und drehte es in der Hand hin und her.

»Das ist zwar kein richtiges Tafelsilber, aber besser, als mit einem Messer herumzuhantieren und sich im Mund zu schneiden.« Sandy schenkte sich eine frische Tasse ein und setzte sich danach dicht neben Kris. »Wie geht es dem Catt – entschuldigen Sie, Zainal – heute morgen?«

»Keine Ahnung. Sein Bein ist extrem angeschwollen.«

»Die Ärzte versuchen es mit einem Brotumschlag. Es ist zwar kein Penicillin, aber schon meine Großmutter schwor auf einen Brotumschlag gegen Verbrühungen und ähnliche Verletzungen.« Sandy tätschelte aufmunternd Kris' Knie. »Diese Catteni sind sehr zäh. Stellen Sie sich nur vor, wie er sich selbst den Dorn aus dem Bein geschnitten hat!« Sie quittierte diesen Mut mit einem anerkennenden Zungenschnalzen. »Wir haben jetzt eine ganze Reihe medizinischer Fachleute.« Sie kicherte. »Und andere Spezialisten. Die meisten scheinen aus Sydney mitgenommen worden zu sein. Von der Botany Bay direkt nach Botany.« Sie kicherte erneut.

»Heh, das ist gut«, sagte Kris, nachdem sie ein Stück von der gebratenen Knolle gekostet hatte. Sie ähnelte in Geschmack und Beschaffenheit in etwa einer Süßkartoffel. »Sagen Sie mal, sind diese Dornbuschblätter für die Deski wirklich so gut?«

Sandy nickte. »Wir brühten einen Tee davon auf, nachdem Coo uns erklärt hatte, was er wollte, und wir haben damit sogar diejenigen auf die Beine gebracht, die ganz schlimm dran waren.« Ihr Gesichtsausdruck verdüsterte sich. »Während Ihrer letzten Patrouille haben wir insgesamt drei Leute verloren.«

»Das wußte ich nicht.« Kris hörte auf zu kauen. »Sie sehen so schwach, so zerbrechlich aus ...«

»Das sind sie auch, wenn sie nicht die richtige Verpflegung erhalten.« Sandy blieb ernst und besorgt. »Ihre Knochen brechen dann schon, wenn man sie nur ein wenig fester berührt. Wissen Sie, wer unter anderen ihre Pflege übernommen hat? Patti Sue!«

Das überraschte Kris.

»Sie ist selbst nicht viel schwerer als sie und hat geschickte Hände. Sie hat sich freiwillig gemeldet.« Sandy verzog das Gesicht. »Bei den Deski und sogar bei den Rugarianern fühlt sie sich sicher.«

»Und Jay Greene?«

Jetzt lachte Sandy gedämpft. »Er hält sich zurück, aber er war es, der gemeint hatte, daß sie sich zur Pflege der Deski eignen würde. Das tut sie auch, aber es bringt sie fast um, wenn sie einen von ihnen nicht durchbekommt.«

»Wissen Sie, sie erhalten die gleichen Rationen wie wir alle damals auf Barevi. Ich dachte, die Proviantriegel würden ausreichen«, sagte Kris.

»Hmm, Coo sagt, sie bekämen außerdem ›Plursaw‹ – und das ist es, was sie regelmäßig brauchen –, damit ihre Knochen nicht weich werden. Ich nehme an, es ist irgendein kalziumhaltiger Zusatz. Es gibt hier nichts Entsprechendes ... es sei denn, dieses Zeug von den Dornbüschen gleicht den Mangel aus. Er sieht schon etwas besser aus, ich weiß, aber er ist einer von den jungen Deski.«

»Das wußte ich nicht«, meinte Kris bedauernd. »Und ich habe auch nie danach gefragt.«

»Hören Sie, Kris, geben Sie sich nicht selbst die Schuld. Sie hatten ja kaum Zeit, sich hier eingehend umzusehen und andere Leute kennenzulernen, da Sie ja die meiste Zeit gar nicht im Camp waren, sondern draußen auf Erkundung.« Sandy streckte die Hand nach einem Topf mit Deckel aus, der auf einer Seite ihres Kochherdes stand. »Ich habe das speziell für Zainal zubereitet. Es ist eine Art Brühe und das beste, was ich als Hühnersuppenersatz hier zusammenbrauen konnte. Es ist sehr nahrhaft und schmeckt nicht allzu schlecht. Vielleicht können Sie ihm etwas davon einflößen. Leon meint, verletzte Catteni hätten gelegentlich Probleme mit der Dehydrierung. Das sei in etwa das einzige, was sie wirklich schwächen könne.«

Kris bedankte sich bei Sandy. Sie war zutiefst berührt von ihrer Fürsorge.

»Kennen Sie Aarens zufälligerweise?«

»Ja.« Nichts Freundliches lag in Sandys Antwort.

»Ist er im Lande?«

Sandy lächelte boshaft. »Ausgerechnet der! Junge, Junge, hat der Glück gehabt. Es scheint, als brächte er am Ende doch noch etwas Gutes zustande. Er ist ein wahres Genie, wenn es um technische Spielereien geht. Machen Sie sich wegen ihm keine Sorgen.«

»Wegen ihm mache ich mir keine Sorgen. Nur wegen seines Mundwerks.«

»Nicht nötig.«

Kris bedankte sich noch einmal bei Sandy und kehrte dann ins Lazarett zurück. Sie hielt kurz inne, als sie die mit Wild beladenen Jäger ins Camp kommen sah. Sie freute sich darüber, wie die Brote und Fische an die Scharen verteilt wurden. Sie hätte Sandy fragen sollen, wie viele Leute bei der letzten Landung abgeladen worden waren. Und ihre Patrouille hatte gerade einen weiteren Komplex leerer Scheunen und Ställe gefunden.

Lenny hatte seinen Posten verlassen, und in dem kleinen Raum wimmelte es von denen, die sich um Zainal bemühten: außer Leon noch andere, die sie als medizinisches Personal identifizierte. Sie machte sich so klein wie möglich und schlängelte sich vorsichtig hinein, bückte sich im Eingang und suchte einen sicheren Platz für die Brühe, die noch heiß war. In diesem Moment richtete Leon sich auf.

»Ah, Kris«, begrüßte er sie. Sie konnte deutlich erkennen, wie müde er war, obgleich seine braunen Augen sie aufmerksam musterten. »Wir versuchen die Infektion mit einem Brotumschlag zu bekämpfen. Zum Glück haben Sie und Ihre Truppe ja das Brot auf diesem Planeten wiederentdeckt.« Er grinste. »Hier haben sich offensichtlich die größten Improvisatoren getroffen. Sie ist es, die das Betäubungsmittel gefunden hat ... wenn wir nur wüßten, wie es sich verdünnen läßt, ohne daß es dabei seine Wirkung einbüßt.« Auch seine Kollegen lächelten sie an und nickten ihr grüßend zu. »Haben Sie Zeit, bei ihm Wache zu halten? Lenny hat jetzt Feierabend.«

»Ich habe Zeit«, sagte sie. »Sandy hat mir heiße Brühe für ihn mitgegeben.«

»Ich komme sofort zu Ihnen«, sagte Leon, während die anderen den Raum verließen und beim Hinausgehen darauf achteten, die Köpfe einzuziehen. »Das mit der Brühe ist eine gute Idee. Als ich in Sydney Catteni wegen ihrer Verletzungen behandelte, war die Dehydrierung eine große Gefahr. Sehen Sie zu, daß er soviel wie möglich zu sich nimmt, auch wenn es nur Wasser ist.« Dabei deutete er auf einen mit Kondenswasser beschlagenen Krug, der außer Zainals Reichweite auf dem Fußboden stand. »Aber er braucht auch die Nährstoffe in der

Brühe. Catteni sind groß, stark und zäh, aber sie müssen ihre inneren Organe ständig in Gang halten.«

»Ich kümmere mich um ihn.«

»Gut.« Leon schaute auf ein Stück Rindenpapier. »Wer ist der nächste?«

»Diese Beinfraktur«, antwortete einer der Männer und schaute ebenfalls auf ein Notizblatt.

Alle verschwanden nach draußen, und Kris konnte nun ungehindert Zainals mit dem Verband umwickeltes Bein betrachten. Sie roch den Hefeduft des heißen Brotes, als sie sich über ihn beugte. Er rührte sich nicht, sein Atem ging langsam und regelmäßig, aber seine Haut war, als sie eine seiner breiten Wangen berührte, genauso heiß wie zuvor.

Sie spülte das Gewebebüschel aus, das als Kompresse benutzt wurde, und kühlte sein Gesicht. Dann nahm sie den Löffel – die Kelle war tief genug, um eine reichliche Menge Flüssigkeit zu fassen, und der Rand war blank poliert – und träufelte Wasser auf die Lippen des Catteni. Automatisch leckte und schluckte er. Sie flößte ihm auf diese Art und Weise etwa eine halbe Tasse Flüssigkeit ein und badete anschließend sein heißes Gesicht, danach auch seine Brust und seine Arme. Sein Overall war irgendwann entfernt worden, und ein neugieriger schneller Blick verriet ihr, daß man ihm eine Art Schamtuch zum Bedecken seiner Geschlechtsteile aufgelegt hatte, um ihr damit eine mögliche Peinlichkeit zu ersparen. Er war nicht so übermäßig mit Muskeln bepackt, wie sie angenommen hatte. Doch sie mußte zugeben, daß der weitgeschnittene Overall einen Körper verhüllt hatte, der auf jeden Fall sehr schön war. Sie schüttelte den Kopf bei diesen abwegigen Gedanken. *Was, zum Teufel, ist so schlimm daran, den schönen Körper eines Mannes zu bewundern? Nichts, so lange du dir nicht vorstellst, daß dieser Körper direkt neben deinem liegt! Autsch, Mädchen! Aufhören!* rief sie sich zur Ordnung. Sie gestattete sich, seine Haut zu streicheln, die weicher war, als ihre graue Farbe es hätte vermuten lassen. Dabei atmete sie aus und versuchte das seltsame Prickeln in ihrem Bauch zu unterdrücken. *Bist du etwa scharf auf einen Catteni, Mädchen? Das ist ja wohl das Allerletzte!*

Nichtsdestoweniger war die Versuchung, ihn anders zu berühren, als es bei einer Beziehung zwischen Patient und Krankenschwester üblich war, einfach zu groß. Sie strich sein seidiges graues Haar zurück, das so fein war wie das eines Babys. Im Ruhezustand waren seine Gesichtszüge noch patrizierhafter, wenn sie sie mit denen anderer Catteni verglich, an die sie sich erinnern konnte. Ja, er stand sicherlich mehrere Klassen über dem durchschnittlichen männlichen Krieger. Sie war mittlerweile derart an seinen Anblick gewöhnt, daß er ihr nicht mehr fremdartig vorkam. Hmm, diese Haltung war sicher besser als fanatische Fremdenfeindlichkeit!

Wenn sie ihm kein Wasser einflößte – sie schaffte sogar, daß er ein wenig von der Brühe trank, die mittlerweile so weit abgekühlt war, daß sie sie ihm ebenfalls in den Mund träufeln konnte –, legte sie sich auf das Bett und döste gelegentlich ein. Sie fragte sich, ob er wohl wußte, daß sie sich alle Mühe gaben, ihm zu helfen, denn er lag sogar reglos da, wenn der Brotumschlag immer noch heiß war. Seine einzige Reaktion bestand darin, daß er schluckte, wenn ihm etwas Flüssiges angeboten wurde.

Und es wurde wieder Zeit, ihm zu trinken zu geben.

Lärm draußen, obgleich er gedämpft an ihre Ohren drang, warnte sie vor neuer Aktivität im Lazarett. Lenny schaute herein.

»Es mag ja sein, daß er nichts ißt, aber *Sie* sollten es tun.«

Erst als er es erwähnte, erkannte sie, wie leer ihr Magen war.

»Was gibt's denn heute Leckeres?« fragte sie scherzhaft.

Er grinste und holte einen Teller hinter seinem Rücken hervor, der mit einem Tondeckel versehen war.

»Wir werden immer feudaler«, sagte er. Dann hob er den Deckel hoch.

»Mein Gott, das sieht ja richtig menschlich aus«, stellte sie angenehm überrascht fest. Denn die Mahlzeit bestand wieder aus Wurzeln, die offenbar gekocht waren, einem Stück Flugtier, wenn das, was auf dem Teller lag, tatsächlich ein Flügel war, und zwei Portionen Gemüse.

»Genau das, was der Arzt verschrieben hat! Ich lasse Sie damit alleine! Oh«, und er tauchte noch einmal im Durchgang auf, »heute abend beim Gongschlag große Versammlung in der Messe.«

»Gongschlag?« fragte sie, aber er war bereits außer Hörweite.

Sie aß mit großem Appetit, und das Essen war köstlich. Die Proviantriegel und der Reiseproviant auf ihren Unternehmungen waren zweifellos nahrhaft gewesen, aber richtiges Essen, entsprechend zubereitet – das war etwas ganz anderes.

Leon kam geschäftig herein, als sie fertig war, und er machte einen ausgeruhten Eindruck.

»Haben Sie ein wenig geschlafen? Dann berichten Sie mal.«

»Er hat sowohl Wasser als auch Brühe zu sich genommen, wann immer ich ihm zu trinken gegeben habe. Dazwischen habe ich ihn ein wenig frisch gemacht. Viel hat er sich nicht bewegt«, beendete sie verlegen ihren kurzen Bericht und sah Leon Dane erwartungsvoll an.

»Hmm. Das tun sie auch nicht. Sie sind echte Abkömmlinge der Stumm-lächeln-und-leiden-Brigade. Sie ertragen ihr Schicksal still. Ich habe den Verdacht, daß er weitaus wacher ist und mehr mitbekommt, als Ihnen klar ist. Zainal?«

Leon beugte sich über den Catteni, legte eine Hand auf seine Stirn und danach auf die Hauptschlagader an seiner linken Halsseite. Er wanderte weiter nach unten, prüfte die Temperatur der Haut und tastete danach den Oberschenkel ab. »Hmmm.«

»Ihre ›Hmm's‹ werden immer länger«, stellte Kris mit leisem Spott fest.

»Wenn man sich nicht ganz sicher ist, kann ein nachdenkliches ›Hmmm‹ sehr beruhigend sein.«

»Für wen?«

»Für den, der es brauchen kann, wissen Sie.« Leon strich jetzt behutsam über den Wundbereich, nachdem er den Brotverband leicht angehoben hatte. Er hatte sich zu einer giftigen Mischung von grau, orange und grün verfärbt. »Ja, es klappt. Ich glaube, es wirkt.«

»Tatsächlich?« Kris beugte sich vor, um sich anzusehen, was er möglicherweise so ermutigend fand. Das schreckliche Loch sah ... gesünder war das einzige Wort, das ihr dazu einfiel. Es zeigte ein schönes Rot, kein grelles, und die Schwellung war deutlich zurückgegangen, so daß die Kniescheibe wieder zu sehen war. »Ich denke, ich kann Ihnen beipflichten.«

»Geben Sie ihm weiterhin Wasser. Ah, Sie sind bei Bewußtsein«, fügte Leon plötzlich hinzu, als Zainal sie beide erschreckte, indem er die Augen aufschlug.

»Ich muß Wasser loswerden«, sagte Zainal klar und deutlich.

Lachend holte Leon ein entsprechend geformtes Tongefäß vom Fußende des Reisigbettes, das Kris noch gar nicht bemerkt hatte, und sie verließ hastig den Raum, während Leon seinem Patienten behilflich war.

Er kam mit dem Gefäß in der Hand aus der Krankenhöhle und lachte verhalten. »Er macht sich gut. Einfach prima. Und vergessen Sie heute abend nicht die Versammlung, okay?«

»Wie lange waren Sie schon wach, Zainal?« fragte Kris mit schüchterner Stimme.

Er streckte die Hand aus und schlug die Augen auf, als Kris sie ergriff. In seinen Augen war ein Ausdruck, der ihr das Herz in der Brust anschwellen ließ und es mit einer seltsamen Empfindung erfüllte, die so stark war, daß ihre Augen feucht wurden. Sein Griff war unendlich zart, und seine Haut immer noch mehr als nur warm. »Ich wußte, daß Sie da waren. Sie waren auch am Wasser. Gut von Ihnen, sehr gut von Ihnen.«

»Überhaupt nicht.« Sie bedeckte seine Finger mit ihrer anderen Hand. »Sie ... wir sind Partner. Wir sorgen füreinander.«

»Partner?«

»Mir fällt kein besserer Ausdruck ein, ja. Ich lasse Sie nicht im Stich.«

»Das weiß ich.« Dann ließ er ihre Hand los, ließ den Arm herabsinken und schloß wieder die Augen. »Wasser? Ich bin nicht mehr voll.« Und seine Lippen verzogen sich zu einem Lächelns. »Das wohlschmeckende Wasser.«

»Wir nennen es Brühe.«

»Gut.«

Sie fütterte ihn, und sie fühlte sich dabei wunderbar.

Die Versammlung war gut besucht, obgleich Kris einige von Mitfords üblichen Begleitern, die Rugarianer sowie die Doyles, vermißte. Sogar Patienten, die auf die Felsleiste vor dem Lazarett hinausgebracht werden konnten, waren zugegen, nämlich Anna und ihr Baby und die Patienten mit Knochenbrüchen – alle außer Zainal.

Kris war darüber insgeheim verärgert, verzichtete jedoch nach einigem Nachdenken darauf, ungehalten zu reagieren. Zainal war offensichtlich zu krank, um transportiert zu werden, und sie konnte ihm ja alles berichten – und ihn falls nötig verteidigen. Aber warum hatte sie überhaupt diese Gefühl, den Catteni verteidigen zu müssen?

Jay Greene war in Begleitung von Patti Sue erschienen, die neben ihm an der Felswand lehnte. Kris ging zu ihnen.

»Was liegt an?«

»Ach, eine typische Mitford'sche Aufmunterungsveranstaltung und die letzten Neuigkeiten«, meinte Jay grinsend.

»Welche letzten Neuigkeiten?« wollte Kris wissen, die sich darüber klar war, daß er ihr nur einen Köder vorwarf, und ihn gespannt anlächelte.

»Die Neuankömmlinge, die Sie und Zainal entdeckt haben, waren nicht die einzigen in dieser Nacht. Mitford hatte eine Erkundungspatrouille losgeschickt, die sich darüber informieren sollte, wie viele Felder durch den unserer Meinung nach für die Catteni typischen Abladevorgang besetzt wurden.«

»Noch mehr Leute?« Kris schaute sich nervös in dem Höhlensystem um, das durch die letzte Flüchtlingsgruppe längst hoffnungslos überfüllt war. Wie wollten sie das alles bewältigen? Dann sorgte das Klirren der Alarmtriangel dafür, daß die Versammlung schlagartig verstummte. Mitford stand auf und wartete, bis Stille eingetreten war.

»Okay, Leute, dann hört mal zu. Es gab weitere Landungen …« Er hielt inne, bis das aufbrandende Gemurmel – Kris glaubte sowohl Äußerungen des Unmuts als auch der Überraschung und Sorge zu hören – wieder nachgelassen hatte. »Ich nehme es als gutes Omen, wenn ich berücksichtige, welche Berichte ich gehört habe.« Er lachte verhalten. »Die Catteni stellen fest, daß die Unterwerfung der Erde doch nicht so einfach ist, wie sie es erwartet haben.« Jubel brandete auf. »Und sie haben soeben unsere Spezialistenabteilung um vier Ärzte, achtzehn Krankenschwestern, neun Computerfachleute, vierzehn Ingenieure, ein paar erfahrene Jäger aus Australien und einen ganzen Haufen anderer nützlicher Zeitgenossen vergrößert, darunter auch einige

Berufsköche, so daß wir in der nahen Zukunft besseres Essen vorgesetzt bekommen dürften.«

»Obgleich so viele Mäuler gefüttert werden müssen, Sarge?« rief eine Frau.

Er wischte diesen Einwand mit einer Handbewegung weg. »Wir haben den ganzen Planeten als Jagdrevier und jede Menge Getreidevorräte zu unserer Verfügung.«

»Der Winter ist im Anzug ...«

»Weihnachten ebenfalls, und wir werden schon lange vorher aus den Sonnenzellen Heizaggregate zusammengebaut haben. Jetzt beruhigt euch mal. Um die Wohnraumknappheit in den Griff zu bekommen, werden wir in die Gebäude umziehen, von denen wir wissen, daß sie leerstehen und bereits für unsere Zwecke ausgestattet sind.«

»Aber all diese Maschinen ...«

»Wurden versorgt«, sagte Mitford und erhob seine Stimme zu Exerzierplatzlautstärke. »Das Botany Hilton oder Sheraton, oder wie immer man es nennen will, ist in bestem Zustand und hat«, er hielt kurz inne, »genügend Platz zur Verfügung. Unsere Inneneinrichter haben die ganze Zeit an Veränderungen gearbeitet, daher denke ich, daß ihr alle überrascht sein werdet, wie komfortabel ihr in Zukunft wohnen werdet.«

»Ich bin mir nicht sicher, ob ich so gerne mit Maschinen Tür an Tür leben möchte ...«

»Ich kann euch versichern, es sind die ruhigsten Nachbarn, die ihr je hattet«, sagte Mitford und löste damit allgemeines Gelächter aus. »Es besteht auch die Chance, daß wir schon bald dank des Zuwachses an Technikern ein Interkom-System haben werden. Sämtliche Maschinen werden für unsere Zwecke ausgeschlachtet und umgebaut.«

»Ja, schön, und was geschieht, wenn die Eigentümer das spitzkriegen?«

Der Mann, der die Frage stellte, hatte einen leichten Akzent. Kris konnte ihn nicht sehen.

»Soweit ich mich erinnern kann, hat Doctor Who es immer geschafft, den Maschinen zu entgehen, und das können wir auch«, sagte Mitford launig und erhielt weitere Lacher. »Aber mal ernsthaft, Leute, unsere Schar wächst, und«, er hielt erneut inne, »jeder ist willkommen. Hier gilt nun mal gleiches Recht für alle. Das dürfte doch wohl klar sein. Habt ihr mich verstanden?« Er wartete auf eine Antwort und erhielt zu Kris' Erleichterung herzlichen Beifall. »Auf jeden Fall bietet eine große Zahl mehr Sicherheit, vor allem wenn man zahlreiche neue Experten erhält, die unsere Lebensbedingungen weiter verbessern können. Und die haben wir. Zum Teufel noch mal, sechzehn Tage, nachdem wir auf jenem Feld in die Freiheit entlassen wurden, haben wir sogar richtige Löffel und Gabeln und bessere Verpflegung als die, mit der wir gelandet sind. Überdies haben wir sogar einige grundlegende Probleme unserer Freunde und Verbündeten gelöst, da Zainal und Kris Bjornsen die Nahrungspflanze gefunden haben, die den Deski anscheinend hilft. Auch wenn Zainal sie auf eher ... unangenehme Art und Weise entdeckt hat.«

Applaus und freundliches Lachen belohnte diese Bekanntgabe, und Kris nahm erfreut zur Kenntnis, daß einerseits Zainal das Lob einheimste und daß es andererseits dem Deski endlich besser zu gehen schien.

»Wir Yankees genießen den Ruf, aus nichts etwas zu machen, und nun, da die Aussies sich mit uns zusammengetan haben, schaffen wir sogar noch mehr. Am Morgen hängen Arbeits- und Belegungspläne am Schwarzen Brett ...« Er deutete auf die entsprechende Stelle an der Wand der Haupthöhle ihm gegenüber. » ... also informiert euch dort. Wir werden versuchen, hier in der Zentrale Platz zu schaffen, um Neuankömmlinge aufzunehmen und bei uns einzugliedern. Außerdem wollen wir das Lazarett vergrößern. Tesco kümmert sich um die Verteilung des Wohnraums, und Dowdall verwaltet die Arbeitskommandos. Wer mich sprechen will, soll sich an Cumber wenden. Das wäre einstweilen alles, Leute. WEG-treten.«

Fröhliches Gelächter quittierte seine militärische Aufforderung, und er verschwand in der Dunkelheit hinter dem großen Lagerfeuer.

»Hi, Patti Sue.« Kris beugte sich vor, damit sie die junge Frau neben Jay sehen konnte. »Wie ich hörte, sind Sie die neue Florence Nightingale des Deski.«

Patti Sue hakte sich bei Jay in einer Weise unter, die darauf schließen ließ, daß sie sich von einem verzweifelten, aus seiner Heimat vertriebenen Mädchen zu einer selbstsicheren jungen Frau entwickelt hatte.

»Ich tue, was ich kann«, sagte sie, und ihr schwerer texanischer Akzent war deutlicher als je zuvor.

»Du hast eine Menge geleistet, und das weißt du auch«, sagte Jay und streichelte ihre Hand.

»Wissen Sie schon, ob Sie aus dem Lager ausziehen?« fragte Kris Patti Sue und schaute dann zu Jay.

Dieser zuckte die Achseln. »Das wissen wir noch nicht. Morgen früh wird der Plan aufgehängt. Dann sehen wir klarer.«

Mitten in der Nacht wurde Kris durch beträchtlichen Lärm draußen im Korridor aus dem Schlaf gerissen. Sogar Zainal wurde geweckt, stützte sich auf einen Ellbogen und versuchte draußen etwas zu erkennen.

»Wagen Sie ja nicht, auch nur einen Fuß auf den Boden zu setzen«, sagte Kris und drückte ihn zurück. Sie tastete nach seiner Wange, und sie fühlte sich deutlich kühler an als beim letzten Mal, als sie nach ihm geschaut hatte. »Hören Sie lieber auf mich. Machen Sie jetzt keine Dummheiten. Ich sehe mal nach.«

Sie hatte ihm von der Versammlung berichtet und auch erwähnt, daß Mitford ihn dafür gelobt hatte, daß durch seinen Fund der Speiseplan der Deski entscheidend bereichert wurde.

»Auch wenn Sie dafür ein großes Opfer haben bringen müssen«, sagte sie mit einem Anflug von Ironie. Er gab lediglich ein ungehaltenes Schnauben von sich. »Wenigstens wissen sie jetzt, daß ein Catteni zu den Guten zählt.« Andere dachten vielleicht nicht so. Sie fügte diese Bemerkung nicht laut hinzu, aber der Gedanke wollte sich einfach nicht verdrängen lassen.

Sie schlüpfte in ihre Schuhe – das einzige, was sie ausgezogen hatte, als sie sich ins Bett gelegt hatte – und trat hinaus in den Korridor.

»Prima!« Einer der neuen Aussie-Sanitäter ergriff ihren Arm. »Wir brauchen jede Hilfe, die wir kriegen können!«

Beim jüngsten Gefangenentransport hatte es keinen Zainal und keine Kris gegeben, die auf dem Boden herumgestampft waren, um die Aasfresser zu verscheuchen, daher gab es viele mit zerfleischten Armen und Beinen. Die meisten Opfer benutzten Sprachen, die sie nicht verstand, die irgendwie slawisch oder skandinavisch klangen. Nur wenige beherrschten ein wenig Englisch.

Als sie von Leon losgeschickt wurde, um weiteres Material zu holen und zusätzliche Helfer zu aktivieren, sah sie, daß die Felsenschlucht mit Menschen vollgestopft war, die dort lagen, wo sie angehalten hatten, und zu müde waren, um noch einen Schritt weiterzugehen. Aber die Kochhöhle war hell erleuchtet. Sandy, Bart und ein halbes Dutzend anderer standen an den Kochherden, und im »Laden«, wo Jay und Patti Sue die Versorgungsgüter verteilten, herrschte reger Betrieb. Jay stellte sofort den vom Lazarett angeforderten Nachschub zusammen, und Kris kehrte dorthin zurück.

Der dritte Mond war längst untergegangen, als sie ihren Arbeitsplatz verlassen durfte, und als sie wieder den kleinen Höhlenraum betrat, den sie sich mit Zainal teilte, mußte sie vorsichtig über drei andere Gestalten hinwegsteigen, die während ihrer Abwesenheit dort untergebracht worden waren. Glücklicherweise schliefen sie fest. Sie glaubte Zainals Augen im Lichtschein aus dem Korridor funkeln zu sehen, als er ihr Wiederkommen verfolgte.

Niemand war in der Lage, sich an die sorgfältig ausgearbeiteten Pläne zu halten, die mittlerweile am Mitteilungsbrett des Lagers hingen. Weitere Gruppen wurden losgeschickt, um Nachzügler einzusammeln, um zu jagen und um weitere Getreidevorräte aus dem Silo heranzuschaffen. Jay beklagte sich, daß die Leute sich ziemlich weit vom Camp Rock entfernen mußten, um Brennmaterial und Äste und Zweige für ihre Nachtlager zu finden.

Bis zum Mittag hatten alle Neuankömmlinge eine anständige Mahlzeit erhalten und einen Platz zugewiesen bekommen, wo sie ihre Schlafdecken ausbreiten konnten.

Schließlich kehrten auch die Rugarianer, die von Slav geführt wurden, zurück und brachten die Kisten mit der Grundausrüstung, die mit der neuen Gefangenengruppe abgeladen worden waren. Mitford entschloß sich, diese Gruppe der Einfachheit halber Klasse C zu nennen. Während des gesamten Vormittags versuchte man, von den Russen, Norwegern, Schweden, Dänen, Bulgaren, Rumänen und Griechen, die Englisch sprechen konnten, weitere Informationen zu erhalten. Die Tatsache, daß so viele verschiedene Nationalitäten sich den Catteni auf der Erde widersetzten, verhalf dem gesamten Lager zu einem Stimmungsaufschwung.

»Aber weshalb mußten sie sie unbedingt *hier* abladen, wenn sie noch nicht mal Englisch können?« beschwerte sich ein Mann.

»Wer hat das gefragt?« wollte ein anderer wissen. »Wir schaffen es schon. Zum Teufel, ich kenne fünf Deski-Sätze und neun in Rugarianisch. Dann werde ich auch noch mit ein paar anderen Sprachen zurechtkommen. Nun, zumindest bis sie genug Englisch gelernt haben.«

Bis zum Abend hatte sich die Bevölkerung um tausendzweiundfünfzig Personen vermehrt. Das waren bei weitem mehr, als das Lager fassen konnte, selbst wenn man eng zusammenrückte und jeden noch freien Höhlenraum nutzte.

Von der Klasse C wurden jene, die Englisch sprechen konnten und nicht verletzt worden waren oder nur geringe Verletzungen davongetragen hatten, mit Sandy, Joe Lattore und Tesco losgeschickt, um im Schlachthauskomplex weiteren Wohnraum vorzubereiten.

»Sie haben keine Ahnung, was dort passiert ist, und ich habe nicht die Absicht, sie darüber aufzuklären«, meinte Sandy, die gerade damit beschäftigt war, ihre Töpfe und sonstigen Kochutensilien zusammenzupakken, zu Kris. »Ich sorge dort für das leibliche Wohl. Zwanzig Scheunen sind es doch, nicht wahr?« Kris nickte. »Nun, wir können sicherlich noch sehr viel mehr unterbringen, als wir im Augenblick mitnehmen, aber einstweilen wird das Gedränge ein wenig gemildert.«

In der Kochhöhle gab es keine Sitzplätze mehr, und jeder Kochherd war rund um die Uhr in Betrieb. Der Geruch ungewaschener Körper, die sowohl Angst verströmten als auch ganz ordinär schwitzten, überdeckte die appetitlicheren Düfte von gebratenem Fleisch und frischgebackenem Brot.

Nachdem Sandy und ihre Gruppe abgezogen waren, konnte Kris noch immer nicht sehen, wo und wie durch diese Maßnahme Raum gewonnen worden war. Sie kehrte mit der Brühe, die sie hatte ergattern können, ins Lazarett zurück. Zainal war viel mehr an neuen Nachrichten interessiert als an dem Essen, das sie ihm brachte, aber er stürzte sich trotzdem hungrig darauf. Sein Bein war fast auf sein normales Maß geschrumpft, und die Wunde heilte zügig und ohne Komplikationen. Aber es war noch immer ein tiefer Trichter im Fleisch, und Leon hatte Zainal eindringlich gewarnt, sich nicht zuviel zu bewegen.

Zainal hielt sich jedoch nicht an die Anweisung und half bei Patienten aus, die hochgehoben werden mußten, wenn ihre Verbände gewechselt oder sie in andere Räume verlegt werden sollten. Er leistete mehr, als er sollte, doch sie konnte ihn nicht ständig im Auge behalten, und es gab soviel zu tun, um den Verletzten den Aufenthalt auch ohne schmerzstillende Mittel oder andere infektionshemmende Substanzen als die scharfe cattenische Lösung so angenehm wie möglich zu machen. Ein winziger Tropfen des starken Betäubungsmittels ließ die Patienten für einen ganzen Tag bewußtlos werden. Medizinisch betrachtet, war das alles andere als heilsam, doch es spendete den Verletzten letzlich die gewünschte Erleichterung.

»Wie immer diese Aasfresser aussehen, wenigstens beißen Sie halbwegs sauber«, sagte Leon irgendwann im Laufe des Tages, als Kris ihm dabei assistierte, eine Armwunde zu verbinden. Das Fleisch war so sauber wie mit einem Skalpell herausgeschnitten worden, und dem Umfang der Wunde nach zu urteilen, würde der Mann, wie Kris meinte, seinen Arm ohnehin verlieren.

»Sie nehmen auch verdammt große Bissen«, murmelte sie halblaut, nachdem sie sich vergewissert hatte, daß das Opfer bewußtlos war.

Leon seufzte nur und setzte seine Bemühungen fort. Kris staunte innerlich über ihre Fähigkeit, schreckliche Zerstörungen von Binde- und Muskelgewebe mit einer Gelassenheit zu betrachten, die sie sich niemals zugetraut hatte. Ihr war noch nicht ein einziges Mal schlecht geworden, während andere Angehörige des vorübergehenden Krankenpflegepersonals schon des öfteren hatten pausieren müssen.

Nachdem der Verband festsaß, beendeten sie und Leon ihre Runde und begaben sich in den vorderen Teil des »Krankenhauses«. Ein kühler Wind wehte herein und sorgte für frische Luft in der »Notaufnahme«, in der, zum ersten Mal seit mehreren Tagen, kein Patient wartete.

»Sie«, sagte sie und faßte nach Leons Arm, »brauchen etwas zu essen und eine Menge Schlaf, wenn auch nicht unbedingt in dieser Reihenfolge. Aber ich kann dafür sorgen, daß Sie endlich essen!« Sie atmete den hereinwehenden Lufthauch ein. »Es riecht gut.« Indem sie ihn am Arm hinter sich herzog, marschierte Kris mit Leon über die Felsleiste hinunter in die Kochhöhle.

»Ich hasse Frauen, die Befehle geben«, protestierte Leon. Sein Protest fiel jedoch eher schwach aus, als Kris ihn an Leuten vorbeischob, die auf der Felsleiste saßen und mit verschiedenen Arbeiten beschäftigt waren.

Unten, in seinem »Büro«, unterhielt Mitford sich noch immer mit den letzten Angehörigen der Gefangenengruppe. Allerdings kam er, dem Ausdruck seines und Eskers Gesichts nach zu urteilen, mit den beiden skandinavisch aussehenden Vertretern, die vor ihm saßen, nur sehr schleppend voran.

»Die meisten Skandinavier sprechen doch Englisch«, bemerkte Leon.

»Diejenigen, die Sie in Sydney kennengelernt haben, oder meinen sie die in Oslo, Bergen oder Kopenhagen?«

Leon lachte müde. »Ich wollte eigentlich jedes Jahr eine längere Reise machen.«

»Nun, raten Sie mal. Ihr Wunsch geht gerade in Erfüllung!«

Kris vermißte Sandy an ihrem Herd jetzt schon, aber Bart war zugegen und hatte offensichtlich die Leitung der Versorgung der Hungrigen übernommen.

»Ich hatte noch nie einen Job, der so verdammt anstrengend und krisenfest war«, sagte Bart, als sie vor seinem Herd erschienen. Er verdrehte die Augen und wischte sich den Schweiß mit einem Faserbüschel ab, das er anschließend ins Feuer warf. Zischend verglühte es. »Ich koche den lieben langen Tag. Was wünschen Sie? Als Vorspeise kann ich Ihnen Suppe anbieten, und danach gibt es als Hauptgang Suppe. Aber wir haben sogar Kräcker« Er deutete auf eine Schüssel – »weil uns das Brot ausgegangen ist und wir noch keine Zeit hatten, frisches zu backen.«

»Nun, ich denke, ich nehme eine Suppe«, sagte Kris und holte sich eine saubere Schüssel von einem Stapel neben dem Herd.

»Ich gönne meinen Geschmacksnerven ein Abenteuer und versuche ebenfalls die Suppe«, sagte Leon, und Bart teilte grinsend die Portionen aus.

»Fragen Sie nur nicht, was drin ist«, warnte er am Ende, während sie auf die Felsleiste hinaustraten, um ihre Mahlzeit einzunehmen.

»Versprochen«, erwiderte Kris lachend.

Die Suppe schmeckte gut, hatte sogar ein wenig pikante Schärfe, enthielt aber auch einige nicht identifizierbare Fleischstücke. Die Wärme, die sie in ihrem Magen verbreitete, weckte ihre Lebensgeister. Bis sie Zainal entdeckte, der sich vorsichtig die Stufen zu Mitfords Büro hinuntertastete.

»Was, zum Teufel, fällt dem denn ein?« fragte Dane.

»Etwas anderes, als im Bett zu liegen und nichts zu tun«, antwortete Kris. Sie trat nervös von einem Fuß auf den anderen, wohl wissend, daß sie dem großen Mann nicht folgen sollte, aber doch von dem Wunsch getrieben, dafür zu sorgen, daß die Beinwunde nicht wieder aufbrach. Langsam und vorsichtig beendete er den Abstieg, daher entspannte sie sich ein wenig. Die Frage war: Was gab es für Zainal so Dringendes mit Mitford zu klären, daß er ein Aufbrechen seiner Verletzung riskierte? Etwas, dessen Erledigung er ihr nicht anvertrauen konnte? *Ganz ruhig, Mädchen,* ermahnte sie sich mit Nachdruck. Sie mochte zwar seine Pflegerin sein, aber sie war ganz bestimmt nicht sein Gewissen. Was immer er Mitford erzählte, auf jeden Fall hörte der Sergeant aufmerksam zu. Zainal befand sich noch immer im »Büro«, als sie und Leon ihre Mahlzeit beendet hatten und wieder an ihre Arbeitsplätze zurückkehren mußten.

An diesem Abend traf Esker sie, als sie die anderen Patienten – von denen keiner Englisch sprach – in ihrer Höhle für die Nacht vorbereitete.

»Mitford will Sie sprechen, Kris. Und Sie auch, Zainal.«

Er war schon wieder weg, ehe Kris ihm eine Frage stellen konnte, aber wenn sie sich den Ton vergegenwärtigte, in dem die Aufforderung übermittelt wurde, hatte sie wenig Lust, ihr Folge zu leisten. Schließlich hatte Zainal mit Mitford ein intensives vertrauliches Gespräch geführt. War der Sergeant zu einer Entscheidung gelangt? Falls überhaupt eine erforderlich war?

Mitford saß, wie um diese Zeit seines langen Arbeitstages üblich, am Feuer, hatte einen Getränkekrug neben sich stehen und die halbvolle Tasse in der Hand. In der anderen hielt er einen Stock, mit dem er ein Holzscheit in den Flammen in eine günstigere Position schob.

»Zainal hat die völlig irrwitzige Absicht, seinen Leuten einen Hilferuf zu schicken, wenn sie uns das nächste Mal wieder mit neuen Gefangenen überschwemmen«. sagte Mitford und verengte die Augen zu Schlitzen, als er zu Kris hochschaute. »Er hat das Gefühl, daß dies nicht die letzte Ladung gewesen ist, die man uns zumutet.« Mitford seufzte besorgt, als er sich die Probleme vergegenwärtigte, die ein weiterer Nachschub an Menschen schaffen würde. »Also, zuerst einmal weiß ich nicht, wie wir sie um irgendwelche Hilfe angehen sollen, aber es ist wahr, daß wir medizinischen Nachschub und die richtige Nahrung für die Deski brauchen. Diese Dornbuschtriebe reichen gerade für die älteren Deski nicht aus, obgleich Coo damit geholfen wurde. Es ist nur so, daß ich ganz einfach niemanden verlieren will, sei er Mensch oder Alien.« Seine Miene verfinsterte sich bei dieser Erklärung.

»Wie könnten wir denn überhaupt mit ihnen Verbindung aufnehmen?« fragte Kris und wandte sich zu Zainal um.

»Wir legen Nachricht auf Feld aus«, sagte Zainal und faltete ein Stück Rindenpapier auseinander, auf das er die Bedeutung für die vier Hieroglyphen aufgeschrieben hatte, die er gezeichnet hatte.

»Wie? Wir haben noch nicht die Farbe wiederentdeckt.«

Er lächelte knapp. »Der Boden ist dunkel unter ...« Er wedelte mit der Hand hin und her, als er in seinem Gedächtnis nach dem zutreffenden Begriff suchte.

»Unter den Stoppeln? Unter dem Gras?« schlug sie vor.

»Was immer es sein mag. Bewuchs wegnehmen, nacktes Erdreich hervorholen.«

Das war eine gute Idee, nur teilte Kris insgeheim Mitfords Abneigung gegen eine Kontaktaufnahme mit den Catteni.

»Wir bringen die Nachricht viele Felder entfernt aus.« Zainal deutete nach Norden. »Sie wissen, daß wir leben. Sie bringen mehr, die sie nicht wollen.«

»Sie wissen, daß wir hier sind?« fragte Kris und reagierte dabei unruhiger, als ihr lieb war, obgleich ein schneller Blick ihr mitteilte, daß Mitford viel zuversichtlicher zu sein schien.

Zainal nickte. »Wärmesensoren.« Dann verzog er seinen Mund zu einem Lächeln. »Deshalb fliegen sie über uns.«

»Hmm, so etwas hatte ich mir schon gedacht«, sagte Mitford. »Diese Schweine.«

Zainals lächelte amüsiert über die Reaktion des Sergeant, und erneut staunte Kris, wie sehr das Lächeln seine fremdartige Physiognomie veränderte. Er sah beinahe menschlich aus, bis auf den scharfen Kontrast seiner weißen Zähne mit dem Grau seiner Haut. »Wenn sie wissen, wir leben, schicken sie mehr.«

»Ja, aber sie haben noch immer keine Ahnung von der Existenz der Maschinenbauer!«

Zainal schüttelte den Kopf. »Sensoren reagieren auf warme Körper, nicht auf Maschinen.«

»Hmm.« Mitford schürte das Feuer mit seinem Ast.

»Coo immer noch schwach, aber jung. Die älteren sind schlecht dran, und es geht ihnen zusehends schlechter«, drängte Zainal auf Englisch und wechselte dann in seiner tiefen Sorge in die Lingua Barevi über. »Catteni machen überall Gefangene, sorgen aber gut für sie. Für Rugarianer, Deski, Turs und Ilginish und Terraner. Gesunde Körper arbeiten besser. Bitte um richtige Nahrung ist angemessen.«

»Werden Sie es nicht seltsam finden, daß wir uns mit cattenischen Symbolen an sie wenden?« fragte Kris und deutete auf die Nachricht auf seinem Rindenpapier.

Zainal grinste belustigt. »Sie wissen, daß Menschen schlau«, sagte er auf Englisch. »Zu verdammt schlau, deshalb setzen sie sie hier ab. Hier keine Probleme. Coo und Pess gute Leute. Können nicht verlieren.« Nun wandte er sich mit ernster Miene zu Mitford um. »Ich habe mit Deski und Rugarianern schon früher gearbeitet. Gute Leute. Retten wir sie?«

»Sie haben wirklich sehr schnell Englisch gelernt, Zainal«, sagte Mitford schleppend – um Zeit zu gewinnen, dachte Kris. Dann studierte er Zainal einige Sekunden lang schweigend. »Und die Deski verdienen es, gerettet zu werden. Ihre Leute werfen lediglich die Versorgungsgüter ab?« Zainal nickte. »Sie landen nicht, um nachzuschauen?« Zainal schüttelte den Kopf. »Warum nicht?«

Jetzt lachte Zainal schallend. »Sie machen Schwierigkeiten. Meine Leute ...« Er hielt inne, und Kris konnte beinahe verfolgen, wie er in seinem Gedächtnis herumsuchte, um die richtigen Worte zu finden. » ... gehen auf Nummer sicher. Ich auch auf Nummer sicher.«

»Sie meinen, Sie wollen nicht die Gelegenheit nutzen, um von Botany wegzukommen?« fragte Mitford in beiläufigem Ton. Kris hoffte, daß Zainal sich bewußt wurde, wie überaus raffiniert er verhört wurde.

»Sie nehmen nicht zurück, was sie weggeschickt haben«, erklärte er mit einem schicksalsergebenen Achselzucken.

Mitford verzog mißvergnügt das Gesicht. »Demnach besteht keine Chance, daß wir eines ihrer Transportschiffe besetzen?«

Zainal dachte über diese Möglichkeit nach und schüttelte schließlich den Kopf. »Sie sehr vorsichtig, wo sie abladen.« Er grinste. »Vor allem in der Nähe von euch Terranern.«

»Woher wissen Sie das?«

Zainals Zähne glänzten im Feuerschein, als er lächelte. »Wußten schon früher, auf Barevi. Viele Gespräche. Hören es jetzt von den neuen. Glauben es auch. Ich sehe, wie Sie arbeiten.«

»Vielen Dank, mein Freund«, erwiderte Mitford sardonisch, wenngleich amüsiert über Zainals Lob. »Weshalb sollten sie uns dann einen Gefallen tun?«

»Ich erkläre Ihnen, weshalb.« Nun schien Zainal sich innerlich zu spannen, und Kris gewann den Eindruck, daß Mitford ihn zu sehr bedrängte, als ob er nicht glauben wollte, daß Zainal wirklich in Ordnung war. »Damit wir gesund bleiben, um ... diesen Planeten zu besiedeln.«

Plötzlich hielt Zainal das Stück Rinde mit den Symbolen hoch und erklärte sie, während er mit einem dicken Finger jeweils darauf deutete.

»Das heißt ›abwerfen‹«, – und er zeigte auf den komplizierten Haken in der Mitte des ersten Symbols. »Das heißt ›Lebensmittel‹«, und er fuhr mit dem Finger ein Stück dem ersten Kringel nach. »Das sind Deski. Dies bedeutet ...« – und er ging zum nächsten Symbol – »›... tödliche Gefahr ringsum.‹ Das vierte Zeichen besagt ›Medizin für Infektionen‹. Nur vier Zeichen. Leicht herzustellen, leicht aus der Ferne zu erkennen.« Seine Stimme klang kühl und fest.

»Okay, okay, Mann, ich glaube Ihnen«, sagte Mitford. »Ich wollte nur mal fragen.«

»Dies jetzt auch meine Leute«, fügte Zainal hinzu, straffte seine breiten Schultern, als wollte er Mitford einen Teil dieser Last abnehmen.

»Wir sind jetzt ein Volk, oder bei Gott, ich prügle es in sie hinein!« sagte Mitford plötzlich derart heftig, daß Kris unwillkürlich zurückzuckte. Der Sergeant bemerkte ihre Reaktion und grinste flüchtig. »Ich könnte mich sogar beinahe dazu hinreißen lassen, diesen bunten Haufen zu lieben. Wann können Sie starten, Zainal?«

»Bei Sonnenaufgang ...«

Kris wollte protestieren, aber Mitford gebot ihr mit einer Handbewegung zu schweigen. »Wenn er glaubt, er kann, dann soll er. Die Deski brauchen endlich ihre richtige Nahrung. Und wir brauchen die speziellen Fähigkeiten der Deski. Begleiten Sie ihn, Kris. Wie viele Leute brauchen Sie, um die Symbole zu zeichnen, Zainal?«

Der Catteni deutete mit einer Geste an, daß er diese Mission alleine durchzuführen gedächte.

»Vergessen Sie's, Kumpel«, sagte Mitford ungehalten. »Sie brauchen Hilfe, um diese Zeichen groß genug anzufertigen, damit sie auch aus großer Höhe gesehen und gelesen werden. Ich weiß es. Ich mußte etwas Ähnliches mal in Vietnam ausführen. Sogar nur ein SOS-Zeichen herzustellen macht eine Menge Arbeit und braucht seine Zeit.« Er wandte sich zu Kris um, und ein fast wehmütiger Ausdruck legte sich auf seine Miene. »Sie sprechen nicht zufälligerweise irgendeine skandinavische Sprache, oder?« Und als sie den Kopf schüttelte, seufzte er. »Ich kann Ihnen nur ein paar von den Neuen mitgeben, aber Sie können Ihnen ja gleichzeitig erklären, wie es bei uns läuft. Ich suche Ihnen einen aus, der Englisch beherrscht und den anderen übersetzen kann, was sie tun sollen. Okay?«

»Okay, Sarge.« Sie stand auf, weil sie das ›Okay?‹ des

Sergeant automatisch als Aufforderung zum Wegtreten verstand. Zainal reichte Mitford die Hand, welche der Sergeant durchaus bereitwillig ergriff und schüttelte.

»Es wird Ihnen nicht leid tun«, sagte Zainal.

»Das hoffe ich inständig«, erwiderte Mitford. »Esker steht mit der Patrouille bei Tagesanbruch bereit.«

Kapitel Zehn

Obgleich Zainal am nächsten Morgen recht langsam startete, schien er das verletzte Bein nicht zu schonen. Aber als sie Camp Rock verließen, erkannte Kris, daß die beiden Männer am Abend vorher – wahrscheinlich völlig unabsichtlich – nicht darüber gesprochen hatten, was geschähe, wenn zuerst die Maschinenbauer auftauchen sollten. Natürlich, der Winter stand vor der Tür ... aber es kam ihr reichlich unrealistisch vor, zu glauben, daß alles Mechanische mit dem Ende der Erntesaison stillgelegt wurde. Bestimmt gab es eine Art Aufseher, einen Verwalter auf diesem Planeten. Könnte er sich auf einem der anderen Kontinente aufhalten? Nichtsdestotrotz mußte irgend etwas die absolute Oberhoheit innehaben. Wenn aus den Garagen, nun, da die Solarzellen abmontiert waren, keinerlei Reaktion erfolgte, müßte irgendwer dieses Ausbleiben bemerken. Und sich an Ort und Stelle darüber informieren.

Und sie hoffte ja, eine Reaktion hervorzurufen. Oder hatten Mitfords Ziele und Absichten sich vielleicht geändert, weil er sich allmählich daran gewöhnte, auf Botany der große Boß zu sein?

Aber, wie ihre Großmutter schon sagte, weshalb sollte man den Ärger suchen? Er fand einen noch früh genug.

Trotz eines mehrfach unterbrochenen Schlafs – da zwei ihrer Zimmergenossinnen derart unruhig waren, daß eine längere Periode ungestörten Schlafs nicht möglich war – standen Kris und Zainal schon lange vor Morgengrauen auf Botany auf. Sie hatten gefrühstückt – Bart war nicht da, er schlief noch, und einer der anderen Köche gähnte in einem fort – und holten sich gerade ihren Reiseproviant, als Esker mit sechs Leuten hereinkam, fünf

Männer und eine Frau, die fast genauso groß war wie Kris. Sie schien mit Erleichterung festzustellen, daß Kris ebenfalls zu der Gruppe gehörte.

»Ich spreche Englisch«, erklärte sie. »Ich heiße Astrid. Das sind Ole, Jan, Oskar, Bjorn und Peter. Wir haben in der Nähe von Oslo gewohnt. Esker hat uns gesagt, wir sollten mit Ihnen graben gehen?«

»Ja, graben«, sagte Kris mit einem freundlichen Lächeln, denn Astrid rechnete offenbar mit einer leichten Arbeit. Sie schüttelte allen die Hand. »Das ist Zainal, unser Anführer.«

»Sie haben Catteni als Anführer?« fragte Astrid erschrocken im Flüsterton.

»Und einen Guten dazu, sonst wären Sie alle gefressen worden.«

»Wie bitte?«

»Die Aasfresser? Die Dinger, die auf diesem Planeten nachts herumspuken?« Und Kris formte mit einer Hand ein Maul und biß sich damit in den anderen Arm. Astrid schien zu verstehen und wandte sich schaudernd von dieser Demonstration ab.

»Ich verstehe nicht immer auf Anhieb«, entschuldigte Astrid sich. »Wir leben noch. Helfen wir auch anderen, am Leben zu bleiben?«

»Genau! Damit die Deski weiter existieren können, schicken wir eine Nachricht.«

»Die jemand lesen wird?« Astrid war offenkundig verblüfft. Einer der Männer rief ihr etwas in dieser seltsam fließenden norwegischen Sprache zu. Sie antwortete knapp und drehte sich wieder zu Kris um. »Das glaube ich nicht.«

»Glauben Sie es ruhig. Wir kratzen Symbole ins Erdreich, die aus der Luft zu sehen sind.« Dabei demonstrierte sie pantomimisch ihr Vorhaben.

»Oh«, sagte Astrid und erklärte es ihren Landsleuten, die, als sie verstanden, heftig nickten.

»Kris?« Sie erkannte eine der australischen Krankenschwestern, die eilig in die Höhle kam und einen Sack schwenkte, der aus dem Teil einer Decke angefertigt worden war, dem allgegenwärtigen Material, das für alles, von Küchenschürzen bis hin zu Zelten, verwendet wurde. »Hier sind weitere Flaumkissen für Zainals Bein.« Dann musterte sie den Catteni mit zornigem Blick. »Ich wußte genau, daß Sie ohne sie verschwinden würden – dabei muß das Bein weiterhin täglich versorgt werden und braucht stets einen frischen Verband. Mir ist es egal, ob Sie eine Art Supermann sind – jedenfalls haben Sie rotes Blut wie alle anderen im Lager. Da!« Sie drückte Zainal den Sack in die Hand, wirbelte herum und eilte davon.

Zainal grinste und wirkte verlegen, während er den Sack in einen größeren stopfte, den er bei sich trug.

»Auf geht's«, sagte er. Ob er Mitfords Gesten während ihres ersten Marsches gesehen oder nicht gesehen hatte, auf jeden Fall hob er den Arm hoch über den Kopf und ließ ihn dann in die Richtung herabfallen, in die sie losmarschieren sollten.

Durch sein Auftreten ermutigt und beruhigt, winkte Kris der restlichen Gruppe zu, ihr zu folgen, und sie brachen als gutes Team auf – dachte sie jedenfalls.

Obwohl Zainal zwar nicht das Tempo anschlug, das er während der ersten Tour vorgelegt hatte, die Kris mit ihm unternommen hatte, bummelte er allerdings auch nicht. Als sie die erste Rast einlegten, wußte Kris, daß die Norweger sie nicht bremsen würden. Wahrscheinlich liefen sie den ganzen Winter hindurch in Norwegen Ski. Sie behielt jedoch Zainal im Auge und suchte nach Anzeichen dafür, daß er trotz aller Warnungen unbewußt sein verletztes Bein schonte. Dann wurde ihr bewußt, daß er sie dabei studierte, wie sie ihn beobachtete.

»Nennen Sie uns die Namen der Dinge?« fragte Astrid während der Pause.

»Ich weiß nicht, ob wir schon für alles einen Namen haben, Astrid«, gab Kris zu und trank einen Schluck

Wasser aus ihrer Tonflasche. Sandys Brennofen funktionierte, und sie hatte eine Glasur gefunden, so daß die Flasche zwar immer noch zerbrechlich, aber nun nicht mehr undicht war. Kris hatte an ihrem Gürtel sogar einen passenden Tragbeutel dafür. »Botaniker sind dabei, Pflanzen darauf zu überprüfen, ob sie eßbar sind, aber ich kann nicht behaupten, daß ich genau verfolgt hätte, was sie tun.«

»Sind Sie oft unterwegs?«

»Die meiste Zeit.«

»Was hat es mit diesen Maschinen auf sich?« Sie schaute fragend drein.

»Ah, ja, nun ...« Kris erklärte es ihr und legte kurze Pausen ein, in denen Astrid für ihre Landsleute dolmetschte. Dann gab Zainal ihnen mit einer Geste zu verstehen, sie sollten ihren Weg fortsetzen.

»Sie haben alles sehr gut gemacht«, sagte Astrid, als Kris ihren kurzen geschichtlichen Abriß über Botany beendete. »Wir sind froh, daß wir hier gelandet sind.«

»Daß wir abgesetzt wurden«, korrigierte Kris automatisch. »Oh, entschuldigen Sie, aber ich bin schon die ganze Zeit dabei, Zainals Englisch zu verbessern.«

»Mein Englisch dürfen Sie auch verbessern.«

»Sie ... uns ... beibringen?« fragte einer der Männer. Kris tippte auf Ole. Sie konnte sie noch nicht richtig auseinanderhalten.

»Kann ich gerne tun. Dann gibt es eben Englischunterricht während des Marsches.«

»Wir haben keine Deski, um Gefahr aus der Luft zu hören«, sagte Astrid, deren Augen nun vor Angst geweitet waren. »Wir haben gehört, daß es eine Gefahr gibt, die fliegen kann«, fügte sie hinzu, als Kris sie staunend ansah. Sie schien ja allerhand über den Planeten zu wissen.

»Alle Garagen in der Umgebung sind stillgelegt, daher glaube ich nicht, daß Gefahr besteht, irgendwelche Flieger könnten sich auf uns stürzen.«

»Wie bitte?« Astrids Englisch reichte nicht aus, um Kris' Antwort direkt zu verstehen.

»Ich muß mich entschuldigen«, sagte Kris und formulierte ihre Antwort neu.

»Erklären jetzt ›Junge‹«, ergriff Zainal plötzlich das Wort und ließ sich so weit zurückfallen, daß er direkt vor den beiden Frauen ging.

»Ach ja, na schön.« Kris geriet kurz ins Stottern. »›Junge‹ kann mehreres bedeuten. Nein, ich denke, vieles. Ein Junge«, dabei hielt sie einen Finger hoch, »ist ein junges männliches Individuum: zu alt, um ein Baby zu sein, und zu jung, um schon als Mann betrachtet zu werden. Okay?«

»›Junge‹? Nur das?« Ein verblüffter Ausdruck lag auf Zainals Gesicht.

»Wir haben im Englischen etwas, das wir Slang nennen, und das in anderen Sprachen als *patois* oder *Idiom* bezeichnet wird«, fuhr Kris fort. »›Junge‹ als Slang benutzt, ist ein Ausdruck des Erstaunens, der Amüsiertheit, des Vergnügens, und es taucht meistens als ›Oh, Junge!‹ oder ›Junge, Junge!‹ oder ›Mein lieber Junge!‹ auf.« Sie demonstrierte die verschiedenen Emotionen mit übertriebenen Gesten und Betonungen.

»Alles Junge?« fragte Zainal. »Ich verstehe nicht, wie ein Junge, ein junges männliches Individuum Überraschung, Spaß, angenehme Zeit sein kann.«

»Ich denke, das können Sie durchaus, Zainal«, sagte Kris, die plötzlich begriff, daß er sie neckte. »Sehen Sie lieber zu, daß Sie weiterkommen, *mein Junge*!«

Astrid übersetzte für die anderen, grinste und lachte und sagte »Oh, Junge« in unterschiedlichen Stimmlagen.

»Oh, Junge, das wächst mir allmählich über den Kopf«, sagte Kris und überdachte kopfschüttelnd ihre augenblickliche Situation.

»Oh, Junge, oh, Junge, oh, Junge«, sagte Zainal und

legte, um sie noch mehr aus dem Konzept zu bringen, einen Arm um ihre Schultern und drückte sie an sich.

»Sie haben mit anderen Leuten gesprochen«, sagte sie, schüttelte seinen Arm ab und ging vor ihm her. Dann wurde ihr bewußt, daß ihre Reaktion übertrieben war. Weshalb hatte sie seine freundliche Geste zurückgewiesen, wenn sie eigentlich seine Nähe suchte? Sie bedauerte ihre Verhaltensweise, ging langsamer, ergriff seine Hand und hielt sie fest, während sie weitergingen.

Nach der zweiten Rast schlug Zainal eine nördliche Richtung ein und deutete auf weite goldene Stoppelfelder, die sich bis zu einem Felsgipfel erstreckten. Falls, wie Zainal angedeutet hatte, die Catteni sich mit ihren Gefangenentransporten weiterhin an ihrem alten Kurs orientierten, lagen diese Felder in ihrem Blickfeld, wenn sie wieder Camp Rock anfliegen sollten.

Sie erreichten ihr Ziel im Laufe des Nachmittags. Zainal schickte Kris und zwei Männer los, um Jagd auf Felsläufer zu machen, die in der Sonne dösten. Oskar und Bjorn konnten mit den Bögen und den Pfeilen, mit denen sie ausgerüstet waren, sehr gut umgehen, aber sie waren des Lobes voll, als Kris vier Tiere mit gut gezielten Schleuderwürfen zur Strecke brachte. Allerdings traf sie sechsmal daneben, daher stufte sie selbst ihre Leistung nicht so hoch ein.

Die Männer waren offenbar erfahrene Jäger, denn sie erreichten kaum den nächsten Bach, da zogen sie den Tieren die Felle ab und zerlegten sie ohne weitere Anweisungen von ihr. Sie säuberten die Felle und die Kadaver sorgfältig, ehe sie zu Zainals Feld zurückkehrten. Sie schickten sich an, die Eingeweide zu vergraben, als Kris ihnen andeutete, sie sollten sie einfach liegenlassen.

Kris entdeckte ein paar nahrhafte Grünpflanzen zwischen den Hecken und erntete sie. Sie hielt außerdem Ausschau nach den Wurzeln, die ebenfalls wild am Feldrand gediehen. Gebraten wären sie eine wohlschmekkende Beilage zu dem gebratenen Fleisch und ihrem Reiseproviant.

Zainal ließ sich von den anderen dabei helfen, mit Steinen die Symbole auf dem Feld auszulegen, die sie anschließend in das Erdreich kratzen müßten. Er schritt das zweite große Symbol ab, legte entsprechend die Steine aus, während die anderen weitere Steine sammelten. Kris konnte außerdem am oberen Ende des Feldes einen Kreis aus Steinen ausmachen, in dessen Mitte ein Feuer loderte, das mit dem getrockneten Kuhmist genährt wurde, den sie unterwegs aufgesammelt hatten. Sie waren von der Sicherheit des Berges nicht sehr weit entfernt, was Kris nur begrüßen konnte. Die Aasfresser jagten ihre Beute sowohl auf Getreidefeldern wie auch auf Viehweiden, und nur das Stampfen der sechsbeinigen Kühe schützte sie davor, ihre Beute zu sein. War das der Grund, weshalb die Luh-Kühe sechs Beine hatten? Damit sie heftiger aufstampfen konnten? Aber die Aasfresser waren zweifellos der Grund dafür, daß die Luh-Kühe, wie Kris hatte feststellen können, die Tageslichtstunden verschliefen. Diese Luh-Kühe mußten offenbar die ganze Nacht umhertrotten, um am Leben zu bleiben.

Die Jäger packten ihre Beute aus, und Kris machte sich auf die Suche nach dem geeigneten flachen Stein, um sie darauf zuzubereiten. Sie war davor gewarnt worden, ihren neuen Kochtopf zu heiß werden zu lassen, da er trotz allem nur aus glasiertem Ton bestand, aber Jay Greene hatte ihr versichert, daß man darin Wasser bis kurz vor den Siedepunkt erhitzen konnte ... und das bedeutete, daß sie die Grünpflanzen kochen würde. Sie nahm sie mit hinunter zum Bach, um sie zu putzen und in den Topf zu füllen, und wenig später waren die Steine heiß genug, um mit der Zubereitung des Felsläuferfleisches zu beginnen.

Mittlerweile hatte Zainal alle vier Symbole vorgezeichnet. Er schlug vor, daß sie nach einem anständigen

Abendessen damit anfangen sollten, den Boden aufzuhacken, um das dunkle Erdreich freizulegen.

Das war eine mühsamere Arbeit, als sie angenommen hatten, denn der Bodenbewuchs hatte ein tiefreichendes, verschlungenes Wurzelsystem, und Kris stellte fest, daß es regelrecht herausgeschnitten werden mußte. Die Wurzeln ließen sich nicht so einfach ausreißen, wie man es mit wohlerzogenem terranischen Unkraut tun konnte. Ihre Arme und Schultern schmerzten von der Anstrengung, und sie war froh, daß sie schließlich aufhören konnte, um Wasser für einen Schlummertrunk zu erhitzen.

Die Ärzte waren zu der Erkenntnis gelangt, daß der Kräutertee, der regelmäßig aufgebrüht wurde, nützliche Spurenelemente enthielt, so daß eine Tasse vor dem Schlafengehen allgemein empfohlen wurde. Es hatte etwas Behagliches an sich, und es gab keinen Grund, diesen Brauch nicht auch in der felsigen Wildnis von Botany zu pflegen. Mit etwas Warmem im Bauch ließ es sich außerdem viel leichter einschlafen.

Die Rasen- und Unkrautspezialisten machten es sich auf den Steinen so bequem wie möglich, während diejenigen, die später Wache halten würden, keine Schwierigkeiten hatten, schnellstens einzuschlafen.

Sie brauchten fünf Tage, um die Symbole fertigzustellen: fünf Tage lang die Fingernägel und den Rücken ruinierende, anstrengende und schweißtreibender Mühsal, da ihr einziges Werkzeug Beile und Messer waren. Sie hatten von jedem Werkzeug ausreichend Reservestücke erhalten, die sie auch gebraucht hatten, um ihre Arbeit abzuschließen. Jeden Abend hatten sie die Teile ausgiebig nachschärfen müssen. Dann, um zu gewährleisten, daß seine Botschaft auch gesehen wurde, hatte Zainal sie gebeten, die erddunklen Schriftzeichen mit den leuchtend weißen Steinen der Gebirgsausläufer zu umranden.

Der Sonnenschein, der auf die Schriftzeichen fiel, brachte den Glimmer im Gestein zum Glitzern. Es war fast genauso hell wie Neonlicht. So erschöpft sie auch war, so mußte Kris dem Endergebnis uneingeschränktes Lob zollen.

»Können alle Catteni lesen?« wollte sie von Zainal wissen.

»Diejenigen, die Wache halten, ganz bestimmt«, antwortete er.

Sein Bein war von seiner beharrlichen Arbeit ein wenig angeschwollen, aber das Fleisch wuchs sichtbar nach, und er nahm jeden Abend und jeden Morgen eine Bachdusche. So kalt das Wasser auch war, so liebte Kris jedoch diese neue Art der Reinigung. Sie und Astrid badeten ein Stück flußaufwärts von den Männern entfernt. Der Wasserlauf war tief genug, um sich lang in das Sandbett zu legen und das Wasser über sich hinwegströmen zu lassen. Der Sand war sehr fein und stellte ein rauhes, aber wirkungsvolles Reinigungsmittel dar. Überdies war einem derart kalt, daß man von dem Scheuereffekt sowieso nicht allzuviel spürte. Jedenfalls redete Kris es sich ein.

Der Felsgipfel war die Heimat einer umfangreichen Kolonie Felsläufer – zumindest bis zu ihrem Eintreffen. Jeden Tag verbrachte die Patrouille einige Zeit mit der Jagd und der Zubereitung des Fleisches, das teilweise in schmale Streifen geschnitten und zum Trocknen auf die heißen Steine gelegt wurde. Kris freute sich, daß sie so produktiv waren, zumal nun erheblich mehr hungrige Mäuler gestopft werden mußten.

Jeder Abend erinnerte sie jedoch daran, daß die kalte Jahreszeit unmittelbar bevorstand, und Kris fragte sich besorgt, wie kalt es wohl werden würde. Glücklicherweise waren die von den Catteni ausgeteilten Thermodecken so wirkungsvoll, daß sie die Körperwärme zum größten Teil speicherten. Die Abendregen fielen nach wie vor, aber nicht mehr so heftig wie früher. Die Schauer glichen eher einer angenehmen sanften Dusche.

Am sechsten Tag traten sie den Rückweg an. Dabei nutzten sie auch weiterhin jede Gelegenheit zur Jagd, um ihren Eiweißvorrat so weit wie möglich aufzustocken. Diesmal schlug Zainal ein höheres Tempo an, damit sie zwischendurch ein wenig Zeit für die ein oder andere ausgedehnte Jagdpartie fanden. Als sie schließlich zu den Höhlen zurückkehrten, waren sie noch immer mit Menschen überfüllt. Bart bedankte sich überschwenglich für ihre Gaben und fragte Kris anschließend, ob sie nicht einen Herd übernehmen und zubereiten könnte, was sie mitgebracht hatten. Da sie dem Mann, der völlig erschöpft und ausgepumpt aussah, ganz sicher die Bitte nicht abschlagen konnte und die Kochhöhle bereits an der Grenze ihrer Leistungsfähigkeit arbeitete, erfüllte Kris ihm die Bitte. Astrid blieb in der Nähe, da sie offenbar nicht wußte, wohin sie sich wenden sollte, und Kris war wenigstens ein bekanntes Gesicht. Bis ein Bote erschien und Kris mitteilte, Mitford erwarte sie zu einem abschließenden Bericht.

»Ich habe zugeschaut. Ich weiß jetzt, wie man kocht«, sagte Astrid, ergriff die langstielige Gabel, die Kris benutzt hatte, und schob sie von ihrem Platz am Herd weg.

Zainal und Ole, die ein wenig Englisch beherrschten, befanden sich in Mitfords »Büro«. Der Stapel Rindenpapier war höher als der Stein, den er als Schreibtisch benutzte, und wurde von etwas beschwert, das wie ein Goldklumpen aussah, einem Klumpen Eisenerz und einem grünlichen Stein, bei dem es sich um Kupfer handeln mußte.

»Gibt es etwa Gold in den Bergen?« fragte Kris, als er ihr eine Sitzgelegenheit zuwies.

»Das und noch mehr. Wir waren ebenfalls fleißig, während ihr mit eurem Notruf beschäftigt wart.«

»Es kommt eigentlich nie vor, daß Sie nicht fleißig sind, Sarge.«

»Eine Patrouille hat die Spuren eines weiteren Abwurfs und neun Überlebende gefunden. Acht Deski und einen Mann aus Atlanta, Georgia, der vernünftigerweise bei den Aliens geblieben war. Verdammt«, Mitfords Gesicht hatte sich vor Zorn gerötet, »ich hätte noch ein PS an die Nachricht anhängen sollen: Macht eure Abwürfe möglichst bei Tageslicht. Ich hasse es, wenn ich auf diese Art und Weise Leute verliere.«

»Aber noch waren es nicht *unsere* Leute, Sarge«, sagte Kris und versuchte ihn zu besänftigen. Mitford schickte ihr einen wütenden Blick. *Hey,* dachte sie, *er reitet tatsächlich auf dieser Boß-Nummer herum. Nun, es ist ja nicht so, als hätte sich jemand anderer gemeldet, um Verantwortung zu übernehmen – und auch die Sorgen. Man sollte sich nur mal ansehen, was Mitford bisher geleistet hatte.*

»Sie hätten es aber sein können. Und eine andere Garage wurde gefunden und desaktiviert. Zwanzig weitere Scheunen, die man in Wohnraum umwandeln kann.«

»Das ist ja prima. Und was ist mit den Versorgungsgütern?«

»Die haben wir in die Scheunen gebracht. So ist es leichter, aber lieber wäre es mir schon, wenn ich auch die dazugehörigen Leute hätte.«

Zainal hatte ein anderes Schriftsymbol entworfen und hielt es jetzt hoch, um sein Werk zu betrachten. Er veränderte ein paar Linien, dann drehte er sich damit zu Mitford und Kris um. »So müßte es gehen«, sagte er.

Mitford staunte über den fast akzentfreien Satz. »Sie lernen wirklich schnell.«

»Das muß ich«, erwiderte Zainal. »Ich brauche zwei bis drei Tage, dann bin ich wieder zurück.« Er erhob sich und warf einen Blick auf die Sonnenuhr. »Es ist noch hell genug, so daß ich gleich losziehe.«

»Wie geht es Ihrem Bein?« Mitford betrachtete es stirnrunzelnd, weil er nur das weite Hosenbein sah. Dann bemerkte er Kris' heftiges Kopfschütteln. »Nein, machen Sie sich lieber morgen ausgeruht auf den Weg. Die anderen sind nur Terraner und nicht so stark und zäh wie die Catteni.« Er bemühte sich, seinen Vorschlag nicht wie einen Befehl klingen zu lassen, während er zu Zainal aufschaute, der ihn mit seiner Gestalt zu erdrükken schien. »Meinen Sie, daß Ihre Leute auf die Nachricht reagieren? Und sich daran halten?«

Zainal nickte ernst. »Sie kennen die hiesigen Gefahren nicht. Sie wissen nichts von den Aasfressern. Sie wünschen sich diesen Planeten ... kolonisiert. Wir sind noch am Leben« – er zuckte die Achseln –, »daher denken sie, daß alle das schaffen.

»Aber sogar in dem Bericht, den Sie sahen, wurden da unten gefährliche Tiere gezeigt.« Mitfords Miene verfinsterte sich.

Zainal hob die Schultern und lachte. »Wir haben überlebt. Wasser, Luft, Tiere, geringere Schwerkraft, besser als auf Catten!«

Mitford schnaubte und schob mehrere Blätter des beschriebenen Rindenpapiers auf seiner Tischfläche hin und her. »Soweit wir wissen, haben sie diesmal drei Abwürfe durchgeführt. Und zwischen den einzelnen Trips lagen drei Wochen. Stimmt das?«

Zainal legte nachdenklich den Kopf schief. »Das könnte sein. Ich gehörte zum Weltraumkommando und hatte nichts mit dem Kolonisierungsprogramm zu tun.« Er spreizte die Hände in einer sehr zeitgemäßen menschlichen Geste des Nichtwissens. »Sie kennen ja das Problem: Eine Gruppe weiß nicht, was die andere tut.«

»Ja.« Mitfords seufzende Zustimmung verriet eine Menge Erfahrung mit derartigen Unzulänglichkeiten.

Eine Frau, das Gesicht gerötet, die Haare zerzaust und den Overall fast bis zur Taille geöffnet, kam in Mitfords Büro gestürmt.

»Mitford, entweder sie reißen ihm seine Libido mit der

Wurzel heraus, oder ich tue es selbst mit einem stumpfen Messer.«

»Arnie?« Mitford stand auf, winkte zwei Männern, die auf einer Seite in ein Spiel mit verschiedenen kleinen Steinen und Figuren vertieft waren. »Keine Fragen, keine Antworten. Bringt ihn her. Schließt ihn wieder in den Stock. Und dort bleibt er jetzt, bis er verfault oder bis uns etwas anderes einfällt, was mit ihm geschehen könnte.«

»Legt ihn gefesselt auf ein Feld zu den Aasfressern – und selbst das wäre noch viel zu milde«, sagte die Frau, schloß die Schnallen ihres Overalls und strich sich das Haar glatt. »So ein geiler Bock! Ich gebe Ihnen einen vollständigen Bericht seiner letzten Großtat, wenn Sie hier fertig sind«, murmelte sie, während sie höflich beiseite trat, damit Mitford sein Gespräch beenden konnte.

»Wenigstens hat sich das Verhältnis zwischen weiblichen und männlichen Siedlern durch den letzten Abwurf ein wenig ausgeglichen. Aber ich brauche wirklich keine Kerle wie Arnie«, sagte Mitford, als die Frau sich außer Hörweite einen Platz gesucht hatte. »Er war schon viermal wegen Spannen und zweimal wegen Diebstahl im Stock.«

»Was hat er denn gestohlen?«

»Lebensmittel! Zusätzliche Decken, ein schärferes Messer, weil er zu faul ist, seins zu wetzen.« Mitford schnaubte abfällig. »Ich habe ihn genauso nötig wie einen Pickel auf der Nase. Haben Sie bloß kein Mitleid mit ihm, Kris, daß er damals mit den Energiepeitschen Bekanntschaft gemacht hat. Er hat nur im voraus erhalten, was ihm zusteht.«

»Bringen Sie ihn raus zu den Aasfressern«, meinte Zainal. »Das ist eine gute Idee.«

Mitford verzog das Gesicht und atmete zischend aus. »Das kann ich nicht tun, aber ich könnte ... Holen Sie sich etwas zu essen und ruhen Sie sich aus, Kris, okay?« Als sie gehorsam nickte, fügte er hinzu: »Und sorgen Sie dafür, daß Dane sich sein Bein ansieht.«

Während Zainal lautstark protestierte, schimpfte Kris den Catteni heftig aus, weil er Leon Dane nicht sofort nach ihrer Ankunft im Camp aufgesucht hatte. Zuerst hörte er sich ihre Standpauke mit amüsierter Miene an, doch dann verfinsterte sich sein Gesicht, als sie seinen Arm packte und ihn zum Krankenhauskomplex des Höhlensystems zerrte, da er nicht sofort gehorchte und von selbst die Richtung einschlug.

»Hören Sie gut zu, Lord Emassi Zainal«, sagte sie, »Sie haben von Mitford einen Befehl erhalten, und wenn Sie die Absicht haben, morgen loszuziehen, dann sollten Sie ihn befolgen, oder aus Ihrem Unternehmen wird nichts. Außerdem wird niemand Sie begleiten, um Ihnen beim Anlegen des Schriftzeichens zu helfen.«

»Dann eben keine Nachricht.« Er zuckte die Achseln, als wäre es ihm völlig gleichgültig.

»Ohh, Sie machen mich noch wahnsinnig ...« Kris versuchte ihre Stimme in der Gewalt zu behalten, denn sie wußte, daß sie anfing zu keifen. Aber er war auch so unvernünftig. »Nur weil Sie ein Catteni sind, müssen Sie nicht glauben, daß Sie nicht genauso bluten können wie wir armseligen Terraner. An diesem verdammten Dorngift sind Sie beinahe gestorben, und das möchte ich nicht noch einmal mitmachen müssen. Sie sind mir viel zu wichtig, als daß ich zulassen kann, daß Sie mit Ihrer Gesundheit Schindluder treiben!«

Er hielt ihren Finger fest, mit dem sie ihm drohte, und schaute sich um, weil er bemerkt hatte, in welchem Maße ihre lautstark vorgebrachten Vorwürfe die allgemeine Aufmerksamkeit auf sie gelenkt hatten.

»Ich gehe ja schon zu Dane«, sagte er viel zu unterwürfig, und sie achtete darauf, daß er es auch tat.

Lieber Himmel, man sollte doch meinen, daß jemand, der so alt ist wie Zainal, genügend Grips hat, um selbst für sich zu sorgen. Und es gefiel ihr gar nicht, wenn er plötzlich so nachgiebig und folgsam war. Das war überhaupt nicht mehr cattenihaft.

Für das fünfte Schriftzeichen brauchten sie den größten Teil des Tages, aber es ging insgesamt viel glatter, weil sie nun wußten, wie sie zu Werke gehen mußten. Sie fingen sofort, nachdem Zainal es aufgezeichnet hatte, damit an, die Grassoden auszuschneiden, und waren schon recht weit gediehen, als Zainal seine Skizze beendete. Sie brauchten auch nicht mehr nach Glimmersteinen zu suchen, da noch ein beachtlicher Haufen von ihrem ersten Aufenthalt übriggeblieben war.

»Mann-o-Mann, das reinste Kunstwerk«, sagte Kris, als sie sich aufs angrenzende Feld begaben, um ihre Arbeit zu begutachten.

»Mann? So etwas wie ›Junge‹?« fragte Zainal und hob amüsiert eine Augenbraue.

»Ja, man kann für ›Junge, Junge‹ auch ›Mann-o-Mann‹ sagen. Es kommt darauf an, wie man sich fühlt, in welcher Stimmung man ist.«

»Jung oder alt? Klein oder groß?« fragte Zainal und sah sie mit einem Augenzwinkern an.

»Ich glaube«, erklärte sie mit ernster Stimme, »daß Sie mich auf den Arm nehmen wollen.«

»Wie ein kleines Kind, nicht wahr?« meinte Astrid grinsend. »Das ist dann so ähnlich wie die ›Jungen‹-Geschichte, nicht wahr?«

»Richtig.«

Ole stellte ihr eine Frage, und sie antwortete und lachte dann, als sein Grinsen verriet, daß er den Scherz verstanden hatte. »Schön, daß man mit der Jugend Witze machen kann«, sagte er mit seinem perlenden norwegischen Akzent.

»Ja, so ist das nun mal in unserer Sprache«, sagte Kris. »Es gibt unzählige Worte, die unterschiedliche Bedeutungen haben, je nachdem, wie man sie benutzt.«

»Woher wissen Sie denn immer so genau, welche Bedeutung gerade gemeint ist?«

»Aus dem Zusammenhang – wie das Wort im Satz

benutzt wird. Hey, ist das etwa eine wandernde Sprachenschule?«

»Warum nicht?« Zainal grinste. »Die Arbeit ist abgeschlossen. Können wir jetzt … spielen?«

»Ha! Sie haben doch keine Ahnung, wie man spielt«, erwiderte Kris.

»Wollen wir wetten?«

»Sie haben zu lange den Doyle-Brüdern zugehört«, sagte sie und drohte ihm scherzhaft mit dem Finger.

Er ergriff ihren Finger, und sie versuchte ihn wegzuziehen, woraufhin sich ein regelrechtes Tauziehen entspann, was darin gipfelte, daß er hinter ihr herrannte und versuchte, ihren Finger wieder einzufangen. Die Norweger verfolgten dieses kindliche Herumtollen mit einem Ausdruck ernster Würde in ihren Mienen.

Kris war schneller als der schwerere Catteni, daher entwich sie ihm immer wieder, tauchte unter seinen Armen und Händen hindurch und neckte ihn, weil er sie nicht zu fassen bekam.

Als er sie schließlich erwischte, drückte er sie an sich. Sie konnte sich kaum rühren, aber sie verbarg ihre Hände auf dem Rücken, damit er nicht ihre Finger erreichen konnte. Es war eigentlich sehr albern und töricht, da er am Ende mit seiner überlegenen Kraft Sieger bleiben würde, aber sie stellte fest, daß ihr Zainals unerwartete Verspieltheit ausnehmend gut gefiel. Am Ende angelte er sich ihre rechte Hand und zog mit erstaunlicher Sanftheit, wenn man seine rohe Kraft bedachte, ihre Hand hoch, umfaßte ihre Finger und küßte sie. Dann küßte er ihre Handfläche.

Ein seltsamer Schauer durchrieselte sie, als seine Lippen die weiche, wahrscheinlich sogar von Blasen gezeichnete Haut ihrer Hand berührten. Erschrocken blickte sie ihm in die Augen. Sie sah wieder das Zwinkern als Reaktion auf seinen Erfolg beim Kampf um ihre Hand, aber in den seltsam gefärbten Augen war auch noch eine andere, ernsthaftere Emotion verborgen, die ihr für einen kurzen Moment den Atem raubte.

»Zufrieden?« fragte sie mit rauher Stimme.

»Ja«, antwortete er und ließ sie sofort los.

Auf dem Rückmarsch zum Lager war immer dann, wenn sie nicht mit dem Organisieren weiterer Lebensmittelvorräte beschäftigt waren, zwischen Astrid und ihren Landsleuten eine lebhafte Unterhaltung im Gange, bis Kris sie schließlich fragte, was denn so interessant wäre.

»Das Land«, sagte Astrid und deutete mit einer ausholenden Geste auf die Umgebung. »Es ist eine wunderschöne Landschaft, um Äcker zu bestellen, und für Tiere, die Gras fressen. Es ist außerdem in bestem Zustand. Oskar und Peter sind auf Bauernhöfen aufgewachsen. Sie sagen, es ist alles sehr gepflegt.«

»Das ist es, aber warten Sie nur ab, bis Sie sehen, wer die Bauern sind«, sagte Kris.

»Wie bitte?«

Ihre Unterhaltung wurde kurz unterbrochen, weil einige Felsläufer ihrem Verpflegungsplan hinzugefügt wurden. Im Laufe des Tages hörte Kris eine Menge darüber, in welch ökologisch – das Wort hatte im Norwegischen die gleiche Bedeutung, klang jedoch ein wenig anders – umsichtiger Weise die Landwirtschaft auf Botany betrieben wurde. Es gab eine leistungsfähige Bewässerung, reichlich Wasser, Inseln natürlicher Vegetation, wo das Land nicht bebaut werden konnte, die als Windbrecher dienten, und sogar die Hecken, die die Felder unterteilten, wurden mit Lob bedacht. Auf keinen Fall wollte Kris diejenige sein, die ihren neuen Freunden erzählte, wer oder was das Land bestellte. Aber sie hatte etwas mehr Respekt vor der Weitsicht und Sorgfalt der abwesenden Herren des Planeten – wer oder was immer sie außer Allesfressern sein mochten.

Große Aufregung herrschte im Lager, als sie zurückkamen. Der Sergeant hatte etwas in der Hand, das für Kris aussah wie ein drahtloses Telefon, in das er hineinsprach. Falls Chuck Mitford nicht den Verstand verloren hatte – was sie ihm auf keinen Fall übelgenommen hätte, wenn es so gewesen wäre –, unterhielt er sich mit einer anderen Abteilung des Botany-Kolonisations-Projektes.

»Toll, was?« sagte Bart, als Kris, Bjorn und Oskar die Ausbeute ihrer Jagdausflüge in die Kochhöhle brachten.

»Wir haben jetzt ein Telefon?«

»Ja, aber viel wichtiger ist, daß die Techniker endlich wissen, wie die Schaltelemente in den Maschinen funktionieren. Ein echter Durchbruch.«

Kris meinte, das müsse es wohl sein, da alle darüber so glücklich wären. Sie dachte insgeheim, sie sollte eigentlich genauso begeistert reagieren, da dies ein weiterer wichtiger Schritt zurück zu halbwegs komfortablen Lebensumständen war. Sie war über den Durchbruch seltsam beunruhigt. Und sie konnte sich überhaupt nicht vorstellen, warum. Wahrscheinlich hatte sie dieses atavistische Jäger- und Forscher-Dasein viel mehr genossen, als ihr guttat. Immerhin gehörte auch ein Gutteil an Unbequemlichkeit und Unsicherheit dazu. Und natürlich genügend Gefahr, um den Adrenalinfluß die meiste Zeit des Tages in Gang zu halten. Camp Rock würde wirklich durch einige moderne Annehmlichkeiten gewinnen. Andererseits – war eine direkte Kommunikation *wirklich* so wünschenswert?

»Da kann ich mir gleich den nächsten Schalter in den Gürtel einbauen«, murmelte sie leise, »diesmal für das Handy!« Dann fügte sie hinzu: »Sagen Sie mal, Bart, wo erfahre ich, wo ich heute schlafe?«

Bart deutete auf die unregelmäßig geformte Öffnung, die zu den meisten Schlafhöhlen und zum See führte. »Dort hängt eine Liste.«

Hinter ihrem Namen stand ein dickes, fettes P, desgleichen hinter Zainals, und, als sie auf der Liste nach den

Norwegern suchte, waren auch deren Namen mit einem P versehen. P für Patrouille?

»Bjornsen?« rief jemand draußen vor der Höhle.

»Yo?«

»Der Sarge schickt nach Ihnen.«

Während sie etwas von heimatlos vor sich hin murmelte, begab Kris sich zu dem »Büro«. Drei Handys lagen auf Mitfords »Schreibtisch«.

»Das Allerneueste aus unserem Maschinen-Recycling«, sagte Mitford gutgelaunt. »Wir können so mit unseren Außenposten und unseren Scouts in Verbindung bleiben. Man muß hoch steigen, damit das Signal verstärkt wird ...« Er deutete mit dem Daumen auf den Felsgipfel hinter sich, auf dem eine Antenne im Abendwind hin und her schwang. »Sie scheinen aber mit der Entfernung keine Probleme zu haben. Auf jeden Fall erfahren wir auf diese Weise schnellstens, wann die Catteni ihren nächsten Gefangenentransport absetzen. Wir haben mittlerweile ein ganzes Netz von Beobachtern – und nicht nur für die nächsten Aktionen der Catteni.« Er suchte kurz zwischen den Blättern auf seinem Schreibtisch herum und angelte sich ein besonders großes Blatt – nein, es waren eigentlich mehrere kleine, die vermutlich zusammengeklebt worden waren. Nun, die Luh-Kühe hatten Hufe, also war jemand auf die Idee gekommen, sie zu kochen und Knochenleim daraus zu gewinnen. Eine Landkarte war auf das große Blatt aufgezeichnet – oder eher der Anfang einer Landkarte, denn nur in der Mitte waren Höhenlinien, Flüsse, Felder und Waldgebiete zu erkennen. Die Karte vermittelte Kris eine viel bessere Vorstellung von der Landschaft im und um das Hauptlager herum sowie von den Standorten der verschiedenen maschinellen Anlagen.

»Sehr hübsch«, sagte sie.

»Wir haben einen korrekten Landvermesser aufgetrieben«, sagte Mitford und klopfte stolz auf die Landkarte.

»Ziemlich gut, was? Wir haben sogar die relativen Entfernungen eingezeichnet.«

»Die National Geographic Society wäre stolz auf diese Karte«, sagte sie und grinste Mitford an. »Sie vergeuden aber auch keine Sekunde, um uns zu zivilisieren, nicht wahr, Sarge?«

»Das stimmt wohl«, gab er bereitwillig zu, »aber wir haben auch jede Menge Yankee-Know-how zur Verfügung – und Aussie-Know-how.« Er bemerkte ihren verletzten Gesichtsausdruck und die hochgezogenen Augenbrauen, daher tat er so, als müßte er sich unbedingt räuspern, ehe er fortfahren konnte. »Und natürlich auch die Kenntnisse der befreundeten Aliens«, fügte er schnell hinzu. Dann überraschte er sie, indem er eines der Handys ergriff und vor ihr auf den Tisch legte, diesmal wieder ganz sachlich und geschäftsmäßig. »Ihre Patrouille soll sich mal in dieser Gegend umschauen.« Dabei fuhr sein dicker Zeigefinger über den östlichen, noch weitgehend leeren Teil der Landkarte. »Ich muß mit Ihnen Verbindung aufnehmen können, falls wir Zainal brauchen.«

»Sarge?«

»Ja?«

»Halten Sie Zainal aus einem bestimmten Grund aus dem Lager fern?«

Mitford wich ihrem Blick nicht aus.

»Sie können durchaus annehmen, daß ich das tue, und ich tue es tatsächlich. Er ist viel zu wertvoll, um vergeudet oder geopfert zu werden ...«

»Dann habe ich mich also nicht geirrt – es gibt Ressentiments gegen ihn.«

»Können Sie den Leuten ernsthaft vorwerfen, daß sie ihm als Catteni ablehnend gegenüberstehen?«

»Auch wenn er ebenso wie jeder andere hier abgeladen wurde?« antwortete Kris mit einer Gegenfrage.

»Auch dann, denn er ist immer noch ein Catteni und hat keine Waffen, bis auf ein Messer, und er ist alleine.«

»Er ist *nicht* alleine«, widersprach Kris steif.

»Ich weiß, Bjornsen. Aber man ist der Meinung, daß es für seine Anwesenheit hier einen anderen Grund geben muß als die Tatsache, daß er einen anderen Catt ... Catteni getötet hat«, sagte Mitford und hob eine Hand, als sie zu einer heftigen Entgegnung ansetzte. »Ich weiß über diese eintägigen Catteni-Vendettas genauestens Bescheid, Bjornsen, und wenn es nur darum gegangen wäre, daß er einen Patrouillenführer getötet hat, wäre er am nächsten Tag aus dem Bau entlassen worden. Er ist ganz bestimmt nicht so wie jeder Catteni, den ich bisher kennengelernt oder von dem ich gehört habe.«

»Was war denn mit dem letzten Abwurf? Wenn Zainal nicht gewesen wäre ...«

»Kris!« Mitfords Hand auf ihrem Arm und sein scharfer Tonfall ließen sie verstummen. Er schaute sich zwar nicht um, als wollte er sich vergewissern, wer sich nahe genug bei ihnen aufhielt, um ihre Diskussion mithören zu können, aber etwas in seiner Haltung sagte Kris, daß er nicht wollte, daß sie in diesem Moment explodierte. »Es gibt eine Menge Leute, die Zainal eigentlich dankbar sein sollten. Aber sie sind es nicht. Und das ist kurz und knapp die Lage der Dinge. Ich kann die menschliche Natur nicht ändern, wissen Sie.« Das Bedauern in seiner Stimme klang aufrichtig. »Und ich werde ihn ganz bestimmt nicht aus dem Lager vertreiben.« Er blinzelte und sagte dann leise: »Er ist wirklich viel zu nützlich. Also, Mädchen ...« Er begann sorgfältig die Karte zusammenzufalten. Er verstaute sie in einer flachen Hülle, die er aus einer der allgegenwärtigen Thermodekken gefaltet und mit einem Schulterriemen versehen hatte. Er legte sie neben das Handy, dann fügte er einen dicken Graphit-›Bleistift‹ hinzu und hantierte einige Sekunden lang herum, bis er alles zu seiner Zufriedenheit arrangiert hatte. »Ich möchte, daß Sie und Zainal mit Astrid losmarschieren. Sie hat darum gebeten, daß Oskar sie begleitet. Zainal sagt, sie ist intelligent und kräftig genug, um mitzuhalten. Dann habe ich zwei Australier, die beteuert haben, daß sie früher fast wie ihre Aborigines gelebt haben, daher müßten sie mit den Strapazen ganz gut zurechtkommen. Sie gehörten zum letzten Gefangenenkontingent und sind Zainal auf ewig dankbar. Meistens tun sie so, als sei diese ganze Situation hier ein großer Witz. Vielleicht ist sie das auch.« Er hielt inne und schien über diese Theorie nachzudenken. »Einer von ihnen hat eine medizinische Ausbildung genossen und in der australischen Wildnis botanische Forschung betrieben. Mit diesem Handy können Sie jederzeit mit mir Verbindung aufnehmen. Esker, Dowdall und ein neuer, ein ehemaliger Anzac-Major namens Worrell, der in der Armeeverwaltung tätig war und daher etwas besser über alles Bescheid weiß als ich ...« Er wischte Kris' unausgesprochenen Einwand beiseite. »Ich bin froh, daß er bei uns ist. Ich brauche mir, seit er hier ist, nicht mehr ständig den Kopf über alles mögliche zu zerbrechen. Sollte ich mal nicht verfügbar sein, meldet er sich. Ist das klar?«

»Im großen und ganzen schon«, erwiderte sie so friedlich wie möglich, denn sie raste innerlich vor Zorn, daß Zainal aus dem Lager ferngehalten werden sollte. Allerdings nahm sie mit Erleichterung zur Kenntnis, daß sie ihn begleiten durfte. »Damit meldet sich Ihre rasende Leib- und Magen-Reporterin ab!« Sie stand auf.

»Sie sind in Ordnung, Bjornsen. Ich mag Ihre Art«, sagte Mitford und schaute zu ihr hoch. »Ich muß die Situation ein wenig entkrampfen, den Zündstoff herausnehmen – das verstehen Sie doch, oder?«

»Ja, ich glaube schon. Nur weshalb ...« Sie deutete mit einem Kopfnicken in Richtung des Stocks, wo Arnie wieder einmal eine Strafe abzubüßen hatte, » ... wird er toleriert und nicht Zainal?«

Mitford hob die Schultern. »Nun ja, weil er trotz allem ... ein Mensch ist. Allerdings noch eine Beschwerde über ihn, und wir werden Maßnahmen zu seiner Bestrafung ergreifen, die ihm gar nicht gefallen werden. Vor allem, weil wir kein Betäubungsmittel einsetzen werden.« Dann blickte er zur Haupthöhle. »Das ist *Ihre* Patrouille, Bjornsen. Das habe ich auch Zainal erklärt. Melden Sie sich jeden Tag, klar? Damit wir wissen, ob die Technik auch funktioniert. Unsere Nummer ist 369.« Er lächelte.

»Sir!« sagte sie, stampfte mit den Füßen auf, nahm Haltung an und salutierte nach Art eines englischen Soldaten.

Er entließ sie mit einer lässigen Handbewegung, und drei Leute erschienen und nahmen ihren Platz ein. Neugierig beäugten sie ihre Kartenmappe und das drahtlose Telefon. Sie entfernte sich hocherhobenen Hauptes und schaute weder nach rechts noch nach links..

Zainal lehnte an der Wand, hatte die Arme vor der Brust verschränkt und beobachtete, wie sie auf ihn zukam. Die anderen vier Mitglieder der Patrouille unterhielten sich leise. Sie nickte Astrid und Oskar zu, dann wandte sie sich den beiden neuen Leuten zu. Sie streckte der Frau, die ihr auf Anhieb sympathisch war, die Hand entgegen. Sie war zierlich gebaut, wirkte jedoch eher drahtig, hatte einen von der australischen Sonne gegerbten Teint und gebleichtes, kurzes, krauses Haar, das rotbraun schimmerte. Sie verströmte Selbstsicherheit und Entschlossenheit, ein Charakterzug vieler Australier. Zwischen ihren Füßen, neben ihrem Reisegepäck, lagen eine Erste-Hilfe-Tasche und ein leichter Bogen mit einem Köcher voller Pfeile.

»Ich heiße Sarah McDouall«, stellte sie sich vor und drückte Kris' Hand kräftig. »Das ist Francis Marley. Wir waren mal ein gutes Team im Widerstand, ehe wir erwischt wurden. Ich bin Ihre Sanitäterin.«

»Nennen Sie mich Joe. Alles ist besser als Francis«, sagte er und warf Sarah einen gespielt ungehaltenen Blick wegen ihrer Vorstellung zu. Seine Stimme hatte einen leicht nasalen Klang, als wollte er jeden Moment in schallendes Gelächter ausbrechen. Er war hochgewachsen und schlank und hatte von der Sonne kleine Fältchen um die Augen. Das dunkle Haar über seinem offenen und freundlichen Gesicht färbte sich an den Schläfen bereits grau. Eine Hand griff zum Kopf, als wollte sie einen nicht vorhandenen Hut zurechtrücken. Die Geste ging in ein beiläufiges Kratzen über. »Stockman – ich kenne mich ein wenig bei Pflanzen aus.« An seinem Gürtel hing eine Schleuder und daneben ein aus Deckenstoff gefertigter Beutel, der mit Steinen gefüllt war. Er stützte sich leicht auf die drei Lanzen, mit denen er außerdem bewaffnet war. Wie Kris bemerkte, besaßen sie metallene Spitzen. *Donnerwetter,* dachte sie, *die Waffenkammer macht sich auch allmählich!* »Weiß jemand von Ihnen, wo wir untergebracht sind?« fragte Kris.

»Zainal weiß es.«

»Ich gehe mal voraus«, meinte Zainal, stieß sich von der Wand ab, ging los und ließ die Lazaretthöhle hinter sich.

Kris fragte sich, ob er sich darüber ärgerte, daß Mitford das Handy *ihr* gegeben hatte. Sein Gesichtsausdruck verriet nichts dergleichen.

Es war eher ein Unterstand als eine Höhle, doch sie waren darin sowohl vor dem abendlichen Regen als auch den kalten Winden geschützt, die nachts regelmäßig aufkamen. Es war nur Platz für sechs Personen vorhanden, aber es gab Haken zum Aufhängen ihrer Habseligkeiten sowie eine Wandablage.

»Richtig feudal«, stellte Kris fest. »Hat Zainal Ihnen unseren Auftrag erklärt?«

»Mehr oder weniger«, meinte Joe grinsend.

»Haben Sie nichts gegen einen Catteni als Patrouillenführer einzuwenden?«

Joes Augenbrauen stiegen in die Höhe, und Sarah musterte sie prüfend.

»Also, naja ...«

»Zainal ist unser Führer«, erklärte Kris mit Nachdruck.

»Ich bin für die Kommunikation zuständig.« Sie klopfte auf das Handy.

»Schon verstanden.«

»Zuerst brauche ich ein Bad«, meinte Kris dann und legte die Kartentasche und das Handy vorsichtig auf die Wandablage. Sie drehte sich zu Astrid um. »Kommen Sie mit?«

»Waschen?«

»So nennen wir es«, sagte Kris lächelnd. Sie fühlte sich jetzt, nachdem sie geklärt hatte, was ihr am Herzen lag, ein wenig wohler. Sie warf Sarah einen fragenden Blick zu.

»Das habe ich schon hinter mir. Ich hole das Essen. Es riecht gut. Kommen Sie, Joe, Oskar. Und Sie sollten sich beeilen«, sagte Sarah zu den Sauberkeitsfanatikern.

»Darauf können Sie sich verlassen«, erwiderte Kris und begab sich dann mit Astrid im Schlepptau zurück zur Küchenhöhle und von dort hinunter zum See.

Astrid hatte keine Probleme, ins kalte Wasser zu steigen, da sie als Norwegerin eigentlich an regelmäßige Saunabesuche gewohnt sein mußte. Aber die Wassertemperatur verleitete sie nicht gerade zum Bummeln, daher waren sie gewaschen, abgetrocknet, angezogen und schon wieder auf dem Rückweg in ihr Quartier, als das Abendessen bereitstand.

»Was ich vermisse, ist ein Bier«, beklagte Joe sich und tunkte mit seinem Brot die letzten Soßenreste aus seinem Teller auf.

»Und ich träume von einer Zigarette«, sagte Sarah.

»Ich auch«, schloß Astrid sich lächelnd an und übersetzte das eben Gesagte für Oskar. Er hob beide Hände in einer flehenden Geste zum Himmel. »Sie kennen sich doch bei Pflanzen aus«, wandte Kris sich an Joe. »Dann suchen Sie doch mal eine, die uns den Tabak ersetzen könnte.«

»Das ist eine gute Idee«, entgegnete Joe. »Mal sehen, was ich zustande bringe.«

Kapitel
Elf

Jeden Morgen meldete Kris sich bei Mitford und gab ihm den neuesten Stand der Dinge durch. Abends, wenn sie sich alle am Feuer versammelten, ließ sie sich von ihren Gefährten dabei helfen, das Gelände, das sie im Laufe des Tages erwandert hatten, in die Karte einzufügen. Am vierten Tag stießen sie auf eine weitere Garage und begannen sofort damit, sie außer Betrieb zu setzen. Kris zeichnete dieses Detail mit nicht unerheblicher Freude in die Karte ein.

Joe Marley schob einen nicht vorhandenen Hut in den Nacken und kratzte sich am Kopf, während er die ersten Maschinen betrachtete, die er zu Gesicht bekam. Oskar, der den ersten großen Mähdrescher begutachtete, redete aufgeregt auf Astrid ein.

»Er möchte ihn in Betrieb sehen«, sagte sie und beäugte die Maschine mißtrauisch.

»Vielleicht im nächsten Jahr«, sagte Kris fröhlich, »falls wir uns entschließen, alles wieder instand zu setzen. Falls wir überhaupt noch alle Teile zusammenbekommen.«

Zainal hatte die Sonnenkollektoren auf dem Garagendach mittlerweile abmontiert. Nun wandte er sich dem fliegenden Pfeilwerfer zu. Leon hatte ausdrücklich darum gebeten, daß sie jeden Pfeil mitbrächten, den sie fänden, um daraus das Betäubungsmittel zu gewinnen.

»Oskar möchte wissen, wie Maschine ohne Räder arbeitet«, sagte Astrid und warf einen Blick unter die Schürze der größten Landmaschine.

»Auf einem Luftpolster.« Kris machte das Geräusch nach und deutete mit den Händen an, was sie meinte.

Oskar nickte verstehend und umrundete das mechanische Monster. Er untersuchte außerdem die Flugvorrichtung und war dabei besonders vorsichtig, da Kris ihn vor den Pfeilen gewarnt hatte, die aus der Vorderkante herausragten. Oskar schien von der Konstruktion des Mähdreschers begeistert zu sein. Dann wedelte er mit der Hand in der Luft herum und sagte etwas zu Astrid.

»Sein Bauernhof befindet sich auf einem Berg. Dieses Ding«, und damit trat sie gegen die Kupplung, »würde dort umkippen.« Dabei tat Astrid so, als verlöre sie das Gleichgewicht.

Joe war in den Lagerbereich vorgedrungen und suchte dort irgend etwas.

»Sie haben keinerlei Werkzeug zurückgelassen. Reparieren diese Dinger sich denn selbst?«

»Wir haben gesehen, wie einige aneinander herumgewerkelt haben«, sagte Zainal und näherte sich der Vorderseite des Mähdreschers, um die Sonnenzellen abzunehmen.

»Also wirklich, dieser Planet ist seltsam«, sagte Sarah.

»Das können Sie laut sagen«, pflichtete Kris ihr bei. »Im Camp werden Kollektoren und Batterien gebraucht. Davon ist ja eine Menge vorhanden.« Sie warf einen Blick in die Garage, in deren Schatten die Umrisse weiterer Maschinen zu erkennen waren.

»Können wir heute nacht nicht hier drin schlafen?« fragte Sarah so müde, daß Kris beinahe mitleidig lächelte.

»Ich glaube schon«, sagte sie. »Ich hätte jedenfalls nichts dagegen, wenigstens für eine Nacht nicht diesem kalten Wind ausgesetzt zu sein.«

»Irgendwo dahinten habe ich Felsläufer gesehen ...« sagte Sarah und griff zu ihren Waffen.

»Kris, gehen Sie mit ihr«, sagte Zainal, als die Frau allein losziehen wollte.

»Ich komme schon alleine zurecht«, sagte Sarah indigniert.

»Sie gehen mit«, wiederholte Zainal mit Nachdruck. »Dieser Planet ist gefährlich. Kris kennt die Gefahren.«

»Ja, das schon, aber ich höre nicht so gut wie Coo«, wandte Kris ein und legte Handy und Kartenmappe hin.

»Ist er immer so?« wollte Sarah von Kris wissen, als sie außer Hörweite waren.

»Wie soll er sein?«

»Nun regen Sie sich nicht gleich auf«, lenkte Sarah grinsend ein. »Für einen Catteni ist er gar nicht übel. So viele habe ich allerdings bisher nicht kennengelernt. Aber ich hörte ...« Dabei hob sie die Stimme leicht an, um Kris zum Weiterreden zu animieren.

»Als Catteni ist er sogar ganz gut«, sagte Kris neutral. »Und er hat eine Menge Leute gerettet ...«

»Das weiß ich doch! Sie brauchen ihn vor mir nicht zu verteidigen. Ich kam auf diesem verdammten Feld zu mir, und der Kerl neben mir wurde regelrecht angefressen. Ich wäre sicherlich als nächster an der Reihe gewesen, wenn Sie nicht herumgestampft wären wie ein Monster. Außerdem ist es nur vernünftig, stets in Begleitung loszuziehen. Glauben Sie mir, dort, wo ich herkomme, ist es das!«

Sie kehrten mit Felsläufern und einigen zarten Flugtieren, Reisig und einer beachtlichen Menge Dung vom übernächsten Feld zurück. Sie hatten in der Ferne ein paar Flieger gesehen, aber Kris hatte darauf aufmerksam gemacht und Sarah erklärt, wie man es vermied, von ihnen gefressen zu werden.

»Sind sie gerade hinter irgend jemandem her?« fragte Sarah und beobachtete die fliegenden Ungeheuer mit zusammengekniffenen Augen.

»Woher soll ich das wissen?« Kris hatte auch wenig Lust, das herauszufinden. »Wenn Sie jetzt auf der Erde wären, würden Sie wahrscheinlich sofort in Ihren Jeep springen und der Sache auf den Grund gehen, nicht wahr?«

»Wahrscheinlich, aber wir sind nicht auf der Erde, oder?« Tiefes Bedauern schwang in ihrer Stimme mit.

»Tut mir leid«, sagte Kris mit reumütiger Stimme. Sie

löste ihren Blick von den Vogeltieren in der Ferne, und sie marschierten für eine Weile schweigend weiter.

Sie gewannen an Höhe, und Sarah blieb stehen und blickte auf das Panorama akkurat aufgeteilter, mit Hekken umsäumter Felder und seufzte. »Mein Gott, das ist ja unglaublich. Und niemand lebt hier?«

»Bisher haben wir niemanden gefunden. Deshalb demontieren wir auch die Garagen, um uns sozusagen bemerkbar zu machen.«

Sarahs Augen weiteten sich. »Sie meinen, Sie wollen herausbekommen, wer diese ... Maschinen gebaut hat?«

»Hat Ihnen noch niemand von dem Schiff erzählt, das die Ernte eingesammelt hat?« Kris blickte lächelnd auf die zierliche Frau hinab. Die Felsläufer baumelten an dem Stock, den sie auf der Schulter trug.

»Ich habe sowas gehört – ein Schiff, so groß wie eine Stadt.«

»Eine kleine Stadt«, sagte Kris lächelnd.

»Wollen Sie etwa dort hinein?« Sarahs Augen weiteten sich erneut, aber diesmal vor Respekt.

»Nicht richtig«, erwiderte Kris, obgleich, wenn Zainal an diesem Abenteuer teilnähme, sie an seiner Seite wäre. Und er würde ganz bestimmt zu denen gehören, die das Schiff beträten. »Es wäre doch interessant, in Erfahrung zu bringen, was für eine Rasse diesen Planeten eingerichtet hat, so daß er sich sozusagen selbst versorgt, repariert und soviel Nahrung produziert ...«

»Nahrung?« Sarah schluckte, und sie hätte vor Schreck beinahe ihren Stock fallen lassen.

»Das ist es, was dieser Planet tut – er produziert Nahrung – und wir wissen nicht, für wen. Oder was. Außer daß es sich wahrscheinlich um Allesfresser, wie wir es sind, handelt.«

Sarah schluckte erneut krampfhaft. »Unter diesem Aspekt habe ich das Ganze noch gar nicht betrachtet.«

»Nun, es ist im Augenblick einfacher, von einem Tag zum anderen zu planen«, gab Kris ihr recht.

»Ja, das ist richtig«, sagte sie, als sie um die Biegung des Felsklotzes mit der glatten runden Kuppel gingen, in der sich die Garage befand.

Die anderen hatten längst alles abmontiert, was zur Wiederverwendung ins Lager mitgenommen werden konnte. Oskar hatte sich als besonders geschickt beim Auseinandernehmen erwiesen, und die anderen hatten angefangen, sich seinen Wünschen zu unterwerfen. Während er arbeitete, fragte er nach den englischen Bezeichnungen für verschiedene Gegenstände und wiederholte sie halblaut, um sie in sein Gedächtnis aufzunehmen. Joe war fast genauso gut wie er, aber, so sagte er, von dem Augenblick an, als er alt genug war, um einen Schraubenzieher festzuhalten, wäre ihm beigebracht worden, kleinere Reparaturen in der Schafstation seines Vaters selbst durchzuführen.

»Sie sehen hier einen Haufen zukünftiger Handys und anderer nützlicher Apparate vor sich«, sagte Joe. Dabei deutete er auf die säuberlich geordneten Dinge wie Drahtleitungen, Klemmverbindungen, Getriebe und alle möglichen Bauteile, die er in den Maschinen gefunden hatte. »Die Schatzkammer eines Bastelfreaks.«

»Wissen Sie denn, was Sie aus alldem herstellen können?« fragte Kris.

»Das kommt darauf an«, erwiderte Joe, »was gebraucht wird.«

In diesem Moment tauchte Zainal auf. Er hielt Kris' Handy hoch. »Sie sollen zu Hause anrufen.«

»Wie E. T.?« fragte Kris grinsend, aber nur Sarah und Joe verstanden diese Anspielung. Sie zuckte die Achseln, tastete die 369 ein, und eine fremde Stimme meldete sich.«

»Worry hier.«

»Worry?«

»Spreche ich mit Kris?«

»Das tun Sie, dann sind Sie Worrell.«

»Seit ich gelandet bin, werde ich nur Worry genannt,

also kenne ich nichts anderes. Was ist mit Ihrem Bericht?«

Sie teilte ihm die letzten Neuigkeiten mit, und er äußerte sich erfreut über die Entdeckung einer weiteren Garage und ihrer wiederverwendbaren Einzelteile.

»Es geht Mitford gut, oder?« fragte sie, ehe sie sich verabschiedete.

»Es könnte ihm nicht besser gehen«, antwortete Worry, und sogar auf die Entfernung war der Spott in seiner Stimme nicht zu überhören. »Ein wirklich aufregender Mann.«

»Gab es keine Überflüge?«

»Sie würden sofort zurückgerufen, wenn es welche gäbe!«

»Das glaube ich sofort!«

Am anderen Ende erscholl Gelächter, und dann meldete Worrell sich ab, nachdem er noch darauf hingewiesen hatte, sie sollten nicht vergessen, die Lage der neuen Garage auf der Karte einzuzeichnen. Zainal half ihr dabei, weil er ihr die relativen Entfernungen von ihrem vorherigen Lager sowie das ungefähre Profil ihrer Tagesstrecke nennen konnte. Obgleich Kris wußte, daß ihre Beine bestätigen konnten, daß sie an diesem Tag weit vorgedrungen waren, wußten ihre Beine lediglich, daß sie gewandert waren, aber nicht wie weit bergauf oder bergab.

Gegen Mittag des nächsten Tages erreichten sie den Gipfel eines hohen Gebirgskammes und erblickten den unverwechselbaren Schimmer von Sonnenstrahlen, die von einem größeren Gewässer reflektiert wurden. So groß, daß ein fernes Ufer noch nicht einmal von ihrem Aussichtspunkt aus zu erkennen war. Rechts von ihnen, am Ufer gelegen, zeichneten sich die offenbar rechteckigen Konturen eines künstlichen Gebildes ab.

»Ein Aufbewahrungsort für Boote? Fischen sie auch?« fragte Astrid und beschattete die Augen mit einer Hand.

»Durchaus möglich. Sie werden sicherlich nicht darauf verzichten, auch den Reichtum des Meeres auszubeuten«, sagte Kris.

»Das ist sicher richtig«, murmelte Sarah und versuchte ebenfalls etwas zu erkennen. »Meinen Sie, es ist Salzwasser?«

»Das werden wir bald feststellen«, sagte Joe.

»Zainal?« Kris wandte sich an den Catteni, da er bisher nichts gesagt hatte, sondern nur das Gebäude aufmerksam beobachtete.

»Wir müssen vorsichtig sein. Gefischt wird das ganze Jahr hindurch.«

»Sicher, aber wie soll denn eine Maschine fischen? Ich meine, das Meer folgt keinen Programm, oder? Es gibt Stürme und andere Erscheinungen ... es sei denn, sie können die Gezeiten ebenso steuern wie den Regen. Damit will ich nicht behaupten, daß sie das nicht können«, meinte Kris mit einem Anflug von Bitterkeit.

»Uns kontrollieren sie nicht«, erwiderte Zainal zu ihrer Überraschung. »Erzählen Sie das den anderen.«

»Soll ich auch von den fliegenden Pfeilen und so weiter reden?« Sie tat es, dann wandte sie sich wieder an Zainal. »Wenn es aber Maschinen gibt, dann dürften sie für den Einsatz im Wasser konstruiert sein. Das Gebäude steht offenbar direkt am Ufer. Ich glaube, wir brauchen kaum zu befürchten, daß sie uns auf dem Land attackieren.

»Fällt das nicht unter die Rubrik ›Berühmte letzte Worte‹?« sagte Joe grinsend und gab ihr mit dem Ellbogen einen Rippenstoß.

»Ich hoffe nicht. *Ein* Ausflug in ein Schlachthaus reicht mir völlig.«

»Es könnte auch eine Konservenfabrik sein«, sagte Joe, immer noch in einem neckenden Ton.

»Hmm.« Dann begann Kris zu kichern. »Stellen Sie sich ihn mal in einer Sardinenbüchse vor«, sagte sie und deutete mit einem Kopfnicken auf ihren Patrouillenführer, der immer noch das Bauwerk fixierte.

»Wir lassen uns Zeit und nähern uns nicht vor dem zweiten Mondaufgang ...«

»Wie Sie meinen, Boss«, sagte Kris respektlos.

Den Hochwassermarken und dem Treibgut, das am Strand lag, nach zu urteilen, gab es auf dieser Welt Gezeiten.

»Bei so vielen Monden sind die Gezeiten wahrscheinlich sehr kompliziert«, bemerkte Joe.

»Schwimmen?« sagte Astrid sehnsüchtig zu Kris, obgleich sie Zainal, um Erlaubnis bittend, ansah.

Sie erreichten den Strand ungefähr einen Kilometer vom Gebäude entfernt. Der Marsch durch den weißen Sand war mühsam gewesen, denn das abwechslungsreiche Gelände erschwerte das Gehen, auch wenn es etwas festere Inseln aus harten Grasbüscheln und sogar eine Schilfgruppe gab. Joe nahm Proben von jeder Pflanze, um sie daraufhin zu untersuchen, ob sie eines der Spurenelemente enthielt, die den Deski helfen könnten. Das Meer mochte zwar mehrere Tagereisen vom Hauptlager entfernt sein, aber es war nicht unerreichbar. Eine Pflanze mit dicken kurzen Ästen, die Kris an eine vom Wind verkrüppelte Kiefer erinnerte, trug eine seltsame harte Frucht. Joe verstaute die Ernte zweier dieser Büsche in seinem Rucksack.

Zainal richtete sein Augenmerk wieder auf das Gebäude, welches nun über dem sandigen Untergrund zu schweben schien. Kris war sicher, daß es nur eine optische Täuschung war. Dann blickte er längere Zeit hinaus aufs Meer und zuckte schließlich die Achseln.

Es wäre eine Ironie des Schicksals, dachte Kris, alle Gefahren gemeistert zu haben, die das Land für sie bereithielt, um von einem Lebewesen des Meeres angegriffen und getötet zu werden, aber sie konnte in der leicht bewegten See nichts Verdächtiges entdecken, das auf gefährliche Unterwasserbewohner schließen ließ. Dann schlenderte Zainal zum Wasser hinunter und schöpfte eine Handvoll. Er roch daran, dann tauchte er die Zunge in die Flüssigkeit. »Salzig. Sie schwimmen zuerst.« Dabei wanderte sein Finger von Sarah über Astrid zu Kris. »Wir passen auf.«

»Wir?« fragte Sarah schelmisch, aber sie lief bereits hinunter zum Wasser und öffnete ihren Overall.

Während der letzten Wochen hatte Kris eine ganze Menge ihrer anerzogenen Vorstellungen von Schamgefühl und Sittsamkeit aufgegeben, daher folgte sie Sarah. Astrid eilte hinter ihnen her, streifte hastig ihren Overall ab und stürzte beinahe, als sie aus ihrem rechten Hosenbein stieg. Sie schleuderte den Overall von sich, dahin, wo der Sand noch trocken war, und rannte die letzten Schritte bis zum Wasser.

»Wagen Sie sich nicht zu weit raus!« rief Joe, und dann hockten er und Oskar sich in den Sand, während Zainal stehenblieb und das Meer aufmerksam beobachtete.

Das Wasser war nicht so salzig, wie Kris es von ihren Osterurlauben am Atlantik her in Erinnerung hatte. Allerdings reichte der Salzgehalt aus, um das Wasser recht tragfähig zu machen, wie sie feststellen konnte, als sie sich auf den Bauch drehte, um ein Stück hinauszukraulen. Sarah juchzte und spritzte um sich wie ein kleines Kind.

»Hey, das gefällt mir. Endlich mal ein Meer, in dem ich schwimmen kann, ohne vor Haien Angst haben zu müssen!«

»Nicht so weit hinausschwimmen!« rief Kris, die eigentlich damit rechnete, daß Botany auch im Meer noch einige unliebsame Überraschungen für sie bereithielt. Sie war überrascht, daß Zainal ihnen dieses Bad überhaupt gestattet hatte. »Wir sollten lieber in Strandnähe bleiben, um aufs Trockene zu gelangen, ehe etwas im Meer«, damit deutete sie mit einer ausholenden Geste auf die endlose Wasserfläche, »uns erwischen kann.«

»Sehr umsichtig«, sagte Sarah und paddelte zu ihr zurück.

Kris bemerkte, daß Astrid mit sparsamen, aber äußerst effektiven Zügen schwamm, während Sarah lediglich ausgelassen herumplanschte. Sie blieben mit Rücksicht auf die Männer, die Wache hielten und sich wahrscheinlich genauso wie sie nach einem erfrischenden Bad sehnten, nicht lange im Wasser. Kris fühlte sich nach dieser Erfrischung viel besser und winkte den Männern zu, daß sie jetzt herauskommen würden. Zainal beobachtete noch immer die riesige Wasserfläche. Joe und Oskar hatten sich rücksichtsvoll abgewandt, als die jungen Frauen herauskamen.

»Okay, Leute«, rief Kris, als sie alle drei wieder vollständig angezogen waren, »jetzt seid ihr an der Reihe.« Sie ging zu Zainal. »Ich passe auf.«

Er schüttelte den Kopf. Dann bedeutete er Joe und Oskar mit einer ausholenden Armbewegung, sie sollten ohne ihn ins Wasser gehen.

»Schwimmen Sie nicht?« fragte Kris amüsiert.

»Zu still«, sagte er geheimnisvoll und setzte seine Beobachtung des Meeres fort, und zwar galt seine Aufmerksamkeit nicht nur dem Wasser bis zum Horizont, sondern auch dem Strand in nächster Nähe rechts und links von ihnen.

»Auf der Erde – auf Terra – fahren die Fischer gewöhnlich im Morgengrauen oder mit der Flut hinaus«, erzählte sie beiläufig. »Deshalb dürften die Maschinen, falls es überhaupt welche gibt, um diese Tageszeit untätig sein, denke ich.«

»Ich war noch nie am Meer«, entgegnete Zainal ebenso beiläufig.

»Dabei sehen Sie beinahe aus wie ein Leuchtturm«, meinte Kris kichernd, »wie Sie so dastehen.«

»Ein Leuchtturm?« Er runzelte die Stirn, unterbrach seine sorgfältige Wache jedoch nicht.

»Hey, ich glaube, auf diesem Planeten gibt es Muscheln!« rief Sarah. Sie kniete sich hin und begann mit dem Beil im Sand zu graben. Die nächste kleine Welle überspülte ihre Beine.

»Ich wußte gar nicht, daß in Australien Muscheln vorkommen«, sagte Kris, während sie zu Sarah schlenderte.

»Sogar die größten Muschelbänke, und zwar liegen sie vor Sydney. Und Austern gibt es.«

Während eines Urlaubs an der See hatte Kris am Strand von Cape Cod nach Venusmuscheln gesucht, daher erkannte sie sofort die kleinen Löcher im Sand, wo Weichtiere sich einen Atemkanal angelegt hatten. Sie begann ebenfalls zu graben.

»Was tun Sie?« fragte Astrid, als sie zu ihnen kam.

»Wir graben … oh …« Sarah schloß die Finger um einen Fund und zog ihn aus dem nassen Sand. »Was in drei Teufels Namen ist denn das?« Sie spülte den Sand von dem muschelähnlichen Lebewesen ab und zeigte es ihren Gefährtinnen. Es war länglich, mit einer umhüllenden Schale, und dabei rauh wie eine Auster, nicht so glatt wie eine Miesmuschel.

»Nun, es ist sowohl eine Muschel als auch eine Auster«, sagte Kris. »Und da es keine Scheren hat, ist es keine Krabbe. Austern sind etwas Gutes, und Muscheln ebenfalls. Vielleicht enthalten sie sogar die Spurenelemente, die die Deski so dringend brauchen. Alles, was aus dem Meer kommt, ist voller Mineralien und anderen wichtigen Bestandteilen.«

»Ja, ich weiß«, sagte Sarah und verdrehte die Augen. »Ich habe als Kind mehr als genug Lebertran getrunken. Hey, Joe, komm doch mal eben her, ja?«

Joe, der sich trotz seiner Nacktheit völlig unbefangen bewegte, kam zu ihnen herüber und nahm die ›Muschel‹, die Sarah ihm reichte.

»Wir werden wohl ganz empirisch vorgehen müssen,

glaube ich«, sagte er ohne echte Begeisterung. »Wenigstens frißt es uns nicht zuerst.«

Er ergriff Sarahs Beil, ließ sich von Kris ihres geben, benutzte es als Unterlage und öffnete die Schale mit dem einen Beil.

»Autsch, da habe ich wohl zu fest zugeschlagen«, sagte er und starrte auf die zerquetschte Masse, die von der Beilklinge herabrann. »Sucht noch eine.«

Nachdem sie drei weitere Weichtiere gefangen und zerlegt hatten, entschied Joe, daß das »Fleisch« höchstwahrscheinlich genießbar war. Er zog sich an und sie machten sich auf die Suche nach Brennmaterial. Niemand hatte den Mut, die Weichtiere in rohem Zustand zu kosten, obgleich sie alle der Überzeugung waren, daß sie rochen, wie man es von Meeresfrüchten erwarten konnte. Joe war mutig genug, um als Versuchskaninchen zu dienen, als die erste Muschel sich allmählich braun färbte. Die Spitze seiner Messerklinge drang leicht in das Muschelfleisch ein.

»Ein bißchen zäh, aber recht wohlschmeckend. Sehr wohlschmeckend sogar.«

Nachdem er ebenfalls ein Stück gekostet hatte, pflichtete Oskar ihm bei und begann sofort, weitere Muscheln zu suchen. Zainal lächelte milde. Obgleich er ein Stück in den Mund steckte, schluckte er es nicht herunter, sondern schüttelte den Kopf.

»Gibt es so etwas nicht auf Catten?« fragte Kris belustigt.

Er schüttelte erneut den Kopf. »Wir verzehren nur Landtiere.«

»Im Fisch ist besseres Eiweiß und viel weniger Fett«, sagte Kris und weidete sich an seiner Reaktion.

Zainal begab sich wieder auf seinen Beobachtungsposten.

Nachdem sie außer Sicht des Gebäudes und vor dem nunmehr aufkommenden kalten Wind geschützt in den Dünen ein Lager aufgeschlagen hatten, nahmen sie eine

Mahlzeit ein, die aus in eigener Schale gekochten Muscheln und kaltem Felsläuferfleisch bestand. Joe machte den Vorschlag, sie sollten erst einmal abwarten, ob einer von ihnen eine negative Reaktion auf die Weichtiere zeigte, ehe sie sich damit die Mägen vollschlügen. Seltsamerweise hatten sie alle Appetit auf mehr.

»Wahrscheinlich sind in dem Fleisch irgendwelche Elemente enthalten, die in unserer bisherigen Kost fehlen«, meinte Joe. »Manchmal weiß der Körper viel besser als der Kopf, was er braucht. Aber warten wir lieber die Nacht ab. Wenn am Morgen niemand Durchfall hat oder sich übergeben muß oder unter Unwohlsein leidet oder gar stirbt, dürfte es ziemlich ungefährlich sein, die Muscheln zu verzehren.«

»Und zwar ganz frisch«, fügte Kris hinzu.

»Am Meer, am wunderschönen Meer«, summte Joe.

Dann unterhielten sie sich darüber, ob im Sand der Dünen vielleicht auch Aasfresser lebten.

»Vielleicht sogar noch etwas viel Schlimmeres«, murmelte Sarah und erschauerte.

»Ich hatte eigentlich vor, mir im Sand ein Bett zu bauen«, sagte Kris traurig. »Wenigstens paßt er sich den Körperformen an, was eine Steinunterlage nicht kann.«

Joe stieß einen Pfiff aus. »Ja, Sie haben aber auch eine tolle Figur!« sagte er und starrte sie mit einem Ausdruck gespielter Lüsternheit an. Sarah kniff ihm in den Oberschenkel und rief ihn zur Ordnung.

»Ich vermisse am meisten Matratzen«, seufzte Kris. »Ehrlich gesagt, fehlt mir sonst nicht sehr viel. Das heißt, meistens. Aber ich würde meinen Arm für eine aufblasbare Campingmatratze hergeben«, sagte sie, zog die Knie hoch und umschlang sie mit den Armen. Dabei fing sie Zainals amüsierten Blick auf. Er saß ihr genau gegenüber, und seine Augen blitzten im Feuerschein.

»Ihren Arm?« fragte er.

Sie zuckte die Achseln und hob einen Arm hoch.

»Was hat jemand anderer von Ihrem Arm?«

»Nun, nichts. Man sagt es nur so. Es ist eine Redewendung.«

Der restliche Abend bestand aus intensivem Sprachunterricht. Oskar schnappte immer mehr englische Brocken auf, und Astrids Englisch wurde zunehmend fließender. Sie übernahm gleichzeitig ein paar von Kris' bevorzugten Bemerkungen, eine Art von Schmeichelei, bei der Kris sich nicht sehr wohl fühlte.

Als ihre Müdigkeit die Pausen in ihrer Unterhaltung immer länger werden ließ, verkündete Zainal einen Wachplan. Er schlug vor, daß der jeweilige Wachtposten von Zeit zu Zeit stampfend – und bei diesem Wort grinste er Kris schadenfroh an – das Lager umrundete für den Fall, daß der Sand irgendwelche unterirdisch lebenden Aasfresser beherbergte. Die anderen sollten sich ihre Nachtlager in nächster Nähe des Feuers bauen, das der Wachtposten außerdem am Brennen halten sollte.

»Zwischen dem Rundstampfen?« fragte Sarah und konnte ihr Lachen kaum unterdrücken.

»Genau«, meinte Zainal und nickte.

Die lange Nacht verstrich ohne einen Alarm, und Kris, die sich in den Sand hineingescharrt hatte, schlief tief und fest. Wie üblich wurden alle lange vor der Botany-Morgendämmerung wach. Da niemand unangenehme Reaktionen auf den Muschelgenuß bei sich feststellen konnte, wurde ein Ausflug zum Strand organisiert. Im schwachen Licht der sich aufhellenden Nacht und noch vor dem Morgengrauen gruben sie nach Muscheln, und als sie genug für eine üppige Mahlzeit zusammen hatten, nahmen sie ein schnelles Bad im Meer, um sich den klebrigen Muschelsand abzuwaschen.

Danach nahmen sie ein geradezu festliches Frühstück ein. Anschließend schlug Zainal vor, sie sollten den Rest der Nacht dazu nutzen, sich an das Gebäude heranzuschleichen und es zu untersuchen. Bisher hatte noch niemand darüber nachgedacht, wie lange eine eintägige Aufladung mit Sonnenenergie in den Kollektoren vorhielt, da die Maschinen während der Nacht meistens inaktiv waren.

Das Gebäude war größer, als sie angenommen hatten, und es schien noch größer zu werden, während sie sich ihm näherten. Zainal, dessen Nachtsichtfähigkeit den anderen Teilnehmern der Patrouille überlegen war, erkannte einige seltsame Konstruktionen vor dem Gebäude und eine mit einem Geländer versehene Rollbahn, die ins Wasser hineinführte.

»Etwa eine Startanlage?« fragte Joe.

»Auf Terra wird nach der alten Methode gefischt«, sagte Astrid. Und Joe und Sarah bestätigten das.

»Benutzen sie vielleicht ein automatisches Boot?« fragte Kris.

»Vielleicht locken sie die Fische mit irgendeinem akustischen Signal in ihre Netze«, murmelte Joe.

»Ich habe noch nie eine Maschine irgendeinen Laut von sich geben hören, außer ihrem typischen ›Schepper-Ra-Bumms‹«, sagte Kris grinsend.

Maschinen brauchten außerdem keine Fenster, und das Gebäude hatte keine. Es sah aus, als könnte sich die gesamte Vorderfront des Gebäudes öffnen, um den Start aller Maschinen zu ermöglichen, die darin untergestellt waren. Die größten Solarzellen, die sie bisher gesehen hatten, bedeckten das Dach. Sie waren auf stabile Pfeiler montiert, die vermuten ließen, daß die Platten gedreht und verstellt werden konnten, um soviel Sonnenlicht wie möglich aufzufangen. Das war ein ganz neuer Aspekt in der Technologie der Maschinen.

Zainal fand keine Öffnung und kein Schlüsselloch oder irgend etwas, wodurch sie sich hätten Zugang zu dem Gebäude verschaffen können. Er ließ sogar Joe auf seine Schultern steigen und an der dem Meer zugewandten Gebäudewand nach etwas derartigem suchen,

Also warteten sie in sicherer Entfernung ab, ob das Gebäude sich selbst öffnete, sobald der Tag angebrochen war. Bis die Sonne im Zenith stand, vertrieben sie sich die Zeit damit, daß sie zu angeln versuchten. Dazu benutzten sie die dünnsten Deckenstreifen, die sie schneiden konnten, und befestigten sie an einem Stock. Als Haken bogen sie ein Stück Draht zurecht, auf den sie ein Stück Muschelfleisch als Köder aufspießten. Als sie in Ufernähe nichts fingen, wateten sie so weit hinaus, wie sie es schafften, ohne das Gleichgewicht zu verlieren, und fingen schließlich ein paar Plattfische. Diese brieten sie zum Mittagessen und nahmen anfangs nur kleine, vorsichtige Bissen zu sich.

»Was würde ich jetzt für Forschungsgerät geben!« seufzte Joe sehnsüchtig. »Sie vermissen Matratzen, Kris, und ich würde meinen Arm für ein Vergrößerungsglas hergeben.« Er hielt inne. »Und ein paar Chemikalien, um giftige Substanzen nachzuweisen und zu analysieren. Von einem Mikroskop wage ich noch nicht einmal zu träumen …«

»Dann lassen Sie's auch!« schnitt Sarah ihm das Wort ab.

»Hören Sie, weshalb reden wir nicht mit unseren begabten Bastlern über derartige Werkzeuge«, sagte Kris. »Man braucht sich doch nur mal anzusehen, was sie bis jetzt schon zustande gebracht haben.« Sie griff nach dem Handy und gab die Rufnummer ein.

Gegen Mittag, als sich nichts in und um das Gebäude herum rührte, entschied Zainal, daß sie dieses bisher größte Bauwerk, das sie auf dem Planeten gesehen hatten, vermessen sollten.

»Vielleicht wird nur auf ganz bestimmte Fischarten Jagd gemacht, die im Augenblick nicht so leicht zu fangen sind«, warf Joe ein.

»Oder vielleicht gibt es irgendwo da oben einen Satelliten«, sagte Sarah und deutete nach oben, »der meldet, wann es am günstigsten ist zu fischen.«

Zainal schüttelte den Kopf. »Keine Satelliten, sonst würden Catteni nicht erforschen.«

»Sind Sie sich denn bewußt«, fragte Kris und staunte

über diese Auffassung, »daß es noch andere vernunftbegabte und raumfahrende Rassen gibt?«

Zainal bedachte sie mit einem leicht überheblichen Blick. »Der Weltraum ist sehr groß. Viele Planeten können besiedelt sein ... wenn auch nicht immer auf diese Art und Weise«, fügte er mit einem besonders gewinnenden breiten Grinsen hinzu. Dann meinte er: »Es ist ein Zeichen der Ehre, nicht Unehre ...«

»Strafe«, warf Kris ein.

»Transportiert zu werden.«

»Ich hätte sehr gut auf diese Ehre verzichten können«, sagte Sarah bitter, dann redete sie schnell weiter, wobei sie Zainals Arm kurz und freundlich drückte. »Aber dann hätte ich ja nicht Sie kennengelernt oder erfahren, daß wir Terraner doch verdammt gut sind!«

»Das sind Sie wirklich!« Zainal nickte heftig. »Es ist für mich eine Ehre, hier zu sein!«

»Nun ja«, meinte Joe. Er war offensichtlich verlegen.

»Jetzt suchen wir weiter«, sagte Zainal schließlich und hob dem Arm zum Zeichen des Aufbruchs.

Kris war ebenfalls über dieses kurze Intermezzo erfreut. Es freute sie sogar, daß Sarah Zainal berührt hatte: bis zu dieser entgegenkommenden Geste hatte bisher niemand einen physischen Kontakt zu Zainal gesucht – bis auf sie selbst. Und Leon, dieser aber aus rein medizinischen und nicht aus sozialen Gründen. Faßt ihn ruhig an, er besteht aus richtigem Fleisch und rotem Blut, dachte sie säuerlich, als sie losmarschierten und sie sich seinem zügigen Tempo anpaßte. Sie waren wirklich eine disziplinierte Truppe, topfit und fähig, sich allem zu stellen, was Botany ihnen bisher geboten hatte.

Joe machte zweimal Halt, um ein paar Beeren oder Stücke von Bäumen mit besonders harter Rinde und Strauchfrüchte zu sammeln. Die weichen testete er sofort oder ließ sie von jemand anderem testen. Natürlich sehr kritisch. Einige der weichen Beeren waren so bitter, daß sich ihnen der Mund zusammenzog. Wenn man ihn mit Wasser ausspülte, verlor sich diese Wirkung. Eine Beere, sie war dunkelgrün, war so süß, daß der Testesser gleich noch einmal kosten wollte. Die grüne Frucht wurde zuerst gesammelt, aber nicht verzehrt, bis die Proben sich als ungefährlich erwiesen hätten.

Den Rest des Tages verbrachten sie am Strand und verfolgten, wie das Treibgut, vorwiegend Seetang, von der Brandung auf den Sand geschoben wurde. Joe vermutete, daß die Pflanzen sich vielleicht zur Nahrungsmittelherstellung eignen könnten und nahm daher auch von ihnen einige Proben. Gleichzeitig fiel ihnen der Überfluß an Weichtieren entlang der Küste auf, wie sich leicht aus der Häufigkeit der Atemlöcher schließen ließ. Gegen Abend gruben sie eine größere Anzahl aus und bereiteten daraus sowie aus einem feisten Felsläufer, Rundwurzeln und Grünpflanzen, die in nächster Nähe im Überfluß gediehen, einen köstlichen Eintopf zu, bei dem das Meerwasser die salzige Würze lieferte, nach der sie immer heftiger verlangten.

Auf einer Anhöhe über dem Strand, der sich nach allen Seiten erstreckte, so weit das Auge reichte, fanden sie einen neuen sandigen Lagerplatz. Im sinkenden Licht des Tages konnten sie in der Ferne lavendelfarbene Flekken erkennen, was sie, als sie am Lagerfeuer saßen, zu der Überlegung brachte, daß sie vielleicht auf einen Binnensee gestoßen waren und daß es sich bei den Flecken um das gegenüberliegende Ufer handelte. Sie beschlossen daher, so weit wie irgend möglich dem Verlauf der Küste zu folgen.

»Wir werden wieder herkommen. Zuerst soll Mitford unseren Fund bewerten«, sagte Zainal.

»Hör sich den einer an«, sagte Sarah grinsend. »Jetzt redet er schon fast wie gedruckt: Mitford soll unseren Fund *bewerten*!«

»Ich höre und lerne, mehr nicht«, sagte Zainal und erwiderte ihr Grinsen.

Mitford setzte sich am nächsten Abend selbst mit der Patrouille in Verbindung, um sie zurückzurufen.

»Der Zeitpunkt rückt gefährlich nahe, an dem die Catteni zurückkehren könnten«, sagte er. »Ihr könnt einen weiten Bogen beschreiben, aber kommt auf jeden Fall zurück.«

Zainal schlug einen Kurs ein, der indirekt zum Lager zurückführte, und sie stießen auf zwei weitere landwirtschaftliche Garagen und ein Schlachthaus, das noch leer war und darauf wartete, seine Arbeit aufnehmen zu können. Sie montierten sämtliche nützlichen Bauteile ab und legten sie geordnet zurecht, um sie bei einem späteren Besuch mitzunehmen. Joe betrachtete die verschiedenen Stapel und Haufen und kratzte sich am Kopf.

»Ich frage mich, ob man nicht das Rad wiedererfinden sollte«, sagte er. »Damit bliebe es uns erspart, daß wir das ganze Zeug auf den Buckel laden.«

»Wenn Sie über Luftkissenfahrzeuge verfügen, die über Hindernisse hinweghüpfen, dann dürfte das Rad ein erheblicher Rückschritt sein«, sagte Kris. »Daher sind hier auch keine Straßen nötig ... es wäre eine Vergeudung von bestem Ackerland, wenn Sie mich fragen.«

»Da haben Sie natürlich recht.«

Oskar nickte verstehend. Er mußte Astrid immer seltener um Übersetzungshilfe bitten.

»Hauptsache, ich brauche die Suppe nicht auszulöffeln, wenn die Meister dieses Planeten herausbekommen, was wir mit ihren Einrichtungen angestellt haben«, sagte Joe.

»Und wenn es sich nun um ganz andere Maschinen handelt?« fragte Kris, denn sie hatte sich über diese Möglichkeit bereits eingehend Gedanken gemacht. »Zumindest geraten Maschinen nicht in Zorn.«

»Maschinen essen auch kein Fleisch oder backen Brot«, wandte Sarah ein. »Die Herren müssen Humanoide sein, sonst hätte das alles hier kaum einen Sinn.«

»Ja, aber ich wette, daß sie die Maschinen für all ihre

schmutzigen und langweiligen Arbeiten einsetzen«, erwiderte Joe nachdenklich. »Ich meine, der technische Stand dieser Konstruktionen und der Arbeitsweise der Maschinen ist phänomenal. Wir haben nichts, das damit zu vergleichen wäre. Nicht einmal ihr Yankees mit euren riesengroßen Mähdreschern im Mittelwesten könnt daneben bestehen.«

»Aber Maschinen müssen von ... irgend etwas konstruiert werden. Sie mögen ruhig in der Lage sein, sich selbst oder gegenseitig zu reparieren – aber sich von Grund auf zu entwickeln?« Kris schüttelte den Kopf. »Irgendwo hinter all diesen Maschinen verstecken sich intelligente, vernunftbegabte Wesen.«

Sarah und Joe nickten gleichzeitig. Joe meinte grinsend: »So lange sie uns nur freundlich gesonnen sind.«

»Sie stehen der Erde freundlich gesonnen gegenüber«, meinte Astrid zuversichtlich.

»Aber haben sie auch Sympathien für die Menschen? Das ist die große Frage«, sagte Joe.

»Ich mag diesen Planeten«, sagte Oskar. »Jetzt haben *wir* hier das Sagen und nicht die Maschinen. Keine Büros oder Männer, die vom Land nichts verstehen.«

»Sieht hier irgend etwas anders aus als gewöhnlich?« wollte Zainal von Oskar wissen, während er eine Drahtspule und eine Handvoll Stecker auf den Haufen vor dem jungen Norweger legte.

Dieser schüttelte den Kopf, schaute jedoch zu Joe, um sich dessen Bestätigung zu holen. Joe schüttelte ebenfalls den Kopf.

»Nein, Zainal. Nichts, was nicht auch später noch erledigt werden kann. Die Betäubungspfeile habe ich allerdings verpackt und in meinen Rucksack gesteckt.«

»Das ist gut.«

Sie zogen für die Nacht in eine der Scheunen um.

»Dann kann Kris ihre müden Knochen wenigstens wieder auf Stroh betten«, meinte Zainal grinsend.

»Aber klar doch«, sagte sie und benutzte den Ausdruck, den sie von Sarah übernommen hatte.

Zuerst zogen die jungen Frauen sich zu ihrem abendlichen Bad in einer Viehtränke in eine andere Scheune zurück. Als sie zurückkamen, lagen ungewöhnlich hohe Strohhaufen als Nachtlager für sie bereit.

»Ist das für Sie dick genug?« fragte Zainal und deutete mit einer gespielt unterwürfigen Verbeugung auf ihr Bett.

Sie breitete ihre Decke darüber und hielt plötzlich inne. Sie hatte keine Ahnung, wie sie auf den Strohhaufen hinaufgelangen sollte. Zainal packte sie und warf sie geschickt, während sie überrascht aufschrie, genau in der Mitte ihrer »Matratze«.

»Ohhh.« Sie gab einen wohligen Seufzer von sich, während sie ihre Schultern und ihre Hüften tief in die weiche Unterlage hineinwühlte. »Das ist einfach himmlisch!«

»Und ich verlange dafür noch nicht einmal Ihren Arm«, sagte Zainal und trat zurück, um nach einem kurzen Anlauf auf seinen eigenen Strohhaufen zu springen.

»Ich frage mich«, sagte Kris, während sie die Augen schloß, »was die Herren des Planeten sagen, wenn sie hier sechs Haufen mit zerdrücktem Viehfutter in den Scheunen finden.«

»Wahrscheinlich überprüfen sie erst einmal die Programmierung ihrer Maschinen«, meinte Sarah schläfrig. Sie war in dieser Nacht die letzte, die etwas sagte.

Am späten Nachmittag des nächsten Tages trafen sie in Camp Rock ein. Kris und Zainal erstatteten Worrell Bericht, weil Mitford gerade unterwegs war, um die neueste Apparatur zu inspizieren, die aus all den »Ersatzteilen, die ihr Jungs ständig findet«, zusammengesetzt worden war. Worrell war ein allmählich kahl werdender stämmiger Mann mit kurzen Beinen und einem ständig geröteten Gesicht, dessen Wangen und Nase von dünnen roten Äderchen durchzogen waren. Er hatte die Angewohnheit, seinen Overall und den Gürtel aus gegerbtem Felsläuferleder um den Leib immer wieder hochzuschieben, als befürchte er, daß er ihm über die Hüften herabrutschte. Kris fragte sich, ob er früher einen Bierbauch gehabt hatte, obgleich er jetzt ziemlich schlank war. Letzteres war vermutlich das Ergebnis eines ausgedehnten Aufenthalts in einem cattenischen Transportschiff.

»Jeder, der über irgendwelche technischen Fertigkeiten verfügt, ist dienstverpflichtet worden«, sagte er grinsend. Dann wurde er ernst und deutete auf die leeren Stöcke. »«Dieser Aarens hat in Schlachthaus Fünf eine erstaunliche Fertigungsstraße eingerichtet.« Worry blinzelte, als sie ihr Erstaunen durch einen verblüfften Ruf ausdrückten. »Intern nennen wir das ganze Camp Narrow, das Lager des Letzten Augenblicks, weil einige von den Burschen um Haaresbreite aus einem der Schlachthäuser fliehen konnten.« Worry zerrte erneut an seinem Gürtel, ehe er ihr und Zainal einen Steinsitz anbot.

Diese waren mittlerweile mit aus Weiden geflochtenen und vermutlich mit Pflanzenflaum gefüllten Sitzkissen ausgestattet worden. Auf jeden Fall war es weitaus angenehmer, als auf nacktem Stein zu sitzen. *Mein Gott, bin ich mittlerweile verweichlicht*, dachte Kris, *da wünsche ich mir Matratzen und Polster, um meinen Allerwertesten darauf betten zu können*.

Obgleich Worrell erst zu Kris sah, war es Zainal, der seinen Bericht in einem Englisch vortrug, das beinahe genauso akzentfrei war wie Kris'. Er dehnte sogar den einen oder anderen Vokal, wie sie es immer zu tun pflegte. Sie holte ihre Landkarte hervor und zeigte Worrell darauf die Entfernung, die sie zurückgelegt hatten – was er mit einem anerkennenden Pfiff belohnte – sowie die Lage der neuen Garage.

Sein besonderes Interesse galt dem Gebäude am Meeresufer.

»Ich glaube, Mitford möchte, daß es genau untersucht wird und daß jemand dort eindringt.«

»Passieren hier denn noch andere aufregende Dinge?« fragte Kris und stellte dabei fest, daß das Hauptlager bei weitem nicht so überfüllt war wie zu dem Zeitpunkt, als sie aufgebrochen waren. »Nun, wir haben neben Camp Rock zwei weitere Lager eingerichtet.« Er lächelte Kris entwaffnend an, während sie verhalten gluckste. »Camp Shutdown ist eine der Garagen, die Ihre Gruppe während des vergangenen Ausflugs gefunden hat, und Camp Bella Vista liegt auf der anderen Seite und wurde von Cumbers Patrouille aufgestöbert.« Er deutete nach Osten. »Die Bergarbeiter haben ihre Quartiere in ihrem Bergwerk und zwar im Camp Ironclad.

»Wie viele Patrouillen waren draußen?« fragte Kris.

»Im Augenblick vier andere.« Worry holte ein Blatt Papier unter einer hübschen großen Glasmurmel hervor, die als Briefbeschwerer benutzt wurde. Er überprüfte, ob es auch die richtige war, ehe er Kris die Karte mit dem kleinen Maßstab zeigte, auf der Linien jeweils die Patrouillengänge der Polizisten markierten. »Wir kennen diese Gegend genauso gut wie die Herren der Maschinen.«

»Brennt hier irgend etwas?« fragte Kris, als sie einen stechenden metallischen Gestank in dem Lufthauch wahrnahm, der sie im »Büro« umwehte.

»Ach ja, wir haben hier einen Schmelzofen. Ein anderer steht im Lager Ironclad. Wir haben erstklassiges Eisenerz sowie Kupfer, Zink, Zinn, Gold und Bauxit gefunden.« Er zwinkerte Kris grinsend zu. »Ihnen fällt sicherlich auf, wie tief Gold in der allgemeinen Wertschätzung gesunken ist. Sämtliche Minen sind da draußen.« Damit deutete er in eine nord-nordöstliche Richtung. »Wir haben zwei Hufschmiede, einen Fabrikanten von Gußeisenverzierungen und neun Schweißer. Wir haben jetzt auch Schraubenzieher und Schrauben sowie alle möglichen weiteren Werkzeuge wie Nägel und Haken. In Kürze sicherlich auch Näh- und Stopfnadeln und was weiß ich was sonst noch alles. Pfannen, Kessel und Töpfe werden täglich aus der Sandgrube ans Licht geholt. Richtig gutes Zeug, wenn man bedenkt, daß wir wieder an einem Punkt stehen, wo wir die wichtigsten Ausrüstungsgegenstände selbst herstellen müssen.«

Kris erwiderte sein Grinsen amüsiert. »Die Maschinen haben doch nicht etwa auf dem Planeten nach Metallen gegraben, oder?«

»Kein einziges Nugget, soweit wir es beurteilen können, und stellenweise lag das Erz einfach nur so herum, als lohne es sich nicht, es zusammenzutragen und zu verarbeiten.«

»Es sieht so aus. Zumindest haben wir keine Garage und kein Gebäude oder Grubeneingang oder irgend etwas gefunden, das darauf hindeuten würde, daß die Metalle, die in den Maschinen verarbeitet wurden, von diesem Planeten stammen. Ach ja, einige unserer Ingenieure würden ihren Arm hingeben« – Zainal schickte Kris einen kurzen amüsierten Blick – »um die genaue Zusammensetzung der Legierung zu erfahren, aus denen die Chassis dieser Maschinen angefertigt wurden.« Worry stieß erneut einen Pfiff aus.

Kris fragte sich, ob es eine typische Angewohnheit der Antipoden war – nämlich zu pfeifen, um etwas besonders hervorzuheben. Joe Marley pfiff auch sehr gerne. Es war eine willkommene Abwechslung zu den üblichen Flüchen.

»Und die Computerheinis sind auch dabei und wollen wissen, woher die Kristalle stammen, die in den Motherboards verarbeitet wurden.«

»Demnach erfindet hier niemand das Rad neu?« fragte Zainal und verblüffte Worrell erneut.

»Ich dachte, Sie sprechen kaum Englisch, Zainal«, sagte er und warf Kris einen mißtrauischen Blick zu.

»Ich lerne Sprachen sehr schnell«, sagte Zainal. »Ich kann schon« – und er hielt inne und zählte an den Fingern ab – »fünfzehn, mit Englisch.«

»Einige Leute haben ein ausgesprochenes Talent dafür, das stimmt. Ich habe noch immer gewisse Probleme mit dem Queen's English.« Dann grinste Worry breit. »Sie haben das Rad erwähnt, nun, ich will Ihnen sagen, daß wir so etwas Primitives wie das Rad nicht mehr brauchen können.«

»Tatsächlich nicht?« fragte Kris.

»Einer unserer Technikspezialisten hat eine der Luftkissenmaschinen in Gang gesetzt. Jetzt müssen sie sie nur neu programmieren, damit die Maschine arbeitet, wenn *sie* es wollen.«

»Junge, Junge, Junge.« Zainals Reaktion versetzte Worrell in Staunen. »Demnach brauchen wir all die ausgebauten Teile nicht mehr hierherzubringen.«

»Bestimmt nicht!« Worrys Lächeln war voller Stolz, während er nach einem weiteren Stück Rindenpapier suchte. »Aha, da ist es ja. Ihre Patrouille ist in Mitchelstown untergebracht. Sie haben morgen dienstfrei, und ich denke, sie wollen, daß Sie noch ein wenig hierbleiben.«

»Mitchelstown?« fragte Kris.

»Ja, wir haben damit begonnen, den Höhlen Namen zu geben. Das verstärkt das Gefühl der Gemütlichkeit. Daher heißt die Hauptkochhöhle jetzt Cheddar. Wir haben sogar Namensschilder aufgehängt, damit jeder die richtige Höhle findet. Mitchelstown ist sehr geräumig. Zweiter Eingang links nach Cheddar. In der Nähe der Toiletten.«

»Wo ist der Deski – Coo?« fragte Zainal, und Kris ärgerte sich über sich selbst, weil sie nicht daran gedacht hatte, sich nach dem Wohlergehen ihres Kameraden zu erkundigen.

Worry schüttelte traurig den Kopf. »Nicht so gut. Leon sagt, er gibt sich alle Mühe, aber die Dornenzweige reichen nicht aus als Nahrung. Sie helfen zwar, aber bei weitem nicht genug. Wir können nur hoffen, daß diese Nachricht bald gelesen wird.«

»Wir haben auf unserem Trip eine Menge Zeug gefunden, vielleicht sogar eßbare Dinge, die für die Deski von Nutzen sind«, sagte Kris. »Muscheln, Beeren, Nüsse.«

»Muscheln? Keine Austern?«

Kris schüttelte den Kopf.

»Ich hab früher Austern geliebt«, sagte Worry theatralisch. Dann schlug er sich mit beiden Händen auf die Knie, stand auf und gab erst Kris und dann Zainal die Hand, ehe er sich umwandte und Joe herbeirief. »Dann mal los, Marley, ziehen Sie sich einen Stein heran und zeigen Sie mir, was Sie mitgebracht haben.« Seine Geste galt nicht nur Joe, sondern schloß Sarah und die beiden Norweger mit ein.

Cheddar hatte sich so sehr verbessert, daß sie die Höhle kaum wiedererkannten. Dazu gehörten auch die Solarzellen, die wie Zickzackleisten über dem Eingang angebracht waren. Es gab Tische und Stühle, und geziegelte Feuerstellen ersetzten die aus Steinen zusammengelegten Kreise, und in einer Wand befand sich ein Backofen. Brotregale zeigten die Tagesproduktion, die sich nicht auf große, billige Laibe beschränkte, sondern auch kleine beinhaltete. Die Versorgungsabteilung verfügte jetzt über eine Theke und Regale an der Wand, wo die Waren angeboten wurden, die bewiesen, daß der Einfallsreichtum nicht zu bremsen war. Ein hübsch geformter Durchgang mündete in einen Lagerbereich hinter der Haupthöhle, aber die Tür war geschlossen. Der Laden war zu!

Jemand hatte sich auch erfolgreich als Glasbläser versucht, stellte Kris fest, als sie bemerkte, daß die Tunnelbeleuchtung mit Glasschirmen versehen worden war. Sie waren zwar voller Knoten, Beulen und Schlieren, aber es war zweifelsfrei Glas. Mitchelstown konnte sich nicht nur eines handgravierten Namensschildes rühmen – die Buchstaben standen mit schwarzen Konturen auf dem hellen Stein –, sondern es hielt auch roh behauene Bettgestelle und Matratzen bereit, die mit den allgegenwärtigen Thermodecken belegt und mit den Faserbüscheln der Samenkapseln gefüllt waren. Wenigstens brauchte niemand auf dem nackten Untergrund oder auf hartem Stein zu liegen. Kleine Nischen waren in die Felswand hineingefräst worden, um Ablageflächen zu schaffen, und man hatte dicke Holzhaken zum Aufhängen diverser Kleidungsstücke in die Wand geschlagen. Als ob sie tatsächlich etwas aufzuhängen hätten ... Aber Kris hatte nun etwas – nämlich die Kartentasche, die sie auf Worrys Anweisung auf ihre nächste Patrouille mitnehmen sollte, und das Handy, das sie sorgfältig an den Haken hängte.

»Nun«, sagte Kris und ließ sich zögernd auf dem nächsten Bett nieder, »das ist ja ein Luxus fast wie zu Hause. Oder?«

»Und Sie haben nicht mal Ihren Arm hergeben müssen, Kris«, sagte Zainal und zwinkerte ihr zu.

»Das brauchte ich auch nicht«, sagte sie, streckte sich aus und fuhr so schnell wieder hoch, daß Zainal sich nervös umschaute, um zu sehen, was sie hatte hochschrekken lassen. »Schmutzige Schuhe«, sagte sie, löste die Verschlüsse und schleuderte die Schuhe von sich. »Es ist wirklich so gemütlich wie zu Hause.« Sie legte sich wieder hin.

»Wie war Ihr Zuhause auf Terra, Kris?« fragte Zainal, löste die Ausrüstungsgegenstände von seinem Gürtel und legte sie akkurat auf die Ablage über seinem Bett, das direkt neben ihrem stand.

»Es war ganz sicher keine Höhle«, sagte sie und ärgerte sich unerwarteterweise, mit einer solchen Frage konfrontiert zu werden. Plötzlich erhielt sie eine Ahnung davon, weshalb andere Zainal feindselig gegenüberstanden, nur weil er ein Catteni war: seine Anwesenheit erinnerte sie daran, von wo man sie entführt, was man ihnen genommen hatte. Sie verdrängte diese Reaktion und beschrieb so freundlich wie möglich das mehrstöckige Haus im Rancherstil, in dem sie, ihre Eltern und ihr Bruder sowie zwei Schwestern inmitten ihrer Nachbarschaft, ihrer Freunde, gewohnt hatten. Sie redete weiter, konnte nicht aufhören, von ihrem schwarz-weißen Auto zu erzählen, von dem Studentenheim, in dem sie in ihrer Collegezeit gewohnt hatte. Plötzlich erschienen Joe und Sarah in der Türöffung. Astrid und Oskar waren dicht hinter ihnen.

»Ist dies unser neues Zuhause?« fragte Joe aufgeräumt.

»Ja, das ist es«, erwiderte Kris und hatte plötzlich den Wunsch wegzulaufen. Sie richtete sich aus dem Bett auf, schlüpfte wieder in die Schuhe, die sie gerade abgestreift hatte, verließ den Raum und rannte durch die Kochhöhle und hinaus, nahm dabei die Treppen, so schnell sie konnte, ohne irgendwelche Vorsicht, eilte durch die Felsenschlucht und über den Platz der Lagerfeuer, ließ die Stöcke hinter sich und strebte dem Berggipfel entgegen, dann auf der anderen Seite hinunter und den nächsten hinauf. Endlich war sie von allen sehr weit weg.

Dort saß sie alleine, vergrub das Gesicht in den Händen und weinte. Sie hatte keine Ahnung, weshalb sie so kindisch reagierte, es sei denn, es war dieser »Verlust«, der ihr plötzlich bewußt geworden war. Bis zu dem Moment, als Zainal sie danach fragte, hatte sie es sich einfach nicht *gestattet*, über das Zuhause, an ihre Familie, an alles, was ihr teuer und vertraut war, auch nur zu *denken*. Sie hatte sich gezwungen, sich zuallererst auf das Überleben zu konzentrieren, danach auf die Patrouillengänge mit Zainal und darauf, sich in dieser verrückten Welt als nützlich und zuverlässig zu beweisen. Sie hatte durchgehalten, hatte alles ausgeführt, was man von ihr verlangt hatte, aber das reichte nicht aus – in diesem Moment jedenfalls –, um die Zukunft aufzuwiegen, die sie früher einmal für sich geplant hatte.

Sie spürte, daß sich ihr jemand näherte. Sie drehte sich halb um und entdeckte Zainal.

»Es war alles Ihre Schuld ...« Sie hatte die Worte kaum ausgesprochen, da schrie sie auf. »*Nein!* So habe ich das nicht gemeint, Zainal. Wirklich nicht! Gehen Sie nicht weg!«

Er blieb stehen, wo er war, solide wie ein Fels und ohne zu lächeln, aber offensichtlich durchaus besorgt, so daß er sich vergewisserte, daß sie sich nichts antat.

»Sarah sagt, weinen ist gut.«

»Woher wußte sie, daß ich weine?«

Er zuckte seine breiten Schultern. »Sie ist eine Frau. Terranerin wie Sie. Sie hatte doch recht, nicht wahr? Sie weinen.«

»Verbreiten Sie diese Sensation nur nicht im ganzen Camp, verdammt noch mal«, murmelte sie und tupfte sich die Wangen ab, damit sie einen Grund hatte, um den Kopf gesenkt zu halten. Sie wollte nicht, daß Zainal sie weinen sah. Sie wollte es wirklich nicht. »Weinen die Frauen der Catteni auch?«

»Ja«, sagte er so spontan, daß sie sofort wußte, daß er log.

»Sie lügen wie gedruckt.« Die Erkenntnis, daß er um ihretwillen die Wahrheit verdrehte, tat ihr gut.

»Wie gedruckt?« In seiner dunklen Stimme schwang der Anflug eines Lachens mit.

»Sie lachen mich aus ...«, sagte sie düster.

»Ich lache über Ihre Vergleiche.«

»Die sind auch ausnehmend spaßig, nicht wahr?«

Zainal war ein wenig näher gekommen, und diese Nähe war durchaus angenehm. Sie stellte fest, daß er einen ganz anderen Geruch verströmte als terranische Männer. Es war kein unangenehmer Geruch. Er erinnerte nicht an Zwiebeln wie bei den meisten Männern. Sie konnte diesen Geruch jedoch nicht genau identifizieren und wußte nur, daß sie ihn mochte.

»Ich bin nur sehr selten albern«, erklärte sie mit Nachdruck. Sie befürchtete insgeheim, daß ein Wachtposten vorbeikam und sie dort sah. Dieses Treffen konnte durchaus falsch interpretiert werden, und sie wollte nicht, daß es weitere Gerüchte darüber gab, daß Zainal um das Lager herumschlich. »Wie sieht es in Ihrer Heimat aus – oder macht die Erinnerung daran sie so traurig, daß sie auch weinen?«

Die Vorstellung von einem tränenüberströmten Catteni ließ sie unwillkürlich kichern.

»Jetzt geht es Ihnen besser«, stellte Zainal fest, legte eine Hand unter ihr Kinn und hob ihr Gesicht an.

Kris wurde von dieser unerwarteten Zärtlichkeit in seinen warmen gelben Augen beinahe überrumpelt. Wie hatte sie diese Farbe jemals seltsam finden können?

Dann legte er einen Arm um ihre Schultern. »Geht es Ihnen wirklich besser? Das Essen ist fertig. Haben Sie keinen Hunger? Hunger kann einen auch zum Weinen bringen.«

Sie musterte ihn prüfend. »Das waren aber keine Hungertränen. Sondern ich hatte plötzlich Heimweh.«

»Heimweh?« Er war verwirrt.

»Ja, man ist traurig und sehnt sich nach vertrauten Dingen und Menschen, die man liebt.«

»Ich glaube nicht, daß Catteni verstehen, was ›Heimweh‹ ist«, sagte er und wirkte in seiner Ratlosigkeit ungemein liebenswert. Nun schob er sie in Richtung Höhle. »Weshalb dies hier Camp Ayres Rock? Joe hat darüber gelacht.«

Kris mußte ebenfalls lächeln. »Es ist ein grandioses Naturdenkmal in Australien.« Sie schaute sich um. »Viel größer als dies hier, aber ich glaube, die Umrisse sind ähnlich. Die Aussies müssen die Abstimmung beeinflußt haben ... falls es überhaupt eine gegeben hat.«

»Verursacht das bei ihnen denn kein Heimweh?«

»*Das* wohl nicht«, sagte sie. »Vermissen Sie denn niemals Ihre Heimat?«

»Nicht meine Heimatwelt«, sagte er derart spontan

und leidenschaftlich, daß sie sich fragte, ob er den Planeten selbst meinte oder seine Bevölkerung. »Wir sollten Coo und Pess aufsuchen und ihnen von den neuen Nahrungsmitteln erzählen.«

»Ja, das sollten wir tun«, sagte sie. Sie schämte sich plötzlich ihrer Schwäche, während gute Freunde in einer viel schlimmeren Lage waren.

Coo und Pess und die anderen kranken Angehörigen ihrer Rasse waren zusammen in einer Lazaretthöhle untergebracht. Der Schwächezustand lastete auf ihnen wie ein greifbares Tuch und verlieh ihrer Haut einen grünlich fahlen Farbton. Sie lagen auf weichen Liegen, aber Kris kam es so vor, als hätten sie sogar Schwierigkeiten beim Atmen. Pess wirkte fast durchsichtig. Er war der älteste Deski. Und es waren die Knochen, die schwach wurden, oder? Doch nicht die Lungen.

Alle Deski schienen sich über den Besuch zu freuen, und sie unterhielten sich lebhaft untereinander in ihrer Sprache, als Zainal und Kris ihnen von den Nahrungsmitteln erzählten, die sie auf ihrer letzten Erkundungstour gefunden hatten.

»Sie denken gut und machen gut«, sagte Coo und schaute von Kris zu Zainal und nickte. »Coo geht gleich mit Ihnen.«

»Sie haben auch wieder ein wenig Englisch gelernt«, stellte Kris fest und fühlte sich angesichts ihrer so offensichtlich leidenden Gefährten schrecklich unbehaglich. Sie erinnerte sich daran, wie unbesiegbar Coo und Pess ihr während ihrer ersten gemeinsamen Ausflüge erschienen waren. Sie nun in einem derart traurigen Zustand anzutreffen, machte ihr das Herz schwer. Wenn sie sich nicht vorsah, würde sie gleich wieder anfangen zu weinen.

»Gibt es auf Ihrer Heimatwelt Seen?« wollte sie von Coo wissen.

»Sehen?«

»Große Gewässer, salzige.«

Sie wechselten untereinander ein paar Worte, dann schüttelte Coo, der die Rolle des Sprechers übernommen hatte, traurig den Kopf. Nun deutete Kris auf den Wasserkrug. »Großes Wasser, daß man nicht darüber hinwegschauen kann.«

»Oh.« Pess und Coo schienen erst jetzt zu verstehen und nickten heftig. »Großes Wasser gut.«

»Gut für Deski?« Auch diesmal wurde Kris mit einem zustimmenden Nicken belohnt. »Vielleicht helfen diese Muscheln.«

In diesem Moment schaute Leon durch die Türöffnung. »Sie dürfen sie nicht überanstrengen. Ich habe übrigens gehört, daß Sie auf ihrer letzten Tour eine mögliche Nahrungsquelle für sie gefunden haben.«

Erleichtert, eine Entschuldigung gefunden zu haben, um die Deski zu verlassen, erklärte Kris dem Arzt, was Joe entdeckt hatte.

»Ich werde nachher mit ihm reden.«

»Wie geht es ihnen, Leon?« fragte Kris leise.

»Sie behaupten sich, so gut es geht, und die Frau ist schwanger.«

Kris blickte über die Schulter. »Welche ist es?«

»Die neben Pess. Er ist ihr Partner. Wir hoffen, daß er sich so lange halten kann, bis sie niederkommt, aber das ist höchst zweifelhaft. Er ist schon zu alt und nicht so widerstandsfähig wie die anderen. Wenn sie Menschen wären, würde ich meinen, daß sie Rachitis haben und Vitamin C brauchen. Ich habe ein Mikroskop bestellt ...« Er grinste freudlos. »Ich habe mein Glück bei diesen Technikfreaks versucht, die behaupten, daß sie alles, was wir brauchen, aus diesem Maschinenschrott herstellen können. Ich wünschte, sie würden sich ein wenig beeilen.«

In diesem Moment erschien Zainal im Tunnel und kam zu ihnen. Er brauchte nicht nach Leons Diagnose zu fragen, um zu erkennen, in was für einem ernsten Zustand sich die Deski befanden.

An diesem Abend erwartete sie eine solide Mahlzeit, deren besonderes Glanzlicht ein fermentiertes Bier war, das in Camp Rock gebraut wurde. Es hatte einen ansehnlichen Alkoholgehalt, aber der Geschmack war, gelinde ausgedrückt, seltsam.

»Wir bekommen es hin. Wir kriegen es in den Griff«, versprach Worry, der mit seiner Tasse und seinem Tonkrug, in dem sich seine Bierration befand, an ihren Tisch gekommen war. »Es ist zwar kein Castlemaine XXXX oder Foster's, aber wir werden zum Winteranfang ein anständiges Stöffchen zur Verfügung haben. Dann brauchen wir es auch.«

»Tatsächlich?«

»Hmm. Der Typ von der Meteorologie meint, die Winter würden hier ziemlich streng. Er erkenne das an den Bäumen und anderen Anzeichen. Wir werden mit Felsläuferpelzen gute Geschäfte machen.«

»Geschäfte?« fragte Kris. Sie schien eine Menge Fragen auf Lager zu haben.

»Sicher, gute Arbeit will belohnt sein – in Form von bestimmten Privilegien. Mitford läßt Gold als Zahlungsmittel nicht zu, sonst würden wir es niemals schaffen, die Leute bei der Stange zu halten, so daß sie ihre Aufgaben ordnungsgemäß wahrnehmen. Sie wären allesamt draußen und würden Gold suchen. Wir versuchen außerdem aus diesen grünen Beeren einen Wein zu keltern. Sie schmecken ganz gut. Und es wäre eine Alternative für alle, die kein Bier mögen.«

»Gibt es solche Leute tatsächlich?« fragte Kris mit todernster Miene. »Wie schmeckt es Ihnen?« fragte sie Zainal, der vorsichtig an seinem Bier nippte. »Gibt es auf Barevi oder Catten etwas ähnliches?«

»Ja! Aber es ist nicht so gut wie dieses«, sagte Zainal, eine Bemerkung, die seiner Glaubwürdigkeit nicht schadete.

Das Bier mochte zwar seltsam schmecken, aber es hatte die gleiche Wirkung wie alles, was auf der guten alten Erde gebraut wurde. Nach zwei Tassen dachte Kris nur noch an ihr Nachtlager. Zainal blieb noch ein wenig mit Joe und Oskar sitzen, der, wahrscheinlich unklugerweise, seine Tasse zu oft auffüllen ließ.

Früh am nächsten Morgen war klar, daß er zuviel getrunken hatte, und Astrid brachte ihn mit Joes und Zainals Hilfe zwecks eines therapeutischen Wiederbelebungsbades zum See hinunter. Da sie nichts Besseres zu tun hatten, gingen Sarah und Kris mit. Um diese Uhrzeit hatten sie den See für sich allein, denn es war draußen immer noch stockdunkel. So waren sie alle zusammen, als Kris' Handy piepte.

»Die Wachtposten melden die Annäherung von etwas Großem«, sagte Worry. »Kommt rauf.«

»Aber es ist noch dunkel. Sie sehen die Schriftzeichen gar nicht«, sagte Kris traurig und spürte erneut die strapaziöse Arbeit, als sie die Schriftzeichen angelegt hatten, in ihren Knochen.

»Ich bleibe bei Oskar«, entschied Astrid und löste seinen schlaffen Arm aus Zainals Griff.

Zu fünft rannten die anderen die Stufen hinauf, dankbar für das Licht der glasummäntelten Lampen, die Stürze verhinderten. Sie eilten durch die Korridore und durch die Cheddar-Höhle, wo die Bäcker sie fröhlich grüßten, und stürzten hinaus auf die Felsleiste.

Sie lauschten angestrengt und konnten tatsächlich das ferne Dröhnen eines Flugvehikels hören.

»Flugscheinwerfer eingeschaltet«, sagte eine Stimme irgendwo auf der Felsleiste, und Kris erkannte Worrys Organ. »Ich habe Mitford benachrichtigt. Er warnt gerade die örtlichen Wachtposten. Ist das Zainal da hinten?« Worry hielt die Laterne hoch. »Können Sie vielleicht …«

»Es bremst, um zu landen«, sagte Zainal.

»Ich denke, man kann nicht feststellen, *wo* es landen wird, oder?«

»Nein.« Zainal schüttelte den Kopf. »Vielleicht dort, wo es vorher schon mal runtergegangen ist.« Er deutete in die entsprechende Richtung.

»Mist! Dorthin schaffen wir es niemals, ehe es aufgesetzt hat.«

»Aber wir könnten es schaffen, bevor es wieder startet«, sagte Zainal, machte auf dem Absatz kehrt und drängte sich auf dem Weg zur Treppe an Joe und Sarah vorbei.

Kris folgte ihm und winkte den anderen, ebenfalls mitzukommen. Sie machte noch einen kurzen Abstecher in die Cheddar-Höhle. Sie lächelte die Bäcker an und hielt eine Hand über die Brotlaibe, die soeben aus dem Ofen herausgezogen worden waren.

»Wir müssen uns beeilen, aber können wir ein wenig Brot mitnehmen?«

»Klar ...«

Sie drückte Joe und Sarah, die stehengeblieben waren, um zu sehen, was sie vorhatte, je einen Laib in die Hand. Dann rannten sie hinter Zainal her. Das Dröhnen wurde lauter und erinnerte zunehmend an einen Schwarm sehr wütender und großer Insekten.

Sobald Camp Rock hinter ihnen lag, schlug Zainal ein scharfes Tempo an. Sie blieben kurz stehen, um zu Atem zu kommen, und das Schiff flog über sie hinweg.

»Transporter«, sagte Zainal knapp und schaute zu der schwarzen Masse hoch, deren Umrisse von blinkenden Lichtern angedeutet wurden.

Kris betete im Stillen, daß ihre heftigen Seitenstiche nachließen, aber als Zainal wieder startete, folgte sie ihm sofort mit den anderen im Schlepptau. Trotz der Dunkelheit überwanden sie das unwegsame Gelände. Sie stolperten zwar einige Male, aber sie stürzten nicht. Irgend etwas im Lärm, den das fremde Raumschiff verursachte, trieb sie zu größerer Eile an. Bilder von den Wunden, die

Aasfresser in wehrlosen Körpern hinterließen, quälten sie, als die Seitenstiche sich wieder meldeten und sie sie auch diesmal ignorierte. Wichtig war nur, daß sie nicht strauchelte …

Zainal setzte über die erste Hecke hinweg und achtete nicht mehr auf die, die ihm folgten. Kris unterdrückte ein Gefühl des Zorns, als sie immer weiter zurückfiel. Sie blieb vor der Hecke, die zu hoch war, als daß sie sie hätte überspringen können, abwartend stehen. Joe und Sarah holten sie ein und hielten ebenfalls inne.

»Nun, für diesen Fall kenne ich einen Armeetrick«, sagte Joe, betrachtete das Hindernis und warf sich ins Dickicht, um eine Schneise durch das Astwerk zu brechen. Kris und Sarah kletterten vorsichtig über seinen Körper hinweg, dann halfen sie ihm aus der Hecke heraus und rannten erneut hinter Zainal her, der bereits das andere Ende des Feldes erreicht hatte.

»Verdammter Catt«, schimpfte Kris halblaut und gab sich alle Mühe, den Rückstand aufzuholen.

Mittlerweile hatte das Schiff einen beträchtlichen Vorsprung. Kris konnte aus der Bewegung der blinkenden Lichter ersehen, daß das Heck herumschwang. Landete es etwa auf dem Schwanzende? Wie lud es die bewußtlosen Passagiere ab? Es verschwand am Fuß des Hügels, den sie nun hinunterrannten, und das schneller, als bei diesem schlechten Licht und dem unebenen Gelände vernünftig war. Im Dämmerlicht des heraufziehenden Morgens konnten sie erkennen, wie Zainal durch eine Lücke in der Hecke stürmte, und sie änderten ihren Kurs ein wenig und benutzten dieselbe Lücke, um auf das nächste Feld zu gelangen.

Waren sie neulich vielleicht hier abgelegt worden, nichts von den Gefahren ahnend, die irgendwo unter ihnen lauerten, überlegte Kris, aber die Felder sahen alle gleich aus. Ihre Hauptsorge bestand darin, daß sie, selbst wenn das Schiff einige Felder entfernt aufsetzte, nahe genug wären, um größere Schäden oder gar Todesfälle unter den Neuankömmlingen zu verhindern. Der Himmel hellte sich auf. Aber, verdammt noch mal, die Catts konnten die Schriftzeichen im Dunkeln gar nicht gesehen haben. Sie waren im falschen Winkel eingeflogen und hatten wahrscheinlich noch nicht einmal die hellen Steine bemerkt, die die Zeichen säumten.

Und was wäre – bei diesem Gedanken verlor sie beinahe das Gleichgewicht –, wenn Zainal mit ihnen wegflöge? Sie wimmerte, einmal, zweimal, während sie sich zu höherem Tempo antrieb, um den Mann einzuholen.

Immer wenn ihre Füße den Untergrund berührten, spürte sie ein leichtes Beben. Die Masse des riesigen Schiffs senkte sich auf den Planeten herab. *Mit mächtig dröhnenden Maschinen*, dachte sie völlig zusammenhanglos. Oh, Gott, wenn die Catts sie jetzt wieder einfingen? Sie wäre beinahe stehen geblieben, als sie kurz überlegte, ob es überhaupt klug war, irgendwelche fremden Leute retten zu wollen. Aber der Gedanke an Coo, der dahinsiechte, und an die anderen Angehörigen der Rasse, die bereits gestorben waren, und an das Baby, dessen Geburt kurz bevorstand, spornte sie an. *Du bist eine schöne Menschenfreundin!* Solche Überlegungen erfüllten ihre Beine mit neuer Energie.

Joe und Sarah prallten beinahe mit ihr zusammen, als sie vor der nächsten Begrenzungshecke anhielt und gebannt die Masse des gelandeten Raumschiffs vor sich aufragen sah. Kein Wunder, daß sie die größeren Felder Botanys benutzten.

Das Schiff besetzte das obere Drittel der gesamten Fläche. Plötzlich flammten Lichter auf und erhellten das Feld mit derart grellen Strahlen, daß Kris ihre Augen mit den Händen abschirmen mußte.

»Sie ... machen ... nichts ... Halbes ... nicht wahr?« keuchte Sarah, während sie das Geschehen zwischen gespreizten Fingern hindurch verfolgte. Sie klang jedoch eher neugierig als furchtsam.

Kris entdeckte Zainal, der, im Licht der Scheinwerfer

deutlich erkennbar, bergauf und auf das Schiff zurannte. Mittlerweile senkte sich eine Rampe von der Öffnung eines Frachtraums herab.

»Verdammter Kerl!« murmelte sie wütend und wühlte sich durch die Hecke, ohne sich an Kratzern an Gesicht und Händen zu stören. Zornig riß sie ihren Overall von einem besonders dornigen Ast los.

Unterdessen begannen Catteni die Schiffsfracht auszuladen, und zwar immer drei oder vier bewußtlose Körper gleichzeitig. Zwei lagen schlaff auf breiten Schultern, und zwei, genauso schlaff, wurden an ihren Overalls hinausgeschleift. Daß die Catteni sie anschließend in zwei Reihen anordneten, erschien seltsam widersinnig. Viele Catteni standen herum, und trotz ihres dringenden Wunsches, bei Zainal zu sein, spürte Kris, wie ihre Schritte sich verlangsamten.

»O Gott, weiß ... ich ... überhaupt ... was ... ich ... tue?«

»Wenn ... du ... es ... weißt ... dann ... sag ... uns ... Bescheid«, entgegnete Joe, als er sie erreichte. Seine Schritte waren unsicher, und sein Atem ging pfeifend. Er kniete sich hin, beugte sich nach vorne und stützte sich auf die Hände, um sich von der Anstrengung des Laufs zu erholen.

Zwei Catteni unterbrachen das Entladen, als Zainal sich ihnen näherte: beide hielten ihn mit Faustfeuerwaffen in Schach. Da das Schiff noch immer Dampf ausstieß und aus seinem Innern klirrende und klappernde Geräusche drangen, konnte sie nicht hören, was gesagt wurde, selbst wenn sie das Cattenische verstanden hätte, aber Zainal schien sehr herrisch aufzutreten, und beide Catteni schienen vor ihm zurückzuweichen. Sie hasteten ins Schiff zurück, aber nun, da die Luke weit offen stand, erkannte Kris, daß einer davonstürmte, während der andere lediglich an seinen Arbeitsplatz zurückkehrte und seine Arbeit wieder aufnahm.

Die Catteni arbeiteten derart zügig, daß schon jetzt

zwei lange Reihen bewußtloser Leiber auf dem Feld lagen. Zwei Kartons, vermutlich die üblichen Messer, Beile und Thermodecken, standen am Rand des Feldes.

Nicht tapfer genug, um eine direkte Begegnung mit cattenischen Soldaten zu riskieren, blieben Kris, Joe und Sarah, während sie mühsam nach Luft schnappten, im Schatten der beiden ersten Kisten, unerreichbar für die Scheinwerferstrahlen, stehen. Zainal drehte sich ein wenig nach links, nickte ihnen zu, dann wandte er sich wieder um. Der andere Catteni beachtete ihn nicht, während er mit dem Entladen des Schiffs fortfuhr.

Plötzlich kamen drei Catteni in Sicht. Zwei blieben am Rand der Rampe stehen, während der dritte auf Zainal zuschritt. Sie waren gleichgroß, aber Kris glaubte erkennen zu können, daß Zainal ein wenig größer und breiter und stolzer wirkte.

Sie hörte Bruchstücke der stakkatohaften Sprache, in der die Catteni sich unterhielten. Der Neuankömmling begann ungeduldig zu gestikulieren, glaubte sie erkennen zu können. Dann, weniger heftig, drehte er den Kopf hin und her. Die Körpersprache unterschied sich nicht wesentlich von der der Menschen, dachte Kris. Ihm gefiel nicht, was er zu hören bekam, oder er war sich nicht sicher, ob er die an ihn gerichtete Bitte erfüllen konnte. Zainal schien noch zu wachsen und verschränkte die Arme vor der Brust, als hätte er seinem Gesprächspartner ein Ultimatum gestellt.

Daß der andere Mann unschlüssig war, wurde für Kris nun immer deutlicher. Plötzlich nickte er knapp, machte auf dem Absatz kehrt, marschierte die Rampe hinauf, wo seine Eskorte ihn erwartete. Zainal wartete mit verschränkten Armen und ließ sich auch von den Männern der Schiffsbesatzung, die weiterhin mit dem Entladen fortfuhren, nicht von seinem Platz verdrängen.

»Weshalb ist er nicht an Bord gegangen?« fragte Joe.

»Er ist offenbar nicht dazu aufgefordert worden«, bemerkte Kris. »Außerdem«, fuhr sie fort, als sie sich an einen Ausspruch Zainals erinnerte, »hat er einmal erwähnt, daß etwas, das fallengelassen wurde, nicht mehr aufgehoben wird.«

»Hat er damit sich selbst gemeint?« Sarah war verblüfft. »Immerhin ist er aufgetreten, als stünde er rangmäßig noch über dem Kapitän des Schiffs oder was immer er war. Und egal, was er verlangt hat – er scheint es zu bekommen. Sie schienen überhaupt nicht überrascht zu sein, daß ein Catteni so einfach« – dabei schnippte Sarah mit den Fingern – »aus dem Dunkel auftaucht.«

»Nicht daß ich jemals gesehen hätte, daß cattenische Soldaten ...« Kris machte eine kurze Pause, um allen deutlich zu machen, daß sie Zainal nicht zu dieser Kategorie zählte, »so etwas wie Überraschung oder irgendeine andere Gefühlsregung offen zeigen.«

»Ich tue nur meinen Job, Mann«, murmelte Joe.

»Es hieß einmal, daß Zainal ein Emassi sei«, sagte Sarah, »daher würde er sowieso niemals mit jemandem wie den Arbeitern verhandeln.«

»Er war ein Raumfahrer, war überall unterwegs«, fügte Joe hinzu. »Er hat nicht zur Bodentruppe gehört.«

»Haben Sie irgendwelche Gerüchte über Zainal gehört?«

»Jetzt regen Sie sich nicht auf, Kris«, meinte Sarah, klopfte ihr beruhigend auf die Schulter und lächelte in die Dunkelheit. »Wir mögen Zainal. Er ist ein patenter Kerl.«

»Wir Aussies haben für jemanden wie Zainal ebenfalls eine Menge übrig«, meinte Joe nun. »Zur Hölle, wir stekken alle bis zum Hals in dieser Sache drin. Operation Neubeginn, mein Kind.«

Das Entladen ging pausenlos weiter, und der Himmel hellte sich zusehends auf.

»Sollen wir, äh ... hm ...« Joe deutete mit einem Kopfnicken auf die Begrenzungshecke.

»Niemals. Ich verstecke mich nicht vor solchen Typen.«

»Tapfer, Mädchen«, sagte Sarah und lachte kehlig. »Zeigen Sie ihnen, wo es langgeht.«

»Außerdem können sie mir nicht mehr antun, als sie es bereits getan haben, als sie mich hier absetzten«, sagte Kris mit fester Stimme. Sie befeuchtete die Lippen und versuchte etwas Speichel zu sammeln, um das Kratzen in ihrer ausgetrockneten Kehle zu lindern. Irgendwo in der Nähe mußte ein Fluß sein, wo sie trinken könnte ... aber erst, wenn die Catteni wieder gestartet wären. Sie würde sich vorher nicht vom Fleck rühren. Sie sollten es nur wagen, Zainal mitzunehmen!

Die drei Beobachter erschraken, als sie hinter sich gedämpftes Gemurmel und Geschimpfe hörten. Sie fuhren herum und sahen dunkle Gestalten durch die Hecke brechen, und als nächstes sah Kris einen ziemlich atemlosen Mitford links neben sich auftauchen und stehen bleiben. Der Anzahl der weißen Gesichter im Morgendämmer nach zu urteilen, hatte er eine recht umfangreiche Truppe mitgebracht, die sich nun auf dem Feld verteilte. Aber was Männer und Frauen mit ihren primitiven Waffen, die sie bei sich hatten, gegen die Catteni hätten ausrichten sollen, das wußte sie nicht. Eine Demonstration entschlossenen Widerstands könnte den Einsatz von Energiepeitschen zur Folge haben, und allein der Gedanke daran bewirkte, daß sich die Haut auf ihrem Rücken zusammenzog.

»Was ist passiert? Was hat Zainal vor?« fragte Mitford zwischen mühsamen, pfeifenden Atemzügen.

»Ich glaube, er hat irgend etwas für die Deski verlangt. Das ist es doch, was wir brauchen, oder?« erwiderte Kris.

»War er schon drin?« fragte jemand aus der Gruppe.

»Nein, und ich glaube nicht, daß er dazu eingeladen wurde.«

Jemand schnaubte ungläubig.

»Seht euch nur mal an, wie sie mit den armen Teufeln umgehen«, sagte eine andere männliche Stimme. Kris glaubte am traurigen Unterton erkennen zu können, daß sie einem der Doyle-Brüder gehörte. »Diese armen Kerle.«

»Nun, wir werden sie willkommen heißen«, sagte Mitford mit bewegter Stimme. »Oder etwa nicht?«

»Na klar, Sarge, sicher.«

Nun, da er in diesem Punkt für Klarheit gesorgt hatte, verschränkte Mitford die Arme vor der Brust und harrte der Dinge, die da kommen sollten.

Weitere Kisten und Kartons wurden aus dem Raumschiff herausgeschleppt, und die Catteni, die nun die Zuschauer bemerkten, grinsten und riefen einander offenbar spöttische Bemerkungen zu.

»Bestimmt keine Komplimente«, meinte Lenny amüsiert. »Danke gleichfalls, Freunde!« rief er nun ein wenig lauter, aber die anderen ringsum brachten ihn mit einem scharfen Zischen sofort zum Schweigen.

Die Catteni drehten sich um, und einer machte einen langen Schritt vorwärts. Niemand rührte sich, aber Kris sah, wie Bogen mit eingelegten Pfeilen aufgerichtet und Speere wurfbereit gehalten wurden. Der Catteni schien überrascht zu sein, aber ein lauter Ruf aus dem Schiff ließ ihn schnellstens zurückweichen und ins Schiff laufen.

Es schien, als müßten sie eine halbe Ewigkeit warten. Die Sonne war aufgegangen, und die Gefahr, die ihr schnelles Erscheinen notwendig gemacht hatte – die im Erdreich lebenden Aasfresser –, war nun weitgehend gebannt. Aber, und dieser Gedanke erfüllte Kris mit Entsetzen, die Catteni machten mehrere Abwürfe während eines Anflugs, oder nicht? Waren sie etwa schon irgendwo vor Camp Rock gelandet? Nein, denn Zainal hatte erklärt, sie kämen auf einem Landekurs herein. War dies dann ihre erste Landung? *Könnte Zainal sie denn nicht überreden, die gesamte Ladung hier abzusetzen und es uns ersparen, auf dem Planeten umherzuirren und Überlebende einzusammeln?* dachte Kris verärgert. Sie versuchte erneut, ihre Kehle anzufeuchten, und dann spürte sie, wie Mitford ihr etwas in die Hand drücken wollte: seine Wasserflasche. Nun, er war nicht so überstürzt wie sie losgerannt, sondern war so umsichtig gewesen, alles notwendige auch für die Rettung der ausgeladenen Gefangenen mitzunehmen.

Sie ließ den ersten Schluck in ihrem Mund kreisen und dann erst durch ihre Kehle rinnen. Danach trank sie einige tiefe Schlucke, ehe sie Sarah, die neben ihr stand, die Flasche reichte.

Und dann warteten sie wieder. Zainal hatte nicht einen Muskel gerührt, seit der Kapitän, oder wer auch immer es gewesen war, ihn verlassen hatte. Er war wie ein Standbild, wurde vom grellweißen Licht der Scheinwerfer angestrahlt und zwang den Entladungsbetrieb, sich um ihn herumzuschlängeln. Nach einiger Zeit entschied Kris, daß dies doch sehr spaßig war, und lachte leise vor sich hin.

»Ich wünschte, ich könnte auch lachen«, murmelte Mitford.

»Er ist wie eine Verkehrsinsel. Sie müssen um ihn herumlaufen. Er rührt sich keinen Deut vom Fleck. Sehen Sie …« Sie deutete auf ein Catteni-Paar, das gezwungen wurde, sich zu trennen. »Dabei sollte man meinen, daß die Catteni, so wie sie gebaut sind, ihn mit Leichtigkeit aus dem Weg schieben können. Aber können sie es wirklich? Oder wagen sie es ganz einfach nicht?«

»Ja, Sie haben recht«, antwortete Mitford nachdenklich. Er sprach etwas lauter, damit auch die anderen ihn verstanden. »Ja, unser Zainal zeigt ihnen, was eine Harke ist, das ist wohl sicher.«

Kris dachte, wie clever vom Sergeant, seine Beobachtungen laut kundzutun. Und falls Zainal tatsächlich …

Zwei Catteni kamen mit einem größeren Karton heraus, den sie neben Zainal abstellten. Vier weitere erschienen mit kleineren Lasten. In diesem Moment hob

Zainal den linken Arm und winkte ihnen zu, sie könnten herankommen.

»In Ordnung, holen wir uns die Pakete«, sagte Mitford und rief fünf Namen auf.

»Ich komme auch mit«, sagte Kris, trat neben Mitford und stellte fest, daß Joe und Sarah ihrem Beispiel folgten. Als der Sergeant sie stirnrunzelnd musterte, fügte sie hinzu: »Wir sind seine Patrouille.«

Mitford knurrte etwas. Dann näherten sie sich dem Schiff. Mitford ging als erster. Kris spürte, wie sie zu zittern begann, da sie sich zum ersten Mal auf so kurze Distanz einem cattenischen Schiff näherte, von den Aliens ganz zu schweigen. Zwei kamen mit ihrer Last menschlicher Körper an ihnen vorbei. Kris hatte längst bemerkt, daß dieser Abwurf aus einer ziemlich gemischten Ladung bestand. Sie hatte bereits Deski, Rugarianer, weitere Turs und ein paar seltsam aussehende Steinzeittypen bemerkt, die sie auf Barevi noch nie gesehen hatte.

Während sie sich der Öffnung des Frachtraums näherten, nahmen sie auch den Gestank wahr, der daraus hervorwallte: Schweiß, Exkremente, dazu der schale Geruch von Körpern, die viel zu lange in einem zu kleinen Raum eingepfercht gewesen waren, sowie das scharfe Aroma der Substanz, mit der man Passagiere für die Dauer einer Reise total ruhigstellen konnte.

»Was für ein Gestank!« sagte Sarah und fächelte sich mit der Hand frische Luft zu.

Sie bummelten daher nicht, als sie die Kisten bargen. Vier Männer waren nötig, um die große Kiste zu bewegen, und die Catteni lachten spöttisch, als sie ihren Kampf gegen die Ausmaße und das Gewicht des Frachtstücks verfolgten, daher war es ganz gut, daß Zainals Patrouille sich entschlossen hatte, mitzukommen. Sogar die kleineren Kisten waren ziemlich schwer, und Kris spürte, wie ihre Rückenmuskeln sich fast bis zum Zerreißen spannten, als sie ihre Kiste hochhob.

»Kommen Sie mit?« fragte sie Zainal im Flüsterton.

Dieser hatte wieder seine herrische Haltung mit verschränkten Armen eingenommen.

»Gleich. Noch habe ich nicht alles, was ich haben will.«

»Bleiben Sie denn bei uns?« Es war für Kris überaus wichtig, daß er es tat. Sie geriet in Panik, wenn sie sich vorstellte, sie könnte ihn vielleicht verlieren, nun da sie plötzlich erkannt hatte, wieviel er ihr bedeutete.

»Ich bleibe.«

Auf dem Rückweg zu ihrem alten Warteplatz achtete sie darauf, gleichmäßige, langsame Schritte zu machen. Sie war entschlossen, den Catteni nicht den geringsten Anlaß zu liefern, über sie zu lachen.

»Lieber Himmel, was haben sie denn in diese Kiste gepackt?« rief Lenny Doyle aus, als er mithalf, die Kiste hochzuheben. »Ganz vorsichtig, es könnte etwas Zerbrechliches sein.«

»Nein, Lenny, aber wir sind es ganz bestimmt«, sagte Ninety ächzend und massierte mit übertriebener Geste sein Steißbein.

»Kommt er auch?« wollte Lenny von Kris wissen und deutete auf Zainal.

»Er hat so etwas verlauten lassen. Sie haben ihm noch nicht alles gegeben, worum er sie gebeten hat.«

»Hoffen wir, daß es mehr ist, als er haben wollte ...« Zorn wallte in Kris hoch, als sie die häßliche Stimme von Dick Aarens erkannte.

»Weshalb, zum Teufel, habt ihr den denn mitgenommen?« fragte Kris die Doyle-Brüder.

»Es war die einzige Möglichkeit, wie wir sicher sein konnten, daß er aktiv mithilft«, sagte Lenny. Dann fügte er hinzu: »Er wird einfach zu dreist. Er prahlt ständig damit, daß er der einzige war, der herausfinden konnte, wie die Maschinen funktionieren und welche Teile wir für uns verwenden können. Was meinen Sie – ob die Catteni ihn wohl zurücknehmen?«

»Keine Chance ... mein Gott, sehen Sie sich nur mal

diese Massen von Leuten an«, sagte Kris, denn die anfängliche Ordnung der Reihen wurde nun aufgelöst, und die Körper wurden dichter zusammengeschoben.

»Das sind mehr, als bei unserem Abwurf dabei waren«, sagte Mitford, der offenbar die Körper zählte. »Sogar viel mehr. Vielleicht tun sie uns trotz allem doch einen Gefallen, indem sie jetzt alles ausladen.«

»Ja, aber, Sarge, wo bringen *wir* sie unter, wenn sie erst einmal wach sind?«

»Wir rücken noch ein wenig zusammen. Viele von ihnen gehören zu uns!« erklärte der Sergeant entschlossen.

»Ja, aber genug ist genug. Wir hatten es gerade ein wenig gemütlich, und jetzt ...«

»Wir teilen, was wir haben. Wir erinnern uns doch noch daran, wie es bei uns am Anfang war, oder etwa nicht? Also teilen wir – verdammt noch mal!« Es gab keine Diskussion mehr. »Lieber habe ich sie bei uns, wo wir sie im Auge haben, als daß sie durch die Wildnis streifen und unseren Camps ständig irgendwelche Schwierigkeiten bereiten.«

Die Erschöpfung nach dem scharfen Dauerlauf bis zu diesem Landeplatz und das Gewicht der schweren Kiste zehrten die letzten Reste von Kris' Energie auf. Müde ließ sie sich auf den Karton sinken.

»Ich habe ein Brot, das ich teilen kann«, verkündete sie, als sie sich plötzlich an ihren Reiseproviant erinnerte. Sie griff in die Kartentasche und holte es heraus. Sie brach sich ein Stück ab und gab den Laib an Mitford weiter.

»Gute Idee«, sagte Mitford. »Macht es euch bequem, Männer ... und Frauen. Sehen wir den fetten, stinkenden Catts mal ein wenig bei der Arbeit zu.«

So suchte jeder sich ein möglichst bequemes Plätzchen im Gras, auf den Versorgungskartons oder indem er sich einfach hinhockte. Joe und Sarah teilten sich ein Brot, und viele Leute aus Mitfords Gruppe hatten ebenfalls

Verpflegung mitgenommen, die sie nun untereinander verteilten.

»›What shall we do with a drunken sailor‹«, sang Lenny leise mit seiner wohlklingenden Tenorstimme.

»Ich würde mich jetzt gerne ein wenig vollaufen lassen und anschließend im Gefängnis landen«, sagte eine andere Männerstimme und summte die Melodie des alten Liedes mit.

Alle lachten, und die Catteni hörten es.

»Sie werden offenbar nervös. Seht mal, wie sie zukken.«

»Wir sollten nicht zu dick auftragen.«

»Ach, Sarge!«

»Immer mit der Ruhe. Ihr erinnert euch doch noch an die Energiepeitschen, oder etwa nicht?«

»Sie haben keine bei sich.«

»Aber nur, weil im Schiff alle bewußtlos sind.«

»Zählen Sie mit, Tesco?« fragte Mitford.

»Ich würde es gerne, wenn Sie ... achthundertzwanzig, einundzwanzig, zwei-, dreiundzwanzig ... mich nicht dauernd unterbrechen würden.«

»Wir sollten sie nicht zu sehr in Rage bringen, Freunde«, sagte Joe Marley. »Sie zahlen es ihnen am Ende heim.«

Alle verstummten jetzt, nachdem Joe auf die grobe Behandlung aufmerksam gemacht hatte, die die Catteni den Bewußtlosen angedeihen ließen, wenn sie sie zu den anderen legten. Sie schienen sie mit besonderem Vergnügen einfach fallenzulassen.

»Zainal, können Sie ihnen sagen, sie sollen die Fracht nicht beschädigen?« fragte Mitford und erhob seine Stimme zu Exerzierplatzlautstärke.

Zainal drehte sich um, sah, daß ein Catteni genau das tat, wogegen Mitford protestierte, und bellte einen scharfen Befehl. Der getadelte Catteni legte daraufhin seine Last übertrieben vorsichtig ab. Die anderen gingen unter

Zainals wachsamem Blick ebenfalls erheblich behutsamer zu Werke.

»Bleibt Zainal hier, bis sie fertig sind?« fragte Lenny und beugte sich mit gespanntem Gesichtsausdruck zu Kris hinunter.

»Ich denke schon. Zumindest kann er dafür sorgen, daß sie sich anständig benehmen.«

»Wie schafft er das denn?« fragte Lenny.

»Indem er genau weiß, wie man Befehle erteilt«, erklärte Mitford fast bewundernd.

Die Zuschauer unterhielten sich weiterhin angeregt, aber kein Gelächter brach mehr aus, das die Catteni hätte verärgern können. Tesco war mittlerweile bei eintausend angelangt, und Mitford gab Dowdall ein Zeichen, er solle übernehmen. Dann wurden weitere Kartons von den Catteni nach draußen gebracht und auf der anderen Seite des Feldes aufgestapelt. Es war wie eine von schlechtem Gewissen diktierte Abschiedsgeste. Zainal stand noch immer abwartend da.

Alle Soldaten waren im Schiff verschwunden, und die Stille wurde nur durch Geräusche aus dem Schiff unterbrochen, durch metallisches Klirren und den Ausstoß von Flüssigkeit und Dampf. Plötzlich konnten die Beobachter das Klappern von Stiefeln auf Stahl hören, und eine zweite Delegation, diesmal fünf Catteni, erschien in der Öffnung. Zwei blieben im Schiff, drei kamen herunter, und zwei verharrten auf halbem Weg. Der fünfte Catteni, der eine elegantere Uniform trug und einen ganzen Kopf kleiner war als Zainal, kam direkt auf ihn zu und reichte ihm zuerst etwas, das für Kris aussah wie ein Computerausdruck, und dann einen Aktenordner. Beides wurde übertrieben förmlich übergeben. Kris erwartete für einen kurzen Moment, daß der Offizier die Hakken zusammenschlagen und sich in militärischer Manier vor Zainal verbeugen würde.

Zainal nahm die Gegenstände fast gleichgültig in Empfang, sagte ein paar Worte mit leiser Stimme und entfernte sich dann vom Schiff. Die grellweißen Scheinwerfer erloschen, die Rampe wurde eingefahren, und sie konnten hören, wie im Schiff die Maschinen warmliefen.

Für einen kurzen Moment befürchtete Kris, daß die Rückstoßgase der Düsen ihre in der Nähe stehenden Gefährten verbrennen könnten. Aber mit einem Geheul, das jeden zwang, die Hände auf die Ohren zu pressen, stieg das schwere Transportschiff senkrecht in die Luft und ging in einen Vorwärtsflug über. Als es sich einige Felder weit von seinem Landeplatz entfernt hatte, verfärbten die Heckdüsen sich von gelb zu weiß und weiter zu einem blauen Gleißen, das Kris und die anderen zwang, die Augen zu schließen.

Der Luftdruck reichte aus, um mehrere von ihnen umzuwerfen. Die Körper der jüngsten Entführungsopfer befanden sich zum Glück unterhalb der Luftdruckschleppe.

Kris konnte nicht mehr an sich halten und rannte hinaus zu Zainal, der ihr mit festen Schritten und offenbar unbehelligt vom Startwind entgegenkam.

»Haben Sie erhalten, was Sie haben wollten? Was war es denn, worauf Sie so lange gewartet haben?« rief sie, als sie sich ihm auf Hörweite genähert hatte.

»Ich habe den Forschungsbericht.« Er hielt den Aktenordner hoch. »Und medizinische Daten über Deski.« Er winkte mit dem Ausdruck. »Medizinische Präparate für die Deski ...« Er deutete auf den Karton, den Kris geschleppt hatte. »Medikamente für Terraner und Rugarianer.« Er zeigte auf die anderen Kartons. »Und Testvorrichtungen.«

»Wie kommt es, daß sie vor Ihnen strammgestanden haben, Zainal?« fragte Joe.

Zainal grinste. »Ich mag zwar ein wenig weg vom Fenster sein, aber ich bin nicht total abgemeldet.«

Kris kicherte nervös, als sie hörte, wie sicher er seine Slangausdrücke einsetzte. *Kein Wunder beim Klassenbesten*, dachte sie.

»Ich bin immer noch Emassi, und das *wissen* sie«, fügte er hinzu und betonte das Wort »wissen«.

»Was ist denn ›Emassi‹, wenn Sie in Ihrer Heimat sind?« wollte Joe wissen und legte den Kopf leicht schief.

»Ein ... angeborener Rang.« Zainal ging mit einem Achselzucken darüber hinweg.

»Geburtsrang«, korrigierte Kris ihn automatisch. Sie wollte, daß Zainal ein sauberes Englisch sprach.

»Ich habe ihn verstanden«, sagte Joe spitz.

Kris preßte die Lippen zusammen und verschluckte eine scharfe Erwiderung. Jetzt war nicht der richtige Zeitpunkt, um sich über Lehrmethoden zu streiten.

»Betrachtet es doch mal von einer anderen Seite, Leute, wir haben unsere Bevölkerungszahl fast verdoppelt – und zwar auf einfachste Art und Weise«, verkündete Mitford, als er sich auf die Kiste schwang.

»Jetzt stehen wir wieder am Anfang, nicht wahr, Sarge?« rief jemand.

»Ja, und wir machen es ganz genauso. Nur haben wir diesmal enorme Vorteile auf unserer Seite. Wir wissen jetzt, wie es läuft. Dowdall, kehren sie ins Camp Narrow zurück und organisieren Sie Betten und Verpflegung. Schicken Sie mir außerdem noch mindestens zwanzig Leute. Bringen sie ein paar Eimer und Krüge mit, damit wir ihnen zu trinken geben können. Wir schicken die Leute los, sobald sie wieder laufen können. Es ist nicht weit, und das ist ein Segen. Sie, Sie, Sie und Sie, schauen Sie sich die Leute an und suchen Sie die Verletzten heraus – die Catts haben einige wirklich brutal behandelt – und eventuelle Tote. Lenny, Ninety, Sie öffnen diese Kartons. Su und Jay fangen mit der Verteilung der Güter an. Danach führen Sie, Jay, die ersten fünfzig Leute zurück ins Camp Narrow.« Mitford sprang wieder von der Kiste herunter und ging zu Zainal hinüber. »Für mich sieht es so aus, als hätten sie die gesamte Ladung auf diesem Feld zurückgelassen. Ist das so, Zainal?«

Zainal nickte.

»Ist dieser Bericht überhaupt lesbar?« Mitford blickte auf die Schriftzeichen, die denen ähnelten, die Zainal und die Patrouille in den Berghang gekratzt hatten.

»Ja, ich habe ihnen außerdem klargemacht, daß dieser Planet noch von anderen Wesen besetzt wird, die über Hightech-Wissen verfügen.«

»Und haben sie Ihnen geglaubt?«

»Nein.« Zainals Grinsen wirkte aufrichtig amüsiert. »Aber sie werden es denen weitererzählen, die darüber Bescheid wissen müssen.«

Mitford fixierte ihn prüfend. »Weshalb haben sie Ihnen nicht geglaubt? Meinten sie, Sie würden lügen, um von diesem Planeten wegzukommen?«

Zainal schüttelte den Kopf. »Ich habe ihnen zuerst erklärt, daß ich abgesetzt wurde und daß ich bleiben werde.« Er schaute nicht zu Kris, aber sie wußte sofort, daß er es wegen ihr gesagt hatte, und ihr Herz vollführte einen kleinen schmerzhaften Hüpfer. *Wie albern!* Aber sie war so froh, daß er nicht weggegangen war. »Sie glauben dem Bericht, und der meldet, dieser Planet wäre … leer.«

»Mein Gott«, stöhnte Mitford verzweifelt, »wie konnten sie nur die Garagen übersehen?«

»Garagen sind nicht als warmblütige Lebensformen zu erkennen«, meinte Zainal grinsend.

Das Stöhnen eines der Bewußtlosen auf dem Feld unterbrach das Gespräch, und sie wurden sofort aktiv. Eigentlich, dachte Kris, während sie mit Mitfords Feldflasche zum nahegelegenen Bach eilte, um sie zu füllen, hätten Zainal, sie und die anderen überhaupt nicht so schnell rennen oder gebrochene Knochen riskieren müssen, um hierher zu gelangen. Die Catteni hatten mehrere Stunden gebraucht, um das Schiff zu entladen. Sie hätten gemütlich gehen oder gar auf ihr Frühstück warten können, aber sie war verdammt froh, daß sie es nicht getan hatten. Sie hätte dann nicht gesehen, wie Zainal dagestanden hatte wie der Felsen von Gibraltar. Wäre er den ganzen Tag so stehengeblieben, wenn sie nicht bereit gewesen wären, seine Forderungen zu erfüllen? Oder, besser ausgedrückt, seine Befehle auszufüren? Als Emassi hatte er sicherlich eine ganze Reihe Privilegien, selbst wenn man ihn fallengelassen hatte.

Kapitel
Zwölf

Sie waren so gut organisiert, und Mitford drohte ihnen so wirkungsvoll mit Strafe, daß dem ›eingeborenen Personal‹, wie er sie nannte, aus einer hastig eingerichteten Feldküche noch im Laufe des Vormittags heiße, belebende Getränke gereicht wurden und später zum Mittagessen Sandwiches. Den aus dem Betäubungsschlaf Erwachten wurde geraten, sich anfangs mit Wasser zufriedenzugeben und dann ein Drittel eines Proviantriegels ausgiebig zu kauen und langsam zu verzehren. Bei leerem Magen zuviel in sich hineinzuschlingen könnte sehr unangenehme Folgen haben.

Mitford hatte umgehend die medizinischen Kisten – bis auf eine Testvorrichtung – ins Camp Rock geschickt. Zusammen mit einem knappen Bericht über diesen neuen Gefangenenabwurf ließ er an Worry die Bitte übermitteln, Leon und weiteres medizinisches Hilfspersonal loszuschicken. Einige der Gefangenen, die von den Catteni so rücksichtslos zu Boden geworfen worden waren, hatten Knochenbrüche erlitten. Einige der Neuankömmlinge müßten im Rock, wie die Leute das Höhlenlager mittlerweile fast liebevoll nannten, untergebracht werden. Kris empfand große Freude bei dem Gedanken, daß Leon nun endlich in der Lage war, Coo, Pess und die schwangere Frau zu behandeln und die Gesundheit der neu eingetroffenen Deski zu erhalten.

Als die erste Gruppe von fünfzig Gefangenen losmarschierte und sich auf den Weg zum Camp Rock begab, hatte Mitford Kris vom Aufwach-Kommando abgezogen und sie dem Info-Team zugeteilt. Dort mußten die Neuankömmlinge Namen, Beruf und Herkunft angeben und schließlich, was vielleicht noch wichtiger war, berichten, was sie über die jüngste Entwicklung auf der Erde wußten. Allein die Tatsache, daß Leute sich gegen die Catteni wehrten, stärkte die Kampfmoral der Exilanten. Die am Vortag stattgefundene Begegnung mit den Catteni wurde ebenfalls als größerer Erfolg gewertet.

»Wir haben von Catts etwas bekommen, ohne daß wir dafür bezahlen mußten«, lautete das triumphierende Fazit dieses kurzen Kontaktes.

Als Kris sich ein paar Minuten Zeit und Ruhe gönnte, um ihre Mittagsmahlzeit einzunehmen, setzte Mitford sich zu ihr und bat sie um eine knappe Zusammenfassung ihrer bisherigen Erkenntnisse.

»Die Terraner, die ich bisher befragt habe, stammen vorwiegend aus Nordamerika und Kanada. Hinzu kommt eine gemischte Gruppe Engländer, Franzosen und Deutsche. Der Widerstand« – und dabei konnte sie ein Grinsen nicht unterdrücken – »wird heftiger, und die Catteni mußten Verstärkung hinzuziehen, um Blockaden, Sit-Downs und alle möglichen anderen passiven Widerstandsaktionen zu zerstreuen. Es kommt außerdem zu echten Sabotageunternehmen, wenn zum Beispiel Nachschublager oder Lieferungen, die für Catten oder Barevi bestimmt sind, in die Luft gesprengt werden.«

»Lieferungen? Kunstgegenstände vielleicht?«

»Davon habe ich nichts gehört. Irgendwie, Sarge, glaube ich nicht, daß unser künstlerischer Geschmack mit dem der Catteni übereinstimmt.«

»Hmm. Kann schon sein. Irgendwelche nützlichen Spezialisten?«

»Zwei kanadische Zahnärzte, neunzehn Lehrer – es scheint so, als hätten die Catteni als Vergeltungsaktion eine Privatschule gekapert. Sie haben ... alle Mädchen mitgenommen ...« Die Worte kamen nur zögernd über ihre Lippen. »Das Lehrpersonal bestand zum Teil aus Nonnen. Sie haben sich gegen die Entführung gewehrt. Eine erzählt, dabei wäre ihr der Arm gebrochen worden. Er sieht ein wenig krumm aus, und ich kann an der

Bruchstelle überschüssige Kalkablagerungen ertasten, aber im großen und ganzen ist der Bruch gut verheilt.«

»Demnach hat ihre Reise hierher ziemlich lange gedauert. Was für ein Zeug benutzen sie eigentlich, um die Gefangenen für die Dauer der Reise in eine Stasis zu versetzen?«

Kris zuckte die Achseln, während sie ihre Fragebögen durchblätterte, um die interessanten Berufe herauszusuchen. »Fünf Friseure und Friseusen, zwei Masseure, ein Reflexologe …«

»Ein was?«

»Das ist jemand, der Ihren Füßen guttut.«

»Argh.«

»Sie sollten es mal ausprobieren, Sarge, es ist wirklich entspannend.«

»Ich habe etwas von nützlichen Tätigkeiten gesagt.«

»Wie wäre es denn mit zwei Chemikern, fünf Pharmazeuten, einem Bauingenieur, neunzehn Hausfrauen, drei mit kleinen Kindern, und … wissen Sie, von denen, die ich befragt habe, ist kein einziger über fünfzig.«

»Machen Sie mir keine Angst«, sagte Mitford.

»Zwei Juweliere, drei ehemalige Soldaten und ein Kriminalinspektor.« Damit schloß sie ihren Bericht über die vormittäglichen Interviews.

Der Rest des langen Botany-Tages war nötig, um jeden Neuankömmling der Aufnahmeprozedur zu unterziehen. Zainal sprach mit den neuen Deski und schickte mehrere aus, um nach Fliegern Ausschau zu halten, doch Mitford war der Meinung, daß mit dem Stillegen der Garagen auch jede mögliche Vorrichtung, die die Flieger hätte alarmieren können, außer Funktion gesetzt worden war. Trotzdem hatte er nichts dagegen, »für alle Fälle« Wachen aufzustellen.

Dreihundertzwei Tote blieben auf dem Feld zurück. Einige konnten von anderen identifiziert werden, die mit ihnen zur gleichen Zeit gefangengenommen worden waren, daher wurden ihre Namen festgehalten. Kris mußte sich abwenden, weil sie den Anblick der kleinen Kinder nicht ertragen konnte. Diejenigen, die noch keine fünf Jahre alt waren, hatten der Belastung der Stasis während der Reise nicht standhalten können. Gerade *ihr* Tod, so unnötig, so furchtbar, belastete sie schwer.

»Sie haben Sie ja nicht gekannt«, murmelte Zainal, als er die Tränen in ihren Augen sah.

»Ja, aber es tut trotzdem schrecklich weh.«

Sie wandte sich ab und kämpfte mit der Erkenntnis, daß Zainal ebenfalls ein Catteni war und somit der Rasse angehörte, die für ihren Tod verantwortlich war. Sie sagte sich erneut, daß Zainal, ob nun Catteni oder nicht, alles getan hatte, um zu helfen, und daß er sicherlich dazu beigetragen hatte, die durch das Ausladen bedingten Verletzungen so weit wie möglich in Grenzen zu halten. Sie sollten ihm außerdem dankbar sein, daß er es geschafft hatte, den Abwurf auf einen einzigen Ort zu beschränken. Selbst Mitfords Fähigkeiten als Organisator wären überfordert gewesen, wenn er mehrere Rettungsaktionen hätte durchführen und jeden in Sicherheit bringen müssen, ehe die Aasfresser aus ihren unterirdischen Bauten herausgekommen wären.

Zainal legte sanft eine Hand auf ihren Arm. »Lassen Sie uns gehen. Es wird bald Nacht.«

»Ja, das wird es«, sagte sie und seufzte müde nach den Anstrengungen eines Tages, an dem ihr keine ruhige Minute vergönnt gewesen war.

Die Rettungstrupps wurden durch die warme Mahlzeit, die sie in Camp Narrow erwartete, reichlich belohnt. Die Tatsache, daß so viele Scheunen als Wohnraum zur Verfügung standen – da zur Zeit nur ein paar hundert Personen das Lager bevölkerten –, hatte zur Folge, daß kein totales Chaos ausbrach, sondern allenfalls ein leichtes Durcheinander herrschte. Viele der Neuankömmlinge gaben sich große Mühe, um zu helfen, indem sie entweder ihre verletzten Kameraden versorgten oder die Verteilung des Essens an ihre Leidensgenossen übernahmen. Leon und seine Sanitäter hatten eine Notaufnahme für die Verletzten und die Schwachen eingerichtet. Kris beobachtete Zainal und Leon dabei, wie sie die Prüfvorrichtungen inspizierten, wobei Zainal dem Arzt die Wirkungsweise der verschiedenen Testflüssigkeiten erklärte.

Da sich unter den Neuankömmlingen auch eine beträchtliche Anzahl verängstigter Aliens befand, bat Leon darum, daß Zainal ihm noch für einige Zeit als Dolmetscher zur Verfügung stehen sollte. Slav zumindest konnte Angehörige seiner eigenen Art einigermaßen beruhigen, und sie schienen, wie Kris während der Mahlzeit beobachten konnte, guter Dinge zu sein. Sie untersuchten voller Interesse seine Waffen und prüften sogar die Spannung seines Bogens, wobei sie immer wieder ein Zischen von sich gaben, ein rugarianisches Äquivalent zum terranischen Lachen. Mehrere von ihnen waren weiblichen Geschlechts, was sicherlich der Grund dafür war, daß Slav sich gelegentlich spreizte wie ein Pfau. Kris hatte bisher nicht ernsthaft darüber nachgedacht, wie andere Spezies sich im Hinblick auf Beziehungen oder Fortpflanzung verhielten. Wenn das, was auf einem Planeten abgeworfen wurde, überlebte und sich dort häuslich einrichtete, sollte es eigentlich möglich sein, daß jeder Angehörige einer Rasse einen entsprechenden Partner fand. Aber nicht Zainal ... Diesen Gedanken verbannte sie in den hintersten Winkel ihres Bewußtseins.

Mitford war überall, munterte auf, verteilte Arbeiten und versuchte – so erschien es Kris, die ihn aus einer Nische der Küchenscheune beobachtete, wohin sie sich müde und erschlagen zurückgezogen hatte – sich bei allen Terranern vorzustellen. Zu ihrer Überraschung hörte sie sogar, wie er ein paar Worte Deutsch und Französisch mit Vertretern dieser Nationalitäten wechselte. Sie beherrschte das Französische gut genug, um feststellen zu können, daß seine Kenntnisse in dieser Sprache allenfalls bruchstückhaft waren, aber er gab sich Mühe. Und die Leute reagierten, indem ihre Haltung anschließend etwas mehr Hoffnung und Zuversicht ausdrückte. Dann entdeckte sie Aarens, der neben einem sehr hübschen Mädchen hockte und anscheinend in fließendem Französisch auf sie einredete. Es war nicht zu übersehen, daß sie sich geschmeichelt fühlte, aber sie hatte auch den Schock der Reise noch nicht überwunden. Aarens, der eine Weste mit zahlreichen Taschen und einen Gürtel voller Werkzeug, darunter auch ein Sortiment von Schraubenziehern jeder Größe, trug, brachte sie zum Lachen.

»Kommen Sie«, sagte Zainal und streckte ihr eine Hand entgegen. »Sie schlafen jetzt. Morgen ist auch noch ein Tag.«

Mit einem Lächeln nahm sie zur Kenntnis, daß er unbewußt jenen berühmten Satz Scarlett O'Haras ausgesprochen hatte. Sie ergriff seine Hand und ließ sich von ihm hochziehen. Ihr entging nicht, daß ihnen viele neugierige Blicke folgten, als sie die Scheune verließen. Vielleicht sollte sie ihm ein Schild mit der Aufschrift ›Ich bin einer von den Guten‹ umhängen. Dann meldete sich ihr schlechtes Gewissen, als ihr einfiel, welche dunklen Gedanken ihr noch vor kurzem durch den Kopf gegangen waren. Aber sie war damals müde und zutiefst betroffen gewesen. Im Augenblick war sie einfach nur erschöpft und zerschlagen. Und wohin, um alles in der Welt, brachte Zainal sie? Etwa zum Camp Rock? Er schob sie in die letzte Scheune, die, wie sie bemerkte, fast leer war. Andere waren bereits mit Betten – oder genaugenommen mit Stroh – ausgelegt.

»Weiches Bett«, sagte Zainal, nachdem er sie bis zum hinteren Ende geleitet hatte, wo ein großer Strohhaufen aufgeschüttet worden war.

»Oh, danke-danke-danke«, stammelte sie und ließ

sich einfach rückwärts fallen. Sie glaubte noch zu spüren, wie Zainal sie an seinen Körper schmiegte, als sie auch schon eingeschlafen war.

Sie und Zainal wurden am nächsten Tag wieder mit der Befragung ihrer neuen Gefährten betraut. Kris war für die Terraner zuständig und Zainal für die Aliens. Da sie ihre Aufgabe in derselben Scheune wahrnahmen, konnte sie beobachten, wie er die verschiedenen Rassen behandelte: die vierzig Deski mit ausgesuchter Höflichkeit, die neunundzwanzig Ilginish mit kühler, fast gleichgültiger Distanziertheit und die achtunddreißig Turs mit scharfer, cattenischer Strenge. Slav hatte sich selbst um die Angehörigen seiner Rasse gekümmert, insgesamt sechzig Personen. Da über achthundert Terraner zu diesem Transport gehört hatten, waren außer Kris noch fünf weitere Interviewer tätig. Drei von ihnen beherrschten andere Fremdsprachen, nämlich Deutsch, Französisch und Italienisch.

Am späten Nachmittag berief Mitford eine Versammlung seiner Helfer in der Garage des Empfangskomitees ein, um die Verteilung des enormen Zuwachses der Bevölkerung von Botany zu organisieren. Worry und Esker waren von Camp Rock herübergekommen, Tesco und die Doyles von Camp Narrow, Aarens glänzte durch Abwesenheit. Kris hatte ihn zuletzt gesehen, als er im Kreise von einem halben Dutzend junger Frauen sein Frühstück einnahm.

Sie stellte amüsiert fest, daß Teile der Maschinen als Sitzgelegenheiten dienten, während die Karosserien und Chassis, die teilweise ganz auseinandergebaut waren, zur Seite geschoben worden waren, um Platz für die Versammlung zu schaffen. Sie betrachtete außerdem mit Interesse die beachtliche Flut von Skizzen, Diagrammen und Zeichnungen, die an die Wände geheftet waren und über den verschiedenen Arbeitstischen hingen.

Mitford achtete darauf, daß Zainal zu seiner Rechten und Slav zu seiner Linken Platz nahmen.

»Zuerst, Leute, möchte ich erklären, daß wir Zainal mehr schulden, als wir ihm je zurückzahlen können. Er hat für Nahrungsmittel gesorgt, die unsere Deski am Leben halten, und Testvorrichtungen beschafft, damit wir nicht mehr riskieren müssen, uns zu vergiften, wenn wir feststellen, was genießbar ist und was nicht. Er hat auch ...« und nun hielt Mitford den Aktenordner hoch, den der cattenische Raumschiffkapitän Zainal übergeben hatte »... den ›offiziellen‹« – er hielt kurz inne und verzog das Gesicht zu einem spöttischen Grinsen – »Untersuchungsbericht über diesen Planeten besorgt. Es wird Sie sicherlich beruhigen, wenn Sie erfahren, daß wir uns auf dem größten der vier Kontinente Botanys, dem gemäßigten, aufhalten. Zainal hat den Bericht übersetzt, und, ehrlich gesagt, ich halte nicht viel von dem Forschungsteam, das seinerzeit auf dieser Welt gelandet ist. Zainal übrigens auch nicht.«

»Schön zu wissen, daß die Catts überhaupt nicht so großartig sind, wie sie von sich selbst glauben«, sagte jemand. »Das ist nicht bös gemeint, Zainal!«

»Schon gut«, erwiderte Zainal freundlich und winkte lässig ab.

»Zainal gibt uns eine knappe Zusammenfassung des Berichts. Sie haben das Wort ...« Mitford setzte sich und gab Zainal ein Zeichen, sich zu erheben und anzufangen.

»Im Bericht steht, daß der Planet über gute Atemluft und sauberes Trinkwasser verfügt. Außerdem gedeihen auch ... Grünpflanzen ... Es wird berichtet, daß zwei ... Catts ...«, – daß Zainal diesen Spitznamen in spöttischer Absicht benutzte, quittierten die Zuhörer mit belustigtem Grinsen –, »... eines Nachts verschwunden sind. Wächter hat zwar eine Bewegung beobachtet, aber nicht nachgeschaut. Er dachte, Männer hätten gepinkelt.« Zainal versuchte sicher nicht, sich beliebt zu machen, aber er verbrämte seine Kommentare sehr geschickt. »Wurden nirgendwo gefunden. Wächter erzählt von seltsamer Bewegung. Dieser Planet birgt Gefahren. Zwei weitere werden nicht mehr gesehen, daher schlafen alle in Gebäuden.«

»Ich bitte Sie, Zainal, wie konnten sie die Garagen und diese Scheunen und alles andere übersehen?« wollte Esker wissen.

»Sensoren reagieren nur auf lebendiges Fleisch, und Schiff landet während kalter Jahreszeit«, meinte Zainal achselzuckend. »Sensoren registrieren Metall, aber nicht viel für ...«, er wandte sich zu Kris um, »... diejenigen, die in Erde arbeiten ...«

»Bergleute.«

»Bergleute werden von Catteni benötigt.«

»Einige der in den Maschinen verwendeten Legierungen sind tatsächlich etwas Besonderes«, sagte Lenny Doyle. »Sehr ungewöhnlich und selten.«

»Ich stimme zu«, sagte Zainal. »Aber die Dummen bei Erkundung wissen nicht. Nehmen Erde, Wasser, Steinproben und Fleisch von Felsläufern, Flugtieren, Luh-Kühen und Getier, das sie auf anderem Land finden, aber ... sie sehen Wald vor lauter Bäumen nicht.«

Darüber mußte Ninety schallend lachen. »Bravo, Zainal!«

Kris hatte auf die Reaktionen der Zuhörer geachtet. Nur Dowdall und Tesco äußerten sich nicht. Sie saßen nur da und sahen den Catteni an. Kris fragte sich angesichts ihrer Haltung, ob sie überhaupt irgend etwas von dem glaubten, was er erzählte.

»Wie sind die Winter hier, Zainal?« fragte Lenny.

»Es wird berichtet ...«, er runzelte die Stirn und blickte hilfesuchend zu Kris, »... daß etwas vom Himmel fällt ... naß, kalt, fest, aber ... flüssig in der Sonne ...«

»Schnee.«

»Aha, Schnee.«

»Viel Schnee?« fragte Lenny.

»Oh, Handbreite.« Zainal hielt seine Hand hoch und

den Daumen unten, um die Dicke der Schneedecke anzudeuten.

»Das ist hoch genug.«

»Längerer Tag als auf Catten, längeres Jahr, längerer Winter.«

»O Gott, wie sollen wir mehr als zweieinhalbtausend Leute einen langen Winter über verpflegen?«

»Wir müssen weitere Getreidesilos finden und versuchen, Felsläufer zu züchten«, sagte Mitford. »Meldet sich irgend jemand freiwillig für eine Felsläuferfarm?«

»Verdammt noch mal, Sarge, nehmen Sie uns Jägern doch nicht allen Spaß«, beklagte Worry sich.

»Sagen Sie mal, Zainal, wie lange war dieser Forschertrupp denn auf Botany?«

Zainal schaute in den Bericht. »Zwanzig Tage.«

»Teufel auch, dann haben wir es ja schon länger ausgehalten als sie!« stellte Ninety lachend fest.

Zainal klopfte auf die Blätter. »Es wurden Tests durchgeführt, die Leon und Joe Marley brauchen. Nützlich. Einige Pflanzen tödlich.«

»Dann verraten Sie uns mal alles, was wir noch nicht herausgefunden haben«, murmelte Tesco.

»Dazu können wir später noch kommen, wenn wir eine derartige Hilfe brauchen«, sagte Mitford. »Würden Sie uns jetzt von Ihrem Gespräch mit dem cattenischen Raumschiffkapitän berichten?«

Zainal zog die Mundwinkel herab und warf ihm einen geringschätzigen Blick zu. »Kein Kapitän. Unter Kapitän. Eine Stufe.«

»Sein Stellvertreter?« vermutete Mitford.

Zainal zuckte die Achseln. »Emassi darf befehlen, sogar Emassi, der fallengelassen wurde. Sie gehorchen. Gute Angewohnheit. Sie glauben den Maschinen nicht. Sie wollen nicht glauben, was nicht im Bericht steht.« Er lächelte belustigt. »Sie werden glauben. Sie berichten auch.« Er warf Mitford einen kurzen Blick zu. »Wir werden sehen.«

»Ja, aber sie sehen keine Maschinen mehr, wenn sie jetzt vorbeifliegen, oder? Wir haben sie alle stillgelegt«, wandte Ninety beinahe jammernd ein.

»Na und?« fragte Zainal. »Wir sind hier. Wir können Maschinen benutzen. Wenn Catteni das nächste Mal landen, andere Geschichte. Ich nicht stehen ...« damit imitierte er seine Haltung mit verschränkten Armen am Fuß der Rampe, »... und warten.«

»Sie wollen eines Ihrer eigenen Schiffe angreifen?« fragte Ninety verblüfft.

»Warum nicht?« Zainal betrachtete Ninety mit amüsierter Herablassung. »Ein Schiff nützlich, wenn Mechos nächstes Jahr zurückkehren, um einzusammeln.«

»Sie meinen, sie wollen ein Expeditionsteam zusammenstellen, das sie bis zu ihrem Heimatsystem verfolgen soll?« fragte Kris, die von seinem Vorhaben überrascht war.

Zainal nickte. »Wird sehr gut sein zu sehen, wer den ganzen Planeten bestellt.«

»Zur Hölle, ich hätte schreckliche Angst«, sagte Dowdall und musterte Zainal interessiert. »Wäre das nicht ein bißchen zuviel für Sie alleine?«

»Sie wollen mitkommen?«

»Ich?« Dowdall war überrumpelt, und dann grinste er ziemlich nervös den Catteni an. »Mann, wenn Sie bereit sind, reinzugehen, dann bin ich es auch.«

»Wir haben mittlerweile sechs Flugzeugpiloten sowie zwei ehemalige NASA-Spezialisten«, sagte Kris.« Vielleicht können wir ... Junge, Junge, ich würde meinen Arm hergeben, um bei denen zu sein, die den ersten Kontakt herstellen.«

»Es gibt keine Arme mehr«, meinte Zainal grinsend zu ihr.

Ein beredtes Schweigen folgte auf diese Bemerkung. Kris errötete, obgleich niemand sie direkt anschaute.

»Dazu wären viele von uns ebenfalls liebend gern bereit, nicht nur diese NASA-Typen«, sagte Worry.

»Aber ich denke, bis dahin dauert es noch einige Zeit. Sie haben nicht zufällig in Erfahrung bringen können, ob sie uns noch mehr Leute bringen, oder?« fragte er gespannt.

Zainal schüttelte den Kopf. »Diese Frage sinnlos. Kapitän erhält Befehle. Niedriger Kapitän. Nicht sehr klug.« Dabei hob er eine große Hand und schwenkte sie hin und her, wie er es bei Ninety gesehen hatte. »Ihr Terraner macht Ärger, werdet hergebracht. Einfach!« Er grinste in einer Weise, die Kris für Zustimmung hielt. »Terraner machen Catteni sehr viel Verdruß.« Sein Lächeln wurde breiter.

»Und Ihnen gefällt das?« fragte Tesco mit scharfem Unterton, der seine Stimme lauter werden ließ als nötig.

»Ja, das tut es.« Er deutete mit dem Daumen auf seine Brust. »Anderen Catteni nicht!« Dabei schüttelte er den Kopf. »Gut für Sie«, fügte er hinzu, »viel Ärger zu machen. Bringt Catteni zum Nachdenken.«

Worrell lachte wiehernd. »Auch gut für Sie, Zainal. Wir hätten keinen netteren Burschen als Sie treffen können.«

»Demnach können wir mehr erwarten?« fragte Mitford, der über diese Aussichten nicht gerade glücklich war.

»Ich glaube es. Aber ...« Zainal hob die Hand, » ... vielleicht denkt man nach Bericht anders. Vielleicht ...«

»Aber sie verlassen sich nicht darauf, oder?«

»Und die Catts lassen uns die Sache bei den Wesen ausbaden, denen dieser Planet gehört?« fragte jemand im vorderen Teil der Garage mit scharfer Stimme.

»Was wir haben, das haben wir«, erklärte Kris leidenschaftlich, nachdem sie den feindseligen Unterton in den gemurmelten Bemerkungen in der Garage wahrgenommen hatte. »Wir sind hier, und wir werden allem Anschein nach auch hierbleiben.«

»Die Catteni sind nicht die höchsten. Auch wir müssen Befehle ausführen«, stellte Zainal zur Überraschung aller fest.

»Etwa von diesen Eosi, von denen Sie mir erzählt haben?« fragte Mitford mit finsterer Miene, während sein Körper sich anspannte.

»Wir arbeiten für die Eosi, denen die meisten für Menschen, Catteni und andere geeigneten Planeten gehören. Ich kann Ihnen nicht empfehlen, sie kennenzulernen«, sagte Zainal kopfschüttelnd.

»O ja, ich würde es aber schon sehr gerne, wenn sie diejenigen sind, die für diesen Schlamassel verantwortlich sind«, sagte Mitford dumpf.

»Genau das haben wir auf der Erde gehört«, sagte Worrell. »Nicht, daß wir irgendwelche Eosi auf der Erde sahen. Nur ihre Söldner.« Er grinste. »Wir haben diesen Planeten nur ein wenig unsicher gemacht, und das sogar für die Besatzungsmacht.«

»Und die ganze Zeit habe ich angenommen, daß die Catteni unsere Feinde wären«, sagte Dowdall und versuchte, die Information zu verarbeiten. »Dabei sind sie lediglich bezahlte Hilfskräfte.«

»Jetzt wissen Sie Bescheid«, sagte Mitford und lächelte finster.

»Wie kommt es, daß wir jetzt erst von diesen Eosi erfahren?« wollte Dowdall wissen und schickte einen vorwurfsvollen Blick in Zainals Richtung. Er gehörte nicht zu denen, die viel für Überraschungen übrig hatten.

Zainal grinste. »Erstens habe ich keine Worte. Zweitens fragen Sie nicht. Verlangen Sie von *mir* keinen Abschlußbericht.«

Die Doyles und Worrell lachten, und Dowdall, der Zainal nicht mehr so feindselig gesonnen war wie zuvor, brachte ein mattes Grinsen zustande.

»Eosi benutzen jedes Volk«, sagte Zainal. »Sehr clevere Rasse.«

»Dann sollten wir Zainal endlich in Frieden lassen«, schlug Kris vor. »Richten wir unser Augenmerk auf die Eosi als die Bösen und machen wir das überall bekannt.«

Ein zweiter Gedanke ging ihr durch den Kopf, und sie redete schnell weiter. »Sprechen Sie denn Eosi, falls sie wieder herkommen, um sich hier umzuschauen?«

Zainal überlegte. »Wenn der Bericht weit genug nach oben gelangt, werden sie wohl keinen Eosi herschicken. Eher einen hochrangigen Emassi. Aber ich spreche Eosi.«

Allerdings tat er es nicht besonders gerne, wie Kris aus seiner Miene schloß.

»Also warten wir ab, bis irgendein hoher Oberfuzzi irgendwann im Laufe dieses Jahrhunderts seinen Bericht abschickt, oder was?« fragte Tesco.

Zainal blickte fragend zu Mitford, der nickte und auf Tescos Frage antwortete.

»Wir machen weiter wie bisher mit den Mitteln, die uns zur Verfügung stehen. Und wenn ein Maschinenschiff landet, um sich über Botany zu informieren, dann versuchen wir, es zu kapern.«

»Und wohin sollen wir damit reisen?« fragte Tesco spöttisch. »Nicht einmal die NASA ist weiter gekommen als bis zum Jupiter.«

»Ich übernehme Schiff. Ich bin Raumkapitän«, sagte Zainal, »aber ich brauche Mannschaft.«

»Prima, eine tolle Idee, aber wie wollen Sie es schaffen? Wenn ihr Catts noch nicht einmal wißt, welche Rasse diesen Planeten landwirtschaftlich ausbeutet, wie wollt ihr dann wissen, wie man ein Raumschiff steuert?«

»Wenn das Schiff einen lebendigen Piloten hat, zwingen wir ihn, uns zurückzubringen«, erwiderte Zainal, der auf den herausfordernden Ton der Frage nicht beleidigt reagierte. »Wenn es ein Maschinenschiff ist, dann kehrt es zur Basis zurück – darauf ist es programmiert. Wir fliegen einfach mit.«

»Und was dann?« fragte Tesco mürrisch.

Zainal zuckte die Achseln. »Zuerst muß Schiff herkommen. Wo es soviel Yankee-Ge-ni-a-li-tät gibt.«

Kris applaudierte ihm lachend und wurde von einigen Amerikanern unterstützt.

»Wir aus Oz sind als fliegende Hilfstruppe auch nicht schlecht«, sagte Worry pikiert.

»Erst sehen, welches Schiff zuerst kommt, dann schmieden wir Plan. Okay?« sagte Zainal und wandte sich zu Mitford, der wieder aufstand.

»Genau, Zainal, so machen wir's. Also hört zu, Leute. Wir müssen die jüngsten Rekruten unterbringen und ihnen erklären, wie es hier läuft. Worry, Sie berufen in Camp Rock eine Versammlung ein, sobald Sie zurück sind, und berichten, was passiert ist. Alle Patrouillen sollen sich vorwiegend um die Beschaffung neuen Wohnraums kümmern, also haltet Ausschau nach weiteren Garagen. Wir müssen uns für die nächste Ladung Gefangene bereithalten. Ich alarmiere inzwischen Camp Shutdown und Bella Vista.« Dabei klopfte er auf das Handy an seinem Gürtel. »Wir könnten sogar Botany für uns in Anspruch nehmen. Zum Teufel mit den Eosi oder wem auch immer!«

»Lang lebe König Mitford ...«, rief Lenny scherzhaft.

Mitfords Miene verfinsterte sich augenblicklich, und er drohte Lenny wütend mit dem Finger.

»Hören Sie gefälligst mit diesem Mist auf, Doyle. Ich bin kein König und will auch keiner sein. Wenn jemand diesen Planeten leiten will, dann soll er sich melden. Er kann sofort anfangen!« Er schaute sich zornig um, und niemand zweifelte an der Ernsthaftigkeit seiner Absicht, sofort abzutreten, aber niemand zeigte Bereitschaft, ihn abzulösen.

»Ach, ich habe nur einen Scherz gemacht, Sarge«, sagte Lenny zerknirscht. »Sie machen Ihre Sache wirklich toll.«

»Dem kann ich nur beipflichten«, sagte Worry und applaudierte demonstrativ.

»Na schön«, meinte Mitford besänftigt. »Ich habe mich wirklich nicht darum gerissen, aber irgend jemand mußte doch ein wenig Ordnung in diesen armseligen Haufen bringen.«

»Und das haben Sie wirklich auf bewundernswerte Art und Weise geschafft«, sagte Kris. »Niemand sonst wäre dazu fähig gewesen. Also beruhigen Sie sich, Sarge.«

»Ach ...« Er winkte ab. Dann hellte seine Miene sich wieder auf. »Ist noch etwas von dem Bier übrig?«

Als etwas von Bier gesagt wurde, bemerkte Kris, daß die allgemeine Anspannung sofort verflog. Sie hatte selbst Appetit auf ein paar Gläser, bis sie sah, wie Zainal sich unauffällig in Richtung Tür bewegte. Getarnt durch die allgemeine Unruhe, die nun ausbrach, folgte sie ihm unbemerkt.

Draußen war es stockdunkel, noch stand keiner der Monde am Himmel. Sie konnte sehen, wie Zainal durch den Lichtbalken ging, der aus der nächsten Scheunentür, die halb offen stand, nach draußen fiel.

»Zainal«, rief sie leise, wohl wissend, daß er sogar ein noch leiseres Flüstern wahrnehmen konnte. Sie sah, wie er innehielt, noch ein paar Schritte machte, dann rannte sie zu ihm hin und ergriff seinen Arm. »Wagen Sie ja nicht, vor mir wegzulaufen, Freundchen.«

Er ging weiter, so daß sie fast rennen mußte, um auf gleicher Höhe zu bleiben. »Begreifen sie denn noch immer nicht? Wir Catteni sind auch nicht unsere eigenen Herren ...!«

»Nein, ich glaube nicht, daß sie alles verstanden haben. Ich habe es jedenfalls nicht.«

»Wir machen für die Eosi die ... Schmutzarbeit. Wir erkunden für die Eosi, kämpfen für die Eosi, schaffen Ordnung für die Eosi, und wir töten ...«, er stieß dieses Wort voller Heftigkeit und Ekel aus, »... wenn getötet werden muß. Die Leute hassen die Catteni. Sie sollten lieber die Eosi hassen!«

Die in ihm aufgestaute Wut hatte ihn an den Scheunen

vorbei und ins offene Gelände stürmen lassen, wo die Fleischkisten aufgestapelt worden waren.

»Das wußte ich nicht, Zainal. Ich glaube, es wird einfacher für Sie sein, wenn auch alle anderen Bescheid wissen.«

»Ich bitte nicht darum, es einfach zu haben«, sagte er wütend, wirbelte zu ihr herum. Er war ein dunkler Schatten, seine graue Haut ließ ihn in der Dunkelheit fast unsichtbar werden.

»Ja, aber Sie brauchen keinen Haß. Und es gibt, das muß ich sagen, ein paar Leute ...«

»Ein Paar? Nur zwei? Oder mehr?«

»Ja, vielleicht, aber es sind dumme Leute, die für jeden, der nicht so ist wie sie, nichts übrig haben. Also sorgen wir dafür, daß sie die richtigen Übeltäter hassen, die Eosi. Catteni müssen Befehle ausführen, obgleich es mir niemals in den Sinn gekommen wäre, daß Sie und Ihre Leute überhaupt von jemanden irgendwelche Befehle annehmen würden.« Sie hielt inne und versuchte zu erahnen, ob sie das Richtige sagte. »Was ist denn an diesen Eosi so besonders, daß sie große, tapfere Catteni herumkommandieren können?«

»Sie ...« Zainals Pause hatte mehr zu bedeuten, als daß er nur nach dem richtigen Begriff suchte. Zum ersten Mal spürte Kris bei ihm so etwas wie Furcht. »Sie haben Gehirne ...« er klopfte sich gegen die Stirn. »... die alles ... wissen.«

»Also sogenannte Alleswisser«, meinte Kris und lachte belustigt. Er ergriff ihre Hände.

»Nicht über Eosi lachen, ehe Sie einen getroffen haben.«

Sie spürte das Zittern seiner Hände und hörte es auch in seiner Stimme.

»Haben Sie denn?«

»Ja, als Kind. Ich war mit Vater dort ... um von Eosi geprüft zu werden.« Unwillkürlich drückte er ihre Hände so fest, daß sie die Zähne zusammenbeißen mußte, um nicht vor Schmerz aufzuschreien. Die Prüfung mußte schrecklich gewesen sein, wenn die Reaktion auf diese Erinnerung derart heftig ausfiel.

»Haben Sie bestanden?« fragte sie eher neugierig als scherzhaft.

Nun straffte Zainal die Schultern und richtete sich auf. Wahrscheinlich hatte er nicht bemerkt, daß er sich unbewußt innerlich verkrampft hatte.

»Ich bin Emassi. Wir sprechen mit Eosi.« Dann konnte sie seine Zähne, die weißer waren als seine Haut, sogar in den dunklen Schatten sehen, die ihn umgaben. Und es war kein Lächeln, das auf seinen Zügen lag.

Kris dachte an die Cabots und die Lodges aus dem alten Bostoner Sprichwort. Nun, das war auch eine Möglichkeit, die Aura abzuschütteln, die Zainals Angst vor den Eosi rund um sie hatte entstehen lassen. Aber die Befehlskette erklärte, weshalb der Kapitän des Transportschiffs es nicht gewagt hatte, Zainal zu ignorieren.

»Vielleicht kommt ja niemand nach Botany, und wir brauchen uns keine Sorgen wegen Catteni oder Eosi oder gar den Maschinenbauern zu machen«, sagte sie tröstend.

Zainal schnaubte. »Nein, sie kommen ganz bestimmt. Und zwar schicken Eosi hohen Catteni.« Er hielt für einen Moment inne und überdachte offensichtlich, was er soeben ausgesprochen hatte.

»Und die Mechos schicken ihren Vertreter, und sie werden hier aufeinanderprallen und uns dann uns selbst überlassen, damit wir weiterleben wie bisher.« Sie spreizte die Finger und schlug dann beide Fäuste gegeneinander. »Puff! Sie verschwinden alle in einer Qualmwolke, und das war's dann!«

Er hatte sie mit seinen kräftigen Händen umfaßt und hob sie ein paar Zentimeter hoch, so daß ihre Augen sich auf gleicher Höhe befanden. Er lächelte jetzt.

»Ist es das, was Sie sich wünschen?«

»Sicher, warum nicht? Die Räder des Universums drehen sich manchmal auf rätselhafte Weise«, sagte sie, und es klang wie ein Aphorismus. »Die Terraner werden soviel Ärger machen, daß die Eosi diesen Planeten aufgeben müssen. Oder, was noch besser wäre, die Catteni werden endlich vernünftig und verbünden sich mit den unbesiegbaren terranischen Kräften und wehren sich gegen die Herrschaft der Eosi und befreien die gesamte Galaxis! Sie kommen doch aus dieser Galaxis, oder?«

»Das tun wir.« Er klang wieder zuversichtlich. Dann veränderte sich sein Gesichtsausdruck. »Mögen Sie diesen Catteni?« fragte er. »Diesen Emassi, diesen eosisprechenden Burschen?«

Sie schluckte, denn sie erkannte nun seine plötzlich aufkeimende Unsicherheit.

»Ja«, antwortete sie und bemühte sich, daß sie nicht zu bereitwillig, zu entgegenkommend erschien. *Catteni lassen sich nicht so leicht abwimmeln, oder?* Ein Kuß vielleicht, ein Streicheln.

»Ich bin sehr langsam – genauso wie Jay.« Er grinste. »Sie sind nicht wie Patti Sue ...«

»Na, hoffentlich nicht!«

»Aber Sie haben sicherlich gewisse Dinge über Catteni gehört ...«

»Ich kenne Sie, Catteni Emassi Zainal.« Dabei stieß sie ihm einen Finger so hart vor die Brust, daß sie sich beinahe die Spitze verletzte. »*Sie* sind es, wegen dem ich mir Sorgen mache.«

»Sie sorgen sich um mich?« Falls diese Vorstellung ihm gefiel, so amüsierte sie ihn auch.

»Nun, dort, wo Sie gestern morgen standen, hätte man sie leicht erschießen können. Ich glaubte die ganze Zeit, daß mir das Herz zum Hals herausspringen würde.«

»Sie sorgen sich um mich?« Er packte ihre Arme, hob sie hoch, als wöge sie nicht mehr als ... eine Deski. Ihre Beine baumelten in der Luft.

»Ja, Sie Riesenscheusal. Und bei mir brauchen Sie

nicht behutsam vorzugehen. Ich hatte gehofft, daß Sie von sich aus auf mich zu- ...«

In diesem Moment küßte er sie, und allein die Berührung seiner Lippen war für sie der Auslöser eines wahren Sturms von Gefühlen in ihr, Emotionen und Empfindungen, die durch ihre Adern und Knochen rasten, so daß sie die Arme um seinen Hals schlingen mußte, um sicher zu sein, daß sie nicht umsank.

Aber Catteni küssen doch nicht, dachte sie unsinnigerweise und stellte bei sich einige andere unerwartete sinnliche Reaktionen fest. Seine Lippen waren fest, und er schien genau zu wissen, wie man mit größtmöglicher Wirkung küßte. Oh, Himmel, aber natürlich – er hatte gesehen, wie Joe und Sarah sich abends zärtlich küßten. *Liebe Güte, er hatte aber schnell gelernt!*

Während er sie mit einem Arm an sich drückte, nahm seine andere Hand eine kurze und entwaffnend eingehende Untersuchung ihres Körpers vor. Aber er hatte doch im Flieger – vor Ewigkeiten – behauptet, er hätte es noch nie mit einer Terranerin versucht.

»Catteni sind gute Liebhaber«, hatte ihr jemand vor kurzem erzählt.

Nun, das würde sie feststellen, und zwar schon sehr bald. Sie wand sich hin und her, um sich ein wenig Platz zu schaffen, und schob eine Hand in seinen Overall, um die aufreizend glatte, weiche Haut zu streicheln, die sie schon während seiner Krankheit bewundert hatte.

Er murmelte etwas, während seine Lippen sich dicht an ihrem Mund befanden, und setzte sich dann in Bewegung, machte lange, eilige Schritte, um schnell dorthin zu gelangen, wohin er sie mitnahm. Aber wo könnte das sein? In keinem der Lager gab es einen abschließbaren Raum, und Kris konnte sich nicht vorstellen, daß sie irgendeinen abgeschiedenen Platz an diesem Ort finden könnten, der nicht mit allen möglichen Leuten überfüllt war, aber Zainal schien genau zu wissen, wohin er wollte. Hatte er das ganze etwa geplant? Dann änderte er die Richtung und ächzte leise, als er an irgend etwas hoch und dann hinüber und in etwas Metallisches hineinkletterte.

Dem Geruch nach zu urteilen, mußte es eine der umgebauten Maschinen sein, von denen sie schon gehört hatte, und sie wurde jetzt auf die Ladefläche gebettet. Auf einen Stapel Decken. Oh, sie befanden sich in einem der Luftkissenfahrzeuge, die die Ausrüstungskisten auf dem Landefeld eingesammelt und abtransportiert hatten.

Danach dachte sie nicht mehr viel, denn Zainals Hände, die sich trotz ihrer Größe und Kraft unendlich zart anfühlten, streiften ihren Overall ab. Sie versuchte das gleiche mit seinem Overall, schaffte es jedoch nicht, weil ihre Hände einander in die Quere gerieten.

»Immer mußt du helfen …« sagte er mit einem leisen Lachen.

Sie zog die Arme zurück, streckte sie über ihren Kopf. »Dann mach du's.«

Er verlor keine Zeit. In wenigen Sekunden hatte er ihre Schuhe ausgezogen und sie aus ihrem Overall geschält. Dann sah sie ihn als graues Schemen über sich, während seine Hände ihr Haar zurückstrichen und seine Finger die Konturen ihres Gesichts nachzeichneten. Sie taten dies so liebevoll und zärtlich, daß ihre Sinne schier überwältigt wurden. Wer hätte gedacht, daß ein Catteni zu so etwas fähig war?

Sie spürte, wie er sich vorsichtig an sie herandrängte, so als hätte er Angst, sie mit seinem Gewicht zu erdrükken. Eine andere Information über die Catteni schoß ihr plötzlich durch den Kopf: sie waren riesengroß! Und sie empfand plötzlich eine ungewisse Furcht.

»Ich tu dir nicht weh …« Seine Stimme war nicht mehr als ein heiseres Flüstern. »Bestimmt nicht, Kris. Glaubst du mir? Ich mache es ganz langsam, so langsam, ganz ruhig …« Sie spürte ihn, spürte seine Bewegung, die wirklich langsam war … oh, viel zu langsam. Sie wand sich hin und her, versuchte tiefer nach unten zu rutschen und ihn ganz in sich aufzunehmen.

Sie hörte sein scharfes Seufzen, aber er wollte ihren geflüsterten Bitten nicht gehorchen, sondern hielt sich zurück und drang unendlich langsam ein, bis sie ihn anflehte, sich zu beeilen.

Noch nie bei ihren wenngleich wenigen Abenteuern dieser Art hatte sie sich so sehnlichst gewünscht, von einem Mann alles in sich zu spüren, was er ihr geben konnte. Noch nicht einmal bei Brace Tennemann, und bei ihm hatte sie damals während ihres zweiten Jahrs am College geglaubt, daß er der bestaussehende Spieler des Footballteams sei.

»Du bist zu vorsichtig, Zainal«, rief sie halblaut und versuchte erneut, ihn so dicht an sich heranzuziehen, wie seine aufgestützten Arme es erlaubten. Dabei küßte sie jeden Fleck seines Körpers und streichelte seine wundervolle Haut.

»Langsam ist es viel schöner«, sagte er, und ein kehliges Lachen drang über seine Lippen. Er schien sich über ihre Eile köstlich zu amüsieren. »Langsam ist es auch für mich viel schöner.«

Und behutsam setzte er die Verzauberung ihrer Sinne fort, bis sie ihren unglaublichen Empfindungen, die er bei ihr erzeugte, derart ausgeliefert war, daß sie sich fragte, wie sie den Höhepunkt jemals überleben könnte. Dann überrollte er sie und ihn gleichzeitig, beide schrien im selben Moment auf. Es war ein Schrei unendlicher Lust und Seligkeit.

Als sie das Gefühl hatte, dieses erlösende Pulsieren nicht mehr ertragen zu können, begann es nachzulassen, und sie spürte die Schauer der Lust, die immer noch durch seinen Körper wallten. Sie rangen beide nach Luft, und er ließ sich seitlich neben sie sinken. Für einen kurzen Moment schien ihn jegliche Kraft verlassen zu haben.

»Wenn du das nächste Mal wieder so langsam bist, Zainal, dann bringe ich dich um«, murmelte sie.

»Langsam ist es schöner für dich und viel, viel besser für mich«, sagte er beinahe selbstzufrieden. Seine Hand glitt über ihren Körper und signalisierte ihr seine tiefe Zuneigung und seine Fürsorge.

»Das wird in jeder Hinsicht eine gleichberechtigte Partnerschaft, Freundchen«, sagte sie. »Ab und zu darf ich das Tempo bestimmen.«

»Ach, tatsächlich?« Zu ihrer totalen Verblüffung richtete er sich wieder auf und machte Anstalten, sich auf sie zu schieben.

»Mein Gott!« Woher hatte er plötzlich diese neue Energie?

Er lachte verhalten und beugte sich zu ihrem Ohr hinab. »Genauso wie die Dornbüsche auf Barevi braucht ein Catteni nicht sehr lange, um sich kampfbereit zu machen.«

»O mein Gott!«

»Nein – Junge, Junge, Junge?« fragte er neckend.

»Nein, Mann-o-Mann-o-Mann-o-Mann!« Sie hielt inne, holte tief Luft. »Ich glaube ... wir ... machen ... es ... lieber ... so ... wie ... du ... es ... willst. Bitte!«

Emassi Zainal erfüllte ihr diesen Wunsch nur allzu gern.

Irgendwann im Laufe der Nacht brachte Zainal sie mitsamt ihren Kleidern zurück zu den ihnen zugewiesenen Schlafplätzen. Sie mußte grinsen, als sie aufwachte und feststellte, daß sie angezogen war und daß ihre Schuhe züchtig neben dem Strohhaufen standen, den sie besetzte. Zainal lag tatsächlich neben ihr, aber ein Stück weiter lagen Joe und Sarah, wie sie auch schon gelegen hatten, wenn sie während der Patrouille übernachtet hatten. Es war sehr umsichtig von ihm, an ihren Ruf zu denken – falls er während der leidenschaftlichen Momente der vergangenen Nacht überhaupt einen Gedanken daran verschwendet hatte. Als sie sich reckte und streckte, spürte sie, daß sie ziemlich wund war, trotz seiner langsamen Gangart, und sie verstand nun auch, weshalb die meisten Frauen sich so vorkamen, als würden sie von den Catteni mißhandelt. *Aber es kommt wirklich nur auf den Mann an!* Egal, ob Catteni oder Terraner!

Draußen auf dem Gang rührte sich etwas. Jemand trommelte gegen jede Scheunentür, um die Schläfer zu wecken. Ein neuer Botany-Tag brach an.

Dieser war damit ausgefüllt, Leute weiterzuschicken nach Bella Vista, Shutdown oder Camp Rock. Es wurde vereinbart, daß Camp Narrow sich darauf konzentrieren sollte, die Maschinen auf ihre Wiederverwendung zu überprüfen und entsprechend umzubauen, daher sollten all jene, die über irgendwelche technischen Fertigkeiten verfügten, dort einquartiert werden. Nun, da sie zwei Fahrzeuge besaßen, konnten sie alles, was sie brauchten, aus den anderen Garagen holen, darunter auch ›Karosserie‹-Teile, um noch nützlichere Fahrzeuge herzustellen. Weitere Handys wurden zusammengebaut, und weitere Lastfahrzeuge wurden aus den vorhandenen Chassis konstruiert.

»Sie sind zwar nicht schnell, aber sie kommen mit Hindernissen ganz gut zurecht«, erklärte Lenny Kris gegen Mittag. »Einige dieser Burschen sind ganz schön clever«, fuhr er begeistert fort. »Sie haben herausbekommen, wie man Programmierungschits …«

»Chips«

»… also Programmierungschips kurzschließt, oder wie immer man das nennt. Dann haben sie es geschafft, die Vielseitigkeit der Fahrzeuge zu erhalten, es jedoch so einzurichten, daß der Fahrer die totale Kontrolle behält. Einfach cle … ver!«

»Das ist es.«

»Wie gesagt, ein hohes Tempo schaffen sie nicht

gerade, aber das wollen die Leute noch verbessern. Sie arbeiten jedenfalls daran.«

»Ich für meinen Teil halte nicht soviel davon, zu schnell über dieses Gelände zu sausen«, sagte Kris.

Lenny grinste nur. »Sie haben es noch nie getan.«

Kris begab sich wieder an ihren Arbeitsplatz im Empfangskomitee, wurde jedoch von dort abberufen, um Mitford und seinen Mitarbeitern dabei behilflich zu sein, die verbliebenen Neulinge unterzubringen.

»Wie lange dauert es, bis jemand zum ›eingeborenen Personal‹ gezählt wird?« wollte sie irgendwann von Mitford wissen. Sie stellte fest, daß es nötig war, häufig die Position zu wechseln, um ihre wunden Körperpartien so gut wie möglich zu schonen. Aber es war die Sache wert. Zainal lächelte an diesem Tag sehr viel, als er von einer Aliengruppe zur nächsten wanderte.

»Hmm? Ach so«, meinte Mitford lächelnd, während er sich zurücklehnte, um seine Arme zu strecken und seine Schultermuskulatur zu lockern. »Nun, sagen wir einfach, sie müssen warten, bis sie mitgeholfen haben, eine Gruppe Neuankömmlinge in Empfang zu nehmen und unterzubringen. Aber erzählen Sie doch mal von diesem Gebäude am Meer, auf das Ihre Patrouille gestoßen ist.«

»Viel gibt es da nicht zu erzählen. Es war fest verschlossen, obgleich Zainal alles mögliche versucht hat, um hineinzugelangen Vielleicht kommen die Fische nicht mehr zurück.«

»Ich mag Meeresfrüchte. Zum Beispiel auch Muschelsuppe.« Diesmal hatte sogar Mitfords Stimme einen wehmütigen Klang. Kris freute sich, daß sie seine Stimmung direkt miterlebte.

»Mit diesen Luftkissenfahrzeugen können wir im Morgengrauen aufbrechen und schon abends mit einem ganzen Sack Muscheln wieder zurück sein«, schlug Kris vor.

»Das könnten Sie tun.«

Wenn Dowdall sie nicht in eben diesem Moment unterbrochen hätte, wäre ihnen, wie Kris sicher zu wissen glaubte, eine solche Luxusfahrt gestattet worden. Aber die Fahrzeuge wurden woanders dringender gebraucht.

Am dritten Tag begleiteten Kris, Zainal, Joe und Sarah ein Luftkissenfahrzeug mit einigen der nicht ganz so leistungsfähigen Rekruten auf ihrem Weg über Camp Rock nach Bella Vista. In Rock kam Worry aus seinem ›Büro‹ und begrüßte Zainal und die anderen überschwenglich.

»Ihre Patrouille muß für uns auf die Jagd gehen«, erklärte er ihnen. »Außerdem sollen Sie eine gemischte Gruppe von Männern und Frauen einweisen. Camp Rock soll in Zukunft zum Vorratslager für Fleisch und Gemüse ausgebaut werden.«

»Eine gemischte Gruppe?« fragte Kris.

»Richtig, weil Zainal bei ihnen ist, und er beherrscht Deski, Rugarianisch und Turs.«

»Ach so, das meinen Sie mit ›gemischter Gruppe‹«, sagte Kris. Wenn es darum ging, Turs auszubilden, dann war Zainal genau der richtige Lehrer.

»Wie brauchen Sie außerdem für kurze Tagesausflüge«, sagte Worry nun in vertraulichem Ton zu Kris. »Für den Fall ... Sie wissen schon, nicht wahr?« Und er deutete mit der Kinnspitze zum Himmel.

»Oh, für den Fall, daß wir wieder beobachtet werden«, sagte Kris und schaute zu Zainal, der mittlerweile ebenfalls mit einem Handy ausgerüstet war.

Mitford wollte am nächsten Tag zu Camp Rock zurückkehren, vorher führte er mit Kris jedoch ein kurzes Gespräch unter vier Augen.

»Halten Sie sich stets in Zainals Nähe, Kris.«

»Weshalb?« hatte sie gefragt und Mitford herausfordernd angefunkelt.

»Ich möchte unseren wertvollsten Alienvertreter nicht verlieren.«

»Sie verlieren ihn schon nicht.«

»Nun, ich glaube, wenn es nur nach ihm geht, dann wohl nicht.« Mitford fixierte Kris prüfend, aber sie hielt seinem Blick stand, ohne zu erröten. Er nickte, als wüßte er mehr, als er mit Worten auszudrücken bereit war. »Er ist ein Emassi und kann mit Eosi verhandeln ... ich nehme an, sie gestatten cattenischen Emassi, mit ihnen zu reden. Durchaus möglich, daß wir ihn dringend brauchen, um für uns bei diesen Eosi zu vermitteln. Das heißt, natürlich nur dann, wenn einer von ihnen jemals einen Bericht über diesen Planeten zu Gesicht bekommt.«

»Zainal ist überzeugt, daß sie irgendeinen Emassi herschicken, der rangmäßig über ihm steht. Irgendwann ...« In diesem Moment erkannte Kris, daß sie den Sergeant in genau dem Punkt beruhigt hatte, der ihm am Herzen lag.

»Auf der Erde, auf Barevi und auf Catten geht sehr viel mehr vor, als wir ahnen« fuhr er fort.

»Das ist doch wohl klar«, sagte Kris.

»Dann sollten Sie nicht vergessen, daß ich mich auf Sie verlasse, Bjornsen.«

Sie schaute den Sergeant ernst an, bemerkte die neuen Falten um seine Augen, den trüben Schleier vor seinen Pupillen von den vielen Problemen, die verstärkt auf ihn einstürzten und darauf warteten, von ihm gelöst zu werden.

»Sie können auf mich zählen, Sergeant«, sagte sie, und diesmal salutierte sie förmlich vor ihm.

Er grinste, als er den militärischen Gruß erwiderte.

Sie wohnten noch immer in der Mitchelstown-Höhle, und ihre Habseligkeiten, die sie dort zurückgelassen hatten, waren unangetastet geblieben. Frische Overalls und Schuhe lagen auf jeder Ablage. Als sie beides entdeckten, äußerten Kris und Sarah spontan den Wunsch nach einem Bad im See, damit sie sich und ihre Overalls waschen konnten, da sie nun welche zum Wechseln hatten. Allerdings waren ihren Overalls die Strapazen nicht anzusehen, denen sie in den vergangenen fünf Wochen ausgesetzt waren.

Ein Junge, er gehörte noch nicht zum Personalnachwuchs, holte sie ein, ehe sie ihr Quartier verließen.

»Kris Bjornsen?« fragte er und schaute abwechselnd von Kris zu Sarah.

»Ja«, gab Kris sich zu erkennen.

»Dr. Dane möchte, daß Sie bei ihm vorbeikommen. Aber nur, wenn Sie Zeit haben. Es sei nicht dringend, meinte er.«

»Bestell ihm, daß wir seine Nachricht erhalten haben und uns in Kürze bei ihm melden. Und wie heißt du?«

»Ich bin Buzz.« Der Junge lächelte, so daß zwei Lücken zwischen seinen Schneidezähnen zu sehen waren. »Weil ich wie eine Hornisse überall herumschwirre. Meine Ma sagt, ich sei viel zu laut für eine Biene, und außerdem gibt es die sowieso nicht auf Botany. Mein richtiger Name ist Parker, aber den mag ich überhaupt nicht.«

»Buzz ist ein passender Name für einen aufgeweckten Jungen wie dich«, sagte Kris und erwiderte sein Lächeln. »Wir sehen uns sicher noch öfter.«

»Ganz bestimmt«, erwiderte er mit einem kurzen Blick über die Schulter und ›schwirrte‹ schon wieder ab.

Nun, da er über Testvorrichtungen verfügte, wollte Leon von seinen Entdeckungen berichten. Die Informationen wären für die Jägerteams von unschätzbarem Wert, da er und seine Assistenten weitere nährstoffreiche Pflanzen, Beeren und Nüsse hatten identifizieren können.

»Wir haben ein paar von den jüngeren Bewohnern des Camp Rock losgeschickt und nach diesen Dingern hier suchen lassen …« Er klopfte auf einige nußschalenähnliche Gebilde. »Die habe ich in Massen hier herumliegen gesehen. Und diese Beeren sind besonders reich an Vitamin C und A.« Er deutete auf einige der grünen Kugeln, von denen Joe angenommen hatte, sie könnten genießbar sein. »Wir versuchen sie zu trocknen, um sie längere Zeit lagern zu können. Ich weiß, daß Jäger eigentlich nur an Fleisch denken, aber diese Beeren können für eine ausgewogene Ernährung von entscheidender Bedeutung sein.«

»Können wir Coo sehen?« fragte Kris.

»Wenn Sie ihn irgendwo erwischen«, sagte Leon trokken. »Dieses Zeug hat bei allen Deski wahre Wunder gewirkt. Ich habe Murn, die Frau, unter sorgfältiger Beobachtung. Sogar Pess versieht wieder seinen Dienst. Danke, Zainal.« Leon klopfte dem Catteni kameradschaftlich auf den Arm. »Sie haben ihnen das Leben gerettet, wissen Sie?«

Zainal zuckte kaum mit den Augenbrauen, aber Kris spürte, daß er überhaupt nicht so gleichgültig war, wie er tat. Leon war offensichtlich derselben Meinung.

Camp Rock war wieder voll. Für Kris sah es so aus, als sollte es so sein. Außerdem winkten mehr Angehörige der ›eingeborenen‹ Besatzung Zainal zu oder grüßten ihn lächelnd, wenn sie ihn sahen.

Am nächsten Tag gingen sie auf die Jagd und kehrten heim, beladen mit Felsläufern und einer weiteren Luh-Kuh, weil Bart und Pete in der Cheddar-Höhle ein ganzes Tier auf einmal braten wollten, um den Neulingen zu zeigen, daß es möglich war und daß das Fleisch sehr gut schmeckte.

Auch an den nächsten beiden Tagen gingen sie der Jagd nach, diesmal in verschiedenen Richtungen. Einen Teil des Tages verbrachten sie jeweils mit der Suche und Ernte von Nüssen und Beeren, die sie von jedem Busch abpflückten, auf den sie stießen.

»Wir hätten sicherlich noch viel mehr«, sagte Sarah mit einem vorwurfsvollen Blick zu Joe Marley, »wenn alles im Sammelbeutel gelandet wäre.«

Joe verdrehte die Augen mit einem Ausdruck unschuldiger Überraschung. Oscar brach in schallendes Gelächter aus, als er einen schwereren Sack als Joe weitergab.

Am nächsten Tag gingen sie nicht auf die Jagd, obwohl sie es ursprünglich geplant hatten. Kurz nach dem dritten Mondaufgang kam ein Wachtposten ziemlich aufgeregt in die Mitchelstown-Höhle gestürmt und rief Zainals Namen.

»Ja, was ist?«

»Sie müssen sofort kommen. Irgend etwas setzt offenbar zur Landung an. Nicht so groß wie die anderen, aber auf jeden Fall groß genug.« Danach rannte der Mann wieder hinaus.

»Wecken Sie Worrell!« rief Zainal ihm nach.

»Zu dem will ich gerade«, erwiderte der Mann über die Schulter und wurde mehrfach unfreundlich aufgefordert, verdammt noch mal etwas leiser zu sein, während er durch den Tunnel zu Worrells Quartier eilte.

»Alle mitkommen«, sagte Zainal, während er mit seinen großen Füßen in seine Schuhe schlüpfte.

Der Besuch des Wachtpostens hatte jeden geweckt, aber niemand hatte Anstalten gemacht sich anzuziehen. Jetzt hingegen taten sie es. Und als Joe und Oskar nach ihren Speeren griffen, winkte Zainal ab.

»Die sind wirkungslos gegen die Handwaffen der Catteni, und außerdem sind sie nicht gerade ein Zeichen für Vertrauen und Selbstsicherheit«, sagte er.

»Was meinen Sie, wer das ist?« fragte Joe und kam damit Kris zuvor.

»Catteni. Und es ist sogar für sie recht früh.«

Es war Zwei-Mond-Zeit, daher war die Nacht sehr hell und klar. Als sie mit Worrell im Schlepptau auf den Berg stiegen, konnten sie den Anflug eines Raumschiffs beobachten, dessen Positionslichter aufgeregt blinkten.

»Kleines, schnelles Schiff«, sagte Zainal. »Ich glaube, es ist unterwegs zum Feld.« Er deutete auf die nächste freie Fläche, die zu Fuß etwa zwanzig Minuten von Camp Rock entfernt war.

»Wissen sie, wo wir sind?« Worry klang verärgert.

»Sie richten sich nach den Angaben für Lebensformen«, sagte Zainal knapp. »Sie wissen, wo der Transport gelandet ist. In Camp Rock sind nun mal viele Leute.«

»Nicht dumm. Nun, zumindest dieser Catteni«, sagte Worry und machte sich an den Abstieg. »Das habe ich nicht böse gemeint, Zainal.«

»Ich hab's auch nicht so verstanden«, antwortete Zainal gutgelaunt.

»Vielleicht sollten wir sie lange genug warten lassen, damit sie auch mal die Aasfresser kennenlernen?« schlug Joe mit einem hinterhältigen Grinsen vor.

Zainal gab nur einen unwirschen Knurrlaut von sich, aber Kris glaubte, daß diese Idee auch für ihn einen gewissen Reiz hatte. Daher überraschte es sie nicht, als Zainal mit der Schleuder treffsicher einen Felsläufer erlegte, der auf einem Stein lag und schlief, und ihn mitnahm, als sie den felsigen Berghang querten.

Das Schiff war schon gelandet, als sie es endlich erreichten. Durch eine offene Luke fiel Licht auf das Stoppelfeld. Licht lockte keine Aasfresser an, sondern es schreckte sie ab. Knapp außerhalb des Lichtkreises ließ Zainal unauffällig den Felsläufer fallen.

»Wie lange dauert es gewöhnlich, bis sie rauskommen?« fragte Joe murmelnd.

»Wenn Licht in der Nähe ist, ein wenig länger«, sagte Zainal und ging weiter zum Schiff.

Es war ein schlankes Modell, wie Kris erkennen konnte, und es sah aus, als wäre es mit seinen nach hinten abgewinkelten Tragflächen und seiner spitz zulaufenden Nase für hohes Tempo und extreme Manövrierfähigkeit gebaut worden. Aber es war ziemlich groß, nicht so groß wie die *Challenger* oder die *Enterprise* es gewesen waren, aber immer noch beachtlich – drei- oder viermal so hoch wie Zainal und etwa so lang wie eine Boeing 727, aber erheblich breiter.

Zainal blieb direkt vor der Luke stehen und stieß einige scharfe Worte auf Catteni hervor.

Augenblicklich erschienen drei Catteni in der Türöffnung, und einer kam die Rampe herunter auf Zainal zu. Kris beobachtete sein Gesicht und sah, wie seine Augen sich für einen kurzen Moment weiteten – vor Überraschung, nahm sie an – und wie seine rechte Hand, die sie sehen konnte, sich kurz zur Faust ballte. Dann schien er sich zusammenzureißen und völlig zu entspannen, während er sich anhörte, was gesagt wurde.

»Mein Bericht hat Wirbel gemacht«, sagte er halblaut zu seinen Gefährten, ehe er weitere Sätze in Catteni herauszischte.

Kris entschied, daß einer der Catteni Offizier war und einen hohen Rang bekleidete. Das verrieten ihr der exzellente Schnitt seiner Uniform und die zahlreichen verschlungenen Rangabzeichen auf seinem Kragen und seinem Ärmelaufschlag.

Zainal schien keinerlei Ehrfurcht vor ihm zu haben, legte noch nicht einmal so etwas wie Respekt an den Tag, es sei denn, die Catteni unterhielten sich miteinander immer so kurzangebunden. Sie ähnelten darin wahrscheinlich den Engländern, die zu Leuten, die sie nicht mochten, unendlich höflich sein konnten und andererseits ihre engen Freunde aufs Übelste beschimpften. Die cattenische Sprache klang, als bestünde sie aus Knurr-, Grunz-, Kehl- und Friktionslauten ohne einen einzigen Vokal als Auflockerung. Andererseits war es vielleicht so, daß die Sprache nur so bösartig *klang*. Man konnte manchmal glauben, die Chinesen beschimpften einander aufs Schlimmste, bis sie lächelten und sich höflich voreinander verneigten.

»Es gibt anderen Ärger«, sagte Zainal nach einem weiteren Austausch harter, stakkatohafter Laute. »Zwischen Terranern und Eosi.« Nun lächelte er boshaft ... zumindest hatte sein Mund, den sie nur im Profil sehen konnte, einen entsprechenden Zug.

»Und ...«, fragte Worry.

»Ich bin gefallen. Ich bleibe gefallen. Er sagt, es sei meine Pflicht, mitzukommen. Ich sage, ich unten. Ich bleibe. Sein Pech, euer Glück.« Dann richtete er sein grinsendes Gesicht auf Worry, und Kris glaubte, sein Ausdruck wäre so hinterhältig und verschmitzt, als hielte er während eines Pokerspiels um besonders hohe Einsätze so etwas wie einen Royal Flash in der Hand.

»Uggh«, machte Sarah plötzlich und rückte an Joe heran.

Zainal blickte über die Schulter, und Kris nachte es ihm nach, und so sahen sie beide die ersten tentakelgleichen Gliedmaßen eines Aasfressers, der sich aus dem Erdreich hervortastete, um den toten Felsläufer zu verschlingen. Zainal sagte etwas und trat beiseite, damit der Kapitän sehen konnte, was er meinte. Obgleich die Tentakel den erhellten Bereich des Kadavers zu meiden schienen, schimmerten sie matt in der Dunkelheit. Der Felsläufer wurde streifenweise vertilgt. Dem Aasfresser schien sein Opfer vorzüglich zu schmecken.

Dann hielt Zainal sein Handy hoch, deutete auf verschiedene Vorrichtungen daran und zeigte geduldig den unwiderlegbaren Beweis für die Existenz fremder Artefakte, die recycelt worden waren. Das entlockte dem Kapitän und den beiden anderen Catteni einen überraschten Ausruf. Sie bückten sich, um sich das Gerät eingehender anzusehen. Für einen kurzen Moment befürchtete Kris, daß Zainal ihm das Handy überließ.

In diesem Moment dachte Kris auch, daß Zainal angefangen hatte, seine eigenen Forderungen vorzubringen, denn der Kapitän schüttelte zuerst heftig den Kopf. Als Zainal jedoch auf dem beharrte, was er anfangs gesagt hatte, schien er einzulenken und eigene Fragen zu stellen, auf die Zainal entweder mit einem heftigen Kopfschütteln oder mit einem zustimmenden Nicken reagierte. Dann sagte der Kapitän etwas zu einem seiner beiden Begleiter, der sich daraufhin entfernte und in den Laufgang zum Bug des Schiffs marschierte.

Der Kapitän setzte seine Befragung fort. Einige seiner Fragen beantwortete Zainal. Auf andere reagierte er mit einem Achselzucken, das entweder Ungeduld oder Verärgerung zeigte oder von einem amüsierten, überlegenen Gesichtsausdruck begleitet wurde.

Der Bote kehrte mit einer Handvoll Computerausdrucke zurück, die teilweise zerknüllt waren. Der Kapitän bellte eine knappe Bemerkung, und der Mann sah ihn erschrocken und schuldbewußt an und ordnete die Blätter hastig, ehe er sie dem Kapitän reichte, der einen Blick auf den obersten Bogen warf und dann den ganzen Stoß an Zainal weiterreichte. Zainal winkte Worrell zu sich, der den Stapel Papier an sich nahm.

»Landkarten von dieser Welt, die vom Weltraum aus angelegt wurden«, murmelte Zainal. »Sie zeigen Berge, Erzvorkommen und andere Daten. Er will sie nicht hergeben.« Kris konnte erkennen, daß sich Worrell nun schwer beherrschen konnte, sich nicht gleich an Ort und Stelle in die Unterlagen zu vertiefen.

Zainal trat nun von der Lukenöffnung zurück, aber der Kapitän folgte ihm ein oder zwei Schritte weit und warf scharfe und durchdringende Blicke auf das ›eingeborene Personal‹, als wäre er entschlossen, sich ihre Gesichter für spätere Gelegenheiten einzuprägen. Kris gefiel diese Neugier gar nicht, obgleich sie dadurch die Chance hatte, diesen Catteni als einen Emassi wie Zainal mit seinen edlen, patrizierhaften Gesichtszügen zu identifizieren. Während er Kris fixierte, stellte der Kapitän eine kurze Frage. Zainal antwortete mit einer Art hochmütigem Gesichtsausdruck. Der andere Mann schien geschockt zu sein, und er schaute Kris erschrocken an.

»Ich sage ihm, daß ihr kluge Terraner seid, ihr alle, und daß ich stolz bin, zu deiner Patrouille zu gehören, Kris.«

»Vielen Dank für das Kompliment, Zainal.« Falls dieser Bursche jemals auf Botany landete und nach ihr Ausschau hielt, würde sie sich so rar wie möglich machen. Wahrscheinlich machte er sie für Zainals Entscheidung verantwortlich, nicht ›seine Pflichten zu erfüllen‹.

Dann schlich sich ein wissender und verschlagener Ausdruck in seine Augen. Er sagte zwei kurze Worte.

So schnell, daß seine Bewegung nur verschwommen zu erkennen war, stieß Zainal eine Faust vor und traf den Catteni am Kinn. Dabei ignorierte er die Waffen, die die anderen beiden Catteni sofort auf ihn richteten. Er trat zurück, verschränkte die Arme vor der Brust – setzte wieder eine ausdruckslose, steinerne Miene auf –, während der Kapitän die Wächter mit einer Handbewegung verscheuchte, dann aufstand und sein Kinn massierte.

»Es tut richtig gut, erleben zu dürfen, daß einige von dem, was sie austeilen, auch etwas zurückbekommen«, meinte Worry halblaut zu Kris. »Was hat der Kerl gesagt?«

»Woher soll ich das wissen?« murmelte Kris aus dem Mundwinkel, aber, aufgrund des Blicks, den der Kapitän ihr geschickt hatte, beschloß sie, aktiv einzugreifen. Zainal hatte ihr den Hinweis geliefert – *er* gehörte zu *ihrer* Patrouille. Sie musterte Zainal mit einem beschwörenden Blick, als hätte er sich nicht rächen sollen. »War das nicht ein wenig dumm, wenn wir nichts anderes als Steinschleudern bei uns haben, mit denen wir uns verteidigen können?« sagte sie so streng, wie sie konnte, als würde sie ihn ausschimpfen. Was sie auch wirklich tat, weil die gezückten Waffen ihr schreckliche Angst einjagten. Sie hatte sie im Einsatz erlebt, und die Energiestöße, die sie aussandten, zerrten an jedem Nerv im Körper, wenn man nicht das Glück hatte, vorher ohnmächtig zu werden.

»Das war das Risiko wert«, sagte Zainal, nickte ihr jedoch mit dem Kopf unterwürfig zu, trat hinter sie und verschränkte wieder die Arme.

Der Kapitän stellte eine weitere Frage, und seine Stimme klang beinahe flehend, während er sich noch immer das Kinn rieb.

Zainal beantwortete sie mit einem Achselzucken, das soviel bedeutete wie ›völlig unmöglich‹.

Der Kapitän sagte etwas, nun ein wenig energischer, und winkte seinen beiden Untergebenen, die sich ins Innere des Schiffs zurückzogen. Mit einem ausgesprochen respektvollen Gruß für Zainal und einer knappen, aber genauso respektvollen Verbeugung vor ihr kehrte der Kapitän ins Schiff zurück, und die Luke schloß sich, so daß sie wieder in totaler Dunkelheit standen, die nur von dem einen noch am Himmel verbliebenen Mond erhellt wurde.

»Hey, hätte er denn nicht das Licht brennen lassen können, bis wir dieses Feld sicher verlassen hätten?« rief Sarah.

»Stampfen Sie kräftig auf«, riet Zainal ihr, während er sich abwandte und vom Schiff entfernte. Dabei setzte er seine Füße bei jedem dritten Schritt besonders wuchtig auf den Boden.

»Verraten Sie uns, was wir nicht verstehen konnten?« fragte Worrell, der versuchte, Zainals Tempo mitzuhalten, aber seine kurzen Beine schafften es nicht ganz.

»Das werde ich.«

Sie befanden sich in sicherer Entfernung vom Schiff, als es senkrecht in die Luft stieg, wie es auch das Transportschiff gemacht hatte, und dann in einen Steigflug überging und an Geschwindigkeit gewann.

»Schon wieder ein Senkrechtstarter! Donnerwetter!« sagte Joe. »Haben all Ihre Schiffe dieses Fähigkeit, Zainal?« Er deutete den Vorgang, den er meinte, pantomimisch an.

»Diejenigen, die landen, ja. Aber die größten bleiben ständig oben«, erwiderte Zainal und setzte seinen Weg fort.

Bei jedem dritten oder vierten Schritt aufzustampfen, schüttelte ihren müden Körper heftig durch, aber jedesmal, wenn Kris das Gefühl hatte, daß sie in ihrer Aufmerksamkeit nachließ, dachte sie an das schleimige Aussehen der Tentakel oder Fühler der Aasfresser, und das ließ ihren Schritt wieder fest und sicher werden. Sie gelangten auf felsigen Untergrund und lehnten sich an die nächste Felswand, die ihnen Sicherheit bot.

»Was war das letzte, was er sagte, ehe du ihn voll erwischt hast?« fragte Kris mit Nachdruck.

»Ich habe ihn erwischt?« fragte Zainal.

Er wollte keine Zeit gewinnen, sondern sie erkannte, daß er sich über die Bedeutung ihrer Redewendung nicht ganz klar war. Sie zeigte ihm, was sie meinte.

»Auf Catten führen Frauen nur andere Frauen«, sagte Zainal. »Aber Frauen mit einem besonderen ... Rang kommandieren sogar Emassi.«

»Weshalb hast du ihn geschlagen?«

Zainals Lippen verzogen sich raubtierhaft, ehe er antwortete. »Er hat etwas über dich gesagt. Etwas Böses und Falsches.«

»Danke, aber hast du nicht mit unserem Leben gespielt? Sie hätten uns erschießen können, weil du ihren Anführer geschlagen hast. So etwas hat dich schon früher in Schwierigkeiten gebracht, weiß du?«

Zainal grinste und stieß mit dem Daumen auf seine Brust. »Das ist allein mein Problem. Ich ›schlage‹ nicht, um zu töten, daher schießen die anderen nicht. Sie tun nichts anderes als – wie sagt man ...« Er ging in die Hocke und reagierte, indem er seine Hand wie eine Waffe hielt.

»Reflexhandlung?« fragte Joe.

»Hmm«, machte Zainal, obgleich er den Begriff nicht richtig verstanden hatte.

»Lassen wir mal die Frage nach Kris' Ehre beiseite«, sagte Worry. »Weshalb wollten Sie das haben?« Er faltete die Papierbahnen auseinander. »Ich kann in der Dunkelheit nicht mal erkennen, was sie zeigen.«

»Landkarten von diesem Planeten, die im Raum gezeichnet wurden und uns angeben, wo wir uns befinden. Wohin wir gehen müssen. Wo ...« Er hielt inne und runzelte nachdenklich die Stirn, weil er nicht die richtigen Worte fand. » ... wo die größte Garage ist.«

»Tatsächlich? Haben Ihre Leute sie gefunden?«

Er schüttelte den Kopf. »Sie zeigen die Lage von Erzvorkommen. Eine sehr ... oh, lustige? Nein, nicht lustig.« Er zermarterte sich den Kopf, schaute Kris hilfesuchend an.

»Eine Anomalie?«

»Wie zum Teufel soll er wissen, was ›Anomalie‹ heißt?« fragte Worry.

»Oh, psst, ich erkläre es ihm. Eine Anomalie ist etwas, das sich irgendwo befindet, wo es eigentlich gar nicht sein sollte. Eine Abweichung vom Normalen. Ein seltsamer Unterschied.«

»Ach so.« Zainal reagierte erregt. »Das ist es. Mehr Metall, als dort eigentlich sein sollte. Viele Orte. Sehr viel Metall. Kein richtiges Metall. Anomalie ... hmmm.« Er ließ das Wort regelrecht auf der Zunge zergehen. »Etwas, das völlig anders ist.«

»Wollten sie Ihnen diese Karten nicht geben?« fragte Sarah, die ebenfalls versuchte, Einzelheiten auf dem Ausdruck zu erkennen.

»Nein.«

»Sie wollten, daß du sie zurückbegleitest, nicht wahr?« fragte Kris offen heraus.

»Ja, sie sagten, alles sei okay.« Sein Lächeln war voller Groll. »Ich sollte ruhig nach Hause kommen. Es sei schon mehr als ein Tag. Catteni haben mich hier abgesetzt. Ich bleibe hier. Sie können nicht so einfach für mich eine Regel aufstellen, weil sie mich brauchen, und eine andere für die übrigen Catteni.«

»Der Mann hat aber ein ausgeprägtes Ehrgefühl«, stellte Joe staunend fest.

»Warum nicht?« fragte Kris spitz.

»Ja, warum eigentlich nicht«, sagte Joe, um sie zu besänftigen.

»Weshalb bist du nicht weggegangen, als du es noch konntest? Welchen Dienst solltest du ihnen leisten?«

»Emassi-Dienst.« Zainals Stimme wurde unbeugsam.

»Jetzt zu spät für diesen Dienst. Früher habe ich mir diesen Dienst gewünscht. Jetzt nicht mehr. Viel ist passiert. Sie haben mich fallengelassen. Ich bleibe gefallen.«

»Du bleibst fallengelassen«, sagte Kris automatisch.

»Fallengelassen. Englisch seltsame Sprache.«

»Du bist nicht der erste, der das feststellt.«

»Und ich bin bestimmt auch nicht der letzte.« Dabei lächelte er sie durch die Nacht an.

»Also«, sagte Worry nun, »sie wollten, daß Sie einen Dienst leisten, von dem Sie meinen, daß Sie ihn nicht mehr leisten müssen?«

»Richtig. Niemand glaubt mir, was ich Transporterleuten über Maschinenbauer erzählt habe.«

»Deshalb haben Sie ihm das Handy gezeigt«, fuhr Sarah fort, »weil er weiß, welche Ausrüstungsgegenstände uns mitgegeben wurden. Und dies war ganz sicher nicht dabei.«

»Richtig«, sagte Zainal.

»Daher haben Sie es ihm gezeigt, und jetzt werden sie Ihnen glauben müssen«, sagte Sarah. »Aber weshalb wollten sie Ihnen nicht glauben?«

»Ich wurde fallengelassen.« Er betonte die Vergangenheitsform.

»Was nun?« fragte Kris besorgt.

»Wir warten. Wir sehen.«

»Und wenn die Eosi noch vor den Maschinenbauern kommen?«

»Nicht Eosi, sondern jemand, der höher steht als ...« Zainal deutete mit dem Daumen nach oben in Richtung des gestarteten Kapitäns. »Wir warten. Wir sehen.«

»Das gefällt mir nicht«, erklärte Worry. In diesem Moment piepte das Handy, das an seinem Gürtel hing. Das Geräusch wirkte seltsam in der Nacht. »Worrell hier ... Oh. Mitford. Ja, Zainal hat mit dem Raumschiff Kontakt aufgenommen. Da, nehmen Sie ...« Worry reichte Zainal das Mobiltelefon. »Er hätte sie eigentlich auf Ihrem Apparat anrufen sollen.«

Das Gespräch war ziemlich einseitig, aber da jeder, der zuhörte, genau wußte, was auf Zainals Seite geschehen war, erschienen ihnen einige seiner Antworten recht amüsant. Wahrscheinlich nicht für Mitford, aber mitten in einer eisigen Nacht – Kris spürte allmählich, wie die Kälte sich in ihren Körper fraß – hatten die Erwiderungen eine durchaus humoristische Note. Schließlich gab Zainal als Reaktion auf Mitfords Anweisungen mehrere »Okays« von sich, drückte auf den Trennknopf und gab Worry das Handy zurück.

»Er weiß. Wir wissen. Wir sagen nichts«, informierte Zainal seine Gefährten.

»Wir sagen nichts?« rief Worry aus. »Das ganze Lager wurde von dem verdammten Wachtposten geweckt, der zuerst Sie und dann mich alarmiert hat. Sie werden sicherlich darauf bestehen, alles zu erfahren.«

Zainal zuckte die Achseln und kletterte zur nächsten Felsstufe hinauf.

»Ein falscher Alarm, das ist es, was wir ihnen erzählen. Es war ein falscher Alarm. Das Schiff ist nur über uns hinweggeflogen«, fuhr Worry fort.

»Falsche Nachtzeit, um überhaupt irgend etwas zu überfliegen«, äußerte Joe und kletterte hinter Worry her. »Die Monde sind schon früh untergegangen.«

»Unsinn«, sagte Kris entschieden, während sie Joe, Worry und Zainal folgte. »Wir sagen die Wahrheit, oder wie sollen sie uns sonst vertrauen?«

»Das ist ein gutes Argument«, sagte Sarah und begann ebenfalls mit dem Aufstieg. »Wir wollen doch Vertrauen schaffen und es nicht zerstören.«

»Nichts sagen!« rief Zainal zu ihnen hinunter. »Lächeln und nichts sagen. Sarge wird ihnen schon erzählen, was sie wissen müssen.«

»Damit hat er allerdings auch nicht ganz unrecht«, sagte Worry.

»Eine Sache verwundert mich«, sagte Joe und dehnte die Worte, während er kletterte, »weshalb Ihre Leute bei ihren Erkundungsaktionen nicht über die Tatsache gestolpert sind, daß diese Welt – nun, zumindest dieser Kontinent – in akkurate Felder aufgeteilt ist? Das muß doch als eine krasse Anomalie aufgefallen sein ... ein klarer Hinweis darauf, daß dieser Planet in irgendeiner Form kultiviert, bearbeitet, ausgebeutet wird.«

Zainal hatte darauf die richtige Antwort. »Luh-Kühe und Felsläufer sind nicht intelligent, also ist dieser Planet auch nicht bewohnt! Die Maschinen haben sie nicht ›gesehen.‹« Er hängte eine eindeutig abfällige Bemerkung in rauhem Catteni an seine Erklärung an.

Und dann schwiegen sie und konzentrierten sich ausschließlich auf den Aufstieg. Als sie Camp Rock erreichten, waren nur die Wachtposten wach, so wie es sein sollte, und Worry beantwortete ihre Fragen mit einem ausweichenden: »Kein Grund zur Sorge. Im Augenblick bin ich nur noch müde und träume von meinem Bett.«

Kapitel
Dreizehn

Mitford traf am nächsten Morgen mit einem wiederhergestellten Traktor ein, der so umgebaut worden war, daß er sechs Passagieren Platz bot. In Mitfords Begleitung befanden sich die beiden NASA-Spezialisten, die, wie er erklärte, speziell ausgebildet worden waren, um bestimmte planetarische Eigenarten im Weltraum zu erkennen. Kris, Zainal und die anderen hatten mittlerweile gefrühstückt und waren darauf vorbereitet, Mitford Bericht zu erstatten. Die NASA-Leute – ein Mann und eine Frau, die von den anderen im Grunde nichts unterschied als die Tatsache, daß sie schon mal im Weltraum gewesen waren – vertieften sich an einem Ende von Mitfords Schreibtisch in die Landkarten, die Worry dem Sergeant schnellstens übergeben hatte.

»Weshalb sind Sie mit denen nicht mitgeflogen?« lautete Mitfords erste bohrende Frage an Zainal.

Der Catteni lächelte. »Hier gefällt es mir besser.« Zainal schaute nicht zu Kris, aber Mitford tat es, und sie erwiderte seinen Blick mit einer Haltung, die ausdrückte »das geht Sie überhaupt nichts an«. »Ich wurde fallengelassen.« Auch diesmal betonte er die Vergangenheitsform. »Also bleibe ich.«

Sie glaubte wirklich nicht, daß es nur an ihr lag, daß Zainal zurückgeblieben war. Er hatte schließlich dem Kapitän des Raumschiffs erklärt, er fühle sich an irgendeinen seltsamen Ehrenkodex gebunden, obgleich er dies genauso auch als Entschuldigung hätte benutzen können, dachte sie. Trotzdem mußten sie wirklich den Wunsch gehabt haben, daß er zurückkehrte, sonst hätten sie sicherlich kein Schiff hinter ihm hergeschickt, um ihn zu holen. Hatten sie denn nicht gewußt, wohin Emassi Zainal gebracht worden war, angesichts der Umstände seiner Gefangennahme vor Ablauf der Vendettafrist? Der Kapitän hatte überrascht reagiert, und zwar nicht angenehm überrascht, als er Zainal vor seinem Schiff entdeckt hatte. Möglicherweise hatte der Kapitän gar nicht gewußt, wen er auf diesem Planeten antreffen würde.

Ihr fiel schwer zu glauben, Zainal hätte sie so gern, daß er ohne sie nicht leben konnte. Kris schüttelte verneinend den Kopf, aber sie konnte sich eines leichten Grinsens nicht erwehren. Catteni und Terraner paßten, rein biologisch betrachtet, nicht zusammen, auch wenn sie sexuelle Kontakte untereinander haben konnten, und ›Kontakte‹ war nur eine blasse Beschreibung jenes geradezu welterschütternden Ereignisses. Irgendwie hoffte sie, daß er um mehr bat – auch wenn sie kaum Zeit für derartige … Vergnügungen hatten. Sie hielt sich selbst nicht für besonders sexy – nun, bis Zainal sie erregt hatte. Selbst ohne die sexuelle Komponente mochte sie Zainal. Er war ein vollständiger Mann. *Und was für einer, Mann-o-Mann!* Und er hatte sich mit Takt und Respekt für andere während der vergangenen schwierigen Wochen eingesetzt. Auf Barevi wünschte man sich nicht gerade, das ›Interesse‹ eines Catteni zu erwecken. Zainal war in jeder Hinsicht völlig anders.

Sie mußte mit Gewalt ihre Gedanken in eine andere Richtung lenken. Die beiden NASA-Leute interessierten sich besonders für irgendeinen Aspekt der Symbole der Kartenlegende, die Zainal für sie übersetzte. Indem sie sich den Hals beinahe verrenkte, konnte sie sehen, daß es nicht nur Übersichten über jede Hemisphäre des Planeten gab, sondern auch Nahaufnahmen – falls man Bilder von ganzen Kontinenten Nahaufnahmen nennen konnte –, die Geländekonturen, Berge, Täler zeigten. Es gab sogar Darstellungen des Meeresbodens. Alles komplett! Danach achtete sie aufmerksam darauf, was gesagt wurde.

»Die Position ist geradezu perfekt für eine Kommandostelle«, sagte der Mann – Bert Put – und klopfte mit den Fingern auf einen erhöhten Punkt, der sich fast genau in der Mitte dieses Hauptkontinents befand. »Nicht leicht zu erreichen, aber es ist nur ein vernünftiger Schutz, und dort« – sein kurzer, dicker Finger deutete noch einmal – »ist eine andere Konzentration, die dem gleichen Symbol des Schlachthauses entspricht, das wir bereits entdeckt haben. Möglicherweise eine Garage, die unterhalb der gesamten Anlage aufgestellt wurde. Alles läßt sich fernsteuern, daher ist es egal, wie weit oberhalb der Garage sich der Kommandoposten befindet.«

»Dieser Ort ist gar nicht so weit entfernt«, sagte Mitford und zupfte nachdenklich an seiner Unterlippe. »Hmmm.« Er maß mit den Fingern die Entfernung. »Nun, das wäre ein Marsch von gut einer Woche.«

»Aber nicht jetzt, wo wir das Fahrzeug haben«, sagte Worry eifrig.

»Wir haben nur das große in Betrieb ...« begann Mitford, »aber zum Teufel, es kann eine Patrouille schneller und sicherer hin- und zurückbringen, als sie es zu Fuß schaffen würde. Okay, Zainal, Kris, Bert, Joe als Sanitäter, Sarah als Jägerin, und ihr braucht noch einen guten Mechaniker.« Mitford krümmte sich gequält. »Er ist eine Nervensäge, ich weiß, Leute, aber der beste Mechaniker, den wir haben, ist Dick Aarens.«

»Ach, Sarge«, setzte Kris zu einem Protest an.

»Moment«, und Mitford hob einhaltgebietend eine Hand und brachte sie mit einem beschwörenden Blick zum Schweigen, »er wird Ihnen schon keine Schwierigkeiten machen, so lange Zainal dabei ist.«

»Er haßt alle Aliens«, beklagte Kris sich.

»Schon möglich, aber er hat bewiesen, daß er die Schaltbilder der Maschinenbauer lesen und sie so leicht verändern kann, als spiele er mit einem Lego-Baukasten. Das ist kein Ausflug, sondern eine Patrouille! Sie kommen auf Ihrem Weg an Camp Narrow vorbei, daher begleite ich Sie und weise Aarens seine Aufgaben zu. Sie ...« Damit wandte Mitford sich an Zainal und schloß

Joe und Sarah mit seinem Blick ein, »maßregeln ihn wie und wann immer es nötig ist. Und so streng es sein muß. Dieser Trip ist für ihn vielleicht sogar ganz gut.«

»Dafür werden wir schon sorgen«, versprach Kris sarkastisch, aber sie war gar nicht glücklich über Aarens Teilnahme an einem spannenden Unternehmen mit Leuten, denen sie vertraute. Selbst wenn sie Bert Put nicht sehr gut kannte, mochte sie sein frisches, offenes Gesicht und seine Begeisterung und die leidenschaftliche Art, mit der er die Karte der Aliens studiert hatte – wie ein Junge mit einem Spielzeug, das eines Tages zu besitzen er niemals erwartet hatte.

Eine sorgfältige Überprüfung des Terrains, das durchquert werden mußte, ergab, daß sie bei dem Tempo, das der modifizierte Traktor schaffte, vielleicht drei oder vier Tage dafür brauchen würden.

»Wir fahren schneller«, sagte Zainal ein wenig ungehalten.

»Aber nicht bei diesem Gelände, mein Freund«, meinte Mitford und deutete auf verschiedene Stellen, die steile Erhebungen oder weite Ebenen oder gar Flüsse darstellten. »Das Ding hüpft wie eine Gazelle über Barrieren und erspart einem, Umwege zu machen. Wir haben seine Leistungsfähigkeit in jedem Gelände getestet, und es ist besser als ein Kampfpanzer. Es kann nicht umfallen, weil es sich auf seinen Luftpolstern bewegt. Es ist noch komfortabler als die Traktoren, die ich aus meiner Kindheit kenne.«

»Sarge, Sie waren doch niemals ein Kind!« neckte Kris ihn.

»Allmählich gelange ich zu der Auffassung, daß Sie recht haben, Bjornsen.« Er schob die Mappe zu Dowdall hinüber. »Dowdall fertigt eine Kopie an, die Sie mitnehmen können. Die Originale werde ich nicht aus der Hand geben. Und nun überlegen Sie, welche Vorräte Sie mitnehmen wollen, und denken Sie daran, auch ein paar

Pelze einzupacken. Sie bewegen sich in großer Höhe, und außerdem dürfte es um diese Jahreszeit bereits empfindlich kalt werden.«

Zainal sah in der Pelzweste, die für ihn geschneidert worden war, noch größer aus. Aber er trug sie mit einer Haltung und Miene, als handele es sich um einen königlichen Hermelinmantel.

»Der größte verdammte Felsläufer, den ich je gesehen habe«, sagte Sarah und grinste von einem Ohr zum anderen.

»Bin ich so lustig?« fragte Zainal mit einem Ausdruck gespielten Beleidigtseins. Er bewegte seine Schultern. »Sie paßt hervorragend. Und sie hält warm.« Er zog sie aus, legte sie sorgfältig zusammen und band sie mit einer Schnur zu einem Bündel zusammen.

Für jedes Mitglied der Expedition – sogar für Dick Aarens – gab es Pelzdecken und -westen. Kris hatte noch immer Mühe, sich mit der Notwendigkeit seiner Teilnahme an dieser Patrouille abzufinden.

»Ich weiß, daß er ein Idiot ist, Kris, aber er hat mitgeholfen, dieses Fahrzeug zu bauen, und er weiß, wie man das Beste aus ihm herausholt. Sie werden ihn in Ihrem Team brauchen.«

»Es gefällt mir überhaupt nicht, und wenn er auch nur ...«

»Dann verpassen Sie ihm eine. Oder besser, überlassen Sie das Zainal. Nur nicht so fest. Sie brauchen ihn wahrscheinlich unversehrt.« Mitford ergriff ihren Arm, um seinen Befehlen durchaus freundlich Nachdruck zu verleihen.

Bert Puts Anwesenheit war eine große Hilfe, auch wenn er sich nur mit dem wichtigen Teil der Karte befaßte, die Dowdall gekonnt reproduziert hatte. Sie ließen Mitford in Camp Narrow aussteigen und nahmen widerstrebend einen dreist grinsenden Dick Aarens auf, der immer noch seinen Werkzeuggürtel und seine Weste trug, deren zahlreiche Taschen fast bis zum Bersten mit allem möglichen gefüllt waren.

»Von mir aus kann es losgehen«, sagte er unbekümmert und schwang sich auf den Platz, den Mitford zwischen Joe Marley und Sarah McDouall freigemacht hatte.

»Lassen Sie es sich ja nicht zu Kopfe steigen, Freundchen«, sagte Kris und funkelte ihn zornig an, denn er schob ganz bewußt seine Knie so weit vor, daß sie die ihren berührten.

»Ich versuche nur, nett und freundlich zu sein«, sagte Aarens fast im Jammerton. »Vielleicht sollte ich den Wagen fahren. Ich kenne dieses Baby schließlich in- und auswendig.«

»Ich fahre«, erklärte Zainal, und so geschah es. Mitford hatte seine Fähigkeiten auf dem Weg zum Camp Narrow überprüft, und es war nicht das erste Bodenfahrzeug, das Zainal jemals gefahren hatte.

Zainal drehte den Kontrollhebel, und der Springer machte einen kleinen Hüpfer vorwärts. Er hatte seinen Namen erhalten, weil er während der ersten Fahrt über jedes Gelände ›gehüpft‹ war, das nicht seiner vorprogrammierten optimalen Arbeitsumgebung entsprach. Sie hatten alle gelernt, sich während der Fahrt an irgend etwas festzuhalten, um sich gegen unerwartete Manöver zu sichern. Gewöhnlich bewegte das Luftkissenfahrzeug sich jedoch ruhig und gleichmäßig vorwärts.

Aarens Versuche, mit Sarah anzubändeln, schlugen fehl, als sie ihm unmißverständlich klarmachte – indem sie sich bei Joe einhakte –, daß sie keinerlei Interesse hatte. Aarens schmollte, bis Bert Puts ungläubiger Blick angesichts eines derart kindischen Verhaltens ihn so sehr beschämte, daß er gar keine Reaktion mehr zeigte.

Der Springer mochte zwar schneller sein als ein herkömmlicher Kampfpanzer, aber er war ganz bestimmt kein Rennwagen auf einer Grand-Prix-Strecke. Er ›flog‹ außerdem auf seiner Fahrt während des ersten Tages über einen breiten, gewundenen Fluß und drei kleinere Bäche. Als sie am Abend auf einem Felsrücken oberhalb eines kleinen Wasserfalls mit Flußtümpel ihr Lager aufschlugen, rechneten Zainal und Bert aus, daß sie ungefähr siebzig Meilen zurückgelegt hatten.

Das Abendessen bestand aus Felsläufern und einigen wohlschmeckenden kleinen Fischen aus dem Fluß. Nachdem er Mitford Bericht erstattet hatte, teilte Zainal die Wachen ein und gab Aarens die letzte Schicht. Als Kris am nächsten Morgen aufwachte, fand sie Aarens schlafend vor.

»Was ist denn hier überhaupt zu bewachen? Und nach was soll ich Ausschau halten?« fragte Aarens zornig, als Zainal ihn heftig wachrüttelte. »Hey, beruhigen Sie sich. Aasfresser greifen auf felsigem Untergrund nicht an, und niemand hat bisher erlebt, daß Flieger nachts auf die Jagd gehen.«

»Es gibt immer noch genug versprengte Gefangene, deren Zahl wir nicht kennen«, sagte Kris, »und Sie wissen verdammt genau, daß sie es auf den Hüpfer abgesehen hätten, wenn sie uns beobachtet haben.«

»Ich habe niemanden bemerkt«, protestierte er.

»Glauben Sie denn, sie wären so dämlich und würden sich offen zeigen, ehe sie uns angreifen?« fuhr Kris fort. Sie raste innerlich vor Zorn über seine törichte Arroganz und mußte ihre Hände um die Sitzfläche ihres Platzes krampfen, damit sie Aarens nicht tätlich angriff. Selbst als sie sich vorstellte, wie sehr sie es freuen würde, ihn ausgestreckt auf dem nackten Fels liegen zu sehen, erkannte sie die Dummheit einer solchen Entwicklung. Wahrscheinlich brauchten sie Aarens' Hilfe dringend, falls das Fahrzeug tatsächlich versagte.

»Aber niemand hat uns angegriffen«, verteidigte er sich stur.

An diesem Abend mußte er zur Strafe Feuerholz und

Felsläuferdung sammeln. Nervös wachte Kris in dieser Nacht während Aarens' Schicht mehrmals auf, um sich zu vergewissern, daß er auch wirklich die Augen offen hatte. Zainal erging es genauso. Als sie gemeinsam aufwachten, zog Zainal sie dicht zu sich heran und liebkoste zärtlich ihren Nacken, aber das war leider, dachte Kris, das einzige amouröse Intermezzo, das er sich bei ihr erlaubte. Und dafür war sie sogar dankbar, obgleich sie sich sehnlichst mehr wünschte.

Sie brauchten sechs Tage, um ihren Bestimmungsort zu erreichen, und die Garage, auf die sie stießen, war meilenweit über das kahle Land hinweg, das sich bis zum Horizont ausbreitete, zu sehen.

»Ein seltsamer Ort für eine Garage«, sagte Joe Marley und versuchte die Höhe der Türen zu schätzen.

»Die Kommandostelle befindet sich direkt darüber, nicht wahr?« sagte Kris und schaute über Berts Schulter auf die Landkarte.

»Das nehme ich doch an ... ja, da oben«, erwiderte Bert und deutete auf die Stelle. Beim Anblick der steilen Felswand, auf welcher der Posten stand, seufzte er auf. Nur die Sonnenzellen, die zu regelmäßig geformt waren, um natürlichen Ursprungs zu sein, markierten seinen Standort. »Ich frage mich, ob wir den Springer nicht auf einem anderen Weg dort hinaufbringen können ...« Er suchte den Gebirgskamm in östlicher Richtung ab.

»Nein, wir haben Seil.« Mit diesen Worten holte Zainal die Seilrolle aus einem der Utensilienfächer des Springers.

»Und Haken«, fügte Joe eifrig hinzu, da er beobachtet hatte, wie Jay Greene diese erst kürzlich angefertigten Hilfsmittel ihrer Ausrüstung hinzugefügt hatte.

»Wenn Sie es schaffen, den Springer irgendwie neben die Sonnenzellen zu manövrieren, dann fange ich schon damit an, sie abzubauen«, meldete Aarens sich zum ersten Mal an diesem Tag zu Wort. »Ich möchte doch nicht, daß Ihnen, wenn Sie in der Felswand hängen, irgend etwas auf den Kopf fällt«, fügte er mit einem spöttischen Grinsen hinzu.

»Gut«, sagte Joe Marley. »Ich helfe Ihnen dabei. Wir brauchen ja nicht alle zu klettern.«

Zainal schaute zur Sonne, die schon recht tief am Himmel stand.

»Aber nicht mehr heute. Morgen. Heute helfen wir alle mit, die Zellen abzumontieren. Und ins Gebäude hineinzukommen.« Aber er schien dieser Möglichkeit keine großen Chancen einzuräumen, während er die mächtigen grauen Stahltüren inspizierte. »Ich sehe nirgendwo einen Spalt.«

Als sie sich bei Mitford meldeten, äußerte dieser seine Erleichterung darüber, daß sie den Zielort erreicht hatten. Er ermahnte sie jedoch, auf keinen Fall etwas zu überstürzen, falls diese Einrichtung sich wesentlich von den bisher bekannten unterschied. Da es sich um eine Art Kontroll- und Steuerzentrale für den gesamten Planeten handeln konnte, war damit zu rechnen, daß die Maschinenbauer sie mit entsprechenden Sicherheitssystemen ausgerüstet hatten.

Aarens demontierte die Solarzellen. »Deswegen bin ich doch mitgekommen, nicht wahr?« meinte er abfällig. »Darin bin ich ganz gut. Sie würden dazu doch eine halbe Ewigkeit brauchen, und Sie ...« Sein feindseliger Blick richtete sich auf Zainals klobige Finger, » ... würden die Sonnenzellen wahrscheinlich beschädigen. Einige waren schon derart ruiniert, daß sie nicht mehr zu gebrauchen waren, wissen Sie? Sie scheinen für Technologie nicht viel übrig zu haben, sonst gingen Sie anders damit um.«

Da sie wußte, wie sehr sich die Patrouille mit den Sonnenzellen hatte abmühen müssen, mußte Kris widerstrebend anerkennen, daß Aarens diese Arbeit viel schneller und wahrscheinlich auch besser ausführte als jeder andere in ihrer Gruppe. Diese Tatsache machte Aarens bei seinen Begleitern jedoch nicht beliebter, und er mußte auch in dieser Nacht Wache schieben, obgleich er sich darüber bitterlich beklagte.

»Ich habe große Hände«, sagte Zainal, hob eine mächtige Faust und betrachtete sie, als hätte er sie noch nie zuvor gesehen. Er lächelte und wandte sich zu Aarens um. Seine Absicht war ziemlich eindeutig. »Große Hand, großer Schaden.«

»Das wagen Sie nicht«, sagte Aarens und ging um das Feuer herum zu Sarah, die sich sofort zurückzog und ihn allein stehen ließ. »Sie brauchen mich als Techniker. Um Ihnen zu erklären, was da oben ist.«

»Vielleicht«, sagte Zainal, »aber ich lenke schon viele Jahre als Pilot Raumschiffe. Ich weiß auch ein wenig über Schaltkreise und Raumschiffe Bescheid.«

Aarens verfiel wieder in trotziges Schweigen und blickte alle über das Lagerfeuer hinweg wütend an.

»Wecken Sie mich für die letzte Wache«, sagte Joe leise zu Zainal. »Ich traue ihm nicht über den Weg.«

»Wo will er denn hin?« fragte Zainal achselzuckend.

»Es geht nicht so sehr darum, wohin er geht, sondern was er tut. Zum Beispiel kann er den Springer lahm legen oder ein paar giftige Blätter in unseren Frühstückstee mischen. Ich traue ihm sogar zu, daß er ein paar Abtrünnige an uns heranlassen und sich dann halbtot lachen würde, wenn sie uns die Kehlen aufschlitzen.«

Aarens sagte am nächsten Morgen nichts, als er bei Tagesanbruch zusammen mit den anderen geweckt wurde. Aber auf seinen Zügen lag ein selbstzufriedener Ausdruck, so als hätte er in dem Kampf eine Runde dadurch gewonnen, daß er nicht hatte Wache stehen müssen wie alle anderen. Was in gewisser Hinsicht auch stimmte, dachte Kris verärgert.

Sooft sie es auch versuchten und obgleich Aarens sich wirklich alle Mühe gab, das Problem zu lösen, gelang es ihnen nicht, die Tür zu öffnen, und es gab leider nur diese eine.

Nachdem er einen fruchtlosen Morgen hinter sich

gebracht hatte, entschied Zainal, das nachmittägliche Tageslicht für den Aufstieg auszunutzen.

»Warum starten wir morgen nicht schon ganz früh?« wollte Aarens wissen. Er wirkte auf einmal überaus nervös. »Und ruhen uns dafür heute aus. Oder gehen auf die Jagd.«

»Nein, wir klettern.« Damit nahm Zainal ein Seil von der Schulter. »Ich, Kris und Bert. Sie, Aarens, sehen sich mal das Grünzeug unten am Fluß an. Joe und Sarah halten Wache. Kris, gib Joe dein Handy.« Als sie der Aufforderung nachgekommen war, ging Zainal zu der Felswand neben der Garage, wo ein paar Unebenheiten Füßen und Händen Halt boten. Zumindest auf den ersten fünfzehn bis zwanzig Metern.

Das Klettern war bei weitem nicht so schwierig, wie es auf den ersten Blick erschienen war. Tatsächlich war die Felswand durchaus gangbar, obgleich sie sich weit nach außen wölbte und nicht sehr einladend aussah. Dann gelangten sie zu der Stelle mit rechteckigen, zubehauenen Steinen, die den Kontrollposten darstellen mußten. Weitere zehn Meter Kletterarbeit, die nicht allzu schwierig waren, brachten sie bis zu der Batterie Sonnenzellen, die auf der oberen Felskante standen. Aber auch diesmal fanden sie keinerlei Zugang zu der Einrichtung, die sich ihres Wissens nach hinter den Felsen verbergen mußte. Doch dann war es Kris, die, enttäuscht über die Entwicklung der Dinge, bis weit über die Sonnenzellen weiterkletterte und die Luftschächte entdeckte.

»Nun, irgendeine Belüftung mußten sie doch haben, nicht wahr?« sagte sie, als sie Bert und Zainal herbeirief, damit sie ihren Fund inspizierten. Dann bemerkte sie, wie die beiden Männer sie prüfend musterten, und sie schaute auf die Schächte und begriff, daß sie die schmalste von ihnen war. »Ich wußte, wir hätten Lenny mitnehmen sollen.«

Sie brauchten gut zwei Stunden, um das Abdeckgitter mit Hilfe des schwersten Meißels, den Zainal sich von einem wütend protestierenden Aarens ausgeborgt hatte, vom Schacht zu entfernen. Aarens drohte ihnen die furchtbarsten Strafen an, wenn sie auch nur eine winzige Scharte in der Meißelklinge hinterlassen sollten. Nachdem Zainal genügend Raum für seine Finger geschaffen hatte, zog er einmal kräftig und riß die gesamte Schachtabdeckung ab.

Sie legten Kris eine Seilschlinge um die Brust, und dann, nicht ohne sich die Haut erheblich zu zerkratzen, zwängte sie sich durch die Öffnung und wurde hinuntergelassen. Es war ein langer Abstieg in eine stickige, modrige Finsternis.

Sobald ihre Füße den Boden berührten, flammten Lichter auf. Die Lampen verströmten einen orangefarbenen Schein und kein blau-weißes Gleißen, wie die Catteni es bevorzugten. Kris konnte die Platten erkennen, die die Vorderfront der Einrichtung bedeckten, und dann die Reihe länglicher rechteckiger Kisten, die im hinteren Teil aufgebaut waren. Es gab nichts, das wie eine Sitzgelegenheit aussah, nichts, das ihr in irgendeiner Art und Weise vertraut vorkam, abgesehen von den halbrunden Kontrolltafeln mit ihren regelmäßigen Einbuchtungen. Es gab sechs Rechtecke aus einem milchigen Material, die wie Bildschirme aussahen und hoch oben an den Wänden angebracht waren. Ein größerer Schirm hing wie ein leeres Panoramafenster an der vorderen Wand.

»Ich glaube, Bert oder du solltet lieber mal runterkommen«, sagte sie. »Ich habe nicht den geringsten Schimmer, was ich als nächstes tun soll.«

Berts Kopf erschien in der Schachtöffnung. »Schildern Sie mal, was Sie vor sich sehen, Kris. Vielleicht kann ich Sie von hier oben anleiten.«

Sie strich mit den Fingern über eine Reihe von Einbuchtungen auf der linken Seite, und im nächsten Moment wurde der Raum in helles Licht getaucht. »O mein Gott, ich habe irgend etwas berührt. Hey, und da sind ein paar Piktogramme, die sogar ich lesen kann.

Und eins sieht aus, als weise es auf irgendwelche Türen hin.« Sie preßte die Fingerspitzen gegeneinander und fühlte sich angesichts von soviel Technologie völlig hilflos. Sie konnte das Summen jetzt durch ihre Schuhsohlen spüren. Es war leise und in keiner Weise bedrohlich. Sie berichtete ihren Gefährten davon.

»Wir hören es ebenfalls«, sagte Zainal aufmunternd.

»Wie viele Tür-Piktogramme?« wollte Bert wissen.

»Fünf.«

»Unterscheiden sie sich in irgendeinem Punkt voneinander?«

»Sie meinen in der Größe? Ja.«

»Versuchen Sie es mal mit der kleinsten und warten Sie ab, was geschieht.«

Zögernd legte sie den Finger in die Vertiefung neben dem kleinen Tür-Symbol. Sie hörte das Pfeifen eines Luftzugs und sah, wie hinter ihr eine türförmige Wandttäfelung aufschwang.

»Ich kann jetzt reingehen.«

»Dann sehen Sie sich mal um.«

Sie tat es und gelangte zu einem blind endenden hohen und breiten Korridor, der ins Gestein hineingefräst worden war. Sie schilderte ihre Beobachtung.

»Versuchen Sie es nun mit dem nächsten Tür-Symbol.«

Sie tat es und hörte von beiden einen erstaunten Ausruf, gefolgt von Berts heiserem: »Sesam, öffne dich!« Sie spürte die kalte Luft, noch ehe ihr klar wurde, daß sie, ohne es zu wollen, die Außentür geöffnet hatte. Sie war jedoch unendlich erleichtert, als Bert und Zainal hereinkamen.

Berts Gesicht war ein einziges Strahlen – das selige Kind am Weihnachtsmorgen inmitten all der Spielsachen, die es sich gewünscht hat –, als er sich über die Kontrolltafel beugte und sie studierte. Zainal interessierte sich sehr für die rechteckigen Strukturen an der Innenwand und suchte nach einer Möglichkeit, sich deren Innenleben anzusehen.

»Also auf ins letzte Abenteuer«, sagte Bert entschlossen und legte den Finger in die letzte Vertiefung in der Reihe der Tür-Piktogramme.

Sofort meldetet Zainals Handy sich mit einem aufgeregten Piepen.

»Hey, Mann ...« Joes triumphierende Stimme war für alle deutlich zu hören. »Sie haben es geschafft. Das Hauptportal verschwindet wie geschmiert in der Felswand. Und – Donnerwetter!«

»Was ist drin?«

»Eine Art Flugzeug – eins, nein, zwei, hintereinander geparkt. Stummelflügel, sieht aus wie ein Luftkissenfahrwerk, da ich keine Räder sehen kann, aber ich würde meinen, es sind Atmosphärenflieger. Vielleicht für Inspektionen, um alles zu kontrollieren, um zu prüfen, ob alle Maschinen ihre Arbeit ordnungsgemäß verrichten. Hey, Moment mal, da, Aarens ...« Die Verbindung brach abrupt ab.

Zainal erreichte mit einem Sprung die Außentür, Bert und Kris stießen beinahe zusammen, als sie folgten.

Durch die Wölbung der Felswand konnten sie nicht erkennen, was am Fuß vor der Garage passierte, bis Zainals Handy wieder piepte.

»Es ist alles in Ordnung«, sagte Joe. »Tut mir leid, daß ich euch einen Schreck eingejagt habe, aber dieser Idiot ist in eins der Flugzeuge geklettert, und ich wußte nicht, was als nächstes geschehen würde.«

»Wir brauchen diesen Idioten hier oben«, sagte Zainal mit finsterer Miene, und Kris wünschte sich, daß Aarens diesen Gesichtsausdruck sehen könnte. Er würde sicherlich etwas weniger dreist handeln, wenn er es mit Zainal zu tun hatte.

Während sie auf Aarens' Ankunft warteten, studierte Bert die Beschriftung der Instrumententafel und versuchte herauszubekommen, welcher Schalter was bewirkte. Es gab nur ein paar wenige Zeichen, die irgendeinen Sinn ergaben, wobei die Türen eins dieser Zeichen waren. Weiter gab es sechs Vertiefungen in einer Reihe, die mit einem stumpfnasigen Objekt markiert waren, eine Art Projektil. Eine der Flächen leuchtete nicht.

»Eins könnte abgeschossen worden sein«, sagte Bert. »Eine Sonde vielleicht? Oder so etwas wie eine Kapsel?«

»Oder ein Torpedo«, vermutete Kris.

»Ja, es könnte alles Mögliche sein.«

»Zainal?«

Der Catteni kam herüber, betrachtete die Symbolleiste und schüttelte nach einigen Sekunden den Kopf. Das Handy piepte.

»Er will nicht«, sagte Joe und klang gründlich verärgert.

»Er will nicht?« wiederholte Zainal und blinzelte verständnislos.

»Er will nicht hochklettern. Es scheint, als sei er nicht schwindelfrei, als hätte er Angst vor großen Höhen.«

»Höhenangst?« meinte Zainal, als meinte er, nicht richtig verstanden zu haben.

»Konntest du dir das nicht denken?« sagte Kris.

»Er wird klettern«, erklärte Zainal knapp. Der Ausdruck seines Gesichts verhieß für Aarens nichts Gutes.

»Ich helfe gern«, sagte Kris fröhlich und freute sich schon auf Aarens' Reaktion, wenn ihm klar wurde, daß er ein solches Spiel nicht mit einem Catteni treiben konnte.

Sie seilten sich ab, wobei Kris dieses Manöver genoß, denn ihr hatte diese Übung schon während des Überlebenstrainings großen Spaß gemacht. Joe und Sarah hatten Aarens in der Garage hinter zwei stummelnasigen Flugzeugen, die hintereinander in dem langen Gebäude standen, in die Enge getrieben. Die Garage war viel höher, als sie hätte sein müssen, um die beiden Flugzeuge aufzunehmen. Die Garage war außerdem erleuchtet, demnach wurden ihre sämtlichen Funktionen von oben gesteuert. Kris fragte sich, ob die Flugzeuge ebenfalls ferngesteuert wurden. Vielleicht erklärte sich daraus die Existenz der Bildschirme neben den Kontrolltafeln: mit ihrer Hilfe wurden die jeweiligen Maschinen gelenkt. Zainal ging jetzt auf Aarens zu, packte seinen Overall und schleppte ihn mit einer Hand vor das Gebäude.

»Nein, nein, ich sag's Ihnen doch, ich gehe nicht! Ich kann keine Höhen vertragen. Ich werde ohnmächtig. Mir wird schlecht, ich muß mich übergeben ...« jammerte Aarens und schlug vergebens auf die Hand ein, die ihn trug.

»Sie werden oben gebraucht. Also gehen Sie rauf!« entschied Zainal und gab Joe dann ein Zeichen, er solle das Reserveseil bringen.

Ohne den Mechaniker, der sich nun heftig wehrte, loszulassen, knüpfte Zainal ein Geschirr, das seine Arme auf die Brust drückte und unter den Armen hindurchlief, damit er hochgehievt werden konnte. Dann befestigte Zainal die losen Enden des Geschirrs an sich selbst und begann mit dem Besteigen der Felswand, wobei er Aarens mitschleppte, der wild mit den Beinen strampelte, um Zainals Bemühungen so wirkungsvoll wie möglich zu behindern.

»Sie sollten Ihre Beine lieber dazu benutzen, Abstand zur Felswand zu halten, damit sie sich nicht verletzen«, empfahl Sarah ihm mit einem Ausdruck neutraler Gleichgültigkeit.

»Ah, das kann ich nicht. Ich habe Angst vor großen Höhen! O Gott, Hilfe!« So jammerte er in einem fort. Zainal hievte ihn unbarmherzig hoch, und Aarens geriet wiederholt ins Pendeln und prallte gegen die Felswand. »O Gott, o Gott, o Gott!«

Kris folgte ihnen, konnte Aarens nicht erlösen, wollte und brauchte es auch nicht, da Zainal alles total unter Kontrolle hatte.

»O Gott, o Gott, o Gott.« Aarens' Stimme klang hysterisch schrill.

»Machen Sie die Augen zu, Sie verdammter Narr«, riet

Kris ihm. »Schauen Sie nicht nach unten. Drehen Sie sich nicht um …«

Aarens mußte sich zwar nicht übergeben, aber er wurde Opfer eines abrupten Anfalls von Inkontinenz. Kris konnte gerade noch ausweichen und betrachtete mit Ekel den feuchten Streifen auf dem Fels.

Die Jammerlaute wurden immer matter und mitleiderregender, aber Zainal ignorierte sie, und dann half Bert ihm, den ängstlichen Mann auf die schmale Leiste zu heben und durch die Tür in den Kontrollraum zu schieben.

»Reißen Sie sich zusammen«, sagte Bert voller Geringschätzung für den zitternden Techniker, während er die Stricke aufknüpfte. Zainal schlüpfte aus seinem Geschirr. »Dieser Komplex erstreckt sich bis tief in den Berg hinein, Zainal. Wollen Sie es sich einmal ansehen?«

»Nein, ich bleibe hier«, sagte Zainal und nahm den traurigen Anblick in sich auf, den Aarens in diesem Moment bot. »Er muß arbeiten.«

Kris war froh, der Enge des Kontrollraums entfliehen zu können, denn Aarens' Malheur sorgte für einen fast unerträglichen Gestank. Sie hatte keine Ahnung, wie Zainal das ertragen konnte, aber die Tür blieb offen und vielleicht würde der Wind in dieser Höhe sowohl die Luft als auch Aarens reinigen.

Bert verließ mit ihr durch eine Tür den Kontrollraum und lief dann eine lange Treppe mit sehr breiten, aber flachen Stufen hinunter. Lichter erwachten, wurden langsam heller, als müßten sie sich erst einmal davon erholen, eine Ewigkeit nicht mehr gebraucht worden zu sein. Allmählich erstrahlten sie im gleichen orangefarbenen Schein, wie er im Kontrollraum herrschte. Sie betraten den ersten Raum, und er war leer bis auf einen langen Tisch auf einem Podium, an dem keine Stühle oder Hokker oder sonstige Sitzgelegenheiten zu sehen waren. Der Tisch sah benutzt aus. Einige Kanten waren abgewetzt, und eine Menge Kratzer zierten seine Oberfläche. Kratzer wovon? Bert schob sie weiter.

»Ich weiß nicht, ob dies Betten sind oder was«, sagte er und deutete auf große quadratische Plattformen, die sich etwa dreißig Zentimeter über den Fußboden des übrigens Raums erhoben. »Und was ist das erst?« Damit zeigte er ihr einen gleichgroßen Raum, in dessen Fußboden sich eine Vertiefung befand, die in der Mitte etwas besaß, das einem Abfluß glich. »Ich kann nirgendwo eine Wasserleitung oder Schläuche oder so etwas finden.«

Sie streiften durch weitere Räume und entschieden, daß es sich bei denen, die die gleiche eingebaute Ausstattung aufwiesen, um Schlafräume handelte. Der Zweck der anderen Räumlichkeiten war nicht auf den ersten Blick zu erkennen. In einigen standen lange rechteckige Kästen, die ihren Versuchen, sie zu öffnen, trotzten. Die Wandregale hingen allesamt ein Stück über ihren Schultern.

»Sehr große Individuen? Gliedmaßen etwa so hoch?« fragte Kris und versuchte etwas von einem Regalbrett zu nehmen.

»Hier ist seit Ewigkeiten keiner mehr gewesen«, meinte Bert und zeichnete Streifen in die Staubschicht auf dem Fußboden.

»Ich habe keine Ahnung, was das ist«, sagte Aarens' Stimme irgendwo in der Nähe der Decke. »Keinerlei Reaktion.«

Bert und Kris grinsten einander an.

»Vielleicht sollten wir ihnen Bescheid geben, daß man sie über die Sprechanlage hören kann«, sagte Kris.

Bert zuckte die Achseln. »Weshalb?«

»Weshalb fummeln Sie an den Geschossen herum?« fragte Zainal, und in seiner tiefen Stimme schwang ein Ausdruck von Besorgnis mit.

»Sie sind für diese torpedoähnlichen Dinger in einer

der Stellagen in der Garage bestimmt«, sagte Aarens in einem einschmeichelnden, hinterhältigen Tonfall.

»Nicht!« Zainals Befehl brachte den Lautsprecher zum Knistern.

In diesem Moment hörten sie ein dumpfes Rumpeln von unten. Augenblicklich rannten sie zurück in den Kontrollraum.

Zainal stand über den ausgestreckten Körper von Dick Aarens gebeugt. Die rechte Hand war noch immer zur Faust geballt. In der linken hielt er das Handy, dessen Bereitschaftslicht brannte.

»Ich hab' ihn niederschlagen müssen«, sagte Zainal. Dann deutete er auf die Tafel, wo einer der Geschoßknöpfe rot glomm.

War rot immer und überall die Farbe des Alarms?

»Er hat darauf gedrückt. Es ist losgegangen.«

»Danke, Zainal.« Joes Stimme war im Handy nur sehr leise zu hören. »Wir haben uns genau im richtigen Moment verzogen. Das Ding ist in einer Feuerwolke gestartet, und wir waren alle zu nahe am Auspuff. Wehe, wenn ich diesen Aarens in die Finger kriege!«

»Da müssen Sie sich wohl in eine Warteschlange stellen«, sagte Kris ins Handy. »Das heißt, wenn er zu sich kommt.« Sie stieß den Liegenden mit einer Schuhspitze an. »Was hat er sich eigentlich dabei gedacht, Zainal?«

»Er wollte Ärger machen«, sagte Zainal.

Kris gefiel die Aussicht, womöglich bald den Maschinenbauern gegenüberzustehen und sich vor jemandem verantworten zu müssen, der nackten Fels als Bett benutzte und überschulterhohe Regale hatte, überhaupt nicht.

»O mein Gott!« stieß sie schließlich hervor und lehnte sich gegen Zainal.

»Vielleicht trotz allem eine gute Idee«, meinte dieser schließlich und nickte.«

»Wie kann so etwas gut sein?« fragte Kris und war

froh, als Zainal schützend einen Arm um sie legte und dabei kurz ihre Schulter drückte, um ihr Mut zu machen.

»Erstens ist es gut, wenn man Bescheid weiß. Zweitens ist es sicherlich ganz lustig, zu erfahren, wer Maschinen baut.« Er grinste, als sie lautstark protestierte.

»Wenn der Zustand dieses Ortes irgend etwas beweist, dann doch, daß kein Wesen oder kein Ding sich längere Zeit hier aufgehalten hat, Zainal«, sagte Bert und schüttelte den Kopf. »Ich wünschte, ich hätte miterleben können, wie es verschwunden ist«, fügte er traurig hinzu.

»Ich frage Joe, wenn wir wieder runterkommen.«

»Und was machen wir mit unserem Schneewittchen?« fragte Kris und stieß mit dem Fuß erneut gegen Aarens' Schulter.

Zainal atmete tief ein und blies die Luft wieder aus.

»Es würde mehr Spaß machen, ihn wieder runterzulassen, wenn er wach wäre und wüßte, daß er sich hoch über dem Boden befindet«, sagte Bert mit einem boshaften Grinsen auf seinem sonst so freundlichen Gesicht.

»Und sich dabei stundenlang sein ›o Gott, o Gott, o Gott‹ anzuhören?« fragte Kris.

»Nun, wenn ich verspreche, daß ich nichts anfasse, kann ich dann noch hier oben bleiben und sehen, ob ich herausbekomme, was alles über diese Tafel bedient wird?« fragte Bert.

Zainal zuckte die Achseln und sah Kris an. »Warum nicht, NASA-Mann«, sagte sie grinsend.

»Zuerst müssen wir uns bei Mitford melden«, erklärte Zainal.

»Das wird ihm nicht gefallen«, sagte Kris und schüttelte den Kopf. »Vor allem, da ich glaube, daß wir einen solchen Vorfall eigentlich hätten verhindern sollen.«

Zu ihrer Überraschung reagierte Mitford ähnlich wie Zainal, indem er meinte, er hätte sicherlich nicht erlaubt, eine Nachricht abzusetzen, wenn es wirklich das war, was Aarens geschafft hatte. Aber er sei, in gewisser Hinsicht, durchaus froh, daß es so gekommen wäre.

»Und wenn Ihre Leute tatsächlich einen Blick auf diesen Planeten werfen, Zainal, dann erleben Sie einen ganz schönen Schock.«

»Das kann man wohl sagen«, meinte Zainal.

»Sollen wir wieder zum Rock zurückkehren, Sarge?« fragte Kris.

»Das können Sie tun, aber sehen Sie sich auf dem Rückweg möglichst die anderen Stellen auf der Karte an, die ich Bert mitgegeben habe.« Dann unterbrach Mitford die Verbindung.

Am Ende ließ Zainal den bewußtlosen Aarens an der Felswand hinab, während Kris den mit Gurten gesicherten Körper dirigierte. Sie hätte mit Aarens lieber etwas anderes getan, aber damit hätte sie sich auf sein Niveau begeben. Sarah und Joe füllten einen Sack mit Lebensmitteln, Wasser und Pelzen, den Zainal, deutlich vorsichtiger, zu Bert hinaufzog. Er ließ sein Handy bei Bert zurück, damit dieser mit ihnen in Verbindung bleiben konnte.

»Bestellen Sie Bert, daß er sich mit dem Herunterkommen nicht beeilen muß«, teilte Joe Zainal über die Sprechanlage mit. Dabei blinzelte er Sarah mit verschwörerischer Miene zu.

Sie beschlossen, den bewußtlosen Aarens nicht loszubinden, sondern ihn im Springer zwischen die Sitze zu legen. Sarah breitete seinen Pelz über ihn.

»Er wird morgen ziemlich stinken, aber das ist sein Problem«, sagte sie. »Zum Abendbrot gibt es Eintopf«, fügte sie hinzu. »Aber nur für uns vier.« Dann lächelte sie, und es war ein anderes, ein wissendes Lächeln. Kris begriff sofort, erwiderte das Lächeln und nickte. »Wir könnten heute nacht zusammen Wache halten. Das wäre doch richtig gemütlich, oder?«

»Keine schlechte Idee«, sagte Kris und suchte die Umgebung nach einem geeigneten Platz für ihre und Zainals Decken und Pelze ab. Auf jeden Fall weit genug von Aarens entfernt, um seine Klagen ignorieren zu können, wenn er wieder zu sich kam, und auch weit genug entfernt, um Joes und Sarahs Intimsphäre nicht zu stören.

»Wie ich hörte, sind Catteni hervorragende Liebhaber«, fuhr Sarah im Konversationston fort.

»Tatsächlich?«

»Ja. Auf der Erde wurde darüber gesprochen. Ich kannte zwei Mädchen, die mit Catteni befreundet waren ... probeweise, um festzustellen, was sie alles drauf haben«, fügte Sarah hastig hinzu.

»Aha, sozusagen rein wissenschaftlich«, meinte Kris.

»Nun, soweit ich hörte, war es nicht so sehr eine Frage des Versagens.« Sarah zwinkerte Kris zu und wartete einen Moment. Sie wünschte sich offensichtlich einen Hinweis darauf, wie Kris diese Information aufnahm. »Tatsächlich kamen sie immer recht zufrieden nach Hause. Oh, ich weiß, viele erzählten etwas von Vergewaltigung, und ich habe Patti Sues Geschichte gehört, und ich weiß auch, daß ein paar rauhe Typen ziemlich brutal zur Sache kamen. Aber Zainal ist da ganz anders. Ja, ich glaube, er ist wirklich anders, und wenn ich Joe nicht kennen würde ...« Sarah lächelte ein wenig neidisch und wehmütig. Dann hellte ihre Miene sich wieder auf. »Ich will damit nur sagen, daß Sie sich nicht zu schämen brauchen, daß Sie Zainal auf Ihre Art und Weise mögen, Kris. Und ich bin mir ziemlich sicher, zu wissen, *wie* Sie ihn mögen.«

»Hmm, ich glaube, das tue ich, Sarah. Und vielen Dank.«

Dann, während Sarah zum Feuer zurückkehrte, um den Eintopf umzurühren, schaute Kris zu, wie Zainal sich geschickt und elegant über die Felswand abseilte. Aber sie hatte sich mittlerweile an seine Größe gewöhnt und zerbrach sich nicht mehr den Kopf darüber, was andere Leute denken mochten. Trotzdem tat ihr gut, was Sarah gesagt hatte. Zumal eine ganze Reihe Leute auf

Botany Zainal und sie schon länger als Paar betrachteten. Sie verfolgte, wie er sich losband, das Seil säuberlich aufschoß und dann die Garage betrat. Er untersuchte eingehend die Startröhre, aus der die Kapsel abgefeuert worden war, sowie die anderen Kapseln, die sich noch in ihren Röhren befanden. Ventilatoren waren gestartet, als die Rakete aus der Garage abgeschossen worden war, so daß die Abgase sich verflüchtigt hatten. Zainal sog schnüffelnd die Luft ein – wahrscheinlich um festzustellen, was für ein Treibstoff benutzt worden war, dachte sie. Dann inspizierte er die restlichen Einrichtungen wie Schränke, Kontrolltafeln und weitere Ausrüstungsteile. Er setzte sich auf den schräg abfallenden Stummelflügel des letzten Flugzeugs und holte ein Stück Rindenpapier und seinen Graphitstift aus einer Oberschenkeltasche. Kris setzte sich neben ihn, während er begann, das Innere der Garage zu zeichnen.

»Macht Bert oben das gleiche?«

»Oben?« fragte Zainal geistesabwesend. Als sie zur Decke deutete, grinste er verstehend. »Ja. Es ist für Sarge. Es gehört zum Bericht.«

Kris schaute Zainal gerne bei der Arbeit zu, bewunderte die Art und Weise, wie seine Finger über das Papier glitten, groß, aber nicht unbeholfen. Sie stellte sich vor, wie sie über ihren Körper wandern würden, wenn sie in dieser Nacht gemeinsam Wache hielten, und sie vibrierte innerlich vor freudiger Erwartung.

Er bewies als Zeichner bemerkenswertes Geschick, denn er brauchte nur ein einziges Mal kurz hinzuschauen, um einen ganzen Abschnitt genau festzuhalten. Anschließend hielt er seine Zeichnung hoch und vergewisserte sich mit zusammengekniffenen Augen, daß sie auch genau mit dem Motiv übereinstimmte.

»Du hast viele Talente, nicht wahr, Zainal?« sagte sie, als er seine Arbeit beendet hatte.

»So viele sind es gar nicht«, erwiderte er ein wenig geistesabwesend. Dann legte er Zeichenstift und Papier beiseite, ergriff ihren Arm, zog sie an sich und schenkte ihr nun seine ungeteilte Aufmerksamkeit.

»Wie wäre es, wenn du heute nacht mit mir zusammen Wache hieltest?« fragte sie ihn beinahe verschämt. Sie hatte etwas gegen ›Verschämtheit‹, denn junge Frauen, die einen Meter fünfundsiebzig groß sind, spielen die ›Verschämtheit‹ nicht sehr überzeugend, aber Zainal hatte viele ihrer Verhaltensweisen nachhaltig beeinflußt und verändert.

Er fuhr ihr durchs Haar, das sie wieder länger wachsen ließ. Nicht mehr lange, und sie würde es wieder zu Zöpfen flechten müssen, damit es ihr bei ihren vielfältigen Tätigkeiten nicht störend in die Quere kam.

»Ich denke, das kann ich irgendwie möglich machen«, erwiderte er großzügig.

»Manchmal«, meinte sie und schüttelte ein wenig verwundert den Kopf, »klingst du noch amerikanischer als ich.«

»Ist das gut?«

»Ich meine damit, daß es ganz toll ist, wie schnell und wie gut du Englisch gelernt hast.«

»Ich möchte auch etwas anderes ganz schnell und gut lernen«, sagte er und hauchte ihr einen Kuß auf den Nakken, ehe er sie zärtlich biß.

»Gehören Liebesbisse zu den Verführungstechniken der Catteni?«

»Verführungstechniken?« fragte er dicht an ihrem Hals.

»Ich meine zum Liebesspiel.«

»Ich denke schon. Bisher habe ich noch keine Catteni geliebt.«

Seine Antwort verschlug ihr den Atem. Wenn er noch keine Catteni geliebt hatte, liebte er *sie* dann? *Sei nicht so töricht, Kris-Mädchen. Dort, wo er herkommt, ist er ein Emassi, und er hat mit Eosi verkehrt. Er ist viel zu bedeutend für ein Girl, wie du es bist, von dem Hinterwäldlerplaneten Terra.* Aber ihr Arm legte sich wie von selbst um seinen

Hals, und sie küßte ihn auf die Wange. Die wie vieles andere an ihm so unglaublich zart und glatt war.

»Braucht ihr Catteni euch niemals zu rasieren?«

Sie hatte keine Ahnung, welcher Teufel sie ritt, daß sie eine solche Frage stellte, aber das war typisch für sie.

Er schaute lächelnd auf sie hinunter. »Rasieren? Ach ja, Haare aus Gesicht entfernen. Catteni haben kein Gesichtshaar.« Er rieb seine Wange an ihrer.

»HEY, IHR TURTELTAUBEN«, rief Sarah von der anderen Seite des Lagerfeuers. »ABENDBROT!«

Zainal legte den Arm um Kris' Taille und schob sie in Richtung Feuer und Abendessen.

»Wenn wir heute nacht zusammen Wache stehen, glaube ich nicht, daß wir lange stehen«, sagte er gerade so laut, daß nur sie ihn hören konnte, »obgleich man es auch so machen kann.«

»Von wegen«, murmelte sie, obgleich die Idee sie durchaus reizte.

Während des Essens stellte Joe Marley Überlegungen über die mögliche Reaktion auf die auf Heimatkurs programmierte Kapsel an.

»Vielleicht ist gar kein Kurs einprogrammiert«, meinte Zainal.

»Was könnte denn sonst sein?« erwiderte Joe. »Nichts ist irgendwo in die Luft geflogen wie bei einem Torpedotreffer, sonst hätte Mitford uns etwas Entsprechendes mitgeteilt. Außerdem sind diese Dinger recht groß und kompliziert. Dem Gestank beim Start nach zu urteilen, war das Ungetüm auch aufgetankt. Daher könnte es durchaus für einen automatischen Heimflug vorbereitet gewesen sein.«

»Das ist richtig.«

»Und da wir es geschafft haben, in diesen Laden hier einzudringen ...« damit deutete Joe mit dem Daumen auf das Garagentor und den orangefarbenen Lichtschein, der so matt war, daß sie noch nicht einmal das Schwanzleitwerk des ersten Flugzeugs erkennen konnten, »fällt uns vielleicht jetzt auch etwas ein, um uns Zugang zu dem Bau am Meer zu verschaffen.«

»Nicht, wenn wir Aarens mitnehmen müssen, damit er uns einen Eingang schafft«, erklärte Kris mit Nachdruck.

»Bert kommt mit«, sagte Zainal.

»Falls wir noch genügend Zeit dazu haben, ehe die Maschinenbauer hier auftauchen«, sagte Joe düster.

»Durchaus möglich, daß die Kapsel Jahrzehnte braucht, um ihren Bestimmungsort zu erreichen.«

»Welchen Sinn hätte das Ding in diesem Fall?« fragte Joe. »Nein, es muß leistungsfähig sein, und diese Maschinenbauer sind verdammt fähige Ingenieure. Deshalb dürfte die Kapsel ihr Ziel in verhältnismäßig kurzer Zeit erreichen.« Er war nicht allzu glücklich, wenn er sich vorstellte, wie eine mögliche Reaktion der Gegenseite aussehen könnte.

»Warum so düstere Prognosen, Joe?« fragte Kris.

»Naja, es ist doch nur klug, vorauszudenken, sich einen Plan zurechtzulegen, um drohenden Komplikationen vorzubeugen.«

»Das ist Mitfords Job«, entgegnete Kris nicht allzu besorgt. »Und Worrys. Er kann das für uns tun.« Sie war satt, hatte etwas Warmes im Magen, und es war toll, gemütlich am Feuer zu sitzen, nahe bei Zainal, und zu wissen, daß er bei ihr war und ihr bald noch näher sein würde, sobald sich Joe und Sarah verabschiedet hätten.

»Ehrlich, Zainal, meinst du, daß sich bald etwas tut?«

»Von den Catteni werden wir bestimmt bald hören, würde ich meinen«, sagte er und verschränkte die Hände hinter seinem Kopf. Seine Augen funkelten golden im Feuerschein. Er sah für Kris fremd und wundervoll vertraut zugleich aus.

»Warum? Haben sie etwa einen Satelliten oder sowas Ähnliches installiert?«

Sie mußten erklären, was für eine Art von Satellit Joe

meinte, und Zainal bestätigte, daß die Catteni tatsächlich über etwas Derartiges verfügten.

»Aber sie glauben noch nicht an die Existenz der Maschinenbauer. Obgleich ... seit ...« Er hielt inne und legte die Stirn in Falten.

»Seit der Kapitän hier war?« führte Kris seinen Gedanken zu Ende.

Zainal grinste sie an. »Er hat es geglaubt und ist fähig, ohne Befehl zu handeln.«

»Ist er etwa auf Befehl der Eosi hergekommen?«

Zainal schüttelte den Kopf. »Er kam her, um mich zu holen.«

»Aber Sie wurden fallengelassen, und Sie bleiben hier«, stichelte Sarah.

Kris, die genau wußte, daß dies eine weitaus bedeutsamere Begegnung gewesen war, als die anderen ahnten, beobachtete Zainal und wartete auf seine Reaktion.

»Ich bleibe«, erklärte er und lächelte.

»Aber er könnte doch eine Alarmanlage ausgelöst haben, nicht wahr?« fragte Joe und versuchte, sich alle Aspekte der augenblicklichen Situation zu vergegenwärtigen.

»Das ist möglich.«

»Damit sie sofort wissen, wenn etwas gestartet wurde.«

Zainal nickte.

»Vielleicht laden sie jetzt keine weiteren unzufriedenen Pioniere bei uns ab«, sagte Sarah voller Hoffnung.

Zainal lachte verhalten. »Sie haben noch mehr Terraner an einem sicheren Ort absetzen lassen. Viel mehr.«

»O mein Gott, wie sollen wir das schaffen?« rief Sarah.

»Bisher haben wir uns ganz gut gehalten«, sagte Kris mit einer Andeutung von Strenge. Sarah und Joe waren erst spät hier gelandet, und nun taten sie so, als wären sie schon immer da gewesen. *Nun, was ist daran nicht in*

Ordnung? schalt Kris sich selbst. *Wenigstens wollen sie zu diesem Verein richtig dazugehören.*

»Das haben wir.« Zainal erhob sich vom Boden. »Wir übernehmen die erste Wache«, sagte er betont beiläufig.

»Nein, Sie würden sofort einschlafen, nachdem Sie die Körper an der Felswand rauf und runter gezogen haben«, widersprach Joe genauso betont beiläufig.

»Wir sollten auch daran denken, daß wir Aarens etwas zu essen geben müssen«, bemerkte Sarah, und ihr war anzumerken, daß diese Aufgabe ihr wenig Freude bereitete. »Und ihn umziehen müssen, sonst stinkt es morgen in dem Springer wie die Pest.«

»Er ist noch nicht aufgewacht«, stellte Zainal achselzuckend fest.

»Du hast ihn doch nicht zu schlimm erwischt, Zainal, oder doch?« fragte Kris besorgt.

»Nee.« Joe winkte lässig ab. »Ich hab ihn untersucht. Zainal hat ihn gekonnt flachgelegt, mehr nicht. Und das sollten wir alle jetzt auch tun, möchte ich hinzufügen.«

»O Gott, o Gott, o Gott, o Gott, nicht auch noch Sie?« sagte Kris schelmisch. Das brachte ihr schallendes Gelächter von den anderen ein.

Das Mobiltelefon piepte, und Joe nahm den Anruf entgegen. »Bert ... Sie wollen sich nur erkundigen, wie es läuft, nicht wahr? ... Nein, wir wollten nicht verschwinden und Sie mit den Maschinenbauern alleine lassen. Wir sind im Begriff, uns schlafen zu legen. Was Neues haben wir nicht gefunden ... Oh ... Nun, der Tag hatte ohnehin schon eine Menge Überraschungen für uns bereit. Halten Sie die erste Wache? Oh, das ist nett von Ihnen, Kumpel. Sie haben auch den besten Platz, um alles im Auge zu behalten. Ende und aus.« Dann grinste er Zainal an. »Er hält die erste Wache. Dann weckt er mich, und ich wecke Sie. Jetzt schaue ich erst nochmal nach Aarens.«

»Rufen Sie mich einfach«, sagte Zainal. Er streckte Kris seine Hand entgegen, die sich von ihm in seine Arme ziehen ließ, während Sarah in der Dunkelheit verschwand und hinter Joe hereilte. Im Feuerschein funkelten seine Augen golden. »Ich weiß zwar nicht, was Sie denken, Bjornsen«, sagte er, »aber ich bin verdammt froh, daß ausgerechnet Sie sich damals in diesem Dornengestrüpp auf Barevi versteckt haben.«

»Du bist deshalb froh? Nach allem, was dir seitdem zugestoßen ist?« Sie lehnte sich in seinem Arm zurück, um seine Miene zu studieren.

»Du hast mein Leben verändert. Nicht viele können einen Catteni ändern.«

Sie konnte ihm aus ganzem Herzen beipflichten.

»Nun, es dauert noch eine Weile, bis wir Wache stehen müssen.« Kleine goldene Teufel schienen in seinen gelben Augen zu tanzen, als er auf sie hinunterschaute. »Wie sollen wir uns bis dahin die Zeit vertreiben?«

»Hmm, oh, ich glaube, wir finden sicherlich eine interessante Beschäftigung.«

Und sie fanden, natürlich, wirklich eine.

Schluß

Sergeant Chuck Mitford behielt die Neuigkeit für sich, daß Aarens offenbar ein Projektil mit automatischer Steuerung in Richtung Heimat auf die Reise geschickt hatte. Dieser verdammte Kerl! Die böse Absicht, die hinter dieser Tat stand, war typisch für ihn. Ehe er erfahren hatte, wer die Patrouille führte, war er ganz wild darauf gewesen, an dieser Expedition zu dem vermutlichen Kontrollzentrum teilzunehmen. Es wäre eine weitere Chance für ihn gewesen, zu zeigen, wie clever er war. Und der Mann verfügte tatsächlich über ein geradezu geniales technisches Verständnis. Darin waren sich alle Experten einig. Aber das hielt ihn nicht davon ab, eine absolute Nervensäge zu sein! Und er hatte seine Meldung genauso bereitwillig zurückgezogen, als er erfuhr, daß er es mit Zainal zu tun hätte. Und daß diese Bjornsen ebenfalls zur Mannschaft gehören würde.

»Wußten Sie das von ihr?« hatte Aarens geschimpft. »Wußten Sie, daß sie mit dem Catt schläft?«

»Wenn sie es tut, dann ist es ihre Sache, Aarens, und ich würde an Ihrer Stelle nicht die Unschuld vom Lande spielen«, hatte Mitford erwidert. »Sie sind doch auch ein ganz eifriger Liebhaber, nicht wahr? Ich warne Sie jedoch, wenn ich noch eine einzige Beschwerde wegen Belästigung zu hören bekomme, dann stecke ich Sie nicht nur jede Nacht in den Stock, damit ich immer weiß, wo Sie sind, sondern ich lasse Sie auch noch von Dane kastrieren. Ist das klar?«

»Das würden Sie niemals wagen!« Das hatte das technische Genie zutiefst erschüttert, denn er wußte mittlerweile nur zu gut, daß Mitford niemals falsche Versprechungen machte.

So hatte Aarens bei der ersten sich bietenden Chance die Initiative ergriffen. Aber in der Kapsel befände sich natürlich keine Nachricht. Wahrscheinlich würden die

Maschinenbauer ihre Rückkehr nicht weiter beachten. Es wäre nicht mehr als ein falscher Alarm.

Mitford seufzte und verschränkte die Finger hinter dem Kopf. Er würde es nicht ertragen, wenn alles, was er hier sozusagen aus dem hohlen Bauch aufgebaut hatte, den Bach hinuntergehen würde. Er war ziemlich stolz auf die Ordnung, die er aus dem Nichts hatte schaffen können. Und es war geradezu himmlisch gewesen, das ganze ohne großmäulige Captains und Lieutenants mit ihrer Klugscheißerausbildung in West Point durchzuziehen. Die halbe Zeit hätten sie nämlich damit verbracht, ihm Vorhaltungen zu machen, daß das, was er vorhatte, nicht den Regeln und Vorschriften entsprach. Nun, das konnte es auch nicht, weil er die Regeln und Vorschriften nicht erfunden hatte.

Er hatte diesen Job nicht gewollt, aber nach und nach fand er Gefallen daran. Von vorne anzufangen und sich eine Welt so einzurichten, wie es einem am liebsten war. Nicht viele Menschen erhielten diese Chance.

Morgen früh würde er anfangen, Notfallpläne aufzustellen. Ziemlich sicher war, daß sie mit den Maschinenbauern ernsthafte Probleme bekämen, weil sie sich an ihren technischen Anlagen zu schaffen gemacht hatten. Vermutlich müßten sie die Garagen und die Scheunenanlagen verlassen, deshalb sollte er lieber die Suche nach weiteren Höhlen organisieren, wo sie sich verstecken und häuslich einrichten könnten, ohne mit der Einmischung von seiten möglicher Eigentümer rechnen zu müssen.

Und dann waren da die Catteni. War es möglich, daß sie irgendeinen Spionagesatelliten in eine Umlaufbahn um den Planeten gebracht hatten?? Um sich zu vergewissern, ob es irgendwelche Kontakte mit einer technisch hochentwickelten Rasse gab, die ältere Ansprüche auf den Planeten erhob? Er müßte sich mit Zainal beraten. Mitford hatte eine Ahnung, daß es bei dem frühmorgendlichen Treffen mit dem Emassi-Schiff um mehr gegangen war, als Zainal berichtet hatte. Aber er hatte viel zu viel Achtung vor Zainal, um ihn verhörmäßig auszuquetschen. Der Bursche war ehrlich und hochanständig, und die Leute fingen allmählich an, ihm dafür den gebührenden Respekt zu zollen. Womit eine weitere Last von Mitfords Schultern genommen wurde. Falls die Emassi irgend etwas im Schilde führten, das für Botany eine Gefahr darstellte, dann, so war Mitford sich ziemlich sicher, würde Zainal ihn sofort darüber unterrichten.

Mitford räusperte sich und murmelte vor sich hin: »Ich bin gefallen, ich bleibe.« Und kicherte leise. Er war froh, daß er nicht auf jene gehört hatte, die den Catteni auf dem Feld hatten liegen und sterben lassen wollen.

Er war hingegen nicht sehr erfreut darüber, daß die Bjornsen sich mit ihm zusammengetan hatte. Auf sie hatte er nämlich selbst ein Auge geworfen. Ein Führer hatte nun mal einige Privilegien. Wenn auch verdammt wenige.

Er befürchtete, daß die Pläne der Catteni für Botany sich kaum würden beeinflussen lassen. Der Planet war ein zu bequemer Abladeplatz für alle unruhestiftenden Dissidenten, mit denen die Catteni auf der Erde ... und Barevi ... nicht fertig wurden.

Nun, wer etwas besitzt, bestimmt das Gesetz. Aber welches Gesetz galt für Botany? Wenn möglich, wollte er den Planeten übernehmen. Er war ziemlich gut in diesem Regierungs- und Verwaltungsbusiness. Er machte seine Sache sicherlich besser, als es die Demokraten oder Republikaner je geschafft hatten.

Oder waren sie zu einem Spielball zweier Herrenrassen geworden ... den geheimnisvollen Eosi und den noch rätselhafteren Maschinenbauern? Es könnte interessant werden. Oder tödlich. Nun, darüber machte er sich keine allzu großen Sorgen. Der Kontinent, auf dem sie sich aufhielten, war ziemlich groß.

Er mußte daran denken, weiteres Rindenpapier sammeln zu lassen, oder jemand mußte endlich mit der Papierherstellung anfangen. Sie brauchten weitere Landkarten, auch dreidimensionale. Bestimmt gab es irgend jemanden unter ihnen, der wußte, wie man anständiges Papier produzierte. Er griff nach seiner Brusttasche, holte das Stück Rinde hervor, das er dort aufbewahrte, sowie einen der neueren, schlankeren Bleistifte und machte sich eine Notiz. So! Morgen würde er anfangen darüber nachzudenken, wie man sich im Falle einer Invasion verhielt. Bekäme er, als Führer des Planeten, eine Chance, mit Vertretern beider Lager zu verhandeln? Hmmm. Vielleicht schaffte er es, sie zur Annahme eines Kompromisses zu bewegen? Sie könnten den ganzen Planeten doch ihm überlassen. Dazu bestand wohl kaum die Chance, aber Mitford grinste, als er diesen Gedanken einmal durchspielte. NUR MAL ANGENOMMEN, dachte er und erinnerte sich an die alte Warnung, man dürfe nicht zuviel annehmen. Na, wenn schon!

Er würde sich zuerst seine sechs Stunden Schlaf holen und sich auf die morgendliche Aufgabe vorbereiten. Operation Neuanfang, wie er sie scherzhaft an jenem Morgen genannt hatte, als er das Kommando über diesen wilden Haufen unterschiedlichster Typen ›an sich gerissen‹ hatte, trat in eine neue Phase ein, und darauf sollte er lieber vorbereitet sein. Daher drehte er sich auf die Seite, klopfte das mit Faserbüscheln gefüllte Kopfkissen in eine bequeme Form und bettet den Kopf darauf, um endlich zu schlafen.

Der Start war beobachtet, die Flugrichtung des Torpedos festgestellt und der Bericht an jene weitergeleitet worden, deren Aufgabe es war, sich mit solchen Dingen auseinanderzusetzen.

ENDE

Band 24 225

Robert Rankin

Der Garten unirdischer Gelüste

Deutsche Erstveröffentlichung

Es hat etwas mit den Zyklen der Geschichte zu tun. Sie wissen schon: Große Zivilisationen entstehen und vergehen. Goldene Zeitalter und Dunkle Zeitalter und der ganze Kram. Endlich läßt die Erde also Wissenschaft und Vernunft hinter sich und fällt zurück ins Reich der Mythen, Legenden und Zauber. Unser Held Maxwell muß sich in einer neuen Welt zurechtfinden, was ihm um so schwerer fällt, da ihm ein böser Magier die Seele klaut. Und Maxwell soll sie erst zurückerhalten, wenn er die wunderschöne goldene Androidin Ewavatt gefunden hat. Eine knifflige Queste, und so schlägt sich Maxwell fortan mit renitenten Rittern, kaotischen Kricketspielern und heißblütigen Hütern heiliger Haltestellen herum. Gott sei Dank wirkt im neuen Zeitalter das Prinzip der perkussiven Perlokution: Schläge auf den Hinterkopf erhöhen das Denkvermögen. Maxwell hat's nötig ...

BASTEI LÜBBE

Sie erhalten diesen Band im Buchhandel, bei Ihrem Zeitschriftenhändler sowie im Bahnhofsbuchhandel.